张宏生 著

江湖诗派研究

中华书局

图书在版编目(CIP)数据

江湖诗派研究/张宏生著. —北京:中华书局,2022.5
ISBN 978-7-101-15694-2

Ⅰ.江…　Ⅱ.张…　Ⅲ.江湖诗派-研究　Ⅳ.I207.209

中国版本图书馆 CIP 数据核字(2022)第 056757 号

书　　名	江湖诗派研究
著　　者	张宏生
责任编辑	葛洪春
出版发行	中华书局
	(北京市丰台区太平桥西里 38 号　100073)
	http://www.zhbc.com.cn
	E-mail:zhbc@zhbc.com.cn
印　　刷	三河市中晟雅豪印务有限公司
版　　次	2022 年 5 月第 1 版
	2022 年 5 月第 1 次印刷
规　　格	开本/920×1250 毫米　1/32
	印张 15¾　插页 2　字数 400 千字
印　　数	1-1500 册
国际书号	ISBN 978-7-101-15694-2
定　　价	88.00 元

目　录

序

傅璇琮

这部《江湖诗派研究》原是张宏生同志的一九八九年博士毕业论文。论文答辩的时间原定于六月初,在此之前我受程千帆、周勋初先生的邀约,作为论文答辩委员,阅读了正文的大部分章节。但说也奇怪,那时虽然也安下心来读了,但却如四灵之一的赵师秀诗中所说,"慷慨念时事,所惜智者昏",我当然不在智者之列,但却也昏昏,现在回想起当时的读后感,竟茫茫一片。时隔数年,这部论文现在作为专著,在我工作的中华书局出版,我这次确实是静下心来通读了全部校样,竟如同读一部从未寓目的新书一般,感到既陌生而又亲切,并惊异于论文作者在几年之前对文学史的理解竟已至如此成熟的程度。

我之所谓对文学史的理解至如此成熟的程度,是近于陈寅恪先生所说的"其对于古人之学说,应具了解之同情"。也就是说,要对于"其所处之环境,所受之背景",须"完全明了",这样"始能批评其学说之是非得失,而无隔阂肤廓之论"(见《冯友兰中国哲学史上册审查报告》)。陈寅恪先生这里说的是对中国古代哲学史研究的态度,我觉得对中国古代文学史,也应有此种"通识"。

对江湖诗派,自宋元之际的方回起,至清朝官修的《四库提要》,及一些诗评家(如李调元《雨村诗话》),无不以尖刻的词句,加以讥刺甚至辱骂,什么"江湖诸人纤琐粗犷之习","江湖末流寒酸纤琐","江湖一派以纤佻为雅秀","油腔腐语,编凑成集",等等。古人的这些评论,似乎还影响到前些年出版的一些文学史著作。这些评语,其语气似颇为尖锐,实则仍不免失之于隔阂肤廓。

本书却不然,对于环绕江湖诗派的种种问题,均力持客观分析的态度。作者对江湖诗派的研究,有一个总原则,这就是书中所说的,"南宋中后期出现的江湖诗派,不仅是一种文学现象,而且是一种社会现象和文化现象。因此,研究江湖诗派,也应将其置于一定的社会、文化范围中去考察"。这就是说,对江湖派诗人在南宋中后期所表现出的特殊生活方式,这一诗歌流派的特殊风格,都应放在一定历史时期的社会、文化的大环境中去加以体认,这就有可能超越于某些传统观念的个人感情好恶,使人们可以真正具备"艺术家欣赏古代绘画雕刻之眼光及精神"(同上陈寅恪语)。

如江湖诗人的所谓谒客身份,书中不仅在正文中专辟一章,即第二章《文化传统的倾斜》,作专门的论述,还在附录中以大量材料,分类考析行谒的内容和方式,谒客阶层的形成,谒客的出现与幕府、荐举制的关系,当世显人和谒客自身对行谒的态度。不知他人读后感觉如何,我个人,学句时髦话,是读得非常过瘾的。从来还没有把江湖诗人的谒客身份如此详细地讨论过。行谒的直接目的当然是乞钱,但为什么到南宋中后期在诗人中竟形成如此一个群体,以致可以说是一个阶层,这之中究竟有什么社会原因?行谒对当时的诗人心理产生哪些失衡,他们又是作出怎样的努力使之平衡?书中都有不少有趣的描述。由此,人们就自然而然地同意作者这样的结论:"由于江湖谒客的出现是南宋社会的政治、经济等因素作用的结果,因此,他们身上所反映出的诸特点,可以使我们从一个侧面加深对宋代、尤其是对南宋社会的理解";"以往学者研究宋代知识分子,往往只注意了其正面形象,而经常忽略那些与宋代正统的文化精神相悖的部分。我们的探索便是试图弥补这一缺陷,以期加强对宋代知识分子的全面理解"。

当然,江湖派毕竟是一个诗歌流派,我们的研究最终还应落实到文学的分析上。书中并未忽略这一点,而是着重在这方面花了力气。书中第三章至第七章,分别就主题取向、审美情趣、时空与意象、诗歌渊源,以及代表诗人的作品评介,作了极为全面的称得上是美学的考察。我说是美学的考察,是说书中对作品的分析并不停留在一般的词句鉴赏上,而是对作品如何表现诗人的内心世界作既细腻又宏观的深切体认和整体把握,是一种与读者的诗情交流与理性共识。如过去一直以为江湖诗人只追求纤巧,被人讥议为琐屑甚至卑下。确实,江湖派诗人的境界是有狭窄的弊病,但正如作者所说,对此应作具体分析,不要仅作简单的价值评判。书中论这些诗人由于在艺术追求中往往把眼光投入琐碎的生活片断,视野不免局促,就使整体上缺乏超越性,但从具体艺术美感来说,这种追求仍有其不可代替的魅力,由于形象更加直观,感觉更加细腻,就从而在常见的物象中,进一步挖掘出清新自然之美。书中又论到,江湖诗人到处游谒,不遑宁居,因此对于时间的流逝,往往别有一种敏感。书中第三章"羁旅之苦"一节,写到这些诗人由于经常处于羁旅漂泊之中,因此最为刺激他们心灵的,莫过于清晨和深夜。书中指出这一点,并由此而展示江湖派诗人独有的审美情趣与艺术取向,论述颇富新鲜感,足以见出作者艺术触觉之细致与敏锐。

根据书中所考,可以列为江湖派诗人的,有一百三十八个。当然,具体哪些诗人是否真正属于这一诗派,还可讨论,但不可否认,这么多诗人组成一个流派,而前后活动期又在半个世纪以上,这在中国古代文学史上,即使算不上绝无仅有,也是极为少见的。过去的一些论著,往往说他们只管个人琐细的眼前利益,而不关心国家大事,实际上评论者没有看到当时的国家所给予这些诗人的是怎样一种重压,江湖派诗人的心灵创伤不仅来自于生活贫困所受到的世人的白眼,而更主要的是来自于这一时代和社会的令人窒息的压力。

本书作者认为江湖诗派的形成当以嘉定二年(1209)划线,这年陆游去世,《江湖集》编印面世。此说是言之成理的。而可以注意的是,在此以后,正是南宋军事、政治、经济全面恶化直至最后崩溃的时期。开禧二年(1206)伐金失败,标志南宋政权直线走向衰亡。嘉定元年(1208)三月宋金和议,宋朝廷承受了改金宋叔侄为伯侄的屈辱,而且大量增加给金朝的岁币,使得本来就十分严峻的财政危机更加速发展。嘉定和议签订仅六年,宋金又发生秦州之战,又四年,金南侵,宋下诏伐金,此后一直到金为蒙古所灭,宋金战争不止。绍定三年(1230),蒙古军攻破南宋剑外和州,四年,攻破四川的兴元及沔州。绍定六年,南宋和蒙古联合灭金;金亡后,强大的蒙古国即成为南宋的直接威胁力量。不久,蒙军攻入四川,端平二年(1235),蒙军又举兵南下,攻破唐州、信阳,第二年,入襄阳。淳祐元年(1241),蒙军占领四川大部。蒙古国的铁骑步步进逼,在军事上完全掌握主动,南宋只是一个等待被吞食的弱兽。可以想见,这样的一种恶劣形势,持续半个世纪,对人们,特别是对下层士人,会造成怎样一种忧郁压抑而又惊惶不定的心理。

大量军费开支,以及战争的直接破坏,使南宋社会矛盾更加严重。吴潜在端平年间曾上疏:"开禧、嘉定,相继用兵,州郡所畜,扫地殆尽。"(《许国公奏议》卷一《应诏上封事条陈国家大体治道要务凡九事》)徐鹿卿于淳祐中(1241—1252)赴任建康,历述所走过的南康、池阳、太平等地,"流离殍死,气象萧然"(《清正存稿》卷一《奏乞科拨籴本账济饥民札子》)。嘉熙、淳祐间,杜范上疏,说东南一带,已是十室九空,"浙西稻米所聚,而赤地千里;淮民流离,襁负相属,欲归无所,奄奄待尽"(《宋史》卷四〇七杜范本传)。老百姓处于这样的水深火热之中,而宋朝廷仍横征暴敛,江湖派的代表诗人刘克庄,在他担任官职时曾说:"夫财用窘迫,乃今世通患;居官者苟可取盈,无所不至。"(《后村先生大全集》卷七九《乞免循梅惠州卖盐申省状》)应该说,刘克庄是一个尽职的官吏,他在居官之日,曾多次为当时的财政困窘提出解决的办法,如文集卷五一《备对札子》建议"罢编户和籴之扰",以为是"裕国宽民之要方"。在这一札子中,他又激烈地指责"颛阃之臣,尹京之臣,总饷之臣,握兵之臣,拥麾持节之臣,未有不暴富者";又说:"昔之所谓富贵者,不过聚象犀珠玉之好,穷声色耳目之奉,其尤鄙者则多积坞中之金而已,至于吞噬千家之膏腴,连亘数路之阡陌,岁入号百万斛,则自开辟以来未之有也。"当然,他针对此而提出的"追大吏干没之赃"的措施,也与上面的"罢编户和籴之扰"同样,根本未能行通。

我在这里举刘克庄的例子,是想说明江湖派诗人并非天生不关心政治,相反,他们中有好几位,在居一定官位时对朝政的腐败是慷慨陈辞,而处于平民百姓时也曲折地表达对世事的忧虑和愤慨。但政治迫害(如江湖诗祸)和社会黑暗使他们对现状起一种冷漠感。这使我想起陈寅恪先生《读吴其昌撰梁启超传书后》一文。他说梁氏死后,"论者每惜其与中国五十年腐恶之政治不能绝缘,以为先生之不幸"。实则这五十年来中国之政治,极丑怪之奇观,而梁氏"少为儒家之学","深感廉耻道尽,至为痛心",因此不免对政治总要介入其间,故虽"高文博学",而终不能安心于学问。最后寅恪先生深致感喟:"此则中国之不幸,非独先生之不幸也。"我觉得,造成江湖派诗人对世事之冷漠,也正是这一时代、社会之不幸,而不能苛求于诗人本身。关于这一点,书中也有较好的阐述,我只就平日读书所及,略作些许补充。

　　我还想说的是,张宏生同志在《后记》中特别提到导师程千帆先生治学对他的启发,说:"程千帆教授的治学,资料考证与艺术分析并重,背景探索与作品本身并重。研究问题时,往往从某些具体对象入手,然后从中抽象出一些规律来,尤其注重对作品本身的体验。"关于千帆先生的治学成就,周勋初先生在《〈古诗考索〉读后记》中已有很好的阐述,我这次重读勋初先生这篇文章,又读了千帆先生的《闲堂自述》,对程先生的学术成就与治学思路有进一步的体会。

　　一九八三年,我与程先生一起在桂林参加全国哲学社会科学"七五"规划项目基金资助评议会,就在那次会议上,程先生提出他的"唐宋诗歌流派研究"的计划,我即从心底里钦佩程先生的识见与魄力。程先生很早就提出"将考证与批评密切地结合起来"的治学路数,而"唐宋诗歌流派研究"正是这一治学思路的进一步发展与具体落实。莫砺锋同志的《江西诗派研究》,蒋寅同志的《大历诗风》,和张宏生同志的这部《江湖诗派研究》,在千帆先生的指导下,并通过自己的努力,正是很好地体现了《闲堂自述》中的学术概括:"在诗歌研究方面,我希望能够做到资料考证与艺术分析并重;背景探索与作品本身并重;某一诗人或某篇作品的独特个性与他或它在某一时代或某一流派的总体中的位置,及其与其他诗人或作品的关系并重。我宁可从某些具体对象入手,然后从中概括出某项可能成立的规律来,而不愿从已有的概念出发,将研究对象套入现成的模式,宁可从具体到抽象,从微观到宏观,而不是反过来。在历史学和文艺学这些基本手段之外,我争取广泛使用其他学科的知识,假如它们有助于使我的结论更为完整和正确的话。"

我有一种感觉,千帆先生提出的"唐宋诗歌流派研究",以及莫、蒋、张三君体现了千帆先生治学思路的这三部著作,将在我国的古典诗歌研究学术史上占有特定的位置,其意义及经验必将日益为学界所认识和汲取。程先生在三十年代曾受到南京几位国学大师的教益,"厚德载物",他的学问基础的深厚即来自渊远流长的传统。而程先生在此后又逐步接受了科学的世界观,并且恰切地运用了中外关于研治人文科学的新理论,这样他就在传统的治学路数上融汇入现代科学的成果。特别是他在七十年代后半期直至现在,他的传统与现代科学成果结合的治学思路已较原来的考证与批评结合更富时代性,在学术层次上更有所发展。这不但体现在程先生近十余年来问世的几部专著上,也表现在他与勋初先生一起,陆续培养出已斐然有成的好几位博士、硕士研究生身上,因而形成南大古典文学研究那种沟通古今、融合中西、于严谨中创新的极有生气的学风。我由此又想起王瑶先生在一篇文章中说过去清华大学学派时的一段话,他说:"清华这一学派的主要特点是对传统文化不取笼统的'信'或'疑',而是在'释古'上用功夫,作出合理的符合当时情况的解释。为此必须做到中西贯通,古今融汇,兼取京派和海派之长,做到微观和宏观的结合。"清华的这一学风,是由王国维、陈寅恪、闻一多、朱自清、冯友兰等学者的长期积累而逐步形成的,这已是我国现代学术思想上一项极可珍贵的财富。不知怎么,在想到这些时,联系现在的古典文学研究,我就不禁联想起程千帆先生,想起他的传统与现代科学成果相结合的学术道路与治学经验。薪传不息,我们民族的学术发展必将应上古代学人的一句名言:日新之谓盛德。

一九九四年二月十日,甲戌岁旦

于北京六里桥寓所

导　言

中国古代诗歌发展到唐代，进入了灿烂辉煌的全盛期。唐代诗人以其伟大的天才和旺盛的创造力，将诗歌创作推向了一个高峰。"宋人生唐后，开辟真难为。"①唐诗的杰出成就和丰厚遗产，对于紧承其后的宋代诗人来说，的确是一个严峻的挑战。然而，面对这座高峰，有志于再辟诗国疆域的宋代诗人既没有望而却步，也没有亦步亦趋。他们勇于探索，勇于创新，在诗歌创作的许多方面都有所突破，有所发展，从而使宋诗在文学史上成为与唐诗并峙的另一座高峰，使得中国古代诗歌创作又一次出现了繁荣的局面。

宋诗繁荣的重要标志之一，是出现了许多诗歌流派。

按照现行的文学理论，流派的形成至少应具备四个条件：1.有着明确的文学主张；2.有着公认的领袖；3.在这个领袖周围有一个创作群体；4.这个群体有着相同或大致相同的风格。如果严格地用这些标准去衡量，则中国明代以前的许多所谓流派大都不能成立。事实上，中国古代关于流派的概念，往往并不是如此严格的。从创作实际来看，体（风格）与派在古代批评家的笔下经常被等同起来，作为同义词使用。如严羽《沧浪诗话·诗体》将

---

① 蒋士铨《辨诗》，《忠雅堂诗集》卷十三，嘉庆戊午扬州重刻本，第 11 页 b。

"大历体"、"元和体"等与"江西宗派体"并称、并置,便是一例。但是,风格与流派毕竟不是一回事。体、派并称,只是一种特定的历史现象,随着文学意识的加强,不可避免地要进一步向规范化发展。从唐到清,我们可以清楚地看到这一发展的轨迹。宋诗则正处于这一发展的过渡阶段。

关于宋诗的流派,文学史上有过多种看法,比较有代表性的,似乎是梁昆在《宋诗派别论》中所提出的十一派说,即香山派、晚唐派、西昆派、昌黎派、荆公派、东坡派、江西派、四灵派、江湖派、理学派、晚宋派。这种划分,虽然大体上符合宋诗创作的实际,但所根据的标准却不够统一,尤其是未将体与派区别开来,如所谓"香山派"、"晚唐派"等,不过是某种风格的概念而已。不过,尽管如此,宋诗中的体事实上已带有了派的特征,因为,它往往意味着一定的文学主张的提出,因而与派是相通的。而且,正是因为具有这种内涵的体的不断出现,使得宋代形成了比较正规的诗歌流派,如江西诗派、江湖诗派等。我们在此不妨将其与唐诗流派作一比较。

一般说来,直到中唐以后,唐诗才出现了百花齐放、流派纷呈的繁荣局面。其中,最有代表性的诗派约有四个:一是以韩、孟为代表的奇险诗派;二是以元、白为代表的通俗诗派;三是以韦、柳为代表的山水诗派;四是以姚、贾为代表的苦吟诗派。但是,这些所谓诗派的概念,都不过是后人归纳的产物,在当时,无论是上举诸代表人物,还是其诗风的追随者,都几乎没有开宗立派的明确意识。这些诗派的形成,实质上是这些有声望、有吸引力的作家以其富有独创性的创作,受到一批同时或后来诗人的仿效,因而出现的某种诗歌风尚。无疑地,中国的诗歌流派是滥觞于这种方式的,而且,在后世尤其是宋代的诗歌流派中,我们也能不时地看到其影响。但是,文学毕竟在不断发展,文学观念、文学意识、文学的自觉程度,也都在不断演进。由不自觉状态进入自觉状态,在文学发展中乃是必然的。从这个角度来看,我们不难发现宋代诗派与唐代诗派间的重要区别。宋代诗派之异于唐,简言之,约有三点:第一,推举了诗派领袖,如江西诗派之于黄庭坚,江湖诗派之于刘克庄;第二,提出了明确的诗歌主张,如西昆派效义山诗风,江西派倡"夺胎换骨"、"点铁成金";第三,有着强烈的变革诗风的意识,如江西派之于西昆派,江湖派之于江西派。当然,这只是一个大概,事实上,并非每一宋代诗派都具备这些因素,但这并不影响它们作为一个整体所表现出来的特色,而这些特色又显示了宋代诗派的出现在中国文学史上的重要意义。

在宋代诗歌流派中,江湖诗派是一个比较独特的流派①。

这个流派大约兴起于十三世纪初叶。当时,盛极一时的江西诗风开始衰微,代表着南宋诗歌创作最高成就的杨万里、范成大、陆游等人也相继谢世。一向热闹的诗坛,开始寂寞起来。最早打破这种寂寞的是四灵:徐照、徐玑、翁卷、赵师秀。这四位永嘉诗人,在大儒叶适的揄扬、鼓励下,提倡姚、贾,反对江西,为诗坛注入了一股清新的空气。四灵的创作,受到了同时一大批江湖诗人

---

① 在中国文学史上,最早明确提出"江湖诗派"这一概念的,似是清初曹溶,见《诗家鼎脔》序(《景印文渊阁四库全书》第1362册,第2页。按该序作者署名倦叟,曹溶号倦圃,故疑是其所作)。其后,经《四库全书总目》反复称扬,这一名称便逐渐流行开来。但有的古代批评家却不这样看,如戴表元《剡源集》卷九《洪潜甫诗序》(《丛书集成初编》第2055册,上海:商务印书馆,1935年,第130页)和袁桷《清容居士集》卷四十八《书汤西楼诗后》(《丛书集成初编》第2074册,上海:商务印书馆,1935年,第811页)论及宋诗流变,都叙至四灵为止。究其因,或许认为四灵可以涵盖之,或许根本就不承认有这一派。仅此而言,也反映出江湖诗派的独特性。

的推重和效法,推动了江湖诗风的形成和发展。宝庆元年(1225),钱塘书肆陈起把以同时江湖诗人的作品为主体的一些诗作汇集起来,刻成《江湖集》,客观上总结了宝庆前江湖诗歌的创作成果。在他的周围,吸引了一批江湖诗人,进一步促进了江湖诗风的普及。而在江湖诗人不断扩展活动规模之时,更出现了一位领袖人物——刘克庄。在江湖诗人中,刘克庄不仅创作成就最高,而且还有着丰富而深刻的创作理论。他喜欢指导青年,奖掖后进,因而受到许多人的追随。同时,他又不满足于对四灵亦步亦趋,带动一批江湖诗人,开拓创作领域,使得江湖诗风不断得到了深化。这样,以四灵为先驱,以陈起为声气联络、以刘克庄为领袖的江湖诗派便正式以一个群体的面目出现,成为笼罩南宋中后期诗坛的主要力量。

由于陈起初刻《江湖集》已经散佚,关于江湖诗派的最后构成,我们现已不能确切得知。值得庆幸的是,后世的许多学者、藏书家为了恢复江湖诗集的原貌,曾进行了广泛的搜求。现已知道的,便有十几种江湖诗集行于世。这些集子,连同当时一些笔记、诗话、书目中的记载,就都成为我们确定江湖诗派成员的原始依据。但是,由于所见不同,取舍标准不同,这些江湖诗集的收录情况比较芜杂,需要进行一定的清理爬梳。为此,我初步拟定了作为一位江湖诗人的五条标准:1.社会地位较低;2.主要活动时间在嘉定二年(1209)以后;3.作品为所有或大部分江湖诗集所收录;4.与陈起有唱酬;5.历史上具有比较一致的看法。这样,会同其他途径所得,共确定了138位江湖诗派成员。这样多的人数和这样大的规模,在宋代诗歌流派中应该是独一无二的①。

①详见附录一《江湖诗派成员考》。

　　这样一大批江湖诗人，是在宋代的政治、经济状况进一步恶化，文化思想发生了较大变化的背景中产生出来的一个特定的社会阶层。他们的身份多为布衣、清客，有些人后来虽曾入仕，但官做得也并不大。他们的主要生活方式是漫游江湖，行谒权门，干私书，求俸余，靠写诗来获得基本的生活资料。因此，他们也常被称为江湖游士或江湖谒客①。在中国文学史上，他们是较早的一支以写诗为职业的队伍，尽管这与我们今天所说的文人职业化和艺术商品化有着很大的不同。但是，尽管他们生长在一个日趋腐朽的社会中，并且自身也有不少弱点，却并非没有政治热情。对国事的忧虑和对农民的悲悯，是他们诗中重要的政治内涵。而且，由于他们对政治有着一定的参与意识，曾遭到统治集团的嫉恨，因而构成江湖诗祸，受到诬陷和打击，不少人被卷入这一继"乌台诗案"后的宋代第二次较严重的文字狱中②。不过，江湖诗人毕竟是一个远离政治中心的阶层，社会的腐败状况和他们自身的生活形态，决定了他们不可能对政治社会进行非常富有实质性的关切，因此，他们诗中所反映的，多是身边的生活琐事，个人的喜怒哀乐，这些，可以使我们看到这一特定的社会阶层的真实的心路历程。

　　在诗歌艺术上，江湖诗派虽然比较缺少独创性，但他们的作品仍能反映出这个阶层的特定风貌。他们的诗，追求纤巧之美，重视真率之情。或文风近俗，或句意求清，有着比较丰富的审美内涵。此外，在诗歌的时空、意象等方面，他们也都有着自己的追求和喜好。从诗歌渊源来看，江湖诗派主要是学晚唐的。但他们

---

① 详见附录二《南宋江湖谒客考论》。
② 详见附录三《江湖诗祸考》。

是根据自己的特点,认识到盛唐之诗的高远境界未易遽学,因而选择了有门径可入的晚唐诗作为师法对象,以便进一步向更高层次发展。在这个问题上,他们是有着自己的认识的。

通过以上的简单描述,我们可以看出,江湖诗派的确是一个比较独特的诗歌流派。它的形成和发展,在宋代文学乃至整个中国古代文学中,都是一个值得注意的现象。研究江湖诗派,不可能回避社会发展的情形,知识分子的处境,社会阶层的分化,市民文化的状况等问题,其意义是并不仅限于文学的。

然而,对于这样一个诗歌流派,历来的研究是很不够的。据不完全统计,截至1989年1月止,1949年以来国内报刊上发表的研究文章,除去欣赏和漫谈者外,只有三十四篇。其中十二篇是考证文章,其余各篇,重点也多落在刘过、姜夔、刘克庄三位作家和四灵身上。至于对江湖诗派进行宏观研究的文章就更少了。这种状况,反映了学术界对这一富有特色的诗歌流派在总体上的忽视。但尽管如此,现有的研究文章,尤其是八十年代以后的研究文章,还是取得了一定的成绩,因而是应该受到尊重的。如胡念贻对今存诸江湖诗集的编者及编纂、流传情形的考辨;费君清对《永乐大典》所收诸江湖诗集的论析;胡明对江湖诗派的成员、艺术主张、诗歌渊源和创作特色等问题的论述;葛兆光、马兴荣对永嘉四灵的研究等①,都从不同角度提出并解决了一些问题。此

---

① 分别参看胡念贻《南宋〈江湖前、后、续集〉的编纂和流传》,载《文史》第 16 辑;费君清《〈永乐大典〉中发现的江湖集资料论析》,载《杭州大学学报》1988 年第 1 期;胡明《江湖诗派泛论》,载《文学遗产》1987 年第 4 期;葛兆光《从四灵诗说到南宋晚唐诗风》,载《文学遗产》1984 年第 4 期;马兴荣《四灵诗述评》,载《文学遗产》1987 年第 2 期。

外,在对单个作家的生平考证和作品研究方面,也有不少学者做出了一定的贡献。这些,都是我们在今天的研究中所应该重视的。

总的说来,对江湖诗派的研究虽已开始引起重视,并取得了一定的成绩,但研究的深度和广度还是远远不够的,因而无论在微观上还是在宏观上都有进一步进行开拓的必要。

本书将在尽可能充分占有材料的基础上,对江湖诗派进行全面的研究。这一研究,主要包括对基本事实的清理,对人员构成的界定,对文化意义的揭示,对活动背景的描述,对心灵活动的探索,对创作得失的评价等。由于江湖诗人大都属于下层知识分子,因此,本书将始终以社会地位及由此决定的思想、行为方式作为研究问题的出发点;同时,由于江湖诗派是打着反对江西诗风的旗号走上诗坛的,因此,本书在艺术探讨中将把与江西诗风的比较放在重要的位置;此外,由于江湖诗派在整个南宋诗歌的发展中处于低潮,因此,为了说明诗风的发展变化,本书也将注意与南宋前期诸大家作比较。这三点,是本书采取的基本方法,也是本书展开的主要线索。我希望通过这样的研究,能够认识其性质,明确其地位,从而揭示这个诗歌流派在宋诗乃至整个古代诗歌史上的意义。

第一章　江湖诗派的形成

一、社会因素

南宋时代的江湖诗派是一个以当时江湖游士为主体的诗人群体,属于这一诗派的江湖游士,是由下层知识分子构成的一个特殊的社会阶层。它既是一种文学现象,又是一种社会现象,因此,它的出现,不能与当时的社会状况没有密切的关系。

江湖诗人与江湖谒客的关系,天然是不可分的。谒客每即诗人,诗人多兼谒客。关于江湖谒客产生的社会原因,本书有专章讨论①,这里仅作一些简单的论述。

下面试从六个方面来谈江湖诗派形成的社会因素。

首先,宋室南渡给社会结构带来了很大变化。靖康乱后,北方士民大批南迁,两浙人口因此而暴增百倍之多,其中都城临安尤甚。在这些人中,当然不乏大官僚及各种上层人士,他们南迁后仍可过着养尊处优的生活,但是,也还有相当一部分人,因战乱而离乡背井。他们逃到南方后,失去了原来的经济基础,多数只能过着极不稳定的生活,其中,便有一批读书人在内。由于生活

————————
① 参看附录二《南宋江湖谒客考论》。

所迫,他们中的一些人往往不得已走上行谒的道路。

其次,土地兼并导致了阶级结构的急剧变化。唐代安史之乱后,自西晋开始的授田制,由于均田法的废弃而告结束,土地兼并愈益严重。这种倾向,到了宋代进一步地发展着。据今人考证,宋代的土地兼并共有三次高潮。第一次出现在北宋真宗、仁宗时期;第二次出现在北宋徽宗时期;第三次出现在南宋初年,一直延续到宋末。后一次兼并,在程度上,超越了前代,而且,随着时间的推移,越来越严重。

土地兼并的加剧,必然导致土地所有权转移的加剧。在兼并过程中,失去土地的固然多为一般劳动人民,但也不乏中下层乃至上层地主阶级中的某些人物,因此,地主阶级的浮沉升降也随之加剧起来。

失去了土地的农民可能沦为佃户,或流入城市成为从事各种劳动的后备军,但失去了土地的地主阶级中的一部分人却并非如此。因为,后者的经济地位虽然下降,但在思想、文化、习性等方面,却仍然属于他们原来的阶级。这样,地主阶级中便又分化出了一个新的阶层——清客。他们没有固定资产,未能跻身上流社会,只好依托于权贵势要之门,以维持生活。《都城纪胜》记述的"闲人","有一等是无成子弟失业次人,颇能知书、写字、抚琴、下棋及善音乐,艺俱不精,专陪涉富贵家子弟游宴……"①。所指或不尽是江湖谒客。但"无成子弟失业次人"几个字是耐人寻味的。

第三,不断增多的冗官造成了士人进身之路的困难。宋代的冗官体制,在中国的历代封建王朝中是非常突出的,而论及这一点时,首先应该考虑的就是科举制度的影响。据有关材料统计,

———————

① 耐得翁《都城纪胜·闲人》,北京:中国商业出版社,1982年,第15页。

宋代取士人数分别是唐、元、明、清的 5、30、4、3.4 倍。这样一大批士人,和以其他方式出官者,如门荫补官、胥吏出职和进纳买官等,一起成为宋代冗官形成的重要原因。

冗官,在北宋时就非常严重,到了南宋,更有了进一步的发展。这集中表现在,封疆减少五分之二,而官员数反而增加,造成"员多阙少"的状况。今人曾对宋代的官员数有过一个统计,大致上说,在北宋,官员就一直呈上升趋势,而到了南宋,更不断增多。其中,尤以庆元、嘉泰、嘉定年间为最。在这种情况下,如果说,许多候缺的选人已与游士非常接近了,当不是什么夸张。江湖谒客大盛于庆元、嘉定间,决不是偶然的。

第四,通货膨胀引起了士人生活水平的下降。整个南宋一代,纸币发行的数量、增长的速度是惊人的。这种情形,尤以开禧以后为甚。值得注意的是,江湖谒客的大批出现,正是在这一时期,这或许并不是巧合。

通货膨胀,则物价也必然高涨。从涨价的过程看,宁宗开禧、嘉定间是第一个高峰(如前所述,江湖谒客大量出现于此时),理宗统治的上半期,较前增长一倍,而到了理宗下半期,则比第一个高峰时上涨十倍,以后,更是难以收拾。

宋代俸禄本来就不丰厚,通货膨胀、物价飞涨更影响了官吏们的生活。以中下级官吏的情形而言,时人曾指出他们的收入不及元俸三分之一,因而有无以养廉之叹。至于一般士人的生活状况,就更不用提了。因此,对当时士人经常的倾诉贫寒(如名相苏颂的孙子苏泂),似不能完全视为文人习气。

除此之外,受着都市生活的吸引,许多士人都追求侈靡。《梦粱录》卷十九"社会"条载"四方流寓儒人"与临安搢绅之士结西湖诗社,"闲人"条载社会中存在的食客、馆客、闲汉、涉儿等各种各样的"闲人",其中可能有相当一部分是被繁华的都市生活所吸引,因而成为社会的浮游阶层。这种状况,加上商品经济的发达和都市生活的影响,容易使诗人们对社会政治现实表示冷漠,而更多地把目光投向自身,描写眼中景,身边人,心头事,抒发以个人为中心的主观感受。

以上几点,作为各个不同的侧面,作用有隐有显,集中到一起,便有助于了解江湖诗派作为一个社会——文学群体所产生的社会土壤。

二、文学因素

就文学发展史而言,江湖诗派毕竟首先是一个文学集团,它之所以出现在南宋中后期,与当时诗坛的状况更有着直接的关系。

南宋前期,诗坛上仍然笼罩着江西诗风。江西诗派的后劲吕本中、陈与义、曾几等人,继承他们的前辈黄、陈的传统,经过自己的富有独创性的努力,曾使江西诗派的发展进入了一个新的阶段。但是,在此同时,江西诗派的流弊也逐渐表现出来。正如吕本中所指出的:"近世江西之学者,虽左规右矩,不遗余力,而往往不知出此(按此指"须于规模令大,涵养吾气"),故百尺竿头,不能更进一步,亦失山谷之旨也。"[①]这种状况,到了南宋中期,愈加明显,早期江西诗人的创新精神和自立气度,已不复存在。于是,江西诗派终于走上了末路。

最早扭转江西诗风的是所谓"南宋四大家":尤袤、杨万里、范

① 吕本中《与曾吉甫论诗第二帖》,载《苕溪渔隐丛话》前集卷四十九,北京:人民文学出版社,1962年,第333页。

成大、陆游①。

这四位诗人大致上有一个共同的特点,即早年浸染江西,后识其弊,随之脱离江西阵营,建立了自己的风格。杨万里在《江湖集序》的自述中,代表了他们所走过的共同历程:"予少作有诗千余篇,至绍兴壬午年七月皆焚之,大概江西体也。"②绍兴壬午为绍兴三十二年(1162),是年尤袤、杨万里三十六岁,范成大三十七岁,陆游三十八岁,都进入了创作的成熟期。他们以自己的创作实绩,一定程度上扭转了江西末流的影响。

但是,"南宋四大家"并不是一个流派的概念。尽管这四位诗人除了尤袤诗篇遗佚过多,难以详论之外,其余三家都可以认为自成一家,代表着南宋诗坛的最高成就,周围也不乏追随者,但他们无论是作为群体,还是作为个体,都始终没有形成流派。这其中的原因很多,比较重要的一点也许是,他们处于民族矛盾非常激烈的时期,多以抗金复国为己任,而且,除陆游外,都身居高位(尤袤官至礼部尚书,杨万里官至宝谟阁学士,范成大官至参知政事),他们做诗人,似乎只是"余事"③。因此,他们身上缺乏变革诗风的群体意识。只是到了四灵出来,对江西诗风的清算才取得了全面的成果。

---

① 方回《桐江集》卷三《跋遂初尤先生尚书诗》云:"宋中兴以来,……言诗必曰尤、杨、范、陆。"《丛书集成三编》第 47 册,台北:新文丰出版公司,1996年,第 507 页。又沈德潜《说诗晬语》卷下云:"南渡后诗,……称尤、杨、范、陆。"见王夫之等《清诗话》,北京:中华书局,1963 年,第 545 页。
② 杨万里《江湖集序》,《诚斋集》卷八十一,《四部丛刊》集部第 1202 册,第 7 页 a。
③ 就连官做得不很大的陆游也持这种看法,其《长歌行》云:"岂其马上破贼手,哦诗长作寒蛩鸣?"又《融州寄松纹剑》云:"愿闻下诏遣材官,耻作腐儒长碌碌。"分别载陆游撰、钱仲联校注《剑南诗稿校注》卷五、卷八,上海:上海古籍出版社,1985 年,第 467、616 页。

四灵指生活在浙江永嘉的四位诗人：徐照、徐玑、翁卷、赵师秀。他们"厌傍江西篱落"，公开提倡中、晚唐，尤其是姚、贾诗风，"摆落近世诗律，敛情约性，因狭出奇，合于唐人，夸所未有"①。影响所及，"江湖诗人多效其体"②，所谓"旧止四人为律体，今通天下话头行"③。出现了"四灵诗体变江西"④的极盛的局面。四灵的创作实践和理论，为江湖诗派的发展奠定了基础。

文学史上长期流行着一种说法，即将四灵和江湖划为两个流派⑤。现在看来，这种说法似乎有重新加以考虑的必要。我们知道，一个文学流派必须有一个由相当数量的作家所构成的创作阵容，用这一点来衡量，则所谓"四灵派"的阵营显然过小，而许多追随、学习四灵或被四灵引为同道的诗人，现在又经常被划入江湖诗派中⑥。事实上，四灵和江湖在许多方面都有相同之处。首

①叶适《题刘潜夫〈南岳诗稿〉》，《叶适集》卷二十九，北京：中华书局，1961年，第611页。
②严羽《沧浪诗话·诗辨》，见严羽撰、郭绍虞校释《沧浪诗话校释》，北京：人民文学出版社，1961年，第27页。
③刘克庄《题蔡炷主簿诗卷》，《后村先生大全集》卷十六，《四部丛刊》集部第1292册，第11页b。
④薛嵎《徐太古主清江簿》，《云泉诗》，汲古阁景钞《南宋六十家小集》本，第25页b。
⑤如梁昆《宋诗派别论》即持是说，长沙：商务印书馆，1938年，第139页。
⑥严羽《沧浪诗话·诗辨》："近世赵紫芝、翁灵舒辈，独喜贾岛、姚合之诗，……江湖诗人多效其体，一时自谓之唐宗。"见严羽撰、郭绍虞校释《沧浪诗话校释》，第27页。又许棐《跋四灵诗选》："斯五百篇出自天成，……芸居不私宝，刊遗天下，后世学者，爱之重之。"见《梅屋杂著》，第7页a。又赵希意《跋适安藏拙余稿》："四灵诗，江湖杰作也，……余季父天乐复与天台戴石屏讲明句法，而晚年益工。"见《适安藏拙余稿》，汲古阁景钞《南宋六十家小集》本，第1页a。

先,在时间上,江湖诗人中有许多与四灵生活在同时,这有大量的酬赠诗为证。其次,在社会地位上,他们大都是下层知识分子,四灵也带有些清客的味道。第三,在诗歌理论上,他们多宗晚唐,反江西。第四,在诗歌创作上,他们的许多诗写得通俗晓畅,清新灵巧,风格相同。而当时的批评家也有将二者视为一体的,如陈起刻《江湖集》,便收入了四灵的作品①。因此,四灵和江湖是不易分开的。当然,这样说,并不是抹杀二者间的区别,在江湖诗人中,与四灵诗风相异的诗人也有一些,甚至随着诗派的发展,还有一些人不满或批判四灵,我们后面将要谈到的刘克庄,就存在着这种倾向。对此,我的看法是:第一,任何文学流派都不可能是一个整齐划一的群体,流派内部风格相异或相反的情形是毫不奇怪的,而且,这种相异和相反,有时往往会成为促进流派走向深化的因素。从文学史的实际看,江湖诗派的发展也正是如此。第二,江湖诗派本来就是一个芜杂的群体,在诗派成员中,不仅有许多人学习四灵,也有一些人学习江西②。这是一个客观存在,同时也说明了这个诗歌流派的特殊性。因此,尽管事实上四灵是江湖的先驱,江湖是四灵的发展,相通而不全相同,但由于二者关系的

----

① 周密《齐东野语》卷十六"诗道否泰"条载江湖诗祸事,云赵师秀亦受牵累,是赵诗曾被刊入《江湖集》。见周密《齐东野语》,北京:中华书局,1983年,第292—293页。又《永乐大典》卷三百四、卷三百五《中兴江湖集》下,分别收有翁卷、赵师秀的诗,据此,我推测,"四灵"中其他二位的诗,也可能见收于《江湖集》或《中兴江湖集》。

② 如刘过、敖陶孙等人的诗歌就带有江西风调。当代学者已经注意到了这个问题,如梁昆在《宋诗派别论》中认为,《江湖小集》中隶籍江西的二十七位诗人,"多半出自江西派"。梁氏以籍贯来划派,未免太绝对,但他所说的情形却是存在的,见《宋诗派别论》,第155页。

天然的密切性,仍可视为一个整体。循着这一思路,在本书中,我将把文学史上的所谓"四灵"和"江湖"加以合并,通称江湖诗派。

对江西诗风的纠正,反映了江湖诗派变革诗风的主观要求和自觉意识。另外,江湖诗派的出现,在客观上是对宋代盛行的理学诗的反动。

宋代学术文化发达,流派众多,仅就理学而言,先后出现了关学、洛学、闽学、心学等派别,出现了许多著名的理学家,如周敦颐、邵雍、程颢、程颐、杨时、朱熹、陆九渊、真德秀、魏了翁、金履祥等。理学在北宋已有了较大的发展,衍及南宋,又开创了极盛的局面。开禧三年(1207)史弥远执政后,更确立了理学的正统地位。

理学家的诗作和诗论,别具一格,在宋代有着一定的影响,因此,后人有称其为理学诗派的①。随着理学诸子日渐得到统治阶级的重视,理学诗也就颇为盛行。江湖诗派要想开辟自己的领域,对这种诗风不能不作出自己的认识和反应。这主要表现在以下三个方面:第一,理学家鄙薄作诗,如程颐云:"某私不作诗,亦非是禁止不作,但不欲为此闲言语。且如今能言诗无如杜甫,如云:'穿花蛱蝶深深见,点水蜻蜓款款飞。'如此闲言语,道出作甚?"②而江湖诗人则多以诗为业,有的把终生精力投入作诗之中,乐此不疲。第二,理学诸人认为诗是"以诗人比兴之体,发圣人义理之秘"③。因此,在诗中大谈义理,往往索然无味。如朱熹

---

① 如梁昆《宋诗派别论》即有此说法,第 164 页。
② 程颢、程颐《河南程氏遗书》卷十八,《国学基本丛书》,上海:商务印书馆,1935 年,第 263 页。
③ 真德秀《咏古诗序》,《真文忠公文集》卷二十七,《四部丛刊》集部第 1275 册,第 18 页 a。

《克己》:"宝鉴当年照胆寒,向来埋没太无端。只今垢尽明全见,还得当年宝鉴看。"①当然,朱熹的诗颇有佳作,在道学家中,他在文学创作方面的成就是最高的,并不都是这样一种说教的面孔,但许多理学诗却的确如此。江湖诗派反其道而行之,追求诗歌的生动性和形象性,使诗恢复了其文艺作品的面目。第三,理学家不重视诗歌的艺术技巧,不愿意在形式上下功夫。如邵雍《无苦吟》云:"平生无苦吟,书翰不求深。"②金履祥《作〈深衣小传〉,王希夷有绝句索和韵》云:"莫把律诗较声病,圣贤工夫不此如。"③江湖诗派则注重完善诗歌的艺术形式。如四灵认为:"以浮声切响、单字只句计巧拙,盖风骚之至精也。"④号称苦吟的,在江湖诗人中更是屡见非一见。这些,在客观上都是与理学诸子的创作理论和创作实践相矛盾的。

　　江湖诗派主观上对江西诗派的反对和客观上对理学诗风的反动,使得它开拓了自己的领域,扩大了自己的影响,有了开宗立派,自立于诗坛之上的气魄。

　　文学见解、创作风格的一致,是江湖诗派形成的重要原因。

―――――――――――

① 金履祥辑《濂洛风雅》卷五十六,《丛书集成初编》第 1785 册,上海:商务印书馆,1935 年,第 117 页。

② 邵雍《伊川击壤集》卷十七,《四部丛刊》集部第 885 册,第 6 页 a。

③ 金履祥《仁山集》卷二,《景印文渊阁四库全书》第 1189 册,第 795 页。

④ 叶适《徐文渊墓志铭》,《叶适集》卷二十一,第 410 页。按:一般说来,江湖诗人对理学诗只是客观上的反动,但有的作家也曾对之进行过直接批评,如刘克庄《后村先生大全集》卷一百十一《跋恕斋诗存稿》云:"近世贵理学而贱诗,间有篇咏,率是语录讲义之押韵者耳。"《四部丛刊》集部第 1315 册,第 1 页 b。关于理学诗的一些问题,参看谢桃坊《略论宋代理学诗派》,载《文学遗产》1986 年第 3 期。

但是,江湖诗人能够聚集在一起,形成一个比较松散的组织,是与诗人们愈益鲜明的群体意识密切相关的。其中,起着重大作用的是诗社。

丹纳在《艺术哲学》中指出:"要刺激人的才能尽量发挥,再没有比这种共同的观念、情感和嗜好更有效的了。我们已经注意到,要产生伟大的作品,必须具备两个条件:——第一,自发的,独特的感情必须非常强烈……。第二,周围要有人同情,有近似的思想在外界时时刻刻帮助你,使你心中的一些渺茫的观念得到养料,受到鼓励,能孵化、成熟、繁殖。……人的心灵好比一个干草扎成的火把,要发生作用,必须它本身先燃烧,而周围还得有别的火种也在燃烧。两者接触之下,火势才更旺,而突然增长的热度才能引起遍地的大火。"[1]诗社当然并不一定就能产生好诗,更不用说是"伟大的作品",但这段话却告诉我们,文学家一旦具有群体意识,则能够更大程度上发挥个人的潜力,从而推动文学的发展。

为了更好地了解诗社,我们先要考察一下诗人唱和的风气。大约在《诗经》时代,唱和的形式便出现了,但是,真正以诗歌形式进行唱和的作品,则是东晋才产生的。其后,经过宋、齐、梁、陈,至唐代逐渐走向繁荣,到宋代达到了鼎盛[2]。

唐代诗人唱和风气很浓,如开元中,王之涣、王昌龄、崔国辅等曾"联唱迭和,名动一时"[3]。中唐以后,诗人们唱和的兴趣更

---

[1] 丹纳撰、傅雷译《艺术哲学》,北京:人民文学出版社,1963年,第136—137页。

[2] 参考同门巩本栋君《试论倡和与唐宋倡和诗》,未刊稿

[3] 白居易《故滁州刺史赠刑部尚书荥阳郑公墓志铭并序》,《白居易集》卷四十二,北京:中华书局,1979年,第923页。

大,活动也更自觉了。元白、皮陆的唱和,都在诗坛上享有盛名。如陆龟蒙,集中存诗六百三十首,唱和诗即在三百四十首以上。这个数字,见出一时风会。胡震亨云:"唐朝士文会之盛,有杨师道《安德山池宴集》、于志宁《宴群公于宅》、高正臣《晦日置酒林亭》、《晦日重宴》及《上元夜效小庾体》等诗。并吟流之佳赏,承平之盛事。"①这种文会的形式,以白居易等九人的香山九老会为极盛的标志,反映了中唐以迄晚唐诗人活动的一个重要特点。

　　到了宋代,唱和活动得到了进一步发展。著名的西昆酬唱,影响非常广泛,而庆历中则有徐祐九老会、马寻六老会,元丰中则有徐师闵九老会、文彦博五老会、洛阳耆英会等。有宋一代,此风盛行不衰,达到了空前的规模。下面将唐宋两代的主要唱和诗词集列一简表,以见唱和的盛况及其发展。

集名	作者	著录	存佚
《翰林学士集》一卷	唐太宗、许敬宗等	《中国丛书综录》	存
《辋川集》一卷	王维、裴迪	《旧唐书》卷一百九十《王维传》	存
《三州唱和集》一卷	元稹、白居易、崔玄亮	《新唐书》卷六十《艺文志》四	佚*
《元白唱和因继集》十七卷	元稹、白居易	白居易《白氏长庆集后序》	佚*
《刘白唱和集》五卷	刘禹锡、白居易	同上	佚*
《彭阳唱和集》三卷	刘禹锡、令狐楚	《新唐书》卷六十《艺文志》四	佚*
《吴蜀集》一卷	刘禹锡、李德裕	同上	佚*

①胡震亨《唐音癸签》卷二十七,上海:上海古籍出版社,1981年,第285页。

集名	作者	著录	存佚
《断金集》一卷	李逢吉、令狐楚	《新唐书》卷六十《艺文志》四	佚*
《渚宫唱和集》二十卷	裴均等	同上	佚
《荆潭唱和集》一卷	裴均、杨凭等	同上	佚
《盛山唱和集》一卷	韦处厚、元稹、白居易等	同上	佚*
《汉上题襟集》十卷	段成式、温庭筠、余知古等	同上	佚*
《松陵集》十卷	皮日休、陆龟蒙等	同上	存
《西昆酬唱集》二卷	杨亿、刘筠、钱惟演等	《崇文总目》卷五	存
《二李唱和集》一卷	李昉、李至	《宋史》卷二百九《艺文志》八	存
《翰林酬唱集》一卷	王溥、李昉、徐铉等	《通志》卷七十《艺文略》八	佚
《四释联唱诗集》一卷	佚名	《宋史》卷二百九《艺文志》八	佚
《山游唱和诗》一卷	杨蟠、释契嵩、惟晤	《中国丛书综录》	存
《嘉祐礼闱唱和集》三卷	欧阳修、梅尧臣等	《通志》卷七十《艺文略》八	佚*
《王安石建康酬唱集》一卷	王安石等	《宋史》卷二百九《艺文志》八	佚*
《汝阴唱和集》一卷	苏轼、陈师道、赵令畤等	《直斋书录解题》卷十五	佚*
《坡门酬唱集》二十三卷	苏轼、苏辙、黄庭坚等	《宋史》卷二百九《艺文志》八	存
《和陶集》十卷	苏轼、苏辙	《直斋书录解题》卷十五	存

续表

集名	作者	著录	存佚
《同文馆唱和诗》十卷	邓忠臣、张耒、晁补之等	《四库全书总目》卷一百八十六	存
《輶轩唱和集》一卷	洪皓、朱弁、张邵	《宋史》卷二百九《艺文志》八	佚*
《南岳唱酬集》一卷	朱熹、张栻、林用中	《四库全书总目》卷一百八十七	存
《萧秋诗集》一卷	徐文卿、赵蕃、赵汝谈等	《直斋书录解题》卷十五	佚
《和石湖词》一卷	陈三聘	知不足斋丛书	存
《和清真词》一卷	方千里	《宋六十名家词》	存
《和清真词》一卷	杨泽民	《宋元名家词》	存
《西麓继周集》一卷	陈允平	彊村丛书	存
《乐府补题》一卷	王沂孙、周密等	《四库全书总目》卷一百九十九	存

备注　在"佚"一栏中,凡加"＊"号者,则原集已佚,而作品部分散见别集中;凡不加"＊"号者,则原集和作品并已佚。

唱和之风与诗派的形成有着密切的关系。如唐太宗大历年间,李端"与卢纶、吉中孚、韩翃、钱起、司空曙、苗发、崔洞、耿湋、夏侯审唱和,号十才子"①。我们探讨大历诗派的形成,不能不考虑这个因素。唱和为诗歌流派的形成创造了某种必要条件,如果以某种形式使唱和固定下来,变得经常性,有目的性,则往往可以促进诗派的形成。这里,起着重要中介作用的是诗社。

---

① 姚合《极玄集》卷上,李端小传,见《唐人选唐诗》,上海:上海古籍出版社,1978年,第325页。

　　诗社大约兴起于中唐以后，与唱和之风的大盛是同步的。见于文献的，如司空曙《岁暮怀崔峒耿湋》：

　　　　洛阳旧社各东西，楚国游人不相识。①

高骈《寄鄠社李遂良处士诗》：

　　　　吟社客归秦渡晚，醉乡渔去渼陂晴。②

沿及北宋，诗社得到了发展。吴可《藏海诗话》云：

　　　　幼年闻北方有诗社，一切人皆预焉。屠儿为《蜘蛛》诗，流传海内……。元祐间，荣天和先生客金陵，僦居清化市，为学馆。质库王四十郎、酒肆王念四郎、货角梳陈二叔皆在席下，余人不复能记。诸公多为平仄之学，似乎北方诗社。③

下层市民也可结社吟诗，一方面见出文化的普及和文化素质的提高；另一方面也说明，诗社这一形式已在社会上十分普遍了。

　　南宋诗人结社的风气更浓，影响所及，一些高级官吏也多入社唱酬④。这反映出，人们通过诗歌加强联系，扩大影响的愿望大为加强，对诗艺的探讨和切磋已成为不同阶层人士的共同的主观要求，也就是说，群体意识更为强烈了。在江湖诗派活动的时代，据不完全统计，有粉社、山中后社、东嘉诗社、江社、桐阴吟社、

---

①《全唐诗》卷二百九十三，北京：中华书局，1960年，第3328页。

②《全唐诗》卷五百九十八，第6917页。

③吴可《藏海诗话》，见丁福保辑《历代诗话续编》，北京：中华书局，1983年，第341页。

④如官至朝议大夫的王齐舆（崇祯《宁海县志》卷七《人物志》："［王］与名公巨卿酬倡，语多奇崛，社中目为'诗虎'。"见《中国方志丛书》第503号，台北：台湾成文出版社，1983年，第390页）、官至参知政事的范成大（《昆山郡志》卷四《人物志》："乐备……登绍兴进士第，仕至军器监簿，与范石湖诸公结诗社"。见《中国方志丛书》第435号，第2625页）等。

江湖社、西湖诗社等不少诗社存在，而一些通常被认为是江湖诗人的作家，如严粲、薛嵎、王琮、李涛、孙惟信、苏泂、徐集孙、林希逸、刘翼、敖陶孙、李贾、戴复古、利登、赵崇嶓、黄文雷、潘牥、赵庚夫、刘翰、潘柽、胡仲弓、赵希榕、叶茵、高翥、林尚仁、张蕴、薛师石、赵师秀、刘克庄等，都是诗社中人，可见一时盛况。

　　诗社虽是自发的，但在一定程度上仍带有组织性。互相唱酬、切磋诗艺、品第高下，是其活动的重要内容。王绰《薛瓜庐墓志铭》云：

　　　　永嘉之作唐诗者，首四灵。继灵之后，则有刘咏道、戴文子、张直翁、潘幼明、赵几道、刘成道、卢次夔、赵叔鲁、赵端行、陈叔方者。作而鼓舞倡率，从容指论，则又有瓜庐隐君薛景石者焉。诸家嗜吟如啖炙，每有文会，景石必高下品评之，曰：某章贤于某若干，某句未圆，某字未安。诸家首肯而意惬，退复竞劝："语不到惊人不止。"①

这是以薛师石为首的一群江湖诗人结社活动的情形。薛氏指论

_____

① 载《瓜庐诗》附录，第3页a。按，薛师石《秋晚寄赵紫芝》云："闲看篱下菊，忽忆社中人。"见《瓜庐诗》，汲古阁景钞《南宋六十家小集》本，第8页b。可知永嘉诸诗人多结吟社，而薛的情形略同于诗社领袖，即所谓"社头"（《于湖居士文集》卷四十《与黄子默书》，张孝祥见黄子默诗，"敛然心服"，谓其"直可作社头矣"。上海：上海古籍出版社，1980年，第403页）。至于诗社中品第高下的活动，最具体、最有代表性的，莫过于宋元之际的月泉吟社了。月泉吟社是吴渭发起组织的诗社，以"春日田园杂兴"为题，邀请各地诗社踊跃投稿，并请谢翱、吴思齐参加评选，在二千多位诗人中，选出了前六十名。这一活动，反映出诗人群体意识的进一步加强，反映出诗社间横向联系的密切。而散布在不同诗社的诗人，愿意接受同一标准的评判，这对统一诗风，当不无影响。月泉吟社距江湖诗人活动的时间很近，这种形式当然不是突然出现的。

诸作,"高下品评之",而诸家皆"首肯而意惬",这显然对提高诗艺有着重要的作用。

但是,从另一方面看,由于入社者多情趣相投,诗风相近,因此,也不免产生标榜之习。林希逸谈到当时的诗坛风气时云:

> 学贵自知。求知于人,未必以情告我。江湖诸友人人有序有跋,若美矣。或以其浅淡,则曰玄酒太羹;或以其虚泛,则曰行云流水;疏率失律度,则以瑞芝昙华比之;放浪无绳束,则以翔龙跃凤誉之。讥侮变幻,而得者亦自喜。①

正如我们所熟知的,标榜与形成宗派往往密切相关,江湖诗人既盛行标榜之风,故其以群体的面目出现,亦属事有必至。

综上所述,我们可以说,从文学上看,江湖诗派是在诗人的群体意识大大加强之时,适应着诗坛上呼唤新的诗歌精神的需要而产生的。

三、个人因素

(一)陈起的组织作用

江湖诗派的形成,固然是因为社会的、文学的客观需要,但陈起在其中的声气鼓吹、组织联络作用也不可忽视。

陈起,字宗之,号芸居,生年不详,卒于宝祐四、五年间(1256—1257)。他开书肆于临安府棚北大街睦亲坊,集诗人、选家和书商的身份于一身,活跃在当时的诗坛上。

---

① 林希逸《林君合四六跋》,《竹溪鬳斋十一稿续集》卷十三,《景印文渊阁四库全书》第1185册,第683页。

南宋时期，商品经济发展很快，一定程度上冲击了鄙视商业的传统观念。陈耆卿《嘉定赤城志》云：

> 古有四民，曰士，曰农，曰工，曰商。士勤于学业，则可以取爵禄；农勤于田亩，则可以聚稼穑；工勤于技艺，则可以易衣食；商勤于贸易，则可以积财货。此四者，皆百姓之本业，自生民以来，未有能易之者。①

明确地将商业与士、农、工并称"本业"。商业既为本业，则商人的社会地位自然提高。正如黄震所云："士、农、工、商，各有一业，元不相干，……同是一等齐民。"②这样一种观念，不仅刺激了商业的繁荣，而且促进了商人队伍的多层次化。当时，官僚、士人经商者，已经成为习以为常的社会现象③。官与商、士与商的融合和渗透，非常明显。

在这种浓厚的商业气氛中，刻书业得到了进一步发展。除了浙江、福建和四川作为全国的刻书中心，发展规模较之北宋更大外，江淮、湖、广等地的刻书业也相继兴起④。可以说，书籍作为一种商品，在南宋有了更为广泛的社会需求。

---

① 陈耆卿《嘉定赤城志》卷三十七《风俗门·土俗·重本业》。见《景印文渊阁四库全书》第 486 册，第 932 页。
② 黄震《黄氏日抄》卷七十八"又晓谕假手代笔榜"条，台北：大化书局，1984 年，第 823 页。
③ 吴自牧《梦粱录》卷十三"铺席"条有"楼太丞药铺"、"杨将领药铺"、"张官人诸史子文籍铺"等，见《丛书集成初编》第 3220 册，上海：商务印书馆，1939 年，第 113—114 页。这都可能是官吏所营商业，因以官称为字号。至于士人经商的，则陈起便是一个典型的例子。参看徐吉军《宋代都城社会风尚初探》，载《浙江学刊》1987 年第 6 期。
④ 参看宿白《南宋的雕版印刷》，《文物》1962 年第 1 期。

　　社会的发展刺激了刻书业的发达，从另一方面看，书商对社会的状况也必然加以密切关注。因为，一般说来，书商以营利为目的，他们所刻的书，多是社会需求量大、销路好的书。在这个意义上，不妨说，从书籍的刊刻上可以看出社会的需求。如孝宗诏进士骑射，书坊便刊出《增广射谱》①，韩侂胄准备北伐，书坊便编成《三国六朝五代纪年总辨》，"以备程试答策之用"②。《宏辞总类》一书，初编于绍兴年间，几十年来，一续再续，而嘉定元年（1208）之后，"时相不喜此科"，遂不再有人续刻③。这样，一方面，书商的活动反映了社会的需求；另一方面，又在客观上刺激着这种需求，使其更为广泛化。明确了这一点，有助于我们理解陈起在江湖诗派形成中的作用。

　　作为一位书商，陈起所刊之书的种类很多，但就文学方面而言，他显然对中晚唐诗更有兴趣，时人誉其"诗刊欲遍唐"④，当非虚言。这些诗集，现在尚知的，有《韦苏州集》、《碧云集》、《朱庆余诗集》、《李贺歌诗》、《李群玉诗》、《孟东野集》、《吕叔和集》、《许丁卯集》、《周贺诗集》⑤等。联系当时诗坛上盛行的晚唐诗风，不难

①陈振孙《直斋书录解题》卷十四《增广射谱》提要，上海：商务印书馆，1937年，《丛书集成初编》第47册，第389页。

②《四库全书总目》卷八十九《三国六朝五代纪年总辨》提要，北京：中华书局，1965年，第758页。

③陈振孙《直斋书录解题》卷十五《宏辞总类》提要，《丛书集成初编》第47册，第427页。

④周端臣《挽芸居二首》之一，《江湖后集》卷三，《景印文渊阁四库全书》第1357册，第755页。按，当时所谓"唐"，指中晚唐，尤指晚唐而言，说见钱钟书《谈艺录》之"放翁与中晚唐人"条（北京：中华书局，1984年，第123—125页）等。

⑤见《武林藏书录》卷中，《丛书集成续编》第66册，上海：上海书店，1994年，第26页。又寒云手写所藏宋元本提要二十九种（转引自宿白《南宋的雕版印刷》，《文物》1962年第1期，第18页）。按：吕叔和疑为吕和叔之误。

看出,陈起之所为迎合了那一特定的诗歌风会,并在一定程度上起到了推波助澜的作用。

但是,如果仅限于此,那么,他对江湖诗派的形成,也只不过起点间接作用而已。陈起的贡献,更主要地表现在他通过开书铺与江湖诗人的联系上。

首先,他为同时江湖诗人刊诗,常常兼有选家的身份。黄文雷《看云小集》自序云:"芸居见索,倒箧出之,料简仅止此。自《昭君曲》而上,盖经先生印正云。"①又许棐《梅屋四稿》自跋云:"甲辰一春诗,诗共四五十篇,录求芸居吟友印可。"②又张至龙《雪林删余》自序云:"予自髫龀癖吟,所积稿四十年,凡删改者数四。比承芸居先生又为摘为小编,特不过十四之一耳。……予遂再浼芸居先生就摘稿中拈出律绝各数首,名曰《删余》。"③陈起将这三位诗人的作品选为小集,当然带有使其易售的目的,但也不可否认,其中还有艺术上的考虑。陈起的审美观即对晚唐诗的偏嗜,不可避免地要影响他对所刊之书的选择。由于陈起为江湖诗人刊诗是常见而且多见的,因此,他的影响自然便反映在其中。

其次,他往往直接向诗人索诗,有类于现在出版社的组稿。黄文雷的例子已见上,又危稹《赠书肆陈解元》二首之一云:"巽斋幸自少人知,饭饱官闲睡转宜。刚被旁人去饶舌,刺桐花下客求诗。"④又赵师秀《赠陈宗之》云:"每留名士饮,屡索老夫吟。"⑤这

---

①黄文雷《看云小集》,汲古阁景钞《南宋六十家小集》本,第1页 a。
②许棐《梅屋四稿》,汲古阁景钞《南宋六十家小集》本,第7页 a。
③张至龙《雪林删余》,汲古阁景钞《南宋六十家小集》本,第1页 a—b。
④危稹《巽斋小集》,汲古阁景钞《南宋六十家小集》本,第4页 b。
⑤赵师秀《清苑斋诗集》,见《永嘉四灵诗集》,杭州:浙江古籍出版社,1985
　年,第247页。

说明,陈起经常关注着同时江湖诗人的创作情况,并与他们保持着最密切的联系。江湖诗人作为陈宅书铺的基本作者队伍,其创作自然得到了陈起的鼓励和扶持。

第三,陈起的书铺是当时江湖诗人的一个活动中心。在他这里可以借书,张弋《夏日从陈宗之借书偶成》云:"案上书堆满,多应借得归。"①又杜耒《赠陈宗之》云:"成卷好诗人借看。"②又赵师秀《赠陈宗之》云:"最感书烧尽,时容借检寻。"③这样,他的书铺便兼有了图书馆的性质。另外,对一些无力购书的贫士,他还赠送书籍,允许他们赊书。许棐《陈宗之叠寄书籍小诗为谢》云:"君有新刊须寄我,我逢佳处必思君。"④又黄简《秋怀寄陈宗之》云:"惭愧陈征士,赊书不问金。"⑤这样,他的书铺就并不完全是商业性经营,而一大群江湖诗人聚集在他的周围,也不完全是功利性交往。题为陈起所编的《南宋六十家小集》,六十位诗人中,有十八位和他有唱酬⑥,足见他在当时的号召力和凝聚力。

最能够反映出陈起的影响的,是他在宝庆元年(1225)所刊刻的《江湖集》。这部集子,标志着江湖诗派开始左右诗坛,管领一代风骚。书一刊出,即引起很大反响。时人写诗赞云:"雕残沈谢陶居首,披剥韦陈杜不卑。谁把中兴后收拾? 自应江左久

①张弋《秋江烟草》,汲古阁景钞《南宋六十家小集》本,第1页b。
②陈起辑《前贤小集拾遗》卷三,见《丛书集成三编》第34册,台北:新文丰出版公司,1996年,第619页。
③赵师秀《清苑斋诗集》,见《永嘉四灵诗集》,第247页。
④许棐《梅屋四稿》,第6页b。
⑤陈起辑《前贤小集拾遗》卷四,第630页。
⑥参看附录四《〈江湖集〉编者陈起交游考》。

参差。"①显然，若没有陈起这样的人，取得这种效果是不可能的。

　　学术界有这样一种看法，即认为江湖诗派的形成时间应"以《江湖集》的出现为基点向前追寻"，因为《永乐大典》引录的诸江湖诗集中有一些生活在北宋、南北宋之交或南宋前期的诗人②。这个意见无疑是值得重视的。但是，"向前追寻"不应没有度的限制。我认为，江湖诗派的形成应以嘉定二年（1209）划线，以《江湖集》的出现为主要标志。因为，第一，陆游卒于嘉定二年，至此，"南宋四大家"俱已谢世，江湖诗派有了填补诗坛真空的必要与可能。第二，《永乐大典》引录的《江湖集》并非陈起原刻，不能如实反映当时的面貌。第三，陈起刻《江湖集》，出于多种考虑，主观上并不一定是通过刊行诗集开列一份列籍江湖诗派的作家名单，因此，收入《江湖集》中的作家，并不一定都是江湖诗派的成员③。所以丁丙《善本书室藏书志》之《群贤小集》提要便曾指出，陈起"收刻海内诗人小集，虽十数叶，亦名一家。命曰《江湖集》。盖一时举场游客炫名之资，并名公贵人小卷，间及北宋所遗，本无一定家数卷数"④。第四，陈起《江湖集》所收绝大部分是南宋人诗（尤以南宋中期以后诗为多）。上举韩淲诗题云："钱塘刊近人诗。"又陈振孙《直斋书录解题》之《江湖集》提要云：其书乃"取中兴以来江湖之士以诗驰誉者"⑤刊之，又附录四论及蒋廷玉时，曾言其《赠

①韩淲《〈江湖集〉钱塘刊近人诗》，《涧泉集》卷十四，《景印文渊阁四库全书》第 1180 册，第 761 页。
②费君清《〈永乐大典〉中发现的〈江湖集〉资料论析》，《杭州大学学报》1988年第 1 期。
③参看附录一《江湖诗派成员考》。
④丁丙《善本书室藏书志》卷三十八，清光绪辛丑年钱塘丁氏刊本，第 20 页 a。
⑤陈振孙《直斋书录解题》卷十五，《丛书集成初编》第 47 册，第 428 页。

陈宗之》诗中有"南渡好诗都刻尽"语,都可为证。第五,陈起刻《江湖集》,既总结了宝庆之前一个阶段的创作成果,也推动了宝庆后江湖诗风的大普及。今存各种版本的题为陈起所编的江湖诗集,端平(1234—1236)以后的作品占相当的比例,即可看出这种影响。第六,更为重要的是,由于陈起刊刻《江湖集》,使得江湖诗人作为一个群体,在诗坛上站了起来,由过去散漫的聚合,一变而为集团性的行动,从而大大扩展了诗派的社会影响。鉴于这些,对陈起刊刻《江湖集》这一行动在江湖诗派形成中的意义,必须给予充分的估价。

以上所述,都说明了陈起在江湖诗派的形成中所起到的重要的、不可缺少的作用,时人推其"气貌老成闻见熟,江湖指作定南针"①,正是对他的这种作用的肯定。

(二)刘克庄的领袖作用

任何一个完整意义上的社会团体或派别,都有自己的领袖。对于一个诗派来说,领袖不仅应当具有最高的创作水平,而且也要具有促进诗派壮大,推动诗派发展的能力。由于中国古代文学中关于流派的划分过于宽泛,领袖产生的情形是并不相同的。如江西诗派的领袖黄庭坚,他是由于自己富有独创性的创作,吸引了一批作家,围绕在他的周围,对他的诗风进行学习和摹仿,因而确立了自己的领袖地位。刘克庄则不同。他在江湖诗派中的行辈并不早,在他登上诗坛时,江湖诗风已开始普及。他的领袖地位,是在江湖诗派的形成和发展中,由于个人条件突出而被确立的。下面略加论述如次。

①叶茵《赠陈芸居》,《顺适堂吟稿》丙集,汲古阁景钞《南宋六十家小集》本,第7页a。

　　第一,刘克庄诗名很大,在当时诗坛上成就突出。宝庆元年
(1225),《江湖集》出,刘克庄"《南岳稿》与焉"①。这是刘克庄在
陈起的帮助下,第一次以自己的创作,向诗坛显示了实力。叶适
《题刘潜夫〈南岳诗稿〉》云:四灵时"刘潜夫年甚少,刻琢精丽,语
特惊俗,不甘为雁行比也。今四灵丧其三矣,……而潜夫思益新、
句愈工,涉历老练,布置阔远。建大将旗鼓,非子孰当?"②叶适的
推重,充分表明,在江湖诗风的开创者四灵凋零之后,诗坛呼唤着
自己的领袖,而《南岳稿》的问世,正标志着刘克庄被推上历史舞
台。同时江湖诗人对《南岳稿》评价极高,如武衍云:"细评《南岳
稿》,远过后山诗。"③虽不免过甚其辞,但一时趋向大致如此。此
后四十余年,刘克庄雄距诗坛,主持风雅,更加确立了领袖的地
位。戴复古评其诗云:"八斗文章用有余,数车声誉满江湖。"④又
张埴云:"我看后村诗,未许后生到。"⑤又许棐云:"细把刘郎诗读
后,莺花虽好不须看。"⑥林希逸言其为"学诗者宗焉,学文者宗
焉,学四六者宗焉"⑦,当非虚誉。刘克庄杰出的创作才能,使他

---

① 方回《瀛奎律髓》卷二十刘克庄《落梅》评,见方回选评、李庆甲集评《瀛奎
　　律髓汇评》,上海:上海古籍出版社,1986 年,第 843 页。
② 叶适《叶适集》卷二十九,第 611 页。
③ 武衍《刘后村被召》,《适安藏拙稿》乙卷,第 8 页 a。
④ 戴复古《寄刘潜夫》,《石屏诗集》卷七,《四部丛刊续编》集部第 419 册,第
　　14 页 b。
⑤ 张埴《书后村诗卷》,《诗渊》,北京:书目文献出版社,1984 年,第 6 册,第
　　4236 页。
⑥ 许棐《读〈南岳新稿〉》,《梅屋诗稿》,汲古阁景钞《南宋六十家小集》本,第
　　14 页 a。
⑦ 林希逸《后村先生刘公行状》,载《后村先生大全集》卷一百九十三,《四部
　　丛刊》集部第 1322 册,第 2 页 a。

受到了同辈和后辈诗人的学习和仰慕。

第二,刘克庄喜欢提携后进,受到江湖诗人的追随。一位深深仰慕他的江湖诗人这样写道:

> 江湖从学者,尽欲倚刘墙。自笑尘埃眯,难薰衣钵香。薜萝缘古树,桃李背春场。萤爝飘流去,能依万丈光?①

另一位江湖诗人读了刘克庄的诗后写道:

> 挑灯看彻后村诗,忽尔憧憧百所思。不待人言已知错,要知分定盍如斯。②

"句法间从《南岳》出"③的邹登龙,对自己的老师非常感激,希望自己通过学习,"倘令舐鼎随鸡犬,凡骨从今或可仙。"④刘诗的这种感召力和刘克庄本人对后进的指导,客观上引导着诗风的趋向。刘克庄晚年自述云:

> 余少嗜章句,格调卑下,故不能高。既老,遂废不为。然江湖社友犹以畴昔虚名相推让,虽屏居田里,载贽而来者,常堆案盈几,不能遍门(阅)。⑤

这段话,可以视为"江湖从学者,尽欲倚刘墙"二句的注脚。由此

---

① 胡仲弓《王用和归从莆水寄呈后村》,《苇航漫游稿》卷二,《景印文渊阁四库全书》第1186册,第679页。
② 朱南杰《夜坐书怀》,《学吟》,汲古阁景钞《南宋六十家小集》本,第6页b。
③ 姚镛《读邹震父诗集》,载邹登龙《梅屋吟》附录,汲古阁景钞《南宋六十家小集》本,第10页b。
④ 邹登龙《寄呈后村刘编修》,《梅屋吟》,第5页a。
⑤ 刘克庄《送谢倅序》,《后村先生大全集》卷九十六,《四部丛刊》集部第1312册,第15页b。按,这种请求刘克庄为之题品的事是经常发生的,《后村先生大全集》卷一百十《林子彬诗跋》云:"玉融林君子彬示诗七十篇,其言曰:'吾藏之以待后子云,然其人不可待。今江湖间多以此事推君,试为吾评之。'"说得较为直接。见《四部丛刊》集部第1315册,第6页a。

可以见出,刘克庄对江湖后进的指导和提携是经常的。他的集子中大量的序跋和赠答诗,便是有力的证明。这些,使他身上的凝聚力大大加强。

　　另外,刘克庄得到江湖诗人的追随也与他的官职有关。刘克庄早年漂泊江湖,后以荫得官,一直做到工部尚书兼侍讲。如我们所熟知,江湖诗人多是些游士,他们以诗为业,行谒江湖,需要获得显人的称扬,谓之"阔匾"。前面提到江湖社友来访刘克庄,"载贽而来者,常堆案盈几",其中便有这方面的因素。如吴龙翰《上刘后村书》云:

　　　　某不揆,谨献小诗一编,用请命于下执事。惟先生涵之以天地之量,恢之以造化之仁。宫商焦桐,青黄断木,不吝椽笔,赐以品题。俾黄茅白苇,勃然于生意之中;兔葵燕麦,动摇于春风之外。毋庸韩、欧专美于前时,而郊、岛穷困之鸣,不至汩没于后日矣。①

这种功利性的目的,在江湖诗人中并不少见,但刘克庄既然为之品题,不可避免地要注入自己的审美情趣,在客观上,也就起到了指导诗歌创作的作用。

　　第三,刘克庄有着比较丰富的诗歌创作理论。这一点,当时江湖诸子无人能及。四库馆臣称其《后村诗话》"论诗则有其条理。……大旨则精核者多,固迥在南宋诸家诗话上也"②。推许可能有点过当,但刘克庄的诗论的确有其特色。

　　对刘克庄诗歌理论的全面评价,我打算在后面有关章节中进一步展开,这里只重点讨论与当时诗风有关的部分。

————————

① 吴龙翰《古梅遗稿》卷六,《景印文渊阁四库全书》第 1188 册,第 866 页。
② 《四库全书总目》卷一百九十五《后村诗话》提要,第 1788 页。

江湖诗派反江西,学晚唐,刘克庄在理论上进行了大力的宣传。下面两段论述较有代表性:

> 古以王官采诗,子教伯鱼学诗,诗岂小事哉?古诗远矣,汉魏以来,音调体制屡变,作者虽不必同,然其佳者必同。繁浓不如简淡,直肆不如微婉,重而浊不如轻而清,实而晦不如虚而明,不易之论也。①

> 南昌徐君德夫为方遇时父作诗评,其论甚高。盖今之为诗者尚语而德夫尚志(意),尚巧而德夫尚拙。矣(以)德夫之论,考时父之诗,往往意胜于语,拙多于巧。时父可谓善为诗,而德夫可谓善评诗矣。抑余愿有献焉。世所以宝贵古器物者,非直以其古也。余尝见人家藏盘匜鼎洗之属,凡出于周汉以前者,其质甚轻,其范铸极精,其款识极高简,其模拟物象,殆类神鬼所为,此其所以为贵也。苟质范无取,款识不合,徒取其风日剥裂,苔藓模糊者而宝贵之,是土鼓瓦釜得与清庙钟鼓并陈也。时父勉之。②

以轻清精圆代替重拙繁浓,持论虽与其他江湖诗人无大异处,然并江西诗病而言之,便更具体、更鲜明。尤其值得重视的是,他指摘方遇作诗之弊,在诗法上予以引导,这既是对后学的提携,又是同江西诗派争夺力量。在这种情况下,他的理论自然更见效力。在评论林子彬时,说其诗"律体若造语尖新,然视晚唐四灵犹恨欠追琢"③,并进而

---

① 刘克庄《跋真仁夫诗卷》,《后村先生大全集》卷九十九,《四部丛刊》集部第1312 册,第 4 页 b。

② 刘克庄《表弟方遇诗跋》,《后村先生大全集》卷一百,《四部丛刊》集部第1313 册,第 4 页 a。

③ 刘克庄《林子彬诗跋》,《后村先生大全集》卷一百十,《四部丛刊》集部第1315 册,第 6 页 b。

指出学诗的方法。由于刘克庄有着自己的理论,并且将这种理论贯穿到对后学的指导中,因此,他的主张能够得到积极的响应。

　　一个流派若要得到发展,除了要具备同化的过程(使不完全一致的风格中含有某种根本上的一致性)外,还必须具备深化的过程(不断注入新的东西)。刘克庄论诗求变,其引王南卿语云:"□恶蹈袭,其妙在于能变。"①又论何谦诗云:"君稍变体,借虚以发实,造新以易腐,因难以出奇。"②求变的理论,为江湖诗派的发展注入了新生命,也对后代诗论产生了积极的影响。

　　这方面最突出的表现,见于他对"四灵"的批评。其《瓜圃集序》云:

　　　　近岁诗人,惟赵章泉五言有陶、阮意,赵蹈中能为韦体。如永嘉诗人,极力驰骤,才望见贾岛、姚合之籓而已。余诗亦然。十年前始自厌之,欲息唐律,专造古体。③

在《刘圻父诗序》中,他也说:"余尝病世之为唐律者,胶拏浅易,窘局才思,千篇一体。"④不客气地指责"四灵"及其追随者。事实上,刘克庄早年也是学"四灵"的,他与赵师秀和翁卷还是很好的朋友。他能指出"四灵"之弊,可见他超越了自己,也超越了"四灵"。在他带动之下,一批江湖诗人跳出晚唐、"四灵"的樊篱,宣称要以盛唐、杜甫作为学习的榜样,这无疑使得后期江湖诗派有了新的生命力。虽然绝大部分江湖诗人的创作实绩是不足道的,

---

①刘克庄《王南卿集序》,《后村先生大全集》卷九十四,《四部丛刊》集部第1311册,第12页b。

②刘克庄《题何谦诗》,《后村先生大全集》卷一百六,《四部丛刊》集部第1314册,第4页a。

③刘克庄《后村先生大全集》卷九十四,《四部丛刊》集部第1311册,第5页b。

④刘克庄《后村先生大全集》卷九十四,《四部丛刊》集部第1311册,第3页a。

但这种趋向仍值得注意。

　　由于以上三个方面所确立的领袖地位，使得刘克庄在江湖诗派的发展中起到了至关重要的作用。

第二章　文化传统的倾斜

——江湖谒客的生活形态及其他

一、问题的提出

中国的文化传统,发展到宋代,进入了一个新的阶段。宋代的知识分子①,以儒学为根本,融汇其他思想学说(尤其是佛教)的积极精神,建构了独特的思想体系。同时,在立身之道上,把"先天下之忧而忧,后天下之乐而乐"的境界作为自觉的行为规范,要求光明坦荡,品格端方,反俗归雅,昭示着向上一路。这些,构成了宋代知识分子的独特人格,也确立了此后中国知识分子的主导精神。

然而,一切事物都有着两面性。如果说,中国的文化传统基本上定型于宋代的话,那么,同时还应该看到,背离这一传统的现象,也在宋代大量出现了。这后一点,往往为许多论者所忽视。事实上,只有把传统的正负面结合起来看,才能够真正理解宋代

————————

① 知识分子本是西方的概念,有着特殊的涵义。对此,本书不作详细考辨。本书所提到的知识分子,大较可以指中国的士、士大夫或读书人,因此,这几个概念往往并用。

的知识分子,进而真正理解在中国历史发展中有着独特意义的宋代社会①。

本章拟通过分析南宋江湖谒客的生活形态及其相关的诸问题,对此略事讨论②。

二、非官非隐阶层的出现

仕与隐,是中国封建社会中知识分子的两种最基本的生活方式。

关于入仕问题,这里不准备多说。因为,在社会分工不细、以官为本位的封建社会中,出仕几乎是知识分子唯一可走的道路。

隐士在中国起源很早。最初,大抵带有不满现实而避世的性质。《庄子》云:"古之所谓隐士者,非伏其身而弗见也,非闭其言而不出也,非藏其知而不发也,时命大谬也。当时命而大行乎天下,则反一无迹;不当时命而大行乎天下,则深根宁极而待。此存身之道也。"③"存身",略同于后来所说的"独善其身"。在阶级矛盾和民族矛盾激化的时候,这种情形表现得最为明显。

其后,隐逸的行为日渐普遍,特别是道家思想盛行之后,隐逸便不仅是逃避社会动乱,不满黑暗政治的必然行径了。它的存在,往往是为了追求一种人格,追求一种情趣,追求一种体验。它本身便是目的,便有内在价值。《后汉书·逸民传序》云:"或隐居以求其志,或回避以全其道,或静己以镇其躁,或去危以图其安,

---

① 参看余英时《士与中国文化》,上海:上海人民出版社,1987年。
② 关于南宋江湖谒客形成的原因,参看附录二《南宋江湖谒客考论》。
③ 见《缮性》篇,郭庆藩《庄子集释》,北京:中华书局,1961年,第555页。

或垢俗以动其概,或疵物以激其清。然观其甘心畎亩之中,憔悴江海之上,岂必亲鱼鸟、乐林草哉?亦云性分所至而已。"①这六种类型的划分虽略显含糊,但不失为较全面的概括。其中的关键是"性分所至"。李泽厚认为,到了宋代,隐逸才开始成为社会性的退避②,事实上,在此之前,早有端倪。

　　隐逸虽然是一件不失为高雅的事情,但若无一定的物质条件保障,也非常人所能忍受。像袁闳"首不着巾,身无单衣,足着木履"③;焦先"或数日一食"④;郭文在"穷谷无人之地,倚木于树,苫覆其上而居焉"⑤,其生活条件都非常情所能堪。为了解决这一矛盾,早在西汉,已经出现了一种变通的说法。《史记·滑稽列传》云:"(东方)朔行殿中,郎谓之曰:'人皆以先生为狂。'朔曰:'如朔等所谓避世于朝廷间者也,古之人乃避世于深山中。'时坐席中酒酣,据地歌曰:'陆沉于俗,避世金马门。宫殿中可以避世全身,何必深山之中,蒿庐之下。'"⑥这虽然还有远祸全身的现实目的,但已提出了关于隐逸的新观念。

　　魏晋以来,玄学盛行,有所谓"得意忘形"之说。既然隐逸在很大程度上是一种情趣的体现,既然隐逸本身便是目的,则只要

①《后汉书》卷八十二上,北京:中华书局,1965年,第10册,第2755页。

②说见其所著《美的历程》八《韵外之致·苏轼的意义》,北京:中国社会科学出版社,1984年,第201页。

③皇甫谧《高士传》卷下《袁闳传》,《丛书集成初编》第3396册,上海:商务印书馆,1937年,第113页。

④皇甫谧《高士传》卷下《焦先传》,《丛书集成初编》第3396册,第123页。

⑤《晋书》卷九十四《郭文传》,北京:中华书局,1974年,第8册,第2440页。

⑥《史记》卷一百二十六《滑稽列传》,北京:中华书局,1959年,第10册,第3205页。

能够"得意",即使身在朝市,也不失为隐,并不一定真要住在山林里。王康琚《反招隐诗》云:

> 小隐隐陵薮,大隐隐朝市。伯夷窜首阳,老聃伏柱史。……推分得天和,矫性失至理。归来安所期,与物齐终始。①

东方朔的理论在这里得到了合乎逻辑的发展。诗中将"朝隐"尊之为"大",显然有着深厚的社会基础和理论基础。事实上,不管隐逸本身的条件和吸引力如何,若要知识分子全部走向山林,这无论是在理论上还是在实际上都是无法说通也无从做到的。因此,"朝隐"的理论立即得到了知识分子的热烈欢迎。《晋书·邓粲传》云:"夫隐之为道,朝亦可隐,市亦可隐,隐初在我,不在于物。"②又《南史·王僧祐传》云:"(王)谢病不与公卿游,齐高帝谓王俭:'卿从可谓朝隐。'"③又《王秀之传》云:"瓒之为五兵尚书,未尝诣一朝贵。江湛谓何偃曰:'王瓒之今便是朝隐。'"④市朝形迹,山林精神,其间的矛盾本不易调和,但他们不仅将二者的关系处理得很好,而且得到了包括皇帝在内的整个社会的鼓励和赞赏,这样,人们便可以堂而皇之地出仕,而不必有什么心理障碍了。后来,谢朓云:"既欢怀禄情,复协沧州趣。嚣尘自兹隔,赏心于此遇。"⑤白居易云:"大隐住朝市,小隐入丘樊。丘樊太冷落,

---

① 《六臣注文选》卷二十二,北京:中华书局,1987 年,第 404 页。

② 《晋书》卷八十二,第 7 册,第 2151 页。

③ 《南史》卷二十一,北京:中华书局,1975 年,第 2 册,第 580 页。

④ 《南史》卷二十四,第 3 册,第 652 页。

⑤ 谢朓《之宣城郡出新林浦向板桥》,见逯钦立辑校《先秦汉魏晋南北朝诗》,北京:中华书局,1983 年,第 1429 页。

朝市太嚣喧。不如作中隐,隐在留司官。似出复似处,非忙亦非闲。"①苏轼云:"未成小隐聊中隐,可得长闲胜暂闲。"②都可视为"朝隐"之说的反响。对于那些既企慕高名,又很想入仕的士人来说,这种生活方式的确非常实惠,因此,长期以来,"朝隐"和"小隐"并行不悖,成为古代不少知识分子所追求的基本的生活理想③。

　　但是,以这种生活理想为主体的传统,随着江湖谒客的大批出现,却发生了某些变化。这些士人,游谒权门,丐私书,求俸余,既不愿走科举之道,也不愿枯守山林,从而成为一个既非"大隐"也非"小隐"的非官非隐的阶层。如果举例,则"以诗鸣江西,厄于韦布,放浪荆楚,客食诸侯间"④的刘过,以及长期客于范成大等人之门的姜夔,大概都是这方面典型的代表。下面两首诗颇能说明一点问题。其一是戴复古《春日》:"淹滞江湖久,蹉跎岁月新。客愁茅店雨,诗思柳桥春。秣马寻归路,骑鲸寻故人。山林与朝市,何处着吾身?"⑤其二是罗与之《梦回》:"酒薄难成醉,轻寒袭破衾。梦回孤客枕,听彻草虫吟。寂寞三秋夜,凄凉一片心。山林与朝市,底处豁愁襟?"⑥不愿或不屑为官,自然将许多士人津津乐道的所谓"朝隐"看得不算一回事(当然,这里不排除还有一

---

① 白居易《中隐》,《全唐诗》卷四百四十五,第 4991 页。
② 苏轼《六月二十七日望湖楼醉书五绝》之五,《苏轼诗集》卷七,北京:中华书局,1982 年,第 341 页。
③ 关于中国的隐士问题,参看蒋星煜《中国隐士与中国文化》,上海:上海三联书店,1988 年;王瑶《论希企隐逸之风》,载《中古文学史论集》,上海:上海古籍出版社,1982 年,第 49—68 页。
④ 岳珂《桯史》卷二"刘改之诗词"条,北京:中华书局,1981 年,第 22 页。
⑤ 戴复古《石屏诗集》卷二,《四部丛刊续编》集部第 417 册,第 7 页 b。
⑥ 罗与之《雪坡小稿》卷一,汲古阁景钞《南宋六十家小集》本,第 8 页 b。

些想当官而不得者），而做一个心迹双寂的隐士，即所谓"小隐"，也迥非所愿①。他们所追求的，是金钱，是物质享受，目标难以实现时，便不免有"山林与朝市，何处着吾身"、"山林与朝市，底处豁愁襟"的感慨了。

　　以士人的身份而谒取钱财，前代并非没有。以唐代而言，如《幽闲鼓吹》载："丞相牛公应举，知于頔相之奇俊也，特诣襄阳求知。住数月，两见，以海客遇之，牛公怒而去。去后，忽召客将问曰：'累日前有牛秀才，发未？'曰：'已去。''何以赠之？'曰：'与之五百。'"②牛僧孺的谒财之举，可视为唐代尤其是中唐以后士风的一个方面，亦即一种与进士科举密切相关、由行卷之风派生出来的现象。但唐代谒财的士人多为举子，其目的，只是谋求应举的资助，最终还是要去应举。也就是说，唐代士人的谒财，只是一种手段，是一种权宜之计。这种情形，一方面在唐代并不太多；另一方面，由于目的的合理性，整个社会也都不以为非（这一点，我们后面还要谈到）。因此，似乎并没有对文化传统造成太大的冲击。

　　而南宋江湖谒客则有不同。他们生活在商品经济空前发达

----

①在宋代，企慕所谓"小隐"的人，实际上也并不少。但受着追求物欲的社会风气的影响，南宋以降，"小隐"的内涵也起了变化。本章所提到的那种甘于穷饿的隐士，在南宋似乎已经不多了。人们追求隐逸，是希望当一种带有富贵气的隐士。如宋自逊上谒贾似道，"获楮币二十万以造华居"（《瀛奎律髓》卷二十，见方回选评、李庆甲集评《瀛奎律髓汇评》，第840页），另一位江湖诗人危稹，声称希望干乞百万买山钱（《上隆兴赵帅》，《巽斋小集》，第1页b）。更有代表性的是，还有富人出巨资为隐士提供优厚的生活条件（见戴表元《剡源集》卷五《敷山记》，《丛书集成初编》第2055册，第72—73页）。这些，都可以看出"小隐"传统的变化。
②张固《幽闲鼓吹》，《学海类编》第67册，第9页b。

的时代,有着强烈的物质欲望。他们漫游江湖,行谒贵门,往往是生活的主要内容,甚至是全部内容,不少人的一生都是在这种状态中度过的。这种情形,反映出日渐发达的商品经济对读书人的影响,如果与许多反映市民意识的话本小说中鼓吹发财致富,追逐物质享受的描写比观,真是若合符契。

三、诗的地位的变化

总的说来,江湖谒客大致上即是文学史上提到的江湖诗人。人们都知道,商品经济对都市生活有着巨大的影响,市井小民可以通过各种商品的交换牟利,作为非官非隐的阶层,江湖诗人以其低下的社会地位和经济地位,要满足自己的物质欲望,也就只能借助于类似商品交换的手段了。但他们没有包括劳动力在内的一般商品,唯一可以拿出来的便是诗。投献诗作可以换来达官贵人的资助,因此,诗便成了谋生的手段。而这种风气一旦蔚为大观,文学也就在客观上进入了市场,从而取得了相对独立的地位。

中国古代,诗的地位一直很高。孔子云:诗"可以兴,可以观,可以群,可以怨。迩之事父,远之事君"①。曹丕认为包括诗歌在内的文章是"经国之大业,不朽之盛事"②。而白居易则更具体提出了"上以纽王教,系国风;下以存炯戒,通讽谕"③的价值观。然

①《论语·阳货》,钟谦钧重刊武英殿本《十三经注疏》,第6页b。
②曹丕《典论·论文》,见《丛书集成初编》第2651册,上海:商务印书馆,1936年,第1页。
③白居易《议文章碑碣词赋》,载《全唐文》卷六百七十一,北京:中华书局,1983年,第6853页。

而，尽管诗具有这种政治上、教化上的被尊崇的地位，在宋代以前，作诗却始终未能成为社会分工的一种。因为，受着社会的政治、经济和文化的制约，诗人的职业化是不可能的。从根本上看，诗歌还在政治社会生活中居于附庸的地位。诸如唐代的大诗人李白、杜甫、白居易、李商隐等，主观上都不是把诗当成安身立命之所的。然唐代开始重诗，诗人有以一诗一句而受知遇，由此登上仕途的。可见，善诗可以立业，可以达到政治目的。这样做，自己感到光荣，社会也不以为非。

　　但到了宋代，由于科举考试中不再完全重视诗赋，因此，诗的地位乃较前大为降低。在本书附录二《南宋江湖谒客考论》一文中，我们曾引述了不少这方面的文献，并特别对朱淑真、胡仔所记载的两位卖诗的文人表示了关注。应该说，这种情形，到了江湖诗人大批出现之时，发展到了极致。他们的具体行为也许并不像朱、胡记载的两位主人公，但就把诗与物质追求直接联系起来而言，其精神既是一脉相承的，规模更是空前的。事实上，不少江湖诗人都把自己的行谒称为"卖诗"①。方回《瀛奎律髓》论及江湖游士时，特别提到戴复古。这位江湖诗人的代表人物之一，"以诗游诸公间，颇有声。……以诗为生涯而成家"②。"以诗为生涯"，主要是为了达到经济目的，即所谓"成家"，而不再像唐代那样涉及跻登仕路（事实上这种可能性也很小）。无怪道学气十足的方

①如戴复古《石屏诗集》卷一《市舶提举管仲登饮于万贡堂有诗》云："七十老翁头雪白，落在江湖卖诗册。……鸡林莫有买诗人，明日烦公问蕃舶。"见《四部丛刊续编》集部第417册，第19页a。

②方回《瀛奎律髓》卷二十，见方回选评、李庆甲集评《瀛奎律髓汇评》，第840页。

回对此十分看不惯,而大张挞伐了①。

　　以追求较为丰裕的物质为主要目的的诗人群体的出现,是中国文学传统中的一个不小的变化。它意味着,诗歌由对政治的依附,转为兼对经济的依附,也出现了诗人有作为一个职业而独立存在的可能。在这种情况下,艺术的传播可以经过艺术市场的中介来实现。艺术创作要达到一定的经济效益,就必须受艺术市场的价值规律的支配,因此,艺术的商品化,便成为艺术家实现独立人格的前提。正是在这个意义上,我们认为,似应对江湖诗人的大批出现所体现的意义给予足够的重视。

　　但是,同时也应该看到,江湖诗人对艺术的商品化是不充分的,他们的艺术市场也是狭小的。尽管他们通过书籍(不论勘抄本或刻本)传播的形式,把自己的诗作投向了社会,但他们似乎更重视达官贵人的赏识,因而,游谒权门者,络绎不绝。这一点,虽然能够得到很现实的解释,但也充分反映出他们远未摆脱前代的影响,其结果便是造成了艺术商品化的不彻底性,在另一个方面,也体现出了迄今仍然存在的艺术的依附性。尽管如此,中国诗歌发展中的这一股反传统的力量还是值得重视的。如我们所熟知,在话本小说和戏剧的发展中,文人逐渐有了一定的独立性,书会才人们不仅已成职业作家,而且有了自己的团体。这些事实是人所共知的,不须复述。但他们的出现,与江湖诗人的生活方式之间,显然有着某种影响。然而,由于中国的商品经济不够发达,由

————————

① 痛感诗歌地位的下降,是当时正统士人的共识,如《江湖后集》卷十五江万里《懒真小集序》也说:"诗本高人逸士为之,使王公大人见为屈膝者,而近所见类猥甚,……往往持以走谒门户,是反屈膝于王公大人。"见《景印文渊阁四库全书》第1357册,第920页。

于诗歌作为正宗文学有着强大的传统力量，由于蒙古贵族建立的元朝迅速消灭了南宋政权，江湖诗人这种职业化倾向很快就被扼杀了。之后，再也没有出现过类似的以追求经济目的为主的庞大的诗人群体，只是到了近、现代，随着资本主义萌芽的出现和发展，职业文人的队伍才又开始形成，历史在经过几百年的中断后，终于又按其原来的趋向向前发展了。

当然，把艺术与商品联系起来，很难产生出伟大的作品。江湖诗歌在总体上的平庸，缺乏创造力，已经证明了这一点。不过，这已不在本章所讨论的范围之内了。

四、行谒的价值落差

中国的文化传统是一个多元的体系。它既有很强的渗透力，又有很大的包容性。因此，对于一种偏离传统的现象，仅仅进行单向考察是难以明白它的真相的。这也就是说，应该充分认识和理解其中的复杂性。

我们曾经指出，唐代，尤其是中唐以后，干谒之风甚盛，除了求官外，还有求财者。流风所及，入宋亦然。但北宋自王安石后，科举考试方式已经改变，加之儒学复兴，对人品、行事有了新的评判标准，因此，干谒之举往往受到非议。北宋有一位士人叫刘蒙，曾致书司马光求财，希望他"以鬻一下婢之资五十万畀之"。司马光复书答云："足下服儒衣，谈孔颜之道，啜菽饮水，足以尽欢于亲；箪食瓢饮，足以致乐于身。而遑遑焉以贫乏有求于人，光能无疑乎？"①这可作

---

① 司马光《答刘贤良蒙书》，《司马温公文集》卷九，北京：中华书局，1989年，《四部备要》第73册，第107页。

为当时社会正统思想的代表。

　　从这一点看,江湖谒客作为士大夫阶层的一个组成部分,其生活形态显然背离了北宋以来"新儒学"的道德标准和价值要求,而与唐代的某些士人发生了某种联系。

　　但是,应该特别指出的是,这种联系基本上是局限于形式上的。历史不可能有绝对的重复。各种社会因素的变化,不可避免地要渗透到历史过程中去。江湖谒客的身上,虽然深深打上了市民阶层的烙印,但这一群体仍是士大夫阶层的一个部分,因而当时正统的儒学思想不可能对他们没有影响,这样,即使是在相同的形式中,仍能体现出不同的文化精神。试比较下面两段话:

　　　　闻举子其艰苦憔悴者,虽有铿鍧之才,不如啮肥跃骏足党与者,虽无所长,得之必馼。观以是益忧之。昨者有《放歌行》一篇,拟动李令公邀数金之恩。不知宰相贵盛,出处有节,扫门之事不可复迹,俯仰吟惋,未知其由。今去举已促,甚自激发,其有未知己者,大可畏也。俾未知之有闻,非十丈其谁哉?鹏飞九万,一日未易料耳。

　　　　　　　　　　　　　　　　——李观《与吏部奚员外书》①

　　　　某不揆,谨献小诗一编,用请命于下执事。惟先生涵之以天地之量,恢之以造化之仁。宫商焦桐,青黄断木,不吝椽笔,赐以品题。俾黄茅白苇,勃然于生意之中;兔葵燕麦,动摇于春风之外。毋庸韩、欧专美于前时,而郊、岛穷困之鸣,不至汨没于后世矣。

　　　　　　　　　　　　　　　　——吴龙翰《上刘后村书》②

---

①《全唐文》卷五百三十二,第5407页。
②吴龙翰《古梅遗稿》卷六,《景印文渊阁四库全书》第1188册,第866页。

前者写得神采飞扬，自占身份，有乞怜意而无乞怜态，后者则过于卑靡，竟像是苦苦哀告了。这种风格上的不同，并不单纯是写法问题。唐人把干谒作为求举或仕宦的一种手段，治国平天下的目标仿佛将其中的某些劣质的东西净化了，社会既不以为非，本人当然也似乎理直气壮。而宋代的江湖谒客却受着新儒学文化精神的熏陶，对干谒之举不能没有羞耻感，因此，说出话来自然就显得低人三分了。

这样一来，就出现了一种现象，即，不少江湖谒客一方面终生靠谒人过活，一方面又经常对自己的这种生活方式进行反省。如刘过《寄程鹏飞》："往事游边忆少年，未尝携刺五侯门。春风跃马汉南道，落日椎牛淮上村。科举未为暮年计，途穷不忍向人言。男儿慷慨头当断，未有人施可报恩。"①戴复古《都下书怀》："半月不把镜，羞看两鬓尘。读书增意气，携刺减精神。道路谁推毂，江湖赋采薇。从来麋鹿性，那作帝乡人！"②或留恋少年，不胜今昔之感；或向往山林，厌作王城之游。总之，都是对自己的"携刺"感到羞惭。这些都表现出南宋江湖谒客在当时社会环境中形成的内心世界的复杂性。

因此，从表面上看，南宋江湖谒客是对宋代正统儒家传统的背离，是对唐人干谒之风的认同，但其精神实质，仍打上了宋代文化精神的深深的烙印。

以上，我们对南宋江湖谒客的生活形态及其所体现的文化意义进行了粗略的论述。关于这一问题，还有一些方面值得进一步

①刘过《龙洲集》卷五，上海：上海古籍出版社，1978年，第34页。
②戴复古《石屏诗集》卷四，《四部丛刊续编》集部第418册，第5页b。

研究，如江湖谒客为何在宋代理学发展到高峰时出现，江湖谒客在整个宋代知识分子中所占的地位，江湖谒客与士大夫阶层中的上层的关系等。这些，我们都留待以后再加以讨论。

　　盛与衰的相互依存似乎是中国文化发展中的一个带有规律性的现象，江湖谒客出现在中国知识分子的主导性格趋于定型的宋代，似乎可以从一个侧面证明这一点。以往学者研究宋代知识分子，往往只注意了其正面形象，而经常忽略那些与宋代正统的文化精神相悖的部分。我们的探索便是试图弥补这一缺陷，以期加强对宋代知识分子的全面理解。

第三章　主题取向

朱熹曾说过:"绍兴渡江之初,亦自有人才。那时士人所做文字极粗,更无委曲柔弱之态,所以亦养得气宇。只看如今,称斤注两,作两句破头,是多少衰气!"①朱熹所论,范围可能要宽些,但若将江湖诗与南渡之初的诗相比,则所谓"衰气",的确是一个准确的判断。在江湖诗中,南渡诸公的那种昂扬的斗志和积极的精神大大削弱了,代之而起的,更多的是对个人生活感受的抒发。不过,对文学作品的评判,价值取向是多元的。正是在这种"衰气"之中,我们可以真切地看到一批下层知识分子的心路历程。

一、忧国忧民之怀

对于江湖诗派,流行的看法认为它是脱离社会现实的。如一种文学史著作说,江湖诗派的作品,"在内容上琐屑、细碎,不敢接触当时社会的主要问题。在形式上萎缩、清寒,反映了中间阶层消极、丑恶的思想本质"②。这种颇有代表性的意见的根本缺点

①黎德靖编《朱子语类》卷一百九,北京:中华书局,1986年,第2702页。
②吉林大学中文系中国文学史教材编写小组编《中国文学史稿》(唐宋部分),长春:吉林人民出版社,1959年,第434页。

在于未能认真研究诗人们的作品,并将问题提到一定的历史范围之内,对之进行具体的分析。事实上,江湖诗人对社会现实并不缺少关注。《南宋六十家小集》是一种以收录江湖诗人的作品为主的总集,集中共有诗5340首,其中体现忧国忧民之怀,即具有政治内涵的诗便有180首以上。这个数字所占的比例,应该说是不小的。

下面,将江湖诗中的政治内涵分为忧国(主要是渴望恢复)和忧民(主要是关心农民)两类,略加论述如次。

先看第一类。

闻一多在《贾岛》一文中写道:"在古老的禅房或一个小县的廨署里,贾岛、姚合领着一群青年人做诗。……这般没功名、没宦籍的青年人,在地位上、职业上可说尚在'未成年'时期,种种对社会国家的崇高责任是落不到他们肩上的。越俎代庖的行为是情势所不许的,所以恐怕谁也没想到那头上来。"[1]这段话传神地描绘出了唐代诗坛上一个特殊阶层的风貌。正如我们所熟知的,江湖派诗人中很多人学习和模仿姚、贾诗风,对这两位前辈,表示了深深的仰慕。然而,与此同时,在政治态度上,他们对这两位诗人的超然与冷漠似乎并未学会。虽然他们同样"没功名、没宦籍",社会地位很低,但青衫不失济时之心,位卑常有忧国之志,"对国家社会的崇高责任"是并不缺少的。试看他们的自白:

　　失脚江湖久,忧时鬓欲皤。

　　　　　　　　　　——胡仲弓《失脚》[2]

　　谋国已嗟无位及,忧家只怕有书来。……焉得男儿备征

①载闻一多《唐诗杂论》,北京:古籍出版社,1956年,第37页。
②胡仲弓《苇航漫游稿》卷二,《景印文渊阁四库全书》第1186册,第675页。

戍，等闲挈取版图回。

——苏泂《家国》①

袖藏秘策君门远，应望中原泣鼓鼙。

——周弼《送人之汉上》②

这种"畎亩忧国事"③的思想感情，使他们不能不在诗篇中对国家的安危、社会的治乱表现出关切。

金兵的铁骑杀进汴京，虏获徽、钦二帝，摧毁了北宋的统治。到了江湖诗人登上诗坛，北方的半壁河山沦于金人之手已有近百年了。其间，进军中原、收复失地的呼声始终不曾消歇，陆游、辛弃疾等人是这种爱国精神的最突出的代表。江湖诗人活动的年代，虽然宋、金对峙的局面已经确立，偏安的气氛也很浓厚，但他们并没有忘记故国，并没有失去信念。在诗歌中，他们经常表示对"万里中原尚虏尘"④的悲愤，倾诉着浓重的故国离黍之思：

采石兴亡地，声名宇宙齐。山眉间吴楚，江口折东西。
今古多遗恨，英雄几噬脐。征尘何日尽，北望转悲凄。

——高翥《采石》⑤

杯酒浓浇垅上春，春风吹起纸灰尘。可堪肠断中原路，
草掩荒丘不见人。

——胡仲参《清明》⑥

①苏泂《泠然斋诗稿》卷五，《景印文渊阁四库全书》第1179册，第110页。
②周弼《汶阳端平诗隽》卷三，汲古阁景钞《南宋六十家小集》本，第9页b。
③叶茵《次得雨韵》，《顺适堂吟稿》丁集，第9页b。
④王同祖《时事感怀》四首之一，《学诗初稿》，汲古阁景钞《南宋六十家小集》本，第2页a。
⑤高翥《菊涧小集补遗》，见鲍廷博辑《知不足斋辑录宋集补遗》，第18页a。
⑥胡仲参《竹庄小稿》，汲古阁景钞《南宋六十家小集》本，第8页b。

竹阙千重锁暮烟，山如洛邑水如瀍。黄尘障断中原路，忍立桥头听杜鹃！

——王同祖《天津桥》①

采石战略位置重要，虞允文曾在此大败金兵。这块"兴亡地"，曾寄托着多少爱国志士兴复的希望。然而，江水流不尽千古"遗恨"，恢复大业，终于还是成空。想到清明日祖先墓前"草掩荒丘不见人"的悲惨，看到天津桥畔"山如洛邑水如瀍"的景色，他们不禁"北望转悲凄"。对于许多江湖诗人来说，中原不仅是故国，而且是故乡。他们的先辈从战火中逃到南方，饱经了流离之苦，而他们侨居异乡，流落江湖，也与此不无关系②。因此，北宋的沦亡虽久，他们仍然是有着家国之痛的。

南宋一代，主战派不能说没有。从采石之战到开禧北伐，旨在恢复的战争也不能说没有进行。然而，长期形成的疆界终于将那本来属于一个统一国家的土地割成两块，兴复大业，终于还是成空。痛定思痛，人们不能不对这近百年来的成败得失进行反思。"一勺西湖水，渡江来、百年歌舞，百年酣醉"③。南宋统治阶级的昏庸腐朽以及朝野酣嬉，使得"风俗侈靡，日甚一日"④，"士大夫皆厌厌无气"⑤，整个社会沉溺在偏安的满足之中。李心传曾记载："赵鼎起于白屋，有鄙朴之状，一旦得志，骤为骄侈。以临

---

① 王同祖《学诗初稿》，第 12 页 a。
② 参看附录二《南宋江湖谒客考论》。
③ 文及翁〔贺新郎〕《西湖》），载唐圭璋编《全宋词》，北京：中华书局，1965年，第 3138 页。
④ 《两朝纲目政要》卷七《诏戒风俗》条。《景印文渊阁四库全书》第 329 册，第 792 页。
⑤ 邵晋涵《龙洲道人诗集序》，载《龙洲集》附录，第 145 页。

安相府为不可居,别建大堂,环植花竹。坐侧置四大炉,日焚香数十斤,使香烟四合,谓之香云。"①这种情形,当然不是赵鼎所独有的。在这种浸淫了整个社会的侈靡佚豫之风中,进军中原、收复失地的呼声就不能不显得非常微弱了。

对于这些情况,江湖诗人的感慨是很多的。下面几首诗,描写了他们在西湖的见闻:

> 西风吹晓凤城开,桂子香中信马来。十载不行湖上路,知它添了几楼台?
>
> ——武衍《重访西湖旧游》②
>
> 飞鹚鸣镳鼓吹喧,繁华应胜渡江前。吟梅处士今还在,肯住孤山尔许年?
>
> ——武衍《春日湖上》四首之三③
>
> 高价租船作胜游,穷逍那敢斗风流。西湖多少闲春水,不洗中原二百州。
>
> ——邓林《西湖》④

南宋时,西湖的笙歌游宴之盛,大大超越前代,称为"销金锅儿"⑤,因此,诗人们不禁想到,北宋的那位"梅妻鹤子"的林逋若还活着,看到如此喧闹繁华的景象,是绝不会选择这里隐居的。在对自然风物的描写中,含蕴着无限的沉痛。当然,这种风气也并非都城临安所特有,在江西的豫章,我们也可以看到同样的

---

① 李心传《旧闻证误》卷四,北京:中华书局,1981年,第55页。
② 武衍《适安藏拙余稿》,第4页b。
③ 武衍《适安藏拙余稿》,第4页b。
④ 邓林《皇荂曲》,汲古阁景钞《南宋六十家小集》本,第11页a。
⑤ 周密《武林旧事》卷三"西湖游幸"条,杭州:西湖书社,1981年,第38页。

画面：

> 郡名犹是汉流传，宇宙江山复几年。画阁倚空家十万，
> 红妆斗夜妓三千。层城歌舞秋风外，故国兴亡夕照边。近岁
> 浔阳成重镇，镇南乌幕锁苍烟。

——邓林《豫章》①

如果不计其中夸张的因素，则"家十万"和"妓三千"的比例是惊人的。诗人选取了这个特定的侧面，以白描的手法表现出这个城市的奢靡，极自然地逗出下面两句的尖锐对比："层城歌舞秋风外，故国兴亡夕照边。"的确，在这一片歌舞升平之中，怎么能想到恢复大业？因此，他们感慨道："南来父老消磨尽，耳畔无人说旧时。"②"南来父老"虽然未能做出一番事业，但他们却不忘故国，志在恢复，而新起的一辈则只知偏安一隅，完全忘掉了民族的危难。言念及此，他们心中有着无限的悲痛。

大凡人都有自我补偿的本能，在现实中得不到的，往往到非现实中去寻找。怀有爱国热情的江湖诗人，虽然对社会现实有着比较清醒的认识，但他们有心复国，无力补天，莫可奈何之中，更加怀念南宋初年为着抗金复国事业做出过巨大贡献的民族英雄岳飞：

> 鄂王墓在栖霞岭，一片忠魂万古存。镜里赤心悬日月，
> 剑边英气塞乾坤。苍苔雨暗龙蛇壁，老树烟凝虎豹幡。独倚
> 东风挥客泪，不堪回首望中原。

——陈允平《鄂王墓》③

---

① 邓林《皇荂曲》，第 7 页 a。
② 周端臣《元夕》，《江湖后集》卷三，《景印文渊阁四库全书》第 1357 册，第 745 页。
③ 陈允平《西麓诗稿》，汲古阁景钞《南宋六十家小集》本，第 1 页 b。

万古知心只老天，英雄堪恨复堪怜。如公更缓须臾死，此房安能八十年？漠漠凝尘空偃月，堂堂遗像在凌烟。早知埋骨西湖路，学取鸱夷理钓船。

　　　　　　　　　　——叶绍翁《题鄂王墓》①

古木号风抱不平，百年忠义日争明。坟前人马空存石，何似当年听用兵？

　　　　　　　　　　——徐集孙《岳鄂王墓》②

岳飞曾经是广大人民进军中原、收复失地的一面旗帜，他被推行投降政策的统治集团迫害致死，从本质上看，是一出民族的悲剧。近百年后，面对偏安的局面和衰弱的国势，诗人们对这位民族英雄表现出如此深切的怀念，一方面，表现了他们对统治阶级的投降政策的批判；另一方面，也寄托了他们对兴复大业的殷切期待。

以上所论，略可见出，许多江湖诗人对社会现实是并不冷漠的。尤其应该提出的是，作为社会的人，他们的脉搏始终与时代跳在一起。这里的一个明显的表现，就是当时所有的与国家安危有关的重大时事，在他们的作品中几乎都有反映。下面以四首诗为例。

倚楼西北望边城，连月亘天烽火明。隐忧枕上思请缨，夜半跃鞘床头鸣。梦中见告若有神，吾价岂但值百金？吾勇岂但敌一人？知君素有击楫中流心，誓当助君报国万里清胡尘。

　　　　　　　　　　——赵汝鐩《古剑歌》③

────────────

①叶绍翁《靖逸小集》，汲古阁景钞《南宋六十家小集》本，第1页b。
②徐集孙《竹所吟稿》，汲古阁景钞《南宋六十家小集》本，第9页b。
③赵汝鐩《野谷诗稿》卷二，汲古阁景钞《南宋六十家小集》本，第9页b。

云昏雨涩草堆碧，四野荒荒人迹疏。深山扶携皆露处，
骨肉荡没况室庐。老农无力倚林卧，少定举者来向余。官人
具坐待侬说，未说涕泗先横裾。"老夫老岂识兵革，忽见远近
皆狂胡。悬崖绝壁鱼贯进，飞马上下争驰驱。吾军岂是无身
手？未鼓弃甲先奔趋。时平廪帛官不计，战胜爵赏官不辜。
进怯锋镝退焚掠，虏既难堪堪汝乎？"……金莲似恨膻风染，
蒙泉未洗血水污。九秋半破明月夕，照我孤愤行绕壁。

——赵汝鐩《荆门行》①

朔风狂惊岷峨流，帝敕云螭藩九州。颔珠千载化老蹇，
一变为回镴川键。蚕丛籛弄几为翻，欲卷全蜀沦腥膻。瞿塘
下连沧海脉，愁极溟涨牵鳌极。臣冰呼天天不闻，快斥金翅
清江氛。连环不解万古铁，阳侯依旧千江月。紫庭登奏尤其
元，西州之功不补兮。清源血食天地久，其于冰兮亦何有！

——黄大受《老蹇行》②

百川无敌大江流，不与人间洗旧仇。残虏自缘他国废，
诸公空负百年忧。边寒战马全装铁，波阔征船半起楼。一举
尽收关洛旧，不知销得几分愁。

——毛珝《甲午江行》③

第一首写"开禧北伐"事。开禧元年（1205），韩侂胄任平章军
国事。次年，他力主宋宁宗下诏伐金，发动了著名的"开禧北伐"。
这次战争，对于南宋来说，是振作士气、恢复中原的大好时机，因
此，极大地鼓舞了朝野之中爱国志士的斗志。八十二岁的陆游兴

①赵汝鐩《野谷诗稿》卷二，第2页b—第3页a。
②黄大受《露香拾稿》，汲古阁景钞《南宋六十家小集》本，第2页b。
③毛珝《吾竹小稿》，汲古阁景钞《南宋六十家小集》本，第5页a。

奋地写诗道:"中原蝗旱胡运衰,王师北伐方传诏。一闻战鼓意气生,犹能为国平燕赵。"①表示了老当益壮、杀敌请缨的决心。赵汝鐩的这首诗在思想感情上与陆游是相通的。诗人"倚楼西北望边城",密切注视着北伐战事的进行。他虽然地位低下,但爱国之心却毫不逊色,仍然"隐忧枕上思请缨"。下半篇,诗人更借对"夜半跃鞘床头鸣"的宝剑的描绘,表达了自己"报国万里清胡尘"的信念。全诗充满了昂扬的斗志,见出一时爱国志士对恢复大业的期待。

第二首写北伐战争失利后,荆襄被兵事。"开禧北伐"虽然在政治、思想上有所准备,但军事上的准备却很不充分。战争开始时还打了几个胜仗,可很快便败退下来,而且,在金兵反攻时,多数宋将望风溃逃,一度给南宋造成了严峻的局面。开禧二年(1206)末,金兵十万入荆襄,攻城略地,屠杀人民,使得南宋人民又一次陷于血与火之中。这首《荆门行》,通过对一次逃难的描写,真实地记载了当时的悲惨景象。诗中写妻离子散的逃难队伍,写人民乍经兵革的心态,写金兵进攻的气势,写宋军临敌的行径,均极形象,从而以小见大,将深重的民族悲剧表现了出来。

第三首仍以"开禧北伐"为大背景,但反映的却是另一条战线的事,这就是四川宣抚副使吴曦的叛变。北伐开始时,吴曦除了负责四川的军事外,还兼任陕西、河东招抚使。他若能按照预定计划,迅速进兵陕西,便于整个战局有利。但是,在最紧要的关头,他却投降了金国,给南宋造成了很大的威胁。吴曦的叛变很不得人心,很快就处于众叛亲离的境地,遭到全国人民的唾弃。在安丙的支持下,杨巨源等人带兵冲进吴曦的伪宫,杀死了这个

---

① 陆游《老马行》,陆游撰、钱仲联校注《剑南诗稿校注》卷六十八,第3818页。

叛徒。消息传出,"军民拜舞,欢声动天地"①。黄大受的这首《老
塞行》,以雄沉的笔调,再现了这一场斗争。诗中既有对吴曦"欲
卷全蜀沦腥膻"的指斥,也有对平叛之师"快斥金翅清江氛"的欢
呼,内涵比较丰富。诗题自注云:"逆曦以蜀叛,安侯以客平之。
曦颓其家声,玠、璘保蜀之功莫赎也。"吴曦是抗金名将吴璘的孙
子,因此,诗人在责其叛变行为的同时,也对吴璘的"西州之功不
补愆"感到惋惜。

　　第四首对宋蒙联合灭金事发表见解。端平元年(1234),在宋
蒙联军的攻势下,金国的统治终于被摧毁。从此,宋金对峙的局
面结束了。毛珝认为,南宋借蒙古之力灭金,对于这个泱泱大国
来说,应该感到惭愧。但是,这毕竟是恢复中原的极好机会,因
此,应该在做好充分准备的情况下,"一举尽收关洛旧",完成统一
大业。这里,关键的问题是要做好充分的准备。因为,"残虏"固
然要认真对付,更重要的是,灭金之后,南宋紧接着便面临着一个
更强大的敌人——蒙古,对"胜利"之后潜伏着的严重危机视而不
见是很危险的。戴复古的《闻时事》写道:"昨报西师奏凯还,近闻
北顾一时宽。淮西勋业归裴度,江右声名属谢安。夜雨忽晴看月
好,春风渐老惜花残。事关气数君知否?麦到秋时天又寒。"②便
及时地提出了警告。事实证明,那些高居于庙堂之上的统治者,
反不如这些江湖诗人的见解来得深刻。

　　可见,所谓江湖诗派的作品"不敢接触当时社会的主要问题"
云云,是禁不住推敲的。

　　再看第二类。

①《宋史》卷四百二《李好义传》,北京:中华书局,1977 年,第 35 册,第 12199 页。
②戴复古《石屏诗集》卷六,《四部丛刊续编》集部第 419 册,第 32 页 a。

众所周知,南宋的社会经济,较之前代有了很大的发展。但是,如果我们对南宋社会进行了全面了解的话,便会发现,这种发展在很大程度上是建立在对广大人民的剥削之上的。江湖诗人中有许多作家喜欢创作田园诗。这些诗,继承了他们的前辈范成大等人的传统,在这种通常适于表现闲适内容的题材中注入了深刻的政治内涵,充分反映了他们对社会现实的关注。

总的看来,在南宋人民、尤其是广大农民的生活中,最为迫切的问题莫过于租赋之重了。据漆侠《宋代经济史》云,南宋的租赋一直呈上升的趋势,到了中、后期,更是逐年猛增。如官租,淳熙六年(1179),平江府官田每亩收租 1.6 斗①,而到了淳祐十一年(1251),建康府义庄每亩收租便高达近 6 斗②。私田亦然。南宋中叶,镇江地区每亩收租 0.9 石③,而到了淳祐九年(1249),台州黄岩县每亩收租便达 2 石④。赋税也极其繁重。据说,南宋的苛捐杂税的名目有七十种之多,大大超越了前代⑤。在这种情况下,广大人民的苦难是可想而知的。下面四首诗,从稔岁和灾年两个方面,反映了人民的生活状况:

---

① 李心传《建炎以来朝野杂记》乙集卷十六"绍兴至淳熙东南鬻官产始末"条,《丛书集成初编》第 840 册,上海:商务印书馆,1937 年,第 554 页。

② 周应合《景定建康志》卷二十八《立义庄》,《景印文渊阁四库全书》第 489 册,第 307 页。

③ 刘宰《洮湖陈氏义庄》,《漫塘集》卷二十三,《景印文渊阁四库全书》第 1170 册,第 603 页。

④ 黄震《台州黄岩县太平乡义役记》,《黄氏日抄》卷八十六,第 881 页。

⑤ 参看漆侠《宋代经济史》上册第九章《宋代地租形态及其演变》、第十章《宋代的赋役制度》(上),上海:上海人民出版社,1987 年,第 346—392 页,第 393—450 页。

老天应是念农夫,万顷黄云着地铺。有谷未为儿女计,
半偿私债半官租。

——叶茵《田父吟》五首之三①

黄云百亩割还空,垂老禾堂泣晚春。偿却公私能几许,
贩山烧炭过残冬。

——利登《田父怨》②

惟闻是年秋,粒颗民不收。上堂对妻子,炊多籴少饥号
啾。下堂见官吏,税多输少喧征求。呼官视田吏视釜,官去
掉头吏不顾。内煎外迫两无计,更以饥躯受笞棰。

——利登《野农谣》③

哀哀民何辜,遭此凶歉厄。初闻数米炊,次复并日食。
草根掘欲尽,木皮屑不给。疲老就枯僵,少壮作捐瘠。十百
什一存,鸟喙仍菜色。……郡县乏宣化,鞭扑庭下赤。贪官
猴而冠,健吏虎而翼。……

——赵汝绩《无罪言》④

遇到丰年,本值得高兴,但公私租赋却压得人们喘不过气来。农
民们不仅没有丝毫丰收的喜气,反而要准备着"贩山烧炭过残
冬"。若遇到灾年,他们的命运就更悲惨了。"初闻数米炊,次复
并日食。草根掘欲尽,木皮屑不给。疲老就枯僵,少壮作捐瘠。
十百什一存,鸟喙仍菜色。"描写极为形象生动。事实上,农民们
已经在死亡线上苦苦挣扎。但即使如此,租赋之催却丝毫不见宽

---

① 叶茵《顺适堂吟稿》甲集,第 15 页 a。
② 利登《骳稿》,汲古阁景钞《南宋六十家小集》本,第 14 页 b。
③ 利登《骳稿》,第 15 页 a。
④ 陈起辑《江湖后集》卷七,《景印文渊阁四库全书》第 1357 册,第 797 页。

松。面临着"内煎外迫",农民们当然只有死路一条了。

下面这首诗,描绘了官吏催租时的情形:

> 旱曦赫空岁不熟,炊甑飞尘煮薄粥。翁媪饥雷常转腹,
> 大儿嗷嗷小儿哭。愁死未死此何时?县道赋不遗毫厘。科
> 胥督欠烈星火,诟言我已遭榜笞。壮丁偷身出走避,病妇抱
> 子诉下泪。掉头不恤尔有无,多寡但照帖中字。盘鸡岂能供
> 大嚼,杯酒安足直一醉。沥血祈哀容贷纳,拍案邀需仍痛詈。
> 百请幸听去须臾,冲夜捶门谁叫呼?后胥复持朱书急急符,
> 预借明年一年租。
>
> ——赵汝鐩《翁媪叹》①

大旱之年,禾稼"不熟",农民生活本已难堪。而官府不知体恤,租
赋"不遗毫厘",督催急如星火。无奈,这家的"壮丁"只好出门躲
避,只留下"病妇"在家应付。催租的胥吏耀武扬威,大吃一顿后,
尽管"病妇"苦苦哀求,却"拍案邀需仍痛詈"。好不容易同意宽限
了,刚松一口气,夜间,催租人又到了,而且,是"预借明年一年
租"。真是虎去狼来,避无可避。这首诗,使我们想起了李贺的
《感讽五首》之一:

> 合浦无明珠,龙洲无木奴,足知造化力,不给使君需。越
> 妇未织作,吴蚕始蠕蠕。县官骑马来,狞色虬紫须。怀中一
> 方板,板上数行书。"不因使君怒,焉得诣尔庐?"越妇拜县
> 官:"桑牙今尚小;会待春日晏,丝车方掷掉。"越妇通言语,小
> 姑具黄粱。县官踏餐去,簿吏复登堂。②

---

① 赵汝鐩《野谷诗稿》卷一,第 8 页 a—b。
② 王琦注《李长吉歌诗汇解》卷二,见《李贺诗歌集注》,上海:上海人民出版
社,1977 年,第 154—155 页。

从描写手法上看,二诗显然有着一定的传承关系。但就所表现的内容的尖锐性和深刻性而言,赵诗似乎超过了李诗。因为,李诗出笔较为含蓄,这反而减轻了思想的份量。

在这种情况下,农民若是还想活的话,就只有逃亡一条路了:

> 租帖名犹在,何人纳税钱? 烧侵无主墓,地占没官田。
> 边国干戈满,蛮州瘴疠偏。不知携老稚,何处就丰年。
>
> ——乐雷发《逃户》①

为了逃避租赋,人逃离了故乡,地也被充官了。诗人满怀感情,衷心希望这位逃户能够找到一块栖身之地,从此安居乐业。事实上,这不过是一种良好的愿望而已。只要封建剥削制度还存在,天地再宽,农民也是无处可逃的。

人民生活的悲惨,是黑暗社会的一个极端,与此相对的,是封建统治阶级的骄奢淫逸。朱继芳《城市》云:"王孙公子少年游,醉里樗蒲信采投。指点某庄还博直,明朝酒醒到家求。"②叶绍翁《田家》云:"抱儿更送田头饭,画鬓浓调灶额烟。争信春风红袖女,绿杨庭院正秋千。"③两首诗,一反一正,充分表明,那些王孙公子、贵家小姐的生活,与贫苦农民是多么鲜明的对比。赵汝鐩的诗更是淋漓尽致地揭露了这种不合理的社会现象:

> 春催农工动阡陌,耕犁纷纭牛背血。种莳已遍复耕耔,
> 久晴渴雨车声发。往来逻视晓夕忙,香穗垂头秋登场。一年
> 苦辛今幸熟,壮儿健妇争扫仓。官输私负索交至,勺合不留

① 乐雷发《雪矶丛稿》卷五,长沙:岳麓书社,1986 年,第 113 页。
② 朱继芳《城市》十首之三,《静佳龙寻稿》,汲古阁景钞《南宋六十家小集》本,第 5 页 b。
③ 叶绍翁《田家三咏》之三,《靖逸小集》,第 4 页 b。

但穅秕。我腹不饱饱他人，终日茅檐愁饿死。

　　春气熏陶蚕动纸，采桑儿女哄如市。昼饲夜喂时分盘，
扃门谢客谨俗忌。雪团落架抽茧丝，小姑缫车妇织机。全家
勤劳各有望，翁媪处分将裁衣。官输私负索交至，尺寸不留
但箱篚。我身不暖暖他人，终日茅檐愁冻死。①

两首诗内容由极热变得极冷，表现出极度的希望与失望之间的强
烈反差。钱钟书说，就表现劳者不获、获者不劳的主题而言，"赵
汝鐩这两首诗也许是把这个不合理现象写得最畅达的宋代诗
篇"②。其实，放到整个古代诗歌中，也可以得出这个结论。

　　面对这一切，这些下层知识分子当然想不出什么办法，只能
将希望寄托在"好官"身上：

　　事业文章属当家，刃游余地宰金沙。挽回凶岁作丰稔，
安集流民绝叹嗟。两载秋霜威盗贼，一犁春雨沃桑麻。宽民
实意言难尽，胜种河阳满县花。

　　　　　　　　　　　　　——朱南杰《饯徐衍道知县》③

　　南郡久闻非旧比，民贫甚矣吏艰深。凭熊正试活人手，
展骥仍多及物心。箱尾决无闲署字，支颐莫谩喜工吟。殷勤
惜别庞眉老，洗耳溪边听好音。

　　　　　　　　　　　　　——林希逸《送刘漳倅》二首之二④

二诗一饯人离任，一送人赴任，都对民生疾苦深致拳拳之情。这

---

① 赵汝鐩《耕织叹二首》，《野谷诗稿》卷一，第 9 页 b—第 10 页 a。
② 钱钟书《宋诗选注》，北京：人民文学出版社，1984 年，第 274 页。
③ 朱南杰《学吟》，第 5 页 a。
④ 林希逸《竹溪鬳斋十一稿续集》卷三，《景印文渊阁四库全书》第 1185 册，
　第 583 页。

虽然不能从根本上解决问题,但却反映了诗人们对劳苦人民的关
心和同情。

　　除了以上两类外,江湖诗人对其他一些政治问题也有所涉
及。如对南宋政权政策的施行、土地兼并的情形、道学家的空言
大论等,他们都发表了一定的见解①。这些,丰富了他们诗歌中
的政治内涵。

　　一切文学作品都有一个写什么和怎样写的问题。我们确定
了江湖诗中的政治内涵,指出江湖诗人并不脱离现实,这只是理
解问题的出发点。下一步所要做的,便是将其置于一定的历史范
围内,进行价值判断。试以第一类内容为例。

　　南宋一代,虽然妥协投降之风甚盛,但人们普遍都有故国之
思。下面两段文字记载了这种情形。

　　　　百年来,中原故家家长沙者颇多。……坐甫定,则必敬
　　　问其先世,想乔木之所在,动黍离之遐思。往往酬接未竟,继
　　　以悲叹。
　　　　　　　　　　——欧阳守道《清溪刘武忠公诗集序》②
　　　　宋南渡后,汴京故老呼妓于废囿中饮,歌太白〔秦楼月〕

---

① 如戴复古《石屏诗集》卷三《闻时事》云:"雁岂关兵气? 鱼常被火灾。御军
　　先择将,立国可无财? 济世须人物,忠言是福媒。西山今已往,更待鹤山
　　来。"见《四部丛刊续编》集部第 418 册,第 19 页 a。又罗椅《涧谷遗集》卷
　　一《田蛙歌》云:"虾蟆对我说:'使君休怨嗟。古田千年八百主,如今一年
　　一换家。休怨嗟,休怨嗟,明年此日君见我,不知又是谁田蛙!'"见《丛书
　　集成续编》第 104 册,台北:新文丰出版公司,1988 年,第 390 页。又利登
　　《感兴》云:"开明周孔心,赖有伊洛儒。……彼哉典午时,相师谈清虚。未
　　知千载人,视今更何如?"《骳稿》,第 17 页 b。
② 欧阳守道《巽斋文集》卷八,《景印文渊阁四库全书》第 1183 册,第 564 页。

一阕,坐中皆悲感,莫能仰视。

——王蒙〔忆秦娥〕序①

所描写的都是游宴时的情形。一方面呼妓而乐,一方面又有黍离之悲,这看起来有点矛盾,实则说明了一个道理,即,任何人都无法回避半壁江山沦于金人之手这一事实。人们的生活方式可以被时代同化,但心灵上的那层阴影却始终无法消除。因此,反映故国之思的作品,在南宋非常普遍,这是毫不奇怪的。

不过,主题的相同并不能说明没有差别。正如整个江湖诗在南宋诗坛上呈现着低潮一样,其中的爱国呼声比起前(如陆游等诗人)后(如郑思肖等诗人)两个时期,也是微弱的。其突出的表现,不在于量,而在于质。试举三首歌咏多景楼的诗为例:

一带青山欲尽头,精蓝深处着危楼。下无余地容车马,上有重檐接斗牛。鸦落野田常趁晚,雁沉烟渚最宜秋。江南好景从来少,北望空多故国愁。

——高翥《多景楼》②

北望中原惨暮烟,楼头风物故依然。后人拍得阑干碎,往日轻教眼界偏。水撼金焦声亦怒,云连楚泗势犹全。壮怀且付生前酒,千古英雄冢道边。

——叶茵《多景楼》③

假日此登临,凄凉北望心。戍烽孤障杳,塔影一江深。

---

① 载朱存理《珊瑚木难》卷七"王叔明"条,见《丛书集成续编》第84册,上海:上海书店,1994年,第963页。按王序云,此段话见于《邵氏闻见录》,然遍检是书,无之,未知何据。

② 高翥《菊涧小集》,汲古阁景钞《南宋六十家小集》本,第21页a。

③ 叶茵《顺适堂吟稿》丁集,第10页b。

黠虏投鞭想，将军誓楫吟。所嗟人事异，天险古犹今。

——张蕴《多景楼》①

多景楼在镇江，建在长江边。诗人们登上高楼，放眼北望，不觉有着无限感慨。同样的写法，如戴复古《江阴浮远堂》云："最苦无山遮望眼，淮南极目尽神州。"②赵希櫏《次韵李鹤田德真寄远》云："惊鸿刚自堕边声，碧嶂那堪遮远目。"③刘仙伦《张漕仲隆快目楼》云："面前不著淮山碍，望到中原天尽头。"④恢复既然成空，便只能望望而已。没有豪气，没有自信，有的只是无尽的悲哀。试比较陆游的诗如《五月十一日，夜且半，梦从大驾亲征，尽复汉、唐故地。见城邑人物繁丽，云：西凉府也。喜甚，马上作长句，未终篇而觉，乃足成之》：

> 天宝胡兵陷两京，北庭安西无汉营。五百年间置不问，圣主下诏初亲征。熊罴百万从銮驾，故地不劳传檄下。筑城绝塞进新图，排仗行宫宣大赦。冈峦极目汉山川，文书初用淳熙年。驾前六军错锦绣，秋风鼓角声满天。首蓿峰前尽亭障，平安火在交河上。凉州女儿满高楼，梳头已学京都样。⑤

这是何等的意气风发，何等的充满信心！在诗里，我们也似乎感受到了胜利的喜悦。再看宋亡后谢枋得的《和游古意韵》：

> 死易程婴岂不知，十年死后未为非。文辞未必改秦篆，敲朴徒能抱御衣。无志何劳悲庙黍（自注：《离黍》一诗忠矣，

---

① 张蕴《斗野稿支卷》，汲古阁景钞《南宋六十家小集》本，第10页 b。
② 戴复古《石屏诗集》卷七，《四部丛刊续编》集部第419册，第3页 a。
③ 赵希櫏《抱拙小稿》，汲古阁景钞《南宋六十家小集》本，第1页 b。
④ 刘仙伦《招山小集》，汲古阁景钞《南宋六十家小集》本，第9页 a。
⑤ 陆游撰、钱仲联校注《剑南诗稿校注》卷十二，第970页。

然略无兴周之志),得仁更不食山薇。儒冠有愧一厮养,何忍
葵心对落晖!①

诗中显示出尽管宗国沦亡,但并未绝望,仍然号召爱国志士展开
兴亡继绝的斗争的意愿。反观江湖诗,就很难看到这样的气魄,
因为他们对于民族的苦难,除了悲哀和伤心,实在就再没有别的
想法了。

　　因此,在本质上,我们可以说,江湖诗歌中忧国忧民的政治内
涵,在深度、广度和强度上,都较之南宋前期和末期的诗歌为弱,
在某种意义上,也正是"衰气"的一种表现②。

二、行谒江湖之悲

　　人类社会中政治、经济和文化等方面的状况,决定了对生活
方式的选择,而在这种选择中,又必然包涵着其独特的感情体验。

_____

① 谢枋得《叠山集》卷二,见《四部丛刊续编》第 442 册,上海:商务印书馆,
　　1934 年,第 3 页 b—第 4 页 a。

② 在本节的论述中,我有意忽略了刘克庄。因为,刘诗的思想内容,远远超
　　过同时江湖诗人,因而在他们当中不具备典型的代表性。同时,还有一点
　　必须提出来,即后人认为江湖诗脱离现实也不是毫无根据的。如刘仙伦
　　《送陈惟定,惟定有伏阙上书意,因以箴之》二首之一:"江湖是处堪垂钓,
　　虎豹当关莫上书。"见《招山小集》,第 8 页 a。又葛天民《戊辰夏五过抱朴
　　岩》:"时事自多无耳听,长安虽近不曾闻。"见《葛无怀小集》,第 17 页 a。
　　又朱南杰《甲辰入京春深犹雪和吴嵎岵二绝》之二:"掀髯论时事,莫问是耶
　　非。"见《学吟》,第 8 页 a。又王同祖《岁晚杂兴》三首之二:"优游输与田家
　　乐,问着朝廷事不知。"见《学诗初稿》,第 13 页 b。这些诗,的确给人以脱
　　离现实的印象。但正如我们所熟知的,分析问题时,不能攻其一点,不计
　　其余。从整体上看,江湖诗并非全是表现出这样的超脱和冷漠。

　　如上所述,江湖诗人对社会现实并非不关心。但是,他们的社会地位既很卑微,黑暗的现实又使他们进身无望,他们自然不得不远离政治中心;而时风所趋,真正做一个"穷"的隐士,又为许多人所不愿意。这样,既不能入世,又不能避世,便只好浮游于社会之中,成为谒客。

　　成为谒客的必要条件是能诗。这一点,不少江湖诗人都很自负。如赵希逢《中秋》:"溢浦风流元亮兴,鄜州牢落少陵诗。"①李涛《琴书》:"行状是刘斯立记,门风似杜少陵家。"②居然自比陶杜,的确自视甚高,而社会也似乎予以承认,于是,他们便可以靠诗谋生了:

　　　　吟隐豫章之耳孙,调高琢句期专门。西江不住来西湖,唤醒晚唐诸老魂。有时吐出惊人语,定须贵杀洛京楮。脍炙人口徒属餍,还来只字不堪煮。行吟荏苒岁欲暮,束装又问吴中路。节翁旧有珠履缘,何况荐书袖无数。此行一句直万钱,十句唾手腰可缠。归来卸却扬州鹤,推敲调度权架阁。

　　　　　　　　　　　　——盛烈《送黄吟隐游吴门》③

宋代以隐为号的很多,如樵隐、渔隐等,但吟隐这个词,却似乎是江湖诗人发明的。因为,他们的确过着"亦欲以诗为活计"④、"以文为业砚为田"⑤的生活。诗中"此行一句直万钱,十句唾手腰可

----

①赵希逢《抱拙小稿》,第 3 页 a。
②李涛《蒙泉诗稿》,汲古阁景钞《南宋六十家小集》本,第 4 页 a。
③陈起辑《江湖后集》卷十一,《景印文渊阁四库全书》第 1357 册,第 856 页。
④吴惟信《呈云麓史侍郎》,《菊潭诗集》,汲古阁景钞《南宋六十家小集》本,第 6 页 a。
⑤戴复古《寄玉溪林逢吉六首》之四,《石屏诗集》卷七,《四部丛刊续编》集部第 419 册,第 19 页 a。

缠"的描写,使我们验证了方回《瀛奎律髓》中"动获数千缗"①
之说。

　　然而,行谒绝不是一条坦途。既然这是一种双向选择,那么,
只有双方契合之时,才有可能成功,也就是说,这种成功,并不是
容易的。当时,像刘澜那样的"干谒无成"②而卒者,当不在少数。
因此,江湖诗人常有行谒无门的悲哀:

　　　　江湖如许阔,天地着诗流。难觅青精饭,空回明月舟。
　　分甘贫国士,莫谒富民侯。随处风波恶,无鱼可上钩。
　　　　　　　　　　　　　　　　——胡仲弓《送罗去华》③
　　　　盎乏储空谩自豪,掬泉当酒味尤高。卖文近觉马卿倦,
　　脱赠今无范叔袍。……
　　　　　　　　　　　　　　　　——刘植《答东阁》④
　　　　我貌君容一种寒,鹭漂鸥泊廿来年。我诗吟就无人买,
　　君相公卿煞得钱。
　　　　　　　　　　　　　　　　——许棐《赠钱相士》⑤

这种悲哀是密切结合着个人生活水平的升降起伏而产生的,有着
亲切性和具体性。它反映着谒客们在这样一条特定的道路上所
体验的一种落寞,显示了由于个人欲望得不到满足所引起的
痛苦。

---

①方回《瀛奎律髓》卷二十戴复古《寄寻梅》评,见方回选评、李庆甲集评《瀛
　奎律髓汇评》,第 840 页。
②方回《瀛奎律髓》卷十三刘澜《夜访侃直翁》评,见方回选评、李庆甲集评
　《瀛奎律髓汇评》,第 486 页。
③陈起辑《江湖后集》卷十二,《景印文渊阁四库全书》第 1357 册,第 865 页。
④陈起辑《江湖后集》卷十四,《景印文渊阁四库全书》第 1357 册,第 900 页。
⑤许棐《融春小缀》,汲古阁景钞《南宋六十家小集》本,第 2 页 a。

　　然而,更大的痛苦和悲哀却是来自心灵的。前面说过,江湖谒客是带有士大夫思想境界和平民生活特征的下层知识分子。这一特点,导致了他们的人格分裂,不断引起了他们的感情矛盾。因为,从本质上来看,士大夫阶层和平民阶层代表着两种不同的文化,很难统一起来。

　　儒家注重修身。孟子曰:"我善养吾浩然之气。"①对于后世儒家来说,这种浩然之气的重要规范之一或许便是"不屈己、不干人"的精神。因此,陶潜"不为五斗米折腰"便成为千古佳话,被士林奉为楷模。这种颇为理想化的道德模式,虽然在对其理解上还有区别,但总的说来,反映了知识分子对实现自我价值的追求。

　　无疑,作为深受儒家思想熏陶的知识分子,江湖诗人的多数不能不把这些观念视为道德完善的标准,而在现实中,他们深深感到了人格的分裂,有时,不免对自己的生活道路产生了茫然之感:

　　　　精神雕耗鬓毛衰,劫火光中第几回? 无可奈何教老去,有时猛省忽愁来。师崇道学元非伪,客寄苏州却类呆。明日重阳又佳节,得钱且醉菊花杯。

　　　　　　　　　　　　　　　　　——刘过《自述》②

　　　　半世生群盗,穷年见乱离。出门偏念母,携策欲干谁? 雪重人踪绝,山寒火气低。平时来往地,满目尽忧疑。

　　　　　　　　　　　　　　——黄文雷《岁晚归自临川》③

在谒客生涯中耗尽精神,鬓毛已衰,无可奈何时,自然愁上心来。

————————————

①《孟子·公孙丑上》,钟谦钧重刊武英殿本《十三经注疏》,第10页b。
②刘过《龙洲集》卷六,第50页。
③黄文雷《看云小集》,第4页b。

几杯淡酒,又怎能使心灵得到解脱? 只因去携策干人,便顿感"平时来往地,满目尽忧疑"。"无可奈何"也好,"忧疑"也好,都真实地反映了他们的茫然不知所措的心态。

茫然之后,必然伴随着反省。我们知道,唐人干谒,不论是求荐举,还是求资助,主要目的都是仕宦。这是在当时的社会风气中,许多士人所走的共同道路,并不受到特别的指责。宋代却有不同。因此,这种反省的内容,主要表现于对干谒之举的羞惭,具体地说,是感到违背了儒家传统的道德规范,实质上,也反映了他们对这样一种生活方式的怀疑和批判①。

既然如此,那就抛弃谒客生涯,找回自己的心灵平衡吧。有人的确是这样做了的。如:

> 老矣归软东海村,长裾不复上王门。肉糜岂胜鱼羹饭,纨绔何如犊鼻裈。是处江山如送客,故园桐竹已生孙。分无功业书青史,或有诗名身后存。
>
> ——戴复古《思归二首》之二②

> 朝吴暮楚几时休? 未必江湖有白鸥。万事莫如归去好,一椽当为老来谋。春天吟思行花径,夜月琴声坐竹楼。但得余龄无俯仰,曾公食粥亦风流。
>
> ——吴惟信《送伯氏秋潭谋居》③

在花径中吟诗,在竹楼上抚琴,的确远胜于俯仰王门。但是,"鱼羹饭"、"犊鼻裈"毕竟难耐,"食粥"也谈不上"风流"。在传统的思想和现实的需求面前,更多的人选择后者。于是,绕了一圈后,他

---

① 参看第二章的有关论述。
② 戴复古《石屏诗集》卷六,《四部丛刊续编》集部第 419 册,第 16 页 a。
③ 吴惟信《菊潭诗集》,第 5 页 a。

们又往往回到老路上。像戴复古,奔走江湖五十余年,虽常有悔
吝之心,厌倦之感,但就像苏轼一生唱着怀土之歌却始终不愿归
隐故乡一样,他也始终离不开干谒。既具有传统的儒家思想,又
不肯抛弃谒客生涯,这一深刻的矛盾,始终陪伴着他们。因此,在
人格的分裂中,他们永远体验着思想上、感情上的深沉的悲哀,永
远无法得到解脱。

三、羁旅之苦

由于中国封建社会的发展比较缓慢,因此,文学史上的异代
共鸣的现象特别多。但是,后人对前人的接受,往往并不注重历
史的真实,而是带有适合自己的生活方式、审美情趣等方面的选
择,从而在对历史的发现和体验中,明确和加强着自己的主观意
向。一个人是如此,一个阶层也是如此。

到了南宋中后期,文学史上已出现过好几个高峰,诞生了许
多位诗坛巨子。应该说,可供江湖诗人效法的偶象是不少的。但
是,使人稍感意外的是,他们却对陆龟蒙这位唐代不太突出的作
家表示了共同的喜好。下面将他们涉及陆龟蒙的诗句略加列举
如次:

> 三生定是陆天随,又向吴松作客归。
> 　　　　——姜夔《除夜自石湖归苕溪》十首之五①
> 江边无处觅天随,又趁斜阳过渺猕。
> 　　　　——赵师秀《再过吴淞》②

---

① 姜夔《白石诗词集》,北京:人民文学出版社,1959年,第41页。
② 赵师秀《清苑斋诗集》,见《永嘉四灵诗集》,第267页。

始终唯有天随子，笑却旌招理钓丝。

　　　　　　　——罗与之《三高亭》①

淰淰风涛外，天随底处寻？

　　　　　　　——武衍《松陵晚泊》②

江湖萧散乐平生，夜课图书日课耕。

　　　　　　　——叶茵《陆龟蒙》③

君不见陆天随，忍穷读书白眼屠沽儿。

　　　　　　　——朱继芳《行路难赠萧坦翁》④

天随清调何人继？幸有荒村故宅存。

　　　　　　　——周弼《甫里观》⑤

江湖好养能言鸭，鲁望从容此滑稽。

　　　　　　——黄文雷《题三高士像》三首之三⑥

　　《新唐书·陆龟蒙传》："陆龟蒙字鲁望，……举进士，一不中，往从湖州刺史张搏游。……尝至饶州，三日无所诣。刺史蔡京率官属就见之，龟蒙不乐，拂衣去。居松江甫里，多所论撰。……不喜与流俗交，虽造门不肯见。不乘马，升舟设蓬席，赍束书、茶灶、笔床、钓具往来，时谓江湖散人，或号天随子、甫里先生，自比涪翁、江上丈人。后以高士召，不至。"⑦江湖诗人的描写与史书的

---

①罗与之《雪坡小稿》卷二，第 4 页 b。

②武衍《适安藏拙余稿》乙卷，第 4 页 a。

③叶茵《顺适堂吟稿》乙集，第 6 页 b。

④朱继芳《静佳龙寻稿》乙稿，第 15 页 a。

⑤周弼《汶阳端平诗隽》卷三，第 8 页 b。

⑥陈起辑《江湖后集》卷二十一，《景印文渊阁四库全书》第 1357 册，第 980 页。

⑦《新唐书》卷一百九十六《陆龟蒙传》，北京：中华书局，1975 年，第 18 册，第
　5612—5613 页。

记载基本上是一致的。

　　在诗歌创作上,陆龟蒙有尚奇尚险的一面。在这方面,他继承了杜甫、韩愈、孟郊等人开创的诗风,追求以赋为诗,以文为诗,以议论入诗,以奇字入诗,成为一位承先启后的作家,因而被今人称为"唐诗与宋诗的桥梁"①。

　　显然,陆龟蒙的诗风与多数江湖诗人大相径庭,他们欣赏陆龟蒙,只不过大都表现在生活情趣和生活方式等方面。

　　但即使如此,这种欣赏也是过于理想化的追求。的确,陆龟蒙既有漫游之趣,又有隐逸之乐,还有作诗之才,三者的结合,大约是许多下层知识分子所向往的。不过,那种轻松自得、闲云野鹤般的生活,对于江湖诗人来说,无疑是太遥远了,几乎毫无现实性。他们与陆龟蒙引起共鸣的,是彼此都有长期漫游的生活经历,但从现实的情况来看,同是漫游,内涵却大不一样。也许是出于一种补偿的心理吧,越是缺少闲适和自在,便越要对之进行争取。因此,追求的理想最终变成了理想的追求。

　　我们不妨看看他们笔下对江湖的描写。陆龟蒙《和袭美春夕酒醒》云:"几年无事傍江湖,醉倒黄公旧酒垆。觉后不知明月上,满身花影倩人扶。"②李商隐《安定城楼》云:"永忆江湖归白发,欲回天地入扁舟。"③两位晚唐诗人眼中的江湖,一作为悠闲的象征,一作为入仕的补偿,都很洒脱。而江湖诗人则大多缺少这种情趣。如:

――――――――――

① 李锋《唐诗与宋诗的桥梁――陆龟蒙诗歌艺术初探》,载《华东师范大学学报》1987 年第 1 期。
②《全唐诗》卷六百二十八,第 7211 页。
③ 叶葱奇《李商隐诗集疏注》卷上,北京:人民文学出版社,1985 年,第 330 页。

世途难着脚,况复是江湖!

　　　　　　——胡仲参《书怀呈曾性之》①

七十老翁头雪白,落在江湖卖诗册。

　　　　　——戴复古《市舶提举管仲

　　　　　　登饮于万贡堂有诗》②

有人谙尽江湖冷,却爱寻常辈画山。

　　　　　　——许棐《题雪林画卷》③

世间多少真豪杰,飘落江湖人不知。

　　　　　　——胡仲弓《赠岳仁叔》④

落魄江湖梦里寻,起来佳处散烦襟。

　　　　　——赵庚夫《落魄》二首之一⑤

一梗江湖客,三朝忠义家。

　　　　　——张炜《题〈莲峰集〉后》⑥

十载江湖叹不遭,识君岁月漫蹉跎。

　　　　　——胡仲弓《寄朱静佳明府》⑦

布衣憔悴江湖客,闲倚栏干自觅诗。

　　　　　　——王谌《题云海亭》⑧

①胡仲参《竹庄小稿》,第 15 页 a。
②戴复古《石屏诗集》卷一,《四部丛刊续编》集部第 417 册,第 19 页 a。
③许棐《融春小缀》,第 5 页 a。
④胡仲弓《苇航漫游稿》卷四,《景印文渊阁四库全书》第 1186 册,第 703 页。
⑤陈起辑《江湖后集》卷八,《景印文渊阁四库全书》第 1357 册,第 808 页。
⑥陈起辑《江湖后集》卷十,《景印文渊阁四库全书》第 1357 册,第 840 页。
⑦陈起辑《江湖后集》卷十二,《景印文渊阁四库全书》第 1357 册,第 870 页。
⑧陈起辑《江湖后集》卷十三,《景印文渊阁四库全书》第 1357 册,第 885 页。

　　　　江湖路远总风波,欲向山中制芰荷。

——陈必复《江湖》①

或曰"飘落江湖",或曰"憔悴江湖"。在他们心目中,江湖不再是生活的调剂,而是生活本身。因此,他们所写的江湖,没有了理想的色彩,而总是带有亲切的、苦涩的现实感。

　　既然漂泊江湖的生活中常带有苦涩味,则乡愁羁恨必然经常伴随着他们。乡土观念很重的古人向往安宁,留恋故土,对于行役有着本能的排斥。但是,社会环境和个人生活都有不容自由选择的情况,人们由于种种需求,不得不离乡背井,跋涉风尘。于是,乡愁羁恨便成为中国古代文学中的永恒的主题。

　　如果进行统计的话,我们可以发现,在江湖诗人的作品中,表现这一主题的诗歌比重最大。这当然是与他们为了谋生"前日方游吴,今日又走越"②的生活方式有着密切关系的。如我们所熟知的,某种内容成为一个时代的最突出的主题,其中必然浸透着作者独特的体验。北宋被女真贵族倾覆后,大批士人南迁。漂泊流离的生活,国破家亡的感受,使他们的诗歌中笼罩着一层浓烈的悲愁。如吕本中"钟唤梦回空怅望,人传书至竟沉浮"③的感慨,朱弁"诗穷莫写愁如海,酒薄难将梦到家"④的悲愤,在南渡前后是极多的。而到了江湖诗人笔下,同样的主题,感受的层次和表现的方式便都起了变化。南渡诸公亲身经历了亡国的惨痛,在

---

①陈起辑《江湖后集》卷二十三,《景印文渊阁四库全书》第 1357 册,第 1006 页。

②胡仲弓《送怀玉之越谒秋房使君》,《苇航漫游稿》卷一,《景印文渊阁四库全书》第 1186 册,第 670 页。

③吕本中《柳州开元寺夏雨》,载《瀛奎律髓》卷十七,见方回选评、李庆甲集评《瀛奎律髓汇评》,第 702 页。

④朱弁《春阴》,载《中州集》卷十,北京:中华书局,1962 年,第 524 页。

深重的民族悲剧面前，他们个人的遭遇便不自觉地被浓缩了。尽管他们也写乡愁羁恨，但总是同时含蕴着国难的内涵。在他们的羁旅诗中，我们较难找到对个人生活的精心刻画。深沉的感喟冲淡了他们对自己生活方式的内省，导致了他们对乡愁羁恨的粗线条勾勒。江湖诗人则不然。行役的生活方式虽然是他们为改善自己的处境所作的选择，但这条道路也往往导向不可知的未来。因此，自然的变化，人情的冷暖，使他们加倍的敏感，而客路的艰难，羁旅的悲苦，更使他们有着入微的感受。这样，在他们笔下，漂泊的生活往往更带有纪实性，表现得更加切近，更加具体，更加细腻。

江湖诗人为生活所迫，踏上了漫漫旅途，本是怀着美好的憧憬，但行役的艰难显然远远超出了他们的想象。其中，最为具体的问题，大概莫过于他们千方百计想摆脱而又始终摆脱不掉的贫穷了。首先，他们客居他乡，总得有处立身之地。但他们身无长物，不仅谈不上购置华宅，甚至连租借房屋都感困难。下面两首诗描写了他们向人借房子的情形：

> 已叹长安索米难，可禁风雪满长安？无家又是于人借，有命从来只自宽。

——陈起《借居值雪》①

> 借屋移来逐半年，眼看花发便欣然。主人官满吾当去，却忆看花又可怜。

——苏泂《借屋》②

陈起一诗，鲍廷博在题下辨云："起家于临安，诗中索米借居，语意

---

① 陈起辑《江湖后集》卷二十四，《景印文渊阁四库全书》第 1357 册，第 1011 页。
② 苏泂《泠然斋集》卷八，《景印文渊阁四库全书》第 1179 册，第 149 页。

不合,疑他人之作误入。"其言甚当。但从"长安索米"的描写看,
作者为一江湖游士无疑。一个"又"字,形象地写出了诗人寄人篱
下的生活和他心中的苦闷。苏泂是名相苏颂的孙子,他之流落江
湖,本身就使我们对南宋阶级结构的急剧变化感到震惊。诗中先
写借屋谋居的暂时适意,接着句法一转,揭示出最终仍不遑宁居
的痛苦现实,由热而冷,对比鲜明。至于作者又要面临着怎样的
处境,也就尽在不言中了。

　　有时,虽然暂时有了栖身之地,但生活条件的恶劣又有不忍
言说者:

　　　　疏布裹败绵,破碎错经纬。严风过强弩,终夜缩如猬。

　　　　　　　　　　　　　　　　　　　——杜旃《纸被》①

严寒之中,盖着这种被子,自然不免索索发抖,缩成一团。以描写
寒苦著称的唐代诗人孟郊也写过类似的生活状况,其《秋怀》诗有
云:"霜气入病骨,老人身生冰。衰玉暗相刺,冷痛不可胜。"②二
诗相比,一重白描,一重感受;一以具体取胜,一以夸张见长。杜
诗虽不如孟诗深刻精警,但我们却欣赏他对生活场景描绘的纪实
性,而不嫌其琐细。于此,可以见出江湖诗的一个特点。

　　我们知道,在连续的强刺激下,人的感觉是会变迟钝的。既
然在家是穷,出门也是穷,贫穷这件事,对江湖诗人来说,已不算
新鲜了。于是,他们往往将纪实的笔触,转向对漂泊本身的体验。
这一点,也是与他们的生活方式密切相关的。陆游《剑门道中遇
微雨》云:"衣上征尘杂酒痕,远游无处不销魂。此身合是诗人未?

①杜旃《癖斋小集》,汲古阁景钞《南宋六十家小集》本,第6页a。
②《全唐诗》卷三百七十五,第4206页。

细雨骑驴入剑门。"①这是陆游于乾道八年（1172）赴成都任成都
路安抚司参议官，途中所写的一首诗。虽然也表现了旅途的艰难
辛劳和客中的孤寂怅惘，但却很笼统。至于"难于上青天"的蜀道
如何，更是只字未题。另一首写于同时的《行绵州道中》云："三年
客江峡，万死脱鱼鼋。平地从今始，穷途敢复论！园畦棋局整，坡
垅海涛翻。瘦犊应多恨，泥涂伏短辕。"②三年间，客行江峡之中
有着怎样的惊心动魄的经历，全都略去，仅用"万死脱鱼鼋"一句
轻轻带过，写得极为浓缩。因为陆游此行的目的很明确，而且心
中始终升腾着从军报国之志，虽然他也有着古人难以避免的羁旅
之感，但他把旅途只看作一个短暂的过程，因此，对于其中的种种
细节，他倒无暇特别留意了。江湖诗人则不同。前路漫漫，一片
茫然，他们也不能明确知道自己的目的地，这样，旅途的艰辛往往
引起他们强烈的心灵感应。尤其对那些意外的险恶，他们更有着加
倍的敏感，从而便在诗中进行了实录性描写。如姜夔《昔游诗》：

> 九山如马首，一一奔洞庭。小舟过其下，幸哉波浪平。
> 大风忽怒起，我舟如叶轻。或升千丈坡，或落千丈坑。回望
> 九马山，政与大浪争。如飞鹅车炮，乱打睢阳城。又如白狮
> 子，山下跳挛挛。须臾入别浦，万死得一生。始知茵席湿，尽
> 覆杯中羹。

——之三

> 我乘五板船，将入沌河口。大江风浪起，夜黑不见手。
> 同行子周子，渠胆大如斗。长竿插芦席，船作野马走。不知
> 何所诣，生死付之偶。忽闻入草声，灯火亦稍有。柁船遂登

①陆游撰、钱仲联校注《剑南诗稿校注》卷三，第269页。
②陆游撰、钱仲联校注《剑南诗稿校注》卷三，第276页。

岸，亟买野家酒。

——之五

天寒白马渡，落日山阳村。是时无霜雪，万里风奔奔。外旐吹已透，内纩冰不温。吹马马欲倒，吹笠任飞翻。不见行路人，但见草木蕃。忽看野烧起，大焰烧乾坤。声如震雷震，势若江湖吞。虎豹走散乱，麋鹿不足言。夜投野店宿，无壁亦无门。此行值三厄，幸得躯命存。明发见老姊，斗酒为招魂。

——之六①

《昔游诗》近二千言，是姜夔回忆其"早岁孤贫，奔走川陆"（题注）而写的一组长诗。这三首，记述了他于淳熙元年（1174）二十岁时，"依姊山阳（汉川村名），间归饶州"②的一段经历。诗人在洞庭湖险遭水厄，在沌河口又遇到风浪，而白马渡野烧，更使他九死一生。这"三厄"，在他笔下有着具体、详细而生动的描写，近千年后，我们仍可与这位行客一样，感到战栗。值得我们注意的是，作者大肆渲染旅途的艰难，而对到达目的地后的描写却只是一笔带过，这更证明了，江湖诗人对过程本身，亦即漂泊中的遭遇，是何等的重视。

　　长年的跋涉，日复一日的漂泊，使江湖诗人对自己的所历所遭特别敏感，特别关注。而如果从时间的角度来考察的话，在羁旅中，最为刺激他们心灵的，莫过于清晨和深夜了。在他们的作品中，"夜泊孤灯悄，晨装片月弯"③之类的描写在处可见。这正从一个侧面，反映出了他们独特的心态。描写早行的如：

---

① 姜夔《白石诗词集》，第14—15页。
② 夏承焘《姜白石系年》，载《唐宋词人年谱》，上海：古典文学出版社，1955年，第429页。
③ 朱继芳《静佳龙寻稿》乙稿《客路》，第6页a。

> 　　未晓催行色，微吟独据鞍。露垂星影湿，月淡水光寒。
> 犬吠知村近，鸡鸣觉夜残。亲闱在何许？谁念客衣单？
> 　　　　　　　　　　　——胡仲参《道中早发》①

> 　　半醒梦犹在，拥衾无限情。晓窗灯影淡，山路雪吟清。
> 岁暮羡归客，囊空兼去程。故书多废理，惊魂动心旌。
> 　　　　　　　　　　　——薛嵎《旅店早起》②

描写夜宿的如：

> 　　暑雨沉沉夜正深，凉欺客枕梦频醒。虽然未是秋时候，
> 滴在梧桐亦厌听。
> 　　　　　　　　　　　——施枢《夜凉听雨》③

> 　　萧萧梧叶送寒声，江上秋风动客情。知有儿童挑促织，
> 夜深篱落一灯明。
> 　　　　　　　　　　　——叶绍翁《夜书所见》④

胡诗写客子早行，句句是未晓之色。薛诗选取旅店早起的一个特定瞬间，写得情致绵绵。施枢抓住夜间雨声来写，极力渲染思乡之情。而叶绍翁则逆笔而入，将所见所感颠倒过来，突出了全诗的主题。

　　江湖诗人对一日之中的这两段特定的时间如此关注，当然不是偶然的。对于行人来说，上路一般要赶早。这里面，当然有"清晨那可驻，日出又如焚"⑤的考虑，但更主要的，恐怕还是由于加

---

① 胡仲参《竹庄小稿》，第 2 页 b。
② 薛嵎《云泉诗》，第 18 页 b。
③ 施枢《芸隐倦游稿》，汲古阁景钞《南宋六十家小集》本，第 15 页 a。
④ 叶绍翁《靖逸小集》，第 7 页 b。
⑤ 胡仲参《早发》，《竹庄小稿》，第 9 页 b。

快行程的需要。这时,不管疲乏的身体多么需要休息,也不管温馨的梦境多么值得回味,都不得不踏上征途。正是这一次次的清晨,一次次的早行,使得他们离家山越来越远,前途也越来越茫然,那么,他们怎能不有着特别的感慨呢?入夜,一片悄然,思想特别容易集中。在辗转反侧之际,联想也更加丰富。"日出而作,日入而息",这是农业社会传统的生活方式,因此,夜间每每是家人团聚在一起的时候。现在,客游在外的诗人们却独对青灯,难以入眠,自然会生出强烈的孤独感。此外,在对夜宿的描写中,往往借淅沥的雨声写出沉重的怅惘。如施枢《秋夜即事》:"断雨寒云过暝窗,落桐叶叶是凄凉。楚山不入清宵梦,月影蛩声满桂芗。"①徐集孙《寄怀里中诸诗友》:"客枕梦残听夜雨,乡心愁绝对秋灯。"②陈允平《钱塘旅舍》:"云山千万叠,身事恨悠悠。客鬓秋风急,乡心夜雨愁。"③林尚仁《秋日书怀》:"数蛩厌静鸣秋雨,一叶惊寒落晚风。惆怅故园归未得,草荒篱下菊花丛。"④史卫卿《捧檄家山》:"寥落谁相问?孤明雨夜灯。"⑤这些诗句,上承司空曙《喜外弟卢纶见宿》:"雨中黄叶树,灯下白头人。"⑥黄庭坚《寄黄几复》:"桃李春风一杯酒,江湖夜雨十年灯。"⑦情与景,内与外,达到了高度的契合,有力地渲染了浓郁的乡愁。而在描写上,或直致,或含蓄,也都各有他们自己的特色。

---

①施枢《芸隐倦游稿》,第 17 页 a。
②徐集孙《竹所吟稿》,第 18 页 b。
③陈允平《西麓诗稿》,第 16 页 b。
④林尚仁《端隐吟稿》,汲古阁景钞《南宋六十家小集》本,第 2 页 b。
⑤陈起辑《江湖后集》卷十一,《景印文渊阁四库全书》第 1357 册,第 858 页。
⑥《全唐诗》卷二百九十三,第 3334 页。
⑦黄庭坚《豫章黄先生文集》卷九,《四部丛刊》集部第 987 册,第 7 页 b。

　　何应龙曾经这样对他的旅伴说："与君同出已多时，费尽囊
金典尽衣。"①许多江湖诗人都是这样，在长年的为客生涯中，消
耗了自己的一切。他们似在寻觅，似在追求，然而，希望就像他
们前面的客路一样，是那样的茫然不可知。瞻念前程，他们经常
感到无所适从，好像整个世界都向他们挤压过来，看不到一点
出路：

　　　　屈指秋风与客期，阳关西去到何时？侧身一望肠堪断，
　　天似穹庐碧四垂。

　　　　　　　　　　　　——朱继芳《客路》十首之九②

苍茫的旷野与踽踽的行人形成了鲜明的对比。在这样一种背景
中，诗人真的是"肠堪断"了。他感到了这个世界的冷酷无情，而
自己却丝毫也无法改变现状。作者化用北齐斛律金的《敕勒歌》
和唐代王维的《渭城曲》，并与行客当下的感受密切结合起来，极
其深刻地表现了羁旅之悲。其感情的浓度，是同类题材所少
见的。

　　旅途的辛酸令人难耐，无望的憧憬终于幻灭，这时，古道西
风、凤城春色失去了它的最后的魅力，人们在四处碰壁后，才深深
地感到，最值得留恋的还是自己的家。家居虽然清苦，但那毕竟
是属于自己的一块小天地，毕竟有妻儿相聚的一份温馨，比起客
路的漂泊，这该是多大的幸福！于是，他们在诗中强烈地表达了
思乡之情：

　　　　荷叶披披一浦凉，青芦奕奕夜吟商。平生最识江湖味，

---

① 何应龙《旅中示同辈》，《桔潭诗稿》，汲古阁景钞《南宋六十家小集》本，第
　1 页 b。
② 朱继芳《静佳龙寻稿》，第 4 页 a。

听得秋声忆故乡。

——姜夔《湖上寓居杂咏》十四首之一①

　　江上谁家吹笛声？月明霜白不堪听。孤舟万里潇湘客，
一夜归心满洞庭。

——严羽《闻笛》②

不管是大自然的明显变化，还是社会生活的小小细节，都能引起
他们的心灵感应，激发他们的思乡之情。姜诗将乡情融于悲秋之
中，句意俱很含蓄。严诗学习李益《夜上受降城闻笛》"不知何人
吹芦管，一夜征人尽望乡"③的表现手法，则以空间的夸张创造了
一个全新的境界。

　　有时，这些长年羁旅的诗人，也想像他们的许多前辈一样，
表现出一番壮游的情怀，如朱继芳《客路》十首之三所云："儿女
伤悲士不为，健行童仆远相依。"④或者，至少表现出一种恬淡，
如徐集孙《抄岁》所云："客久梦魂安淡泊，岁残老态厌喧嚣。"⑤
李白《客中作》云："但使主人能醉客，不知何处是他乡！"⑥这位
诗仙只要有酒喝，便无所谓故乡和他乡。戴复古《到南昌呈宋愿
父黄子鲁诸丈二首》之二学之云："醉里不知身是客，故人多处亦
吾乡。"⑦似乎也不失潇洒。然而，当我们仔细体会这些诗，再进
行整体的对照时，便可以发现，他们说的不是真心话。处于那种

---

① 姜夔《白石诗词集》，第 44 页。
② 严羽《沧浪严先生吟卷》卷二，明正德十二年刊本，第 3 页 b。
③《全唐诗》卷二百八十三，第 3218 页。
④ 朱继芳《静佳龙寻稿》，第 3 页 b。
⑤ 徐集孙《竹所吟稿》，第 18 页 a。
⑥ 王琦注《李太白全集》卷二十二，北京：中华书局，1977 年，第 1012 页。
⑦ 陈起辑《江湖后集》卷二十三，《景印文渊阁四库全书》第 1357 册，第 1000 页。

特定的生活方式和思想方式中,他们怎么可能这么洒脱,这么淡泊! 因此,这不妨看作是一种虚饰,一种无可奈何中的自我排遣。而下面这首诗,才真实地揭示出了他们的感情矛盾和心理活动:

> 强言不思家,对人作意气。惟有布被头,见我思家泪。
>
> ——戴复古《怀家》三首之二①

看来,当时人若一味思家,可能会被讥之为儿女之态,因此,诗人才会有人前"意气",人后垂泪的表现。正是在这种人格的分裂中,我们可以洞察这批诗人的心灵世界。从描写上看,这首诗极直到而又极细腻,很能见出时代的特色。

江湖诗人表达思乡之情,一般采取正面抒写的形式,但也有许多人喜欢从对面落笔。如下面几首诗:

> 风竹萧萧淡月明,孤眠真个可怜生。不知昨夜相思梦,去到伊行是几更?
>
> ——高翥《无题》②

> 十日春光九日阴,故关千里未归心。遥怜儿女寒窗底,指点灯花语夜深。
>
> ——胡朝颖《旅夜书怀》③

> "缓作行程早作归",倚门亲语苦相思。"白头亲老今多病,不似当初别汝时。"
>
> ——利登《次婉妹月夕思亲之什追录》④

---

① 戴复古《石屏续集》卷一,汲古阁景钞《南宋六十家小集》本,第 10 页 b。
② 高翥《菊涧小集》,第 5 页 b。
③ 厉鹗《宋诗纪事》卷五十四,上海:上海古籍出版社,1983 年,第 1366 页。
④ 利登《骳稿》,第 14 页 b。

前二首从徐陵《关山月》"思妇高台上，当宵应未眠"①及杜甫《月夜》"遥怜小儿女，未解忆长安。香雾云鬟湿，清辉玉臂寒"②句意翻出，不说自己思家之切，而说家人念己之深，更觉其羁愁旅思，凄绝动人。后一首全以口语入诗。先言"亲老"对其兄妹的叮嘱，次言自己作为兄长对妹妹的希望。正面反面，丝毫没提自己的意向，然而，正是在这多方的衬托中，一个思归的游子的形象呼之欲出。其笔法的峭折，也很好地表现出其感情活动的丰富。

"独在异乡为异客，每逢佳节倍思亲。"③王维的诗句，形象地说明了节日在中国人心中的地位以及客子每逢佳节时的心理感受。江湖诗人长年羁旅，对此也有着深切的体验。新年时，他们深感"岁律又侵寻"④，为新的一年的羁旅开始而伤感："过寒梅树白全少，入腊草芽青渐生。又是舒州一年了，怕看新历动乡情。"⑤清明日，他们为自己不能返乡扫墓而悲哀："客中今日最伤心，忆着家山松树林。白石冈头闻杜宇，对他人墓亦沾襟。"⑥重阳节，他们倍感客游在外的落寞无聊："秋风吹客客思家，破帽从渠自在斜。肠断故山归未得，借人篱落种黄花。"⑦戴复古《九日》一诗云："醉来风帽半欹斜，几度他乡对菊花。最苦酒徒星散后，

---

① 见逯钦立辑校《先秦汉魏晋南北朝诗》，第 2525 页。
② 杨伦《杜诗镜铨》卷三，上海：上海古籍出版社，1962 年，第 126 页。
③ 《全唐诗》卷一百二十八，第 1306 页。
④ 徐集孙《岁律》，《竹所吟稿》，第 13 页 a。
⑤ 张弋《舒州岁暮》，《秋江烟草》，第 8 页 b。
⑥ 戴复古《清明伤感》，《石屏续集》卷四，第 5 页 b。
⑦ 叶绍翁《九日呈真直院》，《靖逸小集》，第 3 页 b。

见人儿女倍思家。"①佳酿的芳冽和酒徒的喧闹,可以暂解落寞之
情,然而,一旦独处,则思乡之情便如沉压的火山开了口子,更加
猛烈地喷发出来。江湖诗人令节思归的诗作可以这首为代表,集
中表现了他们在那一特定的时刻所展示的丰富、复杂的心理
活动。

　　思归而不能归,这里面当然有不得已的苦衷,江湖诗人也常
常为此而感慨。然而,更使他们感到伤心的,却是他们的主观愿
望与客观现实的距离越来越远,即,他们尽管经常唱着归乡曲,而
事实上,却越来越远离故乡。如戴复古的《渡淮》:"人情容易变,
身事苦难谐。每日思归浙,今朝却度淮。"②承袭了刘皂《旅次朔
方》的句意:"客舍并州数十霜,归心日夜忆咸阳。无端又渡桑干
水,却望并州似故乡。"③可见,对这种客中的无可奈何和不由自
主,千古同慨,异代同悲。江湖诗人虽然采用了前人的表现手法,
所写的却是自己的现实生活,因此,有着同样强烈的感染力。

　　归既不得,便只有在书信中寄托乡情之万一了。试看邓林
《赣上思亲》:

　　　　庭下青萱意自舒,起居近日复何如?熏香莫遣衣篝润,
　　饵药从知酒盏疏。教妇丁宁唯礼法,要孙久远是诗书。手中
　　线在常珍重,空写平安托鲤鱼。④

写得絮絮叨叨,非常琐细,即使我们不知他们的家书如何写法,诗
中也已透露出一点消息。然而,表现对家人的寄托和嘱咐,话题

①戴复古《石屏续集》卷四,第 2 页 a—b。
②戴复古《石屏诗集》卷四,《四部丛刊续编》集部第 418 册,第 11 页 a。
③《全唐诗》卷四百七十二,第 5359 页。
④邓林《赣上思亲》,《皇荂曲》,第 7 页 a。

毕竟容易找一些，一旦涉及自身的状况，就不那么好写了。在下面两首诗中，可以看到这种情形：

> 未得还乡泪欲珠，一书封了又踌躇。家人会得征夫意，门外西风即是书。
>
> ——宋伯仁《家书》①

> 十暑江湖客，尘缁白苎衫。人沿沙岛路，风卷海门帆。带雨厨烟重，通潮井脉咸。家书言不尽，重拆又重缄。
>
> ——朱继芳《十暑》②

漂泊在外，经历了多少苦难，积郁着多少感慨，满怀着多少思念！一纸书信，又怎能说清楚？于是，宋伯仁干脆不写了，让家人从门外的西风中去体会游子的情怀。而朱继芳虽然交代了自己十年来的行迹和生活，但总觉得言不尽意。于是，他只好"重拆又重缄"，不断地反思，不断地补充。至于他最后是否能发出这封信，的确很难想象。张籍《秋思》云："洛阳城里见秋风，欲作家书意万重。复恐匆匆说不尽，行人临发又开封。"③上举两诗都与它有着一定的渊源关系。但宋诗写得曲折，朱诗写得质实，又各具特色，不是简单的沿袭。

　　江湖诗人对书信看得如此郑重，如此神圣，书信在他们心目中的份量自然不难想见。因此，每当接到家信，他们都感到非常兴奋。胡仲参这样描述道："手剥鳞缄细细看，北堂垂白喜平安。为怜客里多霜雪，寄得衣来正及寒。"④与其说是寒衣寄来得及

---

① 宋伯仁《雪岩吟草补遗》，见鲍廷博辑《知不足斋辑录宋集补遗》，第 18 页 a。
② 陈起辑《江湖后集》卷二十三，《景印文渊阁四库全书》第 1357 册，第 1002 页。
③ 《全唐诗》卷三百八十六，第 4356 页。
④ 胡仲参《得家书》，《竹庄小稿》，第 4 页 a。

时,不如说是关怀表达得及时,因此,诗人捧着家书,一遍遍,总也看不够,整个身心沐浴在幸福之中。可惜的是,这样的时刻太少了。他们既然到处漂泊,行踪无定,则家书的传递势必非常困难,因此,他们经常为得不到家书而焦灼,经常陷于惶然无措的心态之中。如:

> 家住鄱城小洞天,经年烹鲤尚茫然。几回鹊喜无消息,吹杀灯花独自眠。

——张良臣《遣家书》①

> 自知阙下家书断,不过城南卜肆占。萧散形骸天分定,江城惟有醉厌厌。

——董嗣杲《家书不至自嘲》②

> 一秋无便寄平安,新雁声声报早寒。昨夜捡衣开故箧,去年家信把来看。

——戴复古《到南昌呈宋愿父伯仲》③

鹊叫枝头,徒然兆喜,人虽作达,终不消忧。于是,只好“去年家信把来看”,聊解相思之苦。后一首描写游子的心态,虽淡淡著语,却极为真切、细腻,生动地刻划了诗人的形象。

当然,生活的节奏也并不总是那么紧张的。有时,客游的诗人们终于也找到了归乡的机会了,他们不禁感慨万端:“短檐纱帽旧麻衣,铁杖扶衰步履迟。老去分为无用物,客游谁道有归时。”④带着

---

① 张良臣《雪窗小集》,汲古阁景钞《南宋六十家小集》本,第5页a。
② 董嗣杲《庐山集》卷四,《景印文渊阁四库全书》第1189册,第204页。
③ 戴复古《石屏续集》卷四,第2页b。
④ 戴复古《久客还乡》,《石屏诗集》卷六,《四部丛刊续编》集部第419册,第32页a。

满身征尘,一脸疲惫,他们踏上了故乡的土地。也许是衰弱的身体还未从长途跋涉中恢复,也许是困顿的心灵暂时不能领略意外的喜悦,因此,他们虽然庆幸,可仍让人感到他们的感情的沉重。事实上,家乡的情形也不容乐观:"久客归来后,家如旧日贫。青山何处隐?白发也愁人。"①这样,仅有的一点欢乐也不复存在了,他们终于无法安居,又要踏上征程:

> 寒儒家舍只寻常,破纸窗边折竹床。接物罕逢人可语,寻春多被雨相妨。庭垂竹叶因思酒,室有兰花不炷香。到底闭门非我事,白鸥心性五湖傍。
>
> ——戴复古《家居复有江湖之兴》②

在外时,强烈思归,既归后,又不遑安居,他们的行事似乎使人难以理解。事实上,这正是这些人的生活方式和生活理想的冲突所决定的。只要这一点不改变,他们就会永远处于一种循环往复、不得解脱的矛盾之中。

四、友谊之求

在中国古代社会,人伦关系并不完全是以家庭为中心的。由于男子负有政治、社会和文化等方面的义务,因此,他们的活动,往往是在家庭之外进行的。同时,由于女子的社会地位特别低,没有参加社会活动的权力,因此,在男子心目中,妻子不过是个附庸,而朋友则往往有着更重的份量。如果我们将中国古代诗歌作

---

① 戴复古《寄南昌故人黄存之宋谦甫二首》之二,《石屏诗集》卷二,《四部丛刊续编》集部第 417 册,第 27 页 b。

② 戴复古《石屏诗集》卷六,《四部丛刊续编》集部第 419 册,第 42 页 a。

一统计,则爱情诗之少和友情诗之多,对比非常鲜明。从《诗·伐木》的求友之声,到苏李惜别①,李杜交亲,元白互酬,文学史上一直回旋着歌颂友情的主题。到了南宋中后期,这一主题在江湖诗人的作品中却又一次引起了强烈的共鸣。因为,这些诗人漂泊在外,既与故乡远离,复与家人睽隔。西风古道,茕然一身,自然会产生浓重的孤独感。这时,对友情的期待往往比任何时候都更加迫切。

"萧萧檐角雨,冉冉雨中舟。"②"江汉乘流客,乾坤不系舟。"③对于长年往来于江南水乡的江湖诗人来说,风雨孤舟、江湖片帆的描写,既是比喻,又是写实。的确,他们每个人作为个体来说,不也就是漂荡于茫茫汪洋之中的小船么?漂泊的孤舟渴望宁静的港湾,疲惫的身心需要友情的慰藉。在动荡的生活中,朋友间的同情和安慰,正如两只随风漂流的孤舟意外相遇,互相都找到了一个小小的避风港,得到喘息的机会。尤其是,"半世择交友,深知仅数人"④。真正的朋友如此难寻,他们对这份感情自然格外珍视了。

从这个意义上看,我们对江湖诗人独在异乡,忽逢故友时所表现出的喜悦,便可以深深理解了。"潇湘风雪渡,岳石姓名镌。自接来消息,朝朝问客船。"⑤这是他们接到友人将至的消息后,焦急候望的情形。"交游半零落,身在复长贫。对语寒灯尽,相看白发新。"这是他们乍"逢旧友生"⑥时,惊喜交集的场面。对他们

①按《文选》所载苏李赠别诗,实际上是无名氏所作。为了叙述方便,这里姑仍旧说。
②叶茵《忆友》,《顺适堂吟稿》乙集,第14页a。
③姜夔《答沈器之》二首之一,《白石诗词集》,第31页。
④利登《衡阳赠定父咏常》,《骳稿》,第19页b。
⑤赵师秀《喜徐道晖至》,《清苑斋诗集》,见《永嘉四灵诗集》,第253页。
⑥薛嵎《逢旧友生》,《云泉诗》,第41页b。

来说,故友的相访固然能够增添旅途的慰藉,而乡人的到来,更能减轻思家的落寞:

> 萧萧春夜雨,有客渡江来。世事攒眉说,乡谈信口开。
> 晚肴供苦笋,时果荐青梅。甚欲浇离恨,呼灯拨酒醅。
>
> ——高翥《喜乡友来》①

听不够的乡音,说不尽的乡情。虽客居清贫,只能以苦笋、青梅待客,但这份浓浓的情意,世上又有什么佳肴可比! 全诗淡淡著语,恰似喜极之人,反而归于沉静。

他乡遇故知,固然是人生一大快事,但对江湖诗人来说,由于他们经常处于落寞、孤寂的情境之中,其对友情的渴求,远远超过了这个范围,可以说,是无时不在、无处不在的。下面这首诗便写出了一段萍水相逢的佳话:

> 相逢疑旧识,敲火自煎茶。盛欲为留计,其如未是家。
> 东西分地脉,南北两天涯。别后思君处,空斋戢烛花。
>
> ——叶茵《相逢》②

诗人客中结识了一位新朋友,一见如故,不忍分离。但自己也在作客,又哪里谈得上留人长住呢? 于是,只好黯然分手,将重逢的喜悦寄托于不可知的未来了。相同的感情,也见于朱继芳《题李秋堂〈盟鸥集〉》中:"相逢已恨十年迟,买酒吴山一夜诗。明日送春仍送客,柳花风飐鬓丝丝。"③相见恨晚,相会苦短,时间的对比和跳荡,细腻地表现出诗人对与这位新朋友结识的珍惜。有时候,他们邂逅相遇旅中新友,还会得到一种意外的欣喜。如戴复

---

① 高翥《菊涧小集》,第 13 页 b。
② 叶茵《顺适堂吟稿》乙集,第 10 页 b。
③ 朱继芳《静佳龙寻稿》乙稿,第 13 页 b。

古《湘中遇翁灵舒》云:"天台山与雁山邻,只隔中间一片云。一片
云边不相识,三千里外却逢君。"①戴复古和翁卷,一居天台,一居
永嘉,相距极近,彼此在当时诗坛上又都负盛名,按理说,早就应
该相识了,而命运却偏偏把这一时刻安排在"三千里外"的湖南。
空间的强烈对比,使得诗人在无可奈何的感慨之中,又含蕴着极
度的喜悦,而新奇的构思又使这种感情一波三折,耐人寻味。前
"人谓石屏此诗,视唐人无愧"②。殊非虚誉。

　　以上可以见出,无论是会见老朋友,还是结识新朋友,江湖
诗人往往都是大喜过望,倾注了全部身心。而这一点也反过来
证明了,这些朋友的相聚是多么困难。本书所讨论的江湖诗派
成员共一百多位,他们以临安陈起书肆为聚合点,不少人彼此是
有过一定的接触的。但是,他们的家乡却分布在浙、闽、赣等省,
再加上长期过着漫游江湖的不稳定的生活,因此,聚在一起的机
会就不可能太多。至于他们与其他亲友的离合,情况也不会相
差太远。这,或许可以解释诗人们对朋友为何如此留恋,如此依
依不舍。

　　然而,不如意事,十常八九。那"清晨过穷庐,竟夕话畴昔"③
的快乐,很快就过去了。就在他们耳边还响着初见时的欢笑时,
凄清的渡口,已经是"兰舟催发"(借用柳永〔雨霖铃〕词句)了。虽
然他们已惯于离别,并早已做好了思想准备,但是,友人的猝然离
去,仍在他们心中引起了不小的震动:

　　　　把酒对汀洲,相看发去舟。迎风一分手,惊浪几翻头。

---

① 戴复古《石屏诗集》卷七,《四部丛刊续编》集部第 419 册,第 4 页 b。
② 魏庆之《诗人玉屑》卷十九"戴石屏"条,北京:中华书局,1959 年,第 430 页。
③ 薛师石《喜翁卷归》,《瓜庐诗》,第 10 页 b。

烛暗花消泪，枫寒叶弄愁。恐犹回首望，终夕凭高楼。

——周弼《江皋送别》①

中二联，以移情手法，写出离愁别恨。末联更发奇想，写唯恐友人惜别，回头相望，故终夜站在高楼上。实际上，这是作者写自己目送行舟，依依惜别的心态。另一位江湖诗人危稹在送刘光祖归蜀时写道："万水朝东弱水西，先生归去老峨眉。人间那得楼千尺，望得峨眉山见时？"②陈衍《宋诗精华录》卷四评云："用东坡'那有千寻竹'之意，翻'绝顶望乡国'之案。爱而不见，此诗自出真情，而错怨江南北山多者，亦望夫化石之痴想也。"③"终夕凭高楼"，也就是"绝顶望乡国"的意思，因此，危稹的行辈虽较周弼为高，但就诗而言，则不妨认为是翻案语。不过，二诗语虽异而情实同，都很深切地表现出与友人离别的悲苦，就此而言，则又未可轻易轩轾。

友人终于别去了。回思前事，恍然如梦，于是，陷入深切的怀念之中。由于相会短暂，离别匆忙，他们的心灵一时不能适应这突然的变故，怅惘之中，便有"已觉怀人极，分携始一朝"④的感慨。而友人既已别去，山高水远，路途艰难，不能不引起他们深深的惦念："夜传楼鼓思城角，朝见江船忆客鞍。"⑤有时候，他们觉得两心相契："此时此夜须相忆。"⑥有时候，他们又觉得江湖茫

---

① 周弼《汶阳端平诗隽》卷二，第 8 页 b。
② 危稹《送刘帅归蜀》，《巽斋小集》，第 4 页 b。
③ 陈衍《宋诗精华录》，上海：上海古籍出版社，2008 年，第 187 页。
④ 赵师秀《舟行寄翁十》，《清苑斋诗集》，见《永嘉四灵诗集》，第 226 页。
⑤ 周文璞《寄友人》，《方泉先生诗集》卷三，汲古阁景钞《南宋六十家小集》本，第 60 页 a。
⑥ 周文璞《赠赵子野歌》，《方泉先生诗集》卷一，第 22 页 a。

茫："天涯明月空相忆。"①于是,可以通信时,他们写下无尽的思念："别后思君无限事,一封书发两番开。"②无法通信时,他们便在心中殷殷致意："几行雁字斜阳里,聊当平安一纸看。"③在他们心中,几乎时时刻刻有着友人的影子,尽管遥距天涯,音讯全无,他们仍然一往情深地关心着对方的生活情形："萧郎门巷近何如?想见青青长碧梧。楼外青山无恙否?琴中流水有知无?他年归囊惟诗卷,别后春风负酒炉(垆?)。望断碧云无过雁,夕阳孤鸟没平芜。"④下面这首诗,更是集中表现了他们思念友人的深切:

> 忽忽岁将暮,烈烈北风凉。霏霏雨素雪,皎皎南枝芳。
> 悢悢念良友,茕茕在他乡。盈盈一水隔,迢迢道路长。悠悠
> 无信音,戚戚重感伤。翩翩化双鹤,去去与同翔。
> 　　　　　——邹登龙《岁晚怀愚斋赵叔愚壶山宋谦父》⑤

叠字的运用,使我们想起了《古诗十九首》中的爱情名作"迢迢牵牛星"。虽然所怀对象不同,但感情的深沉、缠绵和执着,却有着相通之处。这从一个方面反映出友谊在江湖诗人心中的位置。

　　现实中得不到的,往往要到非现实的情境中去追求。这时,梦便成了二者间的桥梁。弗洛伊德说:梦是"愿望的达成"⑥。这一理论,表达了现代科学对梦的一种界定。抛弃其中泛性论的部

①吴惟信《赠别上官良史》,《菊潭诗集》,第 2 页 a。
②释斯植《寄静佳朱明府》,《采芝集续稿》,汲古阁景钞《南宋六十家小集》
　本,第 3 页 b。
③许棐《忆郑元甫》,《梅屋诗稿》,第 8 页 a。
④刘仙伦《寄萧彦毓》,《招山小集》,第 9 页 a。
⑤邹登龙《梅屋吟》,第 4 页 b。
⑥弗洛伊德《梦的解析》,赖其万等译,北京:作家出版社,1986 年,第 37 页。

分,应该说,这与中国文学中的情形大致符合。江湖诗人的前辈陆游常借梦境表现对收复失地的期待①,不妨视为一种理想的梦化。中国文人笔下的梦,可以说,多指一种愿望,一种期待,一种理想。

述梦境,思良朋,这在中国诗人笔下有着大量的生活描写,其中最著名的,或许应推杜甫的《梦李白》等作。江湖诗人继承了这一传统,在怀念友人时,经常以梦的形式出现。如"赢病不能亲送别,梦魂先立渡头沙。"②"只今未别先成梦,梦觉争如既别何?"③"魂梦依稀欲见君,须臾为月又为云。"④写得如真如幻,迷离恍惚,颇有杜诗遗韵。下面这首诗,写得更是情真意切:

> 江水何滔滔,渡江相别离。揖子客舍前,对子衣披披。问子何所为? 旅客未得归。执手一悲唤,惊觉妻与儿。起坐不得省,清风在帘帷。平明出南门,将以语所知。过子旧家处,寒花出疏篱。萧萧黄叶多,袅袅归步迟。子去不早还,何以慰我思?
>
> ——徐玑《述梦寄赵紫芝》⑤

诗人相思情切,梦魂渡江而去,来到友人的客舍。惺惺相惜,互诉

---

① 如陆游《五月十一日,夜且半,梦从大驾亲征,尽复汉、唐故地。见城邑人物繁丽,云:西凉府也。喜甚,马上作长句,未终篇而觉,乃足成之》,载陆游撰、钱仲联校注《剑南诗稿校注》卷十二,第 970 页。
② 赵师秀《会宿再送子野》,《清苑斋诗集》,见《永嘉四灵诗集》,第 264 页。
③ 葛绍体《送胡五九文》,《东山诗选》卷下,《景印文渊阁四库全书》第 1175 册,第 59 页。
④ 苏泂《梦卢子高》,《泠然斋诗集》卷八,《景印文渊阁四库全书》第 1179 册,第 154 页。
⑤ 徐玑《二薇亭诗集》卷上,见《永嘉四灵诗集》,第 97 页。

衷肠，说到伤心处，不觉"执手一悲唤，惊觉妻与儿"。而既觉之后，惆怅难释，不禁来访友人旧居，对着萧萧黄叶，更增离别之痛。全诗由入梦写到梦觉、寻梦，一气铺排，直抒胸臆，语言不加雕饰，而真情充溢，见出二人相契之深。

　　离别的痛苦还能忍耐，相思的寂寞还能淡化，而一旦听到友人逝去的消息，则全部感情便不可抑制地爆发出来了。如朱继芳《挽周伯弼》："九原如可赎，那不百其身！"[1]周文璞《挽正字南仲》（周南）四首之四："一自初闻报，哀号向草堂。"[2]嘉定四年（1211），徐照逝世，赵师秀悲痛欲绝，其《哀山民》有云：

　　　　啼妻无完裙，弱子犹哀麕。诗人例穷苦，穷死更怜君。
君如三秋草，不见一日好。根荄霜霰侵，萎绝嗟何早！哭君
日无光，思君月照床。犹疑君不死，猛省欲颠狂。

怜其穷困，哀其早逝，字字血泪，而后四句更有着动人的力量。友人逝去了，回首平生往来相接处，物在人亡，自然生出许多感慨：

　　　　昨者君未疾，相过不论日。晴窗春剪蒲，寒炉夜煨栗。
石阶苔藓中，犹有旧行踪。忧心不能寐，无梦得相逢。[3]

与前面那种火山爆发式的情感相比，这种回忆中的悲哀是淡淡的，但其中又有着更为深沉的内涵。往日尽情欢聚，今日无梦相逢，这生死之间的感慨，实在是用语言难以表达的。全诗感情深挚，读来令人恻然，而韵脚的转换，又使得诗歌的节奏和着心灵的起伏，将深深的哀思尽情倾吐了。

---

① 朱继芳《静佳龙寻稿》乙稿，第 17 页 a。
② 周文璞《方泉先生诗集》卷二，第 54 页 a。
③ 赵师秀《清苑斋诗集》，见《永嘉四灵诗集》，第 219 页。

　　对友谊的渴求和珍视,构成了江湖派诗的一个重要内容。在这个意义上,我们不妨说,友谊不仅已成为江湖诗人生活的一部分,而且也成为他们生命的一部分了。

　　然而,我们细读他们描写友谊的诗作,在为他们的深挚之情感动的同时,也有一些异样的感觉。他们似乎对友人太依恋、太缠绵了,其表现的程度,使人不免有几分惊讶。上举诸诗,如那首刻意模仿《古诗十九首》的《岁晚怀愚斋赵叔愚壶山宋谦父》,如果不看题目,再掩去诗中数字,则完全与一首爱情诗无异。同样的情形,还可以再举数例:"满纸相思字,临风欲寄君。"①"怀人几日恶,况复值秋阴。"②"明月入我牖,展转不能寐。顾影重伤心,思君长下泪。"③"徘徊江路侧,何以慰相思?……飘零怀远道,辽索负芳时。"④对这些颇似"女郎诗"的作品,在江湖诗人中大量出现,以致于成为一时风气,是应当引起我们特别的注意的。下面,我们不妨引录几首宋人著名的友情诗,以资比较。黄庭坚《次韵吴宣义三径怀友》云:"佳眠未知晓,屋角闻晴哢。万事颇忘怀,犹牵故人梦。采兰秋蓬深,汲井短绠冻。起看冥飞鸿,乃见天宇空。甚念故人寒,谁省杼与综。在者天一方,日月老宾送。往者不可言,古柏守翁仲。"⑤又陈师道《怀远》云:"海外三年谪,天南万里行。生前只为累,身后更须名?未有平安报,空怀故旧情。斯人有如此,无复涕纵横!"⑥又陆游《夜归偶怀故人独孤景略》云:"买

①陈允平《怀潘鄮屋》,《西麓诗稿》,第13页a。
②周文璞《秋晦有怀南仲正字》,《方泉先生诗集》卷二,第56页a。
③邹登龙《秋夜怀菊山沈庄可》,《梅屋吟》,第4页a。
④邹登龙《和竹里苏材叔见梅怀友韵》,《梅屋吟》,第5页a。
⑤黄庭坚《豫章黄先生文集》卷四,《四部丛刊》集部第986册,第14页b。
⑥载陈师道《后山诗注》卷九,《四部丛刊》集部第996册,第19页b。

醉村场夜半归,西山月落照柴扉。刘琨死后无奇士,独听荒鸡泪满衣。"①这些诗,虽格调各异,但感情的表达方式却与江湖诗很不相同,尽管其内涵也很深挚。这固然与江湖诗人身处草野,远离政治中心,因而不能像他们的前辈一样,在友情诗中寄托着对社会政治的感慨有关,但同时也反映出这个阶层充满内省的生活状态。由于缺少自我提升的意识,他们的情感不能指向更广阔的层次,于是,在生活选择上,更重主观感受;在情感表达上,更为纤细深婉。这些,都从一个方面反映出江湖诗人的创作特色。

①陆游撰、钱仲联校注《剑南诗稿校注》卷二十一,第1620页。

第四章　审美情趣

我们已经知道,江湖诗派是以下层知识分子为主体的、一定程度上反映了市民意识的诗人群体,是打着反对江西诗风的旗号走上诗坛的一个流派,由此所决定,他们在审美情趣上也必然表现出这方面的特色,从而在宋诗发展中,为自己选择了特定的位置。以下试分四个方面进行论述。

一、纤巧之美

纤巧,具体地说,主要表现在小、巧、纤、细四个方面。

前人论江湖诗,每谓其“小”。如沈德潜《说诗晬语》谈到宋诗流变时说:“西江派黄鲁直太生,陈无己太直,皆学杜而未哜其炙者。然神理未浃,风骨独存。南渡以下,范石湖变为恬缛,杨诚斋、郑德源变为谐俗,刘潜夫、方巨山之流变为纤小,而四灵诸公之体,方幅狭隘,令人一览易尽,亦为不善变矣。”①这里提到刘克庄、方岳和四灵,大致可作为江湖诗派的代表,而“纤小”和“狭隘”,也大致说的是一个意思。

小,首先表现在题材上。从江湖诗人的选材习惯来看,他们

①沈德潜《说诗晬语》卷下,见王夫之等《清诗话》,第545页。

笔下的自然物象,多是小桥流水,夏木秋蝉,前辈诗人如陆游诗中的雄奇的山川被秀丽的西湖所代替,奔腾的骏马被流啭的黄莺所取代,更不用说在表现社会生活方面的区别了。

然而,从文学史的实际来看,题材的大与小并不是绝对的。我们都很熟悉杜甫著名的《白小》,诗云:"白小群分命,天然二寸鱼。细微沾水族,风俗当园蔬。入肆银花乱,倾筐雪片虚。生成犹拾卵,尽取义何如?"所描写的虽是"二寸鱼",所表现的却是"民胞物与"的思想。杜甫许多咏物诗都是这样,"说物理物情,即从人事世法勘入,故觉篇篇寓意,含蓄无限"①。这就是《易·系辞》所云:"其称名也小,其取类也大。"②不过,大多数江湖诗人都达不到这样一种境界。他们既没有杜甫那么崇高的思想,对政治社会也不大感兴趣,因而其笔下的物象,往往不能"从人事世法勘入"。

不过,江湖诗人虽然在题材的选择上大都做不到以小见大,但若将以小见大作为一种单纯的艺术表现手法,他们也是并不排斥、甚至是很喜欢使用的,如下面两首诗:

> 庭草衔秋自短长,悲蛩传响答寒螀。豆花似解通邻好,引蔓殷勤远过墙。
>
> ——高翥《秋日三首》之二③

> 应怜屐齿印苍苔,小叩柴扉久不开。春色满园关不住,一枝红杏出墙来。
>
> ——叶绍翁《游园不值》④

---

① 仇兆鳌《杜诗详注》卷十七引黄生语,北京:中华书局,1977 年,第 1536 页。
② 《周易注疏》卷十二,钟谦钧重刊武英殿本《十三经注疏》,第 18 页 b。
③ 高翥《菊涧小集》,第 4 页 b。
④ 叶绍翁《靖逸小集》,第 2 页 a。

前一首写院内的悲蛩、寒蜇、小草、豆花,所取者不可谓不小,但草尖一点枯黄是因为"衔秋","悲蛩"与"寒蜇"互相应答,豆花"殷勤"地爬过邻墙——不仅暗示着院外的无限秋光,而且,平时邻里往过的情景也被侧面点出来了。后一首写院外的一片苍苔和一枝红杏。这两个意象暗示着一层因果关系:"屐齿印苍苔。"说明曾降春雨,雨催杏花,故一枝出墙。而从这一枝红杏上面,不正可以看到园内不是柴扉所能关住的满园春色吗?一从院内之小写到院外之大,一从园外之小写到园内之大,角度虽不同,手法则一致。

以上所述,反映的是表现细小题材中个别与一般的关系。还有一种情形,则反映着局部与整体的关系,如刘克庄《同孙季蕃游净居诸庵》:

满院静沉沉,微闻有梵音。不来陪客语,应恐误禅心。

母处归全少,师边悟已深。戒衣皆自纳,因讲始停针。①

诗人只选取不见客、不朝母、自纳衣三个细节,就生动地刻划出一位才入空门的身虽寂而心未安的女尼形象,并以"满院静沉沉"的描写,进行了强烈的气氛对比。纪昀说"后六句愈细切愈猥杂"②,认为应以大笔勾勒,不知这种手法正是诗人的自觉选择,否则,怎样烘托主人公丰富的内心世界呢?此种手法,中晚唐姚合、贾岛,已见端倪,源流昭晰可考。

小,其次表现在体裁上。文学史上一般都认为江湖诗派只能写近体,不能写古体。此说最早发之于方回,其持论也最为激烈。如其《婺源黄山中吟卷序》云:"今之诗人,专尚晚唐,甚者至不复

①刘克庄《后村先生大全集》卷二,《四部丛刊》集部第 1289 册,第 11 页 a。
②方回选评、李庆甲集评《瀛奎律髓汇评》卷四十七,第 1713 页。

能为古体。"①又《学诗吟十首》之五自注云："叶水心奖提永嘉四
灵,而天下江湖诗客学许浑、姚合,仅能为五、七言律,而诗格卑
矣。"②又《恢大山〈西山小稿〉序》云："嘉定中忽有祖许浑、姚合为
派者,五、七言古体并不能为,不读书亦作诗,曰学四灵,江湖晚生
皆是也。"③为了检验这一论断,我对《南宋六十家小集》进行了分
体统计,列表如下④:

诗体	四古	五古	六古	七古	五律	七律	五排	七排	五绝	六绝	七绝
数量	4	498	1	358	1194	1063	2	1	176	30	1972

从表中所示来看,方回的论断似乎不够准确。但是,如果换一个
角度来理解,所谓"不能为"并不是不能写,而是写不好,则大体上
还是如实的。江湖诗人的才气一般都比较小,较难把握五、七言
古体,特别是其长篇,即使偶有所作,也很难出色,因此,他们扬长
避短,自觉地在五、七言律诗、特别是绝句上下功夫,正是适合于
自身特点的选择。方回非常绝对地将这种情况称为"诗格卑",不
免是"派家"声气。

　　大有大的气魄,小有小的魅力。如果说,长篇古诗为才力雄
富的诗人提供了一个驰骋才力的机会的话,那么,八句或四句精
美的小诗便更适合一般市民的阅读趣味。仲密在《论小诗》一文
中说:"我们日常的生活里,充满着没有这样迫切而也一样的真

---

① 方回《桐江集》卷一,第 461 页。
② 方回《桐江续集》卷二十八,《景印文渊阁四库全书》第 1193 册,第 589 页。
③ 方回《桐江续集》卷三十三,《景印文渊阁四库全书》第 1193 册,第 684 页。
④ 在《南宋六十家小集》中,还有十一首《渔父词》,为了统计的方便,未列入
　表内。

实的感情；他们忽然而起，忽然而灭，不能长久持续，结成一块文艺的精华，然而足以代表我们这刹那内生活的变迁，在或一意义上，这倒是我们的真的生活。如果我们'怀着爱惜这在忙碌的生活之中浮到心头又复随即消失的刹那的感觉之心'，想将它表现出来，那么数行的小诗便是最好的工具了。"①这段话虽然谈的是自由体抒情小诗，但在某种意义上，对旧体诗也有一定的认识意义。

钱钟书在评价杨万里的诗歌艺术时曾说："诚斋擅写生。……如摄影之快镜，兔起鹘落，鸢飞鱼跃，稍纵即逝而及其未逝，转瞬即改而当其未改，眼明手捷，踪矢蹑风，此诚斋之所独也。"②这确是一个敏锐的观察。江湖诗人生当其后，大多很崇拜他们的这位前辈，他善于抒写瞬间感受的特色，也被江湖诗人接了过来。葛天民所云："生机熟语却不排，近代独有杨诚斋。才名万古付公论，风月四时输好怀。"③就代表着他们的宗尚。值得注意的是，杨万里的这种"写生"方法多用七言绝句来承担，而江湖诗人则不限于此。如下面一首诗：

> 雨中奔走十来程，风卷云开陡顿晴。双燕引雏花下教，一鸠唤妇树梢鸣。烟江远认帆樯影，山舍微闻机杼声。最爱水边数株柳，翠条浓处两三莺。

> ——赵汝鐩《途中》④

① 载杨匡汉、刘福春编《中国现代诗论》，广州：花城出版社，1985年，第62页。按仲密即周作人。
② 钱钟书《谈艺录》，第118页。
③ 葛天民《寄杨诚斋》，《葛无怀小集》，汲古阁景钞《南宋六十家小集》本，第1页b。
④ 赵汝鐩《野谷诗稿》卷六，第15页b。

写骤雨乍晴,抓住一个特定时刻的所见所闻,确如摄影之快镜头。此外,如严粲《秋入》写浓云忽起的情景:"秋入白苹风浪生,痴云未放楚天晴。青山湖外知何处? 中有斜阳一段明。"①叶茵《山行》写独行山间的偶然触机:"青山不识我姓字,我亦不识青山名。飞来白鸟似相识,对我对山三两声。"②陈允平《登西楼怀汤损之》写登楼怀友的瞬间感受:"杨柳飘飘春思长,绿杨流水绕宫墙。碧云望断空回首,一半阑干无夕阳。"③或在时间上突转,或在空间上定格,都很精采。

　　江湖诗人既然爱写小诗,并喜欢在其中表现小的事物,则他们用笔必然走上细微一路,即刻划的细腻性。我们很熟悉赵师秀的名句"鸟飞竹叶霜初下"④,它将鸟飞竹动、竹动霜下的景象写得很细。这位诗人的《岩居僧》中"一鸟过寒木,数花摇翠藤"⑤一联,也与之有异曲同工之妙。后来的诗人如胡仲参便很欣赏这种写法,其《寒夜作》有云:"门掩梅花月,禽翻竹叶霜。"模仿的痕迹便很重,可见诗人们对细致的笔触的追求。类似的例子还可以举出一些,如:

　　　　偶种得成阴,翛翛过别林。月寒双鸽睡,风静一蝉吟。
　　　映地添苔碧,临池觉水深。贫居来客少,赖尔慰人心。
　　　　　　　　　　　　　　　　——翁卷《题竹》⑥
　　　病起无情绪,池边日几回。虫声低覆草,螺壳细生苔。

①厉鹗《宋诗纪事》卷七十三,第 1796 页。
②叶茵《顺适堂吟稿》甲集,第 10 页 b。
③陈允平《西麓诗稿》,第 13 页 b。
④赵师秀《呈蒋、薛二友》,《清苑斋诗集》,第 257 页。
⑤赵师秀《清苑斋诗集》,见《永嘉四灵诗集》,第 234 页。
⑥翁卷《苇碧轩诗集》,见《永嘉四灵诗集》,第 177 页。

暑退芦将变，秋残蓼续开。久消环绕迹，全若未尝来。

——周弼《病起幽园检校》①

老瓦盆深漾细萍，雨多流却半瓣青。夜凉偶出庭心看，缺处光涵三两星。

——沈说《明融盆池》二首之二②

过雨长堤葱翠湿，小桥人静支筇立。一缕竿头颤霜鲫，风动青蒲见蓑笠。

——陈鉴之《西湖晚望》③

或写动景，或写静景，或写声音，或写情态，其把握特征，刻画入微，不经过仔细观察是写不出来的。正因为写的是细小的事物，因此，笔力集中，描写也就比较真切。

小诗不仅写得细，而且往往写得很巧。如果说，四灵的不少诗都可以比作盆景的话，从某种意义上来说，许多江湖诗都是如此。盆景，当然是一件小小的工艺品，其结构必须精致、巧妙，这样，才能显示出它的独特魅力。我们不妨举赵师秀的《移居谢友人见过》为例：

赁得民居亦自清，病身于此寄漂零。笋从坏砌砖中出，山在邻家树上青。有井极甘便试茗，无花可插任空瓶。巷南巷北相知少，感尔诗人远扣扃。④

对这首诗，方回评云："小巧有余。"一贯爱挑他毛病的纪昀也认为"此评是"⑤。的确，我们读这首诗，可以感受和体会到其语言之

①周弼《汶阳端平诗隽》卷二，第3页a。
②沈说《庸斋小集》，汲古阁景钞《南宋六十家小集》本，第4页b。
③陈鉴之《东斋小集》，汲古阁景钞《南宋六十家小集》本，第4页a。
④赵师秀《清苑斋诗集》，见《永嘉四灵诗集》，第259页。
⑤方回选评、李庆甲集评《瀛奎律髓汇评》卷二十三，第1016页。

精巧,对仗之工巧,以及由此体现出来的整体韵味。它选材极普
通,而制作极精致,很能见出小而巧的特色。我们还可以举出一
些这方面的诗句,如:

> 钟声两寺合,人语一溪分。
>
> 　　　　　　　　——释斯植《多福寺》①
>
> 鱼唼垂丝柳,鸥眠折叶茭。
>
> 　　　　　　　　——朱继芳《湖荡》②
>
> 篆叶虫留字,衔泥燕理家。
>
> 　　　　　　　——叶绍翁《和葛天民呈吴韬
> 　　　　　　　　仲韵赋其庭馆所有》③
>
> 霜严雀语涩,风定雁飞迟。
>
> 　　　　　　　　——罗与之《旅思》④
>
> 忽闻夏禽三五弄,新红突过石榴枝。
>
> 　　　　　　　　——朱复之《初夏》⑤
>
> 桐花快落春风老,梅子微酸晚雨晴。
>
> 　　　　　　　　——高翥《送春》⑥

作诗求巧,虽然在杜甫诗中也时有所见(如《独酌》:"仰蜂粘
落絮,行蚁上枯梨。"⑦),但作为一种美学趣味,大约是从大历以
后开始的。正如吴乔所云:"盛唐不巧。大历以后,力量不及前

---

① 释斯植《采芝集》,第 10 页 b。
② 朱继芳《静佳龙寻稿》乙稿,第 4 页 b。
③ 叶绍翁《靖逸小集》,第 6 页 a。
④ 罗与之《雪坡小稿》卷一,第 2 页 a。
⑤ 见刘克庄《后村诗话》前集卷二,北京:中华书局,1983 年,第 37 页。
⑥ 高翥《菊涧小集》,第 10 页 b。
⑦ 杨伦《杜诗镜铨》卷八,第 350 页。

人，欲避陈浊麻木之病，渐入于巧。"①到了晚唐，这种风气就更盛了。如《诗史》云："晚唐人诗多小巧，无风骚气味。"②晚唐诗有无"风骚气味"，还可以讨论，但言其"小巧"，在某种程度上却是个准确的判断。江湖诗人主要是学晚唐的，在这一点上，可以看出两个时代在审美心理上的认同。但是，江湖诗的"小巧"，仍然带有特定的时代的烙印。我们知道，江西诗派有一个重要的创作要求："宁拙毋巧。"③这使得江西末流的一些诗晦涩板滞，不可卒读，因此，江湖诗人写诗求巧，正是在审美情趣上的逆反。同时，巧也自有其不可代替的审美价值。冒春荣云："诗以自然为上，工巧次之。工巧之至，始入自然。自然之妙，无须工巧。"④这段话称赞自然之巧，反对人工之巧，说的是最高境界。在江湖诗中，我们有时难免会看到人工的痕迹，但也不可否认，也有相当一部分作品既工巧，且自然，尤其在与江西末流比较时，对此更有深切的感受。

　　小诗在描写上往往很细腻，在形式上往往很精巧，而在情态上则往往很纤秀。纤这个字，在前人对江湖诗派的评价中经常可以看到。像《四库提要》中，以"纤佻"、"纤琐"等语讥评江湖诗人者，屡见而非一见⑤。事实上，作为一种审美情趣，就近体诗而

---

① 吴乔《围炉诗话》卷三，见郭绍虞编《清诗话续编》，上海：上海古籍出版社，1983年，第556页。
② 魏庆之《诗人玉屑》卷十六"诗小巧无风骚气味"条引，第358页。
③ 陈师道《后山诗话》，见何文焕辑《历代诗话》，第311页。
④ 冒春荣《葚原诗说》卷一，见郭绍虞编《清诗话续编》，第1584页。
⑤ 如《四库全书总目》卷一百六十五《真山民集》提要，见第1416页；《百正集》提要、《月洞吟》提要，并见第1417页；卷一百六十六《松乡文集》提要，见第1427页。

言,这种风格至少可以追溯到韩偓的"香奁体"①。衍至宋代,秦观的"女郎诗"是众所周知的。另一位南北宋之交的诗人曹勋,其诗也是"语多缛丽,时有小词香艳之遗"②。可见,在宋代,由于词的大兴,不可避免地要给诗歌创作带来影响。陈衍说:"晚宋人多专攻绝句,白石其尤者,与词近也。"③虽然主要是评论姜夔,但也涉及了江湖诗风。

　　当然,谈到这一点时,我们同样不能忘了诗歌风会的变迁。胡云翼在谈到南宋诗坛上笼罩着的江西诗风时说:"江西诗派也不是牢笼了一切诗人的。……一般有为的作家,都尽力离开江西派的堡垒,而自求发展。我们能够例举的,有两种的诗人,他们的作风完全与江西诗相反。"④一是理学家的诗,二是词人的诗。这种划分略显含混。前者且不论,即以后者而言,南宋的江西诗人兼工诗词的也不在少数。但作为一种有意识的创作追求,即以词法入诗,则胡氏所论还是有一定的道理的。江西诗追求瘦硬拙朴,反江西者欲以平软纤秀救之,正好引进作词之法。即以姜夔而言,这位江湖诗人的前辈,所作绝句,风调高妙,兼富韵致。如

①事实上,江湖诗人对"香奁体"比较有兴趣,他们诗中标举"效某体"的不多,比较而言,倒是喜欢效"香奁体"。如何应龙《效香奁体》(《桔潭诗稿》,第2页a),陈允平《香奁体》(《西麓诗稿》,第3页a),张至龙《拟韩偓体》(《雪林删余》,第5页b),叶茵《香奁体》五首(《顺适堂吟稿》戊集,第8页b),《江湖后集》卷二十四陈起《分得春禽效香奁体》(《景印文渊阁四库全书》第1357册,第1013页)等。
②《四库全书总目》卷一百五十六《松隐文集》提要,第1349页。
③陈衍《宋诗精华录》,第167页。
④胡云翼《宋诗研究》第十七章《反江西派的诗人》,上海:商务印书馆,1930年,第177—188页。

著名的《过垂虹》："自作新词韵最娇，小红低唱我吹箫。曲终过尽松陵路，回首烟波十四桥。"①极尽缠绵低回之致。姜夔是江湖诗人中的佼佼者，也深受同时作家的爱赏。他的作品，可以说是一个信号，标志着这种风格的开始普及。如果进一步举例，则有：

> 寒空漠漠起愁云，玉笛吹残正断魂。寂寞小楼帘半卷，雁烟蛮雨又黄昏。
>
> ——陈允平《小楼》②

> 翠帐香销卷碧纱，风梢残雨湿栏牙。蜻蜓亦被凉勾引，清晓低飞入水花。
>
> ——吴惟信《晓吟》③

> 和彻诗篇得暂闲，落梅香里立栏干。新裁白纻春衫薄，犹怯东风一阵寒。
>
> ——何应龙《东风》④

> 曲曲屏风忆梦中，峭寒成阵入帘栊。宿香销尽金猊冷，一树梅花怯晓风。
>
> ——施枢《晓寒》⑤

都写得纤细而饶于情致，带有词风。

小巧纤细，归结到一点，就是一个"小"字。关于这个问题的进一步评价，涉及许多方面，这里不可能展开。但有两点必须提出来。首先是气象之小。受着内容和形式的限制，江湖诗作的气

①姜夔《白石诗词集》，第46页。
②陈允平《西麓诗稿》，第16页b。
③吴惟信《菊潭诗集》，第2页a。
④何应龙《桔潭诗稿》，第3页b。
⑤施枢《芸隐横舟稿》，第10页b。

象之小,是人们所公认的。不过,大与小并不是价值判断,而是审美判断。生活是多侧面的,文学作为表现生活的一种手段,也应该是丰富多彩的。峻岭奇峰固然壮观,小桥流水也同样能给人美的享受。如果不顾客观条件,一味求大,那就往往造成矫揉做作。如明人学唐,"但知学为'九天阊阖'、'万国衣冠'等语,果盛唐之真面目、真精神乎? 抑亦优孟叔敖也(耶)?"①这种"瞎盛唐"诗,徒为壮语,倒不如江湖"小诗"之为"真诗"了。

其次是体裁之小,这就是前引方回所云"五、七言古体并不能为"。事实上,评价作品,不能如此着眼。艺术手段是作家们创作个性之所在,一个作家有权力也有必要选择他认为最适合自己的艺术手段去进行创作,而批评家则不可能也不应当干涉其是否采用某一手段,只应分析和评价其使用这一手段是否成功。江湖诗人不擅大篇,只能说明他们的才力较小和爱好较偏,因而未能全面地掌握各种体裁,而不能说明其他问题。他们之所以能够领数十年风骚,恐怕也与此不无关系。相反,如果他们抹杀了自己的这一特点,强不能以为能,则等待他们的只有失败。

因此,说江湖诗人"家数小"是如实的,但若由此进一步绝对地认为他们"气格卑",将二者视为一种因果关系②,就有失偏颇了。

陆时雍论及唐诗盛、中之变的消息时说:"势大将收,物华反素。盛唐铺张已极,无复可加,中唐所以一反而之敛也。"③用这

①王士禛《然灯记闻》,见王夫之等《清诗话》,第122页。
②王士禛《带经堂诗话》卷十《众妙门》二《指数类》上,北京:人民文学出版社,1963年,第233页。
③陆时雍《诗镜总论》,见丁福保辑《历代诗话续编》,第1417页。

段话来说明江湖诗在宋诗发展中的位置，也很恰当。

二、真率之情

真率放任，无所拘检，是江湖诗风的一个重要方面。这或许是由于这些人身处下层，思想感情与市井小民有所沟通，因而一定程度上挣脱了正统思想的桎梏的缘故。正因为如此，江湖诗长期以来便不时受到诸如"警吓喝喊"、"叫嚣排突"、"叫嚣狂诞"之类的讥评①，这也无非是认为他们不该对自己在诗中流露的真率之情不加控制。其实，了解了他们特定的社会地位，这个问题是不难解释的。

具体地看，这种特色无论在他们表现亲情、友情的诗中，还是在他们陈述对社会、人生的看法的诗中，都有所反映。当然，最能说明问题的，无过于他们对个人欲望的坦然表白了。危稹上诗隆兴赵帅，干求百万买山钱的例子我们已经提及，下面，我们再看刘过的一首诗：

> 已办行都欲去船，个中因得少留连。长安在望空悲日，刺史谁知别有天。鼓吹后车喧水际，旌旗前骑簇花边。书生不愿悬金印，只觅扬州骑鹤钱。
>
> ——《上袁文昌知平江》五首之五②

颂声中兼有求援之意。末句更用"腰缠十万贯，骑鹤上扬州"的成

---

① 郝经《与撖彦举论诗书》，《陵川集》卷二十四，《景印文渊阁四库全书》第1192册，第260页；王士禛《带经堂诗话》卷十《众妙门》二《指数类》上，第233页；《四库全书总目》卷一百六十二《鹤山全集》提要，第1391页。

② 刘过《龙洲集》卷四，第25页。

语①,表示自己的愿望,真是敢想敢说。

　　在精神追求和物质利益的矛盾面前,他们也毫不掩饰自己的心灵活动,如赵师秀《十里》云:

　　　　乌纱巾上是黄尘,落日荒原更恐人。竹里怪禽啼似鬼,道傍枯木祭为神。亦知远役能添老,无奈高眠不救贫。此地到城惟十里,明朝难得自由身。②

这是诗人赴筠州推官,未至郡十里所作。赴任本应高兴,但诗中却极力渲染途中的阴森恐怖,见出其精神的指向,而作者隐微的心灵活动,更在颈联中显示无遗。不愿失去"自由身",却偏偏有此"远役",这似乎有悖本性,但以自嘲的形式将它真实地写出,却又突出其真率了。因此,就连经常对江湖诗人大加指责的纪昀也说:"五、六真语好。占身份人必不肯道,不知说出转有身份,胜于诡激虚骄也。"③又如薛嵎《省试舟中》:

　　　　阙下春光近,囊金又一空。霜风欺败絮,星斗隔疏篷。世道谁能挽?妻孥见未同。青灯对黄册,销尽几英雄。④

与江湖中许多不务举子业的诗人一样,薛嵎也开始表示对科举的厌倦,但却受到了妻子的督催。在另外一首诗中,这位诗人曾要求自己的子侄"慎勿忘科第,务求荣尔亲"⑤,那么,其妻所言,想也如此。前人求功名,每有建功立业、策勋凌烟的豪言壮语,而薛嵎却直截了当地声称:"务求荣尔亲。"对名利之心毫不掩饰。诗

①殷芸《殷芸小说》卷七,上海:上海古籍出版社,1984年,第132页。
②赵师秀《清苑斋诗集》,见《永嘉四灵诗集》,第272页。
③见方回选评、李庆甲集评《瀛奎律髓汇评》卷二十九,第1301页。
④薛嵎《云泉诗》,第18页a。
⑤薛嵎《夜坐课子侄》,《云泉诗》,第17页b。

人不避讳他与家人的矛盾,不避讳自己对科举的功利性认识,这都是一般人所不愿和不便写的。在江湖诗人的作品中,这样的例子还有许多。如友人有善诗、画却不名一文者,他们便劝其寻找"知音":"学画梅花又学诗,不须频说见钱迟。知音自有和羹手,只恐知音未得知。"①当诗歌无法用作物质交换时,他们便大发牢骚:"长安平旦朱门开,曳裾趿履喧春雷。独有诗人货难售,朔雪寒风常满袖。"②后辈候缺仅得微官,不免抱怨,他们却说:"年少莫嫌官职小,名高却怕荐书多。"③那些既想当官、又冀令名的人往往自封"大隐",而他们却不在乎称自己为"小隐":"小隐山林习已成,市朝声利让渠争。"④所有这些,都写得很直率,不怕把心里话抖落出来。

率性而作,任情而发,诗歌就往往直抒胸臆,表现出不假修饰,一气呵成的特色。在这方面,刘过的诗是最具有代表性的。对于刘过的诗,王士禛的评价是:"叫嚣排突,纯是子路冠雄鸡、佩猳豚气象,风雅扫地。"⑤这位提倡神韵的批评家当然看不惯刘过的诗,但他的直感还是比较准确的。试以二诗为例:

> 枚数人才难倒指,有如公者又东归。班行失士国轻重,道路不言心是非。载酒青山随处饮,谈诗玉麈为谁挥?归期趁得东风早,莫放梅花一片飞。

> 千岩万壑天台路,一日分为两日程。事可语人酬对易,

---

① 宋伯仁《赠写梅者》,《雪岩吟草补遗》,见鲍廷博辑《知不足斋辑录宋集补遗》,第 15 页 b。
② 周弼《戴式之垂访村居》,《汶阳端平诗隽》卷一,第 2 页 b。
③ 沈说《送何仲远适越因之官雪水》,《庸斋小集》,第 10 页 b。
④ 葛起耕《小隐》,《桧庭吟稿》,汲古阁景钞《南宋六十家小集》本,第 6 页 b。
⑤ 王士禛《带经堂诗话》卷十《众妙门》二《指数类》上,第 230 页。

面无惭色去留轻。放开笔下闲风月,收敛胸中旧甲兵。世事
看来忙不得,百年到手是功名。

——《送王简卿归天台》①

这是王居安以言事去国时,刘过为其送行的两首诗,写得挥洒自
如,不仅行者性格毕现,送者形象也呼之欲出。当时,辛弃疾曾对
之大为激赏,借韩愈《荐士》诗句赞之为"横空盘硬语,妥帖力排
奡"②,而后世批评家则多对之大加抨击,如冯舒评云:"全不雅
驯。"冯班评云:"浅露。"纪昀评云:"粗犷。"③潘德舆更对辛评不
以为然:"辛稼轩目为'横空盘硬语,妥帖力排奡',乃宋人习气,以
粗俗直率为盘硬排奡者也。"④审美观念不同的人,作出不同的评
价,这并不奇怪。但平心而论,从诗人所表现的特定内容来看,采
用这种慷慨淋漓、直抒胸臆的方式还是很恰当的。事实上,含蓄
是一种美,直致也是一种美,而且是一种不可代替的美。

　　咏物诗中也有同样的情形。俞弁曾将宋自逊的《咏蚊》诗与
明代夏原吉的同题之诗作过一番比较,略谓:

　　　　壶山宋谦父《咏蚊》诗云:"朋比趋炎态度轻,御人口给
　　屡憎人。虽然暗里能钻刺,贪不知机竟杀身。"此诗讽当世
　　小人,奔竞不知止者。然辞语太露,无含蓄意。本朝夏文靖
　　公原吉《咏蚊》云:"白露瀼瀼木叶稀,痴蚊犹自傍人飞。信
　　伊只解趋炎热,未识行藏出处机。"蔼然有规讽警戒之意

①刘过《龙洲集》卷五,第32页。
②瞿佑《归田诗话》卷中"龙洲送简卿"条引辛致刘书,见丁福保辑《历代诗话
　续编》,第1263页。
③见方回选评、李庆甲集评《瀛奎律髓汇评》卷二十四,第1101页。
④潘德舆《养一斋诗话》卷三,见郭绍虞编《清诗话续编》,第2052页。

存焉。①

俞氏认为,宋作直致,夏作含蓄,宋不如夏。但我却认为,就讽刺效果而言,后者没有前者辛辣。因为,后者过于委婉,反而掩盖了思想的锋芒。

艺术作品是一个整体,一定的感情倾向必须有相应的语言形式与之配合,才能达到最佳效果。江湖诗人追求真率的审美要求,至少在四个方面影响了作品的形式。

第一,用笔往往一气直下,颇少峭折之致。这方面的情形,前面所举的刘过诗已可证明,下面再看两首别一类型的诗:

> 昨日午时秋,西风夜转头。吹来溪外雨,藏却树间楼。暝带栖鸦色,凉催客燕愁。一樽吟未了,衰鬓早飕飕。
>
> ——沈说《立秋》②

> 锡山舟泊似荒村,微服南禅古迹存。壁上姓名今已远,碑阴人物了能言。薄游草草寒侵袖,远思悠悠风满轩。携手出门烟树密,数僧离立语黄昏。
>
> ——许月卿《追赋暮游》③

前诗写秋风乍起时所闻见,所感受,后诗写访寺、览古、出寺,皆层次井然。在这里,我们似看到了江西诗派以文为诗的影子,但江西诗中散文笔法,多以峭折为能,此却平铺直叙,一览无余。二者并不相同。

第二,近体多用流水对。对仗,是五、七言律诗的重要特征之一。这一形式,经过唐人的探索,其基本模式已大体上固定下来。

---

① 俞弁《逸老堂诗话》卷下,见丁福保辑《历代诗话续编》,第 1320 页。
② 沈说《庸斋小集》,第 1 页 a。
③ 厉鹗《宋诗纪事》卷六十八,第 1716 页。

但是,作家们对艺术手段的追求,正如走进百花园中,虽不种花,可采些什么花却足以反映出一定的兴趣和喜好。流水对这种对仗方法前后相属,句意相贯,能够造成一种承接关系,使得作者所要表达的意思,不仅不致因句法的相对独立而受到阻隔,反而形成一种流转动荡的风致,而这种风致,见于七律者又往往较之五律为多。这就无怪江湖诗人每每爱用流水对,而又多见于七律了。下面略举数例:

　　　　　主人一笑先呼酒,劝客三杯便当茶。

　　　　　　　　　　　　　　　　——高翥《山行即事》①

　　　　　如公更缓须臾死,此虏安能八十年?

　　　　　　　　　　　　　　　　——叶绍翁《题鄂王墓》②

　　　　　岂期天上张公子,犹记当年刘更生。

　　　　　　　　　　　　　　　　——危稹《上赵总领》③

　　　　　只愁笑语惊闾阎,不管阑干倒斗牛。

　　　　　　　　　　　　　　　　——刘仙伦《张漕仲隆快目楼》④

　　唐人用流水对,虽也是出于内容的需要,但同时也每有打破句法的完整、使全篇构成新的组合的要求,而江湖诗人似乎更多的是考虑感情的抒发。因此,有时他们也把中二联都用流水对来承担,如刘克庄《太守林太傅赠瑞香花》:

　　　　　一树婆娑整复斜,使君掇赠到田家。自惭瓮牖绳枢子,

---

①高翥《菊涧小集补遗》,见鲍廷博辑《知不足斋辑录宋集补遗》,第5页a。按,此联"先"原作"千","劝"原作"观",今据《诗人玉屑》卷十九"高菊涧杜小山"条引《玉林诗话》改,见第431页。
②叶绍翁《靖逸小集》,第1页b。
③危稹《巽斋小集》,第6页a。
④刘仙伦《招山小集》,第9页a。

不称香囊锦伞花。小借暖风为破萼,旋浇新水待抽芽。丁宁童子勤封植,留与甘棠一样夸。①

又陈造《次陈梦锡韵》二首之一:

薄雪晶莹压屋茅,未须桂玉计晨庖。已便盐絮明愁眼,更喜乌鸢得夜巢。小听骚人赋梁苑,旋看春意满东郊。忍寒便拟寻梅去,梦想瑶英点旧梢。②

都是一气直下,如行云流水,达意而止。用这种方法抒情,脉络畅通,可以造成一种不隔的效果。

第三,七言律、绝多用复辞对仗。所谓复辞,便是"隔离的,或紧相连接而意义不相等的"句子③。这种句法,如陈骙所云:"主在析理,理尽后已。"④但诗歌主要是抒情的艺术,它将这种散文句法接过来,则转换了其功能,因此,我们不妨将陈骙这两句话改为:"主在抒情,情尽后已。"

从创作实践来看,复辞句法主要用在七言律、绝中,五言虽也有,但不多见。总的说来,五言近体不大适合这种方法,如果使用,则不免失之板滞。如方岳《次韵方蒙仲高人亭》十首之十:"缅怀归耕归,底用招隐招。"⑤便是如此。这一手法,唐人也早已进

---

①刘克庄《后村先生大全集》卷八,《四部丛刊》集部第 1290 册,第 14 页 a。按《后村千家诗》卷八十九录此诗,抠作枢,见《丛书集成续编》第 145 册,上海:上海书店,1994 年,第 504 页。

②陈造《江湖长翁集》卷十三,《景印文渊阁四库全书》第 1166 册,第 158 页。

③陈望道《修辞学发凡》,上海:上海教育出版社,1976 年,第 169 页。

④陈骙《文则》卷上丁节,《丛书集成初编》第 2632 册,上海:商务印书馆,1937 年,第 11 页。

⑤方岳《秋崖先生小稿》卷一,《宋集珍本丛刊》第 85 册,北京:线装书局,2004 年,第 184 页。

行了实践。今人研究，以李商隐诗中出现的频率最高，在运用上也较成功①。但李商隐运用复辞，主要是表达一种含蓄、潜气内转的效果，这与江湖诗人在表现上的直致和外化是不同的。从量上来看，这种句法在江湖诗中不胜枚举，而集中起来看，又以方岳、陈造二家为最多。下面仅从方岳诗中举出数例：

　　一分心事一分雨，春负予耶予负春？

　　　　　　　　　　　——《春词》五首之二②

　　山行一匝又一日，云作四邻今四年。

　　　　　　　　　　　　　——《山行》③

　　茫无措手句中句，悔已噬脐山外山。

　　　　　　　　　　　　　——《四用韵》④

　　风霜两鬓五十五，杨柳几番三月三。

　　　　　　　　　　　　　——《上巳溪泛》⑤

　　年去年来秋又老，江南江北鬓将华。

　　　　　　　　　　　　　——《九日道中》⑥

从这些例子来看，复辞可置于句中的任何一个部位，复辞句法可

---

①参看黄世中《往复回环，潜气内转——李商隐诗复辞重言研究》，载《温州师范学院学报》1987年第一期。按黄文认为复辞手法长于抒发含蓄委婉的感情是对的，但却忽略了它同样也善于直接抒情，如果举例，则杜甫著名的《闻官军收河南河北》中之"即从巴峡穿巫峡，便下襄阳向洛阳"，便是。杜诗载《杜诗镜铨》卷九，第433页。
②方岳《秋崖先生小稿》卷二，《宋集珍本丛刊》第85册，第184页。
③方岳《秋崖先生小稿》卷十四，《宋集珍本丛刊》第85册，第233页。
④方岳《秋崖先生小稿》卷十五，《宋集珍本丛刊》第85册，第238页。
⑤方岳《秋崖先生小稿》卷十六，《宋集珍本丛刊》第85册，第243页。
⑥方岳《秋崖先生小稿》卷十八，《宋集珍本丛刊》第85册，第251页。

由诗中任何一联来充当,这样,不仅本句和对句经常一气流转,全篇也意脉贯通,增强了抒情性。有时,方岳几乎通篇皆用复辞句,以造成一种情感上回环往复的效果:

> 昨日今日雪欲落,一梢两梢梅正开。携壶野亭醉复醉,折简故人来不来?山翁意重百金直,俗士面有三寸埃。临风叹息重叹息,玉飞片片相徘徊。
>
> ——《梅边约客》①

正所谓再三致意,充分表现出对友人的期待。洪焱祖《方吏部传》评方岳诗文:"不用古律,以意为之,语或天出。"②这种"以意为之"的特色,从上面的分析中也可略见一斑。

第四,顶真和重言的句式。顶真是以前句的结尾做后句的开头,使邻接的句子头尾蝉联,从而造成上递下接的一种措辞法。重言指某一个字在诗中反复出现,构成一个语意中心,如明珠相串,意脉连贯。这两种方法,江湖诗人多用于七言绝句中。

先举顶真法数例如下:

> 天台山与雁山邻,只隔中间一片云。一片云边不相识,三千里外却逢君。
>
> ——戴复古《湘中遇翁灵舒》③

> 黄陵庙前湘水春,春烟愁杀渡湘人。人随归应去无迹,水远山长歌又新。
>
> ——游子蒙《绝句》④

---

①方岳《秋崖先生小稿》卷十四,《宋集珍本丛刊》第85册,第234页。
②载《新安文献志》卷七十九,《景印文渊阁四库全书》第1376册,第315页。
③戴复古《石屏诗集》卷七,《四部丛刊续编》集部第419册,第4页b。
④魏庆之《诗人玉屑》卷十九"游塘林"条引《玉林诗话》,第435页。

夹岸盲风扫楝花，高城已近被云遮。遮时留取城西塔，篷底归人要认家。

——刘克庄《归至武阳渡》①

意思显豁，感情浓烈，正所谓一泻而出，诗意的指向非常明确。

再看重言的用例：

一天秋色冷晴湾，无数峰峦远近间。闲上山来看野水，忽于水底见青山。

——翁卷《野望》②

青山不识我姓字，我亦不识青山名。飞来白鸟似相识，对我对山三两声。

——叶茵《山行》③

约住山云倚断栏，云如秋薄与山环。为山醉矣无山句，山不负予予负山。

——方岳《用吕宗卿山亭韵》④

在短短的篇幅里，尽可能充分地表达诗人的抒情中心，句法则于重复之中见流动。另外，这种用法也常蕴涵着某种理趣，但即使如此，也是简单明快，能使人触物会心，与理学家的枯躁的说教诗相比，仍然是不同的。

中国古代诗歌的重要特征是它的抒情性。所谓"诗言志"，从普遍的意义来看，就是要求人们真实地表达自己的是非善恶，喜怒哀乐之情。因此，"真"一直是中国古代文学中的一个重要的美

① 刘克庄《后村先生大全集》卷一，《四部丛刊》集部第 1289 册，第 15 页 b。
② 翁卷《苇碧轩诗集》，见《永嘉四灵诗集》，第 205 页。
③ 叶茵《顺适堂吟稿》甲集，第 10 页 b。
④ 方岳《秋崖先生小稿》卷七，《宋集珍本丛刊》第 84 册，第 206 页。

学原则。江湖诗人任情率性的诗歌创作,当然是求"真"理论的一个侧面的反映。但从文学史的意义看,又有一定的独特之处。一般说来,唐诗是重情的,但唐诗更要求"发乎情,止乎礼义",在写什么和怎样写的问题上,很有讲究。只是中唐以后市民阶层逐渐壮大,影响所及,诗歌创作才开始有了比较率性的倾向,但也不如江湖诗人表现得那么露骨。江西诗派提倡"以才学为诗","以文字为诗",其末流往往过于追求文字技巧,从而淹没了性情的抒发,所以今人评云:"自江西诗派专自书本求诗而性情之说遂隐。"①江湖诗出之以真率,正可视为对江西诗风的反动。至于宋代的理学家,他们本身既反对作诗,偶尔作诗,也不过宣传封建教化,与江湖诗人的这种直言一切个人感情的诗风更是格格不入。有一位江湖诗人曾明确指出:"诗,志也,乐于情性而已,非所以有关风教者。"②从中可以见出他们的思想倾向。所有这些,都反映出江湖诗人对真率的美学追求的意义。

　　但是,"真"只是一个概念,它的具体内容是十分复杂的。并非一切真的东西都是善的、美的,只有当真、善、美合成一个整体

---

① 朱东润《沧浪诗话参证》,载《中国文学论集》,北京:中华书局,1983 年,第
　　27 页。
② 释斯植《采芝集续稿》跋,第 11 页 a。参看严羽《沧浪诗话·诗辨》:"诗者,
　　吟咏情性也。"见严羽撰、郭绍虞校释《沧浪诗话校释》,第 26 页。戴复古
　　《昭武太守王子文日与李贾、严羽共观前辈一、两家诗及晚唐诗,因有论诗
　　十绝。子文见之,谓无甚高论,亦可作诗家小学须知》之五:"陶写性情为
　　我事,留连光景等儿嬉。"载《石屏诗集》卷七,《四部丛刊续编》集部第 419
　　册,第 20 页 b。后来乔亿《剑溪说诗》卷下云:"所谓性情者,不必义关乎伦
　　常,意深于美刺,但触物起兴,有真趣存焉耳。"见郭绍虞编《清诗话续编》,
　　第 1098 页。也能看出这种思想的脉络。

时，"真"才能获得明确的美学意义。即以江湖诗人干乞钱财而言，的确是真实地反映出他们的生活状况和精神追求，与禁锢人性的道学思想比较而言，也有一定的进步意义。但这种方式无论从当时看，还是从现在看，都不能引起我们的美感。当然，江湖诗人的任情率性并不仅仅表现于此，但了解了这一点，有助于我们进行更深层次的审美判断。

三、俗的风貌①

宋代杰出的诗歌批评家严羽在其《沧浪诗话》中曾对作诗提出了这样的要求："学诗先除五俗：一曰俗体，二曰俗意，三曰俗句，四曰俗字，五曰俗韵。"②我们知道，任何一种文学理论的提出，都是与当时的创作实践密切相关的。严羽的去俗说，带有批判江西末流的意思③，但更主要的，却是对开始盛行的江湖诗风的抨击。不过，这"五俗"本身既相交叉，界说亦复不易，而且，并不能对江湖诗风作出全面的概括，因此，本节所论，仅以此作为重要的参照系，而出发点则仍是江湖诗人的社会地位及其所代表的文化意义。

中唐以后，随着商品经济的进一步发展，市民阶层的进一步壮大，不仅传奇和词这两种主要反映市民阶层审美情趣的文学体

---

① 关于文学的雅与俗，是个比较复杂的问题，笔者拟专文探讨，这里只具体讨论江湖诗派，而不涉及更多的理论问题。

② 严羽《沧浪诗话·诗法》，见严羽撰、郭绍虞校释《沧浪诗话校释》，第108页。

③ 比如"俗韵"，据陶明浚《诗说杂记》云："何谓俗韵？过于奇险，困而贪多，过于率易，虽二韵亦俗者也。"押险韵正是江西诗派的特色之一。陶说见郭绍虞《沧浪诗话校释》，第108页。

裁在文人手中进一步发展起来，而且，原来主要掌握在士大夫阶层手中的、充满贵族气息的诗歌，也不可避免地打上了市民文化的烙印。由于政治社会的日趋黑暗，许多文人找不到出路，其经济地位已略同于一般市民，其社会意识和审美情趣，也就很自然地与之部分沟通起来。表现在诗歌创作中，便是通俗化的倾向。这一现象，肇自元、白，至晚唐罗隐、韦庄、杜荀鹤等人手中，更得到了发展。

　　北宋开国，皇帝与士大夫治天下，追求复雅归宗，因此，俗的观念，在许多方面都被清算。所谓"诗至庆历后，惟畏俚俗"①，正反映了苏门诸子和以江西诗派为代表的知识分子的态度。以下，我们从为人、绘画、书法和作诗四个方面，列举一下他们的看法。

　　（一）关于为人

　　　　食不可无肉，居不可无竹。无肉令人瘦，无竹令人俗。人瘦尚可肥，士俗不可医。

　　　　　　　　　　　　　　——苏轼《於潜僧绿筠轩》②

　　　　士生于世可以百为，唯不可俗，俗便不可医也。

　　　　　　　　　　　　　　——黄庭坚《书嵇叔夜诗与侄榎》③

　　（二）关于绘画

　　　　王端学关同，人物益入俗。

---

① 贺裳《载酒园诗话》"文同"条，见郭绍虞编《清诗话续编》，上海：上海古籍出版社，1983年，第426页。
② 苏轼《苏轼诗集》卷九，第448页。
③ 黄庭坚《山谷题跋》卷十，上海：上海远东出版社，1999年，第279页。

今世贵侯所收大图，犹颜、柳书药牌，形貌似尔，无自然，皆凡俗。

——米芾《画史》①

(三)关于书法

此书虽未及工，要是无秋毫俗气。盖其人胸中块垒，不随俗低昂，故能若是。今世人字字得古法，而俗气可掬者，又何足贵也。

——黄庭坚《题王观复书后》②

(四)关于作诗

宁律不谐，而不使句弱。宁字不工，不使语俗。

——黄庭坚《题意可诗后》③

宁拙毋巧，宁朴毋华，宁粗毋弱，宁僻毋俗。诗文皆然。

——陈师道《后山诗话》④

郑谷《雪》诗，如"江上晚来堪画处，渔人披得一蓑归"之句，人皆以为奇绝，而不知其气象之浅俗也。东坡以谓此小学中教童蒙诗，可谓知言矣。

——周紫芝《竹坡诗话》⑤

初盛唐诗，就其整体来说，犹有六朝余风，带有浓厚的封建社

---

① 米芾《画史》，《丛书集成初编》第 1647 册，上海：商务印书馆，1936 年，第 36 页和第 14 页。
② 黄庭坚《山谷题跋》卷七，第 186 页。
③ 黄庭坚《豫章黄先生文集》卷二十六，《四部丛刊》集部第 992 册，第 11 页 a。
④ 陈师道《后山诗话》，见何文焕辑《历代诗话》，第 311 页。
⑤ 周紫芝《竹坡诗话》，见何文焕辑《历代诗话》，第 341 页。

会上层的生活气息和色彩，只是到了中唐元、白以后，才逐渐在某些方面接近了平民即封建社会中下层的生活。而宋诗一旦形成了它的独特面目，却又在某种程度上转了回去。以江西诗派为代表的诗人队伍，以才学为诗，经史百家，尽是诗料，这无疑距一般市民的欣赏能力较远。这种情况，到了江湖诗人走上诗坛时，才又出现了一定的变化。

在本书中，我们曾一再提到江湖诗人低下的社会、经济地位。的确，这种情形使他们的生活与一般市民较为接近，能够观察到市民阶层的生活层面，也能够体味到市民阶层的思想感情。同时，我们还不应该忘记，南宋时期，市民文艺得到了进一步的发展，这对当时的诗人显然有一定的影响。陆游《小舟游近村舍舟步归》云："斜阳古柳赵家庄，负鼓盲翁正作场。死后是非谁管得？满村听说蔡中郎。"①又刘克庄《田舍即事十首》之九云："儿女相携看市优，纵谈楚汉割鸿沟。山河不暇为渠惜，听到虞姬直是愁。"②这两位诗人通过自己的观察，记载了市民文艺当时受到欢迎的盛况。如果说，陆、刘之作还是着重客观描述的话，那么，刘过的《寄沈仲居进〈三国志〉》二首则正面对一位从事市民文艺创作的下层知识分子的事业进行了咏叹："十年铅椠鬓丝秋，独抱成书四海游。三国诸人应梦里，一番公案又从头。""万死中原百战争，流芳遗臭各垂名。思量陈寿已饶舌，又费先生一管城。"③显然，沈氏所进的《三国志》是公案、话本一类的东西。在这样一种大环境下，江湖诗人即使不说喜爱，至少对这些市民文艺是熟悉

---

① 陆游撰、钱仲联校注《剑南诗稿校注》卷三十三，第2192页。
② 刘克庄《后村先生大全集》卷十，《四部丛刊》集部第1291册，第16页b。
③ 刘过《龙洲集》卷八，第71页。

的。如此种种，都不免影响江湖诗人的创作，为其注入世俗的内涵和技巧①。前人论江湖诗，每谓其"粗俚"、"村俗"②，虽讥之过甚，但对其特点却是有所体认的。

下面我们分三点来谈。

首先是题材之俗。文学家的创作意识和审美情趣首先表现在对题材的选取上。因为，对生活中的哪一部分特别关注，正是文学家的创作兴趣和审美心理的集中反映。我们知道，唐诗与宋诗的重要区别之一，便是后者题材的扩大。在唐代，总的说来，对于诗中应写什么和不应写什么，诗人们是很有分寸的，而到了宋代，这种情形便发生了变化。有时，甚至一些在唐人看来鄙俚不堪的情景，也会被宋人摄入笔端。如梅尧臣有一诗题为《八月九日晨兴如厕有鸦啄蛆》③，征诸整个中国诗歌史，也不能不说是非常少见的。其原因，正如朱东润所云，是反映了那一特定时代的文学革新的要求④。不过，后来的苏、黄诸公很快就扬弃了这条道路。他们也重视题材的扩展，但更把革新的重点转到了表现手法方面。而到了江湖诗人手中，由于特定的生活层面，他们虽没达到写厕、写蛆的程度，但对题材的扩展，却似乎较他们的前辈更为迫切。具体表现，便是着力反映了那些非常普通平凡，接近世俗的生活。

在他们的诗中，有向书商购书的情形："嘱以马迁史，文贵细

---

① 当然，江西诗人也有社会地位低者，同时，也不可能不接触市民文艺，但他们多具有士大夫阶层的审美理想，因此，或者对世俗的东西自觉抵制，或者化俗为雅，与江湖诗人的态度多有不同。

② 如《四库全书总目》卷一百六十四《雪矶丛稿》提要，第 1405 页。

③ 梅尧臣《宛陵先生集》卷三十六，《四部丛刊》集部第 409 册，第 8 页 a。

④ 朱东润《陆游的创作道路》，载《中国文学论集》，第 312 页。

字雕。"①有对村儿学字的描写:"难字逢人问,村中一小儿。璋獐
宁易辨,亥豕似堪疑。……"②有对乡人接客的表现,如危稹《接客
篇》③,有对塑土偶求子的风俗的反映,如许棐《泥孩儿》④。……
再看下面四首诗:

　　　师婚古所辞,财婚今不耻。……媒氏未到眼,聘资问有
几?倾箧指金钱,交券塞租米。东家女未笄,仪矩无可纪。
已闻归有日,资送耀邻里。西家女三十,闭户事麻枲。四壁
漏风霜,行媒无足趾。坐贫失行期,趣富曹贪鄙。

　　　　　　　　　　　　　　　　　——陈造《财婚》⑤

　　　尽将家具载轻舟,来往长江春复秋。三世儿孙居舵尾,
四方知识会沙头。老翁晓起占风信,少妇晨妆照水流。自笑
此生漂泊甚,爱渠生理付浮悠。

　　　　　　　　　　　　　　　　　——高翥《船户》⑥

　　　才入园中便折花,厨头坐话是生涯。不时掐数周年限,
每事夸称旧主家。迁怒故将瓯碗掷,效颦刚借粉脂搽。隔屏
窃听宾朋语,汲汲讹传又妄加。

　　　　　　　　　　　　　　　　　——万俟绍之《婢态》⑦

　　　村翁生长在柴门,身有丁男犊有孙。为了官租才出市,

---

①陈起《〈史记〉送后村刘秘监兼致欲见之愫》,《芸居乙稿》,第18页b。
②宋伯仁《嘲不识字》,《雪岩吟草》,第4页a。
③见鲍廷博辑《知不足斋辑录宋集补遗》,第1页a。
④许棐《梅屋四稿》,第1页b。
⑤陈造《江湖长翁集》卷六,《景印文渊阁四库全书》第1166册,第67页。
⑥高翥《菊涧小集》,第12页b。
⑦陈起辑《江湖后集》卷十一,《景印文渊阁四库全书》第1357册,第850页。

归家夸说与乡村。

——朱继芳《城市》十首之一①

第一首写论财嫁娶、买办婚姻的陋俗，较为具体；第二首写船家生涯，颇见细致；第三首写恶婢作态，第四首写村翁进城，归来夸向乡里，刻划都很传神。这四首诗，表现的都是平凡的世俗生活，是以前诗人不大写的题材，于此可见江湖诗人的兴趣所在。

　　在题材方面，值得注意的是，出现了一些表现随着市民阶层的兴起，城市中近侈近靡生活的作品。在"主题取向"一章中，我们曾谈到整个南宋的侈靡之风。这种涵蕴着非常丰富的社会内容的对声色的追求，对社会中的各阶层人都不免有所影响。但一般作家往往用词来加以表现，而江湖诗人则将其写入诗中。周密《武林旧事》曾极力铺叙了南宋都城临安元夕的繁华，所谓"翠帘销幕，绛烛笼纱，遍呈舞队，密拥歌姬，脆管清吭，新声交奏"②。这对于号称"笼袖骄民"的都城市民来说，无疑是强烈的感官刺激。如"舞队"一事，"自旧岁冬孟驾回，则已有乘肩小女，鼓吹舞绾者数十队，以供贵邸豪家幕次之玩。而天街茶肆，渐已罗列灯毯等求售，谓之灯市。自此以后，每夕皆然。三桥等处，客邸最盛，舞者往来最多"。这种情景，姜夔用诗句生动地表现了出来：

　　　　灯已阑珊月色寒，舞儿往往夜深还。只应不尽婆娑意，更向街心弄影看。

　　　　南陌东城尽舞儿，画金刺绣满罗衣。也知爱惜春游夜，舞落银蟾不肯归。

不仅写场景，而且刻划人物心理，抒发观感。当然，由于受体裁的

---

①朱继芳《静佳龙寻稿》，第5页b。
②周密《武林旧事》卷二《元夕》，第32页。

限制,诗中省略了一些更为丰满的内容,而这些,正好为吴文英的
〔玉楼春〕词所弥补:

> 茸茸狸帽遮梅额,金蝉罗翦春衫窄。乘肩争看小腰身,
> 倦态强随闲鼓笛。　　问称家在城东陌,欲买千金应不惜。
> 归来困顿怠春眠,犹梦婆娑趁闲拍。①

这首词进一步把一个"舞儿"的形象具体化了。但是总的来看,诗
与词表现的内容差别不大,因此,周密在《元夕》条中对二者总评
云:"深得其意态也。"

　　这一点,从对西湖的描写中也可以看出来。西湖以其秀丽的
风光而著称,在北宋便是游宴的盛地,而到了南宋,更有"销金锅
儿"之称。但是,北宋诸公在西湖之滨,更为关注的是它的水光山
色。如林逋《西湖》:"混元神巧本无形,匠去西湖作画屏。春水净
于僧眼碧,晚山浓似佛头青。栾栌粉堵摇鱼影,兰若烟丛阁鹭翎。
往往鸣榔与横笛,细风斜雨不堪听。"②又苏轼《饮湖上初晴后
雨》:"水光潋滟晴方好,山色空蒙雨亦奇。若把西湖比西子,淡妆
浓抹总相宜。"③而江湖诗人则更多地注意它的笙歌游宴,如以下
数诗:

> 西湖春二月,结客少年游。骏马黄金勒,长身紫绮裘。
> 爱花论担买,嗜酒满船浮。两载缘何事,台州又越州?
> 　　　　　　　　　　　　　　——高翥《忆西湖》④

> 折桐花上雨初干,寒食游人尽出关。一片湖边春富贵,

---

①姜夔诗和吴文英词均作为佐证,见于上注。
②吴之振等选《宋诗钞·和靖集钞》,北京:中华书局,1986年,第407页。
③苏轼《苏轼诗集》卷九,第430页。
④高翥《菊涧小集》,第13页a。

断桥船簇夕阳间。

——武衍《春日湖上》①

　　一轮红日倚青山，只见湖光数里间。听得画船人说道："钱塘门到夜深关。"

——宋伯仁《西湖晚归》②

　　游人抵死惜春韶，风暖花香酒未消。须向先贤堂上去，画船无数泊长桥。

——方岳《湖上八首》之七③

在这些对享乐生活的描写中，显然都有着诗人的影子，同时，我们也可以看到当时社会上物欲横流的情形。

　　另外，我们还要特别指出一点，即，如人们所熟知的，宋诗中基本上是不表现爱情生活的，除了偶尔提到姬妾和妓女外，诗中一般不谈女子。表现这方面的感情生活的任务，他们交由词来承担了。但是，在江湖诗人的作品中，我们却能够找到一些这方面的内容。如武衍《春日舟中书所见》二首之二：

　　花外风来夹腻香，片云谁遣下巫阳。不须回首频相顾，彼此伤春易断肠。④

写一见钟情的场面，含蓄中见出真切。又如陈起的《泛湖纪所遇》，则写出了一段邂逅相逢的韵事：

　　画舸相移柳线迎，傪此清游逢道韫。铢衣飘飘凌绿波，翡翠压领描新荷。雍容肯就文字饮，乌丝细染还轻哦。一杯

---

① 武衍《适安藏拙余稿》，第 4 页 b。
② 宋伯仁《雪岩吟草补遗》，见鲍廷博辑《知不足斋辑录宋集补遗》，第 16 页 a。
③ 方岳《秋崖先生小稿》卷三，《宋集珍本丛刊》第 85 册，第 192 页。
④ 武衍《适安藏拙余稿》，第 3 页 a。

绝类阳关酒,流水高山意何厚。曲未终兮袂已扬,一目归鸦
栖柳。①

诗人碰到了一位容貌过人、才华横溢的女子,他们一起吟诗、抚
琴、饮酒,顿生知己之感。诗人是否爱上了她?诗中没有直说,只
是用"鸦噪栖柳"的景象渲染了相逢又别的怅惘之情,暗示了丰
富、复杂的感情活动。读着这首诗,很容易使人想起大盛于两宋
的、长于表达爱情的词来。尽管受着体裁的限制,它无法写得更
缠绵,但在本质上却是相通的。

　　世俗的题材,若无向上提升的主观意识,则只能反映被摈弃
于正统文学之外的感情。有时,我们在一些相对普遍的题材中,
也能体会到这种感情。鬓上白发是古代诗人非常敏感并经常加
以咏唱的题材。在李白诗中,我们读到了"白发三千丈,缘愁似个
长"②这样的愤激和不平,在陆游诗中,我们读到了"塞上长城空
自许,镜中衰鬓已先斑"③这样的悲慨和痛苦。而到了江湖诗人
笔下,便有了不同:"白发晶晶抑可吁,镊来浑觉鬓边疏。近缘病
起频添此,全谓吟多枉谤渠。老境渐侵羞觉镜,清晨闲理不胜梳。
头颅如许真堪笑,独向书中作蠹鱼。"④则只是叹老嗟卑,完全是
对生活感情的据实反映,当然谈不到什么高怀远致了。

　　由于许多江湖诗人为了生计而长期到处奔走,见闻既广,经
历也多,因此,他们也经常在作品中抒发具体的人生感受,即对世

---

①陈起《芸居乙稿》,第 2 页 a。

②李白《秋浦歌》十七首之十五,王琦注《李太白全集》卷八,第 423 页。

③陆游《书愤》,陆游撰、钱仲联校注《剑南诗稿校注》卷十七,第 1346 页。

④武衍《白发诗》,《江湖后集》卷二十二,《景印文渊阁四库全书》第 1357 册,
　第 993 页。

态人情的看法。如：

> 路从平去好，事到口开难。

——释斯植《自谓》①

> 闲时但觉求人易，险处方知为己深。

——施枢《书事》②

> 不随不激真吾事，乍佞乍贤皆世情。

——赵汝绩《道中登岭》③

> 清坐相看贫不恶，淡交至久味方真。

——胡仲弓《和希膺春日醉吟》④

> 贫疏亲骨肉，老病瘦形骸。

——李龏《端居杂兴》⑤

> 惯经世态知时异，拙为身谋惜岁过。

——陈必复《江湖》⑥

这些诗句，是他们经过自己的深切体会而发出的甘苦之言，是他们久历人生浮沉、深谙世态炎凉而闪现的思想的火花。这种感受，初盛唐固然不曾出现，中唐也不多，只有到了市民意识大为加强的晚唐，才开始流行。王士禛曾说："恶诗相传，流为里谚，此真风雅之厄也。如'世乱奴欺主，时衰鬼弄人。'唐杜荀鹤诗也。'今朝有酒今朝醉，明日愁来明日当。'罗隐诗也。'但知行好事，莫要

---

① 释斯植《采芝集》，第 14 页 b。
② 施枢《芸隐倦游稿》，第 8 页 b。
③ 陈起辑《江湖后集》卷七，《景印文渊阁四库全书》第 1357 册，第 800 页。
④ 陈起辑《江湖后集》卷十二，《景印文渊阁四库全书》第 1357 册，第 866 页。
⑤ 陈起辑《江湖后集》卷二十，《景印文渊阁四库全书》第 1357 册，第 955 页。
⑥ 陈起辑《江湖后集》卷二十三，《景印文渊阁四库全书》第 1357 册，第 1006 页。

问前程'。五代冯道诗也。"①这位批评家对用浅显乃至于俚俗的
诗句来表现人生的感喟不以为然，这且不去评说，但他所指出的
"流为里谚"，却证明了这些诗在市民阶层中的生命力。江湖诗人
的这一类作品，是对晚唐杜、罗等人的继承，而在数量上，却较晚
唐为多，在情感的表现上，也更为细腻，更为切近。

其次是表现手法之俗。客观世界的事料是无限的，而真正能
入诗的题材却是相对有限的，因此，作家们往往将创造性放到艺
术形式或表现方法上。但是，方法只是凝固的定量，而诗人才是
活动的变量。一种方法，在具有不同的胸襟、才力和审美情趣的
作家手中，其运用效果也必然是不同的。江湖诗人的创造性不
大，他们在表现手法上基本上难于创新，而只能做些选择。但即
使如此，我们仍可从中看到某种普遍的审美心理。这可从四个方
面来谈。

第一，露而尽。吴乔《围炉诗话》云："宋人作诗，欲人人知其
意，故多直达。"②这一评价，若是用来检验作为宋诗代表的江西
诗，只能说部分正确，而若用来说明江湖诗，则大体上是恰如其分
的。许多江湖诗人学习的是晚唐杜（荀鹤）、罗（隐）一路，本身就
很"直达"。同时，我们也不应该忘记，江湖诗人还有以诗行谒和
求售的现实目的，若写得扑朔迷离，不可索解，怎么明确表达自己
的意思呢？这方面的内容，我们在前一节中已大体涉及，此处不
再重复。刘辰翁《刘孚斋诗序》有这样一段话：

　　尝与客言老杜"亲朋尽一哭，鞍马去孤城"。客言，近世
　戴式之亦云："此行堪一哭，何日见诸君？"余曰："俗矣。"因又

①王士禛《带经堂诗话》卷二《综论门》二《摘瑕类》，第56页。
②吴乔《围炉诗话》卷一，见郭绍虞编《清诗话续编》，第473页。

> 举诚斋《高安赋》云："江西个是奇绝处，天下几多虚得
> 名。"……客言，即某人云："天下有楼无此高。"余笑曰："又俗
> 矣。"即同言同意，愈近愈不近。诗至是难言耳。①

这位批评家从自己的审美观点出发，认为诗的意境愈近于耳目所
见，就愈不近于真正的诗；诗应从对面写，否则，便是俗。正确与
否姑且不论，但作为一个同时代人，他对江湖诗风的这一个方面
却是看得很准的。

　　第二，切而近。这一点与上面一点有联系，但也有不同。直
露主要指情感，切近主要指描写。贺裳曾说：

> 宋人力贬绮靡，意欲淡雅，不觉竟入酸陋。如戴敏才"引
> 些渠水添池满，移个柴门傍竹开。"二虚字恶甚。其子复古
> "一心似水唯平好，万事如棋不着高"；高菊涧"主人一笑先呼
> 酒，劝客三杯便当茶"；王梦弼"三年受用惟栽竹，一日工夫半
> 为梅"；方蒙《寄友》："胸中襞积千般事，到得相逢一语无"；程
> 东夫"荒村三月不肉味，并与瓜茄倚阁休"。当时自以为入情
> 切事，不知皆村儿之语，徒供后人捧腹耳。②

讥讽这些诗是"村儿之语"，正见出士大夫阶层与市民阶层审美趣
味的碰撞。任何文学作品都有其特定的接受层面，江湖诗的"入
情切事"，对于文化水平不高的一般市民来说，既切于其日常生
活，又没有语言障碍，当然要受到特别的爱赏了。刘克庄曾经极
为精审地指出晚唐诗风的来由及人们爱好它的原因："古诗出于
情性，发必善；今诗出于记闻，博而已，自杜子美未免此病。于是
张籍、王建辈稍束起书袋，划去繁缛，趋于切近，世喜其简便，竞起

---

① 刘辰翁《须溪集》卷六，《景印文渊阁四库全书》第1186册，第541页。
② 贺裳《载酒园诗话》卷一，见郭绍虞编《清诗话续编》，第237页。

效颦，遂为晚唐。"①晚唐体以其"切近"、"简便"而为时人所喜，这里面，当然包括作者和读者两个方面。我们不妨再举一个例子：

> 惭愧轻舆寄仆肩，蛇蟠小径入层颠。升高但觉少平地，视下方知在半天。尺垄寸田皆石级，堵墙椽屋即人烟。客程到此更风雪，闻一禽声恐杜鹃。

　　　　　　　　　　　——赵汝绩《道中登岭》②

句句切题，写的确是登岭情景。其描写方法，不禁使我们想起唐代杜甫、高适、岑参、章八元诸公登慈恩寺塔诸篇的异同。其中章诗云："十层突兀在虚空，四十门开面面风。却怪鸟飞平地上，自惊人语半天中。回梯暗踏如穿洞，绝顶初攀似出笼。落日凤城佳气合，满城春树雨濛濛。"③前人优劣诸作，讥之为"此乞儿口中语也"④。但从另外一个角度来评论，登塔的描写却以此诗最为切近。将章诗与赵诗相比，我们能看到漫长的历史跨度中的传承关系，看到一种审美情趣的再现。

　　"趋于切近"，在咏物诗中，便不免"着题"。所谓"着题"，即石延年《红梅》诗"认桃无绿叶，辨杏有青枝"⑤之类。滕元秀《拄杖》

---

① 刘克庄《跋韩隐君诗》，《后村先生大全集》卷九十六，《四部丛刊》集部第1312册，第2页a。

② 陈起辑《江湖后集》卷七，《景印文渊阁四库全书》第1357册，第800页。

③ 章八元《登慈恩寺塔》，《全唐诗》卷二百八十一，第3193页。

④ 张戒《岁寒堂诗话》卷上。关于唐代诸公登慈恩寺塔诗的比较研究，参看程千帆师及同门莫砺锋兄所撰《他们并非站在同一高度上——论杜甫等同题共作的登慈恩寺塔诗》，载《被开拓的诗世界》，上海：上海古籍出版社，1990年，第145—165页。

⑤ 见《瀛奎律髓》卷二十七《着题类》序，见方回选评、李庆甲集评《瀛奎律髓汇评》，第1151页。

诗中有两句被纪昀讥之为"刻画太鄙"的诗:"断桥测水露半影,野路撅泥留乱痕。"①也是如此。这种写法,极力求切于所咏之物,唯恐读者看不出来,常受到宋代批评家的指摘②。但江湖诗人身处重神轻形、重寄托轻匠物的理论已经大盛的时代,却仍然大写"着题"之诗,不能不说是反映了世俗的审美趣味。试看下面二诗:

> 瘦得冰肌骨亦清,诗人于尔独关情。孤高不受尘埃污,洁白犹嫌缟练轻。天下有花皆北面,岁寒惟雪可同盟。当时只欠灵均识,不与《离骚》写姓名。
>
> 　　　　　　　　　　——陈必复《梅花》③

> 以羊相易惭羊小,与象同称笑象轻。碧草充肠随意饱,黄钟满腔有时鸣。力粗曾索寅人斗,骨朽难湔丑座名。空费景升刍与藁,不如羸特尚堪耕。
>
> 　　　　　　　　　——刘克庄《赋得牛驼各一首》之一④

二诗格调颇熟,亦无所寄托,但描写都很工切。于此,我们可以看出,江湖诗人的许多作品只是要极力将所咏之物的形象写出,而并不去作进一步的审美开拓。这是才力所限,也是诗风所限。

第三,对仗求工。江湖诗人是一个芜杂的群体,彼此的诗风往往不大相同,而求对仗之工,则往往一致,而其所以为工,又往往自具特色。

---

①见方回选评、李庆甲集评《瀛奎律髓汇评》卷二十七,第 1209 页。
②参看程千帆、张宏生《火与雪:从体物到禁体物——论白战体及杜、韩对它的先导作用》,载《被开拓的诗世界》,第 75—97 页。
③陈必复《山居存稿》,汲古阁景钞《南宋六十家小集》本,第 6 页 a。
④刘克庄《后村先生大全集》卷十九,《四部丛刊》集部第 1293 册,第 3 页 a。

　　葛立方《韵语阳秋》云:"近时论诗者,皆谓偶对不切,则失之粗;太切,则失之俗。"①粗与俗,大体上是指江西、江湖而言。方回生当江湖诗风大盛之时,对此看得更为清楚。其《读张功父〈南湖集〉并序》云:"老杜七言律诗……不丽不工,瘦硬枯劲,一斡千钧,惟山谷、后山、简斋得此活法。又各以其数万卷之心胸气力鼓舞跳荡。初学晚生,不深于诗而骤读之,则不见奥妙,不知隽永,乃独喜许丁卯体,作俪偶妩媚态。予平生不然之,而江湖友朋未易以口舌争也。"②又其《过李景安论诗为作长句》云:"姚合许浑精俪偶,青必对红花对柳。儿童效之易不难,形则肖矣神何有?求之雕刻绘画间,鹄乃类鹜虎胜狗。"③方回自认是少数派,这一事实,证明了江湖诗人追求对仗、工于对仗的普遍的倾向性及当时读者对他们的爱好。

　　江湖诗派的领袖刘克庄,就很欣赏俪偶的工夫。在《后村诗话》中,他自称喜爱陆游诗,一个重要方面,便是"古人好对偶,被放翁用尽",并一口气举出五十个对子。他又举出李壁的五个对子,赞为"的对"④。可见他在这方面的兴趣。刘辰翁《赵仲仁诗序》说:"刘后村仿《初学记》,骈俪为书,左旋右抽,用之不尽,至五、七言名对亦出于此。然终身不敢离尺寸,遂欲古诗少许自献,

① 葛立方《韵语阳秋》卷一,上海:上海古籍出版社,1984年,第10页。葛立方的生活年代虽然略早,但江湖诗风显然有一个形成、发展过程,因此,所谓"俗",亦不妨指江湖而言。
② 方回《桐江续集》卷八,《景印文渊阁四库全书》第1193册,第302页。
③ 方回《桐江续集》卷十四,《景印文渊阁四库全书》第1193册,第389页。
④ 刘克庄《后村诗话》前集卷二;又续集卷四,分别见第30—31页和第129—130页。

如不可得。"①可以从一个方面说明这个问题。这样一种趣味,当然不免反映到他的诗中,如以下数联:

　　解喷清霜飞坐上,能呼凉月出云间。病创冻马嘶荒塞,失侣穷猿叫乱山。

　　　　　　　　——《月下听孙季蕃吹笛》②

　　种久树身樛似盖,浇频花面大如杯。怪疑朱草非时出,惊问红云甚处来。

　　　　　　　　——《山丹》③

　　小亭自课童锄草,空室俄惊女散花。便觉麝裳无远韵,频挑蚁蠹有新芽。

　　　　　　　　——《太守林太傅赠瑞香花再和》④

就是如此。钱钟书在《宋诗选注》中说"他的作品给人的印象是滑溜得有点机械,现成得似乎店底的宿货"。对他的有些诗来说,确是准确的评价。

　　领袖如此,则许多成员自然闻其风而悦之,姑举数联如次:

　　寒藤扶坏壁,秋草带疏棂。溪接东西碧,山分远近青。

　　　　　　　　——高翥《松溪庙》⑤

　　天地皆明白,山川忽老苍。柳眉遮旧影,梅额上新妆。

　　　　　　　　——朱南杰《东新桥值雪》⑥

---

① 刘辰翁《须溪集》卷六,《景印文渊阁四库全书》第 1186 册,第 520 页。

② 刘克庄《后村先生大全集》卷二,《四部丛刊》集部第 1289 册,第 12 页 b。

③ 刘克庄《后村先生大全集》卷四十三,《四部丛刊》集部第 1289 册,第 11 页 b。

④ 刘克庄《后村先生大全集》卷八,《四部丛刊》集部第 1290 册,第 14 页 a。

⑤ 高翥《菊涧小集》,第 5 页 a。

⑥ 朱南杰《学吟》,第 7 页 b。

　　停杯因待月,徙倚为看山。贫悟道中乐,醉偷忙里闲。

　　　　　　　　　　　　　　——罗与之《闲居遣怀》①

　　清漪浴日开金面,晴哢调风衮绿腰。骚客五花唐殿马,主家七叶汉庭貂。

　　　　　　　　——朱继芳《用前韵谢野水郎君招饮》②

　　雨余天迥云生叶,日午风轻稻放花。被襆已悬黄犊睡,桔槔不动绿阴遮。

　　　　　　　　　　　　　　——武衍《枫桥道中》③

　　苍藓静连湘竹紫,绿阴深映蜀葵红。猫来戏捉穿花蝶,雀下偷衔卷叶虫。

　　　　　　　　　　　　　　——葛天民《小亭》④

这些句子,意境虽不超妙,甚至显得凡近,而布局匀称,属对工巧,容易取悦于人。事实上,这是当时作者和读者双向选择的结果。

　　第四,句意求熟。熟,指生熟之熟。朱彝尊论宋诗时曾说:"务观太熟,鲁直太生。生者流为萧东夫,熟者降为杨廷秀。"⑤说的虽是黄庭坚、萧德藻和陆游、杨万里,但扩而言之,这也正是江西、江湖两派的重要区别之一。下面分三点来谈。

　　(1)字句的陈熟。大自然的物象和人类社会的生活,虽然都是取之不竭的诗料,但对于诗这一特定的体裁而言,其所能表现的对象毕竟有其规定性。尤其是自然景观,经过唐人的悉心观察

---

①罗与之《雪坡小稿》卷一,第 12 页 a。

②朱继芳《静佳龙寻稿》乙稿,第 8 页 a。

③武衍《适安藏拙稿》乙卷,第 3 页 b。

④葛天民《葛无怀小集》,第 16 页 a。

⑤朱彝尊《书剑南集后》,《曝书亭集》卷五十二,《四部丛刊》集部第 1700 册,第 9 页 a。

和独特表现,留给后人开掘和发现的领域已不是太多。如何避熟就生,推陈出新,是每一个富有创造性的诗人所必须正视的问题。《诗人玉屑》引《复斋漫录》云:"韩子苍言作诗不可太熟,亦须令生。近人论文,一味忌语生,往往不佳。东坡作《聚远楼》诗,本合用'青山绿水'对'野草闲花',此一字太熟,故易以'云山烟水',此深知诗病者。"①江湖诗人没有苏轼这样的创造性,因此,方回讥讽他们"无风云月露、冰雪烟霞、花柳松竹、莺燕鸥鹭、琴棋书画、鼓笛舟车、酒徒剑客、渔翁樵叟、僧寺道观、歌楼舞榭,则不能成诗"②。如果从意象不能生新这一点来看,则方回的指责是如实的。像"开门惊燕子,汲水得鱼儿"③这样的句子,也不失清新,但如果知道了杜甫有"细雨鱼儿出,微风燕子斜"④的描写,就会觉得前者得之太现成。下面试从江西、江湖诗中各选一首清晨舟行之作加以比较:

> 一双一只路旁堠,乍有乍无天际星。乱叶入船侵破衲,疾风吹水拥枯萍。山林何谢难方驾,诗语曹刘可乞灵?酒碗茶瓯俱不厌,为公醉倒为公醒。
>
> ——吕本中《西归舟中怀通泰诸君》⑤

> 一汀红糁蓼花天,滴滴清寒晓露圆。回首洞庭山半点,伤心桂岭路三千。诗魂夜寄青林月,渔唱声回绿树烟。却笑陶朱不如我,我无西子与同船。
>
> ——黄大受《由洞庭入五田》⑥

---

① 魏庆之《诗人玉屑》卷六"语不可熟"条,第135页。
② 方回《送胡植芸北行序》,《桐江集》卷一,第472页。
③ 徐玑《山居》,《二薇亭诗集》卷上,见《永嘉四灵诗集》,第128页。
④ 杜甫《水槛遣心二首》之一,杨伦《杜诗镜铨》卷八,第345页。
⑤ 吕本中《东莱先生诗集》卷九,《四部丛刊续编》集部第409册,第8页a。
⑥ 黄大受《露香拾稿》,第3页a。

前诗造语清健生新,后诗造语圆熟工稳,区别是非常显然的。

(2)命意的凡熟。在诗歌的王国里,开拓领域固然很难,用旧题材做出新意思,也并不容易。江西诗派有见于此,遂创"夺胎换骨"之说,不仅要"窥入其意而形容之"①,而且更要在此基础上整饬和提高②。江湖诗人却连这一套本事都没有,因此,他们的诗在命意上很难说有什么新鲜的地方。众多的寿诗谀词固然是腐气满纸,即使是行旅、赠答,也无太多的创造性。从前面一章对羁旅之苦的描述中便可以看到,唐代刘皂的一首《旅次朔方》,吸引了多少江湖诗人对之进行模仿。赵师秀有一首题为《约客》的绝句,云:

> 黄梅时节家家雨,青草池塘处处蛙。有约不来过夜半,
> 闲敲棋子落灯花。③

《柳溪诗话》评云:"意虽腐而语新。"④所谓意腐,便是指其中的意境——所咏的物候和情怀——都是烂熟的,但全诗的语言却干净完整,颇见清新,因此,不失为一首好诗。可惜,这种情况毕竟少见,如下面二诗:

> 瓦沟初瑟瑟,隐几坐虚日。良久却无声,门前深几尺。
>
> ——朱继芳《听雪》⑤

> 脊疱蹄塞瘦阑干,火印年深字已漫。野涧有冰朝洗怯,

---

① 释惠洪《冷斋夜话》卷一"夺胎换骨法"条引黄庭坚语,北京:中华书局,1988年,第15页。

② 参看莫砺锋兄《黄庭坚"夺胎换骨"辨》,载《江西诗派研究》,济南:齐鲁书社,1986年,第283—305页。

③ 赵师秀《清苑斋诗集》,见《永嘉四灵诗集》,第268页。

④《诗人玉屑》卷十九"赵天乐"条引《柳溪诗话》,第429页。

⑤ 朱继芳《静佳龙寻稿》乙稿,第12页a。

破坊无壁夜嘶寒。身同退卒支残料,眼见新驹被宝鞍。昔走
塞垣如抹电,安知末路出门难。

　　　　　　　　　　　　　　——刘克庄《老马》①

前诗"瓦沟"句,使我们想起苏轼的咏雪名作《聚星堂雪》中"历乱
瓦沟裁一瞥"②的描写,而整首诗却取自陶潜"倾耳无希声,在目
浩已洁"③之意。后诗更是从命意、语言、描写手法,都酷仿杜甫
的《瘦马行》,区别仅在一用律体,一用古体而已。

　　陈陈相因,缺乏新意,当然是不值得称赏的,但是,江湖诗人
迹近市民,而江湖诗歌亦在市民中很有市场。当时市民阶层虽已
具有一定的文化修养,但受其地位和身份的制约,他们不可能太
博学,也不可能大量地接触前代的文化遗产。从这个意义看,江
湖诗人的创作,在文学史上固然是熟句、熟意,但对那些具体的读
者来说,却仍然能够引起新的感受。因此,我们不妨把江湖诗人
的许多作品,视为古代若干优秀作品在较低层次上的再现,因而
这些诗虽无很高的审美价值,却仍然被许多人所接受,甚至喜爱。

　　(3)律调的轻熟。宋诗至江西诗派,矻矻独造,刻意生新,在
字法、句法、章法等方面,都于唐人之外,别开天地。其佳作往往
瘦硬老健,险拗劲拔,而末流则流于拙滞粗鄙,声色枯涩。江湖诗
人欲矫之而无力,遂多走上轻熟一路。如下面二诗:

　　　　夜雨鸣檐送五更,不惊高卧最多情。窗间细视花无影,
　　墙外随听屐有声。数把柔丝堤柳嫩,一奁方镜闸波清。出门

———————————

①刘克庄《后村先生大全集》卷二,《四部丛刊》集部第1289册,第2页a。
②苏轼《苏轼诗集》卷三十四,第1813页。
③陶潜《癸卯岁十二月中作与从弟敬远诗》,见逯钦立辑校《先秦汉魏晋南北
　　朝诗》,第980页。

眼界殊明洁,但觉春寒处处生。

——巩丰《夜雨晓起方觉》①

　　孤标粲粲压群葩,独占春风管岁华。几树参差江上路,数枝装点野人家。冰池照影何须月?雪岸闻香不见花。绝似林间隐君子,自从幽处作生涯。

——戴复古《梅》②

这两首诗,一气呵成,承接流利。但无论从哪个方面看,都找不到作者的独创性——意境既不超脱,句子也不生新。它没有什么明显的缺点,也没有什么明显的特色,似是摇笔即来之作。这种诗,毫不费力,却更接近市民的欣赏趣味。不过,正如陈仅所云:"诗不宜太生,亦不宜太熟。生则涩,熟则滑。"③以上两首诗已不免近于滑,其他等而下之的,这种倾向就更严重了。

　　以上我们谈到了题材之俗和表现手法之俗,现在,我们谈最后一点:语言之俗。

　　语言的通俗化和大众化,大概是从杜甫开始的,经过中唐元、白的发展,至晚唐而蔚为风气④。北宋开国,气象一新,追求富丽

---

①见方回选评、李庆甲集评《瀛奎律髓汇评》卷十四,第 526 页。

②戴复古《石屏诗集》卷六,《四部丛刊续编》集部第 419 册,第 3 页 a。

③陈仅《竹林答问》,见郭绍虞编《清诗话续编》,第 2246 页。

④关于唐代诗歌用俗语,请参看下列文献:罗大经《鹤林玉露》丙编卷三"以俗为雅"条,见罗大经《鹤林玉露》,北京:中华书局,1983 年,第 285 页;黄彻《䂬溪诗话》卷七,北京:中华书局,1986 年,第 112 页;魏庆之《诗人玉屑》卷六"善用俗字"条,第 143 页;杨慎《升庵诗话》卷四"劣唐诗"条,见丁福保辑《历代诗话续编》,第 700 页;贺裳《载酒园诗话又编》"杜荀鹤"条,又"贯休"条,见郭绍虞编《清诗话续编》,上海:上海古籍出版社,1983 年,第 392—393 页;余成道《石园诗话》卷二,见郭绍虞编《清诗话续编》,第 1777—1778 页。

之美,力矫晚唐通俗诗之弊,西昆诸人甚至讥杜甫为"村夫子"①。因此,诗人们虽也用俗语,但往往强调"以俗为雅"。如《西清诗话》云:

> 王君玉谓人曰:"诗家不妨间用俗语,尤见工夫。雪止未消者,俗谓之'待伴'。尝有《雪》诗:'待伴不禁鸳瓦冷,羞明常怯玉钩斜。''待伴'、'羞明'皆俗语,而采拾入句,了无痕类,此点瓦砾为黄金手也。余谓非特此为然,东坡亦有之:'避谤诗寻医,畏病酒入务。'又云:'风来震泽帆初饱,雨入松江水渐肥。''寻医'、'入务'、'风饱'、'水肥',皆俗语也。又南人以饮酒为'软饱',北人以昼寝为'黑甜',故东坡云:'三杯软饱后,一枕黑甜余。'此亦用俗语也。"②

这种情形,到了江西诗人手中,更有了极大的发展,而且,"以俗为雅"或"化俗为雅"的手段,已成为江西诗派的重要创作原则之一。

江湖派的诗中也大量运用了俗语。但与江西派不同的是,江西诗人是以强烈的主体意识,将之作为一个客观对象去审视、去把握,从而将这些不登大雅之堂的东西拿过来,通过某种组合,使诗歌由不平衡、不协调达到新的平衡和协调。江湖诗人则不然。由于他们低下的社会地位和自发的市民意识,他们运用俗语是自然而然的。对于他们来说,世俗的语言是作品的一个有机组成部分,甚至便是作品本身,而不是什么点缀。正是在这个意义上,江湖诗派显示出自己的特色。这又可分两点来谈。

第一,诗歌的口语化。据说,"白乐天每作诗,令老妪解之,问

---

① 刘攽《中山诗话》,见何文焕辑《历代诗话》,第288页。
② 魏庆之《诗人玉屑》卷六"点石化金"条引,第136页。

曰:'解否?'妪曰解,则录之,不解,则易之"①。如果仅从易懂这一角度来说,则江湖诗更有"贱夫老妇所可道者"②。如写商人,则云:"锥刀诧朋侪,嗟尔商贩子。"③写白发,则云:"摘了依然有,徒劳打锼声。"④写寻梅,则云:"此是寻梅端的处,折来须付与诗家。"⑤写老吏,则云:"只恐阎罗难抹过,铁鞭他日鬼臀红。"⑥又如戴复古《懒不作书急口令寄朝士》:

> 老病懒作书,行藏诗上见。一心不相忘,千里如对面。我已八十翁,此身宁久绊? 诸君才杰出,玉石自有辩。随才供任使,小大皆众选。明君用良弼,治道方一变。与之致太平,朝廷还旧观。老夫眼尚明,细把诸君看。试将草草书,用写区区愿。一愿善调燮,二愿强加饭,三愿保太平,官职日九转。⑦

正如诗人所言,这是以诗为载体,"千里如对面"地谈话了。

诗歌的口语化和打油诗之间的区别甚微。江湖诗中也确有打油声气十足者,如林希逸《和后村二首》之一:"诗胜卢仝酬马异,客无李四与张三。"⑧又叶茵《鲈乡道院》:"事变无涯吾老矣,

----

① 释惠洪《冷斋夜话》卷一"老妪解诗"条,见第 17 页。
② 宋鲁訔《编次杜工部诗序》评杜诗语,载华文轩编《古典文学研究资料汇编·杜甫卷》,北京:中华书局,1964 年,第 324 页。
③ 陈造《七月附米舟之浙中作》,《江湖长翁集》卷二,《景印文渊阁四库全书》第 1166 册,第 20 页。
④ 赵汝鐩《白发》,《野谷诗稿》卷五,第 12 页 a。
⑤ 戴复古《寄寻梅》,见方回选评、李庆甲集评《瀛奎律髓汇评》卷二十,第 840 页。
⑥ 刘克庄《老吏》,《后村先生大全集》卷二十,《四部丛刊》集部第 1293 册,第 8 页 b。
⑦ 戴复古《石屏诗集》卷一,见《四部丛刊续编》集部第 417 册,第 19 页 a。
⑧ 林希逸《竹溪鬳斋十一稿续集》卷一,《景印文渊阁四库全书》第 1185 册,第 559 页。

死生有命汝知乎?"①这样的句子,便使人觉得油腔滑调,很难体现出真性情了。

第二,以谚语、习语、方言等入诗。用谚语者,如陈造《次韵任解元喜雨二首》之一云:"朽壤旧尝封蚁穴,停云空复叠鱼鳞。"②此用民谚"鱼鳞天必雨"。又叶茵《蚕妇吟》二首之二云:"大姑不似三姑巧,今岁缲丝两倍收。"③此用民谚"大姑拙,三姑巧"。在江湖诗中,更多的是运用当时的习语和方言。试举数例:

卧榻看山绿涨天,角门长泊钓鱼船。

——姜夔《湖上寓居杂咏》十四首之十一④

中有补陀仙,坐断此潇洒。

——戴复古《玉华洞》⑤

海神亦叹公清德,少见归舟个样轻。

——刘克庄《送真舍人帅江西》八首之三⑥

十万买山浑可事,放教身死骨犹香。

——薛嵎《云泉诗·近买山范湾……》⑦

宦途要处难插手,诗社丛中常引头。

——陈造《再次韵答许节推》⑧

①叶茵《顺适堂吟稿》乙集,第1页a。
②陈造《江湖长翁集》卷十三,《景印文渊阁四库全书》第1166册,第163页。
③叶茵《顺适堂吟稿》戊集,第4页b。
④姜夔《白石诗词集》,第44页。
⑤戴复古《石屏诗集》卷一,《四部丛刊续编》集部第417册,第18页a。
⑥刘克庄《后村先生大全集》卷二,《四部丛刊》集部第1289册,第4页a。
⑦薛嵎《云泉诗》,第43页a。
⑧陈造《江湖长翁集》卷十五,《景印文渊阁四库全书》第1166册,第185页。

午梦惊回槐国远,浮生消得几斜阳。

——施枢《午寝》①

至于在诗中运用方言的,当以陈造的作品中为最多。这位诗人曾任职房陵,其间,一再以当地方言入诗。如他的《房陵十首》②,几乎便是方言的大展览。为了便于了解,全抄如次。

似闻仙伯厌乘龙,常混红尘市井中。觌面未须趄避我,褰衣无计趽寻公。(房人谓巧避云趄避,力寻为趽寻)

阴晴未敢卷帘看,苦雾蒙蒙鼻为酸。政使病余刚制酒,一杯要敌涝朝寒。(晨起雾久乃开,土人目曰涝朝)

雩坛歌舞杂嗟吁,下酉犹濡上酉枯。谁谓朝来一拆雨,欢声已觉沸通衢。(潴水溉曰酉,得雨曰一拆雨)

竹屋高低正复斜,蔚蓝影里着人家。底消山峡三分瘴,争课卢仝七碗茶。(土人晨饮茶曰胜山岚气,又曰防三分瘴)

夏田少雨富来牟,多雨何妨穑事秋。已戒日供皮子面,更教晚稻饱霜收。(面皆墋,不墋者曰皮子面,稻待霜乃收,曰饱霜米)

跨牛待得夕阳回,在处诸嫌笑口开。已借蜡钱输麦税,免教缉捕闯门来。(弓手下乡目以缉捕)

杯酒清浓肉更肥,咸阳趁社极欢嬉。丁宁向去坐年日,要似如今敛脯时。(年日饮食曰坐年,社日曰敛脯)

农闲闾里有逢迎,白饮傍边骨在羹。老稚不妨顽过日,边头难得是升平。(俗谓戏曰顽,羹曰骨在)

刘罢秋禾未敢慵,更须趁逐过残冬。城中竹笶今年贵,

---

①施枢《芸隐倦游稿》,第14页a。

②陈造《江湖长翁集》卷十九,《景印文渊阁四库全书》第1166册,第232—233页。

盐茗新来免阙供。(卖枯竹供爨曰竹笑)

　　翁媪同围老瓦盆,倒篘新酒杂清浑。枧南枧北皆春社,
且放乌犍卧晏温。(村落所聚曰枧)

在一组大型联章诗中安排这么多方言,显然不是兴之所至,而是
一种有意的尝试了。

　　以谚语、习语和方言入诗,是江湖诗派这一特定的诗人群体
的重要审美追求之一。正因为他们长期置身下层,所以,他们才
能将这些流行于民间的语言信手拈来。这种情形,也可见出他们
不同于士大夫阶层的一面。从运用效果来看,许多诗歌不乏生动
性;从认识价值来看,则反映了一定的时代性。但是,这种用法事
实上并不容易把握,过头一点,就会流于文字游戏。像陈造的诗,
虽然不失为巧,但若不加注,则许多是非房陵人看不懂的。

四、清的趣味

　　"清"这一概念,虽然出现较早,但真正作为一个审美范畴,并
具体与文学作品结合起来,则是在魏晋之际,随着玄风的大盛,伴
随着人物品藻的风气而产生的。它的成熟的标志,是陆云"清省"
说的提出①。

　　"清"的本义是纯净、寂静。从这个基本义出发,它可以进行
多义组合。如《世说新语》中记载的对人物的品藻,便有"清峙"、
"清举"、"清虚"、"清朗"、"清疏"、"清远"等二十多个,而从当时以

---

①参看黄克剑《"清"——魏晋人物品藻中的一个重要审美范畴》,《福建论
　坛》1985年第5期;肖华荣《陆云"清省"的美学观》,载《复旦学报》编《中国
　古代美学史研究》,1983年版。

至后世,作为文学批评术语,它的组合就更多了,如"清妙"、"清工"、"清新"、"清绝"、"清利"、"清美"、"清约"、"清奇"、"清华"、"清绮"、"清丽"、"清婉"等。"清"既有其本质规定,又有其历史发展。关于这一概念的清理,不属本书范围,但从整体上看,江湖诗人对"清"的美学追求,推溯渊源,当然与这一传统有关系。周密《浩然斋雅谈》有这样一段记载:

> 水心翁以抉云汉、分天章之才,未尝轻可一世,乃于四灵若自以为不可及者,何耶? 此即昌黎之于东野,六一之于宛陵也。惟其富赡雄伟,欲为清空而不可得,一旦见之,若厌膏粱而甘藜藿,故不觉有契于心耳。昔吴中有老糜丈,多学博记,每见吴仲孚小诗,辄惊羡云:"老夫才落笔,即为尧、舜、周、孔、汉高祖、唐太宗,追逐不置,君何为能洒脱如此哉!"即水心取四灵意也。①

文中所言叶适推奖四灵的原因,未必完全正确,但其特标"清空",又举老糜丈与吴惟信的故事,却隐然有将江西与江湖加以对比的意思。从中,我们可以看到历时千年的诗文贵清说的影响。

不过,与其整个诗歌宗尚一样,他们对"清"这一审美趣味的追求,也是直接以晚唐作为学习对象的。宋代孙仅在《读杜工部诗集序》中说,杜甫诗"姚合得其清雅"②,指出杜诗"清"之一体在中晚唐以后的发展。而司空图赞杜诗,便只拈出"杜二其如律韵清"③,略不及其他。这些,都自然被江湖诸子接了过来。陈必复

---

① 周密《浩然斋雅谈》卷上,《景印文渊阁四库全书》第 1481 册,第 821 页。
② 载华文轩编《古典文学研究资料汇编·杜甫卷》,第 59 页。
③ 司空图《力疾山下吴村看杏花十九首》之十五,《全唐诗》卷六百三十四,第 7276 页。

《山居存稿》自序云:"余爱晚唐诸子,其诗清深闲雅,如幽人野士,冲淡自赏,皆自成一家。"①又黄文雷题其《看云小集》云:"诗以唐体为工,清丽婉约,自有佳处。"②又丁熺《跋〈秋江烟草〉》云:"(张弋诗)清深闲雅,宛有唐人风致。"③又释道璨《潜仲刚诗集序》云:"仲刚……受诗学于东嘉赵紫芝,警拔清苦,无近世诗家之弊。"④又释斯植《寄彭泽后人》云:"笔粘春雾重,诗带晚唐清。"⑤又陈鉴之《题陈景说诗稿后》三首之一云:"今人宗晚唐,琢句亦清好。"⑥这些,一方面见出江湖诗人对晚唐诗的某些特点的认识,另一方面也反映出他们自己的创作要求。

翻开江湖诗人的作品,不难发现,"清"是使用概率较高的一个字。概括起来看,他们形容诗人、描摹吟态和评价诗作,都要涉及这一概念。略举数例如次。

(一)形容诗人:

如君清到骨,只合静焚香。

——葛天民《次紫芝韵》⑦

竹梢风露松梢月,未抵吟丞气味清。

——许棐《送赵丞》⑧

---

① 陈必复《山居存稿》,第1页 a。
② 黄文雷《看云小集》,第1页 a。
③ 张弋《秋江烟草》,第9页 b。
④ 释道璨《柳塘外集》卷二十三,《景印文渊阁四库全书》第1186册,第816页。
⑤ 释斯植《采芝集续稿》,第8页 a。
⑥ 陈鉴之《东斋小集》,第10页 b。
⑦ 葛天民《葛无怀小集》,第16页 a。
⑧ 许棐《融春小缀》,第2页 b。

为忆城南清瘦友,寒宵梦里见梅花。

——薛师石《怀赵紫芝》①

剑倚梅花鹤梦醒,东游吟骨带秋清。

——赵希樬《送李鹤田东游后还乡》②

(二)描摹吟态:

生涯老布袭,清处更清吟。

——叶茵《次韵》③

吟清便境静,语苦见情真。

——胡仲参《柬竹院孚老》④

波明再茁桐,露涤清吟笔。

——陈鉴之《古诗四首奉寄陈宗之
兼简敖臞翁》之三⑤

字古微侵隶,吟清不到寒。

——罗椅《寄答楷侄》⑥

(三)评价诗作:

曾味西窗稿,经年齿颊清。

——陈起《题西窗食芹稿》⑦

---

①薛师石《怀赵紫芝》,《瓜庐诗》,第 12 页 a—b。
②赵希樬《送李鹤田东游后还乡》,《抱拙小稿》,第 3 页 b。
③叶茵《顺适堂吟稿》乙集,第 4 页 a。
④胡仲参《竹庄小稿》,第 8 页 a。
⑤陈鉴之《东斋小集》,第 3 页 a。
⑥陈起辑《江湖后集》卷九,《景印文渊阁四库全书》第 1357 册,第 827 页。
⑦陈起《芸居乙稿》,第 8 页 b。

诗与梅花一样清，江湖久矣熟知名。

　　　　　　　——俞桂《赓宋雪岩韵》①

为爱君诗清入骨，每常吟便学推敲。

　　　　　　　——苏泂《书紫芝卷后》②

一身闲后发难白，五字吟来思极清。

　　　　　　　——薛师石《寄雁荡诗僧》③

披衣端为诗催起，吟得诗成分外清。

　　　　　　　——施枢《对雪》④

新诗清响传空谷，击节长歌到夜深。

　　　　　　　——张榘《奉和魏提干》⑤

以上只是从大量诗作中举出的一小部分例子，但已足以见出江湖诗人对这一种境界的兴趣之大了。

　　审美追求总是有一定的主导性和偏重性的。虽然"清"这一范畴表现在江湖诗人创作的许多方面，但作为审美情趣的聚合点，却主要是由四个部分构成的。

　　第一是语言之清新。在美学史上，提出语言的清新并不新鲜。从鲍照对"初发芙蓉，自然可爱"⑥的诗歌的赞赏，到李白对"清水出芙蓉，天然去雕饰"⑦的诗风的提倡，这种审美追求在诗

①俞桂《渔溪乙稿》，汲古阁景钞《南宋六十家小集》本，第 6 页 b。
②苏泂《泠然斋诗集》卷八，《景印文渊阁四库全书》第 1179 册，第 154 页。
③薛师石《瓜庐诗》，第 17 页 a。
④施枢《芸隐倦游稿》，第 3 页 a。
⑤陈起辑《江湖后集》卷八，《景印文渊阁四库全书》第 1357 册，第 821 页。
⑥《南史》卷三十四《颜延之传》，第 3 册，第 881 页。
⑦李白《经离乱后天恩流夜郎忆旧游书怀赠江夏韦太守良宰》，王琦注《李太白全集》卷十一，第 574 页。

坛上一直是绵绵不绝的。但是，如果从宋诗发展史来看，则清新的美学趣味，却有其不容忽视的时代意义。值得注意的是，江西诗人也讲清新。如黄庭坚称高荷诗"句法俊逸清新"①，称徐俯诗"清丽有句法"②。李彭称谢邁"清诗如艳雪"③，称吕本中"清如明月东涧水"④。这里面，当然也包括"清水出芙蓉"的意思，但从本质上看，江西诗派的所谓清新是另有所指。王若虚《滹南遗老集》卷三十八云："鲁直雄豪奇险，善为新样。"⑤又陈善《扪虱新话》卷二云："世以简斋诗为新体。"因此，可以说，江西诗派的清新主要落在一个"新"字上，即不落窠臼，戛戛独造，反映出这个富有开拓精神的诗歌流派的创造性。江湖诗派则不然。他们仍取其传统义，指不用典、不雕饰、重白描、重自然，以浅显易懂而又富有生命力的语言，表现对大自然和社会生活的感受。王士禛《带经堂诗话》曾选取江湖诗中"一二佳者"列成"摘句图"，大致是这一类的句子："尘埃双老鬓，天地几斜阳。"（赵汝鐩）"黄花一杯酒，白发几重阳。"（戴复古）"古柳无多树，新蝉第一声。"（叶绍翁）"一夜西风急，千山落叶深。"（罗与之）"一泉走石夜多雨，万竹围松风似秋"。（叶茵）"山横赤壁含情断，水出瞿塘快意流。"（高似孙）"弯弯竹径微微雪，小小溪桥淡淡云。"（陈鉴之）"杜宇一声诗思减，杨花三月

①黄庭坚《再用前韵赠子勉四首》之三，《豫章黄先生文集》卷十二，《四部丛刊》集部第 988 册，第 8 页 a。

②黄庭坚《与徐甥师川》，《山谷老人刀笔》卷六，北京：北京图书馆出版社，2005 年，第 4 册，第 7 页 a。

③李彭《寄抚州谢幼槃》，《日涉园集》卷八，《丛书集成续编》第 165 册，台北：新文丰出版公司，1988 年，第 293 页。

④李彭《观吕居仁诗》，《日涉园集》卷五，第 271 页。

⑤见《四部丛刊》集部第 1357 册，第 3 页 a。

客愁多。"（林尚仁）①它们俱各清新自然，可见王氏所赏，颇有眼光。下面我们试举江西、江湖诗各一首，加以对照。

　　　潇潇十日雨，稳送祝融归。燕子经年梦，梧桐昨暮非。一凉恩到骨，四壁事多违。衮衮繁华地，西风吹客衣。

　　　　　　　　　　　　　　——陈与义《雨》②

　　　竹斋眠听雨，梦里长青苔。门寂山相对，身闲鸟不猜。客应嫌酒尽，花却为诗开。莫下帘犹好，恐妨云往来。

　　　　　　　　　　　　　　——方岳《听雨》③

这两首诗都写的是雨。陈诗"凡雨中景物一概不写，务以造意胜，透过数层，从深处拗折，在空际盘旋"④，充分表现出江西诗派摆落形似，造语生新的特点。方诗虽也未对雨本身着意刻画，但紧扣雨中实景来烘托气氛，使我们仍然感受到立体的形象。比较起来，它的语言不像陈诗那样出人意表，却也不落窠臼，非常清新自然。这类正是江湖诗派中可取之处。

　　第二是境界之清寂。表现清寂的境界，许多作家都曾经进行过实践。江湖诗人在这方面的特点，一是写得多，二是写得切。宋室南渡后，民族矛盾上升为主要矛盾。以陆游为代表的一批爱国诗人，气度雄伟，性格外向，表现清寂之气较少。只有到了抱负不大、生活环境有着特定的规定性、偏于内省的江湖诗人手中，这一境界才得到充分的渲染。"清"本来就与静相近，用来说明这种境界，真是非常恰如其分。如：

①王士禛《带经堂诗话》卷十《众妙门》二《指数类》上，第226—230页。
②陈与义《陈与义集》卷四，北京：中华书局，1982年，第53页。
③方岳《秋崖先生小稿》卷十二，《宋集珍本丛刊》第85册，第226页。
④缪钺《论宋诗》，载《诗词散论》，上海：上海古籍出版社，1982年，第46页。

　　著草占秋动,逢秋得早归。本非为事迫,不欲与心违。
波净孤萤度,宵凉数叶飞。远怀高卧者,微月闭松扉。

　　　　　　　　　——赵师秀《贵溪夜泊寄赵昌甫》①

　　十年客路叹飘蓬,历尽风霜鬓欲空。睡少半疑茶作祟,
愁多全觉酒无功。数蛩厌静鸣秋雨,一叶惊寒落晚风。惆怅
故园归未得,草荒篱下菊花丛。

　　　　　　　　　　　——林尚仁《秋日书怀》②

　　细草穿沙雪半销,吴宫烟冷水迢迢。梅花竹里无人见,
一夜吹香过石桥。

　　笠泽茫茫雁影微,玉峰重叠护云衣。长桥寂寞春寒夜,
只有诗人一舸归。

　　　　　——姜夔《除夜自石湖归苕溪》十首之一、之七③

或写冷寂之境,或写荒寒之景,或写凄清之情,都充分表现出这一
特色。

　　当然,谈到这一点,我们不能不考虑到他们的生活环境。由
于种种因素的影响,宋代士人的人格分裂更为明显。不管事实上
如何,他们经常主观上表示着对山林的向往。但是,真正的出世
很难做到,因此,作为一种补偿,士人与僧人的交往便多了起来。
这种现象并非肇自宋代。据《唐音癸签》记载,中晚唐时,许多佛
徒都善诗,他们"背箧笥,怀笔牍,挟海溯江,独行山林间。……游
其心以求胜语,若有程督之者。嗜吟憨态,几夺禅诵"④。受着蒲

①赵师秀《清苑斋诗集》,见《永嘉四灵诗集》,第251页。
②林尚仁《端隐吟稿》,第2页b。
③姜夔《白石诗词集》,第41页。
④胡震亨《唐音癸签》卷八,第82页。

团生涯的影响，这些诗僧笔下的境界，多清幽深寂。众多的诗人在与他们的交往中，也就自然浸染了这种风格。

江湖诗人学晚唐，本就对这种诗风非常喜爱，而他们与僧人的频繁交往，更增加了对之的体会。在这里，我们不想具体指出他们与僧人相交的密切程度，那一定会占用许多篇幅，而只想指出一个事实，即江湖诗人中有一些本身就是僧人。曾经一度为僧旋又还俗的葛天民就不用说了，其他的，如释永颐、释斯植、释绍嵩、释圆悟等，都能写出不错的诗。他们与其他诗人之间，肯定是互有影响的。这样，他们的诗中就经常表现出清寂的气氛或冷清的环境，而并不一定非要出现古寺、残钟、禅林、疏磬等意象不可。

第三是风格之清瘦。《寒厅诗话》云："四灵以清苦为诗，一洗黄、陈之恶气象、狞面目。然间架太狭，学问太浅，更不如黄、陈之有力也。"[1]清苦之境，略同清瘦。赵师秀曾评友人的作品是"诗清貌不肥"[2]。许多江湖诗人都是如此。

他们对梅花的喜爱，可以从一个侧面说明这一点。据陈从古云，先唐鲍照以下，梅花诗不过二十一首；入唐，此类创作仍不多。北宋以来，作者渐众，作品渐多；南宋以降，更是吟咏日盛，动辄千首[3]。江湖诗人多为小集，其梅花诗的绝对数量当然不足以夸多，但若在本集中进行题材比较，则是颇占优势的。试看他们的自白："诗句中有梅花二字，便觉有清意。"[4]"杜小山未尝问句法

---

①顾嗣立《寒厅诗话》，见王夫之等《清诗话》，第83页。

②赵师秀《刘隐君山居》，《清苑斋诗集》，见《永嘉四灵诗集》，第242页。

③周必大《二老堂诗话》"程祁陈从古梅花诗"条，见何文焕辑《历代诗话》，第672页。

④张端义《贵耳集》卷中，《景印文渊阁四库全书》第865册，第444页。

于赵紫芝,答之云:'但能饱吃梅花数斗,胸次玲珑,自能作诗。'"①便知他们所嗜之深。而梅花,在他们看来,是以清瘦为特征的。前引薛师石《怀紫芝》云:"为忆城南清瘦友,寒宵梦里见梅花。"又徐集孙《杜北山同石峰僧来访》云:"梅花同伴瘦,一瘦有谁过?"都可为证。因此,他们笔下的梅花诗,固然风格清瘦,而写到其他题材,也不免有所影响。加上寒蝉、古渡、烟柳、小桥、孤鹤、修竹等意象的大量出现,就构成了江湖诗"野逸清瘦"②的整体风格特征。

野逸清瘦,当然首先是为其性分才力所决定的,但也有矫正江西末流之肥秕的用心。戴表元《洪潜甫诗序》云:"豫章黄鲁直出,又一变而为雄厚。……迩来百年间,圣俞、鲁直之学皆厌,永嘉叶正则倡四灵之目,一变而为清圆。"③又曹东亩云:"四灵诗如啖玉脍,虽爽不饱;江西诗如百宝头羹,充口适腹。"④戴说尚为持平,曹说则未免偏袒。但即使如此,他们对二者诗风的把握大体上都是准确的。所谓"如啖玉脍,虽爽不饱",就是说"四灵缺乏事料,本身不'饱满',也不能使别人'撑肠拄腹'"⑤。历史地看,这的确是许多江湖诗的特色,长处在于此,短处也在于此。

下面试举三诗为例。

　　　　　嫌在城中住,全家入翠微。开松通月过,接竹引泉归。

---

①韦居安《梅涧诗话》卷中,见丁福保辑《历代诗话续编》,第562页。
②《四库全书总目》卷一百六十二《清苑斋集》提要评赵师秀语,第1390页。
③戴表元《剡源集》卷九,见《丛书集成初编》第2055册,第130页。
④陈世崇《随隐漫录》卷五,《丛书集成新编》第87册,台北:新文丰出版公司,1985年,第232页。
⑤钱钟书《宋诗选注》,第279页。

虑淡头无白,诗清貌不肥。必无车马至,犹掩向岩扉。

　　　　　　　　　　　——赵师秀《刘隐君山居》①

　　步屦穷幽讨,扶筇上碧尖。山高秋易瘦,瀑小雨方添。
寺老僧单少,潭深庙祀严。平生丘壑志,爱此结茅檐。

　　　　　　　　　　　——陈必复《响应寺》②

　　萧条十日余,留滞别人居。借吏抄陈作,粘碑学草书。
烟清数村晓,月落一潭虚。吾自疑秋色,那堪草木疏。

　　　　　　　　　　　——张弋《留滞》③

赵诗写隐居情趣,简淡而清雅;陈诗写古寺情景,枯寂而清幽;张诗写滞留心境,则颇能道出清冷无聊之境。借用赵诗中的一句,他们正是“诗清貌不肥”。这里应该提出的是,江湖诗中清瘦一路,往往是以五言律诗来承担的,这既与中晚唐传统有关,也涉及诗体的功能问题。这里无法详细讨论。

　　第四是辞气之清和。所谓清和,指辞气不峭、不拗、不涩、不险,它与前面有关部分事实上是一个有机的整体,其旨亦在于反拨江西诗风。试比较下面两首诗:

　　水晴鸥弄影,沙软马惊尘。密竹斜侵径,幽花乱逼人。
深行听格磔,倦憩倚轮囷。往事悲青冢,年年芳草新。

　　　　　　　　　　　——谢薖《寒食出郊》④

　　一水来不极,两山青欲连。夜雨瀑初涨,晓云路难缘。

---

①赵师秀《清苑斋诗集》,见《永嘉四灵诗集》,第 242 页。
②陈必复《山居存稿》,第 3 页 a。
③张弋《秋江烟草》,第 6 页 a。
④谢薖《谢幼槃文集》卷七,《丛书集成初编》第 1975 册,上海:商务印书馆,
　1939 年,第 54 页。

此宁有人迹，四顾风竹喧。渡桥复何归？倚崖桃欲然。

——黄文雷《晓行》①

如果二诗都可以用"清"来评价的话，则前者显然是清劲、清峭，后者则显得清幽、清和。这是两首诗的重要区别，也是江西、江湖诗风的重要区别之一。至于作为上述意境外在形式的辞气，其不同也是显而易见的。

应该指出的是，辞气之清和这一特色，与江湖诗人在创作中喜欢炼字炼句的主观追求是密切相关的。

诗歌创作中真正注重锤炼字句，大约始于唐朝大历年间。如管世铭云："大历诸子，实始争工字句。"②沈德潜亦云："钱、刘以下，专工造句。"③这种风气，沿至姚、贾以后，由于符合了一部分诗人希望开拓诗境的愿望，更加盛行起来。

江湖诗人多为小家，才气普遍不大，因此，在字句上苦下功夫，乃是他们体现出自身价值的一种较好方式。释居简《答疏寮高处州论激字》一文中有以下一段记述：

> 疏寮论《选》诗用激字，江淹："曲栈激鲜飙，石室有幽响。"待下句然后精神，已袭魏文帝"流飙激棂轩"，未若陆云"通波激柾渚"。一句中激字便警策。卢谌"中原厉迅飙"，厉字有感寓之思；曹植"清池激长流"，殆不若刘桢"曲池扬素波"，则扬字有风致。潘岳"白水过庭激"，又在青山外矣。余取陆云激字，卢谌厉字，刘桢扬字。④

---

① 黄文雷《看云小集》，第 6 页 b。
② 管世铭《读雪山房唐诗序例》，五律凡例，第 10 页 b。
③ 沈德潜《唐诗别裁》卷十一，上海：上海古籍出版社，1979 年，第 369 页。
④ 释居简《北涧集》卷六，《景印文渊阁四库全书》第 1183 册，第 83 页。

高似孙的这个例子,可以略见江湖诗人对字句的重视。

　　但是,江西诗派尽管每每声称反对晚唐,但对字句的锤炼却也并不排斥。如黄庭坚的某些诗句:"小雨藏山客坐久"、"黄流不解涴明月"、"江雨压旌旗"、"润础闹苍藓"、"清风荡初日"①,都显然经过了仔细推敲。不过,细审黄氏注重推敲的用意,正如赵翼所云:"自中唐以后,律诗盛行,竞讲声病,故多音节和谐,风调圆美。杜牧之恐流于弱,特创豪宕波峭一派,以力矫其弊。山谷因之,亦务为峭拔,不肯随俗为波靡,此其一生命意所在也。"②不论是从动机还是从效果看,都与江湖诗人并不相同。

　　考察江湖诗人在这方面的努力,我们发现,一个"圆"字便是他们着意追求的境界。不少作家都涉及到这一点,如赵师秀《寄薛景石》云:"家务贫多阙,诗篇老渐圆。"③陈起《适安夜访读静佳诗卷》云:"君停逸驾谈何爽,客寄吟编句极圆。"④林尚仁《寒夜即事》云:"冻油灯影薄,深屋语声圆。"⑤王绰《薛瓜庐墓志铭》记述永嘉以薛师石为中心的一次诗社的活动,其基本内容便是品评诸

①分别见《山谷外集诗注》卷八《题落星寺四首》其三(《四部备要》第78册,北京:中华书局,1989年,第240页)、《山谷外集诗注》卷七《汴岸置酒赠黄十七》(第230页)、《山谷外集诗注》卷十《侯尉之吉水复按未归,三日泥雨,戏成寄之》(第252页)、《山谷外集诗注》卷二《奉和王世弼寄上七兄先生用其韵》(第185页)、《山谷诗外集补》卷一《晓起临妆》(《丛书集成新编》第70册,台北:新文丰出版公司,1985年,第480页)。

②赵翼《瓯北诗话》卷十一,北京:人民文学出版社。1963年,第169页。

③赵师秀《清苑斋诗集》,见《永嘉四灵诗集》,第234页。

④陈起《芸居乙稿》,第11页a。

⑤林尚仁《端隐吟稿》,第3页a。

作"某句未圆,某字未安"①。

所谓圆,在美学上的内涵比较丰富,但就江湖诗人而言,则大较指诗句虽经刻意锤炼,却仍然自然平易,从而与江西诗人的追求奇峭区别开来。再举三首诗为例:

> 月色一庭深,迢遥千里心。湘江连底见,秋客与谁吟?
> 寒入吹城角,光凝宿竹禽。亦知同不寝,难得梦相寻。
>
> ——赵师秀《月夜怀徐照》②

> 绿树何稠叠,清风稍羡余。枕萦云片片,帘透雨疏疏。
> 修笕通泉甃,残碑出野锄。丘陵知几变,耕稼杂陶渔。
>
> ——葛天民《偶题》③

> 天阔鸟飞飞,淞江鲈正肥。柳风欺客貌,松露湿僧衣。
> 塔影随潮没,钟声隔岸微。不堪回首处,何日可东归?
>
> ——陈允平《青龙渡头》④

都是精心结撰之作。尤其是中二联,能够做到刻意锤炼而不露痕迹,所谓不峭、不拗、不涩、不险的清和之气,大较即由此而来。

---

① 值得提出的是,造语贵圆的主张,叶适先已提出。其《叶适集》卷八《薛景石兄弟问诗于徐道晖请使行质以子钱界之》云:"弹丸旧是吟边物,珠走钱流义自通。"见第 135 页。谢朓曾云:"好诗圆美流转如弹丸。"叶诗"弹丸",义出于此。叶适是四灵走上诗坛的推奖、扶持者,可见这种倾向是有着主观意识的。

② 赵师秀《清苑斋诗集》,见《永嘉四灵诗集》,第 236 页。

③ 葛天民《葛无怀小集》,第 8 页 b。

④ 陈允平《西麓诗稿》,第 12 页 a。

第五章　时空与意象

一、时空形态

　　任何一种艺术作品,都存在于一定的时间和空间中。因此,其内涵和外延必然反映着那一特定的时空,并体现着审美主体的时空观念。

　　《诗·大序》云:"诗者,志之所之也。在心为志,发言为诗。"①在社会生活中,受着气质、环境、境遇等因素的影响,每个人的胸怀、气度和见识是不同的,而对于诗人来说,这种不同必然要渗透到其创作过程中,对其作品起着或深或浅的影响。因此,研究诗歌的时空形态,也就意味着对诗人的心灵活动从事探索。

　　江湖诗人是一个带有市民意识的诗人群体。他们所活动的南宋中后期,国势衰微,朝政黑暗,整个社会厌厌无生气,而他们中许多人的生活,也多偏处一隅,范围狭窄。这些,加上他们低微的社会地位,无疑深深影响着他们的生存和生活方式,使得他们抱负不大,眼界不宽,胸怀不广。反映在创作上,则寒螀残蝉,酸

───────────

①《诗·大序》,见钟谦钧重刊武英殿本《十三经注疏》,第 2 页 b。

吟终日,多半只知在字句里绕圈子,缺乏深邃的历史感和宏伟的宇宙感。这样一种状况,规定了他们诗中时空形态的特殊性。

陈衍在其《宋诗精华录》中,效法严羽和高棅,也将宋诗分为四期,略谓:"元丰、元祐前为初宋;由二元尽北宋为盛宋,王、苏、黄、陈、秦、晁、张具在焉,唐之李、杜、岑、高、龙标、右丞也;南渡茶山、简斋、尤、萧、范、陆、杨为中宋,唐之韩、柳、元、白也;四灵以后为晚宋……。"①以宋方唐,强调宋诗的中兴意义,此即"四宋说"之深心,然不管这种分法还有一些可以商榷之处,从四个时期诗歌气魄之大小来看,它还是在一定程度上反映了宋诗的创作实际的。

被陈衍称作盛宋的众多诗人,其笔下创造的诗世界,往往气象宏大,吞吐山河。在一个诞生不久的政权里有所施展,或者改革它在发展中所显露出的某些弊病,从而对新的历史进程作出各种呼应,恐怕是那个时代许多诗人所共有的愿望。才华横溢的诗人苏轼、王安石是我们所熟悉的,那位写出"长星作彗倘可假,出手为扫中原清"②的青年诗人王令,也一样的出语不凡。他们就是这样将浩茫宇宙纳于胸中,以雄伟的时空意识,反映着那一特定的时代,并显露着他们个人的胸襟。

如果说,盛宋诸子的时空意识适应着当时不失为向上的国势,有着吞吐宇宙的气概的话,南渡以后,则由于民族的悲剧,诗人们的时空意识又被赋予了新的内涵。以"南宋四大家"为代表的作家们,往往有着复杂的心态。他们既对历史的无情深致悲慨,又对再造升平的理想充满信心;既对江左偏安的现实无能为

---

① 陈衍《宋诗精华录》,第 1 页。
② 王令《偶闻有感》,《王令集》卷二,上海:上海古籍出版社,1980 年,第 26 页。

力,又对改变现状的可能心向往之。局限性与超越性交织在一起,也不免给他们的时空意识打下深深的烙印。

江湖诗人登上诗坛后,作为一个主要被个人情绪笼罩着的群体,在日益衰落的国势中,在平凡琐屑的生活状态中,他们的时空意识更发生了重大的变化。这表现在,他们的目光由开放变为封闭,他们的心灵由外向变为内省。"乾坤万事集双鬓,臣子一谪今五年"①的深悲积怨,被"一年春事又成梦,几日愁怀欲废诗"②这样的薄恨轻愁所代替;"江欲浮秋去,山疑渡水来"③的浩荡情怀,被"风静花迟落,云移月倒行"④这样的小巧构思所代替。他们在这样一种特定的时空里找到了自己的位置。

诗如其人。胸襟不大,眼界不宽,必然影响江湖诗的境界。以下,我们试从取景的角度,对这个问题略加申述。

景物描写有阔大句,有狭小句。如果不计其他因素,则诗人的主观选择,颇能见其注意力所在,并能够反映其胸襟的大小。人们公认,在唐代诗人中,李杜都善写大景。如杜甫,据统计,其诗中"万里"凡七十三见,"乾坤"凡四十一见,"天下"凡三十四见,"天地"凡三十一见。其他的,如"千里"、"四海"、"万国"、"万古"、"千年(千秋、千载)"、"宇宙"、"日月"等,使用频率也很高。借助于这些大字面,杜甫写出了"吴楚东南坼,乾坤日夜浮"、"山河扶绣户,日月近雕梁"、"西山白雪三城戍,南浦清江万里桥"、"无边

①陈与义《再登岳阳楼感慨赋诗》,《陈与义集》卷十九,第 305—306 页。
②沈说《暮春》,《庸斋小集》,第 1 页 b。
③杨万里《题湘中馆》二首之二,《诚斋集》卷一,《四部丛刊》集部第 1185 册,第 2 页 a。
④张至龙《喜杨琴隐至》,《雪林删余》,第 6 页 b。

落木萧萧下,不尽长江滚滚来"的景象①,表现了诗人的豪情壮志和忧国忧民之怀。潘德舆《养一斋诗话》云:"自李杜后,诗遂无大句。元裕之崛起四百年后,有志追而复之。"②这位批评家所举的例句,固然是"豪情胜概,壮色沉声",但以元好问直承李杜,而不及四百年间尤其是宋代的许多诗人,不能不说是一种疏忽或偏颇。如苏轼的《惠州灵惠院壁间画一仰面向天醉僧……》:"直视无前气吐虹,五湖三岛在胸中";《复次放鱼前韵答赵承议陈教授》:"青丘已吞云梦芥,黄河复缭天门带"③。这些名句,世所熟知,姑不详举。而南渡后的陆游,也一样的有雄伟的诗篇,体现了豪迈的气魄。如《南楼遇大风雨》云:"千群铁马云屯野,百尺金蛇电掣空";《归次汉中境上》云:"地连秦雍川原壮,水下荆扬日夜流";《成都大阅》云:"令传雪岭蓬婆外,声震秦川渭水滨";《初发夷陵》云:"山平水远苍茫外,地辟天开指顾中";《秋夜将晓出篱门迎凉有感二首》之二云:"三万里河东入海,五千仞岳上摩天";《枕上作》云:"万里关河孤枕梦,五更风雨四山秋"④。无不贯串着雄阔的时空意识。尤其是对空间的调动和安排,使我们得以窥见诗人对大自然无间的契合。这是作家个性的体现,同时,也是时代精神的投影。正是对恢复事业的渴望和对主观力量的自信,才能

---

①杜甫《登岳阳楼》、《冬日洛城北谒玄元皇帝庙》、《野望》、《登高》,分见杨伦《杜诗镜铨》卷十九(第952页)、卷一(第27页)、卷八(第374页)、卷十七(第842页)。

②潘德舆《养一斋诗话》卷七,见郭绍虞编《清诗话续编》,第2114页。

③苏轼《苏轼诗集》卷四十七、卷三十四,见第2558页、第1789页。

④分见陆游撰、钱仲联校注《剑南诗稿校注》卷十七(第1309页)、卷三(第255页)、卷六(第525页)、卷十(第794页)、卷二十五(第1774页)、卷四十四(第2718页)。

使诗人的诗笔纵横捭阖,将整个宇宙纳入调遣之中。

与他们的前辈相比,江湖诗人作品中的空间无疑是狭小的。他们的目光向内转,因此,视野和想象都不免囿于个人的小圈子里。这集中表现在,除了少数作家外①,多数诗人的笔下不再有阔大句出现,他们不再把广阔的社会空间和自然空间作为认识的对象,而是集中笔力,去描写细碎、琐屑之景。如释斯植《多福寺》:"钟声两寺合,人语一溪分。"②朱继芳《湖荡》:"鱼唼垂丝柳,鸥眠折叶菱。"③周弼《病起幽园检校》:"虫声低覆草,螺壳细生苔。"④叶绍翁《和葛天民呈吴韬仲韵赋其庭馆所有》:"篆叶虫留字,衔泥燕理家。"⑤这些,不免使人想起中晚唐姚贾一派的创作特色。江湖诗人号称师法姚贾,在某些作品的艺术处理上,确是如此,而上引潘德舆语,云李杜之后,遂无大句,从某种意义上说,也并非虚言。

对景物选择的不同,当然会使作品的气象发生变化。下面我们具体看看周弼载于其《汶阳端平诗隽》卷三的《岳阳楼》一诗:

> 凭高望尽寂寥天,与我闲情共渺然。平展暮云三百里,积停春水二千年。沙洲横渡荆江雨,石塔遥分岳麓烟。老我未闻飞剑术,想须今度遇回仙。

大凡登临岳阳楼,无不为其雄阔之景所倾倒,从而希望将其摄于

---

① 如毛珝《甲午江行》:"百川无敌大江流,不与人间洗旧愁。残垒自缘他国废,诸公空负百年忧。边寒战马全装铁,波阔征船半起楼。一举尽收关洛旧,不知消得几分愁?"(见《吾竹小稿》,第5页a)就是如此。

② 释斯植《采芝集》,第10页b。

③ 朱继芳《静佳龙寻稿》乙稿,第4页b。

④ 周弼《汶阳端平诗隽》卷二,第3页b。

⑤ 叶绍翁《靖逸小集》,第6页a。

笔下,这首诗显然也有这样的愿望。但这位诗人极骋目力,也不过看到"三百里",放任想象,也不过上溯"二千年",虽然颈联气势颇大,但通体则篇幅甚狭。人们评价岳阳楼的古今登临之作,常引缺名《金玉诗话》,其文略谓:"洞庭天下壮观,自昔骚人墨客,斗丽搜奇者尤众。如'水涵天影阔,山拔地形高','四望疑无路,中流忽有山。鸟飞应畏堕,帆远却如闲',皆见称于世。然莫若(孟浩然)'气蒸云梦泽,波撼岳阳城',则洞庭空旷无际,雄壮如在目前。至读杜子美诗,则又不然。'吴楚东南坼,乾坤日夜浮',不知少陵胸中,吞几云梦也。"这里将岳阳楼诗分为三个层次,显然,上引周作不仅不能与杜、孟相提并论,甚至也比不上"第三层次",原因就在于,它缺少容容乾坤,笼罩万古的气势。我们再看看陆游的一首同题之作:

> ……轩皇张乐虽已矣,此地至今朝百灵。雄楼炭巢镇吴楚,我来举手扪天星。帆樯才放已隐隐,云气乱入何冥冥。鼋鼍出没蛟鳄横,浪花遮尽君山青。……①

楼之高,水之急,地之阔,势之险,尽收笔底。与周诗相较,境界大小,判然可分。

为了进一步说明这一点,我们再看姜夔的《答沈器之二首》之一:

> 江汉乘流客,乾坤不系舟。玉琴虚素月,金剑落清秋。
> 野鹿知随草,饥鹰故上鞲。风流《大堤曲》,一唱使人愁。②

诗的主题是漂泊之苦。其中,"江汉"、"乾坤",字面不可谓不大,但作者显然是将其作为特定的情境来处理的,加上后六句的萧飒

---

①陆游撰、钱仲联校注《剑南诗稿校注》卷十,第799页。
②姜夔《白石诗词集》,第31页。

之音,更加限制了全诗的境界。这首诗,从字面到立意似乎都是效法杜甫《江汉》一诗的。杜诗云:"江汉思归客,乾坤一腐儒。片云天共远,永夜月同孤。落日心犹壮,秋风病欲苏。古来存老马,不必取长途。"①将个人置于广阔的社会空间和自然空间中,把漂泊的痛苦加以升华,使得秋风落日、老马长途的描写与这种空间意识浑融无间,表现了晚年杜甫虽悲犹壮的思想境界。姜诗当然也不失为佳作,但由于襟怀不同,就使得情事大略相同的两首诗所呈现的意境也有了不同。于此,我们更可以体会所谓大与小的区别了。

　　谈到这里,我们已可得知,造成江湖诗人这种空间意识的原因之一,是他们多写眼前景色。由于想象不能超越耳目闻见,江湖诗人思落天外的作品特别少,这固然使他们的诗歌缺少了雄阔深远之感,但也因而避免了描写空泛,趋于一般之弊。如徐玑《春日晚望》云:"晓晴千树绿,新雨半池浑。"②赵师秀《进贤道中》云:"莺声临野水,松影卧新苗。"③薛嵎《刘荆山归自惟扬新营渔屋退居》云:"野水涵秋霁,风荷动夕阳。"④张良臣《示长芦仁禅师》云:"品字柴头煨正暖,不知风雪到梅花。"⑤张蕴《东庵与道者语有感》云:"丹青岭树明寒叶,水墨江天噪乱鸦。"⑥陈允平《秋夜游东墅》云:"明月鹭鸶菱叶浦,西风蟋蟀豆花篱。"⑦画面是凡近的,也

<hr>

① 杨伦《杜诗镜铨》卷十九,第 935 页。
② 徐玑《二薇亭诗集》卷上,第 118 页。
③ 赵师秀《清苑斋诗集》,见《永嘉四灵诗集》,第 227 页。
④ 薛嵎《云泉诗》,第 40 页 a。
⑤ 张良臣《雪窗小集》,第 2 页 b。
⑥ 张蕴《斗野稿支卷》,第 5 页 a。
⑦ 陈允平《西麓诗稿》,第 5 页 b。

是静止的,如果说有空间层次的话,也多呈平面形态,起伏跳跃性不大。这种情形似乎是江湖诗的一个特点,即景物的选择和描写多随目光所及而铺开,或随主体移位而转换。再如施枢《雪晴》:

> 送腊终宵舞,知春破晓晴。烧痕随草长,霁色映梅青。
> 溜滴檐簪折,冰开沼镜明。夜窗如对月,还又忆轻盈。①

陈允平《梅梁堰》:

> 庙近云涛观,山遥翠欲重。只应溪上木,便是洞中龙。
> 堰折潮归海,楼迎浪答钟。断碑荒藓合,终古载灵踪。②

前诗的空间层次,就目力所及,在上下左右展开,后诗的空间虽有变化,但亦如一长卷,在作者手中依次出现而已。这样的诗,缺少飞动空灵之感,不过由于它们切近具体,如在目前,读来仍很亲切。但如杨万里的《过扬子江二首》之一,则显然不同:

> 只有清雾冻太空,更无半点荻花风。天开云雾东南碧,
> 日射波涛上下红。千载英雄鸿去外,六朝形胜雪晴中。携瓶
> 自汲江中水,要试煎茶第一功。③

空间由大到小,小中见大;意象由实变虚,虚实相生。诗人视通万里,想落天外,将具体空间和想象空间充分加以调动,从而抒发了忧国情怀。两相比较,我们可以看到,江湖诗人的空间描绘往往缺少立体与多维的组合,这是他们共同的缺点,而这种缺点又与他们的生活、胸襟相关。

以上所谈的主要是自然空间,社会空间也是如此。与以"南宋四大家"为代表的南宋前期作家相比,江湖诗人的作品在主题

---

① 施枢《芸隐倦游稿》,第7页a。
② 陈允平《西麓诗稿》,第11页b。
③ 杨万里《诚斋集》卷二十七,《四部丛刊》集部第1191册,第6页b。

内容上发生了多方面的变化。主要表现在,由对政治社会的关注变为更加重视对日常生活的体验,由对建功立业的追求变为对人伦之情的更为倾注。在这些诗人笔下,亲情、友谊、贫病、羁旅等世态的题材大量出现,在表现的生动性和细腻性上,有时超越了他们的前辈。如张弋《江楼饮客》:

> 邻家贳酒尊,斟酌共王孙。老菜羹迟熟,冻油灯屡昏。夜寒人罢市,坐久仆敲门。隔岸歌明月,月明江水浑。①

戴复古《少算》:

> 吾生落落果何为?世事纷纷无了期。少算人皆嘲我拙,多求我却笑人痴。庭花密密疏疏蕊,溪柳长长短短枝。万事欲齐齐不得,天机政在不齐时。②

赵崇鉌《数日》:

> 数日东风欺病骨,侵凌晓色到轻寒。客来坐久无谈柄,共看游丝上井栏。③

或写客中的贫困无聊,或写人生的深沉感慨,或把目光引向一个人们非常熟悉、但不大有人写入诗中的场面。可见,他们在社会中,已经调整了自己目光的焦距,将注意力更多地集中在个人生活的种种细节上。这,基本上可以代表他们诗中的社会空间。

在宋诗尤其是南宋诗的发展中,江湖派诗的自然空间和社会空间由阔变狭,由大变小,当然反映了一定的社会历史背景,但另一方面,更重要的,还是由这些诗人的精神状态决定的。缺乏豪气,没有大志,则心胸必然狭仄,从而不可避免地影响作品的自然

---

① 张弋《秋江烟草》,第 2 页 a。
② 戴复古《石屏诗集》卷六,《四部丛刊续编》集部第 419 册,第 44 页 b。
③ 赵崇鉌《鸥渚微吟》,汲古阁景钞《南宋六十家小集》本,第 6 页 b。

空间和社会空间。刘克庄《后村诗话》云："杜五言感时伤事，如'亲朋无一字，老病有孤舟'，如'敢料安危体，犹多老大臣'，如'不愁巴道路，恐湿汉旌旗'；其用事琢对如'须为下殿走，不可好楼居'，如'竟无宣室召，徒有茂陵求'，如'鲁卫弥尊重，徐陈略丧亡'。八句之中，著此一联，安得不独步千古！若全集千四百篇，无此等句语为骨气，篇篇都做'圆荷浮小叶，细麦落轻花'，则似近人诗矣。"①刘克庄是后期江湖诗派的代表人物，其《瓜圃集序》曾对前期江湖诗人一味学习姚贾的小巧诗风有所反省，云："永嘉诗人极力驰骤，才望见贾岛、姚合之藩而已。余诗亦然，十年前始厌之，欲息唐律，专攻古体。"②作为一个曾经浸染其中的过来人，他对所谓"近人诗"也就是江湖诗的批评，是深中其弊的甘苦之言。

　　刘若愚认为，"可以把中国诗歌中的时间观念分成三类：个人的、历史的和宇宙的"。然而，正如这位批评家对此所作的解释："一当我们说到时间的'观念'，我们就已经在使用空间的比喻了。"③从本质上看，每一种物质形态都体现着时空的交织，事实上，即使从字面上看，宇宙这个词，本身就包括了时间和空间两个方面。如果我们曾经单纯地使用过空间一词的话，在很大程度上，那不过是为了叙述的方便而已。

　　钱穆论及中国文学的特点时，曾经说，中国文学的取材，"多取抽象性，少具体性，多注重于共相，少注重于别相"。他进一步论述道："中国文学正因其较不受时空限制，乃亦不注重特定之时

---

①刘克庄《后村诗话》前集卷一，第7页。
②刘克庄《后村先生大全集》卷九十四，《四部丛刊》集部第1311册，第5页b。
③刘若愚《中国诗歌中的时间、空间和自我》，莫砺锋译，载《古代文学理论研究》第4辑。

间与空间之特殊背景,与夫在此特殊时空背景中所产出之特殊个
性,而求能超越时空与个性而显露出一个任何时地、任何个性所
能同鸣同感之抽象的共相来。此亦中国文化到处可见之一种共
有精神也。"①所论似乎有些绝对,但就中国文学的某些体裁,尤
其是诗而言,则大致如是。

从这个观点来看江湖诗,我们发现,作为一种比较普遍的创
作现象,情况似乎有了一点变化。由于其中所包蕴的时空意识以
个人为主,使得许多诗人对当下感、现时性特别重视,作品也就多
呈现"此时此地"的特色。如俞桂《送人至松江》:

西风萧瑟入船窗,送客离愁酒满缸。要记此时分袂处,
暮烟细雨过松江。②

此诗送客,点出特定的地点,特定的时间,并特别写出"暮烟细雨"
的景色。这些,给人的感受都是非常具体的。类似的手法和境
界,前人诗中并非没有,但这一特色为大批诗人普遍追求,则不能
不特别引人注意。

注重现时,多是因为对未来缺乏信心。作为一个特殊的社会
阶层,江湖诗人到处游谒,不遑宁居,生活经常处于动荡之中。对
他们来说,过去不足凭,未来不可知,只能设法把握和改善眼下的
境遇,这是他们的时空意识的心理基础。因此,对于时间的流逝,
他们往往别有一种敏感。前面曾经说过,盛唐诗人爱用大数字,
表现在时间概念上,"百岁"、"千秋"、"万古"一类词为诗中所常
见。沿至大历,情况发生了变化,即由模糊一变而为具体。其中

①钱穆《中国文化与中国文学》,载《中国文学论丛》,北京:生活·读书·新
知三联书店,2002年,第38—39页。
②俞桂《渔溪乙稿》,第5页a。

突出的表现,便是当时的许多诗人都爱用"十年"一词。如耿湋《送姚校书因归河中》:"十年相见少,一岁又还乡。"卢纶《酬李益端公夜宴见赠》:"戚戚一西东,十年今始同。"李益《喜见外弟又言别》:"十年离乱后,长大一相逢。"崔峒《送韦员外还京》:"十年离乱后,此去若为情?"①从安史之乱持续的时间来看,这些大致上是纪实性的描写。但沿用日久,不免成为套话,后来"十年"一词就常常作为多年的代词了。宋室南渡后,面对惨痛的民族悲剧,许多诗人满怀建功立业的壮志和对恢复事业的期待,再一次升腾起强烈的历史感,并将其融入时间意识之中。如杨万里《夜读诗卷》:"只有三更月,知予万古心。"②范成大《太师陈文恭公挽词》四首之二:"一江遮虏障,千古杀胡林。"③陆游《纵笔》二首之二:"深芜埋壮士,千古为悲欢。"④都写得雄浑悲壮,个人与历史,有限与无限,紧紧交织在一起。而到了江湖诗中,我们似乎又听到了大历诗的回声。其实,从思想状态和精神风貌来看,江湖诗人同大历诗人的确有很多相似的地方,因为这两个诗人群体在诗歌发展史上,都处于两个波峰间的波谷,因而都带有很鲜明的"波谷效应"。具体地说,就是更重个人生活,更重主观感受,这样,我们对江湖诗人对时间的感受更加趋向具体,也就不会感到特别奇怪了。比如,"十年"一词,也是他们所常用的。徐玑《送刘明远客和

①分见《全唐诗》卷二百六十九(第2995页)、卷二百七十七(第3143页)、卷二百八十三(第3217页)、卷二百九十四(第3344页)。参看蒋寅《大历诗风》第四章(上海:上海古籍出版社,1992年)。
②杨万里《退休集》,《诚斋诗集》卷四十二,《四部备要》第78册,北京:中华书局,1989年,第300页。
③范成大《范石湖集》卷十,上海:上海古籍出版社,1981年,第122页。
④陆游撰、钱仲联校注《剑南诗稿校注》卷八十三,第4478页。

州》二首之二："十载知心友，文才尔独兼。"①戴复古《湖上》："十载身为客，几封书到家？"②赵希㯭《寄黄溪云》："十年成远别，几度上高楼。"③张弋《秋江烟草·子山寺》："殿廊经劫火，已费十年修。"④都是如此。不过，如果说大历诗人用"十年"一词是以安史之乱作为背景的话，那么，江湖诗人的使用，正如我们前面已经说过的，往往不过是一种夸张的沿袭罢了。值得我们注意的是，江湖诗人的时间意识，除了沿袭"十年"等词，显出某些具体化的倾向外，比起大历诗人，他们甚至注入了更为精确的概念。如徐照《寄徐文渊》："别君一百一十日，喜听人传八句诗。"⑤翁卷《还家夜同赵端行分韵赋》："莫怪繁霜满鬓侵，半年长路几关心？"⑥张弋《逢王元任》："共怀京邑燕，已是二年余。"⑦陈鉴之《遣兴》："一纪别乡井，八年无雁音。"⑧沈说《简柳浚卿》："一别仅三年，相看事宛然。"⑨薛师石《寄蔡任》："不见三百日，问君消息多。"⑩赵汝鐩《宿横山》："颇厌东征道路长，回头十日离乡邦。"⑪刘仙伦《送陈惟定……》二首之二："倾盖相逢二纪前，六回相见两华颠。"⑫

---

①徐玑《二薇亭诗集》卷上，见《永嘉四灵诗集》，第 120 页。

②戴复古《石屏诗集》卷四，《四部丛刊续编》集部第 418 册，第 12 页 b。

③赵希㯭《抱拙小稿》，第 5 页 a。

④张弋《秋江烟草》，第 5 页 b。

⑤徐照《芳兰轩诗集》卷中，见《永嘉四灵诗集》，第 52 页。

⑥翁卷《苇碧轩诗集》，见《永嘉四灵诗集》，第 203 页。

⑦张弋《秋江烟草》，第 4 页 b。

⑧陈鉴之《东斋小集》，第 1 页 b。

⑨沈说《庸斋小集》，第 10 页 b。

⑩薛师石《瓜庐诗》，第 2 页 b。

⑪赵汝鐩《野谷诗稿》卷六，第 8 页 a。

⑫刘仙伦《招山小集》，第 8 页 a。

从这些例句看,不仅精确到年,而且精确到日。日子短固然记得很准,日子长也记得清清楚楚。这些,固然反映出诗人们对时间流逝的感慨,蕴含着复杂的情绪,但集中到一点,如此精确、具体的时间观念,乃是表现了他们对现时的深切关切。因为,对时间的反复掂量和精确计算,在他们的那种特定心境中,往往暗示着对改变处境的期待,而实际情况却的确不容乐观,于是,他们便只能长期处在过去、现在和未来的矛盾之中,为时间的流逝而深深悲哀了。在人类历史上,对时间的敏感是一个普遍现象,不过,比起那些卓荦之士由于"日月掷人去"而感到"有志不获骋"的悲慨来①,江湖诗人对时间的悲哀,在价值上是无法与之相提并论的。

另外,江湖诗人的时间意识中,多缺乏历史感。在他们的诗中,怀古咏史的作品比较少,偶然有一些,也很平泛,没有深沉的思想内涵。如刘翰《石头城》:

> 离离烟草满吴宫,绿到台城旧苑东。一夜空江烟水冷,
> 石头明月雁声中。②

诗亦有韵致,但与刘禹锡著名的同题之作相比较:"山围故国周遭在,潮打空城寂寞回。淮水东边旧时月,夜深还过女墙来。"③此诗可说是毫无新意。它的许多意象都出自刘禹锡《金陵五题》,一目了然。又如沈说《钓台》:

> 山束江流起素湍,羊裘立尽暮云寒。早知钓饵成虚设,

---

① 陶潜《杂诗十二首》之二,逯钦立校注《陶渊明集》卷四,北京:中华书局,1979年,第115—116页。

② 刘翰《小山集》,汲古阁景钞《南宋六十家小集》本,第3页a。

③ 刘禹锡《金陵五题·石头城》,《刘禹锡集》,上海:上海人民出版社,1975年,第219页。

多却当时一钓杆。①

诗咏严光事,虽故作翻案语,但境界亦不高远。究其实,似乎与江湖诗人的某些生活形态有关。方回《瀛奎律髓》卷二十曾记载了"什佰成群"的江湖诗人以谒取钱财为内容的生活方式,《江湖后集》所收胡仲弓《送罗去华》一诗,曾把行谒的艰难比作"随处风波恶,无鱼可上钩"②。那么,"钓饵"和"钓杆"的意象,是否也有一点这方面的暗示意味呢?至少,可能有一点潜意识在内吧。总之,从这两首怀古咏史诗来看,江湖诗人是缺乏历史感的,而一般说来,缺乏历史感,就一定缺乏未来感,这是一个问题的两个方面。于此,更可以证明,江湖诗人的时间观念是紧紧粘附于现时之上的。

一切判断都有不周延性。当我们指出江湖诗人的时空观念的主要特征时,不要忘了还有例外。例如戴复古,这位希望学杜并且有时能够得其一体的诗人,时空观念在很多情况下迥出同时江湖诸子之上。如《鄂渚烟波亭》:

倚遍南楼更鹤楼,小亭潇洒最宜秋。接天烟浪来三峡,隔岸楼台又一州。豪杰不生机事息,古今无尽大江流。凭栏日暮怀乡国,崔颢诗中旧日愁。③

又《登快阁黄明府强使和山谷先生留题之韵》:

未登快阁心先快,红日半檐秋雨晴。宇宙无边万山立,云烟不动八窗明。飞来一鹤天相近,过尽千帆江自横。借问金华老仙伯,几人无忝入诗盟?④

---

① 沈说《庸斋小集》,第 8 页 b。
② 陈起辑《江湖后集》卷十二,《景印文渊阁四库全书》第 1357 册,第 865 页。
③ 戴复古《石屏诗集》卷六,《四部丛刊续编》集部第 419 册,第 1 页 a。
④ 戴复古《石屏诗集》卷六,《四部丛刊续编》集部第 419 册,第 15 页 a。

这样的气势和胸怀,是一般的江湖诗风所不能限制的。不过,这在江湖诗中却不是主流。

　　人的志向、情趣、抱负有高低大小之分,原是很自然的;人所赖以生存的社会环境和生活环境往往不由人自己选择,因而诗歌的境界为其所限制,这也是可以理解的。这就要求我们对江湖诗中时空的狭窄性,应作具体分析,而不要简单地进行价值评判。本节的意图在于,除了从江湖诗人的生活形态和精神面貌出发,对他们的时空观念进行剖析外,还希望具体说明一个古代文学理论家早已提出的命题,即,有什么样的襟抱,就必然写出什么样的诗。这,的确是不刊之论。

二、意象结构

　　本节我们讨论一下江湖派诗中意象的组合、结构及表现方式诸方面的问题。

　　关于中国古代诗歌意象的总体特色,当代学者已进行过一些讨论。如有人指出,就存在方式而言,意象可分为单纯意象和复合意象;就表达功能而言,意象可分为描述性意象和象征性意象等①。这些意见当然都是很有道理、很有启发性的,不过,这还只是问题的某些方面。文学现象永远比理论更为丰富。应该看到,在不同的时代,或同一时代的不同时期,诗人们使用意象的习惯、方式往往是不同的或不尽同的,而这种不同又往往反映了他们心理内容、创作观念的不同。因此,尽管从整体上看,江湖诗人对意象的运用在文学史上并没有什么独特之处,但在那一特定的历史

---

① 参看陈植锷《唐诗的意象》,载《文学评论丛刊》第13辑。

时期,却反映了这个特殊群体的文学追求,因而是值得重视的。

　　讨论江湖诗的意象,首先,我们可以注意其取象方面的特色。因为,就创作主体而言,选取什么意象和怎样选取意象,无疑都是性格、志趣和理想诸方面的表现。一个诗人是这样,一群诗人也是这样。我们前面讨论江湖诗的审美情趣和时空形态时,都说到了一个"小"字,这一点,同样可以用来说明其意象。作为对照,我们发现,江湖诗人的不少前辈如王庭珪、李弥逊、张孝祥、杨万里、陆游等人在本质上与此很不一样。当然,南宋前期诸大家多是多面手,对于异量之美,他们并不排斥。在他们的诗歌里,也有一些小巧、纤柔之类的意象,但是,由于他们对社会政治有着强烈的参与意识,他们的诗情也就能够多向辐射,在那种最为动荡紧张的生活中,自觉选择贴近现实的诗料,并最终影响了他们诗中意象的成份。江湖诗人较少这样的胸襟和气魄,因此,他们虽然有时也写些壮阔的意象,但却始终不能成为其作品表现的主流。在后面的一张表里,我们将对江湖诗人和南宋前期诗坛上的三位代表人物描写自然意象的情况进行比较,其中前者写草的意象较多,而后者写天体的意象较多。这种大与小的对比,或许并不是偶然的。

　　意象偏小,这是江湖诗的总体特征,也是江湖诗人的总体性格的体现。从这个角度出发,具体考察其取象习惯,则会发现,他们对衰飒、清苦、阴冷的物象往往给予较多的关注,如寒雨残云、夕阳衰草、断雁啼鹃等。其中,"寒"、"瘦"二字出现的频率相当高。试举数例如下:

　　　　千年流不尽,六月地长寒。

　　　　　　　　　　　　　　　　——徐照《石门瀑布》①

---

①徐照《芳兰轩诗集》卷上,见《永嘉四灵诗集》,第24页。

寒窗微带月，山郡远闻泉。

——徐玑《自觉》①

积雨催花尽，寒樵背日归。

——释斯植《登云汉阁》②

寒月空相照，何人夜扣扉？

——薛嵎《素上人游方》③

摩娑群玉瘦，风助马王悲。

——黄文雷《古石》④

秋老飞瀑瘦，石寒云宿深。

——王琮《三岩》⑤

花肥无剩红，叶瘦无欠绿。

——许棐《小盆花》⑥

篱菊一枝瘦，溪鱼三寸长。

——戴复古《舟中九日》(⑦

雪色侵凌绿剪芽，枝抽寒玉带金葩。

——张良臣《萱草》⑧

云淡风微日未低，瘦藤扶到小桥西。

——朱继芳《桥西》⑨

---

① 徐玑《二薇亭诗集》卷上，见《永嘉四灵诗集》，第 113 页。
② 释斯植《采芝集》，第 2 页 a。
③ 薛嵎《云泉诗》，第 37 页 b。
④ 黄文雷《看云小集》，第 7 页 a。
⑤ 王琮《雅林小稿》，汲古阁景钞《南宋六十家小集》本，第 1 页 b。
⑥ 许棐《梅屋四稿》，第 5 页 a。
⑦ 戴复古《石屏诗集》卷四，《四部丛刊续编》集部第 418 册，第 14 页 b。
⑧ 张良臣《雪窗小集》，第 5 页 b。
⑨ 朱继芳《静佳龙寻稿》乙稿，第 14 页 a。

平篱落照沉烟墅,结阵寒鸟保暝丛。

　　　　　　　　——释永颐《金鹅晚眺》①

山地栽梅寒蕊瘦,瓦炉留火夜香熏。

　　　　　　　　——薛师石《赠奭上人》②

晓风不定棠梨瘦,夜雨相联荞麦肥。

　　　　　　　　——高翥《春日湖上》③

唯有老岩心事苦,瘦筇敲雪问梅腮。

　　　　　　　　——宋伯仁《春半》④

　　寒和瘦,本是对人形体的感觉,移之自然物象,遂使之浸透了审美主体的主观感受,客观事物也就随之心灵化了。江湖诗人注重自我感受,追求个人情绪的特点,于此可见一斑。这也就是说,取象中鲜明地显现出了性格。

　　江湖诗人的取象习惯以及由此体现出的这个诗人群体的个性特征,已如上述。至于他们的诗中意象存在的形态和他们运用意象的方式,则有以下两点值得特别提出来。

　　第一是意象的具体性。在前一节中,我们曾经说过,江湖诗人在诗歌创作中,重视对过程本身的描写,表现出追求具体的时空意识。这一点,同样反映在其意象上。由于特定的社会地位、特定的思想观念、特定的文学意识的限制,他们不再像前辈诗人那样具有将整个宇宙、社会和人生统摄于怀抱之中的包容性,而是逐渐向自我退隐,因此,审美视点也就更多地落在了审美客体的细微之处,并对于具体的描写表现出更大的兴趣。

---

①释永颐《云泉诗集》,汲古阁景钞《南宋六十家小集》本,第3页b。

②薛师石《瓜庐诗》,第13页a。

③高翥《菊涧小集》,第3页b。

④宋伯仁《雪岩吟草》,第12页a。

　　美国汉学家华生在《中国抒情诗歌》一书中,以《唐诗三百首》为样本,将其中的自然意象分为八类,一一进行了具体的统计,从而认为,从《诗经》到唐诗,中国诗中的自然意象有一个从特称到总称的演变过程。但是,香港学者郑树森却认为,华生的统计数字"无法判别这些意象的具体性(即描写上的属性)"。因此,他根据叶维廉的《王维诗选》进一步将这种统计细致化,而其理论根据则是美国批评家温姆塞特关于区分诗歌描写的具体性和抽象性的三个层次:

　　1.抽象的(亦即不很特定的用语),例如"工具";

　　2.具体的(亦即特定的用语),例如"铲子";

　　3.高度具体的(亦即详细的、极为特定的用语),例如"生锈的园艺铲子"。

　　统计结果,他认为,唐诗自然意象的具体性,"可说是游移于温姆塞特第二及第三层次之间"①。

　　运用意象统计的方法,虽然难免有一些不周延和不妥善之处,但在一定条件下,仍能反映出作品的整体倾向。因此,我们这里借用郑树森的统计方法,将方回《瀛奎律髓》中所选的江湖诗和尤(袤)、杨(万里)、范(成大)诗中的自然意象分别进行统计②,列

---

①有关唐诗的自然意象问题,参看郑树森《"具体性"与唐诗的自然意象》(华生的意见亦据之转引),载《中国古典文学的比较研究》,黎明文化事业公司1977年版。按郑氏根据一部只选了52首诗的《王维诗选》去统计唐诗的自然意象,代表性未免不够。但这不属本书范围,姑置而不论。

②《瀛奎律髓》主要反映了江西诗派的批评观念,作为统计依据,特别是江湖派的统计依据,难免有一定的缺陷,但唯其如此,也表现出标准的统一性;同时,其入选诸诗,基本上是各家五七言律诗的代表作。因此,通过比较,我们在许多选本中仍选择了它。另外,尤、杨、范三家诗加起来与入选的江湖诗大致相等,因此,在"南宋四大家"中,我们只能选此三家(陆诗入选太多)。

表如次。

意象种类		有修饰语		无修饰语		总计	
		江湖	尤杨范	江湖	尤杨范	江湖	尤杨范
花的意象	花	8	9	15	19	23	28
	芦花			1		1	
	荷花			3		3	
	梅花	1	1	11	11	12	12
	杨花			1		1	
	菊花	2				2	
	总计	11	10	31	30	42	40
鸟的意象	鸟	3		2		5	
	雁	1		2	2	3	2
	鹤	1	1	8	1	9	2
	鹊			1		1	
	鹭	1	2	1		2	2
	禽	4				4	
	鸿	1		1		2	
	鸥			1	1	1	1
	燕			2		2	
	莺			1		1	
	鹳			1		1	
	鸦			1		1	
	鹰				1		1

续表

意象种类		有修饰语		无修饰语		总计	
		江湖	尤杨范	江湖	尤杨范	江湖	尤杨范
鸟的意象	鸬鹚				1		1
	雀		1				1
	鸥		1				1
	鹏				1		1
	鹊				1		1
	乌		1		1		2
	总计	11	6	21	9	34	15
草的意象	草	1	1	4	1	5	2
	萱草				1		1
	苔(藓)	3		5		8	
	萍	1		1		2	
	总计	5	1	10	2	15	3
山的意象	山	3	5	18	8	21	13
	岭				1		1
	岫	1				1	
	岩			2		2	
	冈	1				1	
	石	3		8	1	11	1
	丘				2		2
	峰	4				4	
	总计	12	5	29	11	41	16

续表

意象种类		有修饰语		无修饰语		总计	
		江湖	尤杨范	江湖	尤杨范	江湖	尤杨范
树木的意象	树	8	9	5	3	13	12
	木	2	1	3	2	5	3
	林	3	5	3	4	6	9
	楸				2		2
	松		1	7	3	7	4
	竹(篁等)	4		9	7	13	7
	枫			1		1	
	柳	1		2	1	3	1
	桔			1		1	
	桑			1		1	
	杉			1		1	
	梧桐			1	1	1	1
	桃			1	2	1	2
	李				2		2
	总计	18	16	35	27	53	43
水的意象	水	13	2	12	9	25	11
	浦	1				1	
	江	3	4	4	9	7	13
	溪		1	5	1	5	2
	波	2	1		3	2	4

续表

意象种类		有修饰语		无修饰语		总计	
		江湖	尤杨范	江湖	尤杨范	江湖	尤杨范
水的意象	湖	1		4	2	5	2
	河	1			1	1	1
	池	2	2		2	2	4
	泉	1		3	1	4	1
	涧	1		1		2	
	瀑			2		2	
	海			2		2	
	流	1				1	
	井		1	3		3	1
	总计	26	11	36	28	62	39
星象的意象	日	10	5	2	4	12	9
	月	5	7	1	13	6	20
	天	3	1	2	18	5	19
	星			1		1	
	北斗			1		1	
	总计	18	13	7	35	25	48
天气的意象	雨	8	2	9	11	17	13
	风	15	11	10	11	25	22
	云	4	4	6	8	10	12
	雪	1	7	12	25	13	32

续表

意象种类		有修饰语		无修饰语		总计	
		江湖	尤杨范	江湖	尤杨范	江湖	尤杨范
天气的意象	雾		1	1	1	1	2
	冰			1	5	1	5
	露	2	2		4	2	6
	雷	2		1	1	3	1
	霜		1		10		11
	总计	32	28	40	76	72	104

从表中数字看，无论是江湖诗还是尤、杨、范三家诗，其自然意象的"总称"比例都大于"特称"，这似乎可以证明华生的论断。但是，倘从比较的角度看，则江湖诗中带有修饰语即特称的自然意象，大致上多于尤、杨、范三家。这就从一个方面为我们指出了江湖诗人运用意象的特点。

试比较下面两首诗：

　　九陌缁尘客满襟，钱塘门外有园林。胡床住处梅无限，酒旆垂边柳未深。晴日暖风千里目，残山剩水一人心。元方伯始皆吾党，邂逅清游直万金。

　　　　　　　　——范成大《与胡经仲陈朋元游
　　　　　　　　照山堂，梅数百株盛开》[1]

　　旅中多得早朝晴，野润衣襟苦未清。时时数点雨犹落，隐隐一声雷不惊。山入夏来差觉老，花从春去久无情。长汀

---

[1] 范成大《范石湖集》卷九，第108页。

又涉来时路，麦陇桑树小问程。

——巩丰《离建》①

范诗的自然意象虽也较丰富，但使人感到，它们的作用，只是为了唤起诗人的感情。作者的意图，不是对这些意象进行细致的审美观照，而是要抒发时序迁移，英雄老去，恢复大业不能实现的惆怅之情，因此，即使颈联的四个意象都有修饰语，却缺少具体的内涵——事实上作者意不在此。而巩诗则完全建立在自然意象的具体描绘上。写雨，冠以"时时"、"数点"；写雷，冠以"隐隐"、"一声"，均加以双重修饰。甚至颈联的山和花，虽无修饰语，但仍使人感到诗人观察的具体和细致。因为，时序的迁移，自然的变化，是引起了主人公的特殊敏感的，所以，就写景与传情的关系而言，笔触就不能不细腻起来。

过于注意自然物象的细微之处，过多地把审美目光注入其中，往往会限制诗人的视野，减弱作品的容量。在上表"草的意象"一栏里，我们注意到，江湖诗和尤、杨、范诗的比例悬殊很大，这也许并非偶然。总的说来，南宋前期诸大家的笔触虽也不乏细微之处，但他们对意象的选择，都有相当一部分是适应着建功立业、恢复山河的宏伟抱负，因而偏于雄奇壮阔者。如张孝祥《南台》："风雷驾飞殿，日月隐杰阁。阑干十万里，仰视天一握。"②杨万里《过扬子江》二首之二："万里银河泻琼海，一双玉塔表金山。旌旗隔岸淮南近，鼓角吹霜塞北闲。"③都写得颇有气势。最有代表性的还是陆游，如：

---

① 见方回选评、李庆甲集评《瀛奎律髓汇评》，卷二十九，第1300页。
② 张孝祥《于湖居士文集》卷五，第45页。
③ 杨万里《诚斋集》卷二十七，《四部丛刊》集部第1191册，第6页 b。

白盐赤甲天下雄，拔地突兀摩苍穹。

　　　　　——《风雨中望峡口诸山奇甚，戏作短歌》

楼船夜雪瓜州渡，铁马秋风大散关。

　　　　　　　　　　——《书愤》

九轨徐行怒涛上，千艘横系大江心。

　　　　　　　　——《度浮桥至南台》

酒为旗鼓笔刀槊，势从天落银河倾。

　　　　　　——《题醉中所作草书卷后》①

写物象虽都很精彩，但却并不注重细致刻画，其中突出的乃是气势，是诗人的胸怀。因此，在对意象的运用时，大笔挥洒，意到为止。这种艺术手段是和其胸襟密切相关的，而在这方面，江湖诗显然与之大有区别。

以上所举的，都是以直接的方式出现的双重修饰语。由于特定的句型、句法的限制，中国古代的五七言诗不能像许多西方文学中的诗一样，前后叠加修饰语。这往往使得前者的意象达不到"高度具体"的层次。但是，如果我们跳出现有句法关系的束缚，从一个新的角度来加以审视的话，则有些诗人也可以说是运用了前后叠加的修饰法。如翁卷《春日和刘明远》中"一阶春草碧，几片落花轻"②一联，主要意象是草和花，如果将碧和轻这两个用作动词的形容词定语化，则分别都有三重修饰，即"一阶"、"春"、"碧"和"几片"、"落"、"轻"，这样，主要意象的规定性就更为明确和具体了：就草而言，有了空间、时间和颜色的限制；就花而言，则

---

①并见陆游撰、钱仲联校注《剑南诗稿校注》卷二（第189页）、卷十七（第1346页）、卷一（第3页）、卷七（第566页）。

②翁卷《苇碧轩诗集》，见《永嘉四灵诗集》，第171页。

有了数量、状态和重量的限制。这样,在人们心目中,便有了"此草"、"此花"的特定印象。这种用法,在江湖诗中并不少见,试更举数例。林尚仁《寒夜即事》:"冻油灯影薄,深屋语声圆。"①陈必复《构得》:"半帘花影碎,一树鸟声圆。"②宋自逊《一室》:"残年日易晚,夹雪雨难晴。"③罗与之《一夜》:"一夜西风急,千山落叶深。"④释斯植《山中寓意》:"满山晴叶雨,四壁老蛩秋。"⑤黄大受《油口夜饮,醉卧一室。及觉,三鼓矣。秋夜新冷,雨湿虫鸣,展转不能成寐,于是浩然有归志》:"点滴落阶添闷雨,清哀绕壁诉寒虫。"⑥陈允平《吴江道上》:"吴岫乱云擎古塔,楚皋寒叶拥荒城。"⑦薛嵎《渔村有感》:"梅边纸帐重重影,壁上《离骚》字字清。"⑧戴复古《次韵郡倅王子文小园咏春》:"万缕绿垂杨柳雨,一梢红破海棠春。"⑨这些句子,经过主观处理,都增加了后置定语,形成了多重修饰的句式。这虽然还比不上西方诗修饰语的累加程度,但就中国古代五七言诗而言,则差不多趋向于最大限度,因而加强了自然意象的具体性。相对地看,这种不厌其烦、以突出意象的具体性为目的的表现手法,在南宋前期诸大家的诗中不是太多,于此,也可从一个方面见出诗风的转变。

---

①林尚仁《端隐吟稿》,第 3 页 a。

②陈必复《山居存稿》,第 1 页 b。

③宋诗见方回选评、李庆甲集评《瀛奎律髓汇评》卷十三,第 485 页。

④罗与之《雪坡小稿》卷二,第 5 页 a。

⑤释斯植《采芝集续稿》,第 7 页 b。

⑥黄大受《露香拾稿》,第 3 页 b。

⑦陈允平《西麓诗稿》,第 13 页 a。

⑧薛嵎《云泉诗》,第 58 页 b。

⑨戴复古《石屏诗集》卷六,《四部丛刊续编》集部第 419 册,第 37 页 a。

　　尽管如我们所说的,过于注重意象的具体化,追求细致的描写和刻画,往往使审美主体的眼光投入琐碎的生活片断之中,在整体上缺乏超越性,并在这一艺术追求中,显示出作家胸襟的不够开阔,可是,从具体艺术美感来说,这种追求仍有其不可替代的魅力,如它能使时空更加明确,形象更加直观,感受更加细腻等。因此,对于意象的具体性应该加以全面的体认。

　　第二是意象的常见性。这指的是江湖诗人笔下的意象群都很常见,用字既不生僻,结构也不奇特。我们前面谈到意象的功能时,曾指出它的描述性特色,江湖诗人正是在这方面很下功夫。这是因为他们受特定的社会地位的限制,大多满足于在自己的相对狭窄的生活范围中去寻找、发现诗料,这样,一方面他们的视野不免局促;另一方面,由于对象明确,观察细致,笔力也就容易集中,从而能在常见的物象中,进一步挖掘清新自然之美。如以下几联:

　　　　流水行花影,斜阳卧柳阴。

　　　　　　　　　　　　　　——陈允平《题胡月山吟屋》①

　　　　风静花迟落,云移月倒行。

　　　　　　　　　　　　　　——张至龙《喜杨琴隐至》②

　　　　雨余天迥云生叶,日午风轻稻放花。

　　　　　　　　　　　　　　　——武衍《枫桥道中》③

　　　　溪色乍凉双鹭下,雨声才绝一蝉鸣。

　　　　　　　　　　　　　　——释永颐《忆旧隐付柔上人》④

---

①陈允平《西麓诗稿》,第 7 页 b。
②张至龙《雪林删余》,第 6 页 b。
③武衍《适安藏拙余稿》乙卷,第 3 页 b。
④释永颐《云泉诗集》,第 22 页 a。

这些意象都没有什么深意，作者即目所见，信手拈来，其意图只是对特定物象加以再现，而一般人读了却会有所会心，产生亲切之感。在这个意义上，说它们很普通，除了取象及其所构成的画面因素外，其吻合于普通读者的趣味，也是应该考虑的。

从这一点出发，反观江西诗，我们无疑可以发现其中的一些变化。诚然，由于唐人的全面开拓，即使是江西诗派这样富有独创性的诗歌流派，在意象上的全面创新也是很有困难的。但江西诗人以其强烈的超越意识，显然很注意在这方面的探索。这不仅表现在用新奇的意象去表现全新的境界，而且表现在用常见的意象构成全新的境界。如黄庭坚的一些诗句：

夜谈帘幕冷，霜月动金蛇。

——《次韵张仲谋过酺池寺斋》

蒌蒿穿雪动，杨柳索春饶。

——《次韵高子勉十首》之十

蜜房各自开牖户，蚁穴或梦封侯王。

——《题落星寺四首》之一

阴风搜林山鬼啸，千丈寒藤绕崩石。

——《上大蒙笼》①

就每个个体而言，其意象也并不显得多么奇妙，但如将若干意象组合在一起，使之构成一个意象群，则的确是想落天外，奇警生新。在这些句子里，黄庭坚充分调动了意象的各种功能（描述、比喻、象征等），彼此交相为用，从而创造了独特的艺术效果，使这些

①分别见黄庭坚《山谷诗集注》卷五、卷十六（见《四部备要》第78册，北京：中华书局，1989年，第53页和第126页）、《山谷外集诗注》卷八（第239页）、卷十（第255页）。

意象成为"不经人道语"。在这一点上,其他江西诗人也多如此。如谢逸的两联颇受称道的诗:"山寒石发瘦,水落溪毛凋。""老凤垂头噤不语,枯木槎牙噪春鸟。"①又如洪朋《题大梵院小轩》:"江拥龙沙起,天笼鹤岭低。"以及《独步怀元中》:"琅珰鸣佛屋,薜荔上僧垣。"②都是成功的例证。

江西诗派的意象追求新奇,成功之作使人感受独特,富有涵咏的魅力,但其末流也不免由于过求生僻,从而流于做作。江湖诗人多写描述性的常见意象,在创作追求上是对江西诗风的反拨,同时,也比较适合一般读者的欣赏水平和审美趣味。但是,过多地使用描述性意象,不去尝试各种功能的交叉融合,这就使得许多诗作画面简单,缺少创造性,结果不仅本身的内涵较浅,也限制了读者的想象力和再创造。

不仅如此,江湖诗人追求意象的常见性,往往过多地使用了某些传统的、长期以来递相沿袭的意象,因而使得许多诗作带有模仿的痕迹。当然,正如我们曾经说过的,由于中国古代诗歌有着非常悠久的历史,时代越往后,意象的创新就越困难。但是,"意象的效果并不完全依赖它的独创性;因为虽然一个独创的意象可能以其新奇刺激读者的想象力,可是一个因袭的意象正以其非常熟习,更能随时唤起所希望的反应和有关的联想。假如诗人使用具有类似之联想的意象以建造结构紧凑的形象,或者假如他使用一个因袭的意象而在新的上下文中将用法一扭或是给予新鲜的意义内容,或者假如他进一步发展这种意象,或者加以改变

①惠洪《冷斋夜话》卷七"谢无逸佳句"条,第58页。
②洪朋《洪龟父集》卷下,《景印文渊阁四库全书》第1124册,第411页。

以适合当前的目的,那么意象是否创新并不太重要"①。宋代富有创造性的诗人,往往能够做到这一点。王安石《钟山即事》之"茅檐相对坐终日。一鸟不鸣山更幽"②;黄庭坚《池口风雨留三日》之"翁从旁舍来收网,我适临渊不羡鱼"③,都是明显的对传统意象的翻案,这也就是发展。有时候,一些习见的意象叠加在一起,也能别具效果。如下引黄庭坚的两联诗:

> 春风春雨花经眼,江北江南水拍天。
>
> ——《次元明韵寄子由》
>
> 桃李春风一杯酒,江湖夜雨十年灯。
>
> ——《寄黄几复》④

诗中的意象显然并非独创,但作者将其加以新的组合,就适合了特定的情绪描写,构成了新鲜的境界,因而也就获得了每个意象单独存在时所没有的内涵。

江湖诗中也有这种情况。虽然,由于性分、才力的限制,他们对传统意象的改变或翻案较少,因袭的成分较多,但重视重新组合,也是他们有所尝试的。如:

> 霜月皎寒渚,江声惊夜船。
>
> ——方岳《泊歙浦》⑤

---

① 刘若愚《中国诗学》下篇《朝向一个综合的理论》第二章《意象与象征》,台北:幼狮文化事业公司,1979 年,第 151—213 页。
② 王安石《临川先生文集》卷三十,《四部丛刊》集部第 930 册,第 5 页 a。
③ 黄庭坚《山谷外集诗注》卷八,第 235 页。
④ 分别见黄庭坚《山谷外集诗注》卷九(第 245 页)、《山谷诗集注》卷二(第 29 页)。
⑤ 方岳《秋崖先生小稿》卷十二,《宋集珍本丛刊》第 85 册,第 228 页。

鸟影青山外，春愁碧树中。

——陈允平《马塍道上》①

春风一道江蓠绿，落日千峰杜宇哀。

——周弼《严陵钓台》②

残碑几字莓苔雨，清磬一声杨柳风。

——朱继芳《灵芝寺》③

这种诗，以其所创造的境界和所传达的韵味见长，至于其单个意象是否新创，人们倒是并不计较的。

但是，江湖诗中还有许多作品的意象从结构到意境，都不脱前人窠臼，甚至连角度的变化都做不到。如：

春风三月近，客鬓二毛催。

——释永颐《龙岫南窗书怀》④

目尽遥峰出，步回流水闲。

——薛嵎《寿昌寺》⑤

几度天寒归雁少，一番风雨落花多。

——刘翰《春日》⑥

寒影似传东野貌，清声如写伯夷心。

——许棐《寄题竹坡》⑦

都似曾相识。某些全篇也是如此：

---

①陈允平《西麓诗稿》，第 14 页 b。
②周弼《汶阳端平诗隽》卷三，第 12 页 a。
③周密《武林旧事》卷五"湖山胜概·南山路·灵芝崇福寺"条，第 67 页。
④释永颐《云泉诗集》，第 18 页 a。
⑤薛嵎《云泉诗》，第 13 页 b。
⑥刘翰《小山集》，第 3 页 a。
⑦许棐《梅屋诗稿》，第 15 页 a。

十年成远别，几度上高楼。风递江南信，云消渭北愁。春心惊海燕，晓梦入江鸥。何日西窗烛，相看说旧愁。

——赵希楯《寄黄溪云》①

此诗写怀友之情，是常见的主题，而其意象的选择，亦非常熟。尤其是颔联和尾联，一用杜甫《春日忆李白》之"渭北春天树，江东日暮云"②，一用李商隐《夜雨寄北》之"何当共剪西窗烛，却话巴山夜雨时"③，都已不新鲜。以颔联而言，杜甫用"渭北"、"江东"，是实写，空间的距离用以烘托感情的强度；而赵诗搬用，虽说以地理上的虚写表示了一点变化，但处于江南偏安朝廷中，"渭北"一词便有点生凑，同时，就以意象所传达的抒情方式看，也没有任何变化。这样的诗，不过是运用传统意象去表达了被前人写滥了的主题。事实上，这首诗虽然没有什么独创性，但还算工稳，等而下之的，如那些大量描写夕阳西下、芳草连天、杜鹃夜啼、哀猿朝啸、鸿雁有信、落花无情的作品，更不过是把前人已多次作过成功表现的内容和语言重复地联缀成篇而已。在这样的诗中，传统意象就完全变成没有生命力的了。

除了过多地使用陈旧意象之外，江湖诗中的意象还有两个突出的缺点。

一是喜欢重复，因而不是推陈出新，而是转新为陈。江湖诗人的才气较小，他们虽也通过苦吟来刻意锤炼意象，有时也能取得较好的艺术效果，但一旦出现了成功之作，则往往一拥而上，竞相效尤，遂把这些意象的一点清新之气淹没了。如"……来……

---

①赵希楯《抱拙小稿》，第 5 页 a。
②杨伦《杜诗镜铨》卷一，第 31 页。
③李商隐《李商隐诗集疏注》卷上，第 51 页。

水"这一句式,赵师秀用它写出"流来桥下水,半是洞中云"①,意
韵俱佳;徐照把它变成"流来天际水,截断世间尘"②,已经勉强;
翁卷再用,写作"掬来南涧水,清若主人心"③,就不免兴味索然
了。再如"野水"这一意象,赵师秀《薛氏瓜庐》有云:"野水多于
地,春山半是云。"④论者已经指出它是从白居易"人家半在船,野
水多于地"二句而来⑤,但赵师秀直用之,经过意象群的组合,尤
其是置于特定的环境之中,却创造了一个更为完美的意境,从而
赋予了这一意象以全新的生命力,因此,可以说是青胜于蓝。由
于"野水"这一意象本来就与江湖诗人追求野逸的情趣相合,再加
上赵师秀成功的先例,于是,许多江湖诗人都把它引入自己的诗
中,其使用频率是惊人的。试举例如下。徐照《题桃花夫人庙》:
"空祠临野水,何处觅行云?"⑥徐玑《送瑞州张知录》:"江西多野
水,湖上飞高秋。"⑦翁卷《野望》:"闲上山来看野水,忽于水底见
青山。"⑧薛嵎《刘荆山归自惟扬新营渔屋退居》:"野水含秋霁,风
荷动夕阳。"⑨赵汝鐩《水阁秋夜》:"野水吞长天,凉月分两镜。"⑩

①赵师秀《雁荡宝冠寺》,《清苑斋诗集》,见《永嘉四灵诗集》,第 239 页。
②徐照《题江心寺》,《芳兰轩诗集》卷上,见《永嘉四灵诗集》,第 7 页。
③翁卷《南涧寻韩仲止不遇》,《苇碧轩诗集》,见《永嘉四灵诗集》,第 197 页。
④赵师秀《清苑斋诗集》,见《永嘉四灵诗集》,第 242 页。
⑤方回《瀛奎律髓》卷三十五赵师秀《薛氏瓜庐》评,见方回选评、李庆甲集评
　《瀛奎律髓汇评》,第 1419 页。
⑥徐照《题江心寺》,《芳兰轩诗集》卷上,见《永嘉四灵诗集》,第 7 页。
⑦徐玑《二薇亭诗集》卷下,见《永嘉四灵诗集》,第 139 页。
⑧翁卷《南涧寻韩仲止不遇》,《苇碧轩诗集》,见《永嘉四灵诗集》,第 197 页。
⑨薛嵎《云泉诗》,第 40 页 a。
⑩赵汝鐩《野谷诗稿》卷三,第 11 页 b。

高翥《登九华楼》："山云浦树重重合，野水汀蒲日日深。"①葛天民《江山》："连天芳草雨漫漫，赢得鸥边野水宽。"②罗与之《山行愁思》二首之二："明月印野水，暮色进旅程。"③沈说《征途》："古树春阴薄，寒塘野水深。"④叶绍翁《题孙端甫别墅》："幽居地僻少人知，野水春风枳树篱。"⑤从这些例句可以看出，不论是作为群体还是作为个体，江湖诗中"野水"的意象都是使用频率较高的。这其中虽亦有写得较出色者，但大多平平。像赵师秀的二句那样能对春景作出如此生动、具体、形象的描绘的，很少见。这些渐渐流于平庸的意象重复出现，使得许多江湖诗给人以千人一面的感觉，不免显出这个群体创造力的贫乏。

　　二是有些意象支离，造成全篇结构不够完整。意象是中国古代诗歌特有的艺术形式，它的主要特征之一，便是通过省略某些直接关联的组合方式，来表达一定的指向。一首诗往往由若干个意象联缀而成，这些意象貌似游离，实际上，它们是在诗人的艺术思维中或密或疏，有隐有显地被联系起来的。那些富有创造性、善于安排作品结构的诗人，往往都能够恰当地处理诗中的意象组合和抒情指向的关系，即使这种指向比较隐蔽，也依然能使读者大体上可以体会，如李贺、李商隐的某些作品即是。至如其他大家、名家的作品，则意象与指向的关系更为明晰。江湖诗人由于受到自身才力的限制，经常做不到这一点。他们在创作过程中虽

①高翥《菊涧小集》，第12页a。
②葛天民《葛无怀小集》，第5页b。
③罗与之《雪坡小稿》卷一，第11页a。
④沈说《庸斋小集》，第1页b。
⑤叶绍翁《靖逸小集》，第8页a。

也注意对意象的熔铸和推敲，也注意取象的生动和新鲜，但有时却忽略了意象群必须最大限度地为抒情中心服务。结果，或者造成抒情中心不明确，或者造成有些意象游离于抒情中心之外，都不免影响了全诗的抒情效果。试看下面二诗：

　　草木尽凋残，孤林独奈寒。瘦成唐杜甫，高抵汉袁安。
　　雪里开春国，花中立将坛。年年笑红紫，翻作背时看。
　　　　　　　　　　　　　　　　　——李龏《早梅》①

　　一径松杉迥，成阴见日稀。山晴僧尽出，风暖燕交飞。
　　结子花抛树，拦人犬护扉。闲看山月上，清坐更添衣。
　　　　　　　　　　　　　　　　　——葛天民《宿裴庵》②

李诗通首意象凡近，次联两个比喻很突兀，与早梅无关，是游离于主题之外的两个意象。葛诗意象清新，作者就即目所见落笔，也很工切，但全诗要表达的意思是"宿裴庵"，前六句却铺叙初到之景，略不提日暮，而突然接以"闲看山月上"，意脉不相联属。如果在某种意义上说诗中有些意象是为文而造，并不为过。当然，从主观上看，二诗的作者还是重视意象的创造的，但是，一个意象，不管作者在创造它时进行了怎样刻意的追求，只有当它成为全诗的一个有机组成部分时，才可能是成功的，否则，只是一件附加品，不能起到它应有的作用。在这方面，不少江湖诗都提供了失败的教训。

①见方回选评、李庆甲集评《瀛奎律髓汇评》卷二十，第779页。
②葛天民《葛无怀小集》，第13页b。

第六章　诗歌渊源

——关于江湖诗派学晚唐的若干问题①

南宋中期以后,随着江湖诗派逐渐在诗坛上占据主导地位,一度曾受到江西诗派激烈批评的晚唐诗风重又受到尊崇。文学史上已经公认,这一倾向乃是由四灵肇其端,经过江湖诗人中众多的四灵追随者的努力,从而蔚为大观。但是,江湖诗派所体认的"晚唐体"的含义是什么?它包含些什么内容?它出现在南宋中期有着什么必然性?对这一诗风取向该进行怎样的历史评价?……这些问题,有的虽经前人研究,但其结论却不无值得商榷之处,有的则至今仍不够清晰,因而有进一步加以探讨的必要。

一、"晚唐"的时间界定

江湖诗人的诗文中,每有"唐诗"(或曰"唐体"、"唐人")的概念。如方岳《暑中杂兴》八首之六云:"平生多可曹修士,说我唐诗

---

① "晚唐"是一个很复杂的概念,本章虽旨在辨析,但行文时很难完全具体化。因此,文中的"晚唐"有时指当时人的理解(即三唐说中的晚唐),有时指后世通行的理解(即四唐说中的晚唐),有时则按照严羽的说法,径指姚、贾一派诗风。这样,这一概念便各随行文的不同而有着不同内涵。

最逼真。"①又《看云小集》黄文雷自序云:"诗以唐体为工,清丽婉约,自有佳处。"②又《适安藏拙余稿》乙卷赵希意跋云:"《适安乙稿》,句新意到,格律步骤,多法唐人。且爱诵天乐、石屏诗,则知其源脉有自来矣。"③这里的"唐",显然是特指。但要了解特指什么,却要作进一步论证。

严羽《沧浪诗话·诗辨》云:"近世赵紫芝、翁灵舒辈,独喜贾岛、姚合之诗,稍稍复就清苦之风,江湖诗人多效其体,一时自谓之唐宗。"④又《秋江烟草》丁煓跋云:"(张奕)专意于诗,每以贾岛、姚合为法,所著仅成帙。清深闲雅,宛有唐人风致。"⑤这就把"唐"的具体涵义明确化了。试以方岳为例。方写有《唐律十首》,其二云:"尽日此徘徊,青粘两屦苔。鸟声穿户去,暝色过溪来。象齿劙鞭茁,银刀劈绘材。空山人自老,醉眼向谁开?"其七云:"经月魅为妖,连宵雨似潮。山田禾侧耳,野涨树平腰。古语天难做,民生日不聊。忍饥吾亦惯,古色一箪瓢。"⑥风格远承姚、贾。前引方诗谓曹修士称其"唐诗最逼真",借着这十首诗,便将这句话落到了实处:所谓"唐诗",往往即指姚、贾一派。

这样一来,我们便可以清楚地看到,江湖诗人所提到的"唐",在其唐诗分期的概念上,实际上是偏指"晚唐"。如胡仲参《题雪舟、云心二友吟卷》云:"君诗何所似?绝似晚唐诗。写出春云状,

---

①方岳《秋崖先生小稿》卷五,《宋集珍本丛刊》第85册,第198页。

②黄文雷《看云小集》,第1页a。

③武衍《适安藏拙余稿》,第2页a。

④严羽《沧浪诗话·诗辨》,见严羽撰、郭绍虞校释《沧浪诗话校释》,第27页。

⑤张奕《秋江烟草》,第9页b。

⑥方岳《秋崖先生小稿》卷十二,《宋集珍本丛刊》第85册,第227页。

融成白雪词。百篇多态度,二妙一襟期。……"①又刘克庄《贾仲颖诗序》云:"贾氏自太傅为西汉文词之宗,至以诗名于盛唐,岛鸣于晚唐。"②又释居简《书泉南珍书记行卷》云:"泉南珍藏叟学晚唐,吾未见其失,亦未见其止,骎骎不已,庸不与姚、贾方轨?"③对于姚、贾一派,既可称"唐",也可称"晚唐",可见说到"唐"往往便指的是晚唐,乃是当时诗坛上的一种习惯或风气。

　　严羽曾对唐诗作了这样的划分:"唐初体(自注:唐初犹袭陈隋之体)、盛唐体(自注:景云以后,开元、天宝诸公之诗)、大历体(自注:大历十才子之诗)、元和体(自注:元白诸公)、晚唐体。"④严羽仅提出了初、盛、晚三唐说,其《诗体》中对大历、元和的暗示,或许启发了稍后的方回提出的"中唐"这个概念⑤。但是,江湖诗人之所谓晚唐,与严羽所论在时间起点上显然并不一致。如我们所熟知的,贾岛生于唐大历十四年(779),卒于会昌三年(843);姚合约生于大历十年(775),约卒于大中九年(855)。二人活动年代大约为唐代的中期。后人根据严羽的理论加以发展,往往一致认同四唐说,并进行了具体的时间划分。如高棅《唐诗品汇序》云:

----

① 胡仲参《竹庄小稿》,第 8 页 b。按赵师秀曾选贾岛、姚合诗为《二妙集》,诗中"二妙",即指此二人。

② 刘克庄《后村先生大全集》卷九十四,《四部丛刊》集部第 1311 册,第 10 页 a。

③ 释居简《北涧集》卷七,《景印文渊阁四库全书》第 1183 册,第 107 页。

④ 严羽《沧浪诗话·诗体》,见严羽撰、郭绍虞校释《沧浪诗话校释》,第 53 页。

⑤ 方回《桐江续集》卷三十二《仇仁近百诗序》云:"自盛唐、中唐、晚唐而及宋代,有作者虽未尽合宫商钟吕之音,不专主怨刺讽讥之事……。"见《景印文渊阁四库全书》第 1193 册,第 663 页。其《瀛奎律髓》卷十许浑《春日题韦曲野老村舍》诗评中也提出了"中唐"的概念,见方回选评、李庆甲集评《瀛奎律髓汇评》,第 338 页。

"大历、贞元中,则有韦苏州之雅淡,刘随州之闲旷,钱、郎之清赡,皇甫之冲秀,秦公绪之山林,李从一之台阁,此中唐之再盛也。下暨元和之际,则有柳愚溪之超然复古,韩昌黎之博大其词,张、王乐府,得其故实,元、白序事,务在分明。与夫李贺、卢仝之鬼怪,孟郊、贾岛之饥寒,此晚唐之变也。"①高氏所论,皆属中唐,自大历至元和,计五十余年②。冒春荣《葚原诗说》卷三则谓"中唐自代宗大历元年丙午岁至文宗大和九年乙卯岁,凡七十年"。作为普遍得到后世承认的一种理论,这二说都将姚、贾划入了中唐的范围。

因此,江湖诗人关于晚唐的时间概念,与严羽固然有别,与后世高棅诸人更是大不相同。被四库馆臣认为作诗具江湖体的释道璨③在其《营玉涧诗集序》中结合当时的江湖诗风论述道:"大历、元和以后,废六义,专尚浮淫新巧,声固艳矣,气固矫矣,诗之道安在哉?……数十年东南之言诗者,皆习唐律,而于根本之学未尝一日用其力,是故浅陋而无节,乱杂而无章,岂其所自出者有欠欤?"④文中对江湖诗风艺术渊源的分析与江湖诗人自己对晚唐的体认正相符合。显然,江湖诗人看待唐诗与严羽一样采取了三分法,但认为大历以后即为晚唐,则反映出他们自己的诗歌的

---

① 高棅《唐诗品汇》,上海:上海古籍出版社,1988年,第8—9页。

② 余成教《石园诗话》卷二云:"宋严羽、明高棅以高祖武德至明皇开元初列为初唐,以开元至代宗大历初列为盛唐,以大历至宪宗元和、穆宗长庆列为中唐,以敬宗宝历、文宗开成以后列为晚唐。"见郭绍虞编《清诗话续编》,第1785页。按严羽实无如此明确的时间概念,余氏所论,亦属据严说而加以推论之辞。

③《四库全书总目》卷一百六十五《柳塘外集》提要,第1411页。

④ 释道璨《柳塘外集》卷四十三,《景印文渊阁四库全书》第1186册,第816页。

历史观念和美学观念。

　　由此我们可以得出结论：在江湖诗人笔下，所谓"唐"往往就是他们所体认的晚唐，而这一概念的时间范围，则包括了后人四唐说中的中、晚唐。

二、"晚唐体"的范围

　　江湖诗派标举晚唐，已是文学史上公认的事实。但如前所述，当时所谓晚唐，时间跨度非常长，其具体内容到底如何呢？

　　前面我们曾谈到，以四灵为先驱的江湖诗派每效姚、贾诗风。这一首先由严羽提出并得到后人普遍赞同的说法是符合其创作实际的。赵翼《瓯北诗话》云："自中唐以后，律诗盛行，竞讲声病，故多音节和谐，风调圆美。"①姚、贾的创作，基本上适应着这一倾向，并在这一点上，得到不少江湖诗人的认同。后来李洞、方干等诗人，每具姚、贾之一体，也得到了江湖诗人的推崇②。我们讨论江湖诗派所认定的晚唐诗风，首先考虑到姚、贾一派，乃是理所当然的。由于这一点已成为文学史的通识，这里不再赘言。

　　江湖诗人多学姚、贾一派，这固然是事实。但从严羽开始，人们往往将江湖诗派学晚唐的范围仅限于此，却是不尽符合实际的。

　　还是让我们先看看江湖诗人自己的说法吧。刘克庄《韩隐君诗序》云：

①赵翼《瓯北诗话》卷十一，第169页。
②如刘克庄《后村诗话》新集卷四评方干云："其诗高处在晚唐诸公之上。"见第211页。

古诗出于情性，发必善；今诗出于记问，博而已，自杜子美未免此病。于是张籍、王建辈稍束起书袋，划去繁缛，趋于切近。世喜其简便，竟起效颦，遂为晚唐体。①

在这里，刘克庄明确地将张籍、王建及其追随者作为晚唐体的代表人物。张、王约与姚、贾同时，其乐府诗平实切近，通俗平易，曾被宋人誉为"专以道得人心中事为工"②，开了元、白新乐府的先河。这已是公认的事实。同时，张、王诸人亦善为五、七言近体诗。清人李怀民曾著《中晚唐诗人主客图》一书，以为中唐以降，近体诗分为两派，一派学张籍，一派学贾岛。这一观点，宋人张泊在其《项斯诗集序》中就已作了一定的阐述，略谓："元和中，张水部为律格诗，尤工于匠物，字清意远，不涉旧体，天下莫能窥其奥，惟朱庆余一人亲授其旨。沿流而下，则有任翻、陈标、章孝标、滕倪、司空图等，咸及门焉。"③李怀民在其《主客图》中论及张籍时更直接指出："张、王固以乐府名，然惟后人只知其乐府耳。当时谓之元和体，宁单指乐府哉？且水部自标律格，其近体固当与乐府并重。"④他阐述张籍一派的流变，以张籍为主，列王建等为入室，许浑等为升堂，诸家风格既有相一致处，而江湖诗人的诗风亦每有能与之相呼应者。因此，刘克庄所言，应是对实际创作情况

---

① 刘克庄《后村先生大全集》卷九十六，《四部丛刊》集部第1312册，第2页a。

② 张戒《岁寒堂诗话》卷上，见丁福保辑《历代诗话续编》，第450页。

③ 陆心源《唐文拾遗》卷四十七，见《全唐诗》，第10906页。按"元和中"《拾遗》作"吴中"，据《后村诗话》后集卷二（第65页）及《瀛奎律髓》卷二十朱庆余《早梅》诗评（见方回选评、李庆甲集评《瀛奎律髓汇评》，第754页）所引改。又张泊仅提出张籍一派，方回除同意张说外，更进一步提出："姚合、李洞、方干而下，贾岛之派也。"李怀民显然是继承了张、方二人的观点。

④ 李怀民《重订中晚唐诗人主客图说》，李怀民辑《中晚唐诗人主客图》，第8页b。

的一个客观总结，与江湖诗人本身的创作也是密切相关的。

《四库全书总目》之《苇航漫游稿》提要论及宋末诗风云："南宋末年，诗格日下。四灵一派，撷晚唐清巧之思；江湖一派，多五季衰飒之气。"①四灵宗尚，仅在姚贾，故"晚唐清巧之思"，意义甚明。但所谓"五季衰飒之气"，则长期以来，并没有得到恰当的解释。

我认为，所谓"五季衰飒之气"，即自张籍以还以迄晚唐五代的日益浅切平俗的诗风。晚宋有不少人都曾指出过这一点。如包恢《书侯体仁存拙稿后》云："至唐末，则益多小巧，甚至于近鄙俚。迄于今，则弊尤极矣。"②熊禾《题童竹涧诗集序》云："近代诗人，格力微弱，骎骎晚唐五季之风，虽谓之无诗可也。"③牟巘《潘善甫诗序》云："世之为晚唐者，不锻炼以为工，则糟粕以为淡，刻鹄不成，诗道日替。"④这些持批判态度的论述，都说明当时人已看出晚唐五代诗的浅切平俗与江湖诗的传承关系。

总的说来，晚唐诗虽然有着丰富的风格内涵，但浅切平俗确实是其重要特色之一。一方面表现为语意直露，缺少含蓄委婉之致，另一方面甚至表现为大量使用俗语。宋人王楙在其《野客丛书》中就曾指出："唐人诗句中用俗语者，惟杜荀鹤、罗隐为多。……今人多引此语，往往不知谁作。"⑤这样的例子如杜荀鹤《自遣》云："粝食粗衣随分过，堆金积帛欲如何？百年身后一丘

①《四库全书总目》卷一百六十五，第1410页。
②包恢《敝帚稿略》卷五，《景印文渊阁四库全书》第1178册，第760页。
③熊禾《勿轩集》卷一，《景印文渊阁四库全书》第1188册，第768页。
④牟巘《陵阳集》卷十四，《景印文渊阁四库全书》第1188册，第121页。
⑤王楙《野客丛书》卷十四，《丛书集成初编》第305册，第135页。

土,贫富高低争几多?"①又罗隐同题诗云:"得即高歌失即休,多
愁多恨亦悠悠。今朝有酒今朝醉,明日愁来明日愁。"②清人也
注意到了这一点。如贺裳《载酒园诗话又编》"贯休"条云:"诗至
晚唐而败坏极矣,不待宋人。……其则粗鄙陋劣,如杜荀鹤、僧
贯休者。贯休村野处殊不可耐,如《怀素草书歌》中云:'忽如鄂
公喝住单雄信,秦王肩上搭着枣木槊。'此何异伧父所唱鼓儿词。
又如《山居》第八篇末句云:'从他人说从他笑,地覆天翻也只
宁。'宁不可丑!"③又余成教《石园诗话》云:"晚唐诗人有佳句而
多俗言者,杜彦之荀鹤是也。'承恩不在貌,教妾若为容';'溪山
入城郭,户口半渔樵';'古宫闲地少,水港小桥多'、'九州有路
休为客,百岁无愁即是仙';'故园何啻三千里,新雁才闻一两
声';'高下麦苗新雨后,浅深山色晚晴时',皆为佳句。'生应无
暇日,死是不吟诗';'举世尽从愁里过,谁人肯向死前休',虽俗
而有意趣。其余如'世间何事好,最好莫过诗';'争知百岁不百
岁,未合白头今白头'之类,未免诗如说话矣。其起结之句,尤多
率易。"④

　　在前面的有关论述中,我曾探讨了江湖诗派作诗求俗的美学
倾向⑤。从整体上看,这一特色与上述晚唐五代诗的审美追求正
相符合。因此,我们有理由相信,二者是有着一定的渊源关系的,
只不过江湖诗派的这种追求往往直接体现在创作中,而不像对

---

①杜荀鹤《唐风集》卷三,《景印文渊阁四库全书》第1083册,第619页。
②罗隐《甲乙集》卷二,《四部丛刊》集部第784册,第9页b。
③贺裳《载酒园诗话又编》,见郭绍虞编《清诗话续编》,第393页。
④余成教《石园诗话》卷二,见郭绍虞编《清诗话续编》,第1777—1778页。
⑤参看第四章《审美情趣》三《俗的风貌》。

姚、贾一派那样,经常公开表示师法的愿望。

三、许浑的意义

在江湖诗人所师法的晚唐诗人中,许浑是有一定的独特性的。因此,我们现在来专门加以讨论。

许浑诗以七言律最为著名。范晞文《对床夜语》云:"七言律诗极不易,唐人以诗名家者,集中十仅一二,且未见其可传。盖语长气短者易流于卑,而事实意虚者又几乎塞。用物而不为物所赘,写情而不为情所牵,李杜之后,当学者许浑而已。"①这一评价,不免溢美,但许浑的七律格调清丽,对仗工稳,善用白描,也确有自己的特色。江湖诗人就显然对他有所师法。如陈允平《题灵隐寺冷泉》有云:"石屋雨来春树暗,海门潮起暮云高。"②就出自许浑《凌歊台》:"湘潭云尽暮山出,巴蜀雪消春水来。"以及《登故洛阳城》:"水声东去市朝变,山势北来宫殿高。"③在前面提到的讨论江湖诗派作诗求俗的章节里,我曾论述了江湖诗派的一些意境虽不超妙,但布局匀称,属对工巧的作品,并进而指出他们的创作有对仗求工的特色,从某种意义上说,这一特色与许浑的创作是颇有渊源的,也是与江湖诗人对许诗的主观体认大有关系的,

①范晞文《对床夜语》卷二,见丁福保辑《历代诗话续编》,第422页。
②见方回《桐江集》卷四《跋许万松诗》,第522页,方回选评、李庆甲集评《瀛奎律髓汇评》第1108页。按方回《桐江续集》卷二十三《记正月二十五日西湖之游十五首》之十三《江湖伟观久无》中有"石屋雨来春树暗"一句,或者是长期记诵,误以为是自己原创,因而写入诗中。
③并见许浑《丁卯集》卷上,《四部丛刊》集部第760册,卷上第1页a、7页b。

这只要看看后期江湖诗派的重要代表之一周弼"惟以许集谆谆诲人"①的事例即可看出。

那么,江湖诗人为什么要学许浑呢?

众所周知,江西诗派是一个力求创新的诗歌流派。在对待前人遗产的问题上,总是力图打破旧有的规则和模式,以显示出开拓和自立的精神。基于这种气度,他们对于一切过于凝固的东西,都表示出批判的意向。许浑的诗,遣词造句过求工稳,平整有余而流动不足,很能符合当时随着文化水平的提高而涌现出的市民阶层的审美情趣,但同时这也无疑是与江西诗派的诗歌见解相左的。所以陈师道便拈出一个"俗",批判道:"后世无高学,举俗爱许浑。"②这一观点,大体上能够代表江西诗派对许浑诗的看法。而到了南宋,随着对江西诗风的反省,许浑诗重又得到了肯定。如陆游《读许浑诗》云:"若论风月江山主,丁卯桥应胜午桥。"③又《跋许用晦丁卯集》云:"在大中以后,亦可为杰作。自是而后,唐之诗益衰矣。"④至于其自所撰作,如潘德舆所云,也时有

────────────

① 范晞文《对床夜语》卷二,见丁福保辑《历代诗话续编》,第 422 页。

② 陈师道《次韵苏公西湖观月听琴》,《后山居士文集》卷四,上海:上海古籍出版社,1984 年,第 275—276 页。方回亦不喜许浑。其《瀛奎律髓》卷十四许浑《春日题韦曲野老村舍》诗评云:"许浑《丁卯集》,予幼尝读之,喜焉;渐老渐不喜之。……每以许诗比较后山诗,乃知后山万钧古鼎,千丈劲松,百川倒海,一月圆秋,非寻常依平仄、俪青黄者所可望也。大抵工有余而味不足,即如人之为人,形有余而韵不足。诗岂在专对偶声病而已哉!"见方回选评、李庆甲集评《瀛奎律髓汇评》,第 338 页。

③ 陆游撰、钱仲联校注《剑南诗稿校注》卷八十二,第 4398 页。

④ 陆游《渭南文集》卷二十八,《四部丛刊》集部第 1223 册,第 10 页 a。

模仿许浑者①。葛立方《韵语阳秋》云："近时论诗者,皆谓偶对不
切,则失之粗……。"②是对南宋江西末学的批评。那么,陆游之
赞赏许浑诗,或即带有疗救江西之粗的目的。如果这个说法能够
成立,那么,江湖诗派以学许浑来反江西的用心也就不言而喻了。

　　对此,作为宋代江西诗派的殿军的方回是十分敏感的。
他说:

　　　近世诗学许浑、姚合,虽不读书之人,皆能为五七
　　言。……呜呼,江湖之弊,一至于此!

　　　　　　　　　　　　　　　　——《送胡植芸北行序》③

　　　予独悲夫近日之诗,组丽浮华,祖李玉溪;偶比切近,尚
　　许郢州。诗果如是而已乎?

　　　　　　　　　　　　　　　　——《又跋冯庸居诗》④

　　　近日江湖,言古文止于水心,言律诗止于四灵、许浑,又
　　其实姑以借口藉手,未尝深造其域者,识者所甚不取也。

　　　　　　　　　　　　　　　　——《赠邵山甫字说》⑤

方回的批判,从反面可以说明江湖诗人学许浑的目的。但尽管方
回大肆讥评,却不能不承认这一股潮流是很强大的。其《读张功
父南湖集》一诗序云:"初学晚生不深于诗而骤读之,则不见奥妙,
不知隽永(按指杜诗的深美之境),乃独喜许丁卯体,作偶俪妩媚

---

①潘德舆《养一斋诗话》卷五云:"剑南闲居遣兴七律,时仿许丁卯之流。"见
　郭绍虞编《清诗话续编》,第 2074 页。
②葛立方《韵语阳秋》卷一,第 10 页。
③方回《桐江集》卷一,第 472 页。
④方回《桐江集》卷四,第 527 页。
⑤方回《桐江续集》卷三十,《景印文渊阁四库全书》第 1193 册,第 634 页。

态,予平生不然之,而江湖友朋未易以口舌争也。"①这些"江湖友朋"的创作当然是带有自觉追求的。

江湖诗人学许浑的问题是一般的文学史论者很少提起的,但这个问题却不能忽视。因为,它不仅关系到许浑在宋代的升沉,也关系到宋代审美情趣的变迁。

四、对晚唐体的价值体认

和北宋的江西诗人不同,南宋的江西诗人对晚唐诗似乎已不持如此激烈反对的态度。例如深得方回推重,被他评为嘉定之后能够发扬江西诗风的上饶"二泉先生"韩淲(号涧泉)和赵蕃(号章泉)②,所合选的《唐诗绝句》五卷就颇耐人寻味。下面将这一选本的入选诗人和篇数表之如次③。

作家	篇数	作家	篇数	作家	篇数
韦应物	1	李绅	1	唐彦谦	1
刘禹锡	14	窦巩	2	宋济	1
贾至	1	陈陶	1	韦庄	4

①方回《桐江续集》卷八,《景印文渊阁四库全书》第1193册,第302页。
②方回《桐江续集》卷十五《次韵赠上饶郑圣予沂并序》云:"曾茶山得吕紫微诗法,传至嘉定中赵章泉、韩涧泉,正脉不绝。"见《景印文渊阁四库全书》第1193册,第402页。其《瀛奎律髓》中多有对"二泉"的推赏之语。又大约与方回同时的谢枋得其《叠山集》卷九《萧冰崖诗卷跋》中也说:"诗有江西派,而文清昌之。传至章泉、涧泉二先生,诗与道俱隆。"见《四部丛刊续编》第443册,上海:商务印书馆,1934年,第4页a。
③本表按原书次序排列,个别两见的作家则加以合并。

作家	篇数	作家	篇数	作家	篇数
王维	1	章碣	1	长孙翱	1
高适	1	郎士元	1	韩琮	1
钱起	1	赵嘏	1	柳谈	1
戴叔伦	1	张孙辅	1	李九龄	1
杨巨源	2	李商隐	4	姚合	1
王昌龄	2	曹松	1	白居易	1
岑参	1	张祜	1	钟离先生	1
高蟾	2	温庭筠	1	吕洞宾	1
李涉	5	段成式	4		
崔橹	1	崔道融	2		
李约	1	陆龟蒙	2		
王驾	1	高骈	3		
张籍	1	薛能	1		
贾岛	1	吴融	3		
许浑	6	罗邺	2		
杜牧	8	李拯	1		
王建	1	司空图	2		

从表中可知，入选较多的人，是后来所谓中晚唐作家，其篇目也占绝对多数。就诗言诗，这显然便是一个中晚唐七言绝句的选本。谢榛《四溟诗话》曾指出："赵章泉、韩涧泉所选《唐人绝句》，惟取中正温厚，闲雅平易。若夫雄浑悲壮，奇特沉郁，皆不之

取。"①所论尽管不甚确切,但这个选本与江西宗尚有不合之处,却被谢榛察觉了。

其实,这也并不奇怪。尽管方回出于延续江西诗派的需要,把"二泉"抬得很高,但从创作实际来看,"二泉"已自觉或不自觉地浸染了晚唐格调。正如李慈铭在其《越缦堂读书记》的《赵昌父诗集》条评赵诗所云:"其五古颇渊源陶诗,五律、七律胎息中唐,具有洒落自然之致。……惟根柢太浅,语多槎枒,时堕江湖、击壤两派。"②就此而言,江湖诗的一些主要特点,赵诗倒也具备了③。

但是,尽管如此,这个出于江西诗人之手的选本,仍体现着南宋江西诗派对晚唐诗的认识。从上表可知,《唐诗绝句》对盛唐的七绝大家王昌龄仅选二首,而对中唐以后的刘禹锡、杜牧、李商隐等人则选得较多,特别是刘禹锡,竟多达十四首。这种安排或许并不是没有用意的。刘禹锡论诗主"寄兴",正如陆时雍《诗镜总论》所评:"刘禹锡一往深情,寄言无限,随物感兴。"④这一特色,从北宋起就得到了充分注意和继承。如苏轼,其诗"始学刘禹锡,故多怨刺"⑤。苏辙则"晚年多令人学刘禹锡诗,以为用意深远,

---

① 谢榛《四溟诗话》卷二,见丁福保辑《历代诗话续编》,第 1161 页。

② 李慈铭《越缦堂读书记》,北京:商务印书馆,1959 年,第 652 页。

③ 方回《瀛奎律髓》卷十选有赵蕃《小园早步》一诗,云:"今朝欣雨止,天气渐柔和。篱落小桃破,阶除驯雀多。占方移果树,带土数蔬科。农务侵寻及,吾宁久卧疴。"即使是方回,也不得不承认此诗"颇似晚唐"。见方回选评、李庆甲集评《瀛奎律髓汇评》,第 353 页。

④ 陆时雍《诗镜总论》,见丁福保辑《历代诗话续编》,第 1420 页。

⑤ 见陈师道《后山诗话》,何文焕辑《历代诗话》,第 306 页。

有曲折处"①。至于陆游,有学者更认为其"七律全学刘宾客"②。《唐诗绝句》的标举与这一倾向是相适应的。所选刘氏诸作中,既有对权贵的讽刺,如《自朗州至京戏赠看花诸君子》、《再游玄都观》;也有对今昔的感慨,如《石头城》、《乌衣巷》;还有对朝政的批评和对自己政治生涯的回顾,如《听旧宫人穆氏唱歌》、《与歌者何戡》。都是寄托深微,意蕴丰厚。

《唐诗绝句》由宋末谢枋得为之笺注,卢前曾许其注为"能得唐诗言外之旨,可以为读唐诗之津筏"③。其书卷首载谢序,称道这个选本中"微言绪论,关世道、系天运者甚众"。刘禹锡诗固不待言,其他诸诗,如卷三陈陶《闲居杂兴》,谢评:"此诗言天下有非常之才,朝廷不能用。"卷四段成式《折杨柳宫词》,谢评:"此诗有忠臣义士之心。"卷五司空图《读史有感》,谢评:"此诗为梁武帝舍身入寺而作也,用意深远。"④谢枋得是亡国遗民,由于系心故国,所评难免有求之过深处,但他对这个选本注重风雅比兴的整体体认,却大体上是符合实际的。

对风雅比兴的推重,大致上可从一个方面反映南宋江西诗人对晚唐诗的看法。在这一点上,始学江西,其后逐渐显示出自立气度的杨万里更具有代表性。

杨万里对晚唐诗是公开提倡的,他打出的旗帜是"晚唐异味"说。其《读笠泽丛书》云:"笠泽诗名千载香,一回一读断人肠。晚

---

① 见吕本中《童蒙诗训》,郭绍虞辑《宋诗话辑佚》,北京:中华书局,1980 年,第 588 页。

② 查慎行《初白庵诗评》卷下,张氏涉园观乐堂本,第 14 页 b。

③ 卢前补注《唐诗绝句补注》书前序,上海:会文堂新记书局,1935 年,第 2 页。

④ 卢前补注《唐诗绝句补注》,《唐诗绝句序》,第 2、73、89、107 页。

唐异味同谁赏？近日诗人轻晚唐。"①又《跋吴箕秀才》云："君家子华翰林老，解吟芳草夕阳愁。开红落翠天为泣，覆手作春翻手秋。晚唐异味今谁嗜？耳孙下笔参差是。"②那么，什么是"晚唐异味"？按照杨万里的说法，就是风雅比兴的传统。其《周子益〈训蒙省题诗〉序》云："唐人未有不能诗者；能之矣，亦未有不工者。至李杜极矣。后有作者，蔑以加矣，而晚唐诸子虽乏二子之雄浑，然好色而不淫，怨悱而不乱，犹有《国风》、《小雅》之遗音。"③而在《颐庵诗稿序》中，更直截了当地认为："《三百篇》之后，此味（按指风雅比兴）绝矣，惟晚唐诸子差近之。"④

　　杨万里和"二泉先生"在对待晚唐诗上的一致性，某种程度上反映了南宋江西诗派的变化，值得重视。

　　但南宋的江西诗人虽然并不一概否定晚唐，从总体上看，他们与江湖诗人之推尊晚唐并不是一回事。具体地说，前者主要表现在思想内容方面，后者主要表现在艺术技巧方面。下引材料大略可证江湖诗人的价值取向：

> 初，唐诗废久，君（徐玑）与其友徐照、翁卷、赵师秀议曰："昔人以浮声切响、单字只句计巧拙，盖风骚之至精也。近世乃连篇累牍，汗漫而无禁，岂能名家哉！"四人之语遂极其工，而唐诗由此复行矣。
>
> ——叶适《徐文渊墓志铭》⑤

①杨万里《诚斋集》卷二十七，《四部丛刊》集部第1191册，第1页b。
②杨万里《诚斋集》卷三十，《四部丛刊》集部第1192册，第15页a。
③杨万里《诚斋集》卷八十三，《四部丛刊》集部第1203册，第5页b。
④杨万里《诚斋集》卷八十三，《四部丛刊》集部第1203册，第3页a。
⑤叶适《叶适集》卷二十一，第410页。

　　往岁徐道晖诸人，摆落近世诗律，敛情约性，因狭出奇，合于唐人，夸所未有，皆自号"四灵"云。

　　　　　　　　——叶适《题刘潜夫〈南岳诗稿〉》①

　　今人宗晚唐，琢句亦清好。

　　　　　　　　——陈鉴之《题陈景说诗稿后》三首之一②

　　君诗何所似？绝似晚唐诗。写出春云状，融成白雪词。百篇多态度，二妙一襟期。与我为三友，他年题品谁？

　　　　　　　　——胡仲参《题雪舟、云心二友吟卷》③

　　诗以唐体为工，清丽婉约，自有佳处。

　　　　　　　　——黄文雷自题《看云小集》④

　　近年永嘉复祖唐律，贵精不求多，得意不恋事。可艳可淡，可巧可拙，众复趋之，由是唐与江西相倾轧。

　　　　　　　　——刘埙《刘五渊评论》条⑤

这些材料，或出于同时作家的评论，或出于江湖诗人的自述，涉及范围以姚、贾一派为主而又不限于姚、贾，有着一定的代表性。值得注意的是，作为四灵之一的徐玑认为"以浮声切响、单字只句计巧拙"是"风骚之至精"，也提出了"风骚"观念，但与杨万里相比，一重形式，一重内容，差别显而易见。

　　因此，尽管南宋中后期的诗坛上普遍对晚唐诗有着较高的评

----

① 叶适《叶适集》卷二十九，第 611 页。
② 陈鉴之《东斋小集》，第 10 页 b。
③ 胡仲参《竹庄小稿》，第 8 页 b。
④ 黄文雷《看云小集》，第 1 页 a。
⑤ 刘埙《隐居通议》卷十，《丛书集成初编》第 213 册，上海：商务印书馆，1937 年，第 111 页。

价①,但各家对晚唐的价值体认却可能是不尽相同、甚至是截然相反的。当然,南宋的江西诗人濡染晚唐也有艺术上的考虑,但他们对晚唐诗的思想价值的体认显然更带有主动意识。

五、江湖诗派学习晚唐的目的

对晚唐诗的学习,从宋代初年就开始了。正如方回《送罗寿可诗序》所云:

> 诗学晚唐,不自四灵始。宋划五代旧习,诗有白体、昆体、晚唐体。白体如李文正、徐常侍昆仲、王元之、王汉谋;昆体则有杨、刘《西昆集》传世。二宋、张乖崖、钱僖公、丁崖州皆是。晚唐体则九僧最逼真,寇莱公、鲁三交②、林和靖、魏仲先父子、潘逍遥、赵清献之父③,凡数十家。深涵茂育,气势极盛。……嘉定而降,稍厌江西,永嘉四灵复为九僧旧晚唐体,非始于此四人也。④

这段总结宋代诗风发展演变的文字,虽不无成见,但所指出的事实则大体正确。不过,方回把宋初和南宋的学习晚唐相提并论,似乎二者只是一种简单的重复,却是不符合实际的。

---

① 众所周知,陆游曾对晚唐诗表示激烈反对,如《宋都曹屡寄诗且督和答作此示之》云:"天未丧斯文,杜老乃独出。陵迟至元白,固已可愤疾。及观晚唐作,令人欲焚笔。"但他在创作中,也难免沾染晚唐格调,所以钱钟书说他"鄙夷晚唐,乃违心作高论耳"。见《剑南诗稿校注》卷七十九,第4276页。参看钱著《谈艺录》"放翁与中晚唐人"条(第123—125页)。
② 按鲁交有《三江集》,此"三交"盖"三江"之误。
③ 父当作祖,因为据年代推断,和魏、潘同时者,应是赵抃之祖赵湘。
④ 方回《桐江续集》卷三十二,《景印文渊阁四库全书》第1193册,第662页。

　　宋初学晚唐诸诗人，如方回所云，有九僧、寇准、林逋、潘阆、魏野等，主要是师法贾岛一派清苦精工的苦吟之风。前人已指出过这一点。如《蔡宽夫诗话》云："唐末五代，流俗以诗自名者，多好妄立格法。……大抵皆宗贾岛辈，谓之贾岛格，而于李、杜特不少假借。"①潘阆便曾直接表示过对贾岛的尊崇，如其《忆贾阆仙》云："风雅道何玄，高吟忆阆仙。人虽终百岁，君合寿千年。骨已西埋蜀，魂应北入燕。不知天地内，谁为续遗编！"②刘克庄也曾在《后村诗话》中指出过林逋和魏野与贾岛诸人的渊源③。

　　但宋初学晚唐与四灵以降的学晚唐，师法对象虽有相似处，本质上却并不相同。这主要表现在三个方面。第一，从思想背景来看，宋初诸人反映的是经过五代离乱倾向遁世的一些人的精神状态。第二，从美学倾向来看，宋初诸人尊崇贾岛乃是沿袭了唐末五代一些诗人的传统宗尚④，而没有变革诗风、打出旗帜的主观意图。第三，从师承范围来看，宋初诸人仅取贾岛的清苦冷僻，而较少取姚合、许浑诸人的清新平熟，境界较为狭窄。这就大致说明，宋初的晚唐体与南宋的江湖派并不能相提并论。

　　那末，江湖诗派学习晚唐的主要特色表现在哪里呢？

　　最明显的一点，正如人们所熟知的，由于江湖诗派是打着反对江西诗派的旗号走上诗坛的，因此，江湖之学晚唐也是适应着这种需要，即带有变革诗风的主观要求。另外，贾岛、姚合一派诗风也很

①蔡居厚《蔡宽夫诗话》，见郭绍虞辑《宋诗话辑佚》，第410页。
②潘阆《逍遥集》，《景印文渊阁四库全书》第1085册，第568页。
③刘克庄《后村诗话》后集卷一，见第50页。
④如李洞尊崇贾岛，竟铸贾岛铜像，事之如神。见王定保《唐摭言》卷十，北京：古典文学出版社，1957年，第109页。

符合那些才气不大但成名欲很强的诗人们在创作道路上的选择。

钱钟书在其《宋诗选注》中有这样一段话："江西派自称师法杜甫,江湖派就抛弃杜甫,抬出晚唐诗人来对抗。"①这一看法虽然由于选本的普遍流行而影响很大,但实事求是地看,却是缺乏根据的。

宋代是杜诗价值得到充分肯定的时期。杜诗中深广的爱国主义精神,杰出的艺术创造力,都得到宋人的高度评价。这有大量的材料为证,无庸多说②。所谓"抛弃杜甫"云云,不论在宋代的哪一个时期,都难以找到实据。以下数例或许可以约略看出江湖诗人对杜诗的推崇:

> 夜读老杜诗,如对老杜面。此翁历艰难,往往诗中见。……百年禀忠孝,句法老益练。君看夔州作,大冶金百炼。
>
> ——苏泂《夜读杜诗四十韵》③
>
> 绮丽兆建安,淳古还开元。夫子握元气,大音发胚浑。明娄失毫芒,神牺临乾坤。再变六义彰,一日五典(原注:庙讳)④。上该周南风,下返湘水魂。仲尼不容删,余子何足吞。
>
> ——杜旟《读杜诗斐然有作》⑤

---

① 钱钟书《宋诗选注》,第 246 页。

② 华文轩《古典文学研究资料汇编·杜甫卷》上编"唐宋之部"汇录了宋人对杜诗的许多评价,可参看。

③ 苏泂《泠然斋集》卷一,《景印文渊阁四库全书》第 1179 册,第 71 页。《四库全书总目》卷一百六十三《泠然斋集》提要谓苏泂诗"镌刻淬炼,自出清新,在江湖诗派之中可谓卓然特出"。见第 1400 页。这表明四库馆臣认为苏泂是江湖诗人,从苏氏的生活及诗作来看,这种看法是有道理的。

④ 按此句原作"一日五典淳",宋光宗讳惇,与淳字同音,故缺其字。见陈垣《史讳举例》,北京:中华书局,1962 年,第 157 页。

⑤ 杜旟《癖斋小集》,第 5 页 a。

呜呼杜少陵,醉卧春江涨。文章万丈光,不随枯骨葬。
平生稷契心,致君尧舜上。时号弗我与,屹然抱微尚。干戈
奔走踪,道路饥寒状。草中辨君臣,笔端诛将相。高吟比兴
体,力救风雅丧。如史数十篇,才气一何壮!
———戴复古《杜甫祠》①

杜陵子美夸壮游,一身几走半九州。吟怀吐纳天地秀,
作为文章光斗牛。
———周端臣《送翁宾旸之荆湖》②

但江湖诗人既然对杜诗如此推崇,为何不直接表示学杜,反
而要标榜晚唐呢? 这一方面与他们本身的条件有关,另一方面,
也与宋代诗坛的风气有关。

原来,宋人虽十分尊杜,但大概由于这个典范过高,时间又相
距较远,因而学杜往往有个中间环节。江西诗派即是如此。如陈
师道认为学杜应从黄庭坚入手,否则,就不免"失之拙易"③。方
回同意这种意见,也明确表示"学老杜诗当学山谷诗"④。这大概
是宋代希望有所作为的江西诗人的共识。而江湖诗派则希望由
晚唐入。人们都知道叶适是四灵的支持者,但他对四灵未能超越
姚、贾其实是并不满意的。吴子良《荆溪林下偶谈》云:"水心之
门,赵师秀紫芝、徐照道晖、巩致中、翁卷灵舒,工为唐律,专以贾
岛、姚合、刘得仁为法,其徒尊为四灵,翕然仿之,有八俊之目。水

①戴复古《石屏诗集》卷一,《四部丛刊续编》集部第 417 册,第 14 页 b。
②陈起辑《江湖后集》卷三,《景印文渊阁四库全书》第 1357 册,第 745 页。
③陈师道《后山诗话》,见何文焕辑《历代诗话》,第 305 页。
④方回《瀛奎律髓》卷四十三黄庭坚《戏题巫山县用杜子美韵》诗评,见方回
选评、李庆甲集评《瀛奎律髓汇评》,第 1547 页。

心广纳后辈,颇加称奖,其详见《徐道晖墓志》。而末乃云:'尚以年,不及乎开元、元和之盛,而君既死。'盖虽不没其所长,而亦终不满也。"①从中可以看出,叶适固然认为姚、贾只是入门之径,甚至四灵也似乎有这种意识②。因此,四灵之后,号称通过学晚唐(特别是姚、贾一派)而进一步达到老杜境界的学说就更为明确了。如下引诸材料:

> 余爱晚唐诸子,其诗清深闲雅,如幽人野士,冲淡自赏,皆自成一家。及读少陵先生集,然后知晚唐诸子之诗尽在是矣。所谓诗之集大成者也。不佞三熏三沐,敬以先生为法,虽夫子之道不可阶而升,然钻坚仰高,不敢不由是乎勉。
>
> ——陈必复《山居存稿序》③

> 才力有定禀,文字无止法。君以盛年挟老气为之不已,诗自姚合、贾岛达之于李、杜……。
>
> ——刘克庄《跋姚镛县尉文稿》④

> 夫五谷以主之,多品以佐之,则又在吾心,自为持衡。少陵,五谷也;晚唐,多品也。
>
> ——徐鹿卿《跋杜子野小山诗》⑤

尽管这在创作中实际上往往只是一种倾注,一种向往,但不少江湖诗人的这一主观意图却是非常明确的。

---

① 吴子良《荆溪林下偶谈》卷四,《景印文渊阁四库全书》第1481册,第512页。
② 毛晋《汲古阁书跋》中评价《众妙集》时,也根据叶适的看法指出赵师秀"欲追开元、元和之盛",见毛晋《汲古阁书跋》,上海:古典文学出版社,1958年,第80页。
③ 陈必复《山居存稿》,第1页a。
④ 刘克庄《后村先生大全集》卷九十九,《四部丛刊》集部第1312册,第4页b。
⑤ 徐鹿卿《清正存稿》卷五,《景印文渊阁四库全书》1178册,第917页。

　　但是,由姚、贾入杜与反对江西诗派是否有关系呢? 答案是肯定的。朱弁《风月堂诗话》云:"黄鲁直深悟此理,乃独用昆体工夫,而造老杜浑成之地,今之诗人少有及者。"①朱氏认为黄庭坚学杜由李商隐入,所论很有见地。但黄庭坚是江西诗派最有成就的诗人,其学杜若也要中间环节,则与江湖从姚、贾入无大区别,就此而言,江湖诗派与后来江西之学黄者相比,岂不高了一筹? 方回深深懂得这个道理,于是他在《瀛奎律髓》中便指出:"古今诗人,当以老杜、山谷、后山、简斋为一祖三宗。"②提出一祖三宗之说,由三宗直达老杜,而去掉其他中间环节③。不管这一看法正确与否,他以抬江西来压江湖的用意却是很明显的。

　　不过,方回虽然千方百计抬高江西诗派,却也并没有完全否定江湖诗派由晚唐以进老杜的做法。其《瀛奎律髓》评姚合《题李频新居》诗云:"予谓学姚合如此亦可到也。必进而至于贾岛,斯可矣;又进而至于老杜,斯无可无不可也。或曰:老杜诗如何可学? 曰:自贾岛幽微而参以岑参之壮、王维之洁、沈佺期、宋之问之整。"④这一点,应该是方回看到当时江湖诗派仍有一定的影响

---

① 朱弁《风月堂诗话》卷下,北京:中华书局,1988 年,第 112 页。

② 方回《瀛奎律髓》卷二十六陈与义《清明》诗评,见方回选评、李庆甲集评《瀛奎律髓汇评》,第 1148 页。

③ 方回《桐江续集》卷三十三《恢大山西山小稿序》云:"宋苏、梅、欧、苏、王介甫、黄、陈、晁、张、僧道潜、觉范以至南渡吕居仁、陈去非、尤、萧、杨、陆、范,亦老杜之派也。是派至韩南涧父子、赵章泉而止。别有一派曰昆体,始于李义山,至杨、刘及陆佃绝矣。"认为黄庭坚等人与李商隐无关,也就是在中间环节中去掉了李商隐而代以黄与二陈。见《景印文渊阁四库全书》第 1193 册,第 683 页。

④ 方回《瀛奎律髓》卷二十三姚合《题李频新居》诗评,见方回选评、李庆甲集评《瀛奎律髓汇评》,第 960 页。

力,因而所作的通变之论。因为贾岛作诗,思幽格僻,一定程度上符合江西诗派的去俗说①。而后期江湖诗派中有不少人与这种认真的创作精神是不相符合的。肯定了贾岛,便可以集中力量批判经常被方回斥为"俗"的姚合和许浑等人。关于这一点,当另外讨论,但方回的做法,恰好也证明了,江湖诗派试图由姚、贾诸人入杜,并不是没有道理的。

---

① 如黄庭坚《豫章黄先生文集》卷二十六《题意可诗后》云:"宁律不谐,而不使句弱;宁字不工,不使语俗。"见《四部丛刊》集部第 992 册,第 11 页 a。又《后山诗话》云:"宁拙毋巧,宁朴毋华,宁粗毋弱,宁僻毋俗。诗文皆然。"见何文焕辑《历代诗话》,第 311 页。

第七章　江湖诗品

本章我们讨论一下五位在江湖诗派中具有代表性的诗人：刘过、姜夔、戴复古、刘克庄和方岳。这五位诗人的代表性主要表现在四个方面。第一，他们的社会地位并不相同，使人可以见出江湖诗人流品颇杂的状况；第二，他们的创作成就在江湖诗派中都是较高的，从不同角度、不同侧面，体现了江湖诗派的创作特色；第三，他们虽是江湖诗派中人，但在创作上却往往不为所限，表现出一定的包容性。第四，他们中既有江湖诗派的前期诗人，也有江湖诗派的后期诗人，一定程度上，可以显示出这一流派的某些变化。我们希望通过这样的个案分析，能够更全面、更深入地展现江湖诗派的创作风貌。

一、论刘过诗

刘过是江湖诗派的前辈之一，其诗曾见收于宝庆元年（1225）陈刻《江湖集》①。

作为一个诗人，刘过与当时以及后世绝大多数江湖诗人的一个显著的不同，就是他的豪侠的个性。张世南《游宦纪闻》记载他

---

① 张世南《游宦纪闻》卷一，北京：中华书局，1981年，第4页。

的事迹道："刘过，字改之。能诗词。流落江湖，酒酣耳热，出语豪纵，自谓晋宋间人物。"①这一点，在许多诗人的笔下得到了印证。如陆游《赠刘改之秀才》云：

> 君居古荆州，醉胆天宇小。尚不拜庞公，况肯依刘表？
> 胸中九渊蛟龙蟠，笔底六月冰雹寒。有时大叫脱乌帻，不怕
> 酒杯如海宽。放翁七十病欲死，相逢尚能刮眼看。李广不生
> 楚汉间，封侯万户宜其难。②

又如陈亮《赠刘改之》：

> 刘郎饮酒如渴虹，一饮涧壑俱成空。胸中垒块浇不下，
> 时吐劲气嘘青红。刘郎吟诗如饮酒，淋漓醉墨龙蛇走。笑鞭
> 列缺起丰隆，变化风雷一挥手。吟诗饮酒总余事，试问刘郎
> 一何有？刘郎才如万乘器，落漠轮囷难自致。强亲举子作书
> 生，却笑书生败人意。合骑快马健如龙，少年追逐曹景宗。
> 弓弦霹雳饿鹘叫，鼻尖出火耳生风。安能规行复矩步，敛袂
> 厌厌作新妇。黄金挥尽唯空囊，男儿虎变那能量！会须斫取
> 契丹首，金印牙旗归故乡。③

又如苏泂《往回临安口号八首》之四云：

> 江湖漂荡旧刘郎，不饭经旬病在床。起见旧交仍慷慨，
> 绝怜鬓底有新霜。④

这些诗，描写刘过的生活状况和精神风貌，是非常生动而传神的。刘过豪侠的个性，是其受到当时名流如陆游、辛弃疾、陈亮、周必

---

① 张世南《游宦纪闻》卷一，第 4 页。
② 陆游撰、钱仲联校注《剑南诗稿校注》卷二十七，第 1878 页。
③ 见刘过《龙洲集》附录，第 132 页。
④ 苏泂《泠然斋诗集》卷七，《景印文渊阁四库全书》第 1179 册，第 141 页。

大等人赏识的重要原因之一,也是他作为一个谒客与侪辈大有区别之处。

　　刘过的生活道路与许多江湖诗人还有一个显著的不同,就是他始终具有强烈的功名心。在本书中,我们曾多次提到,许多江湖诗人都是"不务举子业"的,他们漫游江湖,完全是出于对物质利益的追求。而刘过却并非如此。他在〔沁园春〕(《卢蒲江席上时有新第宗室》)一词中自述云:"四举无成,十年不调,大宋神仙刘秀才。"①可见他最少参加过四次科举考试,却都没有得中。由于进身无路,使他强烈的用世、报国之心无从得施,不得已,他才选择了奔走江湖的谒客生涯。而在这种生活中,他仍希望能从另一条途径来达到自己的目的。这就是像李白那样,由于才名受到公卿的赏识,得到不次的擢拔。他的《题润州多景楼》:"李白才思真天然,时人未省为谪仙。一朝放浪金陵去,凤凰台上望长安。"②显然带有自况的意味。从这个意义出发,我们就能理解他的许多作品了。如《谒易司谏》二首之二云:

　　……懒看龌龊随时士,谁是艰难济世才? 韦布岂无堪将相,庙堂未易贱蒿莱。上书欲谒平章去,光范门前肯自媒。③

是那样深切的委屈不平,那样直率的自媒自荐,可见,尽管刘过不得已走上了谒客的道路,但在这一过程中,他时刻没有忘记进身,也就是说,他一刻也没有抛弃用世之心。

　　以上这两点,是刘过与许多江湖诗人的不同之处,而他的诗歌,无论在思想上还是在艺术上,都与此有着密切的关系。

---

① 刘过《龙洲集》卷十一,第88页。
② 刘过《龙洲集》卷二,第6页。
③ 刘过《龙洲集》卷四,第24页。

　　刘过一生不忘恢复大业,在当时下层知识分子中是少见的。光宗年间,他曾伏阙上书,陈述恢复大计,被勒令还乡①。后来韩侂胄准备北伐,他和辛弃疾一样,对这次军事行动充满期待,并希望投身其中②。他的爱国行为,与他在诗中所表现的一贯思想是相一致的。

　　南宋一代,如我们所熟知的,尽管在统治阶级屈辱求和思想的影响下,"士大夫皆厌厌无气"③,但人们普遍都有故国之思。将刘过的那些充满爱国精神的诗篇置于这一特定的历史背景中,可以看出以下几点特色。

　　第一,慷慨淋漓,直抒胸臆。刘过指陈时事,发表见解,往往以其特有的飞动之笔,将心中所思吐露无余。如《瓜洲歌》:

　　　　今年城堡寨,明年城瓜洲。寇来不能御,贼去欲自囚。伟哉淮南镇,《禹贡》之扬州。念昔蒙尔虏,马棰轻江流。翠华离金陵,人有李郭否?幸被帐下儿,一箭毙其酋。帝耙有遗臭,鲜血沾髑髅。败军惨无主,蛇豕散莫收。势当截归路,尽与俘馘休。甲兵洗黄河,境土尽白沟。天予弃不取,区区乃人谋。金帛输东南,礼事昆夷优。参差女墙月,深夜照敌楼。泊船运河口,颇为执事羞。④

─────────

① 刘过《龙洲集》卷七有《初伏阙上书得旨还乡上杨守秘书》二诗,见第53—54页。
② 刘过〔西江月〕(《贺词》)有云:"今日楼台鼎鼐,明年带砺山河。大家齐唱《大风歌》,不日四方来贺。"(刘过《龙洲集》卷十一,第109页)杨维桢《宋龙洲先生刘公墓表》云:"屡与时宰陈恢复方略,勇请用兵,谓中原可一战而取。不用,去。"载《龙洲集》附录三,第143页。
③ 邵晋涵《龙洲道人诗集序》。见《龙洲集》附录,第145页。
④ 刘过《龙洲集》卷一,第2页。

再如《夜思中原》：

> 中原邈邈路何长，文物衣冠天一方。独有孤臣挥血泪，
> 更无奇杰叫天阍。关河夜月冰霜重，宫殿春风草木荒。犹耿
> 孤忠思报主，插天剑气夜光芒。①

第一首抨击统治集团的投降政策，第二首写自己恢复中原的迫切心情，都是气概笼罩，跃然纸上。而南宋一般人写到类似主题时，则往往如杜鹃泣血，哀猿啼空，深悲积怨，不能自已。如晁说之《怀旧》云："伊昔升平事，中州见最先。洛花凝晓月，巩树霭寒烟。相业归貂宠，胡尘溺汉天。几多垂白叟，涕泪日潸然。"②曾几《寓居吴兴》云："相对真成泣楚囚，遂无末策到神州。但知绕树如飞鹊，不解营巢似拙鸠。江北江南犹断绝，秋风秋雨敢淹留？低回又作荆州梦，落日孤云始欲愁。"③章甫《即事》十首之十云："初失清河日，骎骎遂逼人。余生偷岁月，无处避风尘。精锐看诸将，谋谟仰大臣。懦夫忧国泪，欲忍已沾巾。"④这些诗，当然并不缺少内涵和深度，但这只是"孤臣挥血泪"，虽然感人，却过于悲哀。刘过认为，风雨飘摇中的国家更需要的是"奇杰叫天阍"。从这一点出发，他的诗歌不仅写得豪壮，而且更充满信心。如：

> 敬须洗眼候河清，读公浯水中兴颂。
>
> ——《呈陈总领》五首之五⑤

---

① 刘过《龙洲集》卷五，第 39 页。
② 晁说之《景迂生集》卷九，《景印文渊阁四库全书》第 1118 册，第 178 页。
③ 曾几《茶山集》卷六，《丛书集成初编》第 2255 册，上海：商务印书馆，1937年，第 71 页。
④ 章甫《自鸣集》卷四，《景印文渊阁四库全书》第 1165 册，第 407 页。
⑤ 刘过《龙洲集》卷二，第 8 页。

指点中原百城在,功名逼人有机会。

　　　　　　——《嘉泰开乐日……》①

便当击楫中流誓,莫使鞭为祖逖先。

　　　　　　——《上金陵章侍郎》二首之一②

胡尘只隔淮河在,谁为长驱一扫空

　　　　　　——《题高远亭》③

这样的气度和精神,在南宋,除了陆游、辛弃疾等少数几人外,几乎无人可与之相提并论。

　　第二,恢复中原的壮志,往往结合着自己的身世感慨。这一点,在当世虽非罕见,但体现在刘过身上,却特别强烈。因为,刘过强烈的功名欲是和他立誓收复失地的理想联系在一起的。在他的潜意识中,他的抗金方略之所以难以得施,他本人之所以不能亲身投入到恢复中原的事业中去,完全是由于他未能获得一个较高的政治地位所致。所以,崇高的理想和卑微的身份经常发生矛盾,深深困扰着他,而他的这种理想又已成为他生命的一个重要部分,不可或缺,这样,每当他想到被金兵占领的中原地区时,就不免触发起深深的身世之感。如《题润州多景楼》云:

　　金山焦山相对起,挹尽东流大江水。一楼坐断水中央,收拾淮南数千里。西风把酒闲来游,木叶渐脱人间秋。烟尘茫茫路渺渺,神京不见双泪流。君不见王勃才名今盖世,当时未遇庸人尔。琴书落魄豫章城,滕王阁中悲帝子。又不见李白才思真天然,时人未省为谪仙。一朝放浪金陵去,凤凰

———————

①刘过《龙洲集》卷二,第10页。
②刘过《龙洲集》卷四,第24页。
③刘过《龙洲集》卷六,第41页。

台上望长安。我今四海行将遍,东历苏杭西汉沔。第一江山
最上头,天下无人独登览。楼高思远愁绪多,楼乎楼乎奈汝
何！安得李白与王勃,名与此楼长突兀。①

此诗写怀才不遇,不仅以登临之处,抒发自己所思所想,而且更直
点"神京",以示意之所在。如此,则全诗令人不觉哀惋,唯感悲
壮。据说章以初当时就想勒石记之②,可见其感人之深。又如
《六合道中》云:

十年曾此记来游,有策中原一战收。蒲柳易凋嫌势去,
金汤无用卒和休。悲风仿佛鸣刁斗,缺月参差照敌楼。庙食
封侯何日事？不堪老马又滁州。③

这首诗更为明显地表现了刘过有志报国,无路进身;有策平虏,无
处得施的心情。刘过一生都处于这种矛盾之中,因此,他的痛苦
是非常强烈而又难以排遣的。

　　第三,刘过表达爱国热情时往往全身心投入,也就是说,他是
真心实意地将此作为自己崇高的事业,并希望切实投入其中的。
我们注意到,刘过的诗中多次表示过书生无用,向往着投笔从戎。
如其《多景楼醉歌》云:

丈夫生有四方志,东欲入海西入秦。安能龌龊守一隅,
白头章句浙与闽？醉游太白呼峨岷,奇材剑客结楚荆。不随
举子纸上学《六韬》,不学腐儒穿凿注《五经》。天长路远何时
到？侧身望兮涕沾巾。④

①刘过《龙洲集》卷二,第6页。
②岳珂《桯史》卷二,第22页。
③刘过《龙洲集》卷六,第47页。
④刘过《龙洲集》卷一,第1页。

又如其《从军乐》云：

> 芙蓉宝剑鸊鹈刀，黄金络马花盘袍。臂弓腰矢出门去，百战未怕皋兰鏖。酒酣纵猎自足快，诗成横槊人称豪。但期处死得其所，一死政自轻鸿毛。将军三箭定天山，丞相五月入不毛。生前封侯死庙食，云台突兀秋山高。书生如鱼蠹书册，辛苦雕篆真徒劳。儿时鼓箧走京国，渐老一第犹未叨。自嗟赋命如纸薄，始信从军古云乐。①

在刘过看来，科举考试尚有运气的好坏，而打仗却必须是硬碰硬的真功夫，无侥幸可言。因此，他所谓"从军乐"云云，一定程度上是对其科场经历的感慨。

然而，刘过本来就是希望能够通过科举入仕，从而在抗金战场上大显身手的，因此，如果说他的"从军乐"带有一点身世感慨的话，那不过是由于他始终未能具有达到目的的手段，从本质上看，他是真诚地愿意投身于战场的。在这一点上，他和陆游颇为相似——都认为应该采取实际的行动，而反对空谈②。众所周知，南宋一代，士人多尚空谈，连宋孝宗都说当时的"士大夫讳言恢复"，"好为高论而不务实"③，到了南宋后半期，更是愈演愈烈④。在这个意义上，我们反观刘过斥责腐儒、主张弃文习武的言论，就更觉其难能可贵了。

---

① 刘过《龙洲集》卷一，第 3 页。
② 陆游撰、钱仲联校注《剑南诗稿校注》卷五《长歌行》有云："岂其马上破贼手，哦诗长作寒螀鸣？"第 467 页。
③ 见李心传《建炎以来朝野杂记》乙集卷三，《丛书集成初编》第 839 册，第 379 页。
④ 周密《癸辛杂识·后集》卷十三《断桥》（第 90 页）；程钜夫《程雪楼文集》卷十四《送黄济川序》（第 6 册，第 3 页 a）中都有这方面的描写。

　　宋元之际的方回曾不止一次地说过刘过的谒客习气太重，因而对其诗不以为然①。方回指出的事实是对的，但却未能作出具体分析和正确说明。

　　考察刘过的全部诗歌，其干谒之作确不在少数，从内容上看，大致可分为二类。一类是追求物质财富的，如《送程伯俞赴海陵苏使君之招》、《上袁文昌知平江》五首之五、《寓东阳》二首之二等。这些诗，与同时或稍后江湖谒客的作品大略相似，格调确实不高。这些，我们在本书中曾多次论述，此不赘。

　　另外一类是一些较难作出简单的价值判断的干谒诗，人们经常忽略不提。这就是那些希望获得达官贵人的知遇，以达到进身目的的作品。从刘过的一生看，为达到自己的目的，他走的基本上是两条路。一条是科举考试，另一条是希望凭借自己的才华和声望得到超越常规的任用。随着前一条路的越走越窄，他对后一条路也越来越热衷。尽管宋代的入仕制度越来越规范化，但这种情况也并非不可能，因此，他努力进行着尝试。如《上谯江州》：

　　　　丘公镇金陵，辛老治江口。君王神武欲筹边，九江更使
　　何人守？九江太守今谯侯，谯侯德量容九州。诗书礼乐晋元
　　帅，意度闲远和而谋。清尊对客温如玉，同上庚楼望西北。
　　胡尘万里气压之，客有白头何碌碌。出门烟水空茫茫，西为
　　汉沔南衡湘。指点武昌在何许？买船又谒吴侯去。②

---

①如方回《瀛奎律髓》卷二十四《送王简卿归天台》二首评云："改之……以诗
　游谒江湖，大欠针线。"（见方回选评、李庆甲集评《瀛奎律髓汇评》，第1101
　页），又其《桐江集》卷一《滕元秀诗集序》云："其时谣谓：'浙右滕元秀，江
　西刘改之。'然龙洲道人诗，回未敢以为然。外强中干，多谒客气。"见第
　452页。
②刘过《龙洲集》卷二，第11页。

此诗先举前曾干谒而使之失望者,带出谯氏,加以颂扬,似期援引。而篇末忽言欲离江州去谒武昌吴侯,是则又暗示谯氏未能使自己如愿。那么,诗人所求者到底是什么?"胡尘万里气压之,客有白头何碌碌"透露了个中消息,原来,他是希望得到提拔,去参加"平胡"的战争。再如《谒郭马帅》:

> 千金买骏马,百城市蛾眉。长安酒家楼,挥洒惊人诗。天子不得臣,公卿气吞之。俯视儿女辈,自诡男子奇。谁知金陵都,五年重来兹。黑貂日以敝,尘埃鬓成丝。故人风雨散,知己今为谁?郭侯山西英,而有熊豹姿。巍峨西忠庙,乔木人所思。垂芳到云仍,大将奕世为。兄弟各三衙,父子步武随。万户侯冠军,金印何累累。虽然平戎策,终郁未得施。方今群胡扰,似觉虏运衰。达靼军其西,会以蒙国欺。蛇豕互吞噬,干戈极猖披。盗贼猬毛起,敛民及刀锥。父老思汉官,壶浆徯王师。吾君自神武,妙算出筹帷。收揽天下才,尺寸不可遗。机会一日来,恢复此其时。况如郭侯者,礼贤正谦卑。使之会云龙,列城归指挥。安知古中原,不使同驱驰。过也久沦落,狂名诸公知。然亦壮心胆,志慕鞭四夷。脱靴奴将军,举扇障元规。有音世不赏,诗酒聊自嬉。霜风忽无情,一夜冷彻肌。高卧百尺楼,闭门无晨炊。起视匣中剑,依旧光陆离。有恩或可报,一死所不辞![1]

这首诗先言自己胸有大志,不同流辈,然竟长期郁郁不得志。次美郭氏之家世、才华、功绩。再言当今天下大乱,国步维艰,生灵涂炭,北方蒙金相争尤让人关切,如此局势,自然是郭氏建功立业之时。然何以建功立业?必得人才辅佐之,于是顺势归结到收揽

---

[1]刘过《龙洲集》卷三,第18页。

人才上。最后,呼应篇首,以自己抱负不凡,缺少知音,盼望提携,矢志相报作结。虽然平铺直叙,缺乏精警,但却言之由衷。

由此看来,刘过的这类干谒诗,虽然不免谒客声气,但进身的目的是为了报国,尤其是为了解救当时危急的局势。对这种作品,是不应完全否定的。事实上,作为一个知识分子,在正常的报国之路走不通之时,采取了不为一般人所取的方法,是应该加以理解的。

对于这一点,刘过自己也认识得很清楚。在他心目中,由于目的的崇高,手段即使不太可取,亦可以忽略不计。因此,他的干谒诗,尤其是求官之作,总是那么激扬飞动,显得理直气壮,而不像其他一些江湖谒客的同类之作那么寒伧。如果追溯渊源的话,刘过的这类诗与唐人的某些作品倒很相似,究其因,他们都认为这是正当的,因而没有什么心理障碍①。再举刘过的两首诗为例:

> 一曲归欤浩浩歌,世间无地不风波。人从贫贱识者少,事向艰难省处多。紫塞将军秋佩印,玉堂学士夜鸣珂。太平宰相不收拾,老死山林无奈何。
>
> ——《辞周益公》②

> 家住徐城未卜还,归心正在杳冥间。东游吴会三千里,西入成都一万山。解使愁肠能寸寸,空令泪眼已斑斑。此情不告英雄帅,说向儿曹总是闲。
>
> ——《谒淮西帅》③

或怨其不识才,以致抱负难展;或美其为识才者,以见所谒得人。

---

① 参看本书第二、第三章的有关论述。当然,刘过的一些诗也有寒伧态,但在集中居于少数。
② 刘过《龙洲集》卷四,第23页。
③ 刘过《龙洲集》卷四,第26页。

总之,如同前引二诗一样,这些作品都有一个共同特点,即除了不遗余力地渲染自己的才学外,都或明或暗地点出对方乃识才之人,从而暗示,如果自己不被提携,则不仅失一人才,而且对方的美名也必将受到损害。这样,诗中就或多或少有点强迫的意思,而干谒者也就不完全是被动者了。

总之,这类作品由于是求人,因而难免有气馁之处;同时,又由于目的的崇高,强烈的自信,因而显得气势旺盛。在所有的江湖谒客中,刘过的作品不仅内容是独特的,而且风格也是独特的。

刘过的诗,当时享有盛名。方回《滕元秀诗集序》曾提到当时广被人口的两句话:"浙右滕元秀,江西刘改之。"①可见人们对其诗歌艺术的认定。

总的说来,刘过的诗给人的最直接的印象,就是其浪漫的格调、奇特的想象和跳脱的句法。如下引二作:

> 书生灯窗困毛锥,说着刀剑何时持? 忽闻殷殷金鼓震,惊起块坐筋骸衰。国朝右武重秋狝,列郡敢不张其威? 万家骈首遮道看,我亦役逐人后随。武夫橐鞬陈整整,虎豹拿攫旌旗麾。人言吴儿尽脆弱,身发文断勇未知。不见拔山昔项羽,何必燕赵士始奇? 军容粲粲生光辉,悲风惨淡杀气怒,对此忽作边头思。熊黑不哗晓争出,万骑驰突寒打围。纷纷毛血腥原野,箭竹正堕惊鸿飞。将军仰笑军吏贺,金帛填委深沟池。十年文穷坐百拙,感慨一赋从军诗。
>
> ——《明州观大阅》②

---

① 方回《桐江集》卷一,第 452 页。此外,刘过亦与刘仙伦并称为"庐陵二刘",见张端义《贵耳集》卷上,《景印文渊阁四库全书》第 865 册,第 426 页。
② 刘过《龙洲集》卷二,第 9 页。

一山如龙来,起伏力不胜。老夫跨其背,半空欲飞腾。尚念同游人,一二东南朋。税驾为小留,木末朱栏凭。远水天共阔,秋风响饥鹰。城郭千万家,营垒相依凭。年年重阳节,高处尽可登。南楼与北榭,游览昔所曾。插花楚观上,醉舞仅所能。惊倒地上人,白日看上升。

——《九日鄂渚登高楚观分韵得能字》①

前诗从阅兵幻化出一幅边塞打围的图景,气势飞动,壮阔的军容有力地衬托了诗人壮阔的胸怀。后诗想象更为奇特。"一山如龙",尚是凡笔,而登山后,因其高而想象跨龙欲腾,便陡见精彩。然而,"龙"欲腾而终于不能腾,遂生出顾念友朋,"税驾小留"的奇想。既留下,则上下眺览,浮想联翩中,益觉壮怀难已,于是,终于"惊倒地上人,白日看上升"。这首诗妙就妙在虚中有实,实中有虚,虚实相生,起结无端,很能体现出刘过的才情。

刘过的诗歌在跌宕纵横中,也能融入结合着特定的时代风貌和其心理内容的沉郁之感。如其七律名作《登多景楼》云:

壮观东南二百州,景于多处最多愁。江流千古英雄泪,山掩诸公富贵羞。北固怀人频对酒,中原在望莫登楼。西风战舰成何事?空送年年使客舟。②

多景楼坐落在镇江东北的北固山上,始建于北宋,历来是文士赋咏的胜地。刘过的这首诗,其同时代的俞文豹评云:"一空前作。"③我

---

① 刘过《龙洲集》卷三,第 20 页。

② 刘过《龙洲集》卷六,第 51 页。

③ 俞文豹《吹剑录全编》,张宗祥校订,上海:古典文学出版社,1958 年,第 33 页。按,前面我们曾讨论过几位江湖诗人题咏多景楼的诗,但其时代较刘诗稍后。

们不妨别引两首,略加比较:

> 六代萧萧木叶稀,楼高北固落残晖。西州城郭青烟起,
> 千里江山白鹭飞。海近云涛惊夜梦,天低月露湿秋衣。使君
> 岂负清时乐,长倒金尊尽醉归。
>
> ——米芾《多景楼呈某使君》①

> 屈曲危楼倚半空,诗情无限景无穷。江声逆顺潮来往,
> 山色有无烟淡浓。风月满楼供一醉,乾坤万里豁双瞳。片云
> 迥逐斜阳去,知落淮山第几重?
>
> ——曾肇《题多景楼》②

二诗写景言情,倒也工稳,但缺少个性,过于着题,导致作品内涵的单薄。试看刘诗,起首虽不点楼,然一眼望去,"东南二百州"了然在目,不唯见出楼势,"多景"之意亦含蓄点出。登眺之题面既出,常人每作景物描写以续之,而刘过则直接抒情,同时却又不忘题意,使景在情中,因此,长江水、北固山都分别被放在一个广袤而又具体的时空中,既有特定的空间规定,又有明显的时代特征。"战舰"云云是唯一的实写物象,然篇末一掉,就跳过了从虞允文到目前的一个巨大历史跨度,沉痛地表现了时代的屈辱和个人的感慨。全诗融写景、抒情、怀古、伤今为一体,虽不详写楼前景物,但其意蕴非登此楼不足以见出。俞文豹盛赞此诗,确是有理。

---

① 此诗《宝晋英光集》补遗题为《甘露寺》,见《丛书集成新编》第62册,台北:新文丰出版公司,1985年,第152页。此从《镇江府志》卷五十二之说,见《中国地方志集成·江苏府县志辑》第28册,南京:凤凰出版社,2008年,第546页。

② 此诗《曲阜集》卷三题为《京口甘露寺》,见《景印文渊阁四库全书》第1101册,第394页。此从厉鹗《宋诗纪事》卷二十三,第598页。按多景楼即建在寺北,二者亦不矛盾。

成书于雍正十年(1732)的《江西通志》曾说刘过是"江西诗派中一人"①。后来,这个说法先后为曹庭栋《宋百家诗存》刘过小传及陆心源《宋史翼·刘过传》所采用。这种评价虽然带有籍贯的因素,但从刘过的创作实际看,也不是没有道理的。如其《襄阳雪中寄江西诸友》云:

> 雨涩风悭夜向阑,粉花飘扑客衣单。功名有分平吴易,贫贱无闻访戴难。懒逐银杯行处马,静思玉鉴舞时鸾。诗成咫尺谁堪记? 常与邦人醉底看。②

此诗颇有江西风味,尤其是颔联,深受后世批评家赞赏。如吴沆《环溪诗话》评云:"刘改之诗:'功名有分平吴易,贫贱无交访戴难。'上句是裴度雪夜平吴之事,下句即访戴之事。上句是得时事,下句是失时事。上句事虽难也易,下句事虽易也难。以俗为雅,又是倒翻公案,尤为高妙。"③此评能得刘诗之神。尤其是关于"以俗为雅"、"倒翻公案"的体认,可以见出刘过对江西前辈如曾几、吕居仁等成功的艺术实践的出色运用。

但是,刘过所处的时代,江西诗风毕竟已经衰微,如同许多诗坛前辈一样,他本人对江西利弊也不能不有所反省。其《次刘启之韵》曾说自己是"江西析派"④。"析派"二字,透露了个中消息。具体地说,就是他的有些诗歌在濡染江西的同时,能够稍加变体。

---

① 雍正《江西通志》卷七十六《人物志十一》,第 7 页 b。又,岳珂《桯史》卷六《快目楼题诗》条云:"江西,诗派所在,士多渐其余波,然资豪健和易不常,诗亦随以异。庐陵在淳熙间,先后有二士,其一曰刘改之,余及识之,尝书之矣。"见《桯史》第 71 页。似也认为刘过受过江西派较大影响。
② 刘过《龙洲集》卷五,第 35 页。
③ 吴沆《环溪诗话》卷下,北京:中华书局,1988 年,第 147 页。
④ 刘过《龙洲集》卷五,第 37 页。

如以下二作：

> 凤阁鸾台次第留，此生何必为身谋？工夫至《易》通三
> 圣，洁白持身第一流。桑梓静思如子少，萍蓬自叹此生浮。
> 还乡若有过从便，会尽人间只点头。
>
> ——《送刘从周教授》①

> 夜听南窗《金屈枝》，水花凉果似秋时。人言爱酒陶元
> 亮，坐有能诗无本师。颠倒《六经》鸲鹆舞，澜翻一曲《鹧鸪
> 词》。同游未可轻相笑，恐是长庚未可知。
>
> ——《毛积夫席上口占》②

在江西诗派的劲健中，加入了流畅，而避免了生涩，这是刘过的成功之处。

另外，刘过的诗在某种程度上也受到了当时得到杨万里、陆游等人鼓励的晚唐体的影响。如下面二诗：

> 袭桂行香径，朱栏稍转西。水风飔石冷，云月堕檐低。
> 棋败深杯罚，诗豪健笔题。舞忙钗髻乱，更为捧柔荑。
>
> ——《吴尉东阁西亭》二首之一③

> 旧说西湖好，春来更一游。林逋山际宅，苏小水边楼。
> 行密柳堤闹，树多花影稠。天堂从此去，真个说杭州。
>
> ——《西湖次舍弟润之韵》④

诗中颇重琢句，看得出是下了一番锤炼的功夫，与同时永嘉四灵的创作比观，当能看出一点时代风会。不过，这种格调在刘过诗

---

① 刘过《龙洲集》卷五，第 32 页。
② 刘过《龙洲集》卷五，第 36 页。
③ 刘过《龙洲集》卷七，第 57 页。
④ 刘过《龙洲集》卷七，第 59 页。

中不占主流，即使偶一为之，亦不掩其清利的本色，与四灵的幽秀，终有区别。

总的说来，刘过诗歌的最大优点是生气贯注，流畅自然，但做得过头了以后，也往往流于粗豪和率意，从而减少了诗歌可供涵咏的韵味。如《同许从道登圜翠阁》、《入徽州》二诗：

> 清潭石洞游俱遍，最后来寻此阁邀。树木满林成庇荫，溪山围县恰周遭。结交有味贫何害？薄酒虽村饮亦豪。明日重阳吾未去，更于何处可登高？

> 白傅庭前正解船，梦中忽已过番川。红尘冉冉行天上，黄道骎骎近日边。石洞歙溪俱可砚，山肥徽路总堪田。把茅便欲侨居去，奈此功名未了缘。①

这些诗虽直抒胸臆，描写切近，但不免一览无余，后来江湖诗派的很多作品都是从这种风格来的，就其影响看，功过参半，但于此也可见出刘过在江湖诗派发展中的重要作用。

二、论姜夔诗

姜夔也是江湖诗派的前辈之一。他的诗歌创作，就整体风格而言，和江湖诗派的另一个前辈刘过完全不同。可以说，二人从不同的侧面，启发、影响了后来江湖诗派的创作。

在文学史上，姜夔往往是作为一个诗艺精湛、不问世事的隐士或清客的面目出现的，事实上，这不尽符合他的具体情况。尽管他"早岁孤贫，奔走川陆"（《昔游诗序》），很早就开始了游士生涯，但他的用世之心却也一直伴随着他的生命旅程。和杜甫献

---

① 刘过《龙洲集》卷六，第 43、46 页。

《三大礼赋》一样,庆元三年(1197),四十三岁的姜夔向朝廷上书论雅乐,进《大乐议》和《琴瑟考古图》各一卷,希望通过显露自己在音乐方面的才能,获得知遇。但却因受到朝廷乐官的嫉妒,未予采纳。两年后,他不甘失败,又向朝廷进献《圣宋铙歌鼓吹曲》十二章,终于受到重视,被特许直接参加礼部的进士考试,但又没有考中。因此,人们往往只看见姜夔依附范成大时吹箫度曲、风流自赏的浪漫生活,而忽略了这其实是他在功名蹭蹬之后不得已而作出的选择。

　　正因为姜夔心中始终潜伏着用世之心,他对当时的政治社会也就不能不有所注意。如他在二十二岁时,漫游江淮间,曾赋〔扬州慢〕一词,对“过春风十里,尽荠麦青青。自胡马窥江去后,废池乔木,犹厌言兵”①的荒凉景象,触目伤怀,感到无限悲凉。而“徘徊望神州”之余,不由得“沉叹英雄寡”②。他感慨没有能够北定中原,收复失地的英雄,虽只是一声深沉的叹息,但也足以见出他对民族危亡的关心,以及对当时和战问题的情感指向。这种思想,一直持续到他的晚年。嘉泰三年(1203),辛弃疾知镇江府,忙于筹划北伐事宜,姜夔写了〔永遇乐〕(《次稼轩北固楼词韵》)一词,其下片云:

　　　　前身诸葛,来游此地,数语便酬三顾。楼外冥冥,江皋隐隐,认得征西路。中原生聚,神京耆老,南望长淮金鼓。问当时依依种柳,至今在否?③

对北伐事业寄予深切的期望。而由于仰慕辛氏“金戈铁马,气吞

①唐圭璋编《全宋词》,第2180页。
②姜夔《昔游诗十五首》之十二,《白石诗词集》,第18页。
③唐圭璋编《全宋词》,第2187页。

万里如虎"的气魄,与词的内涵相适应,作品风格也一变既往,显得清刚疏宕。要而言之,在当时特定的政治局势中,姜夔是站在主战派一边的。

同样的思想,姜夔有时也用其他方式来写。如《李陵台》云:

李陵归不得,高筑望乡台。长安一万里,鸿雁隔年回。望望虽不见,时时一上来。①

又如《同潘德久作明妃诗》其三云:

身同汉使来,不同汉使归。虽为胡中妇,只着汉家衣。②

这两首诗,孙玄常以为乃暗指陷身金营的宋臣③,是很有道理的。如果和词中的〔疏影〕相比,后者"伤心二帝蒙尘,诸后妃相从北辕,沦落胡地,故以昭君托喻"④的意旨,也与此二诗相似。前人常说姜夔诗词相通,实则不仅是风格,即使是思想意蕴和表现手法上,也多如此。

此外,对于处于阶级压迫下的人民的悲惨生活,姜夔也给予了一定的关注。《宋史》记载:"(绍熙)五年冬,亡麦苗。行都、淮浙西东、江东郡国皆饥,常明州、宁国镇江府、卢滁和州为甚,人食草木。庆元元年春,常州饥,民之死徙者众。楚州饥,人食糟粕。淮、浙民流行都。"⑤这种情形,长年流寓在外的姜夔不仅看得很真切,而且,更由于自己的身世,不止一次地在诗中流露出深深的同情。如其《丁巳七月望湖上书事》云:"天边有饼不可食,闻说饥

---

① 姜夔《白石诗词集》,第 12 页。

② 姜夔《白石诗词集》,第 39 页。

③ 见孙玄常《姜白石诗集笺注》,太原:山西人民出版社,1986 年,第 37、161 页。

④ 郑文焯校订《白石道人歌曲》批语,见陈柱《白石道人词笺平》,上海:商务印书馆,1934 年,第 108 页。

⑤《宋史》卷六十七《五行志·土》,第 5 册,第 1566 页。

民满淮北。"①又《送王德和提举淮东》云:"煮干碧海知谁用,割尽
黄云尚告饥。可得不为根本计,秋风还见雁南飞。"②在乐府诗
《筝篌引》中,他更进一步跳出了对人民苦难生活的一般描述,而
上升为对阶级对立的揭露:

> 筝篌且勿弹,老夫不可听。河边风浪起,亦作筝篌声。
> 古人抱恨死,今人抱恨生。南邻卖妻者,秋夜难为情。长安
> 买歌舞,半是良家妇。主人虽爱怜,贱妾那久住。缘贫来卖
> 身,不缘触夫怒。日日登高楼,怅望南宫树。③

一个良家妇女,为生计所窘,被迫卖身,对这种逼良为娼的悲惨遭
遇,难道社会不该负责任吗? 这一点,诗中没有直说,但我们分明
感到了作家的愤怒。

　　当然,这些政治内容在姜夔所有的作品中并不占主流,但对
一个远离政治中心,连衣食都要靠人接济的下层知识分子来说,
我们又怎能要求过高呢? 如果说,在诗歌创作中,姜夔更多考虑
的是艺术的追求,仅从他需要以不同凡俗的创作风貌来获得达官
贵人的知遇这一点来考虑,也是值得理解的了。

　　姜夔诗歌创作的艺术成就,从当代到后代,评价一直很高。
较著者有以下数家之说:

> 尤萧范陆四诗翁,此后谁当第一功? 新拜南湖为上将,
> 更推白石作先锋。
>
> 　　　　　　——杨万里《寄张功父姜尧章进退格》④

---

① 姜夔《白石诗词集》,第 22 页。
② 姜夔《白石诗词集》,第 36 页。
③ 姜夔《白石诗词集》,第 9 页。
④ 杨万里《诚斋诗集》卷四十二,《四部备要》第 78 册,第 295 页。

内翰梁公……，爱其（姜夔）诗似唐人，……待制杨公以为于文无所不工，甚似陆天随。

——周密《齐东野语》①

白石姜尧章奇声逸响，卒多天然自成一家，不随近体。

——陈郁《藏一话腴》②

古体黄陈家格律，短章温李氏才情。

——项安世《谢姜夔秀才示诗卷

（从千岩萧东夫学诗）》③

余于宋南渡后诗，自陆放翁之外，最喜姜尧章。

——王士禛《香祖笔记》④

南宋人诗，……姜白石犹为翘楚。其诗甚有格韵，清雅可传。

——朱庭珍《筱园诗话》⑤

夜寒甚，坐床头拥衾爇烛看《白石道人诗》，清绝如啖冰雪也。……其诗颇可诵，《江湖小集》中之最佳者。

——李慈铭《越缦堂读书记》⑥

这些，大略可以代表历代评论家的共识。

但宋末元初的方回却有不同看法。其《诗人玉屑考》云：

严沧浪、姜白石评诗虽辨，所自为诗不甚佳。凡为诗不

---

① 周密《齐东野语》卷十二"姜尧章自叙"条，第 211 页。
② 陈郁《藏一话腴》外编卷下，《景印文渊阁四库全书》第 865 册，第 568 页。
③ 项安世《平庵悔稿》卷七，《续修四库全书》，上海：上海古籍出版社，2002 年，第 1318 册，第 594 页。
④ 王士禛《香祖笔记》卷九，上海：上海古籍出版社，1982 年，第 167 页。
⑤ 朱庭珍《筱园诗话》卷四，见郭绍虞编《清诗话续编》，第 2407—2408 页。
⑥ 李慈铭《越缦堂读书记》，第 911 页。

甚佳而好评诗者,率是非相半,晚学不可不知也。①

这段评论明显带有宗派声吻,未为公允(说详下)。但把姜夔的诗和诗论结合起来探讨,的确有助于得出较为全面的认识。

姜夔的诗歌见解,集中体现在其《白石道人诗说》及《白石道人诗集》的两篇自叙中。尤其是前者,作为一部论诗专著,曾被论者誉为在江西诗派之后,《沧浪诗话》之前,表现出诗论转变之关键的一部著作②。

姜夔在《白石道人诗集自叙》中说:

> 近过梁溪,见尤延之先生,问余诗自谁氏? 余对以异时泛阅众作,已而病其驳如也,三熏三沐,师黄太史氏。居数年,一语噤不敢吐。始大悟学即病,顾不若无所学之为得,虽黄诗亦偃然高阁矣。③

这一与尤、杨、范、陆相似的学诗历程(参看第一章),是他自己通过创作实践摸索出来的心得,其精神实质,与他的诗歌理论是相通的。

姜夔的诗论,常说诗法诗病,正如许多学者所指出的,明显带有江西诗派的影响。但在根本的一点,即重视独创性上,他却和江西末流区别了开来,他说:"文以文而工,不以文而妙;然舍文无妙,胜处要自悟。""自悟",才能达到妙境。那么,什么是妙境?《自叙》说:

> 作诗求与古人合,不若求与古人异。求与古人异,不若不求与古人合而不能不合,不求与古人异而不能不异。彼惟

①方回《桐江集》卷七,第563页。
②郭绍虞《宋诗话考·白石道人诗说》,北京:中华书局,1979年,第92页。
③姜夔《白石诗词集》,第1页。

有见乎诗也,故向也求与古人合,今也求与古人异;及其无见乎诗已,故不求与古人合而不能不合,不求与古人异而不能不异。其来如风,其止如雨,如印印泥,如水在器,其苏子所谓不能不为者乎?①

有了这种境界,就可以脱略形迹,直指心源。其实,这一点,也正是江西诗派最富有生命力的精神实质。杨万里《江西宗派诗序》云:"江西宗派诗者,诗江西也,人非皆江西也。人非皆江西而诗曰江西者何? 系之也。系之者何? 以味不以形也。……高子勉不似二谢,二谢不似三洪,三洪不似徐师川,师川不似陈后山,而况似山谷乎? 味焉而已矣!"②这种重味而不泥形,尚风致而不尚体貌的追求,正是早期江西诗派充满生机的重要因素之一。由此生发开来,只要保持自己的创作个性,心中"无见乎诗"即跳出有意模拟的窠臼,就能"不求与古人合而不能不合,不求与古人异而不能不异"。正是在这根本的一点上,姜夔与当时的江西末流专事模拟而不觉陷于枯涩者大异其趣,因此,他才敢以自立的气魄,把晚唐诗风融入江西从而改造江西诗风,表现出一定的独创性。尽管正如他所实事求是地承认的那样:"余之诗盖未能进乎此也",但他的确是有意识的把这种精神贯注在其诗歌创作中的,也就是说,他的诗歌创作,是有意识的受其诗歌理论的指导的。他以自己的创作实践,实现了他在《自叙》中所提出的主张:"余之诗,余之诗耳。穷居而野处,用是陶写寂寞则可,必欲其步武作者,以钓能诗声,不惟不可,亦不敢。"

姜夔的作品在当时诗坛上的独创性,首先表现在具有风神远

①姜夔《白石诗词集》,第2页。
②杨万里《诚斋集》卷七十九,《四部丛刊》集部第1202册,第11页a。

韵上。缪钺在《姜白石之文学批评及其作品》一文中说："白石之诗气格清奇,得力江西;意襟隽澹,本于襟袍;韵致深美,发乎才情。受江西诗派影响者,其末流之弊,为枯涩生硬,而白石之诗独饶风韵。"①指出姜夔之诗与南宋以来江西末流的区别之所在,所论非常准确。

所谓风韵,指的是作者独特的艺术构思通过特定的语言形式所传达出的一种蕴藉空灵之美。姜夔本身即对此具有自觉的意识。其《诗说》云:"韵度欲其飘逸。"②可见其追求所在。如其《姑苏怀古》云:

> 夜暗归云绕柁牙,江涵星影鹭眠沙。行人怅望苏台柳,曾与吴王扫落花。③

这首诗,颇得杨万里的称赞,并由于此类诗,而推姜夔为"尤萧范陆"之后的诗坛"先锋"④。杨万里的眼光是敏锐的,此作确是姜诗中最佳者之一。一般的怀古诗,每多起句破题,或点时,或点地,或点物,以抒发今昔之感。如李白之《越中览古》("越王勾践破吴归"),刘禹锡之《金陵五题》("朱雀桥边野草花"),杜牧之《赤壁》("折戟沉沙铁未销")等名作,类多如此。此却以景语出之,似与题旨无关,然人事代谢,山川依然,景物描写中即寄托了无穷的感慨,而感慨又借着景物的渲染,富有悠远的情韵。此种写法,使善以灵动活泼之笔写七绝的杨万里大为欣赏,叹为不及。与此可以媲美的,像《雁图》:"万里晴沙夕照西,此心唯有断云知。年年数尽秋风

①缪钺《诗词散论》,第 84 页。
②姜夔《白石诗词集》,第 66 页。
③姜夔《白石诗词集》,第 42 页。
④罗大经《鹤林玉露》丙编卷二"姜白石"条,第 267 页。

字,想见江南摇落时。"①《平甫见招不欲往》:"老去无心听管弦,病来杯酒不相便。人生难得秋前雨,乞我虚堂自在眠。"②或借景言情,或直抒襟袍,兴味深厚而笔致飘逸,使人们感受到特有的情韵。

　　不少学者都曾注意到,姜夔的某些作品特别是七言绝句与词相近③。事实上,这正是姜诗富有韵致的重要原因之一。

　　词这一兴起于晚唐五代,大盛于两宋的抒情文学样式,在艺术手法、创作风格上,都有一些不同于诗的特点。比如设色纤丽,音调谐婉,语言柔媚,格调轻灵等,往往为诗家所回避。姜夔有意识地将词法引入诗中,使他的某些作品显得风姿秀逸,颇为别致。如下引诸作:

　　　　渺渺临风思美人,荻花枫叶带离声。夜深吹笛移船去,三十六湾秋月明。

　　　　　　　　　　　　　　——《过湘阴寄千岩》④

　　　　细草穿沙雪半销,吴宫烟冷水迢迢。梅花竹里无人见,一夜吹香过石桥。

　　　　　　　　　　　　　　——《除夜自石湖归苕溪》之一⑤

　　　　秋风低结乱山愁,千顷银波凝不流。堤畔画船堤上马,绿杨风里两悠悠。

　　　　　　　　　　　　　　——《湖上寓居杂咏》之三⑥

----

① 姜夔《白石诗词集》,第41页。
② 姜夔《白石诗词集》,第45页。
③ 如陈衍《宋诗精华录》卷四评姜夔《过垂虹》云:"晚宋人多专攻绝句,白石其尤者,与词近也。"见陈衍《宋诗精华录》,第167页。
④ 姜夔《白石诗词集》,第41页。
⑤ 姜夔《白石诗词集》,第41页。
⑥ 姜夔《白石诗词集》,第44页。

自作新词韵最娇，小红低唱我吹箫。曲终过尽松陵路，回首烟波十四桥。

——《过垂虹》①

皆具词体。其相似处贯通于神貌之中，稍比较即知。

对于姜夔诗之具词体、饶韵致，很多学者都注意到了。但不少人认为，这一特色的形成，乃由于姜夔是词人的缘故，是则似可商酌。正如我们所熟知的，宋代许多作家都兼通诗词，却未见类似的情况。这促使我们从另外一些方面去思考。

其实，最关键的一点，还是作者本人对独创性的追求。我们知道，在词的创作上，姜夔是南宋的最有成就的作家之一。他的词风虽出于周邦彦，但他善于用他曾经师承过的江西诗风对之进行大胆的改造，从而创造了一种清峭瘦劲的风格。如〔踏莎行〕中的"淮南皓月冷千山，冥冥归去无人管"，〔点绛唇〕中的"数峰清苦，商略黄昏雨"②等句子，都是这方面的代表。作为一个问题的另一个方面，他在诗艺的探索上走了一条相反的路，即把晚唐诗中与词体接近的情致丰赡、清新圆活一路引入诗中，以疗救江西末流的枯涩之弊。因此，姜夔的诗特别以韵致见长，乃是他自觉地将江西与晚唐相结合的结果，是他在当时特定的创作背景中所作的主观选择。这种诗，与江西诗派相比，固然相去很远；即以晚唐例之，亦不能完全规范其内涵。因为，它是作家创作个性之体现。

姜夔的作品在当时诗坛上的独创性，其次表现在作者的"精思"，也就是对作品的谋篇布局的重视上。就这一点而言，姜夔超

---

① 姜夔《白石诗词集》，第46页。
② 唐圭璋编《全宋词》，第2174、2171页。

过了许多江湖诗人。我们曾经说过,江湖诗派的艺术渊源主要来自两个系统:姚贾和杜(荀鹤)罗(隐)。但学姚贾者,往往专精五律,有句无篇,学杜罗者,往往过于直致,缺少蕴藉。相对说来,在谋篇布局方面都有欠缺。即使有些佳作,也并不是出于全面的追求。姜夔则不然。其《诗说》有云:"大凡诗自有气象、体面、血脉、韵度。""作大篇尤当布置,首尾匀停,腰腹肥满。""小诗精深,短章酝藉,大篇有开阖,乃妙。""篇终出人意表,或反终篇之意,皆妙。""波澜开阖,如在江湖中,一波未平,一波已作。如兵家之阵,方以为正,又复是奇;方以为奇,忽复是正。出入变化,不可纪极,而法度不可乱。"①虽然姜诗并不一定都能符合这些标准,但他确是有意识地照此去做,并确实取得了一定的成就的。这一点,无论在其小诗还是在其大篇中,都有所体现。

先举一首小诗为例:

　　　　今我歌一曲,曲终郎见留。万一不当意,翻作平生羞。

　　　　　　　　　　　　　　　　　——《古乐府》三首之三②

从现在推测到将来,而将来之事又分宾主言之,真所谓千回百折。女主人公的心事固然写得非常细腻,而章法亦复曲折多致。

再举一首七律:

　　　　伯劳飞燕若为忙,还忆东斋夜共床。别后无书非弃我,春前会面却他乡。连宵为说经忧患,异日相逢各老苍。更欲少留天不许,晚风吹艇入垂杨。

　　　　　　　　　　　　　　　　　——《京口留别张思顺》③

---

① 姜夔《白石诗词集》,第66—68页。
② 姜夔《白石诗词集》,第10页。
③ 姜夔《白石诗词集》,第34页。

诗写与张思顺相见旋别的一段情事,这在江湖诗人是一个常见的题材。但诗人忽写此聚之欢乐,忽写前别之追忆;忽就此聚写出共同为客的感慨,忽就今别写出异日重逢的悬想。句意跳荡,时空错综,恰切地传达了作者"伯劳飞燕"的凄惋心绪。

姜夔有一些大篇、尤其是联章诗,也能见出这方面的特色。如其以六首七言绝句组成的《雪中六解》:

塞草汀云护玉鞍,连天花落路漫漫。如今却忆当时健,下马题诗不怕寒。

黄鹤矶边晚渡时,柳花风急片帆飞。一声长笛鱼龙舞,白浪如山不肯归。

万马行空转屋檐,高寒屡索酒杯添。故人家住吴山上,借得西湖自卷帘。

曾泛扁舟访石湖,恍然坐我范宽图。天寒远挂一行雁,三十六峰生玉壶。

万壑千岩一样寒,城中别有玉龙蟠。旧人乘兴扁舟处,今日诗仙戴笠看。

沉香火里笙箫合,暖玉鞍边雉兔空。办得煎茶有骄色,先生只合作诗穷。①

这一组诗,"首述淳熙丙申北游濠梁之雪,终以嘉泰癸亥入越,与稼轩秋风亭观雪。其中间则沔鄂黄鹤之雪、行都吴山之雪、除夕垂虹之雪,雪虽五地,而三十年之游踪,皆以雪显"②。这种结构上的匠心,显然是诗人的刻意追求。值得注意的是,姜夔的《昔游诗》,选择了若干"可喜可愕"的游历之处,将二十年的生命旅程联

———————

① 姜夔《白石诗词集》,第48—49页。
② 孙玄常语,见其《姜白石诗集笺注》,第217页。

缀成一轴长幅画卷,与《雪中六解》正是同一机杼。可见,姜夔在组诗的整体布局上是有着明确的意识的。

《昔游诗》十五首是姜夔集中的一组规模最大的诗,其艺术成就,在整个南宋亦不多见。在这组诗的谋篇布局上,姜夔倾注了大量心血,它既以描写二十年间的"可喜可愕"者为主,其所选择的事物和场面也就多为凶险奇瑰者。与这一主题相适应,全组诗的主体风格也显得奔放雄奇。但是,作者本人既然对"体面"、"气脉"、"布置"、"开合"等创作手法都有着主观体认,也就不能不体现在特定的作品中。因此,他特别注意全篇的波澜起伏,使这组诗在相对统一的风格中又呈现出变化。如其四云:

　　　　萧萧湘阴县,寂寂黄陵祠。乔木荫楼殿,画壁半倾敧。芦洲雨中淡,渔网烟外归。重华不可见,但见江鸥飞。假令无恨事,过此亦依依。①

此诗前面两首是"放舟龙阳县"和"九山如马首",分别写舟过龙阳县、九马嘴山时"大浪山嵯峨","我舟如叶轻","自谓喂鼋鼍","万死得一生"的凶险场面;后面三首是"我乘五板船"、"天寒白马渡"和"扬舲下大江",或写在沌河口夜航遇风浪之险,或写经白马渡时遭逢"势若江湖吞"的野烧,或写渡扬子江时,为风雪所阻,"欲上不得梯,欲留岸频裂"的恐怖,都写得惊心动魄,气氛紧张,而中间忽夹以此首,景色淡雅,节奏和缓,与前后恰成鲜明对比,不仅使得作者的情绪得以调节,全诗也显得张弛有度,富有变化。众所周知,杜甫的《北征》是一篇思想、艺术成就都很高的大诗。它写国家局势的动荡不安,写自己家庭的艰难生活,并在其中蕴涵着诗人的忠愤、忧郁、伤感和希望,通篇气氛是严肃而沉重的。但

————————

① 姜夔《白石诗词集》,第14页。

诗中却有一小段描写了旅途中的景色和自己观赏这些景色的愉悦心情：

> 菊垂今秋花，石戴古车辙。青云动高兴，幽事亦可悦：山果多琐细，罗生杂橡栗；或红如丹砂，或黑如点漆；雨露之所濡，甘苦齐结实。

对此，杨伦《杜诗镜铨》引张溍《读书堂杜工部诗集注解》评云："凡作极要紧极忙文字，偏向极不要紧极闲处传神，乃夕阳反照之法，惟老杜能之。如篇中青云幽事一段，他人于正事实事尚铺写不了，何暇及此？此仙凡之别也。"[①]而程千帆师更进一步从中国古典美学上一张一弛的原则，体会到这一段在全篇中的作用。他说："杜甫正是由于生活上、精神上所承受的压迫，使他透不过气来，才在旅途中强自排遣，从而感到幽事之可悦的。在紧张的神经松弛了一阵之后，诗人不可避免地仍然要回到严酷的现实中来，而'缅思桃源内，益叹身世拙'二句则是弛而复张的过脉。中间这一轻松愉快的场面和前后许多严肃痛苦的场面对比，不但显示了诗篇在艺术上的节奏，更重要的还在于表现了诗人感情上的起伏及其自我调节作用。"[②]这一段论述对我们理解《昔游诗》十五首的整体结构是有启发的。当然，《昔游诗》尚不足以与《北征》相提并论，但其在谋篇布局上的张弛之法，则可视为对杜诗的一个直接继承，而且，所达到的效果亦不容忽视。

姜夔的作品在当时诗坛上的独创性也表现在他对语言艺术的努力追求上。罗大经《鹤林玉露》丙编卷二"姜白石"条曾说姜

---

① 杨伦《杜诗镜铨》卷四，第161页。
② 程千帆师《古典诗歌描写与结构中的一与多》，载《古诗考索》，上海：上海古籍出版社，1984年，第3—26页。

夔学诗于萧德藻,而且,后来更因文才受到赏识,做了萧氏的侄
女婿。因此,萧氏奇峭工致的诗歌艺术,显然不能对姜夔没有
影响。

　　前人评姜夔诗的语言,或谓"琢句精工"①,或谓"造语奇
特"②,这些体认,都是很准确的。如其得到普遍赞誉的《望岳》诗
中"小山不能云,大山半为天"③二句,把一种平常的自然景象写
得奇峭脱俗,千锤百炼而又脱略痕迹。再如以下数诗:

　　　　褰裳望洞庭,眼过天一角。初别未甚愁,别久今始觉。
　　作笺非无笔,寒雁不肯落。芦花待挐音,怪底北风恶。
　　　　　　　　　　　　　　　——《待千岩》二首之一④

　　　　黄帽传呼睡不成,投篙细细激流冰。分明旧泊江南岸,
　　舟尾春风飐客灯。
　　　　　　　　　　　　——《除夜自石湖归苕溪》十首之三⑤

　　　　杨柳风微约暮寒,野禽容与只波间。道人心性如天马,

①罗大经《鹤林玉露》丙编卷二"姜白石"条,第267页。
②瞿佑《归田诗话》卷中云:"姜尧章诗云:'小山不能云,大山半为天。'造语
　奇特。王从周亦云:'未知真是岳,只见半为云。'似颇近之。"见丁福保辑
　《历代诗话续编》,第1264页。按此段评姜略本姜夔《白石道人诗说自
　序》,谓:"淳熙丙午立夏,余游南岳……。顾见茅屋蔽亏林木间,若士坐大
　石上……。从容问从何来,适吟何语。余以实告,且举似昨日《望岳》'小
　山不能云,大山半为天'之句。若士喜,谓余可人。"陈思《白石道人年谱》
　(见《辽海丛书》本,第17页 a)及夏承焘《白石道人行实考》(见《燕京学
　报》,1938[24],第69—70页)都认为,所谓"若士",乃虚拟之人,指黄庭坚。
　可见这二句诗的渊源。
③姜夔《白石诗词集》,第59页。
④姜夔《白石诗词集》,第10页。
⑤姜夔《白石诗词集》,第41页。

可爱青丝十二闲。

——《次韵武伯》①

这些诗,都能见出姜夔对语言艺术的刻意追求。其《诗说》有云:"诗之不工,只是不精思耳。不思而作,虽多亦奚为?"又云:"雕刻伤气,敷演露骨。若鄙而不精巧,是不雕刻之过;拙而无委曲,是不敷演之过。"又云:"人所易言,我寡言之;人所难言,我易言之,自不俗。"②他的创作在一定程度上实践了他的诗歌主张。

　　姜夔诗歌的艺术渊源,长期以来,就有人根据杨万里评其"于文无所不工,甚似陆天随"③的话,认为他是学晚唐陆龟蒙诗的④。但是,尽管姜夔本人也常对陆龟蒙表示称赞和向慕⑤,说他学陆却是缺少根据的。我们在第三章曾经说过,众多的江湖诗人经常提到陆龟蒙,实际上是在身世际遇上发生了共鸣,至于陆氏的诗歌风格,与许多江湖诗人都并不相同。这一点,姜夔也不例外。其实,细味杨万里的话,他只是称赞姜夔和陆龟蒙一样,在生活态度上很接近,在文艺方面也都取得了成就,而并不是说二人诗歌一定有什么渊源。当然,也许由于陆龟蒙是晚唐的一位富有独创性的诗人,而姜夔则由于将晚唐诗风引来改造江西诗派,在当时诗坛上表现了其独创性,因而杨万里才将二人并称

---

① 姜夔《白石诗词集》,第 52 页。

② 姜夔《白石诗词集》,第 66 页。

③ 周密《齐东野语》卷十二"姜尧章自叙"条,第 211 页。

④ 如游国恩等主编之《中国文学史》即持是说。见《中国文学史》,北京:人民文学出版社,1964 年,第 696 页。

⑤ 如姜夔《除夜自石湖归苕溪》十首之五:"三生定是陆天随,又向吴松作客归。"《三高祠》:"沉思只羡天随子,蓑笠寒江过一生。"又《三高祠》:"甫里闲居耕钓乐,范张高处陆尤高。"见《白石诗词集》,第 41、45、62 页。

的吧。

　　其实，与其说姜夔学陆龟蒙，不如说他学习杜牧。尤其在姜夔的绝句中，其秀逸的风神，显然能看出杜牧的影响。如前引《姑苏怀古》一诗，其伤今吊古之深情，与杜牧的《金谷园》诗，风味极似。再比较下面二诗：

　　　　溪上佳人看客舟，舟中行客思悠悠。烟波渐远桥东去，犹见阑干一点愁。

　　　　　　　　　　　　——姜夔《过德清》二首之二①

　　　　南陵水面漫悠悠，风紧云轻欲变秋。正是客心孤迥处，谁家红袖倚江楼。

　　　　　　　　　　　　——杜牧《南陵道中》②

二诗场景同，设色同，以楼上佳人之无情反衬舟中客子之有情同，其间传承关系，非常明显。但姜诗末句出以虚笔，则尤显得蕴藉空灵。

　　前引姜夔《白石道人诗集自叙》总结自己的学诗经历时说："异时泛阅众作，已而病其驳如也，三熏三沐，师黄太史氏。居数年，一语噤不敢吐。始大悟学即病，顾不若无所学之为得，虽黄诗亦偶然高阁矣。"这个"泛阅众作"，接受面不当以一家限，但从姜夔后来的主要成就看，则杜牧的影响显然较大。

　　不过，正如姜夔自己所说，他在"泛阅众作"的阶段之后，进入了专攻黄（庭坚）诗的时期。尽管他后来认识到"学即病"，因而从江西诗派的樊篱中跳了出来，但这一段时间所下的功夫，显然并

————————————————

①姜夔《白石诗词集》，第47页。
②杜牧《樊川外集》，冯集梧《樊川诗集注》，上海：上海古籍出版社，1978年，第363页。

不能完全与他后来的创作活动没有关系。如其《以"长歌意无极，好为老夫听"为韵奉别沔鄂亲友》，用典活泛，句法跳脱，意思曲折，生新瘦硬，深得黄诗之神髓，风格与黄氏《谢公定和二范秋怀五首邀予同作》①诸诗相近。试举其中一段：

> 宦达羞故妻，贫贱厌邱嫂。上书云雨迥，还舍笋蕨老。江皋锄带经，决计恨不早。士无五羖皮，没世抱枯槁。②

写自己用世之心难遂，缺少知音，生活窘迫。其句法的老健瘦劲，用典的虚实得宜，都与黄诗相近。为了进一步说明问题，我们再举其一首七言律诗：

> 翰墨场中老斫轮，真能一笔扫千军。年年花月无闲日，处处山川怕见君。箭在的中非尔力，风行水上自成文。先生只可三千首，回施江东日暮云。

> ——《送〈朝天续集〉归诚斋，时在金陵》③

对这首诗，方回非常赞赏，其《瀛奎律髓》评云："尧章自能按曲，为词甚佳，诗不逮词远甚。予选其一。此一首合予意，容更详之。"④按方回本不喜欢姜诗，洋洋大观的《瀛奎律髓》只选了这一首，显然是因为它"合予意"。但到底是为什么，他虽然说"容后详之"，却终于没作解释。在我们看来，这首诗用典多而广，善用虚字斡旋，出语爽利，明显带有江西风调。方回也许正是由于在江湖诗派中发现了江西风调，才感到高兴的吧。不过，南宋学江西

---

①黄庭坚《豫章黄先生文集》卷三，《四部丛刊》集部第986册，第11页b。
②十首之八，姜夔《白石诗词集》，第6页。
③姜夔《白石诗词集》，第33页。
④方回《瀛奎律髓》卷三十六，见方回选评、李庆甲集评《瀛奎律髓汇评》，第1437页。

者,往往流于粗,因此,纪昀评其"四句粗豪之气太重,五、六意是而句不工"①,也是事实。但总的说来,姜夔取法江西的作品所达到的境界,是远远胜过同时一些江西末流的。

姜夔的诗当时是否为陈起刊入《江湖集》中,今已不可确知。但今存各种版本的江湖诗集,皆收入其诗(参看附录一),可见后人一致认为他是江湖诗人的先驱之一。事实也是如此。总的说来,姜夔对后来江湖诗人的影响是多方面的,如炼字琢句,师法晚唐等,但最根本的一点在于,他一定程度上开创了江湖诗派的自立的精神。后期江湖诗人毛珝有一首题为《中年》的诗,云:

> 中年已悟昔皆非,正学无师更可悲。诗道纵能通阃域,圣经曾未涉藩篱。拟从周子参无极,更为东莱续近思。适意舞雩时一咏,区区何用苦吟为?②

此诗要求学习江西诗派的独创精神,追求"适意",应看作是对姜夔创作精神的继承,也是后期江湖诗派能够富有活力的原因之一。另外,姜夔以游士身份,长期漫游,与江湖诗人多有接触,较之前此诸大家,其为人既更易接近,则诗风也不难引起共鸣。至于其弟子如张辑者,本身也是江湖诗派成员,推行其师说,就更是题中应有之义了。

三、论戴复古诗

戴复古和刘克庄同为江湖诗派中最为老寿之人。但较之刘

---

① 见方回选评、李庆甲集评《瀛奎律髓汇评》卷三十六,第 1437 页。
② 毛珝《吾竹小稿》,第 5 页 b。

克庄,戴复古作为一个江湖诗人的特点更为显著。首先,他一生布衣,不曾做官(附录一考戴生平,言其曾任教职,但真相究竟如何,尚在疑似之间);其次,他漂泊江湖,踪迹甚广:"所游历登览,东吴、浙西、襄汉、北淮、南越,凡乔岳巨浸,灵洞珍苑,空迥绝特之观,荒怪古僻之踪,可以拓诗之景、助诗之奇者,周遭何啻数千万里。"第三,他交游广泛,遍及各阶层:"所酬唱诿订,或道义之师,或文词之宗,或勋庸之杰,或表著郡邑之英,或山林井巷之秀,或耕钓酒侠之遗。凡以诗为师友者,何啻数十百人。"①第四,他一生以诗行谒江湖,不遑宁居,"老愈穷,奔走衣食四方犹未得归休于家"②。这样的生活状况,在江湖诗人中是最典型的,最富有代表性的。

　　方回在批评南宋江湖谒客时,曾专门引了戴复古为例,云:

　　　　石屏戴复古,字式之,天台人。早年不甚读书,中年以诗游诸公间,颇有声。寿至八十余。以诗为生涯而成家。盖江湖游士,多以星命相卜,挟中朝尺书,奔走闽台郡县糊口耳。……钱塘湖山,此辈什佰为群,阮梅峰秀实、林可山洪、孙花翁季蕃、高菊涧九万,往往雌黄士大夫,口吻可畏,至于望门倒屣。石屏为人则否,每于广座中,口不谈世事,缙绅多之。③

方回所言戴氏情形,大致如实。而朱东润却把"世事"理解为"时

①吴子良《石屏诗后集序》,见《石屏诗集》,《四部丛刊续编》集部第416册,诗序第2页b。

②赵汝谈《石屏诗后集序》,见《石屏诗集》,《四部丛刊续编》集部第416册,诗序第7页b。

③方回《瀛奎律髓》卷二十,见方回选评、李庆甲集评《瀛奎律髓汇评》,第840页。

事",并据此认为戴复古"脱离现实"①,显然是不够恰切的。这里的"不谈世事",不过是说戴氏为人谨慎,不像阮秀实等人那样"雌黄士大夫"而已。事实上,在江湖诗人中,戴复古对社会现实的关心程度,与刘克庄等人一样,都是很深切的,而考虑到二人社会地位的差别,则戴复古可以说是更为难能可贵。

戴复古在评价唐宋诗优劣时,曾发表过对宋诗的意见,云:"本朝诗出于经。"②这一观点,在当时和后世都很受赞扬,认为"此人所未识,而石屏独心知之"③。孤立起来看,这句话未免有点含混,因为,所谓"经",乃是一个非常丰富的概念。但包恢在序戴诗时曾说过"理备于经,经明则理明"的话,并根据上述戴复古的论述评价其"为诗正大醇雅,多与理契,志之所至,诗亦至焉"④。由此看来,所谓"本朝诗出于经",乃是戴氏对宋诗的伦理教化、反映社会内容的品质的认定。这种观念,当然也不可避免地会反映在他的创作实践中。

在戴复古的诗中,对恢复中原的期待,对统治阶级和战政策的关注,对国家局势、民族危亡的忧虑,始终是一个重要的主题。这种感情,贯串在他的全部生命之中,因此,我们在他的作品中,常能看到这样的句子:"听言天下事,愁到酒樽前";"尚怀忧世志,

---

①朱东润《〈沧浪诗话〉探故》,载《中国文学论集》,第 324 页。

②引自包恢《石屏诗后集序》,见《石屏诗集》,《四部丛刊续编》集部第 416 册,诗序第 5 页 a。

③见包恢《石屏诗后集序》,《四部丛刊续编》集部第 416 册,诗序第 5 页 a。
　又翁方纲《石洲诗话》卷四引戴复古此论,评为"务本之言",见郭绍虞编《清诗话续编》,第 1441 页。

④包恢《石屏诗后集序》,《四部丛刊续编》集部第 416 册,诗序第 5 页 b。

忍说在家贫";"闭户生涯薄,忧时念虑长";"寄兴青山远,忧时白
发长";"身在草茅忧社稷,恨无毫发补乾坤";"连岁经行淮上路,
忧时赢得鬓毛苍"①。……

　　然而,忧时之心时人亦每每见于吟咏,那么,反映在戴复古身
上,这类作品有什么特色呢?

　　第一,由于游踪所至,数过宋金边界,使得他的不少诗特别富
有对时事艰难的迫切感和沉郁感。其中,尤以以淮河为题材的作
品最富有代表性。如下面二诗:

　　　　有客游濠梁,频酌淮河水。东南水多咸,不如此水美。
春风吹绿波,郁郁中原气。莫向北岸汲,中有英雄泪。

　　　　　　　　　　　　　　　　　　——《频酌淮河水》②

　　　　横冈下瞰大江流,浮远堂前万里愁。最苦无山遮望眼,
淮南极目尽神州。

　　　　　　　　　　　　　　　　　　——《江阴浮远堂》③

前诗属意淮水,寄心中原,伤时忧国之情溢于言表。后诗心理活动
丰富,正如程千帆、沈祖棻先生所评:"望之则不忍,不望又不能,于
是深悔登上能供北望的高堂为多此一举了。刘克庄《冶城》云:'神
州只在阑干北,几度来时怕上楼',与此同意而从正面说出,反不及

---

①《石屏诗集》卷二《秋怀》及《归后遣书问讯李敷文》四首之四,见《四部丛刊
续编》集部第 417 册,第 1 页 a、25 页 b;卷三《代书寄韩履善右司赵庶可寺
簿》三首之三,《四部丛刊续编》集部第 418 册,第 6 页 b;卷四《洪子中大卿
同登远碧楼归来有诗》,《四部丛刊续编》集部第 418 册,第 18 页 a;卷六
《思归》二首之一及《蕲州上官节推同到浮光》,《四部丛刊续编》集部第 419
册,第 29 页 a,50 页 a。
②戴复古《石屏诗集》卷一,《四部丛刊续编》集部第 417 册,第 21 页 b。
③戴复古《石屏诗集》卷七,《四部丛刊续编》集部第 419 册,第 3 页 a。

这篇之耐人寻味。"①类似的作品,还有《淮上春日》②、《遇淮人问蕲黄之变,哽噎泪下不能语,许俊不解围,乃提兵过武昌》③、《淮上寄赵茂实》④、《遇张韩伯说边事》⑤、《淮村兵后》⑥、《盱眙北望》⑦等。

自从绍兴十一年(1141)宋金双方划淮而治后,多年来,淮河总是勾起爱国志士的满怀怅触,同时,也总是激起爱国志士的满腔希望。戴复古屡次游淮,或许有其他原因,但从其作品来看,他对这个特定的地区寄予如此深切的关注,是有着特定的思想动机的。尽管由于长期的偏安及国势日益衰颓,使得他的这类作品往往过于消沉和伤感,但他也曾说过:"志士言机会,中原入梦思。"⑧心中仍然燃烧着不灭的希望。因此,所有这些作品都表现出一种特有的力度,与某些权贵们于锦衣玉食之余偶尔表现在作品中的几句故国之思不可同日而语。

第二,戴复古作为一介平民,经常对国家的政治、军事发表议论,有时甚至锋芒毕露,直言无忌。王野曾言其诗"隐然有江湖廊庙之忧,虽诋时忌,忤达官,弗顾也"⑨。这一评价是如实的。

①程千帆、沈祖棻《古诗今选》,上海:上海古籍出版社,1983年,第597页。
②戴复古《石屏诗集》卷二,《四部丛刊续编》集部第417册,第7页a。
③戴复古《石屏诗集》卷二,《四部丛刊续编》集部第417册,第18页b。
④戴复古《石屏诗集》卷五,《四部丛刊续编》集部第418册,第10页b。
⑤戴复古《石屏诗集》卷六,《四部丛刊续编》集部第419册,第31页a。
⑥戴复古《石屏诗集》卷七,《四部丛刊续编》集部第419册,第3页a。
⑦戴复古《石屏诗集》卷七,《四部丛刊续编》集部第419册,第3页b。
⑧戴复古《淮上寄赵茂实》,《石屏诗集》卷五,《四部丛刊续编》集部第418册,第10页b。
⑨王野《石屏诗后集序》,见《石屏诗集》,《四部丛刊续编》集部第416册,诗序第8页a。

在这类作品中,有的是对统治者一味求和的政策表示不满,如《醉眠,梦中得"夏闰得秋早,雨多宜岁丰"一联,起来西风悲人,且闻边事》:

> 夏闰得秋早,雨多宜岁丰。今朝上东阁,昨夜已西风。
> 田野一饱外,乾坤万感中。传闻招战士,人尚说和戎。①

有的是表示对当时盛行的"清谈"之风的批判,如《友人朱渊出示廷对策,不顾忌讳,读之使人凛凛,受淮东制置辟》:

> 龙墀射策对明君,忧国忠言骇见闻。皎皎一心如白日,寥寥千古再朱云。时危诸老皆求去,兵满三边未解纷。要使文臣知武事,不妨王粲且从军。②

有的甚至直接评论国政,提出建议,如《闻时事》:

> 雁岂关兵气,鱼常被火灾。御军先择将,立国可无财?济世须人物,忠言是福媒。西山今已往,更待鹤山来。③

诸作所言,都是当时有关国家安危的大事,其中不乏真知灼见。尤其值得提出的是,戴复古集中有一些长篇古诗,采用以文为诗的手法,完全可以当作政论来读。如《嘉定甲戌孟秋二十有七日,起居舍人兼直学士院真德秀上殿直前奏边事,不顾忌讳,一疏万言,援引古今,铺陈方略,忠谊感激,辞章浩瀚,诚有补于国家。天台戴复古获见此疏,伏读再三,窃有所感。敬效白乐天体,以纪其

---

① 戴复古《石屏诗集》卷二,《四部丛刊续编》集部第417册,第25页b。
② 戴复古《石屏诗集》卷六,《四部丛刊续编》集部第419册,第17页b。在《平江呈毅夫侍郎》一诗中,戴复古还说过:"龙墀射策三千字,未抵胸中十万兵。远大无过为将相,文章争似立功名?"(戴复古《石屏诗集》卷六,《四部丛刊续编》集部第419册,第14页b)可见,对他来说,这种看法是一以贯之的。
③ 戴复古《石屏诗集》卷三,《四部丛刊续编》集部第418册,第19页a。

事,录于野史》①一诗,凡三百六十言。首言中原已失百年,爱国志士无不为之忧愤。次针对时人静观待时之说,指出山川形势,从来如此,若待天时,何日可至? 进而指责当权者只知偏安一时,忘掉了国之大耻。如此不思进取,在目前中原战乱频仍之时,若北人一旦南侵,何以御之? 最后向朝廷郑重进言,希望能够精选人材,严守要冲,以便随时准备出师中原,恢复失地。这篇长诗,议论堂堂,豪荡感激,虽取真氏奏疏之意,但显然也代表了作者自己的看法。其认识深度和思想锋芒,在当时都是难能可贵的。

作为一个远离政治中心的下层知识分子,戴复古对有关国家安危的政事的关注和表现,有两点更值得特别提出来。

其一是强烈的政治敏感。如下面二诗:

今虏既亡后,中间消息稀。山河谁是主? 豪杰故乘机。喜报三京复,旋闻二赵归。此行关大义,天意忍相违。

——《所闻》②

昨报西师奏凯还,近闻北顾一时宽。淮西勋业归裴度,江右声名属谢安。夜雨忽晴看月好,春风渐老惜花残。事关气数君知否? 麦到秋时天又寒。

——《闻时事》③

二诗针对宋蒙联合灭金一事而发,在欢呼胜利的喜悦中,也流露出对宋朝所面临的一个新的强大的敌人——蒙古的深深忧虑。事实证明,戴复古的敏感是非常准确的,在这方面,他的思想深度

①戴复古《石屏诗集》卷一,《四部丛刊续编》集部第 417 册,第 25 页 b。
②戴复古《石屏诗集》卷五,《四部丛刊续编》集部第 418 册,第 15 页 b。
③戴复古《石屏诗集》卷六,《四部丛刊续编》集部第 419 册,第 32 页 a。

超过了当时朝野上下的许多盲目乐观者。

其二是戴复古在指陈国事时，有时甚至敢于把矛头直接对准最高统治者。如下面二诗：

> 忧世心何切，谋身计甚疏。樽前话不尽，天下事何如？
> 汉武求言诏，贾生流涕书。龙颜那可犯？谪向曲江居。
>
> ——《张端义应诏上书，谪曲江，正月一日章州相遇》①

> 车马喧临十二门，乐从闲处度朝昏。诗书岂为功名重？
> 轩冕何如道谊尊？志士不能行所学，明君亦或讳忠言。世间
> 事事如人意，未必商山有绮园。
>
> ——《都中次韵申季山》②

在江湖诗祸发生以后，写出这样的诗，作者是需要一定的勇气的。

其三是和刘过一样，戴复古的忧时也往往渗透了自己的身世之感。

楼钥《石屏诗后集序》曾说戴复古的父亲戴敏才"不肯作举子业"，"独能以诗自适"③。而从现有的材料看，戴复古一生以诗漫游江湖，也不曾有过应举的记载。但这并不意味着他没有用世之心。在《自漳州回泉南，主仆俱病》一诗里，他写道："适有坐中客，来从边上州。所谈惊老耳，身世并成忧。"④这里的"身世"，显然有着特定的含义，并非像他的不少作品那样，仅仅作为干谒无成的慨谈。这也就是说，虽然如方回所云，戴复古亦是江湖谒客的一员，但他之游谒江湖，却有着复杂的内涵。如下面这

---

① 戴复古《石屏诗集》卷三，《四部丛刊续编》集部第 418 册，第 14 页 a。
② 戴复古《石屏诗集》卷六，《四部丛刊续编》集部第 419 册，第 49 页 b。
③ 见戴复古《石屏诗集》，《四部丛刊续编》集部第 416 册，诗序第 3 页 b。
④ 戴复古《石屏诗集》卷四，《四部丛刊续编》集部第 418 册，第 15 页 b。

首诗：

> 身健心先老，时危事愈乖。无成携短剑，有恨满长淮。
> 村酒时时醉，山肴日日斋。功名非我有，何处问生涯。
>
> ——《庐州界上寄丰帅》①

可见，他和刘过一样，干谒之举往往有着两重性，即不仅希望得到经济上的资助，也希望得到政治上的知遇，并试图通过这种途径，来渲泄在心中长期积郁的爱国之情。在这个意义上看，他的数次游淮，并不是无缘无故的。但是，戴氏自己似乎也认识到这条路实际上走不通，因此，他的这类作品不仅写得较少，而且充满悲慨，与刘过的慷慨激扬、充满自信，终是有别。

戴复古诗歌的思想性的另一个重要方面，就是对民生疾苦的关心。在这方面，由于作者长期漫游江湖，比较广泛地接触了社会的各个层面，因此，不少作品写得生动具体，富有深度。如以下三诗：

> 春蚕成丝复成绢，养得夏蚕重剥茧。绢未脱轴拟输官，丝未落车图赎典。一春一夏为蚕忙，织妇布衣仍布裳。有布得着犹自可，今年无麻愁杀我！
>
> ——《织妇叹》②

> 濒海数十里，饥民及万家。雨多忧坏麦，春好忍看花。
> 凿浅疏田水，占晴视晚霞。老农如鬼瘦，不住作生涯。
>
> ——《嘉熙己亥大旱荒，庚子夏麦熟》六首之五③

> 仓猝抛家舍，遑遑走道途。依山结茅广，摘草当园蔬。

---

① 戴复古《石屏诗集》卷四，《四部丛刊续编》集部第418册，第11页 b。
② 戴复古《石屏诗集》卷一，《四部丛刊续编》集部第417册，第30页 b。
③ 戴复古《石屏诗集》卷三，《四部丛刊续编》集部第418册，第3页 a。

老稚朝朝哭，生涯物物无。避军兼避寇，何日得安居？

　　　　　　　　——《归舟已具，李宪楼仓有约，

　　　盗贼梗道，见避乱者可怜》二首之二①

第一首言织妇往年虽苦，犹有麻可织，而今年并麻亦无，怎能不
"愁杀"？第二首写大旱之后，民已弊极，今幸得麦熟，却又遭淫
雨。如此雪上加霜，民何以堪？第三首写社会动乱，寇盗横生，给
人民的生活带来的灾难。这些诗，联系起来看，是对当时下层人
民生活的较为真实的记录，反映了当时社会状况的一个重要
方面。

　　那么，面对广大人民的悲惨境遇，统治阶级是怎样做的呢？
在一首诗里，戴复古这样揭露道：

　　　　饿走抛家舍，纵横死路歧。有天不雨粟，无地可埋尸。

　　劫数惨如此，吾曹忍见之！官司行赈恤，不过是文移！

　　　　　　　　——《庚子荐饥》六首之三②

大灾之后，人民已挣扎在死亡线上，深盼抚恤和赈济，而官府仅仅
发了一纸空文，没做任何实质性的事。这种情形，当然要引起深
切关注民生疾苦的诗人的谴责了。

　　官府对民生疾苦的漠不关心，在本质上，乃是由于社会的不
平等而造成的阶级对立。对此，戴复古虽然因为本身的历史局限
而不可能产生深刻认识，但也有一些朦胧的感受。在《元宵雨》一
诗中，他写道：

　　　　穷人不谋欢，元夜如常时。晴雨均寂寞，早与一睡期。

　　朱门粲灯火，歌舞临酒池。酒阑欢不足，九街恣游嬉。前呵

---

① 戴复古《石屏诗集》卷三，《四部丛刊续编》集部第418册，第23页 b。
② 戴复古《石屏诗集》卷三，《四部丛刊续编》集部第418册，第4页 b。

惊市人，箫鼓逐后随。片云头上黑，翻得失意归。①
通过贫富两种人对元宵节下雨这一自然现象的心理感受，写出了
贫富不均的社会对立，表现了诗人的现实批判精神。

戴复古在一首论诗绝句中曾说过："飘零忧国杜陵老，感寓
伤时陈子昂。近日不闻秋鹤唳，乱蝉无数噪夕阳。"②明确表示
对作品的社会意义的重视。他的创作实践体现了这一诗歌
要求。

戴复古的诗歌创作在当时享有盛名。他的作品在其生前即
已刊布行世，为其作序者，多为一时文坛名宿，而皆对其诗多所许
与。如包恢序云："石屏以诗鸣东南半天下。……古诗主乎理，而
石屏自理中得；古诗尚乎志，而石屏自志中来；古诗贵乎真，而石
屏自真中发。"③又赵以夫序云："戴石屏诗备众体，采本朝前辈理
致，而守唐人格律，其用工深矣。"④又赵汝腾序云："石屏之诗，平
而尚理，工不求异，雕镂而气全，英拔而味远。玩之流丽而情不
肆，即之冲淡而语多警。"⑤又吴子良序云："石屏戴式之以诗鸣海
内余四十年。……其诗清苦而不困于瘦，丰融而不豢于俗，豪健
而不役于粗，闳放而不流于漫，古淡而不死于枯，工巧而不露于
斫。……诗之意义贵雅正，气象贵和平，标韵贵高逸，趣味贵深

---

① 戴复古《石屏诗集》卷一，《四部丛刊续编》集部第 417 册，第 21 页 a。
② 戴复古《昭武太守王子文日与李贾、严羽共观前辈一两家诗及晚唐诗，因
　有论诗十绝。子文见之，谓无甚高论，亦可作诗家小学须知》十首之五，
　《石屏诗集》卷七，《四部丛刊续编》集部第 419 册，第 20 页 b。
③ 包恢《石屏诗后集序》，《四部丛刊续编》集部第 416 册，诗序第 5 页 a。
④ 赵以夫《石屏诗后集序》，《四部丛刊续编》集部第 416 册，诗序第 6 页 b。
⑤ 赵汝腾《石屏诗序》，见《石屏诗集》，《四部丛刊续编》集部第 416 册，诗序
　第 1 页 b。

远,才力贵雄浑,音节贵婉畅,若石屏者,庶乎兼之矣。"①这些评价,不免有溢美之处,但由此也可见出戴氏在当时的地位和影响。

戴复古论诗主独创。其论诗绝句有云:"意匠如神变化生,笔端有力任纵横。须教自我胸中出,切忌随人脚后行。"②用这个标准去衡量戴氏自己的创作,当然差距还很大,但总的说来,他在这方面是有意识地作过努力的,以下所探讨的其诗歌特色也都与此有关。

第一,戴复古诗备众体,不主一家,追求风格的多样性。在当时诗坛上非江西即晚唐的风气中,他的这种做法是很不寻常的。他的诗,或古雅,如《白苧歌》:

　　　云为纬,玉为经,一织三涤手,织成一片冰。清如夷齐,

---

① 吴子良《石屏诗后集序》,《四部丛刊续编》集部第 416 册,诗序第 2 页 a。按,对戴复古的众口一词的称赞,是当时的普遍现象。一直要到较其时代稍后的方回,才开始褒中有贬。如其《桐江集》卷四《跋戴石屏诗》云:"诗无事料,清健轻快,自成一家,在晚唐间而无晚唐之纤陋。"见第 515 页。又其《瀛奎律髓》卷二十戴复古《梅》评云:"《石屏小集》诗百余首,赵懒庵汝谠字蹈中所选也。……蹈中兄曰南塘汝谈,字履常,诗文俱高,尤精四六跋语,颇亦不满于石屏之诗,一言以蔽之,曰轻俗而已,盖根本浅也。"见方回选评、李庆甲集评《瀛奎律髓汇评》,第 841 页。品评戴氏优劣,不为无见。但文中引述赵汝谈之言,似乎赵氏对戴诗深致不满,与事实却有一定的出入。考赵汝谈《石屏诗后集序》曾称赞赵汝谠选《石屏小集》"亦甚精到"(见《石屏诗集》,《四部丛刊续编》集部第 416 册,诗序第 7 页 b),又刘克庄《后村诗话》新集卷六亦云:"赵南塘《题天台戴式之诗稿》云:'台岭散仙人,诗家小叔伦。'式之由此名重。"(见第 244 页)可见,赵汝谈对其评价不低。这种自相矛盾的见解,尚待进一步探索。

② 戴复古《昭武太守王子文日与李贾、严羽共观前辈一两家诗及晚唐诗,因有论诗十绝。子文见之,谓无甚高论,亦可作诗家小学须知》十首之四,《石屏诗集》卷七,《四部丛刊续编》集部第 419 册,第 20 页 b。

可以为衣。陟彼西山,于以采薇。①

或轻快,如《寄寻梅》:

> 寄声说与寻梅者,不在山边即水涯。又恐好枝为雪压,
> 或生幽处被云遮。蜂黄涂额半含蕊,鹤膝翘空疏带花。此是
> 寻梅端的处,折来须付与诗家。②

或豪迈,如《鄂州南楼》:

> 鄂州州前山顶头,上有缥缈百尺楼。大开窗户纳宇宙,
> 高插栏干侵斗牛。我疑脚踏苍龙背,下瞰八方无内外。江渚
> 鳞差十万家,淮楚荆湖一都会。西风吹尽庾公尘,秋影涵空
> 动碧云。欲识古今兴废事,细看文简李公文。③

或平淡,如《九月七日江上阻风》:

> 舣棹依乔木,扶筇涉浅沙。云山多态度,水月两光华。
> 白首吟诗客,青帘卖酒家。明朝风不定,来此醉黄花。④

此外,集中奇崛、瘦硬、秾丽、清新等风格亦时有所见。这些,都反
映出诗人创作的丰富性和复杂性,在江湖诗派里,其成就或许只
有刘克庄才能媲美。

　　第二,戴复古的诗直抒胸臆,少用事典,追求自然平易。如

---

① 戴复古《石屏诗集》卷一,《四部丛刊续编》集部第 417 册,第 2 页 a。这首
　 诗,当时评价就很高。如《玉林诗话》云:"《白纻歌》最古雅,今世难得此
　 作。……语简意深,所谓一不为少。"见魏庆之《诗人玉屑》卷十九《戴石
　 屏》条,第 430 页。后世翁方纲也称赞"戴石屏《白纻歌》托寄清高,与乐府
　《白纻词》之旨不同"。见《石洲诗话》卷四,郭绍虞编《清诗话续编》,第
　 1441 页。
② 戴复古《石屏诗集》卷六,《四部丛刊续编》集部第 419 册,第 1 页 b。
③ 戴复古《石屏诗集》卷一,《四部丛刊续编》集部第 417 册,第 27 页 b。
④ 戴复古《石屏诗集》卷四,《四部丛刊续编》集部第 418 册,第 1 页 b。

果说,诗备众体是戴氏能力的体现的话,那么,追求自然平易则
是其性分之所在。尽管戴复古本人对这种情形的认识是:"幼孤
失学,胸中无千百字书,强课吟笔,如为商贾者乏资本,终不能致
奇货也。"①似乎希望"以才学为诗",而对自己的诗风有所不满。
事实上,这不过是对那些自己所短的方面提出更高的要求而已,
毕竟,江西诗派的那种学人之诗,不符合他的气质。正如包恢所
指出的:"石屏自谓少孤失学,胸中无千百字书。予谓其非无书
也,殆不滞于书与不多用故事耳。有靖节之意焉。果无古书,则
有真诗,故其为诗自胸中流出,多与真会。"②这一分析非常
恰切。

　　如果从一般情形来看,则不少江湖诗人的作品都可以用一个
"真"字来评价③。但是,诗歌毕竟是一种特定的文学艺术,一方
面求真,一方面保持其丰厚的内涵和深远的韵味,而不流于率易,
这并不容易做到。在这方面,戴复古当然也有一些不成功之作,
但和同时江湖诗人相比,则其成就是较为突出的。如下面三
首诗:

　　　　去年汝来巢我屋,梁间污泥高一尺。啄腥抛秽不汝厌,
　　生长群雏我护惜。家贫惠爱不及人,自谓于汝独有力。不望
　　汝如灵蛇衔宝珠,雀献金环来报德。春风期汝一相顾,对语
　　茅檐慰岑寂。如何今年来,于我绝踪迹。一贪帘幕画堂间,

---

① 赵汝腾《石屏诗序》,见《石屏诗集》,《四部丛刊续编》集部第 416 册,诗序
　　第 2 页 a。
② 包恢《石屏诗后集序》,见《石屏诗集》,《四部丛刊续编》集部第 416 册,诗
　　序第 6 页 a。
③ 参看本书第四章之《真率之情》一节。

便视吾庐为弃物。

——《诘燕》①

　　捻指过三月，又当春夏交。花残蜂课蜜，林茂鸟安巢。芳草生青霭，新篁展绿稍。风骚将断绝，谁有续弦胶？

——《春尽日》②

　　今日知何日？他乡忆故乡。黄花一杯酒，白发几重阳。日晚鸦争宿，天寒雁叫霜。客中无此醉，何以敌凄凉？

——《九日》③

或感慨世态凉薄，或描摹暮春景象，或表现羁旅情怀，都明白如话，感情真挚而又耐人涵咏。

　　有时，戴复古的诗也用典，但这些典故，往往经过诗人的慎重选择，或者已融化为社会的习语，或者在特定的语言环境中，已浑然无迹。如《夜宿田家》：

　　　　簦笠相随走路歧，一春不换旧征衣。雨行山崦黄泥坂，
　　夜扣田家白板扉。身在乱蛙声里睡，心从化蝶梦中归。乡书
　　十寄九不达，天北天南雁自飞。④

此诗生动地描绘了长期奔走江湖、不遑宁居的诗人的自我形象。"心从"句用《庄子·齐物论》中庄生梦蝶事，不是僻典；"乡书"句借杜甫《月夜忆舍弟》中"寄书常不达"的成句，应算常语⑤。这种情形，反映了诗人运用语言的能力。

---

①戴复古《石屏诗集》卷一，《四部丛刊续编》集部第 417 册，第 31 页 b。
②戴复古《石屏诗集》卷二，《四部丛刊续编》集部第 417 册，第 5 页 b。
③戴复古《石屏诗集》卷四，《四部丛刊续编》集部第 418 册，第 9 页 a。
④戴复古《石屏诗集》卷六，《四部丛刊续编》集部第 419 册，第 7 页 a。
⑤参看常国武《石屏诗初探》，载《江海学刊》1989 年第 1 期。

　　此外，即使是有意识地师法前人，戴复古仍能保持自己的这一特色。他有一首题为《春日怀家》的诗，据同时赵蕃所云，乃是通篇似陈师道《寄外舅郭大夫》二首之一者①。今将二诗抄之如次。

　　　　巴蜀通归使，妻孥且定居。深知报消息，不忍问何如。
　　身健何妨远，情亲未肯疏。功名欺老病，泪尽数行书。（陈）

　　　　湖海三年客，妻孥四壁居。饥寒应不免，疾病又何如？
　　日夜思归切，平生作计疏。愁来仍酒醒，不忍读家书。（戴）

二诗从主题到风格都相似，加上戴为次韵，更使人觉得二者有极深的渊源。但是，比较起来，陈诗一气直下，戴诗略有曲折，并不是完全相同。

　　第三，戴复古善于把对社会生活的独特感受，用生动形象的语言表现出来，有些诗写得富有理趣，包孕深厚，耐人涵咏，而不像宋代某些理学家的诗那样流于枯涩。如其《大热五首》之一云：

　　　　天地一大窑，阳炭烹六月。万物此陶熔，人何怨炎热？
　　君看百谷秋，亦自暑中结。田水沸如汤，背汗湿如泼。农夫
　　方夏耘，安坐吾敢食？②

天地既如火窑，则人应该抱怨炎热，谷物暑后成熟，则人又不应抱怨炎热。尤其是，如此节候，农夫尚耘于田中，作为安坐而食者，又怎能抱怨？由此，诗人告诉我们，凡事当推开一步想，不能泥于

---

① 见《石屏诗集》赵序，《四部丛刊续编》集部第416册，诗序第9页 a。按，戴氏此诗《石屏诗集》及《南宋六十家小集》本《石屏诗集》均失载，陈诗见《后山居士文集》卷一，次句"定"作"旧"，见第89页。
② 戴复古《石屏诗集》卷一，《四部丛刊续编》集部第417册，第6页 a。

一端。王令《暑旱苦热》云："清风无力屠得热,落日着翅飞上山。人固已惧江海竭,天岂不惜河汉干?昆仑之高有积雪,蓬莱之远常遗寒。不能手提天下往,何忍身去游其间!"①与戴诗意蕴相似,而气势超迈,戴所不及。但戴诗平实切近,富有理趣,在同类作品中,仍有自己的特点。

戴复古有时直接对人生的某种状态发表议论,写得也很有特色。如《梦中亦役役》云:

> 半夜群动息,五更百梦残,天鸡啼一声,万枕不遑安。一日一百刻,能得几时闲?当其闲睡时,作梦更多端。穷者梦富贵,达者梦神仙。梦中亦役役,人生良鲜欢!②

一般人师法老庄,抒写人生的不自由,往往都是写日常追名逐利的辛劳,此却进一步把这种状态引入睡眠中,以见人生的大悲哀,机杼别出,手眼生新。这种纯以议论行之的诗,本不易写好,但由于其见解的新颖独到,内涵的富有感发,仍能使得读者有着形象的体悟。

此外,戴复古的一些咏史诗,亦可归入此类。如《钓台》云:"万事无心一钓竿,三公不换此江山。平生误识刘文叔,惹起虚名满世间。"③前人咏严光事,多美其不为富贵所动,此却从"识"字落笔,代其生"恨",其立意,确如前人所评,是"新奇可喜"的④。

如前所述,戴复古的诗歌创作是转益多师,不主一家的,但

---

① 王令《王令集》卷七,第108页。
② 戴复古《石屏诗集》卷一,《四部丛刊续编》集部第417册,第1页b。
③ 戴复古《石屏诗集》卷七,《四部丛刊续编》集部第419册,第5页b。
④ 魏庆之《诗人玉屑》卷十九"戴石屏"条,第430页。

是,从整体上看,我们仍可以发现,其艺术渊源大致上出于三个系统。

第一是杜甫。在《石屏诗集》里,我们经常可以看到戴氏对杜甫的推崇。如《黄州行楼呈谢国正》云:"发挥天地读《周易》,管领江山歌杜诗。"①《谢吴秘丞作〈石屏集后序〉》云:"恶诗有误公题品,不是夔州杜少陵。"②在《杜甫祠》一诗中,他更从志向、为人及创作等几个方面,对杜甫作了极高的评价。诗云:

> 文章万丈光,不随枯骨葬。平生稷契心,致君尧舜上。时今弗我与,屹然抱微尚。干戈奔走踪,道路饥寒状。草中辨君臣,笔端诛将相,高吟比兴体,力救风雅丧。如史数十篇,才气一何壮。到今五百年,知公尚无恙。麒麟守高阡,貂蝉入画像。一死不几时,声迹两尘莽。何如耒阳江头三尺荒草坟,名如日月光天壤!③

凡此均可见其主观宗尚。戴诗的这一特色得到了时人的认可。如《石屏诗集》卷首赵以夫序云:"石屏本之东皋,又祖少陵。"④姚镛序云:"至于伤时忧国,耿耿寸心,甚矣其似杜少陵也。"⑤又包恢《和戴石屏见寄韵二首》之一云:"句老律精何酷似?昔题蜀相孔明祠。"⑥高斯得《次韵戴石屏见寄》云:"投老安蓬户,平生似草

①戴复古《石屏诗集》卷六,《四部丛刊续编》集部第419册,第38页b。

②戴复古《石屏诗集》卷六,《四部丛刊续编》集部第419册,第47页a。

③戴复古《石屏诗集》卷一,《四部丛刊续编》集部第417册,第14页b。

④赵以夫《石屏诗后集序》,见《石屏诗集》,《四部丛刊续编》集部第416册,诗序第7页a。

⑤姚镛《石屏诗集后序》,见《石屏诗集》,《四部丛刊续编》集部第416册,诗序第9页b。

⑥包恢《敝帚稿略》卷八,《景印文渊阁四库全书》第1178册,第800页。

堂。(自注:戴诗颇近子美)"①

　　在戴诗中,这一倾向给读者的最直观的印象,也许是作者对杜诗的某些句意、用语等方面的模仿或化用。如《题曾无疑飞龙饮秣图》:"竹批双耳目摇电,毛色纯一骨相殊。"②又《寄报恩长老恭率翁》:"风斤月斧日纷然,行看华屋突兀在眼前。"③又《董叔震书堂》:"勋业时看剑,诗书日下帷。"④又《事机》:"黜陟由明主,安危仗老臣。"⑤又《舂陵山中作写寄孔海翁》:"相亲唯白水,所见但青山。"⑥又《见曾提刑兼安抚》:"巡按并开都督府,平反专奉太夫人。"⑦

　　然而,如果仅限于此,那也不过是皮毛而已。更能体现戴氏学杜特色的,主要是其内涵,即对杜诗忧国伤时之情和沉郁顿挫之风的接受。这些,在前面论述戴诗的思想价值时,已有所涉及。下面再举二例:

　　　　昨日闻边报,持杯不忍斟。壮怀看宝剑,孤愤裂寒衾。
　　　　风雨愁人夜,草茅忧国心。因思古豪杰,韩信在淮阴。

　　　　　　　　　　　　　　　　　　　　　　　　——《闻边事》⑧

----

① 高斯得《耻堂存稿》卷八,《丛书集成初编》第 2041 册,上海:商务印书馆,1935 年,第 141 页。
② 戴复古《石屏诗集》卷一,《四部丛刊续编》集部第 417 册,第 27 页 b。
③ 戴复古《石屏诗集》卷一,《四部丛刊续编》集部第 417 册,第 30 页 b。
④ 戴复古《石屏诗集》卷三,《四部丛刊续编》集部第 418 册,第 21 页 b。
⑤ 戴复古《石屏诗集》卷三,《四部丛刊续编》集部第 418 册,第 22 页 b。
⑥ 戴复古《石屏诗集》卷四,《四部丛刊续编》集部第 418 册,第 2 页 a。
⑦ 戴复古《石屏诗集》卷六,《四部丛刊续编》集部第 419 册,第 28 页 b。按此联"巡"原作"澄",据四库本《石屏诗集》卷五改。
⑧ 戴复古《石屏诗集》卷三,《四部丛刊续编》集部第 418 册,第 22 页 a。

倚遍南楼更鹤楼，小亭潇洒最宜秋。接天烟浪来三峡，
隔岸楼台又一州。豪杰不生机事息，古今无尽大江流。凭栏
日暮怀乡国，崔颢诗中旧日愁。

——《鄂渚烟波亭》①

都写得慷慨悲壮，忧思郁结，在被折磨的心灵中，交织着希望和失
望，语言亦复富有表现力，某些方面，能得杜之风神。在那个时
代，虽然总的来说，江湖诗派中不少人都对杜甫十分推崇，但真正
学杜而能略有所成如戴复古者，还是不多的。

　　第二是姚贾。我们曾经指出过，南宋中期，由于四灵的提倡，
姚贾那种或清雅或僻苦、刻意锤炼的诗风引起了许多江湖诗人的
共鸣。戴复古与四灵中的翁、赵二人皆有交谊，且推崇其诗②，因
此，他的不少诗学姚贾，原是非常自然的。

　　前引戴诗赵汝腾序曾转述戴语云："作诗不可计迟速，每一得
句，或经年而成篇。"这种对字句的推敲和锤炼的注重，在他的不
少诗中都能够体现出来。如他的名句"春水渡旁渡，夕阳山外
山"，据其诗题自述创作过程云：

　　　　三山宗院赵用父问近诗，因举"今古一凭栏"、"夕阳山外
　　　山"两句，未得对。用父以"利名双转毂"对上句，刘叔安以
　　　"浮世梦中梦"对下句，遂足成篇，和者颇多，仆终未惬意。都
　　　下会李好谦、王深道、范鸣道，相与谈诗，仆举此话，鸣道以
　　　"春水渡旁渡"为对，当时未觉此语为奇。江东夏潦无行路，
　　　逐处打渡而行，溧水界上，一渡复一渡。时夕阳在山，分明写

---

①戴复古《石屏诗集》卷六，《四部丛刊续编》集部第 419 册，第 1 页 a。
②如其《哭赵紫芝》称赞赵师秀是"东晋时人物，晚唐家数诗"。载《石屏诗
　集》卷二，《四部丛刊续编》集部第 417 册，第 9 页 b。

出此一联诗景,恨不得与鸣道共赏之。①

戴氏创作态度的严肃,于此可见一斑。同时,这段记载还说明,戴氏之所以注重推敲字句,不苟下笔,是以作品能否真实、生动、形象地反映生活为前提的,这就与那些不顾实际情况,一味在字句上兜圈子的作家区别了开来。

下面举两首诗为例:

　　园圃屋东西,从君一杖藜。雨寒花蕊瘦,春重柳丝低。亭馆常留客,轩窗总傍溪。摩挲雪色壁,安得好诗题?

　　　　　　　　　　　　　　——《题张金判园林》②

　　晚春风雨后,花絮落无声。绿泛新荷出,青铺细草生。私蛙为谁噪?老犬伴人行。旧日狂宾客,樽前笑不成。

　　　　　　　　　　　　　　——《故人陈秘书家有感》③

刻画景物,细腻工切,而风格则或清瘦,或圆润,又都很注意中二

---

①按此诗分见于《石屏诗集》卷四(《四部丛刊续编》集部第 418 册,第 12 页 a)和《南宋六十家小集》本《石屏续集》卷三(第 4 页 a),前者仅题为《世事》。戴复古的这两种诗集,《石屏诗集》收诗七卷,《石屏诗(应作"续")集》收诗四卷,前者数量远多于后者,但前者却并不能涵括后者。二集所收诸作不仅互有出入,即同一篇作品,文字亦有时不同,可见,它们源出两个不同的系统,此诗即其一证。又,学者论戴氏"春水"一联,每引瞿佑《归田诗话》卷中的记载,云:"戴式之尝见夕照映山,峰峦重叠,得句云:'夕阳山外山。'自以为奇,欲以'尘世梦中梦'对之,而不惬意。后行村中,春雨方霁,行潦纵横,得'春水渡旁渡'之句以对,上下始称。然须实历此境,方见其奇妙。"见丁福保辑《历代诗话续编》,第 1264 页。但据戴氏自述,则不仅"浮(尘)世梦中梦"一句非其自作,即著名的"春水渡旁渡"一句亦然,应予纠正。

②戴复古《石屏诗集》卷二,《四部丛刊续编》集部第 417 册,第 9 页 b。

③戴复古《石屏诗集》卷三,《四部丛刊续编》集部第 418 册,第 18 页 b。

联的锤炼,这与姚贾和四灵的许多作品都是颇为相似的。戴复古
曾称赞其侄孙戴昺的诗是"不学晚唐体,曾闻大雅音"①,似乎对
四灵诸人颇有微词;包恢亦盛称其诗不似"如刻楮剪缯,妆点粘
缀,仅得一叶一花之近似而自耀以为奇"的"晚唐体"②。但从其
作品来看,学"晚唐体"者正复不少,不必为之讳,这是大环境使
然,与其主观要求也不无关系。其实,在我们看来,关键不在于写
什么,而在于怎样写。戴复古的"晚唐体"即师法姚贾者,多能通
篇浑成,与四灵及其某些追随者由于过分追求中二联的锤炼,以
致于导致首尾馁弱的某些作品相比,终是不同。

　　第三是杨陆。杨万里和陆游是与戴同时而对他影响较大的
两位诗坛前辈。对于他们,戴常在诗中表示仰慕和推崇。如《衡
山何道士有诗声,杨伯子监丞盛称之,以杨所取之诗,求跋其后》:
"东山才与诚斋敌,手腕中有万斛力。"③《访曾鲁叔有少嫌先从金
仙假榻,长老作笋供》:"樽前有余暇,细读放翁诗。"④《诸诗人会
于吴门翁际可通判席上,高菊涧有诗。仆有"客星聚吴会,诗派落
松江"之句,方子万使君喜之,遂足成篇》:"杨陆不再作,何人可受
降?"⑤《读放翁先生〈剑南诗草〉》:"茶山衣钵放翁诗,南渡百年无
此奇。入妙文章本平淡,等闲言语变瑰奇。三春花柳天裁剪,历

①戴复古《侄孙昺以〈东野农歌〉一编来,细读足以起予。……因题其卷末以
　归之》,《石屏诗集》卷三,《四部丛刊续编》集部第418册,第10页b。
②包恢《石屏诗后集序》,见《石屏诗集》,《四部丛刊续编》集部第416册,诗
　序第6页a。
③戴复古《石屏诗集》卷一,《四部丛刊续编》集部第417册,第29页b。
④戴复古《石屏诗集》卷二,《四部丛刊续编》集部第417册,第22页a。
⑤戴复古《石屏诗集》卷三,《四部丛刊续编》集部第418册,第15页b。

代兴衰世转移。李杜陈黄题不尽，先生模写一无遗。"①

　　陆游本是戴复古学诗的老师，前引楼钥序就称他因"登三山
陆放翁之门，而诗益进"。如果把二人的诗对读，我们就会进一步
体会到，为什么戴复古诗中的爱国主义感情会如此深厚。如果我
们承认戴诗的思想内涵是继承了"飘零忧国"的杜诗的影响的话，
那么，有必要指出，陆游正是他们之间的一座桥梁。

　　陆游之于戴复古，除了思想倾向外，在艺术上的影响也是多
方面的，如题材风格，体裁格律，谋篇布局，遣辞造句等，都时有踪
迹可寻。但最值得提出来的，是其借助于飞动的气势、浪漫的想
象对其深刻的思想感情的表现。如《闻武均州报已复西京》云：

　　　　白发将军亦壮哉，西京昨夜捷书来。胡儿敢作千年计，
　　天意宁知一日回。列圣仁恩深雨露，中兴赦令疾风雷。悬知
　　寒食朝陵使，驿路梨花处处开。②

这是诗人听到均州知府武钜在绍兴三十一年(1161)十二月初九
日收复西京洛阳的消息后写下的作品。除了歌颂眼前的胜利外，
更想象来年朝陵使者到达洛阳时的盛况。这一由此及彼的过程，
是借助想象的跳荡完成的。不少类似作品通过把现实生活和浪漫
想象相结合而放射出的奇情异彩，构成了陆诗的一个重要特征。

　　戴复古的有些作品、尤其是表现政治内容的作品，也经常通
过感情的跳荡和想象的飞跃，反映出特定的思想深度。如《灵壁
石歌为方岩王侍郎作》：

　　　　灵壁一峰天下奇，体势雄伟身巍巍。巨灵怒拗天柱掷，
　　平地苍龙骧首尾。两片黑云腰夹之，声如青铜色碧玉，秀润

―――――――――――

① 戴复古《石屏诗集》卷六，《四部丛刊续编》集部第 419 册，第 20 页 a。
② 陆游撰、钱仲联校注《剑南诗稿校注》卷一，第 48 页。

四时岚翠湿。乾坤所宝落世间，鬼神上诉天公泣。……我来
欲作灵璧歌，击石一唱三摩挲。秋风萧萧淮水波，中分南北
横干戈。胡尘埋没汉山河，泗滨灵璧今如何？安得此石来岩
阿。郁然盘礴中原气，对此令人感慨多!①

由一石想到北方山河，感情的跳荡非常大，而适应着这一思想，风
格亦由豪放变为悲慨。又如《题曾无疑飞龙饮秣图》：

云巢示我良马图，一骑欲水一骑刍。竹批双耳目摇电，
毛色纯一骨相殊。何人貌此真权奇，笔端疑有渥洼地。驽骀
当用骅骝老，赢得画图人看好。盆中饮，槽中秣，无用霜蹄空
立铁。何如渴饮长城濠上波，饥则饱吃天山禾。振首长鸣载
猛士，龙荒踏碎犬羊窠!②

通过刻画马的形象，进一步想象出此马驰骋疆场，在恢复中原的
战斗中建功立业的场面。这些透过一层的写法，由于全篇飞动的
气势和奇丽的语言，便显示出跳荡激越的色彩。不过，总的来说，
与陆游比起来，戴氏的这类作品气局仍嫌不够开阔，思路仍嫌不
够超迈，这或许是才力所限，无法强求。

杨万里是江湖诗人所普遍推崇的。他的诚斋体，以通俗朴素
的语言去表现生活中某些虽然常见但容易被人忽略的细节，构思
新巧，想象生动，富有韵味和意趣，博得了当时诗人的竞相仿效，
戴复古也不例外。

杨诗对戴诗的影响，除了题材更趋凡俗的追求外，主要表现
在一些写景言情的七言绝句中。如：

红紫光阴不久长，一声啼鴃静年芳。阴阴绿树黄鹂语，

①戴复古《石屏诗集》卷一，《四部丛刊续编》集部第 417 册，第 12 页 a。
②戴复古《石屏诗集》卷一，《四部丛刊续编》集部第 417 册，第 27 页 b。

将与人间作夏凉。

——《初夏》①

天台山与雁山邻，只隔中间一片云。一片云边不相识，
三千里外却逢君。

——《湘中遇翁灵舒》②

乳鸭池塘水浅深，熟梅天气半阴晴。东园载酒西园醉，
摘尽枇杷一树金。

——《初夏游张园》③

江头落日照平沙，潮退渔船阁岸斜。白鸟一双临水立，
见人惊起入芦花。

——《江村远眺》二首之二④

或写景，或言情，或写感受，或状情态，均生动形象，饶有意趣，而
语言亦复朴素自然。这一类作品，都是学杨而有成者。

戴复古的诗的缺点主要有二。一是气局较小，不够浑厚。但
当时整体诗风如此，加上作者本身条件的限制，不足深责。二是
由于过求通俗晓畅，有的诗流于轻浅粗俗。在第四章中，我们曾
引过刘辰翁的《刘孚斋诗序》，云："尝与客言老杜'亲朋尽一哭，鞍
马去孤城'。客言，近世戴式之亦云：'此行堪一哭，何日见诸君？'
余曰：'俗矣。'因又举诚斋《高安赋》云：'江西个是奇绝处，天下几
多虚得名。'……客言，即某人云：'天下有楼无此高。'余笑曰：'又
俗矣。'即同言同意，愈近愈不近。诗至是难言耳。"这个"某人"，

---

①戴复古《石屏诗集》卷七，《四部丛刊续编》集部第419册，第2页b。
②戴复古《石屏诗集》卷七，《四部丛刊续编》集部第419册，第4页b。
③戴复古《石屏诗集》卷七，《四部丛刊续编》集部第419册，第8页a。
④戴复古《石屏诗集》卷七，《四部丛刊续编》集部第419册，第2页b。

指的也是戴复古①。总的说来，刘辰翁对戴复古的批评是如实的，虽然这种风格的出现有着时代的合理性，但从审美价值上看，其缺陷和弱点亦不应忽视。

四、论刘克庄诗

我们在前面曾概要指出了刘克庄在江湖诗派形成中的作用，并通过几个方面的简单分析，说明他之所以成为江湖诗派领袖的必然性。在本节里，我们拟对刘克庄诗歌创作作较为详细的论述，以进一步阐明他在江湖诗派中的独特地位。

刘克庄是一个创作力非常旺盛的诗人。其诗今存四千余首（实际上肯定不止于此，因为其本人曾说过："少作几千首，嘉定己卯自江上奉祠归，发故箧尽焚之。"②）。这个数字，不仅在江湖诗人中最多，即使放在整个宋代，也只有陆游、杨万里等少数几个诗人可以匹敌。

刘克庄在其《刻楮集序》中曾说自己最初学诗是"由放翁入"③。在那样一个特定的时代，选择陆游这位伟大的爱国主义诗人作为最早的师法对象，显然并不仅仅是出于对其诗艺的推崇。考察刘克庄五十余年的创作历程（刘诗系按年编排，最早的作品始于嘉定十二年，即公元 1219 年），可以看出，其早年对陆游的关注现实、热爱祖国的精神的学习，是一直贯串在他的诗歌创

---

① 戴诗题为"题王制机新楼"，云："人间何处望不到？天下有楼无此高。"载《石屏诗集》卷六，《四部丛刊续编》集部第 419 册，第 45 页 b。

② 刘克庄《后村先生大全集》卷一，《四部丛刊》集部第 1289 册，第 1 页 a。

③ 刘克庄《后村先生大全集》卷九十六，《四部丛刊》集部第 1312 册，第 12 页 b。

作中的。

刘克庄所处的时代,民族矛盾非常尖锐。尽管他出生的时候,宋金南北分治的状况已持续了六十年,但他的兴亡之感却丝毫也没有因此而减弱,因而他对边事的发展,对朝廷的内政和外交,对战争给人民生活带来的影响等,一直给予深切的关注。另外,到了刘克庄的晚年,漠北新兴的蒙古贵族凭借骁勇的铁骑,不断地南侵,对国家构成了极大的威胁。对此,刘克庄以高度的政治敏感,充分认识到事态的严重性,在诗歌里,也及时作了反映。

我们不妨先来看一首他的"少作":

> 试说东都事,添人白发多。寝园残石马,废殿泣铜驼。胡运占难久,边情听易讹。凄凉旧京女,妆髻犹宣和。
>
> ——《北来人》之一①

将浓郁的故国之思,深沉的历史感,以及由希望转为失望的心情交织在一起,反映了这位青年诗人思想的丰富和深刻。末二句通过具体描写,以小见大,艺术手法从前引陆游"凉州女儿满高楼,梳头已学京都样"出,但一悲哀,一豪迈,情感指向上仍有不同。

但"胡运"为什么如此之久?近百年了,为什么还未能收复北方的半壁河山?刘克庄认为,南宋统治者的苟且偷安、不思进取是根本原因,他在诗中写道:

> 诗人安得有青衫?今岁和戎百万缣。从此西湖休插柳,剩栽桑树养吴蚕。
>
> ——《戊辰即事》②

> 曹侯书满腹,非以剑防身。马上檄犹速,囊中诗不贫。

---

① 刘克庄《后村先生大全集》卷一,《四部丛刊》集部第 1289 册,第 1 页 b。
② 刘克庄《后村先生大全集》卷一,《四部丛刊》集部第 1289 册,第 12 页 b。

虏情工变诈，时论主和亲。旗鼓何时建，方知国有人。

　　　　　　　　　　——《用曹帅侍郎韵曹路分》①

把批判的锋芒直接指向统治阶级的投降政策。

　　当然，北伐之事也不是没有。韩侂胄在开禧二年（1206）所采取的对金军事行动，刘克庄的父亲刘弥正也曾参与。但在刘克庄的诗歌里，很难看到他对这类事情的充满信心的歌颂。这并不是因为他愿意安于现状，而是因为他对内部情况了解得太清楚了，深知军队缺乏作战的能力。他曾写下不少诗，对内政进行反思，其中以学习白居易的一组乐府诗最有代表性。如《军中乐》：

　　　　行营面面设刁斗，帐门深深万人守。将军贵重不据鞍，夜夜发兵防隘口。自言房畏不敢犯，射麋捕鹿来行酒。更阑酒醒山月落，彩缣百段支女乐。谁知营中血战人，无钱得合金疮药。②

这是通过对受伤战士的痛苦来写军中苦乐不均的状况。又如《国殇行》：

　　　　官军半夜血战来，平明军中收遗骸。埋时先剥身上甲，标成丛冢高崔巍。姓名空挂阵亡籍，家寒无俸孤无泽。乌乎诸将官日穹，岂知万鬼号阴风。③

这是反映阵亡战士及其家庭的悲惨。又如《筑城行》：

　　　　万夫喧喧不停杵，杵声丁丁惊后土。遍村开田起窑灶，望青斫木作楼橹。天寒日短工役急，白棒诃责如风雨。汉家丞相方忧边，筑城功高除美官。旧时旷野无城处，而今烽火

①刘克庄《后村先生大全集》卷十一，《四部丛刊》集部第 1291 册，第 15 页 b。
②刘克庄《后村先生大全集》卷八，《四部丛刊》集部第 1290 册，第 17 页 a。
③刘克庄《后村先生大全集》卷八，《四部丛刊》集部第 1290 册，第 16 页 b。

列屯戍。君不见高城鬈鬈如鱼鳞,城中萧疏空无人!①
这是表现役夫的苦难,并进而谴责滥用民力的弊政。这样的诗篇,都是从某个具体问题切入,使人们形象地认识到,半壁江山之所以长期未能恢复,实在有着非常深刻、非常复杂的原因,从而引起疗救的注意。其观察问题的角度和思考问题的深度,都是同时许多诗人乃至政府官员所不能比的。类似的作品,还有《开壕行》、《运粮行》、《苦寒行》、《寄衣曲》②等。完全有理由说,刘克庄的这些诗,从内容到形式,都是白居易的新乐府精神在宋代最好的继承者之一。

端平元年(1234),宋蒙联合灭金,当攻克汴京的消息传来时,南宋举国上下一片欢腾,都为将要结束百余年的分裂局面而振奋。刘克庄也是如此。他曾写有《端嘉杂诗二十首》,其前四首云:

幅裂常包割地羞,扫平忽雪戴天愁。穹庐已喋完颜血,露布新函守绪头。

闻说关河唾掌收,拟为跛子看花游。可怜逸少与公辈,说着中原得许愁。

由北图南有混并,自南取北费经营。从今束起书生论,啖饭看人致太平。

不及生前见虏亡,放翁易箦愤堂堂。遥知小陆羞时荐,定告王师入洛阳。③
由这些诗,可以看出当时刘克庄是怎样的陶醉,而这种情绪又是

①刘克庄《后村先生大全集》卷八,《四部丛刊》集部第1290册,第16页a。
②均见刘克庄《后村先生大全集》卷八,《四部丛刊》集部第1290册,第16页a—17页b。
③刘克庄《后村先生大全集》卷十一,《四部丛刊》集部第1291册,第11页a—11页b。

带有极大的普遍性的。

　　尽管善良的人们不愿意相信,事实上,就在联合灭金的同时,宋朝的新敌人——蒙古,已经来势凶猛地出现了。端平元年八月,蒙古责宋不应先行入洛,宋兵被迫撤出。第二年,蒙古即出兵侵宋,攻破枣阳、郢州,随后几年,又不断进攻四川、湖北、江南等地,使得才熄灭的战火复又燃起。

　　刘克庄毕竟是一个政治敏感性很强的人。他不像当时许多士人一样,主观地以为宋蒙之争不过是内部问题。相反,从一开始起,刘克庄就十分注意这个新的敌人,他是从灭金胜利的陶醉中最早清醒过来的一批人。例如写于端平二年的《端嘉杂诗二十首》之十三云:

　　　　不妨割肉喂豺狼,知约依然堕渺茫。未必与吾盟夹谷,且宜防彼劫平凉。[1]

即提醒人们对蒙古应加强戒备。此后,他的警惕性一直很高,如淳祐四年(1244),刘克庄任江东提刑,对四川连年被蒙军骚扰深感不安,写有《赠施道州》诗,第二首云:

　　　　胡尘突过剑门关,西顾于今尚未宽[2]。早晚相如通棘道,仓皇子美问长安。拮据自竺营巢拙,衲凿明知合辙难。纵有望乡楼百尺,淡烟衰草莫凭栏。[3]

借对施氏的身世感喟,表达了自己的忧虑。又如《题林璞经属平寇录》云:

─────────────

[1]刘克庄《后村先生大全集》卷十一,《四部丛刊》集部第1291册,第12页b。

[2]按此句"于"原作"子",据四库本《后村集》卷十三改,见《景印文渊阁四库全书》第1180册,第136页。

[3]刘克庄《后村先生大全集》卷十三,《四部丛刊》集部第1292册,第10页a。

　　　　　倏尔蜂窠起,俄然首鼠枭。果能歌竞病,不枉事嫖姚。

　　　　　瘴气收氛祲,朝家赏烂焦。祝君深养勇,稍北有天骄。①

诗作于淳祐七年(1247),几年间,蒙古军相继攻掠淮西、扬州、京湖、黄州、泗州等地,形势越发严峻,所以刘克庄提醒林氏要准备进行一场更残酷的战争。

　　随着战事的发展,国家的安危一直牵动着刘克庄的心,他写有《又闻边报》四首②、《即事十绝》、《北耗》、《蜀捷》③、《观调发四首》④、《淮捷一首》⑤、《书事十首》⑥、《寄陈澂计议二首》⑦等诗,反映抗蒙战争的状况以及与此相关诸问题。一直到八十岁以后,已经致仕里居,仍经常为"西北战尘锋锐甚,东南民力罄悬如"的状况而焦虑⑧,为"三边奏凯音"的胜利而欣喜⑨,他说自己"暮年未敢忘忧国"、"暮年未敢忘忧喜"⑩,确是真实的心灵记录,他也

---

①刘克庄《后村先生大全集》卷十六,《四部丛刊》集部第 1292 册,第 18 页 b。

②刘克庄《后村先生大全集》卷二十,《四部丛刊》集部第 1293 册,第 13 页 b。

③刘克庄《后村先生大全集》卷二十三,《四部丛刊》集部第 1294 册,第 8 页 b、11 页 a、11 页 b。

④刘克庄《后村先生大全集》卷二十九,《四部丛刊》集部第 1295 册,第 6 页 b。

⑤刘克庄《后村先生大全集》卷三十,《四部丛刊》集部第 1295 册,第 3 页 a。

⑥刘克庄《后村先生大全集》卷三十一,《四部丛刊》集部第 1296 册,第 11 页 b。

⑦刘克庄《后村先生大全集》卷三十七,《四部丛刊》集部第 1297 册,第 2 页 a。

⑧刘克庄《送吴时父侍郎》二首之二,《后村先生大全集》卷四十,《四部丛刊》集部第 1298 册,第 15 页 a。

⑨刘克庄《忧爱》,《后村先生大全集》卷四十二,《四部丛刊》集部第 1298 册,第 6 页 b。

⑩刘克庄《次韵瘦使左史中书行部二首》之二,《后村先生大全集》卷三十八,《四部丛刊》集部第 1297 册,第 9 页 b;《忧爱》,《后村先生大全集》卷四十二,《四部丛刊》集部第 1298 册,第 6 页 b。

像自己所崇拜的前辈诗人陆游一样，为国家的安危，忧虑到了最后一息。

以上所论，充分展现出一个在激烈的民族矛盾中非常具有忧患感的诗人形象，这不仅在同时江湖诗人中罕见，即使放在整个南宋诗坛上，也是十分独特的。至于刘克庄诗中的其他政治内涵，如反映作物歉收的《夏旱四首》，反映通货膨胀的《丁卯元日十首》之八等，也触及到当时社会矛盾的一些方面。

刘克庄的诗，当时即得到普遍的崇尚①，后世的评价也很高，如清代张谦宜云："刘后村诗，乃南渡之翘楚，读之忘倦。"②又叶矫然云："南宋人诗，放翁、诚斋、后村三家相当。"③推许或许有些过当，但考虑到刘克庄的整体创作情况，这也并非没有道理。

刘克庄早年的诗，亦和当时普遍的风气一样，从晚唐、四灵入。他的《南岳稿》，虽然面貌已经不全，但基本上还可以看到这种追求。事实上，当时的诗坛也是把他作为四灵的优秀继承者来加以称扬的。他的《南岳稿》受到叶适、赵汝谈等前辈的激赏④，

---

① 如林希逸《后村先生刘公行状》说他当时为"学诗者宗焉，学文者宗焉，学四六者宗焉"。文载《后村先生大全集》卷一百九十四，《四部丛刊》集部第1336册，第2页a。

② 张谦宜《茧斋诗谈》卷五，见郭绍虞编《清诗话续编》，第863页。

③ 叶矫然《龙性堂诗话》续集，见郭绍虞编《清诗话续编》，第1017页。

④ 叶适《题刘潜夫〈南岳诗稿〉》云：四灵时，"刘潜夫年甚少，刻琢精丽，语特惊俗，不甘为雁行比也。今四灵丧其三矣，……而潜夫思益新、句愈工，涉历老练，布置阔远。建大将旗鼓，非子孰当？"载《叶适集》卷二十九，第611页。又林希逸《后村先生刘公行状》载："公归自桂林，迂道见南塘（赵汝谈）于三山，读公《南岳稿》，称赏不已，自此遂为文字交。"见《后村先生大全集》卷一百九十四，《四部丛刊》集部第1336册，第18页a。

也受到社会的普遍欢迎①,并不是无缘无故的。试看下面几首诗:

　　　骨法枯闲甚,惟堪作隐君。山行总路脉,野坐认天文。
字瘦偏题石,诗寒半说云。近来仍喜睛,闲事不曾闻。

　　　　　　　　　　　　　　　　　——《北山作》②

　　　店妪明灯送,前村认未真。山头云似雪,陌上树如人。
渐觉高星少,才分远烧新。何须看堠子,来往暗知津。

　　　　　　　　　　　　　　　　　——《早行》③

　　　漂泊何须远,离乡即旅人。炊薪尝海品,书刺谒田邻。
家寄寒衣少,山来晓梦频。小儿仍病疟,诗句竟无神。

　　　　　　　　　　　　　　　　　——《客中作》④

这些诗,体会深切,描写生动,炼字工稳,句法清新,博得了后世不
少批评家的赞赏⑤。青年刘克庄以自己的创作实力,为江湖诗派
的发展开辟了新的局面。也正因为如此,一贯对江湖诗派不满的
方回,对《南岳稿》常加指责,如其《送紫阳王山长俊甫如武林五
首》之一云:"乾淳以后学无师,嘉绍厌厌士气衰。何等淫辞《南岳

---

① 据洪天锡《后村先生墓志铭》载:"时《南岳稿》、《油幕笺奏》初出,家有其
　　书。"见《后村先生大全集》卷一百九十五,《四部丛刊》集部第 1336 册,第 1
　　页 b。另参看第一章的有关论述。

② 刘克庄《后村先生大全集》卷一,《四部丛刊》集部第 1289 册,第 1 页 b。

③ 刘克庄《后村先生大全集》卷一,《四部丛刊》集部第 1289 册,第 2 页 a。

④ 刘克庄《后村先生大全集》卷一,《四部丛刊》集部第 1289 册,第 2 页 a。

⑤ 如《北山作》,方回评云:"第六句佳甚。"纪昀评云:"亦是武功派,然是武功
　　派之不恶者。"(《瀛奎律髓》卷二十三,见方回选评、李庆甲集评《瀛奎律髓
　　汇评》,第 990 页。)又如《客中作》,延君寿《老生常谈》评云:"诗有令人读
　　一过即不能却置者。刘后村《客中作》云:'漂泊何须远……。'结用工部
　　事,何等蕴藉有味。"见郭绍虞编《清诗话续编》,第 1812 页。

稿》,不祥妖谶晚唐诗。……"①他认为"刘潜夫以晚唐诗自鸣,诱
坏江湖小生"②,从反面说明了刘克庄师法晚唐、四灵所取得的非
凡成就。

　　但刘克庄毕竟比同时其他许多江湖诗人都要清醒些。就在
江湖诗派已差不多完全垄断了南宋后期诗坛的时候,他已经敏锐
地发现了一味学习晚唐、四灵所带来的弊病。为此,他努力在自
己的创作上拓宽境界,追求表现上的不拘一格,以打破派中"千人
一面"的局面。前举学习白居易新乐府诸作,已见一斑。又如下
面二诗:

　　　　秦王女儿吹凤箫,泪入星河翻鹊桥。素娥划袜踏玉兔,
　　　回望桂官一点雾。粉红小蝶没柳烟,白茅老仙方睡圆。寻愁
　　　不见入香髓,露花点衣碧成水。

　　　　　　　　　　　　　　　　　　　——《李夫人招魂歌》

　　　　月青露紫罗衾白,相思一夜贯地脉。帝遣纤阿控紫鸾,昆
　　　仑低下海如席。曲房小幄双杏坡,玉兔吐麝熏锦窠。软香蕙雨
　　　衩钗湿,乔云三尺生红靴。金蟾吞漏不入咽,柔情一点蔷薇血。
　　　海山重结千年期,碧桃小核生孙枝,精移神骇屏山知。

　　　　　　　　　　　　　　　　　　　——《东阿王纪梦行》

风格凄艳,感情跳荡,显然步趋李贺,对独特的创作风格有所
延续③。

---

① 方回《桐江续集》卷十七,《景印文渊阁四库全书》第1193册,第440页。
② 方回《汪虞卿鸣求小集序》,《桐江续集》卷三十四,《景印文渊阁四库全书》
　　第1193册,第693页。
③ 二诗录自魏庆之《诗人玉屑》卷十九引《玉林诗话》,其中并指出,这"绝类
　　长吉,其间精妙处,恐贺集中亦不多见也"。第432页。

　　更加值得注意的是,尽管刘克庄是追随着反江西的风气走上诗坛的,但他在具体的创作实践中,也认识到江西诗派自有不可取代的长处,因此,其后期创作不仅有意识地引入了江西诗风,而且还尝试着将江西和晚唐加以调和,以走出一条新路子。他的这种追求,标志着江湖诗派已经结束了同化的过程(使不完全一致的风格中含有某种根本上的一致性),而开始走上了深化的过程(不断注入新的东西)。如下面四首诗:

　　　　造化生尤物,居然冠众芳。东家傅粉白,西域返魂香。真可婿芍药,未妨妃海棠。平生恨欧九,极口说姚黄(自注:孟郊诗云:"芍药谁堪婿。")。

　　　　　　　　　　　　　　　　　　——《梅花》①

　　　　安知后来者,所作不如今。孰可执牛耳,君能贯虱心。孤根才一寸(自注:半山诗:"一寸庵前手自移。"),老干忽千寻。未必子期死,无人听古音。

　　　　　　　　　　　　　　　　　——《再和张文学》②

　　　　寂寂柴门村落里,也教插柳记年华。禁烟不到粤人国,上冢亦携庞老家。汉寝唐陵无麦饭,山蹊野径有梨花。一尊径藉青苔卧,莫管城头奏暮笳。

　　　　　　　　　　　　　　　　——《寒食清明》之一③

　　　　樱笋登盘节物新,一筇踏遍九州春。似曾山阴访修竹,不记水边睹丽人。豪饮自怜非少日,俊游亦恐是前身。暮归

①刘克庄《后村先生大全集》卷二十四,《四部丛刊》集部第1294册,第2页a。
②刘克庄《后村先生大全集》卷四十,《四部丛刊》集部第1298册,第14页a。
③刘克庄《后村先生大全集》卷九,《四部丛刊》集部第1291册,第16页a。

尚有清狂态,乱插山花满角巾。

——《上巳》①

　　第一首的颈联,追求比喻的生新,与黄庭坚《次韵刘景文邺王台见思》五首之五中的"公诗如美色,未嫁已倾城",《酴醾》中的"露湿何郎试汤饼,日烘荀令炷炉香"②,似有一定的渊源。第四首的颔联,上句用古调,下句用拗调,被许印芳赞为"变格"③。总之,诸诗皆追求在四灵的那种清新明快的风格中注入某些瘦硬拗峭的成分,给当时的诗坛带来了一些生动的变化。

　　在古体诗的创作上,刘克庄的这种用心就看得更为明显。总的说来,江湖诗人虽然并非不能古体,但整体成就似以五律和七绝见长,尤其是五律往往给人以严整有余、奔放不足的感觉,即使是有才气的诗人,也每影响其多方面的发挥。刘克庄注意到了这个问题。他曾经作有《观社行》五首,自述创作动机,是因"社友多短章而少大篇",试举其第四首如下:

　　　　手援鼙弧先奋呼,盛气直传入国都。屈盘硬语押险韵,有似兵家使诈愚。专场自衒嘴距点,覆车讵意肝脑涂。堂堂老将号令肃,中营外栅如联珠。曾呼项羽作竖子,亦斥李陵为降奴。彼望麾幢已披靡,此遗巾帼聊揶揄。深藏区脱避石矢,密设鹿角埋椿株。如犹哆口学张籍,俄乃掩面如唐衢。毋容奏凯论功级,且可按甲休师徒。献俘奚异获长狄,讳败谨勿书朱儒。君家人物盛典午,或披鹤氅击唾壶。坐观士稚

---

① 刘克庄《后村先生大全集》卷九,《四部丛刊》集部第 1291 册,第 16 页 b。

② 分别见黄庭坚《山谷诗集注》卷一和《山谷外集诗注》卷十二,《四部备要》第 78 册,第 27、270 页。

③ 见方回选评、李庆甲集评《瀛奎律髓汇评》卷十六,第 630 页。

无铠伏,冷笑群谢皆袴襦。安知出奇电霆速,靡待掩耳井瞬
眴。再衰三竭乃引去,裹创饮血自捄扶。铁枪漫留姓名在,
玉麈有益成败无。凭轼姑与君王戏,弃甲宜按军法诛。尝闻
匹夫不可狙,蜂虿有毒况国乎?嗟余久矣精锐铄,驱使不禁
诗酒卢。蝉嘶今懒事章句,鲸吸旧宁论升斗。磨石胡庭要勒
铭,策勋辕门因舍爵。备严岂虑偏师攻,□□何妨异议驳(原
缺二字)。周公尚存校禩礼,子贡讵知观蜡乐。祈年卜稼信
当务,崇饮饰游不宜数。弟子服矣鸣吻悲,似听于菟啸风壑。
寒壋户牖不敢窥,顾惜床庐愁见剥。志士之愿在时清,穷人
所忧惟岁恶。但当击缶赛蚕官,一壶村酒醉扬朴。①

全诗凡二十七韵,五十四句,以铺叙之笔,描写农村社戏的情形。
诗中对句、散句相间,同时还有意识地运用散文句法,造成一种气
势,颇能见出韩愈的影响。像这些地方,显然都是诗人着意为
之的。

　　再举一首五言古诗:

　　　平生陈无己,白首欠吟债。未尝见马吕,况肯交章蔡。
附热生可鄙,中寒死亦快。吾方尚此友,巾车与同戴。前瞻
有脿滂,却顾有□□。要当坚一壁,讵可立两界。恕乎行谊
夸,希也名节坏。使君惠良箴,下走敢不拜?怀哉道义交,异
此姑息爱。

　　　　　　　　　　　　　　　——《答李泉州元善》②

以瘦硬之笔写李氏的行事和为人,颇有江西风调。

　　由此看来,刘克庄的诗歌创作虽大致上有轨迹可寻,但其基

①刘克庄《后村先生大全集》卷四十三,《四部丛刊》集部第 1298 册,第 4 页 a。
②刘克庄《后村先生大全集》卷十,《四部丛刊》集部第 1291 册,第 9 页 a。

本精神是择善而从,不拘一格,而这一点,与他的诗歌创作理论也是密切相关的。

我们在前面曾经指出过刘克庄如何对从推崇四灵到超越四灵所作的理论阐述,这里无需重复。但刘克庄为何能做到这一点,也就是说其诗歌理论的核心精神是什么,也还有加以强调的必要。郭绍虞《宋诗话考》曾经比较过严羽、刘克庄这两位同时代人的诗论特色,其文略谓:"沧浪之长在识,后村之长在学。重在识,故锋芒毕露而或失之偏;重在学,则不拘一格,而转若无所见其长。《后村诗话》之不及《沧浪诗话》者在此。然而纲罗众作,见取材之博,评衡惬当,见学力之精,⋯⋯则又《后村诗话》之长,而为《沧浪诗话》所不能及者。"①对我们理解刘克庄诗论很有启发。论诗重在学,便往往能以冷静的头脑,仔细衡量诸家之短长,得出持平的看法。这虽然有时也不免影响了持论的鲜明性,却也因此避免了片面性。试举例如下。

在南宋后期,由于江西末流暴露出了很大的弊病,使得这一流派受到了诗坛的普遍攻击,甚而多有人否定宋诗,提倡复兴唐诗。最著名的,如严羽在《沧浪诗话·诗辨》中提出盛唐说:"盛唐诸人惟在兴趣,羚羊挂角,无迹可求。故其妙处透彻玲珑,不可凑泊,如空中之音,相中之色,水中之月,镜中之象,言有尽而意无穷。"又批评江西诗派道:"近代诸公乃作奇特解会,遂以文字为诗,以才学为诗,以议论为诗。夫岂不工,终非古人之诗也。盖于一唱三叹之音,有所歉焉。且其作多务使事,不问兴致,用字必有来历,押韵必有出处,读之反覆终篇,不知着到何在。其末流甚者,叫噪怒张,殊乖忠厚之风,殆以骂詈为诗。诗而至此,可谓一

---

① 郭绍虞《宋诗话考·后村诗话》,第112—113页。

厄也。"①另外,江湖诗派中的许多人认为自己的才力不足以追攀盛唐,于是旗帜鲜明地提出学习晚唐(参看第六章)。刘克庄对唐诗的成就始终是非常推崇的,但由于他能以发展的观点看问题,因而对宋诗往往能作出比较实事求是的评判。如其《本朝五七言绝句序》云:

> 或曰:本朝理学、古文高出前代,惟诗视唐似有愧色。余曰:此谓不能言者也,其能言者,岂惟不愧于唐,盖过之矣。②

这段话,曾被潘德舆指为"阿其本朝,固非实论"③。这位尊崇唐诗的批评家其实不必对刘克庄如此指责,因为他忽略了其中"能言者"三个字,因而没能理解刘氏的用意。事实上,相对于唐诗来说,宋诗在意境、风格、内容、语言上都有所发展,确有胜过唐诗之处,这已为许多学者所承认,无庸赘述。刘克庄的立论也正是从这一点出发的。因此,他对许多宋代诗人都不乏好评,尤其是在《江西诗派序》里,他推崇黄庭坚"会粹百家句律之长,究极历代体制之变,……为本朝诗家宗祖"④;推崇陈师道"树立甚高,其议论不以一字假借人。……诗文高妙一世"⑤,等等。都是符合客观实际的。

然而,所谓"能言者"的意思,一是指某些有创造力的作家,一是指某些作家的某些作品,无论在范围上还是在本质上,都有一定的规定性。刘克庄还有一段话,也是人们在评价宋诗时经常使

①严羽《沧浪诗话·诗辨》,见严羽撰、郭绍虞校释《沧浪诗话校释》,第26页。
②刘克庄《后村先生大全集》卷九十四,《四部丛刊》集部第1311册,第19页b。
③潘德舆《养一斋诗话》卷四,见郭绍虞编《清诗话续编》,第2056页。
④刘克庄《后村先生大全集》卷九十五,《四部丛刊》集部第1311册,第8页a。
⑤刘克庄《后村先生大全集》卷九十五,《四部丛刊》集部第1311册,第8页b。

用的：

> 本朝则文人多，诗人少。三百年间，虽人各有集，集各有诗，诗各自为体，或尚理致，或负材力，或逞博辨。少者千篇，多至万首，要皆经义策论之有韵者尔，非诗也。

——《竹溪诗序》①

如果认为这是刘克庄对宋诗的整体论定，并进而嘲笑他在持论上的自相矛盾②，那也不过是没有认清这种规定性而已。刘克庄的这段文字出于为理学家林希逸的诗所作的序，批判宋诗中的这样一种弊病，乃是为了称赞林诗无此弊病，而且，批判的对象明显是指一部分理学家和一些受理学诗风影响的诗人。刘克庄的诗论中这种好像是自相矛盾的地方，实则都是根据不同的对象、选取不同的角度来加以批评的，在某种程度上，也反映出他分析问题的冷静和客观。

刘克庄诗论的这一特点，还具体地反映在他对后学的指导上。我们注意到，刘克庄早年曾有一段漂泊江湖的经历，与很多江湖诗人交往密切。而到了他的官职越来越高，甚至也有了接纳游士的地位之后，仍与许多下层知识分子保持经常的联系，如对于被方回讥为无行的江湖游士之一的孙季蕃③，刘克庄与他的关

---

① 刘克庄《后村先生大全集》卷九十四，《四部丛刊》集部第1311册，第14页a。

② 潘德舆在引述了刘克庄的宋诗胜唐说后，又专门点出"本朝文人多……"一段，并加以评论道："此与宋诗不愧唐而且过之之说，大相径庭矣。吾故曰阿其本朝，非实论也。"见《养一斋诗话》卷四，郭绍虞编《清诗话续编》，第2056页。按，潘氏所云，不仅未解刘克庄原意，就文论文，亦有未通。后段明明批评"本朝"，怎么能仅据前段推断"阿其本朝"呢？

③ 见《瀛奎律髓汇评》卷二十戴复古《寄寻梅》方回评，见方回选评、李庆甲集评《瀛奎律髓汇评》，第840页。

系起码保持了二十五年以上,屡有诗歌酬赠,孙死后仍然经常表
示怀念①。这种不以富贵骄人的风范,显然是刘克庄获得江湖诗
人拥戴的重要原因之一,通过这种彼此之间的信任感,刘克庄也
很好地履行了诗坛领袖的职责。今存《大全集》中收入的大量序
跋,有相当一部分是为同时江湖诗人写的。值得注意的是,刘克
庄写这些序跋时,明显带有指导的意图,也就是说,他从不违心地
一味说好话,相反,在不少篇章里,他都直言不讳地提出批评。作
序而批评所序之作,而且屡见非一见,这不能不说是一种非常独
特的现象。如《题徐宾之贡士诗》②、《题何秀才诗禅方丈》③、《跋
吕炎乐府》④、《跋叶介文卷》⑤、《跋何谦近诗》⑥、《方元吉诗
序》⑦、《林子彬诗序》⑧等,都是如此。试以《林子彬诗序》为例:

　　　玉融林君子彬示诗七十篇,其言曰:吾藏之以待后子云,
　　然其人不可待。今江湖间多以此事推君,试为吾评之。……
　　徐味其诗,果多警句。古体若发兴高远,然有子昂、太白、朱
　　文公数十篇在前,便觉难追扳。律体若造语尖新,然视晚唐、
　　四灵,犹恨欠追琢。而君自谓可以见古人矣。

认为林氏古体欠古朴,律体欠锤炼,乃是就诗论诗,指出向上一

①今存《大全集》卷一即收有与孙季蕃交往的诗,后来又写过七首,还不包括
　在诗里时有提起的部分。
②刘克庄《后村先生大全集》卷九十九,《四部丛刊》集部第 1312 册,第 13 页 b。
③刘克庄《后村先生大全集》卷八,《四部丛刊》集部第 1290 册,第 6 页 a。
④刘克庄《后村先生大全集》卷一百,《四部丛刊》集部第 1313 册,第 2 页 b。
⑤刘克庄《后村先生大全集》卷一百,《四部丛刊》集部第 1313 册,第 13 页 a。
⑥刘克庄《后村先生大全集》卷一百六,《四部丛刊》集部第 1314 册,第 15 页 a。
⑦刘克庄《后村先生大全集》卷一百八,《四部丛刊》集部第 1314 册,第 15 页 a。
⑧刘克庄《后村先生大全集》卷一百十,《四部丛刊》集部第 1315 册,第 6 页 a。

路,尽管明言晚唐、四灵,但并不带宗派声吻,因为他说的实是许
多人都承认的事实。正因为他具有客观、持平的态度,所以像赵
漕元这样自负的诗人,也以得到他的品鉴为荣,声称自己的诗"证
印于刘后村诸公,不假余人更下注脚"①。所以,以学见长并愿以
其所学昭示他人的特色,是贯串在刘克庄的整个文学活动中的。

探讨刘克庄的诗歌理论,还有必要特别提出他的情性说。据
《后村诗话》记载,真德秀刚开始编《文章正宗》时,将诗歌一门委
托给刘克庄,并特别交待,应"以世教民彝为主,如仙释、闺情、宫
怨之类,皆勿收"②。结果,刘克庄编成后,真氏仍不满意,删掉一
大半。事实上,刘克庄与这位他所尊敬的前辈之间的分歧,并不
在于标准本身,而在于对这标准如何理解。如刘克庄原来选了汉
武帝刘彻的《秋风辞》,诗云:

> 秋风起兮白云飞,草木黄落兮雁南归。兰有秀兮菊有
> 芳,怀佳人兮不能忘。泛楼船兮济汾河,横中流兮扬素波。
> 箫鼓鸣兮发棹歌,欢乐极兮哀情多。少壮几时兮奈老何!

这首诗不符合真氏选诗标准,故"意不欲收"。但刘克庄却认为:
"所谓'携(通作怀)佳人兮不能忘'之语,盖指公卿群臣之扈从者,
似非为后宫设。"③由此可见,真德秀所要求于诗歌的,是应该直
接体现"世教民彝",而刘克庄则不排斥比兴寄托的手段(尽管对
这首诗是否有寄托,还可以再讨论)。重比兴寄托,也即意味着对
诗歌的抒情特质有了基本的认定,正是在这一点上,他与当时的

---

①方岳《跋赵漕元文稿》,《秋崖集》卷三十八,《景印文渊阁四库全书》第1182
　　册,第603页。
②刘克庄《后村诗话》前集卷一,第4页。
③刘克庄《后村诗话》前集卷一,第4页。

一些道学家区别了开来。

　　在《跋何谦诗》一文中,他更具体地阐述道:

　　　　余尝谓:以情性礼义为本,以鸟兽草木为料,风人之诗
　　也;以书为本,以诗为料,文人之诗也。世有幽人羁士,饥饿
　　而鸣,语出妙一世;亦有硕师鸿儒,宗主斯文,而于诗无分者,
　　信此事之不可勉强欤!……自《国风》、《骚》、《选》、《玉台》、
　　胡部至于唐宋,其变多矣。然变者,诗之体制也,历千年万世
　　而不变者,人之情性也。①

这就不仅高出了当时的道学家,也高出了江西末流,甚至与同时
严羽《沧浪诗话》提出的“诗者,吟咏情性也”②之说相比,虽然有
着共同之处,但在深度和具体性上似还过之,因为,把情性与礼义
结合起来,显然有着更广泛的代表性③。

　　刘克庄在创作上的最大缺点就是喜欢逞才使气,贪多求博,
因而常常流于浅率。他的晚年经常称道陆游和杨万里,除了思想
和艺术上的追求外,还有着与这两位前辈比写诗数量的意图。如
《八十吟十绝》之八云:“诚斋仅有四千首,惟放翁几满万篇。老子
胸中有残锦,问天乞与放翁年。”④因此,尽管他有时也能反省自
己“多作恶诗供世笑”⑤,但仍然不加节制。如《次韵实之春日二

──────────

①刘克庄《后村先生大全集》卷一百六,《四部丛刊》集部第 1314 册,第 3 页 b。
②严羽《沧浪诗话·诗辨》,见严羽撰、郭绍虞校释《沧浪诗话校释》,第 26 页。
③除了情性说外,刘克庄与严羽的诗论还有不少相同之处,请参看郭绍虞
　《宋诗话考·后村诗话》,第 110 页。
④刘克庄《后村先生大全集》卷三十八,《四部丛刊》集部第 1297 册,第 2 页 a。
⑤刘克庄《七十九吟十首》之四,《后村先生大全集》卷三十五,《四部丛刊》集
　部 1297 册,第 15 页 a。

首》①,凡六和;又如《用居厚弟强甫韵》②,凡十三和。甚至他为了左眼痛,继写了《左目痛六言九首》③后,又连续三和,计写了三十六首诗,未免近于无聊。他曾写有两组《杂咏一百首》④,分别为"十臣"、"十子"、"十节"、"十隐"、"十儒"、"十勇"、"十仙"、"十释"、"十妇"、"十妾"、"十豪"、"十辩"、"十智"、"十贪"、"十险"、"十嬖"、"十医"、"十卜"、"十稚"、"十女",虽然可能有某种创作意图,但给人的感觉,是在显露才学,作为诗来说,不能算是成功之作⑤。更能显示他逞才使气的是六言诗的创作。南宋洪迈在其《容斋三笔》中曾提出过"六言诗难工"的看法,因此,他编唐人绝句,"得七言七千五百首,五言二千五百首,而六言不满四十,信乎其难也。"⑥当代学者曾对汉魏以迄唐代的六言诗创作情况作过一番统计,结论是:现存汉魏六朝时期的六言诗共四十三首,三百八十句;唐代的六言诗共有七十五首,计四百四十二句。而造成这种状况的基本原因,是由六言诗在句式、节奏、韵脚等方面的弱

①刘克庄《后村先生大全集》卷十一,《四部丛刊》集部第 1291 册,第 3 页 b。
②刘克庄《后村先生大全集》卷四十,《四部丛刊》集部第 1298 册,第 10 页 b。
③刘克庄《后村先生大全集》卷三十四,《四部丛刊》集部第 1296 册,第 10 页 a。
④刘克庄《后村先生大全集》卷十四、十五,《四部丛刊》集部第 1292 册。
⑤元代陆文圭在《跋蒋民瞻咏史诗》一文里,曾经非常推崇刘克庄的这些诗,他说:"潜夫自作《十臣》、《十佞》(按原诗无题为《十佞》者,或即《十嬖》)等五言百首,句简而括,意深而确,前无此体,视胡会(曾?)《咏史》,直可唾去。《选》诗如昭君、秋胡、罗敷等辞,直铺其事而已,未有断以己意者;杜牧《桃花夫人》、《赤壁》等绝,则拗峭为工,断以己意矣,然仅一二首而止,不如潜夫之多。"按陆氏乃元初人,尚承江湖余风,其推崇刘克庄,原有原因,其说不足为据。陆文载其《墙东类稿》卷九,《景印文渊阁四库全书》第 1194 册,第 647 页。
⑥洪迈《容斋三笔》卷十五,《四部丛刊续编》子部第 337 册,第 7 页 a—b。

点所决定的①。宋代六言诗的创作情况虽然一时还拿不出准确的数字，但北宋诸大家如王安石仅五首，苏轼仅十一首，黄庭坚多一些，也不过六十六首，可以推断，这种体载在宋代也不会有什么太大的发展。可是我们翻开刘克庄的作品，他竟创作了近四百首六言诗。对于这些诗，作者也许有着某种创作意图，但从客观效果来看，则似亦无多大意味，如《春日六言十二首》之六、之八云："病不禁茅柴酒，寒添着木绵裘。寄语斜川鱼鸟，先生改日来游。""渊明甫涉知命，汲汲登皋临流。侬长渠三十岁，故当秉烛出游。"②可以为例。

此外，刘克庄还很喜欢在诗中运用指示代词或语气助词。这种散文句法，运用得当、尤其是与全篇构成一个富有变化的有机整体时，还是颇为别致的。但刘克庄热衷于以此作为才气的表露，又无任何特别的艺术追求，因此，他的近百首有这种句法的诗，令人感到没什么价值。如《天台杨景清以所进〈春秋发微〉示余，辄题小诗其后》云："奏篇久矣彻凝旒，谁信栖栖负笈游。新义书之于简策，微辞知我者《春秋》。即今未劝迩莫讲，他日应烦掌故求。历数先儒多晚达，前孙明复后康侯。"③又《怀晦岩一首》云："免呼鉴义与尚书，师卸金栏我佩鱼。扈豹尾车侬老矣，升狮子座者谁欤？草鞋曾遍三千界，雪顶今皆八十余。台岭壶山隔修阻，可无一字问何如。"④元初刘埙曾引前述刘克庄《竹溪诗序》评

①参看刘继才《论唐代六言近体诗的形成及其影响》，《文学遗产》1988年第2期。
②刘克庄《后村先生大全集》卷三十八，《四部丛刊》集部第1297册，第7页b。
③刘克庄《后村先生大全集》卷三十三，《四部丛刊》集部第1296册，第2页a。
④刘克庄《后村先生大全集》卷三十六，《四部丛刊》集部第1297册，第16页a。

道："后村'经义策论之有韵者'一句，最道著宋诗之病，然其自作，则亦有时而不免，岂知而故犯者邪？"①可以说，刘克庄的不少诗，都是可以给予这样的批评的。

五、论方岳诗

在江湖诗人中，方岳是一个比较特别的人物。首先，从经历上看，他自绍定五年（1232）三十三岁考中进士后，先后任淮东安抚司干官、礼兵部架阁、秘书郎、知南康军、知饶州、袁州、抚州等职，其现存作品未见有漂泊江湖的经历。其次，今存各种版本的江湖诗集都没有收入他。然而，他的江湖诗人的身份，却几乎得到现行诸文学史的一致认同②。这，似乎不仅反映了不同时代的不同观念，而且也说明了这位诗人的复杂性。

从思想内涵上看，方岳的作品也和当时许多诗人一样，主要反映了两个主题，即对恢复失地的期待和对民生疾苦的关心。但是，这部分作品的比例，对于存诗一千多首的诗人来说，不仅量少，而且，在表现的广度和深度方面，不仅比不上与他的生活道路比较接近的刘克庄，甚至也比不上许多当时远离政治中心的江湖诗人如戴复古等。例如，对于北方山河的长期沦陷，他也是未能释怀的，但具体落实到诗中，他却最多只有"如以长江限南北，何

①刘埙《隐居通议》卷十《后村论诗有理》条，见《丛书集成初编》第213册，第110页。
②如游国恩等《中国文学史》（第703页）、中国科学院文学研究所《中国文学史》（北京：人民文学出版社，1962年，第674页）、程千帆师等《两宋文学史》（上海：上海古籍出版社，1991年）等，都持这样的看法。

堪丑虏共乾坤"①这样的感慨;对于南宋统治者但知求和,一味偏
安的政策,他也是反对的,但却几乎未见他正面触及于此,最多不
过是借凭吊岳飞,将此意侧面点出②。宝祐六年(1258),蒙古军
侵宋。宋兵与之相拒,小胜于泚水一带。方岳闻讯,作《十二月二
十四日,雪。盖予三年于淮,才见此耳。时东师援泚水,捷书西
来,走笔呈赵公,借官奴与幕友一醉》一诗。诗云:

> 泚水风声欲破苻,文城雪意趁禽吾。诗筒拟醉玉跳脱,
> 捷羽已飞金仆姑。剡曲但能乘兴逸,灞桥仅不负诗癯。那知
> 幕府文书外,更解飞琼打阵图。③

首句以历史上的"泚水之战"作比,四句直陈今日泚水之捷,喜悦
之情,溢于言表。但是,这本是个值得大笔渲染的题目,因为,许
多年来,面对蒙古的侵略,南宋被动挨打,在不少战场上都是屡战
屡败者,这次胜利显然能够鼓舞人民的斗志。遗憾的是,这首在
诗人集中少见的直接反映时事的作品,对这一重要事件仅仅约略
一点,马上便转到吟诗赏雪的清致。当然,战场的胜利更引发了
诗人的逸兴,这本也属正常,但联系当时严峻的形势,诗人显然是
未能以政治的关切,对此进行更深入的观照。

关心民生疾苦的内容也是如此。试引其中较著者为例:

> 黄茅惨惨天欲雨,老乌查查路幽阻。田家止予且勿行,
> 前有南山白额虎。一母三足其名彪,两子从之力俱武。西邻

---

① 方岳《直汀晚望》,《秋崖先生小稿》卷二十一,《宋集珍本丛刊》第 85 册,第
　263 页。
② 如方岳《次韵徐宰题岳王祠》,《秋崖先生小稿》卷二十四,《宋集珍本丛刊》
　第 85 册,第 275 页。
③ 方岳《秋崖先生小稿》卷二十二,《宋集珍本丛刊》第 85 册,第 269 页。

昨暮樵不归，欲觅残骸无处所。日未昏黑深掩关，毛发为竖
心悲酸，客子岂知行路难！打门声急谁氏子，束蕴乞火霜风
寒。劝渠且宿不敢住，袒而示我催租瘢。呜呼！李广不生周
处死，负子渡河何日是？

——《三虎行》①

全诗古朴劲健，颇有汉乐府之风，置于当时诗坛上，不失为一篇佳
作。但通篇所反映的，仍不过是"苛政猛于虎"的古老主题，与第
三章第一节所引赵汝鐩《翁媪叹》诸作相比，具体性和生动性明显
不如，思想深度也相应差一些。这固然与它可能是一首"拟古"之
作有关，但集中其他有关作品却也是如此，这就不能不让我们从
其他方面去寻找原因了。

　　一般说来，在中国封建社会，读书人的抱负能否实现，往往和
其能否踏上仕途密切相关；同时，读书人对时事的关切程度，也往
往和其所处的地位密切相关。方岳进士及第后，随即走上仕途，
做过好几个地方的知府。以其夙有的功名心，地位既已不算低，
又具备了能够了解国事的条件，再加上他事实上对政治的并不冷
漠，为什么会出现这种情形呢？

　　据洪焱祖《方吏部传》载，方岳考进士，廷试本当取为第一，由
于答卷中有触犯史弥远处，才被改置为甲科第七人。淳祐七年
(1247)，任赵葵行府参议官时，又由于指责一些官员占隙地鬻蔬
自利等，受到排挤。任知南康军时，由于杖责肆意搜刮民财的湖
广总所纲稍，得罪贾似道，奏劾于朝，两易知邵武军。在知邵武军
任上，又因平寇事与上司发生冲突，受到打击。另据刘埙《隐居通
议》卷二十二载，宝祐六年(1258)，方岳知袁州，触犯了丁大全的

---

① 方岳《秋崖先生小稿》卷三十一，《宋集珍本丛刊》第85册，第303页。

亲信袁玠，被罢免①。总的说来，方岳的一生尽管非常想干出一番事业，但却总是受到不公正的待遇，使其用世之心屡次受到挫折。在这个意义上，能否可以这样说，方岳诗中对时事关注较少，内涵也不够丰富、深刻，是由于他受到了太多的伤害，感到抱负无从施展，因而不得不将关注的目光投向别处呢？他有一首题为《次韵范侍郎寄赵校正》的五言古诗，其中有云："窃忧蠢彼胡，鳞介腥神京。幸存三寸舌，宁守二尺檠。有愚欲献璞，无意望报琼。云何山阴兴，莫写塞下情。竹床撼夜柝，茅屋荒秋城。回首阊阖门，何啻九万程？……"②诗中那种君门九重、有志难骋的感情，或许可以为这种情况提供一点佐证。明白了这一点，我们对其诗中何以与《离骚》特别有共鸣③，就会有所理解了。

---

①方岳知南康军时得罪贾似道事略谓："郡当（杨澜左蠡）之冲，风涛险恶，置闸以便泊舟。湖广总所纲稍处闸口，邀民钱万，始得入闸，民船有覆溺者。秋崖取纲稍杖之百。荆湖阃总领贾似道怒，谓无体统，移文令秋崖具析。秋崖怒谓：'湖广总所，岂可于江东郡寻体统。'大书数百语，有曰：'岂不知天地间有一方岳！'还其文。"知袁州时触犯丁大全事略谓："宝祐戊午，震卿为袁州判官，时方巨山岳为太守。……（方岳）既至袁，值丁子万大全当国，以袁玠知江州，兼江西安抚沿江制置副使。网罗诸郡利，原无孑遗。巨山素嫉其奸，令下，辄盛气抗辨。……于是安抚司劾上，巨山与震卿俱降罢。"见《丛书集成初编》第214册，1937年，上海：商务印书馆，第224页。

②方岳《秋崖先生小稿》卷二十七，《宋集珍本丛刊》第85册，第287页。

③如卷二十二《客有饷水母线者，坐人赋之，因次其韵》云："有《骚》风味秋能老，非酒生涯谁与酬？"见《宋集珍本丛刊》第85册，第267页。又卷二十七《双头兰》云："贤哉二丈夫，万古《离骚》情。"同卷《次韵酬季兄》云："吹灯读《离骚》，佳处时一逢。"并见《宋集珍本丛刊》第85册，第286页。又《秋崖集》卷十一《除夕》十首之三云："野屋难为春帖子，自研冰雪写《离骚》。"见《景印文渊阁四库全书》第1182册，第255页。

　　方岳官场失意,难免有所反省,有时也会发出"功名不直一杯水,人间宁须万户侯"①这样的激愤之言。他的诗中经常出现"蜗角"、"触蛮"的意象,如《次韵杜监簿》四首之四:"说与诸公那解此,但知两角战蜗牛。"②《息轩》:"只今蜗战谁知误,凡我同盟人认真。"③《次韵徐太傅》四首之三:"虫鱼枉注书连屋,蛮触令人笑绝缨。"④《次韵牟监簿斋官》:"蛮触追奔竞一豪,市朝酣战万灵鼍。"⑤《次韵黎倅》:"追奔蛮触非吾事,终欲茅庐老聘君。"⑥《次韵刘簿寄示》:"尘世崎岖天一握,俗子追奔蜗两角。"⑦诗人对《庄子》中的这则寓言如此感兴趣,显然昭示着他对世事浮沉的一种态度⑧。因此,既然在仕途上没有出路,而且深感奔竞的徒劳,那么,与许多士大夫一样,将生活的内容倾向于山林和田园,便是毫不奇怪的了。

　　方岳的山林、田园诗,在集中占有不小的比重,其中确有不少佳作:

　　　　我爱山居好,红稠处处花。云粘居士屩,藤覆野人家。
　　入馔春烧笋,分灯夜作茶。无人共襟抱,烟雨话桑麻。

　　　　　　　　　　　　　　　　　　——《山居十首》之二⑨

---

① 方岳《秋崖先生小稿》卷二十一《闰中秋》,《宋集珍本丛刊》第 85 册,第 265 页。
② 方岳《秋崖先生小稿》卷二,《宋集珍本丛刊》第 85 册,第 188 页。
③ 方岳《秋崖先生小稿》卷二十,《宋集珍本丛刊》第 85 册,第 261 页。
④ 方岳《秋崖先生小稿》卷二十一,《宋集珍本丛刊》第 85 册,第 263 页。
⑤ 方岳《秋崖先生小稿》卷二十一,《宋集珍本丛刊》第 85 册,第 264 页。
⑥ 方岳《秋崖先生小稿》卷二十五,《宋集珍本丛刊》第 85 册,第 275 页。
⑦ 方岳《秋崖先生小稿》卷三十四,《宋集珍本丛刊》第 85 册,第 317 页。
⑧《庄子·则阳》云:"有国于蜗之左角者,曰触氏;有国于蜗之右角者,曰蛮氏。时相与争地而战。"见郭庆藩《庄子集释》,第 891 页。
⑨ 方岳《秋崖先生小稿》卷十一,《宋集珍本丛刊》第 85 册,第 222 页。

净扫山房不以贫,旋炊野饭唤比邻。子规啼处一村雨,
芍药开时三径春。丘壑自成安乐国,渔樵尚有老成人。茅檐
相对坐终日,只说桑麻语自真。

　　　　　　　　——《春日杂兴》十五首之十五①

苦以连茹茅,编以带叶筊。俾予茧栗犊,安卧烟雨晓。
架犁初学耕,敲扑固不少。我廪何时高,尔室勿嫌小。半山
月荒凉,四壁云缭绕。相期一饱外,短笛秋渺渺。黄钟忽满
腔,声欲撼林杪。岂叹不耕人,华榱上云表。

　　　　　　　　　　　　　　　——《牛屋》②

这些诗,作为生活的一个侧面的反映,作为某一特定状态下的感
情记录,其表现的内容既很真实,而语言风格或清新,或古朴,也
达到了一定的成就。至于《农谣》五首之四、之五所写:"雨过一村
桑柘烟,林梢日暮鸟声妍。青裙老姥遥相语:'今年春寒蚕未
眠。'""漠漠余香着草花,森森柔绿长桑麻。池塘水满蛙成市,门
巷春深燕作家。"③其描写的细腻生动,风格的自然朴素,直逼范
成大,若没有切实的体验显然是写不出来的。

　　然而,尽管方岳喜欢声称自己"绝口不谈当世事,掉头宁作太
平民"(《题归来馆》)④,似乎对世事非常厌倦,对山林、田园的生
活非常倾心,从本质上看,那不过是一种托辞而已。虽然这位仕
途失意者很希望在自己营筑的世外洞天中平息动荡的感情,但作
品中流露出来的情绪,却总是在不知不觉中让人感觉到他心灵中

①方岳《秋崖先生小稿》卷十九,《宋集珍本丛刊》第85册,第257页。
②方岳《秋崖先生小稿》卷二十五,《宋集珍本丛刊》第85册,第279页。
③方岳《秋崖先生小稿》卷四,《宋集珍本丛刊》第85册,第195页。
④方岳《秋崖先生小稿》卷二十四,《宋集珍本丛刊》第85册,第277页。

的矛盾。因此,他的这类诗或带有浓厚的士大夫气,如《次韵田园居》:

> 带郭林塘尽可居,秋田虽少不如归。荒烟五亩竹中半,明月一间山四围。草卧夕阳牛犊健,菊留秋色蟹螯肥。园翁溪友过从惯,怕有人来莫掩扉。①

或带有压抑不住的不平,如《山中》四首之二:

> 世间尘土隔丘林,竹绕松围不厌深。一片野云人寂寂,几番山雨夜沉沉。桑麻事业本来面,竹帛功名过去心。持戒十年今始定,邯郸梦不到寒衾。②

或表现出深深的无奈,如《除夕》十首之四:

> 当年意气亦堪悲,岁晚胸怀只自知。十有九分天不管,百无一遂老如期。灯寒夜雪渔蓬屋,春共梅花野竹篱。衰白东风那解绿,底须苦向鬓边吹。③

这些作品都足以说明,作者自己建造的避风港并不平静,因为,所有的风全都来自他自己的心灵,那是无从躲避的。事实上,方岳的经历也决定了他达不到恬淡宁适的境界。首先,他的用世之心太强;其次,他一生都在仕途上寻找自己的价值,这价值既然总是找不到,所以也就无法做到范成大那样的功成身退后的超然;而他既然始终离不开仕途,那么,山林和田园也就无法成为生活的主要内容。试想,短暂的喘息怎么可能使心灵得到彻底的平静呢?他有一首题为《次韵酬章教授》的五言古诗,略谓:

> 端平元二间,旧学赉良弼。聘贤驿流庚,驭吏鱼去乙。

---

① 方岳《秋崖先生小稿》卷十四,《宋集珍本丛刊》第 85 册,第 233 页。
② 方岳《秋崖先生小稿》卷十九,《宋集珍本丛刊》第 85 册,第 257 页。
③ 方岳《秋崖集》卷十一,《景印文渊阁四库全书》第 1182 册,第 256 页。

人言万化新,太平适今日。起与锄未辞,欲补万分一。宁知事大谬,青衫乃吾桎。五月谒吏铨,禁营干宵密。六月道南徐,宵掠无宁室。七月绝涛江,秦渺乱师律。戍楼角声哀,夕烽酣战卒。兵精昼经天,肉食者遑恤。临风一长叹,归计吾已必。胡为痴儿事,屡奏齐王瑟。愿言猛士心,化作班侯笔。①

这首诗写自己在端平元年、二年间的经历,其具体事件已难以指实。但其中由希望到失望的心情,正好可以帮助我们理解诗人是如何由用世变为逃世的,从这一点出发,他的事实上的不可能合光同尘,也是在情理中的。

在许多江湖诗人的作品中,对山林和田园生活的歌咏始终是一个重要内容,方岳的诗无疑符合这一共性。但具体地看,任何一位江湖诗人的这类作品,都未能像方岳这样表现出如此丰富的内涵和矛盾的人格。这又是方岳的与众不同之处。

方岳诗的总体风格特征是平易直率,笔锋爽利,这一点,在本书第四章中曾专门有过论述,这里不再重复。

从诗中选材所经常表露的感情来看,这种风格似乎是其特定心境的反映。首先,由于政治上的不得意,缺少知音,他的积郁无从渲泄,因此,希望在诗中痛快淋漓地表现出来。如《别子才司令》:"不如意事常八九,可与语人无二三。"②《感怀》十首之五:"老天无意独穷我,直道有时能误人。"又十首之六:"非干宠辱不能惊,一付之天莫我撄。"③《九日》:"古今不遇岂惟我,风雨相过莫问谁。"④都是直

---

① 方岳《秋崖先生小稿》卷二十七,《宋集珍本丛刊》第 85 册,第 286 页。
② 方岳《秋崖先生小稿》卷八,《宋集珍本丛刊》第 85 册,第 212 页。
③ 方岳《秋崖先生小稿》卷十五,《宋集珍本丛刊》第 85 册,第 237 页。
④ 方岳《秋崖先生小稿》卷十七,《宋集珍本丛刊》第 85 册,第 245 页。

抒胸臆的感慨之言。另外，与此相关，方岳更多地把感情寄托在亲友身上，诗中既多写日常生活，语言亦多直白，以期心灵的直接沟通。如《留别》："唤得篷船载幅巾，岛烟画出渭城春。匆匆笑语情何限，草草杯盘意甚真。经岁别家千里梦，浮生寄我一鸥身。舟人报道潮平早，举白浮君莫厌频。"①不加掩饰的感情，别有一种动人的力量。

方岳诗歌的风格特征及其内涵已如上述，那么，这种风格所赖以形成的原因是什么呢？

第一，与他的个性有关。由前可知，方岳一生，敢于坚持己见，或触犯同僚，或忤逆达官，事有未合，拍案而起，从不顾及后果，即使屡受挫折，这种性格仍未尝稍改。他曾在一篇文章中声称自己"生无媚骨，与世少谐"②。同时，也屡次在一些诗里表现出自己的倔强。如《用赵尉韵寄题约山楼》："贵贱交情薄，何妨自往还？"③《闻罢》："一犁春雨平生事，莫与诸公作话头。"④《独往》："不肯避人当道笋，相看如客对门山。"⑤这说明，他不能也不愿改变自己。因此，他的诗"不用古律，以意为之"⑥的风格，与他本人"盛气抗辨"⑦的个性正相符合。

---

①方岳《秋崖先生小稿》卷十九，《宋集珍本丛刊》第85册，第255页。
②方岳《通杨左司》，见《翰苑新书》别集卷三，《景印文渊阁四库全书》第950册，第20页。
③方岳《秋崖先生小稿》卷十一，《宋集珍本丛刊》第85册，第224页。
④方岳《秋崖先生小稿》卷十五，《宋集珍本丛刊》第85册，第239页。
⑤方岳《秋崖先生小稿》卷二十，《宋集珍本丛刊》第85册，第260页。
⑥洪焱祖《方吏部传》，见《新安文献志》卷七十九，《景印文渊阁四库全书》第1376册，第315页。
⑦刘埙《隐居通议》卷二十二"车震卿诸作"条，见《丛书集成初编》第214册，上海：商务印书馆，1937年，第224页。

第二，与他的诗歌见解有关。方岳的诗歌理论不多见，集中偶或有之，略能见出他在这方面的追求。如《送许允杰序》云：

> 《左氏》怪奇于《春秋》，《庄》、《骚》又怪奇于《左氏》，子云、相如同工异曲者，又怪奇于《庄》、《骚》。愈降而下之，则文人相高，务为艰涩，难字生语，棘人喉吻，而以不能句读为古，则亦陋矣。①

虽然以"怪奇"为标准，臧否《春秋》诸作，不无过激之处。但其所描述既为事实，对末流务为艰涩、生僻者的批评亦属公允，就此而言，他追求平易直率的风格显然与这一认识有关。不过，方岳的许多诗，过求平易，含蓄蕴藉不够，以致于缺乏涵咏的意味，未免"意无余而言太尽"②，如田同之所讥。这不能不说是一种矫枉过正。

第三，与对杨万里的推崇有关。方岳对南渡后诗人，颇喜陆游、杨万里和范成大，其中，尤其称道杨万里。如《梦放翁为予作"贫乐斋"匾，诚斋评画斋壁，予本无是斋，亦不省诚斋之能画也》："老去不知三月暮，梦中亲见两诗人。"③《宿奉圣寺下》："诚斋题石老，细读得从容。"④《夜梦至何许，岩壑深窈，石上苔痕隐起如小篆，有僧谓余曰："杨诚斋、范石湖题也。"明日，续洪舜俞登玲珑诗，有"几人记曾来，老苔蚀雕锼"之句，恍然如梦，因次韵记之》："江山有二老，文字照九州。"⑤《月中观梅》："今冬最暖春最迟，忽

①方岳《秋崖先生小稿》卷四十，《宋集珍本丛刊》第85册，第146页。
②田同之《西圃诗说》，见郭绍虞编《清诗话续编》，第761页。
③方岳《秋崖先生小稿》卷五，《宋集珍本丛刊》第85册，第200页。
④方岳《秋崖先生小稿》卷十一，《宋集珍本丛刊》第85册，第225页。
⑤方岳《秋崖先生小稿》卷二十六，《宋集珍本丛刊》第85册，第285页。

忆诚斋《南海稿》。"①确实,方岳的某些诗很像杨万里,而且,不仅能学其平易,还能学其机趣,如《梅花十绝》之九云:"有梅无雪不精神,有雪无诗俗了人。薄暮诗成天又雪,与梅并作十分春。"②显然步趋"诚斋体"。吴焕《秋崖先生小稿跋》许其"巧心妙手,直欲齐杨诚斋轨辙以上"③,虽不免过誉,但对方岳诗的这一特色却看得很准。

　　作为后期江湖诗派的一个重要作家,方岳也和派中不少诗人一样,需要在晚唐诗风和江西诗风的碰撞中,决定自己的取向。在这个问题上,方岳有着自己的特色。

　　《宋十五家诗选》方岳小传中对其诗有以下一段评价:"秋崖诗工于琢镂,清隽新秀,高逸绝尘。挹其风致,殆如云中白鹤,非尘网所能罗也。"④这一观点,实际上是认为方岳诗学晚唐体。巧的是,方岳同时的诗人也有这种看法,如方氏《暑中杂兴》八首之六有云:"平生多可曹修士,说我唐诗最逼真。"⑤征之方岳自己的意见,其或云"最是晓寒吟未稳,雪深无面见梅花"(《雪中》)⑥;或云"句律清圆蚌剖胎,断无尘土到灵台"(《次韵刘簿祷雨西峰》二首之一)⑦,强调苦吟,追求琢句工稳,句律清圆,都与四灵的主张相同。试看下引二诗:

　　　　心事一鸥轻,邮签夜卜程。春寒眼对雨,别久语连明。

---

①方岳《秋崖先生小稿》卷三十二,《宋集珍本丛刊》第85册,第307页。

②方岳《秋崖先生小稿》卷十,《宋集珍本丛刊》第85册,第220页。

③见方岳《秋崖先生小稿》,《宋集珍本丛刊》第85册,第163页。

④陈訏《宋十五家诗选》,《续修四库全书》第1621册,第618页。

⑤方岳《秋崖先生小稿》卷五,《宋集珍本丛刊》第85册,第198页。

⑥方岳《秋崖先生小稿》卷八,《宋集珍本丛刊》第85册,第210页。

⑦方岳《秋崖先生小稿》卷十五,《宋集珍本丛刊》第85册,第237页。

砚有诗能秀,山于梦亦清。歙溪多老石,一一待题名。

——《次韵酬其人》①

尚记梅花否,相看只有君。肯辜清夜梦,去管华山云。
帆到知何日,诗今瘦几分。惟应问安处,晓角月中闻。

——《寄曹云台》二首之一②

其风致可谓四灵的直接呼应者。另外,像《上巳游显亲寺题其壁》
之"一瓶瀑煮春风湿"③,《宿芙蓉驿》之"青山无数折溪回"④等,注
重字句的锤炼,也能见出这方面的追求。

但是,方岳的诗虽然和姚、贾颇有渊源,但有时却并非姚、贾
所能完全限制者。如《泊歙浦》一诗:

此路难为别,丹枫似去年。人行秋色里,雁落客愁边。
霜月歙寒渚,江声惊夜船。孤城吹角处,独立渺风烟。⑤

则格调俊朗,接近刘长卿。

这种现象,是否能够证明下面两点:第一,从客观上说,方岳
的创作个性似乎不能与姚、贾及四灵完全契合;第二,从主观上
说,方岳可能也感到了姚、贾及四灵诗风的不足之处,因而有意识
地进行了某些纠正。

另一方面,方岳对江西诗风也不排斥。不仅不排斥,有时甚
至还很推崇。在总结宋代诗风时,他曾说过这样一段话:

本朝诗自杨、刘为一节,昆体也,四瑚八琏,烂然皆珍,乃

---

① 方岳《秋崖先生小稿》卷十二,《宋集珍本丛刊》第 85 册,第 229 页。
② 方岳《秋崖先生小稿》卷十三,《宋集珍本丛刊》第 85 册,第 232 页。
③ 方岳《秋崖先生小稿》卷四,《宋集珍本丛刊》第 85 册,第 195 页。
④ 方岳《秋崖先生小稿》卷二十,《宋集珍本丛刊》第 85 册,第 259 页。
⑤ 方岳《秋崖先生小稿》卷十二,《宋集珍本丛刊》第 85 册,第 228 页。

不及夏鼎商盘自然高古；后山诸人为一节，派家也，深山云卧，松风自寒，飘又欲仙，芰荷衣而芙蓉裳也，而极其挚者黄山谷。

——《跋陈平仲诗》①

隐然有推江西诗派为宋诗代表之意，联系他对宋代江西诗派的殿军方回的推奖②，可以看出这确实是他的一个主观倾向。这一点，还有具体的诗歌理论可以证明，如其《跋奚朝瑞诗》云：

"吟安一个字，捻断数茎髭"，诗可以苦而攻；"学诗如学仙，时至骨自换"，不可以苦而悟也。③

"学诗"二句，出自陈师道《次韵答秦少章》，是江西诗人学诗的一种重要手段，而将作诗能否有成归之于"悟"，也正是江西习气。值得注意的是，作为对比，他引了"吟安"一联诗。这联诗，出自晚唐诗人卢延让的《苦吟》，历来用以形容苦吟诗人。这些诗人一般才气不大，因而喜欢在字句的锤炼上痛下苦功，虽然往往也能小有所成，但方岳却认为这样做达不到最高境界。显然，方岳对江西的推崇是与对姚、贾及四灵一派诗风的批判结合在一起的。

---

① 方岳《秋崖先生小稿》卷四十三，《宋集珍本丛刊》第85册，第155页。

② 方回曾多次提到方岳对他的教诲和赏识，如《桐江集》卷三《跋吴兰皋诗》云："予年二十余，以诗游于竹坡、秋崖二先生间。"见第512页。又《桐江续集》卷三《怀秋崖》序云："回宝祐乙卯至祁门，上谒宗伯秋崖先生，一见客之门下，夜置酒诵诗彻晓。"见《景印文渊阁四库全书》第1193册，第248页。又《桐江续集》卷十二《武林书事》九首之三有"金石典古吕伯可，风霜清耸方巨山"二句，自注云："吾州左史竹坡吕公午，文有朱晦庵风；吏部秋崖方公岳，早斥荆州牧者。二先生皆谓回可教。"见《景印文渊阁四库全书》第1193册，第368页。

③ 方岳《秋崖先生小稿》卷四十三，《宋集珍本丛刊》第85册，第151页。

　　与这种理论相适应,方岳的某些作品颇有江西风调。如《黄宰致江西诗双井茶》云:

　　　　黄侯授我以江西诗禅之宗派,瀹我以双井老仙之雪香。砖炉春着兔毫玉,石鼎月翻鱼眼汤。夜窗搜揽十年读,候虫鸣秋声殿墙。乃翁诗家第一祖,不用棒喝行诸方。掀翻杜陵自作古,夜半衣钵谁升堂?单传横出二十六,未许歛梅洪雁行。雅闻滕阁藏墨本,欲往从之山阻长。牙签大册忽在眼,荒苔茅屋森珩璜。东湖柳色入眉宇,君其几代之诸郎?不离文字话祖意,传灯肯与留山房。宁知三生受昏暗,纵有此灯无此光。宜州戍楼山月苦,茫茫参到无何乡。①

江西诗派的一些典型风格特征如清新、奇峭和瘦硬,都能在这首七古长篇中有所反映,而作为一篇答诗,由于原作者是山谷后人,原作又是江西风调,答之以同样的风格,也是江西诗派的惯用手法。类似的作品,还有《郑金判取苏黄门图史园圃文章鼓吹之语为韵见贻,辙复赓载》八首②、《次韵汪卿》③等。

　　然而,尽管如此,方岳对江西诗派的接受,也并不是亦步亦趋。他的《次韵徐太博》四首之二中有这样两句耐人寻味的话:"欲与东湖传活法,当家衣钵付谁参?"④这里所说的"活法",指的是南渡后吕本中为了纠正江西末学只知抱守死法,缺乏自立气度的弊病而提出的诗歌理论⑤。但吕本中号东莱,与东湖显是两

①方岳《秋崖先生小稿》卷三十四,《宋集珍本丛刊》第85册,第314页。
②方岳《秋崖先生小稿》卷二十七,《宋集珍本丛刊》第85册,第288页。
③方岳《秋崖先生小稿》卷三十三,《宋集珍本丛刊》第85册,第311页。
④方岳《秋崖先生小稿》卷二十一,《宋集珍本丛刊》第85册,第263页。
⑤参看莫砺锋《江西诗派研究》第七章《江西诗派的诗歌理论》,第192—225页。

人。考北宋徐俯，字师川，号东湖居士，方氏所指，或即此人。徐俯是黄庭坚的外甥，在诗歌创作上得到过黄庭坚的亲自指点和称扬，但他对黄庭坚的诗法却并不完全同意，甚至对吕本中将他列入《江西诗社宗派图》也不无意见①。因此，刘克庄在《江西诗派》中评价他道："自为一家，不似渭阳，高自标树，人多推下之下。"②徐俯的不盲从权威，勇于自立的精神，显然与吕本中是相通的。或许正是在这个意义上，方岳称赞他能得"活法"。

出于这种考虑，方岳学习江西所创作的诗，也融入了自己的某些东西。如《谢兄编言仁求诗》云：

> 孟子言仁惟一字，曾子言仁惟一唯。风霆霜露天何言，吾夫子言非得已。六经在天如北斗，尚多不经圣人乎（按疑为手之误）。杏花零落晓坛荒，各自蜂房开户牖。屋下架屋楼上楼，不三万言渠不休。夜寒一灯供掉头，泓颖何罪云烟愁。阿连梦中春草碧，更向那边添一笔。吾衰矣，将奈何，欲共君谈口荆棘。③

这篇学习江西的作品，不仅格调上相似，而且还直用了黄庭坚的"蜂房"一句④。不过，细诵全篇，其笔势的骏快，仍有方岳自己的特征。可见，作者根据自己的具体情形，作了某些改变。但是，说到这一点，我们得承认，方岳对江西诗风的接受和调整往往都是不成功的，

---

① 《云麓漫钞》卷十四载徐俯见到《江西诗社宗派图》后曾不满地说："吾乃居行间乎？"见《云麓漫钞》，上海：商务印书馆，1936 年，《丛书集成初编》第 298 册，第 390 页。

② 刘克庄《后村先生大全集》卷九十五，《四部丛刊》集部第 1311 册，第 9 页 a。

③ 方岳《秋崖先生小稿》卷三十一，《宋集珍本丛刊》第 85 册，第 304 页。

④ 黄庭坚《题落星寺四首》其一有"蜂房各自开户牖"一句。诗载《山谷外集诗注》卷八，第 239 页。

葛立方说南宋学江西者往往失之粗①,拿来评价方岳,也很恰当。

从以上论述可以得知,方岳对晚唐和江西这两种诗风都是既有接受又有扬弃,客观上迎合了以刘克庄为代表的求变的趋势。尽管其作品本身不无可议之处,但这一努力本身却是值得称赞的。

最后,我们还要特别指出方岳诗歌的一个特色,即经常反映在作品中的理趣。

宋诗自苏轼起,直至朱熹、杨万里,一些有成就的诗人往往能够以生动、形象的语言,表达对人类社会和大自然中某些现象的独特感悟,因而作品中也就出现了具有诗意的理趣。但在江湖诗人的诗中,这种情形却比较少见,只有方岳的某些作品,让我们看到了这种诗风的回应。如下列诸作:

> 画中亦爱雨中山,连雨山行却厌看。一夜东风吹作雪,问谁画我访袁安?
>
> ——《道中即事》十三首之九②

> 山云底事夜来雨,藏却奇峰不与看。政说雨中看更好,划然卷起出晴峦。
>
> ——《入闽》二首之一③

> 从来人说天难做,才怨春阴又怨晴。昨夜雷驱三尺水,更愁桥断不通行。
>
> ——《独立》二首之二④

①葛立方《韵语阳秋》卷一,第 10 页。其义云:"近时论诗者,皆谓偶对不切,则失之粗……。"这主要指江西后学而言。
②方岳《秋崖先生小稿》卷四,《宋集珍本丛刊》第 85 册,第 195 页。
③方岳《秋崖先生小稿》卷九,《宋集珍本丛刊》第 85 册,第 214 页。
④方岳《秋崖先生小稿》卷十,《宋集珍本丛刊》第 85 册,第 219 页。

昨日东船使风下,突过未兴快于马。今日西船使风上,
适从何来急于浪。东船下时西船怨,西船上时东船羡。篙师
劳苦自相觉,明日那知风不转?……

　　　　　　　　　　　　　　　——《东西船》①

第一首诗不仅说明美是有距离感的,而且同一件事,当事人和局
外人的感受往往不一样。第二首诗借大自然的变化,点出世上
"不如意事十八九"的道理。第三首诗表面上是写人对天气阴晴
的感受,实际上是写人的欲望永远无法满足这一普遍现象。第四
首诗选材极普通,揭示的却是事物都依据一定的条件而发生变化
这一客观规律。四首诗虽然都在谈理,但作品中的形象却并不枯
涩,可以从一个侧面见出方岳的艺术成就。

　　造成这种现象的原因,首先应该与他对生活的独特感受以及
对苏轼开创的这一形式深有体会和喜爱有关;其次,似乎也与他
的特定的学术思想不无联系。在诗歌中,他曾多次对朱熹表示推
崇。如《山行》二首之二云:"懿哉考亭老,伊洛与并驾。清海荐鼎
彝,黄琼加缫藉。遂令晋之鄙,嗜学如嗜炙。"②又《寄题朱塘晦翁
亭》云:"吾州断云边,山水则大好。不知几何年,有一晦翁
老。……缅怀草堂云,春风动芹藻。"③同时,与朱熹门人交谊颇
深,事见《次韵滕和叔投赠》二首④、《过李季子丈,季子,晦庵门人
也》⑤诸作。这些理学家显然对其思想不能没有影响。不过,实

---

①方岳《秋崖先生小稿》卷三十,《宋集珍本丛刊》第85册,第299页。

②方岳《秋崖先生小稿》卷二十五,《宋集珍本丛刊》第85册,第279页。

③方岳《秋崖先生小稿》卷二十六,《宋集珍本丛刊》第85册,第284页。

④方岳《秋崖先生小稿》卷十四,《宋集珍本丛刊》第85册,第235—236页。

⑤方岳《秋崖先生小稿》卷二十,《宋集珍本丛刊》第85册,第260页。

事求是地看,这种影响反映在诗中也是利弊参半。上引诸诗固然是形象生动、理趣精警,但有些诗一味谈理,也失去了诗的特质。

在第一章中,我们曾经指出过,江湖诗派的出现,客观上是对理学诗风的反动。的确,江湖诗人中有些虽也是学者,但受理学诗风的影响较小。整体上看,除了罗与之每喜谈理,但却无成功之作外,就是四灵和戴复古偶然表现出一点清新的理趣①。像方岳这样较多以理趣入诗者,并不多见。这一点,说明了他与理学诗派的渊源,同时也显示了他在江湖诗人中的独特性。

---

① 戴复古诗本书曾专门讨论,此不赘。四灵诗如赵师秀《寄徐县丞》有云:"池成逢夜雨,篱坏出秋山。"次句写毁即是写成,见出站在不同的角度,对事物就会有不同的理解。写得意味深长,而又不露痕迹。

附录一　江湖诗派成员考

一、传世各种江湖诗集中诗人总数之统计

在宋代文学的研究中,江湖诗派的面貌一直不很清晰,其中的一个重要方面,就是难以确定诗派的成员。许多年前,梁昆曾把四库本《江湖小集》和《江湖后集》所收全部诗人,统列为江湖诗派成员,共得 109 人①。这个结论虽迄今仍不断被研究者沿用②,但从总体上看,却不够严密,因而有进一步加以研究的必要。

从材料上看,尽管陈起原刻《江湖集》早已散佚,但后世对它的搜求和整理却一直不曾间断③。据目前所知,残本《永乐大典》中保存着九种江湖诗集,明、清人的影、抄、刊本江湖诗集,也有十一种以上。这些江湖诗集是陈起的原刻,还是后人对陈起原刻的恢复,或是出自后人的依托,都还需要进一步的研究,才能搞清楚,但在没有其他材料的情况下,这些江湖诗集,连同当时一些笔记、诗

---

① 见梁昆《宋诗派别论》,第 150 页。
② 如胡明《江湖诗派泛论》,载《文学遗产》1987 年第 4 期。
③ 除了《江湖集》以外,陈起肯定还续刻过江湖诗集,因此,后人的搜求和整理当不限于《江湖集》。

话、书目中的记载,就成为我们确定江湖诗派成员的原始依据。

　　下面,我们将今存诸江湖诗集的收录情况列表如次。

	集名	编者	版本		
1	江湖集九卷	陈起	宝庆刻本		
2	江湖前诗		永乐大典本		
3	江湖前集		永乐大典本		
4	江湖集		永乐大典本		王谌
5	中兴江湖集		永乐大典本		
6	江湖诗集		永乐大典本		
7	江湖后集		永乐大典本	万俟绍之	
8	江湖续集		永乐大典本		王谌
9	江湖前贤小集		永乐大典本		
10	江湖前贤小集拾遗		永乐大典本		
11	南宋六十家小集九十七卷	陈起	清初毛氏汲古阁景宋钞本		
12	六十名家小集七十八卷	陈起	清冰蔍阁钞本		
13	江湖小集四十三种五十七卷	陈起	清初钞本		
14	南宋群贤小集六十八种九十一卷	陈思	清钞本		
15	群贤小集六十八种一百二十一卷	陈思	清钞本		
16	南宋群贤小集九十六卷	陈起	清赵氏小山堂钞本		
17	南宋群贤小集三十二册	陈起	清顾修读画斋刊本		
18	南宋群贤小集九十五卷	陈起	1972 年台北艺文印书馆景宋刊本		
19	江湖集十六卷（阙卷十三至十六）	陈起	昭和四十三年景东京内阁文库藏享和二年平坂学问所钞本		
20	南宋六十家小集	陈思	清吴焯藏本		
21	群贤小集八十八卷	陈起	清周春藏本		
22	江湖小集九十五卷	陈起	四库全书本		
23	江湖后集二十四卷	陈起	四库全书本	万俟绍之	王谌

1				方惟深				
2								
3								
4		王同祖	王志道			无名氏	卢祖皋	叶茵
5				方惟深				
6								
7			王志道					
8	王琮			毛珝				叶茵
9								
10								
11	王琮	王同祖		毛珝				叶茵
12	王琮	王同祖		毛珝				叶茵
13		王同祖						
14	王琮	王同祖		毛珝				叶茵
15	王琮	王同祖		毛珝				叶茵
16	王琮	王同祖		毛珝				叶茵
17	王琮	王同祖		毛珝				叶茵
18	王琮	王同祖		毛珝				叶茵
19	王琮	王同祖		毛珝				叶茵
20	王琮	王同祖		毛珝				叶茵
21	王琮	王同祖		毛珝				叶茵
22	王琮	王同祖		毛珝				叶茵
23			王志道					

1							
2							
3							
4		史卫卿	史文卿		邓允端		
5	叶绍翁						
6							
7		史卫卿			邓允端		
8				邓林	邓允端		冯时行
9							
10							
11	叶绍翁			邓林			
12	叶绍翁			邓林			
13				邓林			
14	叶绍翁			邓林		乐雷发	
15	叶绍翁			邓林		乐雷发	
16	叶绍翁			邓林			
17	叶绍翁			邓林		乐雷发	
18	叶绍翁			邓林			
19	叶绍翁			邓林		乐雷发	
20	叶绍翁			邓林		乐雷发	
21	叶绍翁			邓林		乐雷发	
22	叶绍翁			邓林		乐雷发	
23		史卫卿			邓允端		朱复之

1				刘过			
2							
3							
4	朱南杰			刘过	刘植		
5				刘过			
6							
7							
8		朱继芳					
9							
10							
11	朱南杰	朱继芳		刘过		刘翰	刘翼
12	朱南杰	朱继芳				刘翰	刘翼
13	朱南杰		朱淑贞	刘过		刘翰	
14	朱南杰	朱继芳		刘过		刘翰	刘翼
15	朱南杰	朱继芳		刘过		刘翰	刘翼
16	朱南杰	朱继芳				刘翰	刘翼
17	朱南杰	朱继芳		刘过		刘翰	刘翼
18	朱南杰	朱继芳		刘过		刘翰	刘翼
19	朱南杰	朱继芳		刘过		刘翰	刘翼
20	朱南杰	朱继芳		刘过		刘翰	刘翼
21	朱南杰	朱继芳		刘过		刘翰	刘翼
22	朱南杰	朱继芳		刘过		刘翰	刘翼
23					刘植		刘子澄

1		刘克庄						
2								
3								
4		刘克庄				危稹		
5		刘克庄						
6								
7								
8			刘克逊					
9								
10								
11	刘仙伦			许棐				
12	刘仙伦						严粲	
13				许棐			严粲	杜范
14	刘仙伦			许棐			严粲	
15	刘仙伦			许棐			严粲	
16	刘仙伦			许棐				
17	刘仙伦			许棐				
18	刘仙伦			许棐				
19	刘仙伦			许棐			严粲	
20	刘仙伦			许棐		危稹	严粲	
21	刘仙伦			许棐		危稹	严粲	
22	刘仙伦			许棐			严粲	
23					巩丰			

1								
2								
3						李泳		
4	杜旃			杨万里	李龏		李涛	李錞
5						李泳		
6								
7					李龏			
8					李龏			
9								
10								
11	杜旃						李涛	
12	杜旃	杨甲			李龏		李涛	
13	杜旃	杨甲	杨备					
14	杜旃				李龏		李涛	
15	杜旃				李龏		李涛	
16	杜旃				李龏		李涛	
17	杜旃				李龏		李涛	
18	杜旃				李龏		李涛	
19	杜旃				李龏		李涛	
20	杜旃				李龏		李涛	
21	杜旃				李龏		李涛	
22	杜旃				李龏		李涛	
23								

1								
2								
3								
4					大梁李氏			
5					大梁李氏			
6								
7								
8		李功父						
9	李工侍							
10								
11								吴汝弋
12						吴渊		吴汝弋
13							吴潜	
14						吴渊		吴汝弋
15						吴渊		吴汝弋
16								吴汝弋
17						吴渊		吴汝弋
18								吴汝弋
19								吴汝弋
20						吴渊		吴汝弋
21						吴渊		吴汝弋
22						吴渊		吴汝弋
23			李自中	李时可				

1								
2								
3								
4								
5								
6								
7								
8								
9								
10								
11		吴惟信		何应龙	余观复	邹登龙	沈说	
12		吴惟信	何耕	何应龙	余观复	邹登龙	沈说	
13								宋无
14		吴惟信		何应龙	余观复	邹登龙	沈说	
15		吴惟信		何应龙	余观复	邹登龙	沈说	
16		吴惟信		何应龙	余观复	邹登龙	沈说	
17		吴惟信		何应龙	余观复	邹登龙	沈说	
18		吴惟信		何应龙	余观复	邹登龙	沈说	
19		吴惟信		何应龙	余观复	邹登龙	沈说	
20		吴惟信		何应龙	余观复	邹登龙	沈说	
21		吴惟信		何应龙	余观复	邹登龙	沈说	
22		吴惟信		何应龙	余观复	邹登龙	沈说	
23	吴仲方							

1							
2							
3							
4					张弌	张炜	
5							
6							
7		宋自逊					
8						张炜	张榘	张蕴
9							
10							
11			宋伯仁	利登	张弌			张蕴
12			宋伯仁	利登	张弌			张蕴
13	宋庆之							张蕴
14			宋伯仁	利登	张弌			张蕴
15			宋伯仁	利登	张弌			张蕴
16			宋伯仁	利登	张弌			张蕴
17			宋伯仁	利登	张弌			张蕴
18				利登	张弌			张蕴
19			宋伯仁	利登	张弌			张蕴
20			宋伯仁	利登	张弌			张蕴
21			宋伯仁	利登	张弌			张蕴
22			宋伯仁	利登	张弌			
23						张炜	张榘	

1					张端义			
2								
3	张至龙							
4	张至龙	张良臣	张绍文	张敏则		来梓		陈造
5								
6								
7								
8								
9								
10								
11	张至龙	张良臣						
12	张至龙	张良臣						
13	张至龙						陈岘	
14	张至龙	张良臣						
15	张至龙	张良臣						
16	张至龙	张良臣						
17	张至龙	张良臣						
18		张良臣						
19	张至龙	张良臣						
20	张至龙	张良臣						
21	张至龙	张良臣						
22	张至龙							
23			张绍文					

1	陈起							
2								
3		陈翊						
4			陈允平	陈必复	陈宗远	陈起宗		
5								
6								
7								
8	陈起		陈允平	陈必复				
9								
10								
11	陈起		陈允平	陈必复			陈鉴之	
12	陈起		陈允平	陈必复			陈鉴之	
13			陈允平	陈必复				陈□□
14	陈起		陈允平	陈必复			陈鉴之	
15	陈起		陈允平	陈必复			陈鉴之	
16	陈起		陈允平	陈必复			陈鉴之	
17	陈起		陈允平	陈必复			陈鉴之	
18	陈起		陈允平	陈必复			陈鉴之	
19	陈起		陈允平	陈必复			陈鉴之	
20	陈起		陈允平	陈必复			陈鉴之	
21	陈起		陈允平	陈必复			陈鉴之	
22	陈起		陈允平	陈必复			陈鉴之	
23					陈宗远			

1							
2							
3							
4							
5							
6							
7							
8				武衍		林希逸	
9							
10	邵伯温						
11			岳珂	武衍		林希逸	林尚仁
12				武衍		林希逸	林尚仁
13		邵桂子	岳珂				
14					林同	林希逸	林尚仁
15				武衍	林同	林希逸	林尚仁
16				武衍		林希逸	林尚仁
17				武衍	林同	林希逸	林尚仁
18				武衍	林同	林希逸	林尚仁
19				武衍	林同	林希逸	林尚仁
20				武衍	林同	林希逸	林尚仁
21				武衍	林同	林希逸	林尚仁
22				武衍	林同		林尚仁
23					林昉		

1								
2								
3								
4		卓汝恭		罗椅	罗与之	周孚		
5			金华山人					
6								
7								
8	林表民			罗椅			周密	周弼
9								
10								
11					罗与之			周弼
12					罗与之			
13								周弼
14					罗与之			周弼
15					罗与之			周弼
16								周弼
17					罗与之			周弼
18								
19					罗与之			
20					罗与之			
21					罗与之			周弼
22					罗与之			
23	林表民			罗椅				周弼

1	周文璞	周师成						
2								
3			周端臣	郑侠	郑克己			
4		周师成	周端臣		郑克己	郑清之	赵与时	
5								
6								赵汝回
7			周端臣			郑清之		
8								
9								
10								
11	周文璞		周端臣					
12								
13	周文璞							
14								
15	周文璞							
16	周文璞							
17	周文璞							
18	周文璞							
19	周文璞							
20	周文璞							
21								
22	周文璞							
23			周端臣			郑清之		赵汝回

1	赵汝讵				赵师秀			
2								
3								
4			赵汝淳	赵汝鐩		赵希侁		赵庚夫
5				赵师秀				
6								
7								
8				赵汝鐩				
9								
10								
11				赵汝鐩			赵希橎	
12							赵希橎	
13								
14							赵希橎	
15				赵汝鐩			赵希橎	
16							赵希橎	
17				赵汝鐩			赵希橎	
18							赵希橎	
19							赵希橎	
20							赵希橎	
21							赵希橎	
22							赵希橎	
23		赵汝绩		赵汝鐩				赵庚夫

1							
2							
3							
4	赵崇嶓			胡仲弓	胡仲参	俞桂	施枢
5		赵善扛	姜夔				
6			姜夔				
7							
8	赵崇嶓			胡仲弓			
9							
10							
11	赵崇鉘		姜夔		胡仲参	俞桂	施枢
12	赵崇鉘				胡仲参	俞桂	施枢
13	赵崇鉘		姜夔				施枢
14	赵崇鉘				胡仲参	俞桂	施枢
15	赵崇鉘		姜夔		胡仲参	俞桂	施枢
16	赵崇鉘		姜夔		胡仲参	俞桂	施枢
17	赵崇鉘		姜夔		胡仲参	俞桂	施枢
18	赵崇鉘		姜夔		胡仲参	俞桂	施枢
19	赵崇鉘		姜夔		胡仲参	俞桂	施枢
20	赵崇鉘		姜夔		胡仲参	俞桂	施枢
21	赵崇鉘				胡仲参	俞桂	施枢
22	赵崇鉘		姜夔		胡仲参	俞桂	施枢
23		赵崇嶓		胡仲弓			

1						敖陶孙	
2							
3							
4			姚宽	姚铺			徐文卿
5		蒲阳柯氏				敖陶孙	
6							
7						敖陶孙	
8							
9							
10							
11				姚铺		敖陶孙	
12	洪迈			姚铺		敖陶孙	
13						敖陶孙	
14	洪迈			姚铺		敖陶孙	
15	洪迈			姚铺		敖陶孙	
16				姚铺	姚述尧	敖陶孙	
17				姚铺		敖陶孙	
18				姚铺		敖陶孙	
19	洪迈			姚铺		敖陶孙	
20	洪迈			姚铺		敖陶孙	
21	洪迈			姚铺		敖陶孙	
22	洪迈			姚铺		敖陶孙	
23			姚宽				徐从善

1				晁公武		
2						
3						
4		徐似道	钱塘徐氏		高翥	
5				翁卷		
6						
7						
8	徐集孙				高吉	
9						
10						
11	徐集孙				高翥	高似孙
12	徐集孙				高翥	高似孙
13						高似孙
14	徐集孙				高翥	高似孙
15	徐集孙				高翥	高似孙
16	徐集孙				高翥	高似孙
17	徐集孙				高翥	高似孙
18	徐集孙				高翥	高似孙
19	徐集孙				高翥	高似孙
20	徐集孙				高翥	高似孙
21	徐集孙				高翥	高似孙
22	徐集孙				高翥	高似孙
23				高吉		

1								
2				郭从范				
3								
4						黄简		黄文雷
5	高氏							
6								
7								
8								
9								
10								
11							黄大受	黄文雷
12					陶弼		黄大受	黄文雷
13		柴望	真德秀					
14					陶弼		黄大受	黄文雷
15					陶弼		黄大受	黄文雷
16							黄大受	黄文雷
17							黄大受	黄文雷
18							黄大受	黄文雷
19							黄大受	黄文雷
20							黄大受	黄文雷
21					陶弼		黄大受	黄文雷
22							黄大受	黄文雷
23								

1							
2							
3							
4		黄敏求		萧澥	萧元之		
5							
6							
7							
8			萧立(之?)	萧澥			盛世忠
9							
10							
11							
12							
13							
14							
15							
16	黄希旦						
17							
18							
19							
20							
21							
22							
23		黄敏求		萧澥	萧元之	盛烈	盛世忠	章采

1							
2							
3							
4		葛起文					程炎子
5							
6							
7							
8	章粲						程炎子
9							
10							
11		葛天民		葛起耕			
12		葛天民		葛起耕			
13		葛天民			韩信同		
14		葛天民					
15		葛天民		葛起耕			
16		葛天民		葛起耕			
17		葛天民		葛起耕			
18		葛天民		葛起耕			
19		葛天民		葛起耕			
20		葛天民		葛起耕			
21		葛天民		葛起耕			
22		葛天民		葛起耕			
23	章粲		葛起文		储泳	程垣	程炎子

1			曾极				
2							
3							
4	曾几			曾由基			释绍嵩
5		曾巩					
6							
7							
8	董杞			曾由基		释永颐	释绍嵩
9							
10							
11						释永颐	
12						释永颐	
13					裘万顷		
14						释永颐	
15						释永颐	释绍嵩
16						释永颐	
17						释永颐	释绍嵩
18						释永颐	释绍嵩
19						释永颐	
20						释永颐	释绍嵩
21						释永颐	
22							
23	董杞			曾由基			

1							
2							
3							
4	释斯植			薛嵎		戴复古	
5							
6							
7				薛嵎			
8	释斯植						
9							
10							
11	释斯植			薛嵎		戴复古	
12	释斯植			薛嵎	薛师石	戴复古	
13			潘音	薛嵎	薛师石	戴复古	魏了翁
14				薛嵎	薛师石	戴复古	
15	释斯植			薛嵎	薛师石	戴复古	
16	释斯植			薛嵎	薛师石	戴复古	
17	释斯植			薛嵎	薛师石	戴复古	
18	释斯植			薛嵎		戴复古	
19	释斯植			薛嵎		戴复古	
20	释斯植			薛嵎	薛师石	戴复古	
21				薛嵎	薛师石	戴复古	
22	释斯植			薛嵎	薛师石	戴复古	
23		释圆悟				戴埴	

关于本表,说明如下:

1.《永乐大典》残本所收录的九种江湖诗集,不著编者姓名,但从其中内容看,与陈起《江湖集》的宗旨大致相同。

2.诸江湖诗集所收诗人的多寡和对诗人的取舍多有不同(《永乐大典》因是残本,除外),这种不同,固然与后世编者之所见有关(就本表而言,不排除这种情况,即有的晚出的集子是对早出的集子的扩大),但也可能说明他们对江湖诗派成员的看法。

3.诸江湖诗集有题为陈思所编者,是误将陈起和陈思当成了同一个人,辨见胡念贻《南宋〈江湖前、后、续集〉的编纂和流传》,载《文史》第16辑。

4.四库本《江湖后集》是四库馆臣从《永乐大典》中所辑者,以其辑佚时《大典》尚全,有些诗人和诗作不见于今存残本中,故仍作为一种江湖诗集,列入表中。

5.除《江湖集》外,《永乐大典》中的其他江湖诗集大约都是四库馆臣辑佚的对象。但一则四库本《江湖后集》未注明某人某诗原出何集,二则馆臣多有漏辑者(从残本亦可看出),故将《大典》残本中的江湖诗集分别列出,以尽量恢复原貌。

6.诸江湖诗集的作家排列顺序多不同,今以笔划为序,不更依旧本之先后。

7.陈起初刻的《江湖集》今已亡佚,惟当时及后世一些文献中尚可见出一些收录情况。这些文献是:陈振孙《直斋书录解题》卷十五《江湖集》提要,罗大经《鹤林玉露》乙编卷四《诗祸》条,张世南《游宦纪闻》卷一,张端义《贵耳集》卷上,叶绍翁《四朝闻见录》丙集,周密《齐东野语》卷十六《诗道否泰》条,方回《瀛奎律髓》卷二十刘克庄《落梅》评,韦居安《梅涧诗话》卷下,《永乐乐清县志》

卷七《人物志》。今据以恢复。

8.清顾修刊《南宋群贤小集》末附知不足斋宋刻《中兴群公吟稿》(顾写作《中兴江湖吟稿》)残本七卷。据云,其版式与《群贤小集》无异,亦为陈起所刊。今将其所收之戴复古、高翥、姜夔、严粲四人一并计入顾本。

9.今存题为陈起所编的作品尚有《增广圣宋高僧诗选》五卷、《前贤小集拾遗》五卷等,以其情况不大清楚,故暂不置论。

二、江湖诗派成员考

收入诸江湖诗集中的诗人,不一定就是江湖诗派成员。由于陈起初刻《江湖集》时,收录标准就并不十分严格和明确,因此,可以说,江湖诗派的成员在一开始就比较含混,而后出诸江湖诗集,由于编者所见不同,取舍标准不同,混乱的状况就更严重了。为了便于对这一诗派进行较为详密的研究,制定一些标准,以确定作为一个江湖诗派成员应具的条件,是有必要的。经过初步考虑,我认为这些标准大体上可确立为以下五条:

1.社会地位。江湖诗派中人应是以布衣、游客为主体的下层知识分子,但考虑到江湖诗派活动时间较长,其中有些人后来曾应举或出仕,个别甚至跻于高位,因此,对那些官做得不大的诗人,或虽居魏阙而心在江湖的诗人,也应合并计算在内。

2.活动时间。江湖诗派的主要活动时间应是南宋中、后期。陈振孙《直斋书录解题》卷十五《江湖集》提要云,其书乃"取中兴以来江湖之士以诗驰誉者"刊之,又韩淲《涧泉集》卷十四有一诗题云:"《江湖集》,钱塘刊近人诗。"又《诗渊》蒋廷玉《赠陈宗之》

云:"南渡好诗都刻尽,中朝名士与交多。"①都可证陈起初刻《江湖集》的主要时间范围。至于《江湖集》的刊刻对宝庆以后江湖诗风的普及、深入的作用,则是不言而喻的。因此,我把上限定为嘉定二年(1209)。是年陆游卒,至此,代表南宋诗歌创作成就的"南宋四大家"都已下世,江湖诗派开始正式登上诗坛;下限定为景炎元年(1276),是年元兵攻入临安,南宋亡,诗风亦开始发生较大的变化。

3. 收录情况。为所有或大部分江湖诗集收录者,一般可列入江湖诗派中。因为,这至少反映了后世学者、藏书家对其人的较为一致的看法。对于其中的《江湖集》,由于它大致上体现了编者陈起对江湖诗人的比较明确的看法,因而更应该特别重视。

4. 唱酬情况。在当时的诗坛上,陈起是一位集诗人、书商、选家为一身的特殊人物。他与许多江湖诗人交往密切,为他们选诗、刊诗,在江湖诗派的形成和发展中,起着重要的声气联络作用。因此,今存诸江湖诗集中与陈起有唱酬诸人,当作为确定其为江湖派中人的重要依据之一②。

5. 传统看法。对于江湖诗派成员,文学史上有一些传统看法,有的有一定的道理,因而应适当加以参考。有的诗人,如方岳,虽然诸江湖诗集都未收,我们仍将其列入江湖诗派成员。有的诗人,如刘过,虽然活动时间略早些,但仍有充分理由列入派中。

①《诗渊》,第1册,第518页。
②关于陈起在江湖诗派的形成与发展中的联络作用,参看第一章《江湖诗派的形成》。又,关于陈起与同时江湖诗人的交游,参看附录四《〈江湖集〉编者陈起交游考》。

　　用这五条标准对表中所收诸人进行衡量，可初步确定以下138位诗人为江湖诗派成员。

　　万俟绍之　字子绍，号郢庄。郓人。万俟卨曾孙。寓居琴川，尝登抑斋王节惠之门。两举进士，人期之，而自期亦不薄。卒以疾终。叶茵为刊诗。有《郢庄吟稿》。(《江湖后集》卷十一方洪《郢庄吟稿序》①)

　　王谌　字子信，阳羡人。漫游江湖。主要创作活动在嘉熙(1237—1240)前后。有《潜泉蛙吹集》。(《江湖后集》卷十三)

　　王琮　号雅林，括苍人。嘉熙间为江南安抚司参议。官处州，知清江县。有政声，贾似道尝荐之。有《雅林小稿》②。(俞文豹《吹剑录》外集、《景定建康志》卷二十五《官守志》、《临江府志》卷五《官师志》)

　　王同祖　字与之，号花洲。金华人。生于嘉定十二年(1219)③。嘉熙二年(1238)入金陵幕。淳祐九年(1249)以奉议郎为建康府通判，次年改添差沿江制置司机宜文字。有《学诗初稿》。(《学诗初稿》、《景定建康志》卷二十四《官守志》)

----

① 本书所说的《江湖后集》，若无特别注明，均指四库馆臣所辑者。

② 按宋高宗时亦有名王琮者，官至浙东漕副，直龙图阁。自清代起，这两个王琮就常被混为一人，如《杭州府志》卷六十七《选举志》之"宋进士年次无考者"一栏云：王琮，钱唐人，直龙图阁，有《雅林小稿》。见《续修四库全书》第702册，第655页。现代学者也有承其误者，如胡念贻《南宋〈江湖前、后、续集〉的编纂和流传》云："在这套丛刊里，还收入了一些前辈已死诗人的集子。其中如：《雅林小稿》，作者王惊(琮)，高宗时人。"

③ 王同祖《学诗初稿》自跋云："弱冠入金陵幕府。"第1页 b。其《夏日金陵制幕即事》自注云："以下戊戌以后诗。"见第13页 b。戊戌为嘉熙二年(1238)。《礼记·曲礼上》："二十曰弱，冠。"钟谦钧重刊武英殿本《十三经注疏》，第12页 a。上推二十年，知其生于嘉定十二年(1219)。

王志道 字希圣,义兴人。尝为微官。有《阆风吟稿》。(《江湖后集》卷十五)

毛翊 字元白,三衢人。善诗,为时人所重。以文自晦,不求闻于时。有《吾竹小稿》。(李龏《吾竹诗序》,《吾竹小稿》附)

方岳 字巨山,号秋崖,祁门人。生于庆元五年(1199)。绍定五年(1232)进士。历南康军及滁州教授、太学正、宗学博士等。知南康军及袁州时,先后忤贾似道、丁大全,被劾罢官。卒于景定三年(1262)。有《秋崖先生小稿》①。(《新安文献志》卷七十九洪焱祖《方吏部传》)

卢祖皋 字申之,一字次夔,号蒲江,永嘉人。庆元五年(1199)进士。嘉定十二年(1219)为正字,次年为校书郎,转秘书郎。累迁著作佐郎、著作郎兼权司封郎官。嘉定十五年(1222)为将作少监。与永嘉四灵同倡晚唐诗,有名于时,兼工长短句。卒年五十。有《蒲江集》。(戴栩《浣川集》卷十《祭卢直院文》、《南宋馆阁续录》卷八、卷九)

叶茵 字景文,笠泽人。约生于庆元六年(1200)②。宦途失意,居于姑苏。有《顺适堂吟稿》。(《顺适堂吟稿》丙集、《姑苏府志》卷五十《第宅园林》)

---

① 按同时还有一位方岳,字元善,号菊田,宁海人。隐居不仕,以诗名世。有《深雪偶谈》。见《宋季忠义录》卷十三,《丛书集成续编》第 28 册,上海:上海书店,1994 年,第 493 页;厉鹗《宋诗纪事》卷六十六,第 1661 页。以二人同名同时,极易混淆,故表之于此。又,方岳不见收于诸江湖诗集,但现在通行的文学史著作却大都认为他是江湖派诗人,今从之。

② 按其《顺适堂吟稿》丙集《既次韵,或非之,作解嘲》云:"衰龄逾五十,敢必登者希。"第 2 页 a。诗作于淳祐九年(1249),知其约生于庆元六年(1200)。

　　叶绍翁　字嗣宗,一字靖逸,建安人。约生于绍熙五年(1194)①。尝以寒士应举,后入仕。有《靖逸小集》、《四朝闻见录》。(《四朝闻见录》甲集《庆元六君子》条、卷五《浦城乡校芝草之端》条)

　　史卫卿　鄞人,史弥巩之孙。宝祐、成淳间(1253—1274)人。(《江湖后集》卷十一)

　　史文卿　字景炎,鄞人。历绍兴判官,终知处州。(《宋诗纪事小传补正》卷四)

　　邓林　字性之,号四清社友,临江人。宝祐四年(1256)进士。工诗,有时名。有《皇荂曲》②。(萧山则《皇荂曲序》,《皇荂曲》附;《江西通志》卷五十一《选举志》)

　　邓允端　字茂初,临江人。尝结诗社。(《江湖后集》卷十五)

　　乐雷发　字声远,号雪矶,春陵人。宝祐元年(1253)特科状元,授翰林,职司敷文。时朝政昏庸,竟不能用。闲居以诗文自遣。有《雪矶丛稿》。(乐宣《雪矶丛稿跋》,载《雪矶丛稿》)

　　朱复之　字几仲,号湛卢,建安人。开禧元年(1205)进士③。

---

① 按其《四朝闻见录》戊集《浦城乡校芝草之瑞》条自述云:"庆元间(1195—1200),予为儿时,父兄常携入乡校。"见叶绍翁《四朝闻见录》,北京:中华书局,1989年,第198页。如果庆元六年(1200)叶绍翁八岁的话,则其人当生于绍熙五年(1194)。

② 按当时叫邓林者较多,见于文献的,便有临江邓林、崇仁邓林、福清邓林等,分别见周密《浩然斋雅谈》卷中(《景印文渊阁四库全书》第1481册,第838页)、(雍正)《江西通志》卷五十一《选举志三》第23页a、《福建通志》卷四十三《人物志》(《景印文渊阁四库全书》第529册,第443页)。《宋百家诗存》卷二十三邓林小传,即将临江邓林与福清邓林混为一人,应予辨正。见《景印文渊阁四库全书》第1477册,第566页。

③ 按《福建通志》卷三十五《选举志》云,朱复之中是年武举,未知孰是,俟考。见《景印文渊阁四库全书》第529册,第87页。

绍定间（1228—1233），任官建阳。端平间（1234—1236）使北，展谒八陵。（《江湖后集》卷十一、《嘉靖建宁府志》卷十五《选举志》、《嘉靖建阳县志》卷十《人物志》）

朱南杰　丹徒人。嘉熙二年（1238）进士。淳祐十年（1250）为海盐监税官，越二年，转市舶官。开庆元年（1259），为溧水县令，次年改辟清流知县。有《学吟》。（《景定建康志》卷二十七《官守志》、《天启海盐县图经》卷九《官师志》）

朱继芳　字季实，号静佳，建安人。约生于嘉定元年（1208）①。绍定五年（1232）进士。有《静佳龙寻稿》、《乙稿》。（《嘉靖建宁府志》卷十五《选举志》）

刘过　字改之，号龙洲道人，庐陵人。生于绍兴二十四年（1154）。以诗名。贫困潦倒，放浪荆楚，客食公卿间。后入赘昆山。开禧二年（1206）卒。有《龙洲集》。（岳珂《桯史》卷二《刘改之诗词》条；殷奎《复刘改之先生墓事状》，载《龙洲集》附录）

刘植　字成道，号渔屋，永嘉人。淳熙元年（1174）进士。尝知建安。有《渔屋集》。（《江湖后集》卷十四、《福建通志》卷二十五《职官志》、卷三十四《选举志》②）

刘翰　字武子，号小山，长沙人。游于张孝祥、范成大之门，有诗声。久客临安，卒以无成。（《宋百家诗存》卷二十）

---

①按张至龙《雪林删余》自序云："予自髫龀癖吟，所积稿四十年。"见第 1 页 a。序作于宝祐三年（1255）。如果髫龀指八岁的话，则张生于嘉定元年（1208）。又其《登东山怀朱静佳》云："照池传古貌，借箸数同庚。"见《雪林删余》，第 1 页 a。知朱继芳与其同岁。

②按，揆之常理，刘植是永嘉人，不当入《福建通志·选举志》，或亦系同名者，俟考。

　　刘翼　字躔父，号心游，福清人。生于庆元二年（1196）①。不事举子业。登陈藻门，以能诗称。卒于七十岁以后。有《心游摘稿》。（林希逸《刘躔父〈心游摘稿〉序》，《心游摘稿》附）

　　刘子澄　字清叔，泰和人。嘉定十三年（1220）进士。知枣阳。淳祐二年（1242）为岳州倅。后较画史崔军事，为贾似道所忌。有《玉渊集》、《平淮疏》、《补史》。（彭龟年《止堂集》卷十六《别刘寺簿子澄赴岳州倅》、《西江志》卷七十六《人物志》、《江西通志》卷五十《选举志》）

　　刘仙伦　一名儗，字叔儗，庐陵人。以诗名，与刘过号称"庐陵二刘"。有《招山小集》。（张端义《贵耳集》卷上）

　　刘克庄　初名灼，字潜夫，号后村居士，莆田人。生于淳熙十四年（1187）。嘉定十二年（1209），以荫补将仕郎，迁潮州通判。因《落梅》诗获罪，闲废十年。后起复，累迁工部尚书兼侍讲，以焕章阁学士致仕。卒于咸淳五年（1269）。有《后村先生大全集》。（林希逸《后村先生刘公行状》，《后村先生大全集》附）

　　刘克逊　字无竞，号西墅，克庄弟。生于淳熙十六年（1189）。以父荫补官，调古田令，累迁知邵武军，改潮州，移泉州，迁江东提刑，终工部郎。卒于淳祐六年（1246）。有《西墅集》。（《后村先生大全集》卷一百五十三《工部弟墓志铭》、《闽中理学渊源考》卷九）

　　许棐　字忱父，号梅屋，海盐人。隐居秦溪，种梅十树，构屋读书。有《梅屋诗稿》、《融春小缀》、《梅屋杂著》、《梅屋三稿》、《梅屋四稿》、《梅屋诗余》。（《天启海盐县图经》卷十三《人物志》）

————————

　　①按林序云：刘翼"守乐轩之书，呻吟竟日。今年六十有四，好慕如十八、九时"。序写于景定二年（1261），上推六十四年，知其生于庆元二年（1196）。

巩丰　字仲至,号栗斋,武义人。淳熙十一年(1184)进士①。除教授汉阳军,授广东提刑司干办公事。累官知临安县,改提辖左藏库。卒于嘉定十年(1217),年近七十。有《东平集》。(陈振孙《直斋书录解题》卷二十《东平集》提要、叶适《叶适集》卷二十二《巩仲至墓志铭》)

危稹　字逢吉,号巽斋,临川人。淳熙十四年(1187)进士。调南康军教授,改诸王宫教授,累迁漳州知州,提举崇禧观。卒年七十四。有《巽斋小集》。(《宋史》本传)

严粲　字坦叔,一字明卿,邵武人。尝登第,官清湘令、太子中舍。有诗名。有《诗辑》、《华谷集》②。(袁甫《蒙斋集》卷十一《赠严坦叔序》、韦居安《梅涧诗话》卷中、《嘉靖邵武府志》卷十四《人物志》)

杜旃　字仲高,金华人。兄弟五人俱博学工文,人称"金华五高"。尝登科,辛弃疾为开山田。有《癖斋小集》、《杜诗发微》。(高翥《菊涧小集补遗·喜杜仲高移居清湖》、方回《瀛奎律髓》卷二十四陆游《杜叔高秀才雨雪中相过,留一宿而别,口诵此诗以送之》评、吴师道《礼部集》卷十六《跋杜端父墨迹》、《宋诗纪事》卷六十五)

李龏　字和父,号雪林,笠泽人。生于绍熙五年(1194)③。约卒于咸淳八年(1272)。有《漱石吟》、《梅花衲》、《剪绡集》。(方

---

①按《金华府志》卷十八《科第志》云,巩丰为淳熙八年(1181)进士,未知孰是,姑录以备考,见《中国方志丛书》第498号,第1298页。

②按《正德建昌府志》卷十五《选举志》,南城严粲中嘉定十六年(1223)进士,不知是否其人,俟考,见《天一阁藏明代方志选刊》本,第19页b。

③按《江湖后集》卷二十李龏《癸卯元旦》云:"五十平头今日到,不堪卧病似漳滨。"见《景印文渊阁四库全书》第1357册,第968页。癸卯为淳祐三年(1243),上推五十年,知其生于绍熙五年(1194)。

回《瀛奎律髓》卷二十李郛《早梅》评)

李泳　字子永,号兰泽,庐陵人。绍兴二十二年(1152),任比部员外郎。淳熙中(1174—1189)尝为溧水令,又为坑冶司干官。与兄洪、弟浙等合著《李氏华萼集》①。(《宋会要·食货》七之四十八,《宋诗纪事》卷五十六)

李涛　字养源,临川人。有《蒙泉诗稿》。(《宋诗纪事》卷七十)

李自中　字文仲,旴江人。有《秋崖吟稿》。(《江湖后集》卷十三)

李时可　字当可。长年漫游江湖。(《江湖后集》卷十一)

吴汝弋　字伯成,旴江人。有《云卧诗集》②。(《宋诗纪事》卷六十九)

吴仲方　字季仁,雪川人。有《秋潭集》。(《江湖后集》卷十七)

吴惟信　字仲孚,寓居嘉定白鹤村,以诗鸣宋季。有《菊潭集》。(《姑苏志》卷五十七《人物志》)

何应龙　字子翔,钱塘人。有《桔潭诗稿》③。(《宋诗纪事》卷七十二)

余观复　字中行,旴江人。有《北窗诗稿》。(《宋诗纪事》卷七十二)

邹登龙　字震父,临江人。学诗于刘克庄、戴复古。有《梅屋

---

① 按《福建通志》卷三十四《选举志》,闽县李泳中乾道八年(1172)进士,不知是否其人,俟考。见《景印文渊阁四库全书》第529册,第65页。

② 按厉鹗《宋诗纪事》卷六十九作吴汝式,误,见该书第1718页。

③ 按《南宋馆阁续录》卷八云,何应龙,字从叔,昌元人。嘉泰二年(1202)进士。嘉定十一年(1218)除秘书郎,进著作佐郎,再进著作郎,出知汉州(《景印文渊阁四库全书》第595册,第513、518、523页)。此与钱塘何应龙应非一人。清朱彭《南宋古迹考》卷下《寓居考》何应龙小传将二人合而为一,误。见《南宋古迹考》,杭州:浙江人民出版社,1983年,第70页。

吟》。(姚镛《读邹震父诗集》,《梅屋吟》附)

沈说　字惟肖,号庸斋,龙泉人。由上庠登科,主贵溪簿一年,再调天台教官。中年即不仕。有《庸斋小集》。(俞文豹《吹剑录》外集)

宋庆之　字符积,一字希仁,永嘉人。咸淳(1265—1274)进士。诗为刘克庄所赏。有《饮冰诗集》。(刘克庄《后村先生大全集》卷九十七《宋希仁诗序》、《宋诗纪事》卷七十六)

宋自逊　字谦父,号壶山居士,金华人,居南昌。以诗名。尝谒贾似道,获楮币二十万,以造华居。有《名山樵笛谱》。(方回《瀛奎律髓》卷二十五戴复古《寄寻梅》评、《江西通志》卷九十五《人物志》)

宋伯仁　字器之,茗川人。生于庆元五年(1199)①。尝举宏词科。监淮阳盐课。嘉熙元年(1237)寓临安,遭爇,侨居西马塍。有《雪岩吟草》。(陆心源《宋诗纪事小传补正》,《宋诗纪事补遗》附)

利登　字履道,号碧涧,南城人。淳祐元年(1241)进士。有《骰稿》。(《正德建昌府志》卷十五《选举志》)

张弋　一作亦(奕),字彦发,一字韩伯,河阳人。馆于许定夫家。欲命拜官,不受。卒于建业。有《秋江烟草》。(张端义《贵耳集》卷上)

张炜　字子昭,号芝田,杭人。与同时江湖诗人多有交往。有《芝田小诗》②。(《江湖后集》卷十)

张榘　字方叔,南徐人。端平元年(1234)为江南制置司观察

①按《雪岩吟草》卷一题为《西塍集》,自注:"嘉熙戊戌家马塍稿。"集中有《四十》诗,云:"役役人间世,齐头四十年。"并见第1页a。戊戌为嘉熙二年(1238),上推四十年,知宋伯仁生于庆元五年(1199)。

②按《福建通志》卷三十五《选举志》嘉定四年(1211)特奏名进士下有张炜,不知是否其人,俟考。《景印文渊阁四库全书》第529册,第89页。

推官,淳祐五年(1245)知句容县。宝祐间(1253—1258)为江南制置司主管机宜文字、江南制置司参议官。(《景定建康志》卷二十四、卷二十五、卷二十七《官守志》)

张蕴　字仁溥,扬州人。嘉熙中(1237—1240)为江南制置司幕属,宝祐四年(1256),干办行在诸司粮料院。(《景定建康志》卷二十五《官守志》、《宝祐四年登科录》)

张至龙　字季灵,建安人。约生于嘉定元年(1208)①。有《雪林删余》。(《宋诗纪事》卷七十三)

张良臣　字武子,一字汉卿,号雪窗,祖籍拱州,避寇来鄞,因家焉。隆兴元年(1163)进士。官止监左藏库。有《雪窗小集》。(《延祐四明志》卷五《人物考》)

张绍文　字庶成,南徐人。(《江湖后集》卷十四)

张端义　字正夫,号荃翁,郑州人,居姑苏。生于淳熙六年(1179)。肄举子业,勇于弓马。善诗,有时名。端平间(1234—1236)应诏上书,谪居韶州。后复以言忤当路,谪化州而终。有《荃翁集》、《贵耳集》。(张端义《贵耳集》卷上、李昂英《文溪集》卷十六《送荃翁张端义之惠阳》)

来梓　字子仪。善诗,与周必大为布衣交,周尝馆之。(叶绍翁《四朝闻见录》丙集《来子仪》条)

陈造　字唐卿,号江湖长翁,高邮人。生于绍兴三年(1133)。淳熙二年(1175)进士。调繁昌尉,改平江教授,历浙西参议幕。时人称为"淮南夫子"。卒于嘉泰三年(1203)。有《江湖长翁集》。(《江湖长翁集》卷首申屠駉《宋故淮南夫子陈公墓志铭》、《姑苏志》卷四十二《宦迹志》)

---

①说见本章朱继芳条的注释。

陈起 字宗之,号芸居,钱塘人。能诗,凡江湖诗人皆与之善。开书肆于临安睦亲坊,刊唐、宋以来诸家诗,颇详备。宝庆元年(1225)以刊《江湖集》坐罪。卒于宝祐四、五年间(1256—1257)①。有《芸居乙稿》。(方回《瀛奎律髓》卷二十刘克庄《落梅》诗评、韦居安《梅涧诗话》卷中)

陈翊 字君正,泉州晋江人,开禧元年(1205)进士。(《宋诗纪事小传补正》)

陈允平 字君衡,一字衡仲,号西麓,四明人。德祐元年(1275)前后,授沿江制置司参议官。宋亡后,曾以人才征至大都,不受官,放还。善诗,与吴(文英)、翁(元龙)齐名。有《西麓诗稿》、《西麓继周集》、《日湖渔唱》。(《宋元学案》卷二十五《龟山学案》)

陈必复 字无咎,闽人。淳祐十年(1250)进士。有《山居存稿》。(《宋诗纪事》卷六十六)

陈宗远 字巽斋。绍定五年(1232)赴省试,已中而黜。有《寒窗听雪集》。(《江湖后集》卷十三)

陈鉴之 初名璟,字刚父,三山人。淳祐七年(1247)进士。长期游于江湖。有《东斋小集》。(《福建通志》卷三十五《选举志》)

邵桂子 字德芳,号玄同,太平乡人。咸淳七年(1271)进士。任处州教授。弃官归隐。晚年游松江,遂家于修竹乡。有《雪舟脞

---

① 按张至龙《雪林删余》自序云:"芸居先生就《摘稿》中拈出律绝各数首,名曰《删余》。"末署"宝祐第三春"。见第1页b。又李龏《汶阳端平诗隽序》云:"予……摘其坦然者,兼集外所得者近二百首,目曰《端平诗隽》,俾万人海中续芸书塾入梓流行。"末署"宝祐丁巳",见第1页a—b。宝祐三年(1255)陈起还为张至龙删诗刊刻,至宝祐五年(1257),陈起之子续芸已成为书肆的主人,可见,陈起卒于这两年间。参看胡念贻《南宋〈江湖前、后、续集〉的编纂和流传》中有关考订。

录》、《雪舟脞谈》、《雪舟脞稿》。(《嘉靖淳安县志》卷十二《人物志》)

　　武衍　字朝宗,号适安,汴人。隐居不仕。诗宗赵师秀、戴复古。有《适安藏拙余稿》、《乙稿》。(赵希意《跋适安藏拙余稿》,《余稿》附)

　　林同　字子真,福清人。以世荫补官。元兵将至,谋起兵,不成,不屈而死。有《孝诗》。(《福建通志》卷四十三《人物志》)

　　林昉　字旦翁,三山人。嘉定十六年(1223)特奏名进士。淳祐间(1241—1252)任武平县尉①。(《福建通志》卷二十六《职官志》、卷三十五《选举志》)

　　林洪　字龙发,号可山,泉州人。肄业杭泮。理宗朝曾上书言事。有诗名于淳祐间(1241—1252)。曾刊中兴以来诸公诗为《大雅复古集》,己诗亦附其内。有《山家清供》等。林洪为典型的江湖游士,曾为方回所讥②。(方回《瀛奎律髓》卷二十戴复古《寄寻梅》评、韦居安《梅涧诗话》卷中)

　　林希逸　字肃翁,福清人。端平二年(1235)进士。历官翰林权直兼崇政殿说书,直秘阁,知兴化军。有《竹溪鬳斋十一稿续

---

①按《嘉庆太平县志》卷十一《人物志》有林昉传,节录如下:“林昉,字仲昉,号晓庵,又号旦翁,半岭人。尝与同族雪村勿斋俱举于乡。宋亡,与吴大有、仇远、白珽等六、七人遨游湖海,诗酒相娱,时以比竹林七贤。至元则荐起为国史检阅。……”见《中国方志丛书》第510号,第911页。其人亦号旦翁,与三山林昉似是一人。但三山林昉嘉定十六年(1223)中特奏名进士,如果入元,至少也已八十岁,不可能“遨游湖海”及为“国史检阅”。如此,则二林非一人。姑录以备考。

②按宋末叶寘《爱日斋丛钞》卷三云:“近时《江湖诗选》有可山林洪诗……。”见《丛书集成初编》第325册,《爱日斋丛钞》,上海:商务印书馆,1936年,第132页。《江湖诗选》或亦与《江湖集》颇有渊源,而林洪的行事又显系江湖游士,故一并列于此。

集》。(《宋诗纪事》卷六十五)

　　林尚仁　字润叟,长乐人。诗宗贾岛、姚合。有《端隐吟稿》。(陈必复《端隐吟稿序》,《端隐吟稿》附)

　　林表民　字逢吉,鲁人,寓居临海。父咏道好古博雅,储书甚富。表民承其家学,尝同陈耆卿修《赤城志》,又自修《续志》,辑《赤城集》。(《康熙临海县志》卷八《人物志》)

　　罗椅　字子远,号涧谷,庐陵人。生于嘉定七年(1214)。宝祐四年(1256)进士。累官朝请大夫,主榷货务。诋贾似道,去官,终身不仕。(《宝祐四年登科录》卷二,见《景印文渊阁四库全书》第451册,第55页,《宋季忠义录》卷十四)

　　罗与之　字与甫,螺川(吉州)人。(《宋诗纪事》卷七十二)

　　周弼　字伯弼,阳谷人,文璞之子。生于绍熙五年(1194)①。尝为官,宦游吴、楚、江、汉间。有诗声,名振江湖。有《汶阳端平诗隽》。(李龏《汶阳端平诗隽序》,《诗隽》附)

　　周文璞　字晋仙,号方泉,又号野斋、山楹。卒于嘉定十四年(1221)②。有《方泉先生诗集》。(《宋诗纪事》卷五十九)

---

①按释文珦《潜山集》卷十《看新历》云:“又看景定新颁历,百岁还惊五十过。”见《景印文渊阁四库全书》第1186册,第377页。由景定元年(1260)上推五十年,知其生于嘉定四年(1211)。又卷三一诗题云:“冯深居长余二十三岁,赵东阁长余二十二岁,周汶阳长余一十七岁,皆折行与余交。……”(见《景印文渊阁四库全书》第1186册,第316页),由是可知,周弼生于绍熙五年(1194)。又李龏《汶阳端平诗隽序》云:“汶阳周伯弼与予同庚生。”见第1页a。证之本章李龏条注,亦然。
②按刘克庄《后村先生大全集》卷三有《哭周晋仙》一诗。《大全集》多系编年,此诗同卷前数首《平床岭》注云:“以下十二首辛巳游山作。”(《四部丛刊》集部第1289册,第8页a。)辛巳即嘉定十四年(1221)。

周师成　字宗圣,号雉山,长兴人。庆元五年(1199)进士。博学工诗文,一时名宿皆与之游。仕不得志。晚年若有所遇,如游仙散圣之徒。有《家藏集》。(张端义《贵耳集》卷中、韦居安《梅涧诗话》卷下、《宋诗纪事》卷五十八)

周端臣　字彦良,号葵窗,建业人。官御前应制。卒于淳祐、宝祐间(1241—1255)。有《葵窗词稿》。(周密《武林旧事》卷六《诸色伎艺人》条、唐圭璋《全宋词》第2649页)

郑克己　字仁叔,青田人。淳熙中(1174—1189)进士,淳熙十三年(1186)知黄岩县,仕至福建提刑司干官。(《万历黄岩县志》卷四、《宋诗纪事》卷五十六)

赵与时　字行之,一字德行,寓临江。宋太祖十世孙。生于淳熙二年(1175)。弱冠应举不第。宁宗初,补官右选,三调管库之任,又监御前军器所,司行在草料场。至宝庆二年(1226)始中进士。官终丽水丞。绍定四年(1231)卒。有《甲午存稿》、《宾退录》①。(赵孟坚《彝斋文编》卷四《从伯故丽水丞赵公墓铭》)

赵汝回　字几道,浚仪人。宋太宗八世孙。生于绍熙元年(1190)②,嘉定七年(1214)进士。尝为忠州判官,终主管进奏院。有《东阁吟稿》。(《宋史·宗室世系表》、《江湖后集》卷七、《浙江通志》卷一百二十七《选举志》)

赵汝𫔶　字叔午,号寒泉,乐清人。宋太宗八世孙。以能诗名。嘉定(1208—1224)进士。签判处州。以《江湖集》案遭构陷,

---

①按《嘉靖建宁府志》卷五《官师志》,端平间(1234—1236)通判任上有赵与时,见《天一阁藏明代方志选刊》本,第15页a。但赵绍定四年(1231)已卒,则《府志》或系误记,或另有一同名者。姑录以备考。
②说见本章周弼条注。

谪官沦落而卒。(《永乐乐清县志》卷七《人物志》)

赵汝绩　字庶可,浚仪人。(《江湖后集》卷七)

赵汝淳　字子野,昆山人,太宗八世孙。开禧元年(1205)进士①。(《宋诗纪事补遗》卷九十二)

赵汝鐩　字明翁,号野谷,袁州人。宋太宗八世孙。生于乾道八年(1172)。嘉泰二年(1202)进士。授馆职,分司镇江管榷,官终刑部郎中。卒于淳祐六年(1246)。有《野谷诗稿》。(刘克庄《后村先生大全集》卷一百五十二《刑部赵郎中墓志铭》)

赵师秀　字紫芝,一字灵秀,号天乐,永嘉人。生于乾道六年(1170)。绍熙元年(1190)进士。浮沉州县,先后入金陵郑侨幕为从事,任上元县主簿,又入筠州幕为判官。嘉定十二年(1219)卒。有《清苑斋诗集》。(葛兆光《赵师秀小考》、丁夏《赵师秀生年小考》,分别载《文学遗产》1982年第一期、1983年第四期)

赵希俋　字寅父,号野云,无锡人。生于乾道二年(1166)。弱冠受命,补承信郎,转保义郎,换从事郎,榷衢州酤,改临安府排岸。溺于诗酒,落魄孤山南北。卒于嘉熙元年(1237)。(释居简《北涧集》卷十《赵野云墓志铭》)

赵希橧　字谊父,汴人。宋太祖九世孙。有《抱拙小稿》。(《宋诗纪事》卷八十五)

赵庚夫　字仲白,魏王八世孙。生于乾道九年(1173)。举进士不第,以宗子取应,辟嘉兴府海盐县酒务。有诗名。卒于嘉定十二年(1219)。有《山中集》。(刘克庄《后村先生大全集》卷一百四十

①按《永乐大典》卷一万四千五百三十六《江湖集》下,有静斋《玉树谣》三首,见《永乐大典》第7册,第6387页。检《诗渊》第2442页,此三诗为赵汝淳所作,因知静斋即赵汝淳。

八《赵仲白墓志铭》、方回《瀛奎律髓》卷十六赵庚夫《岁除即事》评)

赵崇鉾　字符冶,开封人。宋太祖九世孙。有《鸥渚微吟》。
(《宋诗纪事》卷八十五)

赵崇嶓　字汉宗,号白云,南丰人。嘉定十六年(1232)进士。
为石城令,改知淳安县,官至朝散大夫。卒年五十八。有《白云
稿》。(包恢《敝帚稿略》卷七《祭赵宗丞文》、《江西通志》卷五十
《选举志》、卷八十三《人物志》)

赵善扛　字文鼎,号解林居士。商王元份六世孙。生于绍兴
十一年(1141)。曾守蕲州及处州。卒于淳熙间(1174—1189)。
(《全宋词》第 1978 页)

姜夔　字尧章,号白石道人,番阳人。约生于绍兴二十五年
(1155)。早岁漂零,受知于当代名流。尝依萧德藻,又为范成大
客。中年以后,居杭,依张鉴十年。鉴卒,旅食浙东、嘉兴、金陵
间。卒于嘉定二、三年间(1209—1210)。贫不能殡,吴潜诸人助
之葬。有《白石道人诗集》、《白石道人歌曲》。(夏承焘《姜白石系
年》,载《唐宋词人年谱》;陈尚君《姜夔卒年考》,载《复旦学报》
1983 年第 2 期)

胡仲弓　字希圣,号苇航,清源人。二赴春闱,始中进士。尝
为县令,不久罢归。入元后,拒绝新朝征聘。有《苇航漫游稿》。
(胡仲弓《苇航漫游稿》、邓牧《伯牙琴·代祭胡苇航文》)

胡仲参　字希道,清源人。仲弓弟。尝举进士不第。有《竹
庄小稿》。(胡仲参《竹庄小稿》)

俞桂　字希郄,仁和人。端平二年(1235)进士①。有《渔溪

_____

① 按《杭州府志》卷六十七《选举志》则云其中绍定五年(1238)进士,未知孰
是,姑录以备考。见《续修四库全书》第 702 册,第 653 页。

诗稿》、《渔溪乙稿》。(《咸淳临安志》卷六十一《国朝进士表》)

施枢　字知言，号芸隐，丹徒人。绍定五年(1232)举进士落第。端平二年(1235)，入吴，摄庾台幕。次年，为浙东转运司幕属。嘉熙二年(1238)，至会稽，贰之南厅。淳祐三年(1243)，以从事郎任溧阳知县，六年离任。有《芸隐横舟稿》、《芸隐倦游稿》。(施枢《芸隐横舟稿》、《芸隐倦游稿》、《景定建康志》卷二十七《官守志》)

姚镛　字希声，号雪篷，剡人。生于绍熙二年(1191)①。嘉定十年(1217)进士②。先判吉，绍定六年(1233)，以平寇功擢赣州守，寻被劾，贬衡阳。景定五年(1264)，为黄岩县主学。有《雪篷稿》。(罗大经《鹤林玉露》丙编卷六《骑牛诗》条、《西江志》卷五十四《秩官志》、《万历黄岩县志》卷四《职官志》)

敖陶孙　字器之，号臞翁，福清人。生于绍兴二十四年(1154)。淳熙七年(1180)，乡荐第一。庆元五年(1199)中进士。历官海门县簿，漳州教授，广东转运司主管文字，签书平海军节度判官厅公事。宝庆元年(1225)，被构陷于《江湖集》案中。卒于宝庆三年(1227)。有《臞翁诗集》。(刘克庄《后村先生大全集》卷一百四十八《臞庵敖先生墓志铭》)

徐玑　字文渊，一字致中，号灵渊，永嘉人。生于绍兴三十二年(1162)。主建安簿，移永州司理，任龙溪丞，移武当令，改长泰令。嘉定七年(1214)卒。有《二薇亭集》。(叶适《叶适集》卷二十一《徐文渊墓志铭》)

①按姚镛《继周圹记》云："予年将四十而鳏。"见《雪篷稿》，第13页a。其妻周氏卒于绍定二年(1229)，故知其生于绍熙二年(1191)。
②按《福建通志》卷三十五《选举志》，长溪姚镛中嘉定十三年(1220)武举。此与剡溪姚镛或非一人，俟考。见《景印文渊阁四库全书》第529册，第95页。

　　徐照　字道晖,一字灵晖,号山民,永嘉人。卒于嘉定四年(1211)。有《芳兰轩集》①。(叶适《叶适集》卷十七《徐道晖墓志铭》)

　　徐文卿　字斯远,号樟丘,玉山人。嘉定四年(1211)进士。善诗,与赵蕃、韩淲齐名。有《萧秋诗集》。(叶适《叶适集》卷十二《徐斯远文集序》、《宋诗纪事》卷六十一)

　　徐从善　字仲善,古栝人。(《江湖后集》卷十五)

　　徐集孙　字义夫,建安人。理宗时薄宦于浙。有《竹所吟稿》②。(庄仲方《南宋文范作者考》下,《南宋文范》附)

　　翁卷　字续古,一字灵舒,永嘉人。领淳熙十年(1183)乡荐,后入江淮边帅幕。一生漂零,卒于六十岁后。有《苇碧轩集》。(《乐清县志》卷八《人物志》)

　　高吉　字几伯,庐陵人。嗜吟成癖。有《懒真小集》。(《江湖后集》卷十五)

　　高翥　字九万,号菊涧,舜江人,寓居余姚。生于乾道六年(1170)。少颖拔不羁,厌举子业。好游历。晚年归隐西湖。卒于淳祐元年(1241)。有《菊涧集》、《信天巢遗稿》。(姚燧、高士奇《菊涧集序》,《菊涧集》附)

　　高似孙　字续古,号疏寮,余姚人。淳熙十一年(1184)进士。为会稽主簿,擢校书郎,转礼部郎。出倅徽州,守处州。官终中大夫,提举崇禧观。卒赠通议大夫。有《疏寮小集》、《史略》、《剡

---

①按徐玑和徐照都不见于今存诸江湖诗集中,但翁卷和赵师秀却见收于永乐大典本《中兴江湖集》。揆诸情理,四灵作为一个整体,不可能被割裂开。因此,将二徐一并计入江湖诗派中。

②按《永乐大典》卷三千五《江湖续集》下有孙义夫《访诗人》一诗,见《永乐大典》第2册,第1724页。此诗亦见收于徐集孙《竹所吟稿》,见第9页 b。因知孙义夫乃徐义夫之误。

录》。(《历代词人小传》卷二)

柴望　字仲山，号秋堂，卫人，徙居江山。生于嘉定五年(1212)。嘉熙间(1237—1240)，为太学上舍，除中书省奏名。淳祐六年(1246)，上《丙丁龟鉴》，忤时相意，放归田里。贾似道当政，屡荐不起。景炎二年(1277)，以布衣入直前殿，特旨授迪功郎、史馆国史编校。宋亡不仕。卒于至元十七年(1280)。有《秋堂集》。(苏幼安《宋国史秋堂柴公墓志铭》，《秋堂集》附)

郭从范　字世模。(《宋诗纪事》卷六十)

黄简一　名居简，字符易，号东浦，建安人。工诗。嘉定十四年(1221)通判严州。嘉熙中(1237—1240)，通判翁逢龙葬之虎丘。有《东浦集》、《云墅谈隽》。(《宋会要·职官》七十五、文肇祉《虎丘志》①)

黄大受　字德容，号露香居士，南丰石门人。仕于鄞，著政声。嘉定间(1208—1224)以诗雄江右。有《露香拾稿》。(《南宋文范作者考》下、《宋元学案补遗》卷四十九)

黄文雷　字希声，号看云，南城人。淳祐十年(1250)进士。辟临安酒官。与赵崇峣、曾原一、谌祐当时号为"江西四大诗人"，舟归次严陵滩溺死。有《看云小集》。(《江西诗征》卷二十一)

黄敏求　字叔敏，修水人。诗学晚唐、杨万里。有《横舟小稿》。(《江湖后集》卷十三)

萧立　疑为萧立之之误。立之字斯立，宁都人。淳祐十年(1250)进士。知南城县，调南昌推官，移判辰州。遭世乱，归隐萧田。(《宋诗纪事》卷六十六)

萧澥　字汛之，号金精山民，吉水人。淳祐七年(1247)进士。

---

① 转引自查为仁、厉鹗《绝妙好词笺》卷三，北京：中华书局，1957年，第236页。

有《竹外蛩吟稿》。(《江湖后集》卷十五、《江西通志》卷五十一《选举志》)

萧元之　字体仁,号鹤皋,临江人。有《鹤皋小稿》。(《全宋词》第 3176 页)

盛烈　永嘉人。尝主西湖阆风书院。有《岘窗浪语》。(《江湖后集》卷十一)

盛世忠　字景韩,清源人。有《松坡摘稿》。(《江湖后集》卷十四)

章采　临江人。淳祐四年(1244)进士①。(《临江府志》卷十《选举志》)

章粲　临江人。采弟。尝主絜矩书院。(《江湖后集》卷十四)

葛天民　字朴翁,号无怀。初为僧,名义铦,后还俗。居西湖上,一时所交皆名士。为诗不愧四灵。有《葛无怀小集》。(周密《癸辛杂识》别集卷上《葛天民赏雪》条、方回《瀛奎律髓》卷十一葛天民《郊原避暑》评)

葛起文　字君容,丹阳人。(《江湖后集》卷八)

葛起耕　字君顾,丹阳人。起文兄。(《宋诗纪事》卷六十九)

储泳　字文卿,号华谷,云间人。有《华谷祛疑说》。(《宋诗纪事》卷七十四)

程垓　字务实,号逸士,徽人。诗崇姚合,自方贾岛。有集七卷。(刘克庄《后村先生大全集》卷一百一《跋程垓诗卷》)

程炎子　字清臣,宣城人。理宗朝隐士。有《玉塘烟水集》。(《宋诗纪事补遗》卷七十三)

---

① 按《福建通志》卷三十五《选举志》,福清县章采中咸淳四年(1268)进士。此与临江章采或非一人,俟考。见《景印文渊阁四库全书》第 529 册,第 119 页。

董杞　字国材，番阳人。有志当世，卒以无成。(《江湖后集》卷十三)

曾极　字景建，临川人。诗为朱熹所赏。宝庆元年(1225)，因《江湖集》案，谪道州卒。有《舂陵小雅》、《金陵百咏》。(《西江志》卷八十《人物志》)

曾由基　三山人。尝任微官。有《兰墅集》等。(《江湖后集》卷十三)

裘万顷　字元量，新建人。淳熙十四年(1187)进士①。由乐平簿迁大理寺丞，差江西抚干。端平间(1234—1236)知隆兴府，卒赠通直郎。有《竹斋诗集》。(《江西通志》卷五十《选举志》、卷六十七《人物志》)

释永颐　字山老。仁和唐栖寺僧。有《云泉集》。(《宋诗纪事》卷九十三)

释绍嵩　号亚愚，庐陵人。绍定中(1228—1233)，住嘉禾之大云寺，工于集句。有《亚愚江浙纪行集句》。(《宋诗纪事》卷九十三)

释斯植　字建中，号芳庭。住南岳寺。有《采芝集》。(《宋诗纪事》卷九十三)

释圆悟　闽人。(《江湖后集》卷十六)

薛嵎　字仲止，一字宾日，永嘉人。宝祐四年(1256)进士。终长溪县主簿。有《云泉诗》。(《宋诗纪事》卷六十七、《福建通志》卷二十六《职官志》)

———————————

① 按《南昌府志》卷七十六《外传》(第8页b)，裘元量隆平间进士。但宋无隆平年号，只有隆兴(1163—1164)和端平(1234—1236)，《府志》盖误记。又裘氏实中淳熙四年(1187)进士，《府志》亦误。

薛师石　字景石，号瓜庐，永嘉人。生于淳熙五年（1178）。有诗声。每有文会，必高下品评之，一时诗人，多服其见。卒于绍定元年（1228）。有《瓜庐诗》。（赵汝回《瓜庐诗序》、王绰《薛瓜庐墓志铭》，并见《瓜庐诗》附）

戴埴　字仲培，鄞人。嘉熙二年（1238）进士①。有《鼠璞》。（《延祐四明志》卷六《选举志》）

戴复古　字式之，号石屏，天台人。生于乾道三年（1167）。绍定五年（1232），曾任教职。中年以诗游公卿间，颇有声。寿至八十余。有《石屏诗集》。（《石屏诗集》卷首吴子良《石屏诗后集序》、方回《瀛奎律髓》卷二十戴复古《寄寻梅》评、《嘉靖邵武府志》卷四《秩官志》）

三、不属江湖诗派之人员考略

用前述五条标准来衡量，有 32 人不当列入诗派之中，考之如次。

方惟深　字子通，莆田人，家于长洲。生于康定元年（1040）。早通经学，尤工于诗。乡贡为第一。后举进士不第，即弃去，与弟躬耕。孝友清介之风，著称东南。后以荐为兴化军助教。宣和四年（1122）卒。有诗集十卷。（程俱《北山集》卷三十三《莆阳方子通墓志铭》）

---

① 按成化《宁波郡志》卷七《选举志》，戴埴中宝庆二年（1226）进士，见《中国方志丛书》第 496 号，第 472 页。此与《延祐四明志》书写格式同，即大字"戴埴"，小字注"上舍"，或为一人，姑录以备考。见《景印文渊阁四库全书》第 491 册，第 443 页。

冯时行　字当可，号缙云，四川壁县人。宣和六年（1124）进士。以奉礼郎召对，忤秦桧，出知万州，寻罢职。桧死，复出为州守。卒于隆兴元年（1163）。有《缙云文集》。（蹇驹《古城冯侯庙碑》，《缙云文集》附）

朱淑真　号幽栖居士，钱塘人。能诗，主要活动于南宋前期。嫁非其人，忧郁而死。有《朱淑真集》。（季工《关于女诗人朱淑真的诗词》，载《学术月刊》1963年第三期）

杜范　字成之，号立斋，黄岩人。生于淳熙九年（1182）。嘉定元年（1208）进士。累官同签书枢密院事，同知枢密院事，右丞相。卒于淳祐五年（1245）。有《清献集》。（《宋史》本传）

杨甲　字鼎卿，一字嗣清，昌州人。乾道二年（1166）进士。任国子学录。有《六经图》。（《宋蜀文辑存作者考》）

杨备　字修之，浦城人，居吴。庆历中（1041—1048）任尚书虞部员外郎，分司南京。（《景定建康志》卷四十九《儒雅传》、《吴中人物志》卷六）

杨万里　字廷秀，号诚斋，吉水人。生于建炎元年（1127）。绍兴二十四年（1154）进士。累官太常博士、太子侍读、江东转运副使。卒于开禧三年（1206）。有《诚斋集》①。（《宋史》本传）

李錞　字希声。官至秘书丞。吕本中《江西诗社宗派图》列有其人。有《李希声集》。（陈振孙《直斋书录解题》卷二十、《宋诗纪事》卷三十三）

吴渊　字道父，宣城人。生于绍熙元年（1190）。嘉定七年

---

①按《永乐大典》卷一万四千六百八《江湖集》下，有杨万里《送王监簿民瞻南归》一诗，见《永乐大典》第7册，第6496页，而此诗正见于杨万里别集《江湖集》中，《大典》或误记。

(1214)进士。历知江州、隆兴,官终参知政事。卒于宝祐五年(1257)。有《退安遗集》。(《宋史》本传)

吴潜 字毅夫,号履斋,宁国人。生于庆元二年(1196)。嘉定十年(1217)进士第一。历官淮东总领、兵部尚书、浙东安抚使。淳祐十一年(1251)后,两度入相。卒于景定三年(1262)。有《履斋遗稿》。(《宋史》本传)

何耕 字道夫,汉州人,徙德阳。绍兴十七年(1147)进士。历知蜀州、果州、嘉州,累迁国子祭酒、秘书少监、太子侍读。淳熙十年(1183)卒,年五十七。(《宋史翼》本传)

宋无 原名名世,字晞颜,宋亡易名无,号翠寒道人,固始人,避乱徙吴门。生于景定元年(1260)。未弱冠,弃科举,惟嗜诗。从欧阳守道学,诗名震一时。入元举茂异不就。卒于后至元六年(1340)以后。有《翠寒集》、《寒斋冷话》。(《吴中人物志》卷九、《宋季忠义录》卷十五)

陈岘 字寿南,号东斋,平阳人。生于绍兴十五年(1145)。淳熙十四年(1187)以博学宏词科赐第。历官中书舍人兼直学士院。以论事言罢。后起知广州,徙原州。嘉定五年(1212)卒。(《宋史》本传)

邵伯温 字子文,洛阳人。生于嘉祐二年(1057)。知果州,擢提点成都路刑狱,迁利州路转运副使。卒于绍兴四年(1134)。有《邵氏闻见录》。(《宋史》本传)

岳珂 字肃之,号亦斋,又号东几,晚号倦翁,汤阴人。生于淳熙九年(1182)。举进士不第。嘉定十年(1217),出守嘉兴。官至权户部尚书、宝谟阁直学士,进封邺侯。卒于淳祐二年(1242)。有《玉楮集》。(王瑞来《岳珂生平事迹考述》,载《文史》第二十三辑)

　　周孚　字信道,号蠹斋,济南人,寓居丹徒。生于绍兴五年
(1135)。乾道二年(1166)进士。官真州教授。时人称其"诗律严
整,且字字有来历,有杜少陵、黄山谷之风"。卒于淳熙四年
(1177)。有《蠹斋铅刀编》。(刘宰《漫塘集》卷二十四《书周蠹斋
孚集后》;陈珙《蠹斋铅刀编序》,《铅刀编》附)

　　周密　字公瑾,号草窗,又号蘋洲,济南人,寓居吴兴。生于
绍定五年(1232)。宋季尝为临安府幕属,监和济药局,充奉礼节,
监义储仓,任义乌令。宋亡不仕。卒于大德二年(1298)。有《草
窗韵语》、《蘋洲渔笛谱》。(夏承焘《周草窗年谱》,载《唐宋词人
年谱》)

　　郑侠　字介夫,福清人。生于庆历元年(1041)。尝第进士。
知江宁,任泉州教授。卒于宣和元年(1119)。有《西塘集》。(《宋
史》本传)

　　郑清之　字德源,号安晚,鄞县人。生于淳熙三年(1176)。
嘉定十年(1217)进士。累官参知政事兼同知枢密院事,进右丞相
兼枢密使,又改左丞相,拜太傅,进封齐国公。卒于淳祐十一年
(1251)。有《安晚堂集》①。(《宋史》本传)

　　洪迈　字景卢,号容斋,鄱阳人。生于政和二年(1112)。绍兴
十五年(1145)进士。累官中书舍人、翰林学士,以端明殿学士致仕。
卒于绍熙二年(1191)。有《容斋五笔》、《万首唐人绝句》②。(《宋

---

① 按陈起为郑清之刻诗,显然是出于报恩,《江湖后集》卷五郑清之小传言之
　　甚详,可参看,见《景印文渊阁四库全书》第 1357 册,第 771 页。
② 按诸江湖诗集所收洪迈之《野处类稿》,基本上都是朱松《韦斋集》中之诗,
　　顾修《读画斋重刊群贤小集例》已言之。因此,即使不计洪迈位致通显这
　　个因素,也应将其排除在外。

史》本传)

　　姚宽　字令威,号西溪,嵊人。生于崇宁四年(1105)。以父荫补官。累官权尚书户部员外郎、枢密院编修官。卒于绍兴三十二年(1162)。有《西溪集》、《西溪丛话》。(《宝庆会稽续志》卷五《人物志》、《宋史翼》本传)

　　姚述尧　钱塘人。生活在南宋前期。(《宋诗纪事》卷四十八)

　　徐似道　字渊子,号竹隐,又号竹所,天台黄岩人。乾道二年(1166)进士。任太常丞权直学士院,迁秘书少监。庆元三年(1197),主管官告院。开禧二年(1206),任起居舍人。嘉定二年(1209)任江西提刑。官终朝散大夫提点江西刑狱。有《竹隐集》①。(《宋会要·选举》二十一、《职官》七十三、七十四;《万历黄岩县志》卷五)

　　晁公武　字子止,钜野人。秦桧辟为四川总领财赋司干办公事。乾道中(1165—1173),以敷文阁直学士为临安府少尹。有《郡斋读书志》、《昭德文集》。(《宋诗纪事》卷四十八)

　　真德秀　字景元,号西山,浦城人。生于淳熙五年(1178)。庆元五年(1199)进士。历知泉州、潭州、福州,官终参知政事。卒于端平二年(1235)。有《真文忠公集》。(《宋史》本传)

　　陶弼　字商翁,祁阳人。生于大中祥符八年(1015)。举进士不第。以平寇功,调阳朔主簿。历知容州、钦州、顺州、邕州。卒于元丰元年(1078)。有《陶邕州小集》。(刘挚《忠肃集》卷十二《陶公墓志铭》)

---

　　①按《永乐大典》卷九百三《江湖集》下,有"天台徐氏"《偶题》诗一首,见《永乐大典》第9册,第8569页。检厉鹗《宋诗纪事》卷三十五(第1349页)及《诗渊》第3941页,均得此诗,作者为徐似道。因知"天台徐氏"即徐似道。

　　黄希旦　字姬仲,号支离子,邵武人。生于景祐间(1034—1037)。入道本军九龙观。熙宁中(1068—1077),诏住京师五福宫,又典太乙宫事。年四十二解化。有《竹堂集》。(《宋诗纪事》卷九十)

　　韩信同　字伯循,宁德人。延祐间(1314—1320),应浙江乡举,不合,归。有《四书标准》。(《福建通志》卷五十一《人物志》)

　　曾几　字吉甫,号茶山,河南人。高宗朝官浙西提刑,忤秦桧,除广西转运副使。桧死,复为浙西提刑。孝宗即位,迁通奉大夫致仕。有《茶山集》。(《姑苏志》卷四十三《宦迹志》)

　　曾巩　字子固,南丰人。生于天禧三年(1019)。嘉祐二年(1057)进士。历知齐州、福州、沧州,拜中书舍人。卒于元丰六年(1083)。有《元丰类稿》。(《宋史》本传)

　　潘音　字声甫,新昌人。生于咸淳六年(1207)。入元,从吴澄学。澄以荐召,音劝止之,不从,遂归,有《待清轩遗稿》。(《浙江通志》卷三十八《人物志》)

　　魏了翁　字华父,号鹤山,蒲江人。生于淳熙五年(1178)。庆元五年(1199)进士。历知汉州、眉州、泸州,累官同签书枢密院事、资政殿学士。嘉熙元年(1237),为福建安抚使知福州。卒于是年。有《鹤山先生大全集》。(《宋史》本传)

　　这32人之所以应从诗派中划出,大致上有以下三个原因:

　　1.年代不合。如方惟深、杨备为北宋人,冯时行、何耕为南宋初人,宋无、潘音为元人。

　　2.社会地位不合。如杜范、吴渊、吴潜、郑清之等都官至丞相。

　　3.与传统看法不合。如李錞、曾几一般认为属于江西诗派;朱淑真是一位女性,不宜列入以游士为主体的江湖诗人中。

　　另外,还有 11 位诗人,生平无从考定,他们是:无名氏、李工侍、李功父①、大梁李氏、陈起宗②、陈□□、卓汝恭、金华山人、蒲阳柯氏、钱塘徐氏、高氏。

四、总结

　　以上,我们以今存诸江湖诗集为主要依据,以社会地位、活动时间、收录情况、唱酬情况、传统看法这五条作为主要标准,对 181 位诗人进行了考证。初步确定了江湖诗派成员计 138 位,排除了 32 位;另有 11 位因生平不详,姑存而不论。这 138 位诗人就成为我们对江湖诗派进行研究的基本范围。

　　当然,作为一个领数十年风骚的诗歌流派,当时受其影响的诗人远非这一范围所能限制。有些诗人,虽然不能入派,但却明显浸染了江湖诗风。因此,我们在对江湖诗派进行研究时,必须充分考虑到诗派成员和受诗派影响的诗人这双重因素,以便得出

①按,据费君清言,李功父即李龚父(李彝),以音近而假借。但证据似嫌不足,姑录以备考。费说见其《〈永乐大典〉中南宋诗人姓名考异九则》,载《文献》1988 年第 4 辑。

②按《永乐大典》卷九百三《江湖集》下,有陈起宗诗五首,见《永乐大典》第 9 册,第 8565 页。据《姑苏志》卷五十《人物志》:“陈起宗,……登政和(1111—1117)进士。以徽猷阁学士知并州卒.”见台北:学生书局,1986年,《中国史学丛书》初编,第 31 册,第 725 页。《大典》所录陈诗有题为《汪起潜谢送唐诗,用韵再述〈刘沧小集〉》者,而陈起《芸居乙稿》则有《寄汪起潜签判》一诗(第 18 页 b)。如果这两个汪起潜是一人的话,则《大典》中的陈起宗显然不可能登政和进士。因此,陈起宗或为陈起(字宗之)之误。但陈起现存作品中没有这五首诗,是则还不能完全加以肯定。姑录以备考。

更为全面的认识。

　　附记:本书定稿后,见到刘毅强《〈江湖集〉丛刊所收诗人补考》一文(载《华东师范大学学报》1991 年第 3 期)。某些考证,本书曾加以参考。特此说明。

附录二　南宋江湖谒客考论

一、问题的提出

南宋中后期出现的江湖诗派,不仅是一种文学现象,而且是一种社会现象和文化现象。因此,研究江湖诗派,也应将其置于一定的社会、文化范围中去考察。

如我们所熟知,江湖诗人多是些浪迹江湖的游士。他们的社会活动和文学活动有一个重要内容,即干乞钱财。多年来,人们谈到这一点,多斥为"卑污"或"恶习"①,而缺乏具体的分析。事实上,这一社会现象涉及宋代的政治、经济、文化和士风等多方面,内容相当复杂,这里拟对此进行粗略的讨论。

为了明确问题的范围,我先引述几种文献:

> 今世之诗盛矣,不用之场屋,而用之江湖,至有以为游谒之具者。少则成卷,多则成集,长而序,短而跋。虽其间诸老亦有密寓箴讽者,而人人不自觉。所以后村有"锦裹刀"之喻。
>
> ——林希逸《跋玉融林鳞诗》②

---

① 如梁昆《宋诗派别论》之《江湖派》一节中,就有这种指斥,第157页。
② 林希逸《竹溪鬳斋十一稿续集》卷十三,《景印文渊阁四库全书》第1185册,第684页。

旧时江湖间诸公以诗行不少,谓之诗客,公卿折节交之。

——戴表元《题汤仲友诗卷》①

庆元、嘉定以来,乃有诗人为谒客。龙洲刘过改之之徒,不一其人,石屏亦其一也。相率成风,至不务举子业。干求一二要路之书为介,谓之"阔匾",副以诗篇,动获数千缗以至万缗。如壶山宋谦父自逊,一谒贾似道,获楮币二十万缗,以造华居是也。钱塘湖山,此辈什佰为群。

——方回《瀛奎律髓》②

近世士……为诗者益众。……夷考其人,衣冠之不改化者鲜矣。其幸而未至改化,葛巾野服,萧然处士之容,而不以之望尘于城东车马队之间者,鲜矣。

——赵文《诗人堂记》③

以上这些记载,都出自晚宋或宋元之际作家之手,从中,我们可以看出如下几点:其一,谒客已形成了一个较广泛的阶层;其二,谒客的主要干谒手段是诗;其三,行谒的主要对象是达官权贵;其四,行谒的目的是求乞钱财。所有这些,构成了江湖谒客的基本特征。我们下面的讨论,便是以此为中心的。

二、行谒的内容和方式

宋末吴龙翰有《赠谒士》一诗,生动地勾勒出谒客的形象。

①戴表元《剡源集》卷十八,见《丛书集成初编》第 2057 册,上海:商务印书馆,1935 年,第 277 页。

②方回《瀛奎律髓》卷二十戴复古《寄寻梅》评,见方回选评、李庆甲集评《瀛奎律髓汇评》,第 840 页。

③赵文《青山集》卷四,《景印文渊阁四库全书》第 1195 册,第 41 页。

诗云：

> 一掬乡心寒似月，半生行迹过于云。春风满担诗千首，
> 是处青山留得君。①

肩挑诗担，可能是夸张，但谒客众多，漫游于江湖间，却是事实。
赵蕃一诗题云："得友人俞玉汝书，云：客游建业，月尝能致钱十
万。……"②似俞氏这样行谒，其收入相当可观。

　　谒客的主要目的当然是乞钱。但同为乞钱，目的却不完全一
致。这与当时下层知识分子的生活形态和谒客之风的形成是有
关的。

　　他们或是干求买山钱。宋代的隐逸之风带有社会性退避的
特点③，山林、田园对知识分子的吸引力始终很强。但对一些贫
寒的读书人来说，幽雅、舒适的隐居生活是可望而不可即的，为了
满足这种要求，向权贵干乞买山钱便是很自然的事了。如危稹
《上隆兴赵帅》：

> 买宅须买千万邻，季雅喜得王僧珍。买山百万复谁与？
> 襄阳节度真主人。我生兀兀钻蠹简，不肯低头植资产。缀名
> 虎榜二十年，依旧酸寒广文饭。绿鬓半作星星华，岂堪风雨
> 犹无家。大鹏小鷃各自适，只有鸿雁长汀沙。弟昆团栾虽足
> 乐，老屋萧条不堪着。玉堂便是无骨相，也合专侬一丘壑。
> 近来卜筑穷冥搜，十里而近依松楸。骊龙塘上邓家丘，半山
> 老人所钓游。半山天下文章伯，邓家声名亦辉赫。断碑犹在

---

① 吴龙翰《古梅遗稿》卷一，《景印文渊阁四库全书》第 1188 册，第 843 页。
② 赵蕃《淳熙稿》卷一，《丛书集成初编》第 2257 册，上海：商务印书馆，1935
　年，第 18 页。
③ 参看李泽厚《美的历程》八《韵外之致·苏轼的意义》，第 201 页。

古墙阴,好句曾经写山色。买邻得此无所予,只欠山资无处
觅。平生骂钱作阿堵,仓卒呼渠宁肯顾?君侯地位高入云,
笔所到处皆成春。万间广厦芘许远,岂无一室栖贫身。王邓
故处为邻曲,更得赵侯钱买屋。便哦诗句谢山神,饮水也胜
樽酒绿。①

诗中有"缀名虎榜二十年"句,考危稹淳熙十四年(1183)进士及
第②,知诗写于嘉泰二年(1202)。又诗中有"依旧酸寒广文饭"
句,知其正任教职。一个进士及第且身有薄宦的知识分子也加入
了谒客的队伍,这是值得注意的。另外,前举方回文中的宋自逊,
"一谒贾似道,获楮币二十万以造华居",也是这方面的例子。

　　次则干乞生活费用。江湖游士,例多穷苦,迫于生计而求乞
者屡见不一见。如周弼《罗家洲》:

　　　　对港近村俱有路,扁舟倍觉往来频。入秋破褐惟存线,
　　尽日收钱不满缗。远岸冷沙衔坠叶,浅滩寒水卧枯蘋。未知
　　行役何时断,纵使更深亦唤人。③

诗中主人公四方奔走,而所得甚少,颇有行谒无门之悲。反过来
看,更见出生活的窘迫。而即使是漫游本身,也有这方面的需求。
因为,他们既是长年奔波,没有固定收入,生活不免动荡贫窘,其
谋求资助,便成为经常性的。如戴复古《谢王使君送旅费》云:

---

①危稹《巽斋小集》,第 1 页 b。
②见《宋史》卷四百一十五《危稹传》第 36 册,第 12452 页。
③《汶阳端平诗隽》卷三,第 14 页 b。又杜范《清献集》卷三《郑宁夫携诗什访
　余,并有赠篇,闻其浙右之行,诗以送》云:"何人剥啄扣云关,袖有新诗数
　百篇。宫徵自调相和应,珠玑不拣尽光圆。昌黎荐士惭无路,东野盘空枉
　笑天。闻道二亲犹未葬,知谁着眼为渠怜?"见《景印文渊阁四库全书》第
　1175 册,第 630 页。是则郑氏乃因家贫为其二亲谒葬费。

　　　　风撼梅花雨,雾笼杨柳烟。如何残腊月,已似半春天。

　　　岁里无多日,闽中过一年。黄裳解留客,时送卖诗钱。①

诗人称其收入为"卖诗钱",显然是由于以诗行谒。戴复古在江湖
诗人中称得上是一流人物,犹且如此,其余就可推知了。

　　再则为干求应举之资。曾敏行《独醒杂志》载:

　　　永丰董体仁德元,少年魁乡举,士林中亦知名。后累试
礼部不第,流落困踬,竟就特奏名,补文学。……庐陵之俗,
谓特奏名为老榜。初,体仁既预漕举,谒一达官,干东上之
费。达官语坐客,有"老榜"之语。体仁颇不能平……②

所谓特奏名,乃是对于"贡士十五举以上曾经终场者"③,特恩赐
第。董氏"累举不第",缺少旅费当是常事,其受到奚落,固然反映
了特奏名的不见重于时人,但与其乞钱的行为也不无关系。这一
点,我们下面还要涉及。

　　最后,他们有的人还干求享乐之资。南宋社会风气侈靡,影
响所及,一些下层知识分子也对此汲汲追求。如王镃《呈赵使君,
时方西遁》:

　　　欲买寒江载月船,床头金尽却谁怜?客囊空有诗千首,
难向红楼当酒钱。④

诗人乞钱,是为了江船载月和红楼沽酒,企慕都市生活的繁华,与

---

① 戴复古《石屏诗集》卷四,《四部丛刊续编》集部第 418 册,第 14 页 a。
② 曾敏行《独醒杂志》卷六,见《丛书集成初编》第 2775 册,上海:商务印书
　馆,1936 年,第 42 页。
③ 王栐《燕翼诒谋录》卷一,上海:商务印书馆,1939 年,《丛书集成初编》第
　3888 册,第 1 页。
④ 王镃《月洞吟》,《景印文渊阁四库全书》第 1189 册,第 497 页。

以上几种是显然不同的①。

　　行谒的方式，据上引方回语，即"干求一二要路之书为介，谓之'阔匾'，副以诗篇"。这就是说，需谋求有地位的人为之介绍、称扬，并以自己的诗一同投献②。从有关文献看，这种方式的确是存在的：

　　　　早岁走江湖，那堪又岁除。隐梅非活计，行李盍宁居。自有珠玑集，不携朝贵书。酬君无好语，索笑谩踌躇。
　　　　　　　　　　　　——朱南杰《陈梅隐求诗》③

　　　　诗翁香价满江湖，肯访西郊隐者居。瘦似杜陵常戴笠，狂如贾岛少骑驴。但存一路征行稿，安用诸公介绍书？篇易百金宁不售，全编遗我定交初。
　　　　　　　　　　　　——邹登龙《戴式之来访惠〈石屏小集〉》④

朱、邹二人称赞陈、戴靠自己的诗便能行谒江湖，从反面证明，权

----

①除了乞钱，也多有乞米者。这方面的文献较多，如戴复古《石屏诗集》卷二《谭俊明雪中见访从而乞米》、王琼《雅林小稿·客中从厚禄故人乞米》（第6页a）、杜范《清献集》卷二《詹世显老丈春米为赠，时有张老之子携其父诗求月助，即以詹米转馈之。……》(见《景印文渊阁四库全书》第1175册，第617页)等。这种情形，既说明了当时下层知识分子的最为切近的要求，也说明了他们经常的生活状况。但乞米与乞钱是有层次上的区别的，不能完全混为一谈。
②这种行谒方式，使我们想起了唐代的进士行卷。赵彦卫《云麓漫钞》卷八云："唐之举人，先藉当世显人以姓名达之主司，然后以所业投献。"见《丛书集成初编》第298册，第222页。按赵说含混，辨见程千帆师《唐代进士行卷与文学》，上海：上海古籍出版社，1980年，第7、8页。进士行卷与谒客干乞虽不同，但就这一点而言，仍能见出二者的渊源关系。
③朱南杰《学吟》，第9页a。
④邹登龙《梅屋吟》，第6页a。

贵的介绍仍是十分重要的。方岳有一首可称为"阔匾"的诗,云:

> 江皋误喜荷锄手,谪尽沧浪书满家。第一讳穷人谬甚,
> 再三称好子虚耶。霜眠茅屋可无酒? 春到梅梢怕有花。烦
> 见歙州梁别驾,为言诗骨雪槎牙。
>
> ——方岳《欧阳相士谒书诣梁权郡诗以代之》①

这是方岳以诗歌的形式为一位相士写的"介绍书",虽然不免简
单,但有关谒客的身份、特长、处境甚至要求,都点到了。有了这
样的推荐信,显然可以增加成功的概率。

　　谒客求馈赠,固然也有"前日方游吴,今日又走越"②,所谓饥
不择食者,但若能对所谒者有所了解,有着明确的针对性,则显然
更容易成功。释居简《送柴生谒东嘉吕守序》云:

> (柴)谒宜独,将因宜独以见吕东嘉。是举也,适足以济
> 前日求益暗投于余之两失也。……命之曰:"子之谒东嘉郡
> 侯,侯固好义,郡文学吴越钱竹岩,天下士也,与侯道同气合。
> 子无意于六艺之旨则已,苟急于此,舍是无获焉。"③

在释居简看来,柴生有宜独介绍,知吕侯"好义",这两个条件虽很
重要,但还不够。要获得成功,还必须了解吕侯通"六艺之旨",而
且有一个"道同气合"的僚属钱竹岩,因此,应该在这方面作些准
备。我们不妨举刘过为例。岳珂《桯史》载:

> 嘉泰癸亥岁,改之在中都,时辛稼轩帅越,闻其名,遣介
> 招之,适以事不及行,作书归辂者,因效辛体〔沁园春〕一词,

---

① 方岳《秋崖先生小稿》卷十七,《宋集珍本丛刊》第 85 册,第 246 页。
② 胡仲弓《送怀玉之越谒秋房使君》,《苇航漫游稿》卷一,《景印文渊阁四库
　全书》第 1186 册,第 670 页。
③ 释居简《北涧集》卷五,《景印文渊阁四库全书》第 1183 册,第 65 页。

并缄往，下笔便逼真。其词曰："斗酒彘肩……。"辛得之大喜，致馈数百千，竟邀之去。馆燕弥月，酬唱亹亹，皆似之，逾喜。垂别，赆以千缗，曰："以是为求田资。"①
刘过效辛体填词，或许有文学上的考虑。但其与辛弃疾相交，明显带有干乞意图②。而且，"过词凡赠辛弃疾者则学其体，……其余虽跌宕淋漓，实未尝全作辛体。"③因此，不能排除他以效辛体为手段，以博取辛弃疾好感的可能。如果这一推测能够成立，则刘过之谒辛弃疾，是作了精心的准备的。

　　谒客所投献的作品，在写法上没有什么固定的要求。一般说来，最好兼有颂扬对方功德、诉说自己处境两个方面，同时，也应有一定的艺术表现力，这样，才能引起被谒者的兴趣，达到自己的目的。《浩然斋雅谈》载，"翁孟寅宾旸尝游维扬，时贾师宪开帷闽，甚前席之。其归，又置酒以饯。"席上，翁氏赋〔摸鱼儿〕一词云：

　　卷西风，方肥塞草，带钩何事东去？月明万里关河梦，吴楚几番风雨。江上路。二十载、头颅凋落今如许。凉生弄尘，叹江左夷吾，隆中诸葛，谈笑已尘土。　　寒汀外，还见来时鸥鹭。重来应是春暮。轻裘岘首陪登眺，马上落花飞絮。拼醉舞。谁解道、断肠贺老江南句。沙津少驻。举目送飞鸿，幅巾老子，楼上正凝伫。

------

① 岳珂《桯史》卷二，第 23 页。
② 刘过谒辛弃疾事，还在元蒋子正《山房随笔》及其他一些著作中有所记载，其中或有纰谬。邓广铭《辛稼轩年谱》已有辨正（见邓谱嘉泰三年纪事），上海：上海古籍出版社，1994 年，第 124 页。但刘过之为辛氏的谒客则是无疑的。
③《四库全书总目》卷一百九十九《龙洲词》提要，第 1820 页。

赞贾赞的得体,写己写的巧妙,颂而不谄,哀而不伤,其间还隐见豪气。在南宋众多的此类作品中实属上乘。结果,贾似道"大喜,举席间饮器凡数十万,悉以赠之"①。

这个例子说明,对于谒客来说,投献作品并不一定必有所得。其作品写什么、怎样写,都是很重要的。费衮《梁溪漫志》曾记载:

> 近年以来,率俟相见之时以书启面投,大抵皆求差遣,丐私书,干请乞怜之言。主人例避谢而入袖,退阅一二,见其多此等语,往往不复终卷。②

费氏所说可能范围还要宽些,并不仅限于干谒钱财,但"丐私书"显然也就是"阔匾"。由此,我们得知,如果谒客的作品充斥乞怜之语,不仅达不到目的,反而会引起反感。因此,谒客们投献的作品,在写法上不能不有所注意。

三、谒客阶层的形成

以求得经济上的施舍的干谒之举,唐代就已存在了。略举文献一二如次。

> 闻举子其艰苦憔悴者,虽有铿锵其才,不如啮肥跃骏足党与者,虽无所长,得之必駃。观是以益忧之。……昨者有《放歌行》一篇,拟动李令公微数金之恩。
>
> ——李观《与吏部奚员外书》③

---

① 周密《浩然斋雅谈》卷下,《景印文渊阁四库全书》第 1481 册,第 850 页。
② 费衮《梁溪漫志》卷三"行卷"条,上海:上海古籍出版社,1985 年,第 28 页。
③ 董诰等《全唐文》卷五百三十二,第 5407 页。

　　　　丞相牛公应举,知于頔相之奇俊也,特诣襄阳求知。住数
月,两见,以海客遇之,牛公怒而去。去后,忽召客将问曰:"累
日前有牛秀才,发未?"曰:"已去。""何以赠之?"曰:"与之
五百。"

——张固《幽闲鼓吹》①

这是与进士科举密切相关、由行卷之风派生出来的一种现象②。
但是,唐代举子干谒钱财,只是谋求应举的资助,其目的最终还是
为了应举。这与后来、尤其是大盛于南宋的干谒之风是有很大的
不同的③。

　　到了北宋,干谒之风进一步发展,例如:

　　　　工部胡侍郎则为邑日,丁晋公为游客,见之,胡待之甚
厚,丁因投诗索米。明日,胡延晋公,常日所用樽罍悉屏去,
但陶器而已。丁失望,以为厌己,遂辞去。胡往见之,出银一
筐遗丁曰:"家素贫,唯此饮器,愿以赆行。"

——沈括《梦溪笔谈》④

　　　　吕许公,一日有张球献诗云:"近日厨中乏短供,孩儿啼
哭饭箩空。母因低语告儿道:爷有新诗谒相公。"公以俸钱百

---

① 张固《幽闲鼓吹》,《学海类编》第 67 册,第 9 页 b。
② 关于唐代举子借行卷以敛财之事,参看程千帆师《唐代进士行卷与文学》,
　第 31、32 页。
③ 南宋也有从干谒中取得应举行资的士子,这可视为唐人之风的一种延续。
　本书亦曾提到这种现象,但却是作为整个谒客阶层的一个部分加以考虑
　的,事实上,它与纯粹以敛财为目的的干谒,大有区别。
④ 沈括《梦溪笔谈》卷九《人事》一,沈括撰、胡道静校证《梦溪笔谈校证》,上
　海:上海古籍出版社,1987 年,第 393 页。

缗遗之。

——阮阅《诗话总龟》①

从中可以看出,下层知识分子干谒钱财已不再与进士行卷密不可分,而且,已开始用诗歌直接表现自己的这种愿望。这固然与科举考试实行了弥封制,因而举子无从行卷有关,但也不可否认,游士阶层此时已开始获得了独立存在的意义。

尽管如此,以谒取钱财为目的的谒客阶层的真正形成,却是在南宋。这从规模、范围及程度等方面,都可以明显看出来。那么,这一阶层形成的基础是什么呢?

首先是宋室南渡给社会结构带来的变化。靖康乱后,北方士民大批南迁,"云集两浙,百倍常时"②。临安尤甚,"故都及四方士民、商贾辐集"③。在这些人中,当然不乏大官僚及各种上层人士,他们南迁后仍然可以过着养尊处优的生活,但是,也还有大部分人,因战乱而离乡背井。这些人逃到南方后,多数只能过着极不稳定的生活,其中,便有一批读书人在内。刘宰有《代李居士谒王去非制干三首》,其一、二两首云:

> 家山目断古幽州,百口来归路阻修。丁字无端轻介胄,蝉冠却羡出兜鍪。箕裘忍坠先人业,甑石谁为客子谋?不惜饥寒同一死,南来恐作北人羞。

> 侨居无地寄生涯,布袜青鞋着处家。太乙虚舟想莲叶,玄都活计问桃花。不堪众稚贫为累,坐使孤发生半华。倘许

---

① 阮阅《诗话总龟》卷五《投献门》,北京:人民文学出版社,1987年,第50页。
② 李心传《建炎以来系年要录》卷一百五十八,绍兴十八年十二月己巳,北京:中华书局,1956年,第4册,第2573页。
③ 陆游《老学庵笔记》卷八,《丛书集成初编》第2766册,上海:商务印书馆,1936年,第74页。

侏儒均赋粟，不妨老子自餐霞。①

这些诗写出了一个流亡士子南来侨居的处境，其走上行谒的道路，也是不得不然。类似的情形，也出现在其他许多江湖游士身上，这是需要从社会结构上去考虑的。

第二是阶级结构的急剧变化。唐玄宗天宝十四载（755）发生的安史之乱，标志着中国封建社会由盛而衰的开始。其中的一个重要标志，就是自西晋开始的授田制，由于均田法的废弃而告结束，从此，庄田制盛行，土地兼并在唐代后半期日益加重②。

衍至宋代，兼并进一步地发展着。据漆侠考证，宋代土地兼并共有三次高潮。第一次出现在北宋真宗、仁宗时期；第二次出现在北宋徽宗时期；第三次出现在南宋初年，一直延续到宋末，而且，越来越严重③。前两次不属于本书范围，姑置而不论。从有关材料来看，后一次兼并有着超越前代的趋向。南宋的几个大权奸，无不大肆兼并田产。秦桧的田产，到其孙子辈，虽生计渐渐窘迫，岁入米仍有十万斛④。史弥远的下属代其兼并土地，溧阳宰陆子遹一次便强夺民田一万一千八百余亩⑤。文臣如此，武将亦然。赵翼指出："南宋将帅之豪侈，又有度越前代者。"⑥如大将张

---

① 刘宰《漫塘集》卷二，《景印文渊阁四库全书》第 1170 册，第 302 页。

② 参看范文澜《中国通史简编》第三编第二章第四节《中唐的经济状况》，北京：商务印书馆，2010 年，第 314—315 页。

③ 见所著《宋代经济史》第六章《宋代土地所有制形式》（上），第 256—260 页。

④ 陆游《入蜀记》卷二，《丛书集成初编》第 3190 册，上海：商务印书馆，1937 年，第 14 页。

⑤ 魏了翁《鹤山先生大全集》卷二十，《四部丛刊》集部第 1243 册，第 9 页 b。

⑥ 赵翼《陔余丛考》卷十八"南宋将帅之豪富"条，见赵翼《陔余丛考》，北京：商务印书馆，1957 年，第 346 页。

俊，其田庄分布在江东两浙最富庶的地区的六个州府、十个县，共有十五个庄①。这种状况，发展到南宋中后期，愈演愈烈，正如刘克庄所指出的："吞噬千家之膏腴，连亘数路之阡陌，岁入号百万斛，自开辟以来，未之有也。"②

　　土地兼并的加剧，必然导致土地所有权转移的加剧。在兼并过程中，失去土地的固然多为一般劳动人民，但也不乏中下层乃至上层地主阶级中的人物，因此，地主阶级的浮沉升降也随之加剧起来。谢逸曾指出："余自识事以来几四十年矣，见乡间之间，曩之富者贫，今之富者，曩之贫者也。"③暴发户的兴起，是问题的另一个方面，而许多所谓"富者"的没落却也是不争的事实。因此，民谚有"富儿更替作"之语④，参以刘克庄"江浙巨室，有朝为陶朱，暮为黔娄者"的描写⑤，更能形象地看出这种变化⑥。

――――――――――――

①徐梦莘《三朝北盟会编》卷二百三十七，绍兴三十一年十月二十九日戊辰纪事，上海：上海古籍出版社，1987 年，第 1702 页。

②刘克庄《后村先生大全集》卷五十一，端平元年《备对札子》三，《四部丛刊》集部第 1300 册，第 6 页 b。

③谢逸《黄君墓志铭》，《溪堂集》卷九，《宋集珍本丛刊》第 31 册，北京：线装书局，2004 年，第 448 页。

④袁采《袁氏世范》卷下"兼并用术非久计"条，《景印文渊阁四库全书》第 698 册，第 638 页。

⑤刘克庄《林寒斋弜尝田》，《后村先生大全集》卷九十三，《四部丛刊》集部第 1311 册，第 5 页 a。

⑥一部分中小地主阶级地位下降的原因，除了土地兼并外，还与商业资本的兴起、土地买卖的自由、差役赋税的繁重等方面有关，为避枝蔓，这里不拟多谈。漆侠曾指出，从北宋到南宋，中小地主阶级的经济力量是逐渐下降的，南宋以降，大批人从地主阶级中跌落下来，而其中的一个重要原因，便是由于繁重的赋役。见所著《宋代经济史》第六章《宋代土地所有制形式》（上）、第十二章《宋代地主阶级和农民阶级》，第 268、513—516 页。

　　失去了土地的农民可能成为佃户，或流入城市成为从事各种劳动的后备军，但失去了土地的地主阶级中的一部分人却非如此。因为，后者的经济地位虽然下降，但在思想、文化、习性等方面，却仍然属于他们原来的阶级。这样，地主阶级中便又分化出了一个新的阶层——清客。他们没有固定资产，未能跻身上流社会，只好依托于权贵势要之门，以维持生活。文学史上的著名作家如刘过和姜夔正是这样的人。

　　刘过，庐陵人，以诗鸣，"厄于韦布，放浪荆楚，客食诸侯间"。辛弃疾爱其才，时有贶赠，后入赘昆山，而卒以穷死。后七年，赵希桱始买山葬之。吕大中评之云："家徒壁立，无担石储，此所谓生而穷者；冢芜岩偎，荒草延蔓，此所谓死而穷者。"①

　　姜夔，番阳人。"少日奔走，凡世之所谓名公钜儒，皆尝受其知。"尝依萧德藻，又为范成大客，成大待之甚厚，赠以歌妓，多有馈遗。中年后，居杭，依张鉴十年，鉴"欲割锡山膏腴以养之"。鉴卒，旅食浙东、嘉兴、金陵间。卒于西湖，贫不能殡，吴潜诸人助之葬于钱塘门外②。

　　限于材料，我们尚无法得知刘、姜二人原来的经济地位如何，但他们自身处于地主阶级的下层却是事实。他们客食权贵之门，虽曾被待为座上客，但最终仍不免穷愁潦倒，甚至死后都无力安葬。他们的生活道路，是众多的江湖游士的一个缩影。

───────────

①并见岳珂《桯史》(第23页)、吕大中《宋诗人刘君墓碑》、殷奎《复刘改之先生墓事状》，载刘过《龙洲集》附录，见第141、142页。

②据夏承焘《姜白石系年》，载《唐宋词人年谱》，第445页。又陈造《江湖长翁集》卷六《次姜尧章赠诗卷中韵》五首之二亦云："念君聚百指，一饱仰台馈。"见《景印文渊阁四库全书》第1166册，第74页。

　　第三是科举考试的艰难。关于科举,下面还要进一步讨论,这里只提出两点。其一,唐代科举每年一次,而宋代自北宋中叶起,定为三年一次。因此,虽然宋代取士数量远超过唐代,但由于应试人数非常之多,得中者毕竟是少数。在三年一开科的情形下,许多人累举不第,便长期在社会中浮游。这种状况使得一部分人感到进身无望,遂因此而绝意功名,这就是方回所指出的那些“不务举子业”的游士①。其二,与唐代一样,宋代举子赴试,在经济上经常会出现危机。欧阳守道谈到科举之病时曾说:“贫无资者常厄于就试之费,礼部国子监学在京师,四方之士有不远数千里试焉。近且俭者,旅费不下三万;不能俭者,不论远者,或倍或再倍也。士十七八无常产,居家养亲,不给旦夕,而使茫然远行,售文于一试,……释褐未可期,道途往来,滋数矣。”因此,不免“皇皇焉号于人求其已助”②。这方面的例子,我们在前面已经谈到了。下表是唐宋元明清五个朝代的取士情形:

朝代	取士总数	每年平均人数
唐	20619	71
宋	115427	361
元	1135	12

①欧阳守道《送彭士安序》云:“同里彭君袖诗遗予,道其艰难困苦之状”,请求资助,欧阳却勉励他“勉力自进,惟书之为信”,以“期以他日”。可见,彭氏也是位失意于科举,而甘愿当谒客的知识分子。文载《巽斋文集》卷十二,《景印文渊阁四库全书》第1183册,第608页。
②欧阳守道《送刘季清赴补序》,《巽斋文集》卷十二,《景印文渊阁四库全书》第1183册,第604页。

续表

朝代	取士总数	每年平均人数
明	24612	89
清	26881	103

　　第四是冗官的不断增多。应试的艰难，对于读书人来说，是客观存在，但科举的吸引力总的说来并未因此而减少。由于政治、经济、社会诸因素的作用，宋代科举考试中的应试人数和取士人数之多，都是空前绝后的。唐以来历朝取士情况列表如上[1]，从表中可以看出，宋代取士人数分别是唐、元、明、清的 5、30、4、3.4 倍。这样一大批士人，和以其他方式出官者，如门荫补官、胥吏出职和进纳买官等，一起成为宋代冗官形成的重要原因[2]。

　　冗官，在北宋时就非常严重，到了南宋，更有了进一步的发展。这表现在，封疆减少五分之二，而官员数反而增加，造成"员多阙少"[3]的状况。正如周必大所云："鱼贯于都门，縻至于铨曹。

---

① 数字统计据张希清《论宋代科举取士之多与冗官问题》，载《北京大学学报》1987 年第 5 期。按张氏对唐代科举取士人数的统计可能不够准确，如明经，其按进士及第人数的一倍来统计，实际上，可能高于此数。傅璇琮认为明经每科约取一百人，不失为较为合理的估计（见傅著《唐代科举与文学》第五章《明经》，西安：陕西人民出版社，1987 年，第 124 页）。但宋代取士数量远高于唐代，却是不争的事实。因此，本书统计时，为方便起见，仍沿用张说。

② 前引张文认为，造成宋代冗官的最主要的原因，不是科举取士之多，而是门荫补官以及胥吏出职和进纳买官之滥，这是很有道理的。但从宋代官僚结构来看，科举取士之多也不能不说是造成冗官的一个重要原因。

③ 李心传《建炎以来朝野杂记》甲集卷六"近岁堂部用阙"条，《丛书集成初编》第 836 册，第 88 页。

守选之人殆过三千,率数十人而竞一阙,五六岁而俟一官。"①士子能够"起布衣为簿尉",已经是"异恩"了②。整个南宋,卖官之风盛行③,正从反面说明选人获得实缺的困难。在这种情况下,可以说,许多候缺的选人已经与游士非常接近了。危稹《妇叹》描写了这种情形:

> 记得萧郎登第时,为言即日凤凰池。而今老等闲官职,日欠人钱夜欠诗。④

而题为陈起所编的、以收录江湖诗人的作品为主的《南宋六十家小集》,六十位诗人中,今可考知的,有 18 位是进士及第,这似乎能够从一个侧面证明此点。为了对宋代历朝官员数有一个直观的了解,以下列表加以说明⑤:

年代	官员总数
景德元年—景德四年(1004—1007)	10000 余
宝元元年—宝元二年(1038—1039)	15443

---

① 《周益国文忠公集·省斋文稿》卷十一《策·试馆职策一道》,第 4 页 b。
② 戴埴《鼠璞》之"唐进士贬官"条,《丛书集成初编》第 319 册,上海:商务印书馆,1939 年,第 28 页。
③ 如戴埴《鼠璞》之"鬻爵"条云:"今之鬻爵,泛滥极矣。"《丛书集成初编》第 319 册,第 8 页。又《两朝纲目备要》卷八载:"学官之选,近岁滋益轻,至有待次累年者。朝廷患之,至是有旨,非阙官不除。有选人家闽中,其父与陈自强有旧,至是,入都见自强,求为掌故。自强对众厉声曰:'外间岂不知近者见阙方除,此何可得?'众为之踖踖。后旬日,竟除掌故。"(见《景印文渊阁四库全书》第 329 册,第 817 页)原来是以粟金台盏十具贿赂所致。
④ 危稹《巽斋小集补遗》,见鲍廷博辑《知不足斋辑录宋集补遗》,第 1 页 b。
⑤ 此表根据李弘祺《宋代官员数的统计》一文制成,文载《食货月刊》1984 年第 5、6 期。

续表

年代	官员总数
皇祐元年(1049)	17300 余
皇祐元年—皇祐五年(1049—1053)	20000 余
治平元年—治平四年(1064—1067)	24000 余
元丰元年(1078)	24549
元祐三年(1088)	34000
绍熙二年(1191)	33516
庆元二年(1196)	43059
嘉泰元年(1201)	37808
嘉定六年(1213)	38870
宝祐四年(1256)	34000

如表所示,北宋官员一直呈上升趋势,而到了南宋,尽管疆域减少,官员数反而增多,其中,尤以庆元、嘉泰、嘉定年间为最。前引方回语云:"庆元、嘉定以来,乃有诗人为谒客。"两相对照,我们可以得知,江湖游士或谒客大盛于庆元、嘉定间,决不是偶然的。

第五是士人生活水平的低下。前人论宋代优遇士大夫,每言其生活待遇很高。所谓"给赐优裕,故入仕者不复以身家为虑"①。但据衣川强研究,这一结论是不够严密的。衣川氏认为,从宋代的实际情况看,所谓"制禄之厚",应该指军队的俸给,而文官则不然。这位学者进而以米的消费量为例,分析了各类士人的

---

① 赵翼《廿二史札记》卷二十五"宋制禄之厚"条,《四部备要》第 51 册,北京:中华书局,1989 年,第 283 页。

需求,指出,宋代士人的生活水平普遍是较低的①。这一判断虽然还缺乏更广泛的例证,但却值得重视。由此可以推知,在一般情况下,地主官僚中下层的生活水平并不高。

　　与上述问题密切相关的是通货膨胀。整个南宋一代,纸币发行的数量、增长的速度是惊人的,具体情形略如下表②:

时间	数量
乾淳间(1165—1189)	二千万缗
淳熙间(1174—1189)	二千四百万缗
开禧间(1205—1207)	一亿四千万缗
嘉定间(1208—1224)	二亿三千万缗
绍定间(1228—1232)	二亿九千万缗
绍定五年(1232)	三亿二千九百余万缗

①衣川强谈到宋代文官对米的消费时指出,宋代每人每日至少须食米一升,如果一个官员身边有二十个人需要供养,每月就须米六石。南宋的米价一直在不断上升。如以南宋初年而言,每升米约需三十文,则六石为十八贯。而如以南宋末年而言,每升米五十文,则六石为三十贯至四十五贯。宋代的一个知县,如北宋的王安石,其知鄞县时,各种收入加起来,不过三十贯。南宋时,官吏薪俸,参用嘉祐、元丰、政和之制,增损不多,则一个知县的收入,大致如此。但官吏们显然不能只吃米,还要有副食品、文化生活及其他支出,这样,仅以薪俸收入来看,其生活水准不高是可想而知的。见所著《宋代文官俸给制度》,台北:台湾商务印书馆,1977年,第91—98页。
②从表中见出,开禧以后,纸币发行量激增。值得注意的是,江湖游士的大批出现,正是在这一时期。

续表

时间	数量
绍定六年(1233)	三亿二千万缗
淳祐六年(1246)	六亿五千万缗
景定四年(1263)	日印十五万缗

　　通货膨胀,则物价也必然高涨。从涨价的过程看,宁宗开禧、嘉定间(1205—1224)是第一个高峰,理宗统治的上半期(1225—1239),较前增长一倍,而到了理宗下半期(1240—1264),则比第一个高峰时上涨十倍,以后,更是难以收拾①。宋末高斯得在《物贵日甚》一诗里写道:"自从为关以为暴,物价何止相倍蓰。人生衣食为大命,今已剿绝无余遗。"②便是对这种状况的反映。

　　宋代文官的俸禄本来就不丰厚,通货膨胀、物价飞涨更影响了他们的生活。以中下级官吏的情形而言,许应龙《汰冗官札子》云:

　　　　矧今之楮币,折阅已甚,以锱计之,不及元俸三分之一,何以养廉?③

又《文献通考》云:

　　　　是宜物价翔腾,楮价损折,民生憔悴,战士常有不饱之

①关于南宋的纸币发行量、通货膨胀及物价,据全汉昇《宋末的通货膨胀及其对物价的影响》,载国立中央研究院《历史语言研究所集刊》第十本,1948年版。
②《耻堂存稿》卷七,第129页。
③许应龙《东涧集》卷八,《景印文渊阁四库全书》第1176册,第495页。

忧,州县小吏无以养廉为叹,皆楮之弊也。①

都能看出直接的影响。另外,薛嵎《徐太古主清江簿》云:"俸薄还因楮价低。"②胡仲弓《将之官越上留别诸友》云:"一官如许冷,况复是清贫。"③这两位通常被视为江湖诗人的下层士人发出这种感叹,不也很能说明问题吗? 既然如此,中小官吏要维持自己的生活,不得不另觅他途。上述许文和《文献通考》,都以其不能"养廉"为叹,当然是一个方面,而我们前面提到的危稹等人,既出官以后,仍不免干乞钱财,不正反映了另外一面吗?

　　为官者如此,一般士人就更不用提了。《宋史·杜范传》云:

　　　　楮券猥轻,物价腾踊。行都之内,气象萧条。左浙近辅,
　　殍死盈道。④

又《赵与欢传》云:

　　　　在京物价腾踊,民讹士躁。⑤

其生活状况可见一斑。南宋一般士人常倾诉贫寒,如苏泂《借屋》:

　　　　借屋移来逐半年,眼看花发便欣然。主人官满吾当去,
　　却忆看花又可怜。⑥

又《借居》:

　　　　借得街南宅子居,萧然几案食无鱼。山人为办横斜供,
　　自洗禅龛净水盂。

这种倾诉,有时不免是文人习气。但苏泂是名相苏颂的孙子,这

①马端临《文献通考》卷九《钱币考》二,北京:中华书局,1986年,第99页。
②薛嵎《云泉诗》,第25页b。
③胡仲弓《苇航漫游稿》卷二,《景印文渊阁四库全书》第1186册,第680页。
④《宋史·杜范传》卷四百七,第35册,第12283页。
⑤《宋史·赵与欢传》卷四百一十三,第35册,第12405页。
⑥苏泂《泠然斋集》卷八,《景印文渊阁四库全书》第1179册,第149页。

位被四库馆臣列入江湖诗派的人物①,生活潦倒却是事实,则当时许多作家对贫寒的描写,是带有写实意义的。

当然,无论是中小官吏,还是一般士人,贫寒与行谒并不成正比,但是,那样一种特定的生活状况,却有助于我们了解谒客阶层的形成。

第六是都市生活的吸引。由于社会生产力的发展和商品经济的活跃,南宋都市愈加繁荣起来。这种现象,促进了社会风尚的转换,即由北宋初的尚俭,一变而为南宋以降的尚侈,而都城临安更甚。吴自牧在《梦粱录》中曾多次指出:“杭城风俗,侈靡成尚”;“临安风俗,四时奢侈,赏玩殆无虚日。”②而在周密的《武林旧事》中,更有着具体的描写:

> 西湖天下景,朝昏晴雨,四序总宜。杭人亦无时而不游,而春游特盛焉。承平时,头船如大绿、间绿、十样锦、百花、宝胜、明玉之类,何翅百余。其次则不计其数,皆华丽雅靓,夸奇竞好。……贵珰要地,大贾豪民,买笑千金,呼卢百万。……日糜金钱,靡有纪极。故杭谚有“销金锅儿”之号,此语不为过也。③

值得注意的是,这样一种风气是上行下效、笼罩整个社会的。吴自牧记载道,过中秋时,临安城中,“虽陋巷贫窭之人,解衣行酒,勉强迎欢,不肯虚度。”④则见出普通市民的心理。陆清献将这种

---

① 《四库全书总目》卷一百六十三《泠然斋集》提要,第1400页。
② 吴自牧《梦粱录》卷二“清明节”条、卷四“观潮”条,见《丛书集成初编》第3219册,上海:商务印书馆,1939年,第11、26页。
③ 周密《武林旧事》卷三“西湖游幸”条,见该书第38页。
④ 吴自牧《梦粱录》卷四“中秋”条,见《丛书集成初编》第3219册,第25页。

追逐声色、企慕虚荣的风气称之为"富者炫耀,贫者效尤"①,是看出了这样一种都市生活所具有的强烈的吸引力的。《梦粱录》卷十九《社会》条载"四方流寓儒人"与临安搢绅之士结西湖诗社,《闲人》条载社会中存在的食客、馆客、闲汉、涉儿等各种各样的"闲人"②,其中可能有相当一部分是被繁华的都市生活所吸引,因而成为社会的浮游阶层。方岳《跋胡氏乞米诗》云:

> 乡人有胡君者,本衣冠子,奋空拳与穷饿敌,几为所得者数矣。盖其计有三左:去笔峰下而家行在所,以寂易喧,一左也;脱夫须被襫而衣缝掖,以实易虚,二左也;不能拾堕樵煮瀑布,而爨桂炊玉,以有易无,三左也。绕腹之篾如束湿,而惊雷怒号,亦难乎为情哉!③

这位胡君之所以有这"三左",正是因为被繁华的都市生活所吸引的结果。因此,他之成为谒客,也是在情理之中的。

在本节行将结束的时候,我们再简单讨论一下谒客们"以诗歌为谒具"的现象。

江万里《懒真小集序》云:"诗本高人逸士为之,使王公大人,见为屈膝者,而近所见类狠甚,……往往持以走谒门户,是反屈膝于王公大人。"④方回《滕元秀诗集序》云:"近世为诗者,……借是以为游走乞索之具,而诗道丧矣。"又《送胡植芸北行序》云:"务诶大官,互称道号,以诗为干谒乞宽之资。……呜呼! 江湖之弊,一

---

① 《日知录》卷十三《宋世风俗》条,见顾炎武撰、黄汝成集释《日知录集释》,上海:上海古籍出版社,2006 年,第 763 页。
② 吴自牧《梦粱录》卷十九"社会"条、"闲人"条,见《丛书集成初编》第 3221 册,第 179、181 页。
③ 方岳《秋崖先生小稿》卷四十三,《宋集珍本丛刊》第 85 册,第 151 页。
④ 见《江湖后集》卷十五,《景印文渊阁四库全书》第 1357 册,第 920 页。

至于此。"①从前面的叙述中，我们对以诗行谒已有所了解，这几段记载，更使我们明确看出，以诗行谒已经成为南宋中后期的普遍现象，因而特别引起了正统的批评家的不满。

这种状况的出现，与宋代统治阶级对诗的看法不无关系。唐代自开元前后，进士科举开始考诗赋，中唐以后，更在三场考试中将诗赋置于首场。由于进士试以每场定去留，则诗赋之被尊崇是显而易见的②。考试中产生的诗歌也许没有什么特别优秀之作，但正如我们所熟知的，"统治阶级的思想在每一时代都是占统治地位的思想"③。唐人最重视的进士试中以诗赋置于首位，显然反映出整个社会对诗赋的尊崇。而到了宋代，王安石执政时期，科举中停罢诗赋，其后，时行时停。总的说来，宋代对词赋、策论的重视，远超过诗。在这种情况下，诗的地位较前大为降低，乃是必然的。

诗体不尊，北宋已然，降及南宋，其势更甚。略举数例如下：

颇记十五六，长老诘何业，以近作献，则笑曰：此外学也。吾怜汝穷不自活，几稍进于时文尔。

————叶适《题周简之文集》④

今人自时文之外，无学不仇。

————许棐《送旦上人序》⑤

士生叔季，有科举之累。以程文为本经，以诗、古文为

————

① 并见《桐江集》卷一（第452页）、卷三（第472页）。
② 参看傅璇琮《唐代科举与文学》第七章《进士考试与及第》，第171—173页。
③ 马克思、恩格斯《德意志意识形态》，载《马克思恩格斯选集》第1卷，北京：人民出版社，1995年，第98页。
④ 叶适《叶适集》卷二十九，第611页。
⑤ 许棐《梅屋杂著》，第6页a。

外学。

——刘克庄《跋李光子诗卷》①

　　至唐人乃设此以备科目,人不能诗,自无以行其名,故不得不攻耳。近世汴梁江浙诸公,既不以名取人,诗事几废,人不攻诗不害为通儒。……科举其得之之道,非明经则词赋,固无有以诗进者。间有一二以诗进,谓之杂流,人不齿录。

——戴表元《陈诲父诗序》②

值得注意的是,这几段论述几乎都将诗的地位的降低,与科举联系在一起,正可说明,这是普遍的社会意识。

　　对诗的看法既已改变,其存在价值也不能不受到影响。唐代文人落魄,有靠替人抄写书判为衣食之费的③。而到了宋代,文人则有以卖诗为生的:

　　幼年闻说,有一人鬻文于京师辟雍之前,多士遂令作一绝句,以"掬水月在手"为题。客不思而书云:"无事江头弄碧波,分明掌上见姮娥。"诸公遂止之,献金以赆其行。

——朱淑真《杂题》④

---

① 刘克庄《后村先生大全集》卷一百九,《四部丛刊》集部第 1315 册,第 19 页 b。

② 戴表元《剡源集》卷九,见《丛书集成初编》第 2055 册,第 130 页。

③ 如《太平广记》卷七十四《陈季卿》篇载,江南士人陈季卿,辞家十年来长安应举,"志不能无成归,羁栖辇下,鬻书判给衣食"。见《太平广记》第 2 册,北京:中华书局,1961 年,第 462 页。

④ 朱淑真《朱淑真集》前集卷十,上海:上海古籍出版社,1986 年,第 145 页。按无名氏《东南纪闻》卷二对此记载得比较详细,云:"昔有诗客朱少游,在街市间立卓卖诗,以精敏得名。一日有士人命以'掬水月在手'一句为题,客应声云:'十指纤纤弄碧波,分明掌上见姮娥。不知太白当年醉,曾向江边捉得么?'……诚可谓精矣。"见《景印文渊阁四库全书》第 1040 册,第 214 页。

仇万顷未达时,挈牌卖诗,每首三十文,停笔磨墨,罚钱
十五。

——胡仔《苕溪渔隐丛话》①

诗可以作为卖品,固然反映了宋代社会的商品化和诗歌的日益平
民化,反映了一般文人的穷苦,但从传统的观点看,也反映出诗歌
价值的降低。这样,一方面,大批江湖诗人没有出路,只能以诗为
资;另一方面,诗的客观地位也已降为他们谋取衣食的工具,于
是,诗人为谒客和诗歌为谒具的现象的出现,就是顺理成章的了。
事实上,江湖诗人也是将自己的行谒视为卖诗的②。反过来说,
如果诗的地位不是那么低,如唐代一样,那么,江湖诗人赖以生活
的基础也将受到动摇。

以上,我们对江湖谒客的形成进行了简单的讨论。应该提出
的是,上述若干方面往往是互相交叉、互相联系的,必须置于一个
共同的社会、文化背景中,才能得出明确的认识。

四、谒客的出现与幕府、荐举制的关系

任何事物的出现都不是孤立的。如果说,前一节所述诸因素
是谒客阶层出现的比较直接的因素的话,那么,宋代幕府和荐举
制实行的种种情形,则在某种程度上影响了谒客阶层的出现。

①转引自厉鹗《南宋杂事诗》卷一,清武林芹香斋刊本,第 10 页 a,然遍检《苕
溪渔隐丛话》,不见记载,俟再考。
②这方面的例子,前面已经涉及。又如戴复古《石屏诗集》卷一《市舶提举管
仲登饮于万贡堂有诗》云:"七十老翁头雪白,落在江湖卖诗册。……鸡林莫
有买诗人,明日烦公问蕃舶。"见《四部丛刊续编》集部第 417 册,第 19 页 a。

　　宋代是商品经济走向繁荣的时期。在这个时期,经商已与士、农、工并称为"本业"①,而不再像前代那样受到打击和抑制。在这种浓厚的商业气氛中,刻书业得到了进一步发展,衍及南宋,更是规模空前②。一般说来,书商以营利为目的,因此,书商所刻的书,多是销路好的书。在这个意义上,不妨说,从书的刊刻上可以看出社会的需求。如孝宗诏进士习射,书坊便刊出《增广射谱》③,韩侂胄准备北伐,书坊便编成《三国六朝五代纪年总辨》,"以备程试答策之用"④。不可否认,南宋的书商对社会和时代的敏感性都非常强。明确了这一点,有助于我们加深对宋末出现的《翰苑新书》一书的认识。

　　《翰苑新书》前、后、别、续集计一百五十六卷,《四库全书》本不著撰者姓名,据余嘉锡考证,为刘子实著,"此种类书,当以备当时人酬应獭祭之用"⑤。可见这是一种应用性的类书。值得注意的是,此书辟有"干请"、"求援"、"荐辞"等几门,集中了唐宋两代具有代表性的文或诗(以南宋为多),供人们观摹、仿效。每一门最后还有"四六警语"一栏。下面从"干请"一门中举几条"四六警语"如下:

---

①陈耆卿《嘉定赤城志》卷三十七《风俗门·土俗·重本业》云:"古有四民,曰士,曰农,曰工,曰商。……此四者,皆百姓之本业,自生民以来,未有能易之者。"见《景印文渊阁四库全书》第486册,第932页。

②关于南宋的刻书,参看宿白《南宋的雕版印刷》,《文物》1962年第1期。

③陈振孙《直斋书录解题》卷十四《增广射谱》提要,《丛书集成初编》第47册,第389页。

④《四库全书总目》卷八十九《三国六朝五代纪年总辨》提要,第758页。

⑤余嘉锡《四库提要辨正》卷十六《子部》七,北京:中华书局,1980年,第992页。

子来几日,何裨幕府之文书;

我有二天,更傍谁家之门户。

——《处幕干荐》

坡老之称叔弼,未忘六一之恩;

山谷之誉少章,亦以太虚之故。

——《因人干荐》

獐头鼠目,自难逃水鉴之明;

马勃牛溲,或可备药笼之用。

——《再干》①

非缘推毂,欲自列于筦库七十家之中;

但冀抠衣,将获齿于承家二三子之后。

——《求辟》②

不难看出,这些具有示范性的"警语",有着很高的实用价值,因而见重于当时。这种现象告诉我们,在南宋中后期,"干请"一类事情已与社会生活密不可分,因而需要在方式上加以指导,以求得最佳效果。而谈到这一点时,我们不能不重点讨论一下幕府和荐举这两种与士人生活密切相关的入仕方式。

先看幕府。

唐代、尤其是中唐以后,士人仕途不得意,往往到藩镇去寻找出路,充当幕僚,所谓"大凡才能之士,名位未达,多在方镇"③。因此,苏轼云:"唐自中叶以后,方镇皆送列校以掌牙兵,是时,四

---

① 以上见《翰苑新书》前集卷七十,《景印文渊阁四库全书》第949册,第524页。

② 见《翰苑新书》前集卷七十,《景印文渊阁四库全书》第949册,第525页。

③ 《旧唐书》卷一百三十八《赵憬传》引赵憬贞元八年奏议,北京:中华书局,1975年,第12册,第3778页。

方豪杰不能以科举自达者皆争为之,往往积功以取旌钺。"①又洪
迈云:"唐世士人初登科或未仕者,多以从诸藩府辟置为重。"②如
果举例,则韩愈、张建封、薛戎、独孤朗等皆是。

　　宋代惩唐末、五代之弊,取消了藩镇,但幕职官体制却较前有
了更大的发展。不仅州府有幕职官,而且,中央派遣的大员如都
督等,各路的长官如转运使等,重要的军职如都统制等,都各有为
数不少的幕职官。总的说来,宋代的幕僚体制大致定型于北宋后
期,到了南宋,又有所发展。即以幕僚人数而言,北宋徽宗时规定只
能有三百六十五员③,而到了南宋,仅吕颐浩的都督府,属官即有
七十九员④,可见激增的程度。南宋的许多著名人物,如虞允文、陈
俊卿、余玠、李芾等,都有充任幕僚的经历⑤。这反映出,在冗官体
制和其他因素的影响下,入幕已成为很有吸引力的入仕道路⑥。

　　士人入幕,其主要职责显然是协助府主襄理事务,但由于宋
代文化发达,文化素养普遍提高,则彼此之间也不免有文学上的
关系。如范成大一生仕至通显,其任职之处,幕属甚多。即以知

---

①马端临《文献通考》卷三十五《选举考》八"吏道"引,第333页。
②洪迈《容斋续笔》卷一《唐藩镇幕府》条,《四部丛刊续编》子部第335册,第
　8页b。
③见徐松《宋会要辑稿》卷四十五《职官》,崇宁时中书省奏,第86册,第3页b。
　按,此处所指,不包括州府的幕僚。
④见徐松《宋会要辑稿》卷三十九《职官》,第80册,第5页b—第6页a。
⑤分别见《宋会要辑稿》卷三十九《职官》,第80册,第11页—第12页;《宋
　史》卷三百八十三《陈俊卿传》,第34册,第11785页;又卷四百一十六《余玠
　传》,第36册,第12468页;又卷四百五十《李芾传》,第38册,第13254页。
⑥幕僚人数的增多,本身也是冗官的一种表现,这是一个问题的两个方面。
　按有关幕僚体制诸问题,参看王曾瑜《宋朝宣抚使等的属官体制》,载《文
　史》第二十二辑。

静江府和任职成都府路制置使、四川制置使这两次而言,见于记
载的,就各有十一人①。他在成都期间,"凡人才之可用者,公悉
罗致幕下,用其所长,不以小节拘之"②。其中著名者,有参议官
陆游。据《宋史·陆游传》:"范成大帅蜀,游为参议官,以文字交,
不拘礼法。"③《中兴以来绝妙词选》陆游小传对他们的这种"文字
交"记载道:"范至能、陆务观以东南文墨之彦,至能为蜀帅,务观
在幕府,主宾唱酬,短章大篇,人争诵之。"④这些,略见他们既是
上下级、又是文字之交的情形。

　　府主的喜好,使得士人以辞章入幕成为可能。而入幕途径,
则大约有府主自招、他人引荐和以文自荐三种⑤。前一种姑且不
论,就后二种而言,事实上经常是交相为用的。周密曾记载:

　　　　马裕斋光祖之再尹京也,风采益振,威望凛然,大书一
　　榜,揭之客次,大意谓:僚属自当以职业见知,并从公举。若
　　挟贵挟势及无益俪语以属者,不许收受。达者则先断客将。

①参看孔凡礼《范成大年谱》1171 年和 1175 年有关纪事,济南:齐鲁书社,
　1985 年,第 210 页和第 286 页。
②周必大《资政殿大学士赠银青光禄大夫范公成大神道碑》,《周益国文忠公
　集·平园续稿》卷二十二,第 9 页 b。
③《宋史》卷三百九十五《陆游传》,第 34 册,第 11785 页。
④黄昇《中兴以来绝妙词选》卷二,《丛书集成初编》第 2094 册,上海:商务印
　书馆,1929 年,第 18 页 b。
⑤府主自招的,如《南昌府志》卷六十一《文苑传》:"刘充……任衡州监狱,淮
　东提刑真德秀闻其贤,辟入幕。"见第 15 页 a。他人引荐的,如叶适《叶适
　集》卷十二《罗袁州文集序》:"以文求知,亦有甚难者。异时,余袖达父投
　卷于参政范公,达父执后进礼卑甚。"见第 226 页。以文自荐的,如《宋
　史·余玠传》:"赵葵为淮东制置使,玠作长短句上谒,葵壮之,留之幕中。"
　《宋史》卷四百一十六,第 36 册,第 12468 页。

于是客之至前,掌客必各点检衔袖,惟恐犯令得罪。余时为帅幕,一日,以公事至,见有薛监酒方叔在焉。薛虽进纳,出入福邸贵家甚稔,余因扣其何为焉。薛笑而不答。睨袖间,则有物焉。余指壁间文曰:"奈何犯初条乎?"薛笑曰:"非惟犯初条,将并犯所戒矣。"既而速客,僚属白事毕,薛出袖中函书,马公颦蹙不语。既而又出俪卷,旁观者皆悚惧,而典客面无人色,谓受杖必矣。及退,乃寂然无所闻。又旬日,余复以事至,则薛又在焉。余因扣其所投何如,薛笑曰:"已荷收录矣,余袖中乃谢启也。"扣其所主,乃南阳贵人也。①

周密特别将此事表出,从反面说明,当时靠荐书和"无益俪语"达到入幕目的的,当不在少数。事实上,南宋中后期,官冗日甚,入幕也并非易事。因此,采取各种手段求售,乃至摇尾乞怜,在谋取幕职时是常见的。方乌山《代谢赵京兆辟准遣》云:

荷大尹之兼收,怜小人之为养。以龙断之贱役,厕乌府之后尘。……迄贪恋于恩私,尚低回于禄食。岂敢谓我公之盛德,尚未忘下走之微劳。……非大贤有嘘枯吹生之功,则底僚无超资越格之理。安能效国士之报,所愿死执事之门。②

这是一位幕客入幕后的谢辞,从中,大致可以推测其入幕前的一些情形。由此看来,有相当一部分幕客,其入幕途径,与江湖谒客的行谒方式的区别不是很大。

其次看荐举。

荐举,作为一种制度,渊源可以追溯到唐以前。到了宋代,这一制度仍然存在,而规模则远非前代所能比。每一种事物都有着

————————

① 周密《癸辛杂识》后集"马裕斋尹京"条,见该书第83—84页。
② 《翰苑新书》续集卷三十六,《景印文渊阁四库全书》第950册,第518页。

两重性,荐举制在实行过程中也不断暴露出其缺陷。这表现在,
由于一般地位稍高的官员都有权荐士,因此,被举者就不免过多
过滥。这种状况,到了南宋中后期,愈加严重,以致于造成了朝廷
的负担。史载:

> 其(绍熙元年)后三年间,在外被荐者,八九朝廷不能尽
> 用,但令中书省籍记其姓名而已。四年冬,言者谓今被荐者
> 猥众,朝廷疑其私而不信,病其众而难从。①

这种冗滥局面的出现,多是因为举主的不负责任,以致于“或乏廉
声而举充廉吏;或素昧平生而举充所知;或不能文而举可备著
述”②。而举主之所以如此,究其因,见于时人记载的,约有二端。
徐元杰《应诏荐士状》云:

> 夫举主荐人,则终身有门生之称。士夫甘求汲引,其未
> 荐之始,已谀之以恩门矣。以公举而为私谢,以朝廷以公法
> 而予者求己之私欲。士风既坏,习俗已成,虽有识之士,勉强
> 而从俗焉。③

又许应龙《论荐举札子》:

> 一章所荐,或五六人,或十数人,载于邸报,殆无虚日。
> 合一岁而论,不知其几。非亲故之夤缘,则势要之嘱
> 托。……④

---

① 李心传《建炎以来朝野杂记》甲集卷六“绍兴许荐士嘉泰罢泛举”条,《丛书
集成初编》第836册,第83页。
② 李心传《建炎以来朝野杂记》甲集卷六“何自然论荐举”条,《丛书集成初
编》第836册,第85页。
③ 徐元杰《梅野集》卷六,《宋集珍本丛刊》第83册,北京:线装书局,2004年,
第733页。
④ 许应龙《东涧集》卷七,《景印文渊阁四库全书》第1176册,第484页。

这些材料说明，一方面，举主有以公荐为私恩，培养个人势力者；另一方面，"势要之嘱托"在荐举实行中起到了很大的作用。

举主的喜好和"势要"的力量，使得一大批汲汲仕途的士人千方百计地进行钻营，以求得荐举，因此，干请之风自然便盛行起来。《翰苑新书》之《干请·勤职所以求知》条云：

> 《童蒙训》：荣（按当为荥）阳公，吕希哲也，与诸人云："自少官守处，未尝干人举荐，以为后生之戒。从父舜从守官会稽，人或议其不求知者，仲父对云：'勤于职事，乃所以求知也。'"①

吕舜从不去干荐，以至于为人所议，可见一时风气。这件事虽发生在北宋末，但吕本中将其载入《童蒙训》，自是带有针砭当世的用意。欧阳守道《送赵仕可序》云：

> 仕可虽宗室子，发迹书生，一寒无援，家又无升合之田，居官得俸，入才支出，官满日归，依然故贫，数其登科之岁，于今且十有四年，其不能无望于寸进，固人情也。故书来时时相诉以脱选之难，而颇有望于衰老无用之人，以为是尝有列于朝，在廷诸老与外之州牧侯伯或颇有雅故，可以吹嘘而荐送者，求一言以转道姓名与其平生之志业。……予岂特于此不能哉？直甚耻之。已之所耻，亦愿为朋友惜此耻。官可不改，而俯仰归投不可为也。……仕可之季弟良可告予曰："先生之顺正理也，顾今之求举者，滔滔皆是。前辈文集中为人作求举书者多矣，世皆不以为罪。"……②

从这段话中可以看出，南宋中后期的"俯仰归投"者，"滔滔皆是"。

---

① 《翰苑新书》前集卷七十，《景印文渊阁四库全书》第949册，第522页。
② 欧阳守道《巽斋文集》卷九，《景印文渊阁四库全书》第1183册，第574页。

他们为了求得荐举,往往不惜卑躬屈膝。赵仕可或许是个廉直的官吏,但他干请的执着,却仍能见出当时官场的风气。叶绍翁《四朝闻见录》之《吴云壑》条载,"四明高似孙,号疏寮,由校中秘书授徽倅。道出金陵,投留守吴公琚以诗",末联有"一笑难陪珠履客,看临古帖对梅枝"语。吴琚"他无嗜好,……尤爱古梅,日临钟王帖以为课,非其所心交,足迹不至此。高氏独知其详,亦精于所闻矣"①。这位因寿韩侂胄,赋诗九章,暗藏九锡字而为士林所讥的人物②,为投诗求知,看来作了细致的准备,因而没有流于盲目的恭维。所谓"精于所闻",正反映出他那挖空心思迎合吴氏的动机。在这个意义上看,类似的求荐举者,与江湖谒客也有些相似之处。

　　以上,我们对宋代、尤其是南宋的幕府和荐举的有关情形作了简单的考察。总的说来,它们与谒客的行谒并不是一回事,但由于它们在社会上更为常见,更为多见,它们的历史延续性又很强,因此,这一客观存在必然有着潜移默化的力量。尤其是它们都有一个共同的特点——干请,那么,其对江湖谒客的形成产生影响乃是很自然的。

五、当世显人和谒客自身对行谒的态度

　　江湖谒客的大量出现,以至于形成一种社会风气,固然与谒客本身的行为、要求有着最直接的关系,但是,若无显人的支持和

①叶绍翁《四朝闻见录》乙集"吴云壑"条,见该书第48—49页。
②陈振孙《直斋书录解题》二十《疏寮集》提要,《丛书集成初编》第48册,第575页。

鼓励,则谒客阶层也不可能成为时代性特征。这实际上是一个问题的两个方面。

　　显人们对谒客有时是慷慨的,前已述及。今再举一例:

　　　黄尚书由帅蜀,中阁乃胡给事晋臣之女,过雪堂,行书《赤壁赋》于壁间,改之从后题一阕,其词云:"按辔徐驱……。"后黄知为刘作,厚有馈贶。寿皇锐意亲征,大阅禁旅,军容肃整。郭杲为殿岩,从驾还内,都人昉见一时之盛。改之以词与郭云:"玉带猩袍……。"郭馈刘亦逾数十万钱。

　　　　　　　　　　　　　　——张世南《游宦纪闻》①

这种以一诗一词而获得厚馈的现象,看来当时并不少见。诸家作品中记载的不少的下层知识分子上谒贾似道的情形,决非偶然②。

　　显人们为何对谒客如此热情?个中原因,首先应从宋代的文化背景中去找。宋代崇尚文治,登上政治舞台的多为饱学之士。他们本身的文才既好,同时也爱奖掖文士,招纳文客。如果举例,则北宋的晏殊、欧阳修,南宋的范成大、贾似道等都是。有了这样一个前提,则那些以诗人而为谒客者,便有可能受到优待。正如我们前面已经指出的,如果所投献的文学作品艺术性较强,则更容易达到目的。

　　但是,事情往往并不是那么单纯。从达官贵人对谒客的态度

①张世南《游宦纪闻》卷一,第4页。
②下层知识分子上谒贾似道的记载,见于江湖诗集的,如薛嵎《刘荆山谒贾秋壑》、《刘荆山过惟扬再谒贾秋壑》(《云泉诗》,第15页a、20页a);宋伯仁《送庐陵王月窗秀才之武昌谒秋壑贾侍郎》(《雪岩吟草补遗》,见鲍廷博辑《知不足斋辑录宋集补遗》,第11页b)等。

上,同时也体现出特定时代的士风的影响。

方回在谈到江湖谒客时指出:"庆元、嘉定以来,乃有诗人为谒客。……钱塘湖山,此辈什佰为群。阮梅峰秀实、林可山洪、孙花翁季蕃、高菊涧九万往往雌黄士大夫,口吻可畏,至于望门倒屣。"①这段话,告诉我们显人们慷慨解囊的另一个原因。

害怕讥议,是宋代士大夫的一个比较突出的现象。总的说来,宋人关心政治的程度显然超过以往,他们经常对政治发表议论,形成一股不可忽视的舆论力量。其中,最有代表性的,当属太学生上书议政。整个南宋一代,自陈东以降,太学生议政之事层出不穷,其声势之猛,力量之大,竟使朝廷不得不"以黄榜禁太学生伏阙"②。有时,太学生以舆论的力量,竟能左右朝廷的去取。如史嵩之继史弥远执政后,会其父死,而诏令起复。满朝文武噤不敢言,唯太学生黄伯恺、金九万等一百四十四人叩阙上书,最终使得史嵩之被罢斥。而太学生也被当作游士,驱逐出京③。不仅如此,即使地位较低的优伶,也常以自己的特殊方式发表意见。《贵耳集》载,"史同叔为相日,府中开宴,用杂剧人作一士人,念诗曰:'满朝朱紫贵,尽是读书人。'旁一士人曰:'非也。满朝朱紫

①方回《瀛奎律髓》卷二十戴复古《寄寻梅》评,见方回选评、李庆甲集评《瀛奎律髓汇评》,第840页。

②《宋史》卷三十三《孝宗纪一》,第3册,第628页。

③《宋史纪事本末》卷九十六"史嵩之起复"条,北京:中华书局,1977年,第3册,第1068页。按,周密《齐东野语》卷六"杭学游士聚散"条载临安诸学学生以议政被逐,有云:"杭学自昔多四方之人,……朝议以游士多无检束,群居率以私喜怒轩轾人,甚者,以植党挠官府之政,扣阍揽黜陟之权……"将这里所说的游士,与江湖游士联系起来考察,其中的消息是颇耐人寻味的。见该书第110页。

贵,尽是四明人。'自后相府有宴,二十年不用杂剧。"①可见舆论
的力量。

　　政治生活与日常生活绝不是绝缘的。作为一种社会风气,清
议也经常表现在日常生活之中。宋世显人以好士著称,因而得到
了社会称赞,反过来说,那些不尊重士人者,则会受到讥评。

> 　　余侊,字季伦,号痴斋,吾乡诗人也。章泉先生雅爱之,
> 作书使袖访韩仲止,及门,候谒甚久。将命者出,扣所由来,
> 久犹未出。余题二诗壁间云:"谒人久不出,兀坐如枯荄。苍
> 头前致词,问我何因来。士节久凋丧,人情易嫌猜。本无性
> 命忧,不去安待哉!⋯⋯"已乃拂袖去。仲止见诗,遣人追
> 之,余竟不返。
>
> 　　　　　　　　　　　　　　——张世南《游宦纪闻》②
>
> 　　史伯疆,蜀人,豪于诗酒,议论激烈,有战国气象。只身
> 往来江湖间,上书不偶,布衣皮冠,自放浪而已。时时醉中骂
> 坐,语皆不徒发。汤朝美与之友善,时时与钱数十百
> 千。⋯⋯尝以一诗寄先公,先公虽不识面,亦尝致书谢之。
>
> 　　　　　　　　　　　　　　——韩淲《涧泉日记》③

韩淲及其先人之所以这样对余、史二位谒客陪着小心,一个重要
的原因,便是害怕落下贱士的恶名,遭到指摘。方回所说的谒客
们"雌黄士大夫,口吻可畏",大抵指此。

　　然而,尽管如此,能够获得厚馈的谒客毕竟是少数,正如科举
考试一样,少数及第者的高兴,掩不住大量落第者的辛酸。对于

---

① 张端义《贵耳集》卷下,《景印文渊阁四库全书》第 865 册,第 467 页。
② 张世南《游宦纪闻》卷一,第 5 页。
③ 韩淲《涧泉日记》卷中,《景印文渊阁四库全书》第 864 册,第 782 页。

许多谒客来说,他们走的无宁说是一条艰难的道路:

> 关心岁月似惊波,少日无成奈老何? 别久帝京知事少,
> 住长客舍识人多。典衣酤酒杯难满,借壁题诗字易磨。早信
> 出门无遇合,故山只应守樵柯。
>
> ——毛珝《关心》①

这种"出门无遇合"即求谒无门之悲,在他们的生活道路上,决不
是偶见的。

　　谒客的受到冷落,只是他们行谒生涯中的一种辛酸,有时,他
们还会受到戏弄。周密《癸辛杂识》载:

> 一日,天大雪,(葛天民)方拥炉煎茶,忽有皂衣者阚户,
> 将大珰张知省之命招之。至总宜园,清坐高谈竟日。既甚寒
> 剧,且觉腹甚饥,亦不设杯酒。至晚,一揖而散。天民大惠,
> 步归,以为无故为阉人所辱。至家,则见庭户间罗列奁笼数
> 十,红布囊亦数十,凡楮币薪米酒肴,甚至香茶适用之物,无
> 所不具。盖此珰故令先怒而后喜,戏之耳。②

葛天民是江湖诗人中的声望较著者,其行谒一般应该比较顺利。
这一次他虽然最终获得了馈赠,但却被戏弄了一番。可见,有些
显人是把谒客当作开心取乐的调剂品的。谒客们的生活道路上,
洒满了他们辛酸的泪水。

　　由于行谒过程中的种种遭遇,谒客们虽然无法或不愿改变自
己的生活道路,但却经常在作品中指出自己的苦闷和悲哀。这种
心灵活动及其所体现的社会、文化内涵,我们在第二章中已讨论
过,这里不再赘述。

---

① 毛珝《吾竹小稿》,第7页 a。
② 周密《癸辛杂识》别集卷上"葛天民赏雪"条,见该书第226页。

六、江湖谒客的认识意义

　　南宋江湖谒客的出现,在中国文化史特别是古代知识分子生活史上只是一个小小的插曲,但仍具有一定的认识意义。

　　这种意义首先表现在政治上。由于江湖谒客的出现是南宋社会的政治、经济等因素作用的结果,因此,他们身上所反映出的诸特点,可以使我们从一个侧面加深对宋代、尤其是对南宋社会的理解。

　　其次表现在文化上。从宋以来,士大夫以其拥有的文化知识参与国政,而较少像唐及先唐那样依据门第,知识分子的社会作用也越来越重要。无疑,对宋代士大夫的研究是一个重要的课题。江湖谒客虽然都是些下层知识分子,但他们在那一特定的时代里,却活跃于社会的各个阶层。因此,研究江湖谒客,可以使我们从一个侧面加深对宋代士大夫阶层的理解。比如,在本书的有关论述中,我们可以看到一批下层知识分子的精神状态和生活方式,这既表现出南宋中后期士风的一个重要方面,又显示出中国知识分子性格的多样性,即一方面自尊自爱,另一方面也不免干谒求乞。江湖谒客这一历史现象所蕴涵着的文化意义,决不仅限于南宋。

　　最后表现在文学上。江湖游士常将自己的作品题为"行卷",见于南宋中后期文献的,如韩淲《涧泉集》卷十八《仲可出刘武子行卷因题》、李昂英《文溪集》卷五《题郑宁行卷》,释居简《北涧集》卷七《书泉南珍书记行卷》,刘克庄《后村先生大全集》卷一百一《题李敏肤行卷》等。行卷,本是唐代应进士试的举子"将自己的文学创作加以编辑,写成卷轴,在考试以前送呈当时在社会上、政治上和文坛上有地位的人,请求他们向主司即主持考试的礼部侍

郎推荐,从而增加自己及第的希望的一种手段"①。北宋中后期
以后,由于科举考试采取了糊名制,行卷也就自然不复存在了。
但这一名称,却被宋人沿用下来,其用意,仅在于将自己的作品送
请比自己的地位或水平高的人看,希望获得提拔或教益。这些江
湖诗人将自己的作品题为"行卷",则很可能是为干谒公卿之用,
目的在于求得馈赠。"行卷",客观上造成了江湖诗人漫游江湖的
必要性。在这一过程中,他们不仅与达官贵人进行了接触,而且
彼此之间也必然有了更多的交往的机会。这一点,如我们所熟知
的,与江湖诗派的形成不无关系。另外,从研究江湖谒客中,我们
也可以增强对江湖诗派文学创作中的某些现象的认识。如江湖
诗人经常标榜自己苦吟,在江湖诗集中,屡见而非一见。如胡仲
参《偶得》:"挑灯伴寒夜,兀坐行炉边。赤脚知吟苦,时将山茗
煎。"②胡仲弓《寄西涧叶侍郎》:"形役犹甘分,肠枯费苦吟。升堂
定何日?洗耳听规箴。"③如果我们将诸江湖诗集中标榜苦吟的
作品列出,其数量一定使人感到吃惊。即以薛嵎《云泉诗》为例,
在这位作者存世的 271 首诗中,竟有 20 首谈到自己的苦吟。而
江湖诗人的作品,实际上大都是写得比较率易的,当不得苦吟二
字。关于这个问题,如果我们了解了江湖诗人多为谒客,他们要
以自己艰苦的生活和创作去打动达官贵人的心,那么,对他们的
意图就能看得更清楚了④。

---

①程千帆师《唐代进士行卷与文学》,第 3 页。
②胡仲参《竹庄小稿》,第 13 页 b。
③胡仲弓《苇航漫游稿》卷二,《景印文渊阁四库全书》第 1186 册,第 680 页。
④当然,江湖诗人标榜苦吟,也有文学上的考虑,这是问题的另一方面,需要
　另作探讨。

附录三 江湖诗祸考

宋代号称文治聿兴，优遇文人，而对知识分子的思想控制，也较之前代更为严密①。三百年来，文祸迭起。北宋元丰二年（1079）的乌台诗案，已为人们所熟知，而在近一百五十年后，又发生了一起严重的文字狱——江湖诗祸。

江湖诗祸，是围绕着济王废立之事，由权臣史弥远一手策划的。这一事件，公私史书均无记载，仅见于宋人的一些诗话、笔记中。较著者有以下几说：

1. 罗大经《鹤林玉露》乙编卷四《诗祸》条云：

> 渡江以来，诗祸殆绝，唯宝、绍间，《中兴江湖集》出，刘潜夫诗云："不是朱三能跋扈，只缘郑五欠经纶。"又云："东风谬掌花权柄，却忌孤高不主张。"敖器之云："梧桐秋雨何王府，杨柳春风彼相桥。"曾景建诗云："九十日春晴景少，一千年事乱时多。"当国者见而恶之，并行贬斥。景建，布衣也，临川

---

① 洪迈《容斋续笔》卷二"唐诗无避讳"条云："唐人歌诗，其于先世及当时事，直辞咏寄，略无避隐。至宫禁嬖昵，非外间所应知者，皆反复极言，而上之人亦不以为罪。……今之诗人不敢尔也。"见《四部丛刊续编》子部第335册，第7页b—第8页a。

人，竟谪舂陵，死焉。①

2. 周密《齐东野语》卷十六《诗道否泰》条云：

宝庆间，李知孝为言官，与曾极景建有隙，每欲寻衅以报之。适极有《春》诗云："九十日春晴景少，一千年事乱时多。"刊之《江湖集》中。因复改刘子翚《汴京纪事》一联为极诗云："秋雨梧桐皇子宅，春风杨柳相公桥。"初，刘诗云："夜月池台王傅宅，春风杨柳太师桥。"今所改句，以为指巴陵及史丞相。及刘潜夫《黄巢战场》诗云："未必朱三能跋扈，都缘郑五欠经纶。"遂皆指为谤讪，押归听读。同时被累者，如敖陶孙、周文璞、赵师秀及刊诗陈起，皆不得免焉。于是江湖以诗为谤者两年。②

3. 方回《瀛奎律髓》卷二十刘克庄《落梅》诗评云：

当宝庆初，史弥远废立之际，钱塘书肆陈起宗之能诗，凡江湖诗人皆与之善。宗之刊《江湖集》以售，《南岳稿》与焉。宗之赋诗有云："秋雨梧桐皇子府，春风杨柳相公桥。"哀济邸而诮弥远，本改刘屏山句也。敖臞庵器之为太学生时，以诗痛赵忠定丞相之死，韩侂胄下吏逮捕，亡命。韩败，乃始登第，致仕而老矣。或嫁"秋雨"、"春风"之句为器之所作，言者并潜夫《梅》诗论列，劈《江湖集》板，二人皆坐罪。初，弥远议下大理逮治，郑丞相清之在琐闼，白弥远中辍，而宗之坐流配。于是诏禁士大夫作诗。……绍定癸巳，弥远死，诗禁解。③

———————————

① 罗大经《鹤林玉露》乙编卷四，第188页。
② 周密《齐东野语》卷十六，第293页。
③ 见方回选评、李庆甲集评《瀛奎律髓汇评》卷二十，第843页。

　　三家说法颇有出入,涉及到具体事实,有的地方不仅模糊不清,而且甚至有错误之处。因此,有必要进行一番整理爬梳。此外,有关诗祸的另外一些问题也还须作进一步的辨正。今略加考述如次。

一、诗祸发生的时间

　　关于诗祸发生的时间,罗、周、方三家说法不同,或曰"宝、绍间",或曰"宝庆间",或曰"宝庆初"。查理宗宝庆计三年(1225—1227),而宝庆和绍定共为九年(1225—1233),那么,究竟发生在哪一年呢?

　　这要从济王废立之事谈起。嘉定十七年(1224)八月,宁宗病笃,史弥远"称诏以贵诚为皇子,改赐名昀"。宁宗驾崩后,更"称遗旨以皇子竑开府仪同三司,进封济阳郡王,判宁国府,命子昀嗣皇帝位",是为理宗。理宗宝庆元年(1225)正月,"湖州盗潘壬、潘丙、潘甫谋立济王竑,竑闻变,匿水窦中,盗得之,拥至州治,以黄袍加其身。……竑乃遣王元春告于朝而率州兵诛贼。弥远奏遣殿司将彭任讨之,至则盗平,又遣其客秦天锡托宣医治竑疾,谕旨逼竑死,寻诏贬为巴陵郡公"①。

　　史弥远擅权废立,谋害济王的行径,激起了许多富于正义感的朝臣的反对。济王死后不久,真德秀即上疏,言"霅川之变,非济王本志,前有避匿之迹,后闻讨捕之谋,情状本末,灼然可考"②。希望理宗予以赠典。宝庆元年五月,邓若水上封事曰:

_____

①《宋史》卷四十一《理宗本纪》,第3册,第785页。
②《宋史》卷四百三十七《真德秀传》,第37册,第12961页。

"史弥远不利济王之立,夜矫先帝之命,弃逐济王,并杀皇孙,而奉迎陛下,曾未半年,济王竟不幸死于湖州。揆以《春秋》之法,非弑乎? 非篡乎? 非攘夺乎? ……是故强臣挟恩以陵上,小人恃强以无上,久则内外相为一体,为上者暗默以听其所为,日朘月削,殆有人臣之所不忍言者。"①七月,洪咨夔上疏,言"济王之死,非陛下本心",指斥史弥远②。九月,胡梦昱引晋太子申生、汉戾太子及秦王廷美事,言济王不当废③。此外,魏了翁等人也表示了自己反对的态度。

　　面对这种情况,史弥远指使被时人目为"三凶"的言官李知孝、梁成大和莫泽对他们相继进行弹劾,结果,罢真德秀祠禄,洪咨夔"镌二秩",胡梦昱"除名勒停,象州羁管",魏了翁"落职,罢新任,追一官,靖州居住"。一时"名人贤士,排斥殆尽"④。

　　文献中关于江湖诗祸发生的时间,所言不一,试作分析。

　　一、诗祸与济王废立之事关系密切。济王废立之事发生于宝庆元年,朝中大臣如魏了翁、胡梦昱等,也都是在宝庆元年因废立事被贬官。从大环境来说,诗祸发生的时间也不会相隔太远。

　　二、"江湖诗祸"的主要发起者为李知孝。罗大经《鹤林玉露》、周密《齐东野语》、方回《瀛奎律髓》皆未提到梁成大与江湖诗祸的关系,刘克庄自叙诗祸之事,亦止言"李知孝方兴乌台诗案",不及梁成大。至于林希逸《后村先生行状》说:"言官李知孝、梁成

①《宋史纪事本末》卷八十八《史弥远废立》,第 3 册,第 994 页。
②《宋史》卷四百六《洪咨夔传》,第 35 册,第 12265 页。
③《宋史纪事本末》卷八十八《史弥远废立》,第 3 册,第 996 页。
④并见《续资治通鉴》卷一百六十三,北京:古籍出版社,1957 年,第 5 册,第 4442 页。

大笺公《落梅》诗与'朱三'、'郑五'之句,激怒当国,几得谴。"①或许可以解释为梁成大后来才加入罗织者行列的。如果这一推测成立,那么就有理由将江湖诗祸视为一个持续发酵的过程。

三、刘克庄《宋自达梅谷序》言:"宝庆丁亥,景建以诗祸谪舂陵。"②根据这条材料,江湖诗祸发生于宝庆三年似可成定谳。但如果细加分析,那么,《宋自达梅谷序》也只能说明曾极于宝庆三年被谪,至于诗祸是否就发生于这一年,仍无法确证。刘克庄另有《直宝章阁罗公墓志铭》,里面说到:"曾极坐诗案系狱,初编隶广南,继改湖南。"③我们不清楚曾极是宝庆三年几月到达舂陵的,但从贬广南(按刘文"广南"系与"湖南"相对,当是指"广南路"即今广东、广西)至改湖南,中间应该需要一段时间,似难认为贬湖南的时间就是曾极被祸的时间。

四、据刘克庄《臞庵敖先生墓志铭》,敖陶孙卒于宝庆三年十一月,似乎又为诗祸发生于宝庆三年增加了一层证据。但敖是否即卒于诗祸发生的当年,并不能确定。《墓志铭》云:"上登极,转奉议郎,赐绯鱼袋,主管华州西岳庙。台疏镌一秩。宝庆三年十一月丁亥卒。"④敖氏镌秩或即因诗祸之故,然从《墓志》行文并不能看出敖氏镌秩与其卒同在宝庆三年。所以,敖之卒年只能作为诗祸发生的时间下限,而不能作为诗祸发生的确切系年。

---

① 载刘克庄《后村先生大全集》卷一百九十四,《四部丛刊》集部第 1336 册,第 3 页 a。
② 刘克庄《后村先生大全集》卷一百一,《四部丛刊》集部第 1313 册,第 11 页 b。
③ 刘克庄《后村先生大全集》卷一百六十二,《四部丛刊》集部第 1328 册,第 16 页 a。
④ 刘克庄《后村先生大全集》卷一百四十八,《四部丛刊》集部第 1324 册,第 9 页 b。

　　综合各种材料，目前所能确定的，只是江湖诗祸发生的上下限，即不早于宝庆元年济王废立事件，不迟于宝庆三年敖陶孙之死，至于具体要落实在哪一年，则有待进一步考证。揆诸情理，作为言官，对于政治地位低下的江湖诗人，不可能事先一一加以调查，统一处理，很可能是就自己所见，或时人举报，分别个案处理，各位诗人受祸时间，不一定集中在一起。因此，我们更倾向于将江湖诗祸理解为从李知孝发动到《江湖集》被毁版，再到曾、敖等人谪死，是一个持续的过程。当然，由于曾极是李知孝攻击的首要对象，诗祸的发生离曾极被贬应该不会相隔太久，最有可能是在宝庆二、三年之间的某个时候①。

二、诗祸发生的原因

　　诗祸的发生，乃由于济王之事所引起，三家言之凿凿，似无疑问。然仔细推究，里面却有着较为复杂的内容。

　　首先应注意其中所掺杂的个人恩怨。周密说，曾极的被祸乃是李知孝与其"有隙，每欲寻衅以报之"。从宋代政治斗争多杂有私怨的情形来看，这不失为一个合理的说法，虽然还缺乏更多的旁证。

　　刘克庄的被祸似乎也与私怨有关。据叶适《故吏部侍郎刘公墓志铭》，当开禧北伐之际，刘克庄父弥正"始入朝，兵祸起有萌。

擅国者名使议铁钱,实以边事付之。"①可见,刘弥正与叶适一样,是开禧北伐的支持者,并受到韩侂胄的信任。后史弥远矫诏诛韩,执掌朝政,韩的支持者自然要受到排斥。刘克庄虽然是新进晚辈,但由于这一层关系,史弥远不免要将其视为异己。因此,他的活动引起了特别的注意,也是合乎情理的。

另外,罗、周、方三家谈到江湖诸人被指摘的作品时,或曰"指巴陵及史丞相",或曰"哀济邸而诮弥远",似乎这些作品具有鲜明的针对性,事实果真如此吗?

我们不妨先看看获罪的作品。

刘克庄二首。《黄巢战场》一首,《后村先生大全集》无之,或为少作,由于嘉定十二年(1219)"发故箧尽焚之"②,今已亡佚,仅存者,便是"未必朱三能跋扈,都缘郑五欠经纶"一联。另一首《落梅》却完整地保存在《大全集》卷三中。诗云:"一片能教一断肠,可堪平砌更堆墙。飘如迁客来过岭,坠似骚人去赴湘。乱点莓苔多莫数,偶粘衣袖久犹香。东风谬掌花权柄,却忌孤高不主张。"③

曾极一首。这首《春》诗不见于《金陵百咏》,可能原收《春陵小雅》中,今已亡佚。"九十日春晴景少,一千年事乱时多"二句,也是赖这次诗祸得以保存下来。

陈起一首。这首诗也仅剩两句,且不见于今存《芸居乙稿》及四库本《江湖后集》所收陈起诗(按,关于这两句的作者,诸家颇有分歧,说见下节)。这两句,本是改刘子翚《汴京纪事》二十首之七,原诗云:"空嗟覆鼎误前朝,骨朽人间骂未销。夜月池台王傅

<hr />

① 叶适《叶适集》卷二十,第389页。
② 刘克庄《后村先生大全集》卷一,《四部丛刊》集部第1289册,第1页a。
③ 刘克庄《后村先生大全集》卷三,《四部丛刊》集部第1289册,第6页b。

宅,春风杨柳太师桥。"①改笔则为:"秋雨梧桐皇子府,春风杨柳相公桥。"

从这些诗来看,或怀古,或伤时,或咏物,都是南宋诗人经常歌咏的主题,若说是针对史弥远,特别是针对史弥远废立事,则显然缺乏证据。这些作品的写作年代也能证明这一点。

刘克庄的《黄巢战场》,前面已谈到,可能是写于嘉定十二年(1219)之前,而《落梅》诗,据方回言,是写于嘉定十三年(1220)②。曾极《春》诗,刘克庄曾指出是其"少作"③。陈起的两句,虽难指实其具体作期,但由于《江湖集》刊于宝庆元年之前,则此诗必是是年之前所作。

因此,这些作品不仅与史弥远废立之事无关,有的或许还作于开禧三年(1207)史弥远控制朝政之前。李知孝等人摘取诸诗作,是为了政治斗争的需要,而进行的肆意诬陷。而记载者竟也信以为真,遂造成了后世的一些误解④。

然而,这些具体作品与济王之事无关,并不意味着史弥远对江湖诗人的打击完全是无缘无故的。抛开个人恩怨不谈,从江湖

---

① 见《宋诗钞·屏山诗钞》,第 1537 页。

② 方回选评、李庆甲集评《瀛奎律髓汇评》卷二十,第 843 页。

③ 刘克庄《后村诗话》前集卷二,第 37 页。

④ 方回明言陈起"秋雨"一联是"哀济邸而诮弥远",后人多沿其误。如费君清《对南宋江湖诗人应当重新评价》一文认为:"在这次较量中,江湖诗人大都站在真德秀这一边,以自己的诗歌创作与整个政治斗争桴鼓相应,为反对史弥远废立起了推波助澜、扩大舆论影响的作用。"曾极"晴景少"和"乱时多"的诗句,"是对宝庆前后黑暗时局的深刻揭露和尖锐讽刺"。陈起以"'皇子府'和'相公桥'分别指代被废黜的赵竑和高踞丞相官位、权势显赫的史弥远"。文载《文学评论》1987 年第 3 期。

诗人普遍对史弥远的态度来看,这次诗祸完全是事出有因的。如曾极,据《西江志》载:"(极)尝游金陵,题行宫龙屏,忤时相史弥远。"①这首诗见于《金陵百咏》,云:"乘云游雾过江东,绘事当年笑叶公。可恨横空千丈势,剪裁今入小屏风。"②又如张端义曾上《劾史弥远疏》,谓其"城狐社鼠,布满中外"③。可见,江湖诗人对史弥远的所作所为是不满的,他们关心国事,经常发表自己的意见。这,正是江湖诗祸发生的根本原因。

三、诗祸所涉及的人员

据罗、周、方三家记载,诗祸所涉及的人员计有刘克庄、曾极、陈起、敖陶孙、赵师秀和周文璞六位,其中多数且有被祸作品为证。但是,核之史实,这些叙述却是不够严谨的,应当进行具体分析。

刘克庄、曾极和陈起三位构于诗祸之中,当是毫无疑义的。除了三家的记载外,尚有以下材料可证。刘克庄《祭郑丞相文》云:"曩遭诗祸,几置台狱。"④又《杂记》云:"余宰建阳,李知孝方

---

① 白潢《西江志》卷八十,第 33 册,第 26 页 b。
② 曾极《金陵百咏·古龙屏风》,见《丛书集成续编》,第 228 册,台北:新文丰出版公司,1988 年,第 255 页。
③ 见丁丙《善本书室藏书志》卷三十一。岳珂《玉楮诗稿八卷》提要引,《续修四库全书》第 97 册,第 529 页。按这篇疏或许并不写于诗祸前,但江湖诗人对史弥远的所作所为早有不满,却是可以肯定的。张端义,字正夫,其《贵耳集》卷上自称"有挽晋仙诗,载《江湖集》中"(《景印文渊阁四库全书》第 865 册,第 426 页),知其为江湖派中人。
④ 刘克庄《后村先生大全集》卷一百三十八,《四部丛刊》集部第 1322 册,第 14 页 b。

兴乌台诗案,余踪迹危甚。"①《西江志》云:"李心传为上言:'曾极
久斥可念。'上曰:'非为《江湖集》者耶?'有旨归葬。"②乐雷发《濂
溪书院吊曾景建》云:"苍野骚魂惟我吊,乌台诗案倩谁刊? 伤心
空有《金陵集》,留与江湖洒泪看。"③朱继芳《挽芸居》云:"近吟丞
相喜,往事谏官嗔。"④

敖陶孙在江湖诗人中年辈较高,庆元初,曾因同情赵汝愚,题
诗三元楼,触怒韩侂胄,由是获罪。关于"秋雨梧桐"一联诗,罗大
经说是敖作⑤,方回则说是言官嫁为敖作。按当以方说为确。刘
克庄《臞庵敖先生墓志铭》云:"先生诗名益重,托先生以行者益
众,而《江湖集》出焉。会有诏毁集,先生卒不免。……真诗未为
先生之福,而赝诗每为先生之祸。"⑥观此,可知此诗的确非敖陶
孙所作,然而,即使如此,敖陶孙仍然逃脱不了被打击的命运,他
也是这次诗祸的直接受害者。

但周密说:"同时被累者",尚有赵师秀和周文璞,这一记载却
是失实的。

赵师秀,字紫芝,号灵秀,四灵之一。考薛师石《寄题赵紫芝

---

① 刘克庄《后村先生大全集》卷一百十二,《四部丛刊》集部第 1316 册,第 19
页 b。
② 白潢《西江志》卷八十《人物志》,第 33 册,第 26 页 b。
③《宋百家诗存》卷三十六,《景印文渊阁四库全书》第 1477 册,第 899 页。
④ 朱继芳《静佳龙寻稿》乙稿,第 6 页 b。
⑤ 这联诗,罗大经记作"梧桐秋雨何王府,杨柳春风彼相桥",见罗大经《鹤林
玉露》乙编卷四,第 188 页。又周密所载首句作"秋雨梧桐皇子宅",见周
密《齐东野语》,第 293 页,亦与方回文中有异,恐是传抄所致。
⑥ 刘克庄《后村先生大全集》卷一百四十八《四部丛刊》集部第 1324 册,第 10
页 b。

墓》云:"辛未联诗别,九年成恍惚。大星堕地旋无光,君身入土名不没。"①辛未为嘉定四年(1211),下推九年,是为嘉定十二年(1219)。既然赵师秀已卒于嘉定十二年,诗祸发生时,又怎能"被累"?

周文璞,字晋仙,号方泉。考刘克庄《后村先生大全集》有《哭周晋仙》一诗。《大全集》共收诗四十八卷,除卷一外,余皆编年。此诗同卷前若干首有《平床岭》,自注云:"以下十二首辛巳游山作。"②辛巳即嘉定十四年(1221),因知周文璞卒于是年。又张端义《贵耳集》自称"有挽晋仙诗,载《江湖集》中"③,也可证周文璞卒于《江湖集》成书之前。因此,周文璞也不可能"被累"。

周密对赵师秀、周文璞的记载失实,致使后人沿袭其误,是应当加以辨正的④。

另外,诗祸所涉及的人,似乎还应增补一个赵汝迕。据《永乐乐清县志》载,"赵汝迕,字叔午,族贵且蕃,兄弟群从多掇高科、登显仕,汝迕尤以能诗知名。登嘉定第,签判处州。后因赋'夜雨梧桐皇子府,春风杨柳相公桥'之句,触时相怒,谪官沦落而卒"⑤。

由此看来,"秋雨梧桐"一联诗,各家所载的文字虽有不同,但却拥有四位作者,即陈起、敖陶孙、曾极、赵汝迕。究竟谁是这联

---

① 薛师石《瓜庐诗》,第 12 页 a。
② 刘克庄《后村先生大全集》卷三,《四部丛刊》集部第 1289 册,第 8 页 a。
③ 张端义《贵耳集》卷上,《景印文渊阁四库全书》第 865 册,第 426 页。
④ 如前引费君清文云:"'江湖诗祸'的后果是相当严重的,……其他诗人如敖陶孙、周文璞、赵师秀等人也受牵连,'皆不得免'。"见费君清《对南宋江湖诗人应当重新评价》,《文学评论》1987 年第 3 期,第 112—113 页。
⑤《永乐乐清县志》卷七《人物·艺文》,上海:上海古籍书店,1964 年,《天一阁藏明代方志选刊》本,第 33 页 a。

诗的真正作者,现在已难以指证。但有一点可以肯定,这联诗的意象极容易使人联想到史弥远和济王赵竑的关系及其彼此的处境,尽管改刘子翚诗句的最初动机可能是为了"夺胎换骨",但它在客观上却起了"谤讪"的作用,所以触怒了史弥远,而言官则可以据此对《江湖集》中的作者进行任意诬陷。至于为什么偏偏选中了这四个人,除了曾极的情形透露出一点消息外,其他原因便无从得知了。

四、诗祸的后果及其影响

诗祸产生的后果,在一定程度上讲,是比较严重的。

首先,有关诗人受到了程度不同的惩罚。如曾极"谪春陵",陈起"坐流配",赵汝迕"谪官沦落",敖陶孙被"贬斥"。但是,罗大经与周密或说刘克庄被"贬斥",或说刘克庄被"押归听读",都显然有误。方回云:"言者并潜夫《梅》诗论列……。初,弥远议下大理逮治,郑丞相清之在琐闼,白弥远中辍。"证之刘克庄自己的记载,无不相合。刘《与郑丞相书》云:"忆昨试邑建阳,适为要路所嫉,组织言语,横肆中伤,几逮对御史府矣。时大丞相方在瓒闼,深惟国体,力解当权。谓文字不可罪人,谓明时不可杀士。某之所以获全要领,我公之赐也。"[1]又前引《祭郑丞相文》云:"曩遭诗祸,几置台狱。公在琐闼,力解当轴。"按郑清之是史弥远废立之事的同谋,关系相当密切,所以才能说服史弥远,开脱刘克庄。可见刘克庄当时并未受到直接的打击。考刘克庄仕履,整个宝庆年间都在

---

[1] 刘克庄《后村先生大全集》卷一百二十九,《四部丛刊》集部第 1320 册,第 1 页 b。

建阳任上,因此,可以说,刘克庄是当时被祸诸人中的最幸运者。

　　其次,"劈《江湖集》板"。另据前引《臞庵敖先生墓志铭》:"而《江湖集》出焉,会有诏毁集……。"则似不仅劈板,而且连印出的书也要毁掉。《江湖集》后来失传,不能不说这是一个重要原因。

　　最后,"诏禁士大夫作诗"。诗禁持续的时间,周密说两年,方回则说是九年。不管是几年,禁的效果看来并不太明显。即以当事人刘克庄而言,据统计,他在宝庆元年到宝庆二年两年的时间里,共作诗六十首,如果以九年计算,其诗作就更多了。其他江湖诗人写于这几年的诗也是屡见不一见。这种情形的解释也许是,尽管曾有诏禁诗,但由于江湖诗人多是些下层知识分子,社会影响不大,因而执行部门也就并没有非常认真地处理此事。惟其如此,宋代诗坛上才没有出现两年或九年的空白。

　　但尽管如此,诗祸的阴影仍笼罩着众多的江湖诗人。林尚仁《春日偶成》云:"懒说江湖十年事,近来平地亦风波。"①又周弼《戴式之垂访村居》云:"獬豸峨冠岂无事,不触奸邪触诗士。虽当圣世尚宽容,滔滔宁免言为讳。"②于此可略见江湖诗人的感慨和忧惧。

　　南宋的后五十年,济王之事一直是士大夫们议论的话题③,江湖诗祸的影响也就一直存在着。由于敖陶孙在宝庆三年(1227)已经死去,曾极和赵汝迕先后贬死,陈起又只是一名书商,我们这里仅以刘克庄为例来讨论这种影响。

　　端平元年(1234),刘克庄作《病后访梅九绝》,第一首云:"梦得因桃却左迁,长源为柳忤当权。幸然不识桃与柳,却被梅花累

---

① 林尚仁《端隐吟稿》,第 3 页 b。
② 周弼《汶阳端平诗隽》卷一,第 3 页 a。
③ 详见《齐东野语》卷十四"巴陵本末"条,见该书第 252 页。

十年。"①胡仲弓亦云,刘克庄"曾被梅花累十春"②。宝庆元年至
端平元年,正好十年。考刘克庄仕履,绍定元年(1228)秋解任建
阳后,次年通判潮州,甫上任,即被劾去。洪天锡《后村先生墓志
铭》云:"通判潮州,群憸组织诗案,牵连及公,主管仙都祠。"③又
林希逸《后村先生刘公行状》云:"得倅潮阳,赵至道犹以嘲咏谤讪
弹之,毒由梁、李也。刑寺下所属究实,……主管仙都观。"④刘克
庄《送子敬赴潮倅》有"四十年前忝此除,偶因诗祸免题舆"⑤二
句,诗作于咸淳四年(1268),上推四十年,正是本年。据《宋史》本
传,梁成大与李知孝分别于绍定元年进为左、右司谏。次年刘克
庄得祸,便是由这二人授意监察御史赵至道罗织罪名而造成的。
看来史弥远对宝庆元年刘克庄侥幸得免,是耿耿于怀的。此后,
直至绍定六年(1233)史弥远死,刘克庄一直主管仙都观,郁郁不
得志。"累十年"云云,是刘克庄的真实处境。

　　端平元年,刘克庄赴堂审(即端平召审)后,先是入真德秀幕,
后除宗正簿,迁枢密院编修官兼权侍右郎官。这段时间里,他处
境好转,升迁较快。但这并不意味着诗祸的阴影已经消除。事实
上,这一阴影笼罩他的时间是相当长的。

　　嘉熙元年(1237),刘克庄知袁州。时临安火灾,"三学生员上
书,谓火起新房廊,乃故王旧邸之所,火至仙林寺而止,乃故王旧

---

① 刘克庄《后村先生大全集》卷十,《四部丛刊》集部第 1291 册,第 4 页 b。
② 胡仲弓《读后村〈梅花百咏〉》,《苇航漫游稿》卷四,《景印文渊阁四库全书》
　 第 1186 册,第 717 页。
③ 载《后村先生大全集》卷一百九十五,《四部丛刊》集部第 1322 册,第 2 页 a。
④ 关于此事,参看《后村先生大全集》卷一百十七《谢台谏启》,《四部丛刊》集
　 部第 1317 册,第 5 页 a。
⑤ 刘克庄《后村先生大全集》卷四十五,《四部丛刊》集部第 1299 册,第 5 页 a。

宅之材,皆指为伯有为厉之验。太常丞赵琳疏,亦以《春秋》郑伯有良霄为厉之验。一时朝绅韦布,咸谓故王之冤不伸,致干和气"①。这一场声势浩大的借大火为济王鸣冤的活动,触动了最高统治者的那根最敏感的神经②,从而,招致了一次对朝士的打击,而刘克庄也被牵连在内。《宋季三朝政要》载,"(嘉熙元年)六月,行都大火,由巳至酉,延烧民居五十三万家。士民上书咸诉济王冤者。侍御史蒋岘、史党独唱邪说,谓:'火灾天数,何预故王事?'遂劾方大琮、王逸(迈?)、刘克庄鼓扇异论,同日去国。"③刘克庄此次是否"鼓扇异论",今已难考。不过,从有关资料看,他被劾的真正原因,是由于宝庆旧事。林希逸《后村先生刘公行状》和洪天锡《后村先生墓志铭》都说刘克庄以"尝言故王"被劾,可见,这次是根据形势的需要,同刘克庄算的老账。结果刘克庄被罢职。

十五年后,又有人重提梅花旧话,攻击刘克庄。淳祐十一年(1251)十月,刘克庄迁起居舍人,兼侍讲。在向理宗进故事时,他引述朝廷抗蒙战争的历史教训云:"赵范欲图唐、邓,唐、邓不可得,而枣阳先失。于是安、随、郢、复、均、房之境皆为丘墟。赵彦呐欲图秦、巩,秦、巩不可得,而剑关不守,五十四州荡覆。"表示对"荆纽一胜,蜀谋再举"的忧虑,并进而指出:"居重御轻者安,虚内事外者危。"只有制定出正确的抗蒙政策,方能取得战争的胜利。具体做法

---

① 见《齐东野语》卷十四"巴陵本末"条,见该书第 252 页。
② 理宗原名赵与莒,本是绍兴一位保长的外甥,后被史弥远一手立为皇帝。其皇位虽然一直还算稳固,但出身问题毕竟是一块心病,因此,对济王之事始终特别敏感。详见《宋史纪事本末》卷八十八《史弥远废立》,第 3 册,第 996 页。
③ 《宋季三朝政要》卷一,《丛书集成初编》第 3881 册,上海:商务印书馆,1939 年,第 13 页。

则应是:"江陵重然后可以援襄樊,重庆实然后可以图汉中。"①这一
见解,被言官说成有畏敌意。《后村先生刘公行状》云:"察官郑发
苦不相乐,是月十九日,疏入,……御笔除职予郡。"②又《后村先
生墓志铭》云:"察官郑发观望论公,疏不付外。"③郑发论刘克庄
观望畏进,是非姑且不论,但他偏又提起二十多年前的旧事。刘
克庄《题严恳上舍诗卷》云:"辛亥,自右螭兼儤直,去国,御史劾
余,犹提起梅花旧话。"④即使刘克庄《落梅》诗真有"哀济邸"之
意,与抗蒙之事也毫无关系。郑发将二事并提,不过是告诉理宗,
刘克庄并不忠诚。由此可见,二十多年后,江湖诗祸的余威仍在。

　　关于这一点,还可以提出一条证据。刘克庄有一诗题云:"辛
亥去国,陈宗之、胡希圣送□(按当是行字),避谤不敢见。希圣赠
二诗,亦不敢答。乙卯追和其韵。"⑤辛亥即淳祐十一年。陈起是
当年与刘克庄同因《江湖集》事被祸者。胡仲弓,字希圣,也是一
位江湖诗人。当陈、胡前来送行之时,如果不是重提梅花旧话,翻
出《江湖集》的老账,刘克庄何至于"不敢见",又何至于五年之后
(乙卯)才敢"追和其韵"呢?"避谤"二字,的确道出了个中消息。
可见,诗祸的影响持续的时间是非常之长的。

　　附记:本文参考了同门程章灿君的未刊稿《刘克庄年谱》。

---

① 刘克庄《辛亥闰月初一日进故事》,《后村先生大全集》卷八十六,《四部丛
　　刊》集部第 1309 册,第 10 页 b。
② 刘克庄《后村先生大全集》卷一百九十四,《四部丛刊》集部第 1322 册,第 14。
③ 刘克庄《后村先生大全集》卷一百九十五,《四部丛刊》集部第 1322 册,第 6
　　页 b。
④ 刘克庄《后村先生大全集》卷一百九,《四部丛刊》集部第 1315 册,第 5 页 a。
⑤ 刘克庄《后村先生大全集》卷二十二,《四部丛刊》集部第 1294 册,第 3 页 a。

附录四 《江湖集》编者陈起交游考

陈起是南宋诗坛上的一位颇为特殊的人物。他集诗人、选家、书商的身份于一身,在江湖诗派的形成与发展中起着重要的作用。然而,关于他的生平,历史上记载极少,直到现在,人们对其生活状况仍不甚了解,这是非常遗憾的。

陈起的作品,今存《芸居乙稿》一卷、《芸居遗诗》一卷,其中记载着他与四十多位同时代人的交游。另外,在同时其他一些作家的集子里,也能看到他们与陈起交游的记载。从这些资料中,都可以窥见陈起生活的一个侧面。下面,从陈起所交游诸人中,选取事迹可考者若干人,分别考述如次。

郑清之

郑清之,字德源,号安晚,庆元鄞县人。生于淳熙三年(1176)。嘉定十年(1217)进士。累官左丞相。进封齐国公致仕。淳祐十一年(1251)卒。《宋史》有传。

郑清之协助史弥远,废济王,立理宗,因此,深受理宗信任。其初相时,启用真德秀、魏了翁等,一时人才之盛,号称"小元祐"。但这种局面未能维持下去。周密曾言其"端平初相,声誉翕然。及淳祐再相,已耄及之。政事多出其侄孙太原之手,公论不与。况所汲引,如周坦、陈垓、蔡荣辈,皆小人。……有作诗讥之云:'一札未离丹禁地,扁舟已自到江干。先生自号为安晚,晚节胡为不自安!'"①

著有《安晚堂集》六十卷。林希逸序云:"公学穷古今,出入经史,胸中所有浩如也。熔炼而出,俄顷千言,形之声歌,兴味尤远。"②释道璨《和郑半溪》赞其诗云:"词林丈夫安晚氏,笔端有口吞余子。阿戎在旁横点头,万言不直一杯水。"③全集已散佚,《南宋六十家小集》中存卷六至卷十二。其诗见收于《江湖集》、《江湖后集》④。

陈起集中与郑清之交游的诗共四题七首,这对于仅存诗一百三十二首⑤的陈起来说,是个不小的数字。从这些诗的内容看,陈起对郑清之是很崇敬的。如收到郑所寄《自赞〈太上感应篇〉》后,陈起深为"公衮殊相念,奇书寄布衣"的举动所感动⑥,而在两篇祝寿诗中,他更极力赞颂郑的业绩:"端平改化弦,真儒手洪钧。

---

① 周密《癸辛杂识》别集卷下"郑清之"条,见该书第293—294页。
② 林希逸《安晚先生丞相郑公文集序》,《竹溪鬳斋十一稿续集》卷十二,《景印文渊阁四库全书》第1185册,第672页。
③ 释道璨《柳塘外集》卷一,《景印文渊阁四库全书》第1186册,第790页。
④ 见《永乐大典》卷九百三、卷八千六百二十八、卷九千七百六十三、卷九千七百六十五,《永乐大典》第9册第8566页、第4册第3983页、第5册第4198、4216页。按《永乐大典》所收诸江湖诗集,情况比较复杂,如郑清之的诗,就既见于《江湖集》,又见于《江湖后集》,其他江湖诗人也有类似的情形。关于这些问题,笔者拟另文探讨,此不赘。
⑤ 此数字据《芸居乙稿》、《芸居遗诗》、四库辑本《江湖后集》卷二十四陈起诗、《永乐大典》残本所收陈起诗(四库馆臣漏辑者)统计。按《芸居遗诗》与四库辑本或有重复者,则予以删除。
⑥ 陈起《安晚先生送〈自赞《太上感应篇》〉,帙首御题"诸恶莫作,众善奉行"八字,辅以佑圣像一轴,两诗见意云》二首之一,载《芸居乙稿》,第16页 b。

厥今扶公道,皆昔夹袋人"①;"皇穹佑炎祚,黍稷庆有秋。繄谁致此祥? 上相今伊周。赫赫命世贤,师道辅前旒。暨汤同格天,康济仰庙谋。"同时,表示自己的感戴之情道:"鲰生戴厚恩,一诗何能酬? 拟办八千首,从今岁岁投。"②陈起作为一介布衣,与这位位极人臣的人物有着如此密切的交往,除了对其相业的推崇外,我推测,可能还与江湖诗祸有关③。宝庆初,史弥远指使李知孝等构陷《江湖集》的某些作者,作为此集的刊刻者,陈起也获罪遭贬④。但郑清之当时作为史弥远的盟友,曾设法开脱刘克庄,使其免遭贬谪⑤。据此推测,郑为其他获罪的江湖诗人开脱也是很可能的。陈起在绍定四年(1231)即恢复了与刘克庄的联系⑥,可见他被贬的时间并不长,而前引祝寿诗中他对郑清之的感恩戴德,正好透露出个中消息。陈起被放回后,又重操刻书旧业,可能

---

① 陈起《以仁者寿为韵寿侍读节使郑少师》三首之一,载《芸居乙稿》,第 4 页 b。
② 陈起《寿大丞相安晚先生》,载《芸居乙稿》,第 6 页 a。
③ 关于江湖诗祸,参看附录三《江湖诗祸考》。
④ 见方回选评、李庆甲集评《瀛奎律髓汇评》卷二十,第 843 页。
⑤ 刘克庄《祭郑丞相文》云:"囊遭诗祸,几置台狱。公在琐闼,力解当轴。"载《后村先生大全集》卷一百三十八,《四部丛刊》集部第 1322 册,第 14 页 b。
⑥ 刘克庄一诗题云:"余辛卯岁卧病郡城,陈宗之、胡希圣有诗问讯,后五岁,希圣新刊《漫游集》,前诗已载集中,次韵二首。"辛卯即绍定四年(1231)。刘克庄另有一诗题云:"辛亥去国,陈宗之、胡希圣送□(按当是行字),避谤不敢见。希圣赠二诗,亦不敢答。乙卯追和其韵。"(并见《后村先生大全集》卷二十二,《四部丛刊》集部第 1294 册,第 3 页 a)辛亥为淳祐十一年(1251),这年,刘克庄因论抗蒙事,遭到弹劾,"犹提起梅花旧话"(《后村先生大全集》卷一百九《题严惷上舍诗卷》,《四部丛刊》集部第 1315 册,第 5 页 a),所以他要"避谤",不敢见陈起和胡仲弓。反过来看,绍定四年陈起之所以寄诗给刘克庄,正是因为当时他的处境已经好转的缘故。

是为了报恩,便将郑清之的作品刻入《江湖集》①中。在这个意义上,人们便可以明白,为什么以专收江湖游士的作品为主的《江湖集》会收入这位位致通显的人物的作品。

吴潜

吴潜,字毅夫,号履斋,宣州宁国人。生于庆元二年(1196)。嘉定十年(1217)进士第一。历官江东安抚留守、淮东总领、兵部尚书、浙东安抚使。淳祐七年(1247)签书枢密院事兼权参知政事。淳祐十一年(1251)与开庆元年(1259)两度入相。因上书论丁大全等误国,被劾,景定三年(1262)卒于循州贬所。《宋史》有传。明梅鼎祚辑其作品为《履斋遗集》,计诗一卷,词一卷,文二卷。

陈起赠吴潜诗有《履斋先生下颁参附往体以谢》一首。陈起一生多病,诸友常相关注,吴潜送药,即是一例。诗中写自己服药后,"病魔亟退舍,怡然得安垒",表示对吴潜的谢意:"一念卫生恩,百拜额加子。"考绍定四年(1231),吴潜曾上书史弥远,言"公私赤立"的状况,并提出六条补救措施②。《宋史》本传载,理宗将立太子时,吴潜密奏云:"臣无弥远之材,忠王无陛下之福。"③因

---

① 这里说的《江湖集》指今存《永乐大典》残卷所收者。按陈起初刻《江湖集》,在宝庆元年(1225)之前,书版和书都已被毁掉(说详附录三《江湖诗祸考》)。从所收作者的情况和所收作品的内容看,《永乐大典》中的《江湖集》不是、或不完全是陈起的初刻。至于它是陈起遇赦后的续刻,还是后人为恢复陈起原刻的面貌所进行的编纂,还要作进一步的研究。但陈起为郑清之刻诗,是在江湖诗祸后,却是可以肯定的。

② 吴潜《上史相书》(原注:史弥远当国,火后上六事),《履斋遗稿》卷四,《景印文渊阁四库全书》第1178册,第432页。

③ 《宋史》卷四百一十八《吴潜传》,第36册,第12519页。

而遭到贬谪。则吴潜对史弥远的所作所为是不满的。那么,我们是否可以说,陈起与吴潜这位丞相的交往正是建立在这一基础上的呢?

武衍

《芸居乙稿》和《芸居遗诗》中提到适安或朝宗的诗共有十一首。

武衍,字朝宗,号适安,汴人,隐居不仕,有《适安藏拙余稿》、《乙稿》各一卷。诗宗赵师秀、戴复古①,颇有晚唐风致。胡仲弓《题武适安宁卷》评云:"学到唐人超绝处,前身便是武元衡。"②其诗见收于《江湖续集》③。

从陈起的十一首诗中,可以窥见二人交游的一些情形。如武衍对陈起有"惠糟蟹新酒"、"惠药"、"馈食且复招饮"之事,并"有湖山之招"、"招游汤镇"之举。而陈起得到新茶、菰干、黄独、奶酪后,也想到"约葵窗、适安共享"。陈起甚至称他与武衍是"情同义合"、"相亲逾骨肉"④的朋友。

---

① 见武衍《适安藏拙余稿》乙稿后赵希意跋,第2页a。
② 胡仲弓《苇航漫游稿》卷四,《景印文渊阁四库全书》第1186册,第702页。
③ 见《永乐大典》卷二千三百三十七、卷二千八百一十一、卷八千二十三、卷八千八百四十四、卷一万九千六百三十七,见《永乐大典》第1册945页、第2册第1485页、第9册第9020页、第4册第4064页、第8册第7315页。按,今存《永乐大典》残本所收江湖诗集计有《江湖集》、《江湖后集》、《中兴江湖集》、《江湖续集》等九种,编者情况比较复杂。如《江湖续集》便收入了几位入元的作者,因此,其编者可能不完全是陈起,俟考。
④ 引语见陈起《适安惠糟蟹新酒》、《武兄惠药》、《适安有湖山之招病不果赴》、《适安招游汤镇不果赴》、《适安夜访读静佳诗卷》、《朝宗馈食且复招饮》、《真静馈新茶……兼呈真静、适安》,并载《芸居乙稿》,第2页b、4页a、7页a、10页b、11页a、14页a、17页a。

郭圣与、黄文雷

《芸居乙稿》有《郭圣与黄希声问候》一诗。

郭圣与仕履不详。戴复古《船过桐江怀郭圣与》云："只言君在桐江住，及到桐江不见君。日暮空山独惆怅，不知又隔几重云。"①则郭氏或为桐江人。

据《江西诗征》卷二十一，黄文雷，字希声，号看云，南城人，登淳祐十年(1250)进士第，辟临安酒官。与金溪赵崇峰、宁都曾原一、南丰谌祜当时号为江西四大诗人。舟归次严陵滩溺死。有《看云小集》一卷，集中与利登唱酬颇多。

其诗宗晚唐，清丽婉约。陈起曾向其索诗，倒箧出之，自序云：其《看云小集》中"自《昭君曲》而上，盖尝经先生(陈起)印正"②。《江湖集》中所收之诗，或即陈起所刊者③。

黄载

《芸居乙稿》、《芸居遗诗》有与黄载唱酬诗多首。

考《正德建昌府志》卷十六、《江西诗征》卷二十，黄载，字伯厚，号玉泉，南丰人，黄大受之子。世习儒，深《春秋左氏传》，以诗名嘉熙、淳祐间(1237—1252)。郑丞相清之、赵尚书以夫惜其不第，力引之。知封州，以廉谨称。仕至广东兵钤。其赴广东任时，陈起作《黄路钤诗来告别》一诗送之，云："玉泉驰一纸，八韵有情诗。不肯面相别，恐成离索悲。江声喷岸圻，潮势激帆危。旧制边州守，方令典辖司。"

---

① 戴复古《石屏诗集》卷七，《四部丛刊续编》集部第 419 册，第 8 页 b。
② 《南宋六十家小集》本《看云小集·自序》，第 1 页 a。
③ 见《永乐大典》卷九百三，《永乐大典》第 9 册，第 8568 页。

又应鏻《露香拾稿序》云："伯厚奉命从李乌洲学朱子之学。"①李守约，号乌洲，为朱熹弟子。黄大受《遣载入闽从李守约》云："考亭高弟说乌洲，小子何妨作远游。"②则黄载为朱熹再传弟子。又郑清之一诗题云："绍定，闽寇平。上功省府，黄伯厚（载）与焉。余时在政事堂，赵用甫掾西曹，力言此文墨士，请官以左选。既而赏庚法，迄授武阶。去岁戊戌，用甫帅鄞，乃来为阃属。……"③则黄载尝以平寇功补官。又据苏幼安《宋国史秋堂柴公墓志铭》，淳祐六年（1246）元旦，日蚀，诏求直言。柴望撰《丙丁龟鉴》十卷上进，忤时相意，得旨放归田里。七月，"在时名公，设祖道涌金门外"，各赋诗与柴望为别。黄载亦与其事④。

许棐

《芸居乙稿》有《纸帐送梅屋小诗戏之》、《挽梅屋》二诗。

据天启《海盐县图经》卷十三《人物志》载，许棐，字忱夫，海盐人，隐居秦溪，于水南种梅数十树，构屋读书，因自号梅屋。室中于三桁下分四橱，中垂一帘，对悬白居易、苏轼二像事之。其自叙藏书目云："予性喜书，旧籍书千余卷，今不翅倍之。人有奇编，见无不录，以故环室皆书。"著有《梅屋诗稿》一卷、《融春小缀》一卷、《梅屋杂著》一卷、《梅屋三稿》一卷、《梅屋四稿》一卷、《梅屋诗余》一卷。《嘉兴府志》卷十四《文苑传》列许棐为元人，证以陈起诗，盖误。

陈起《挽梅屋》云："桐荫吟社忆当年，别后攀梅结数椽。"知二

---

① 见黄大受《露香拾稿》，第 1 页 b。
② 黄大受《露香拾稿》，第 6 页 b。
③ 郑清之《安晚堂诗集》卷十，第 1 页 a。
④ 柴望《秋堂集》附，《景印文渊阁四库全书》第 1187 册，第 491 页。

人为诗社吟友。从许棐的作品中,可以看出二人的交往较密。如陈起刻《四灵诗选》,许棐为作跋语。淳祐四年(1244),许棐曾录一春所作诗四五十篇,"求芸居吟友印可"。许棐《陈宗之叠寄书籍小诗以谢》云:"君有新刊须寄我,我逢佳处必思君。城南昨夜闻秋雨,又拜新凉到骨恩(原注:简斋诗:"一凉恩到骨。")。"①可见彼此的感情。

陈鉴之

《芸居乙稿》有《寄东斋》一诗。

考陈起同时号东斋者有陈大猷、熊以宁、陈岘等人。然此处所指,似为陈鉴之。

陈鉴之,初名璟,字刚父,三山人。淳祐七年(1247)进士②。漫游四方,往来于京口、临安之间。与倪守斋善,集中有《客新安赋喜雨歌呈守斋倪史君》一诗,知尝随倪客新安。有《东斋小集》一卷。

集中有《古诗四首奉寄陈宗之兼简敖臞翁》。其二云:"君隐万人海,啸咏足胜流。我堕寂寞滨,嵌岩一筇秋。……劈箭客帆去,何日回吾舟?"其三云:"甘旨娱母颜,雍雍春满室。咿哑索梨枣,诸儿争绕膝。……"③不仅可以见出二人交游的一些情形,而且可以据以了解陈起的生活状况。

朱继芳

《芸居乙稿》有《适安夜访读静佳诗卷》一诗。

朱继芳,字季实,号静佳,建安人。《福建通志》卷三十五《选

---

① 见许棐《梅屋四稿》,第 7 页 a 和第 6 页 b。
② 据《福建通志》卷三十五《选举志》。见《景印文渊阁四库全书》第 529 册,第 111 页。
③ 陈鉴之《东斋小集》,第 3 页 a。

举志》载其中绍定四年(1231)武举,又《嘉靖建宁府志》卷十五《选举志》载其登绍定五年(1232)进士第。其《和颜长官百咏》小引云:"龙寻邑东有颜长官仁郁祠,……余生三百年后,奉天子命守兹邑。"①知其尝为龙寻令。又其一诗题云:"桃源官罢,芸居以唐诗、拙作赠别。"知尝官桃源,陈起曾以唐人诗相赠,并为其刊诗。又其有《调宜州冷官不赴》一诗,则又尝调任宜州教授,不赴②。淳祐六年(1246),柴望以上《丙丁龟鉴》获罪,离京时,朱继芳曾赋诗相送③。有《静佳龙寻稿》、《乙稿》各一卷。其诗见收于《江湖续集》④。

陈起《适安夜访读静佳诗卷》云:"君停逸驾谈何爽,客寄吟编句极圆。"知朱曾寄诗给陈起,而陈起对之评价甚高。这一评价,与其他江湖诗友合。如释文珦《朱静佳挽词》:"诗有盛唐风,人称一代雄。"⑤释斯植《寄静佳朱明府》:"声随淮水远,吟入楚天微。"⑥陈起卒后,朱继芳有《挽芸居》诗云:"不得来书久,哪知是古人。……平生闻笛感,为此一沾巾。"又有《赠续芸》一诗,对陈起的这位"孤子"深表关心,从而寄托了对故人的哀思⑦。

汪耘业

《芸居乙稿》有赠汪耘业诗三首。

---

① 见朱继芳《静佳龙寻稿》,第 1 页 a。
② 见朱继芳《静佳龙寻稿》乙稿,第 3 页 b、14 页 a。
③ 苏幼安《宋国史秋堂柴公墓志铭》,柴望《秋堂集》附,《景印文渊阁四库全书》第 1187 册,第 491 页。
④ 见《永乐大典》卷一万三千九百九十三,《永乐大典》第 6 册,第 6090 页。
⑤ 释文珦《潜山集》卷八,《景印文渊阁四库全书》第 1186 册,第 362 页。
⑥ 释斯植《采芝集》,第 3 页 b。
⑦ 见朱继芳《静佳龙寻稿》乙稿,第 6 页 b、第 17 页 a。

汪耘业,生平无考。据武衍《送汪耘业赴番易判官》诗①,知其尝为番易判官。又陈起《梅花怨为汪耘业赋》,自注:"庚戌"作。庚戌为淳祐十年(1250),知其彼时尚在世。

周端臣

周端臣,字彦良,号葵窗,建业人,官御前应制,卒于淳祐、宝祐间(1241—1255)②。释斯植《挽周彦良》云:"白首功成未十年,寡妻相吊泣江干。"③则其似为御前应制后近十年始卒。周泳先辑有《葵窗词稿》一卷。其诗见收于《江湖前集》、《江湖集》、《江湖后集》④。

陈起与周端臣的相处,颇有情趣。其《葵窗送酒》云:"久藏斗酒谋诸妇,婢子仓皇错授醨。邂逅芸居初止酒,小厨海错旋开泥。"语意诙谐。又陈起得友人所馈新茶、菰干、黄独、奶酪等后,曾约周端臣等人共享,周《奉谢芸居清供之招》云:"日昨访芸居,见我如伯仲。……呼童张樽罍,芳醑启春瓮。乃约屏膻荤,初筵具清供。……"能表现其共同的生活情趣。陈接诗后次其韵答

①《江湖后集》卷二十二,《景印文渊阁四库全书》第1357册,第993页。按此《江湖后集》指清代四库馆臣从《永乐大典》中所辑者,包括《江湖前集》、《江湖后集》、《江湖续集》、《中兴江湖集》等数种江湖诗集,总称《江湖后集》。由于编者未注明某诗出于某集,因此,显得比较混乱。本书在对江湖诗人进行考证时,则力求根据今存《永乐大典》残本,尽量恢复其原貌。
②据周密《武林旧事》卷六"诸色伎艺人"条,见该书第105页。参唐圭璋编《全宋词》之周端臣小传,第2649页。
③《南宋六十家小集》本《采芝集》,第10页a。
④《永乐大典》卷二千二百六十六、卷二千八百十一、卷三千四、卷三千五、卷二万三百五十四,分别见《永乐大典》第1册第812页、第2册第1485页、第2册第1715页、第2册第1722页、第8册第7634页。

云："得君同下箸,诗来再三讽。韵意两相高,文史叹足用。"则颇
赞周之诗才①。陈起卒后,周端臣有《挽芸居二首》,云:"天地英
灵在,江湖名姓香。良田书满屋,乐事酒盈觞。字画堪追晋,诗刊
欲遍唐。音容今已矣,老我倍凄凉。""诗思闲逾健,仪容老更清。
遽闻身染患,不见子成名。易箦终婚娶,求棺达死生。典型无复
睹,空有泪如倾。"语意极为沉痛②。

杨幼度

《芸居乙稿》有《杂言送歙砚广香与友人,有怀杨校书幼度》
一诗。

据《南宋馆阁续录》卷八、卷九,杨幼度,字叔宪,台州天台县
人,治《春秋》。绍定二年(1229)登进士第。嘉熙二年(1238),以
国子监书库官召试,旋除正字。次年十月,为校书郎。嘉熙四年
(1240)为添差通判。淳祐九年(1249)以新知辰州未赴,再除校
书郎。

又《天启海盐县图经》引杨幼度《法喜寺碑》云:"自淳祐庚戌
(1250)后,又二十余年,为德祐丙子(1276)。有县令王与贤之事,
不敢为前宋大书,亦不敢不附缀于末,昭万世守土者戒也。"③是
则杨幼度入元后还在。

汪起潜

《芸居乙稿》有《寄汪起潜签判》一诗。

---

① 陈起《真静惠馈新茶……。葵窗诗来道谢,次韵答之,兼呈真静、适安》,载
　《芸居乙稿》,第 17 页 a。
② 周诗并见四库辑本《江湖后集》卷三,《景印文渊阁四库全书》第 1357 册,
　第 744、755 页。
③ 《天启海盐县图经》卷九,《中国方志丛书》第 589 号,第 724 页。

汪起潜，生平无考。黄文雷《看云小集》有《挽程孺人》一诗，注云："汪起潜内。"①是其夫人为程姓。又《永乐大典》卷九百三《江湖集》下，录有陈起宗《汪起潜谢送唐诗，用韵再送〈刘沧小集〉》一诗，知汪亦当时喜为晚唐体者。

刘克庄

刘克庄，初名灼，字潜夫，号后村居士，兴化军莆田人。生于淳熙十四年（1187）。嘉定二年（1209），以荫补将仕郎，迁潮州通判。因《落梅》诗获罪，闲废十年，后起复，历宗正簿、枢密院编修官，赐同进士出身，除秘书少监兼中书舍人，累迁工部尚书兼侍讲，以焕章阁学士致仕。卒于咸淳五年（1269）。有《后村先生大全集》一百九十六卷。

陈起曾将刘克庄的《南岳稿》刻入《江湖集》中②，刘在江湖间的诗名因而大振。宝庆初，史弥远指使李知孝、梁成大构陷《江湖集》中的作品，陈起与刘克庄及其他几位诗人一起获罪。绍定四年（1231），刘克庄主管仙都观，尝卧病，陈起赠诗问候③。淳祐十一年（1251），刘克庄任起居舍人兼侍讲，以言事去国，陈起又专门前来送行④。《芸居乙稿》有《〈史记〉送后村刘秘监兼致欲见之怅》一诗，有云："忆昔西湖滨，别语请教条。嘱以马迁史，文贵细

---

① 黄文雷《看云小集》，第 13 页 b。

② 方回云："陈起宗之……刊《江湖集》以售，（刘克庄）《南岳稿》与焉。"载方回选评、李庆甲集评《瀛奎律髓汇评》卷二十，第 843 页。

③ 刘克庄《余辛卯岁卧病郡城，陈宗之、胡希圣有诗问讯。……》，《后村先生大全集》卷二十二，《四部丛刊》集部第 1294 册，第 2 页 b。

④ 刘克庄《辛亥去国，陈宗之、胡希圣送□（按当是行字），避谤不敢见。……》，《后村先生大全集》卷二十二，《四部丛刊》集部第 1294 册，第 3 页 a。

字雕。名言犹在耳,堤柳凡几凋。兹焉得蜀刻,持赠践久要。"略见二人相处的情形。

陈梦庚

《芸居乙稿》有《奉酬竹溪陈史君新诗墨梅之贶》一诗,云:"千里双鱼赍草堂,中藏瑰异夜腾光。兴因东阁增怀想,影落前荣不寄香。四韵休夸毛颖伎,几回曾误寿阳妆。感公意过兼金馈,惭乏琼琚展报襄。"据此诗,陈起或曾接受过陈梦庚的资助。

考林希逸《竹溪鬳斋十一稿续集》卷二十二《崇禧陈吏部墓志铭》及《淳熙三山志》卷三十二《陈梦庚传》,陈梦庚,字景长,号竹溪,闽县人。生于绍熙元年(1190)。嘉定十六年(1223)进士。初任广西幕漕,后干办浙西运司兼会子局校艺省。梦庚少有文名,工诗善画,颇得时誉。卒于咸淳二年(1266)。有《竹溪诗》一至五稿、《竹溪杂稿》五卷及《坡诗会笺》。

汪泰亨

《芸居乙稿》有《旧挽汪隐君(原注:汪守泰亨父)》诗二首。

汪泰亨,安徽宁国人,绍定二年(1229)为吴学教授。其重修吴学事颇为时人所称,如《吴都文粹》载吴潜《重修吴学记》云:"潜同里汪君泰亨教授吴学,学有田,为豪右隐占久(之),君条具始末闻于守,……转闻于相国,迄归田,且得所负积赋为钱三百五十万有奇",以重修之。又同卷陈耆卿《吴学复田记》云,吴郡"十有九年,更几部使者,郡守不能直,几校官不得直,而得直者汪君泰亨、林公介章。"①可见汪氏品格。由陈诗题中称其为"汪守",知其或曾为别官,俟考。

---

① 《吴都文粹》卷一,见《景印文渊阁四库全书》第1358册,第620页。

赵师秀

《芸居遗诗》有《寄赵紫芝运干》、《留题天乐寓张氏湖亭》二诗。

赵师秀,字紫芝,一字灵秀,号天乐,永嘉人,四灵之一。生于乾道六年(1170)。绍熙元年(1190)登进士第。之后,浮沉州县,先后入金陵郑侨幕为从事,任上元县主簿,又入筠州幕为判官。嘉定十二年(1219)卒。有《清苑斋诗集》一卷、《补遗》一卷①。其诗见收于《中兴江湖集》②。

赵师秀为四灵之首,为叶适所推奖,在江湖诗人中负盛名。苏泂《书紫芝卷后》云:"为爱君诗清入骨,每常吟便学推敲。明知箧笥篇篇有,百度逢来百度抄。"③略见时人对他的推崇。其《赠陈宗之》有云:"每留名士饮,屡索老夫吟。最感书烧尽,时容借检寻。"④可见陈起对他常有索诗借书之事。又据许棐《跋四灵诗选》,叶适所选四灵诗,"芸居不私宝,刊遗天下",使"后世学者爱之重之"⑤。此或即《郡斋读书志》卷五下《附志》所载之《四灵诗》四卷。则赵师秀所云之"屡索老夫吟",不仅是为了欣赏,而且是为了刊刻。

施枢

施枢,字知言,号芸隐,丹徒人。绍定五年(1232)举进士落第,其《漕闱揭晓后述怀》有"画眉深浅与时殊,肯向堂前怨舅姑"

---

① 参看葛兆光《赵师秀小考》,《文学遗产》1982 年第 1 期,又丁夏《赵师秀生年小考》,《文学遗产》1983 年第 4 期。

② 见《永乐大典》卷三千五。

③ 苏泂《泠然斋诗集》卷八,《景印文渊阁四库全书》第 1179 册,第 154 页。

④ 见《永嘉四灵集》,第 247 页。

⑤ 许棐《跋四灵诗选》,《梅屋杂著》,见第 7 页 a。

句。端平二年（1235）秋，"入吴，摄庾台幕"。次年秋，访曹东畎，为浙东转运司幕属。嘉熙二年（1238），奉曹命至会稽①。又据《景定建康志》卷二十七，淳祐三年（1243），施枢以从事郎任溧阳知县，六年离任。有《芸隐横舟稿》、《芸隐倦游稿》各一卷。其诗见收于《江湖集》②。

陈起有《芸隐提管诗来依韵奉答》、《芸隐再和复用以酬》二题四首，其赞施枢诗有云："君诗如梅花，将尽春意函。一枝漏泄处，踏雪寒曾谙。肯践桃李场，溪山还自甘。破玉暗香度，似亲夷甫谈。"

赵与时

《芸居遗诗》有《雪中简赵德行》一诗。

赵与时，字行之，一字德行，寓临江，宋太祖十世孙。生于淳熙二年（1175）。弱冠应举不第，宁宗初，补官右选，三调管库之任，又监御前军器所，司行在草料场，至宝庆二年（1226），始中进士。官终丽水丞。绍定四年（1231）卒。有《甲午存稿》，已佚③。其诗见收于《江湖集》④。

赵与时为杨简门人，戴复古尝称其"所学源流远"⑤。今存

---

① 见《芸隐倦游稿自序》及《芸隐横舟稿自序》，《江湖小集》卷二十三、卷二十四，《景印文渊阁四库全书》第1357册，第190、202页。

② 《永乐大典》卷二千八百十一，见《永乐大典》第2册，第1485页。

③ 见赵孟坚《彝斋文编》卷四《从伯故丽水丞赵公墓铭》，《景印文渊阁四库全书》第1181册，第367页；天启《海盐县图经》卷十五《选举志》，《中国方志丛书》第589号，第1263页；陈宗礼《宾退录序》，见《宾退录》，乾隆壬申存恕堂仿宋刊本，第1页a。

④ 《永乐大典》卷五百四十一，见《永乐大典》第1册，第104页。

⑤ 戴复古《怀赵德行》，《石屏续集》卷三，第3页a。

《宾退录》十卷,成于嘉定十七年(1224),陈起为之刊刻①。其书"考证经史,辨析典故,则精核者十之六七,可为《梦溪笔谈》及《容斋随笔》之续。"②

另据《嘉靖建宁府志》卷五《官师志》,端平间(1234—1236)通判任上有赵与时。考赵孟坚《彝斋文编》卷四《从伯故丽水丞赵公墓铭》,赵与时卒于绍定四年(1231),府志误。

胡仲弓

《芸居遗诗》有《与苇航适安饮》诗二首。

胡仲弓,字希圣,号苇航,清源人。其生平不见记载,而据其作品略可考知。集中《一第》诗云:"六年收一第,不特为荣身。……衣冠新进士,湖海旧诗人。"③知其二赴春闱,始中进士。《夜梦蒙仲书监,作二象笏,与余各分其一,觉而有赋》诗云:"顾余初笏令,寒饿日驱迫。手版非倒持,倚席惧引慝。"④知其尝为县令。《将之官越上留别诸友》云:"一官如许冷,况复是清贫。槐市风何古,兰亭本却真。"⑤知其在会稽为官。《老母适至时已见黜》云:"千里迎阿婆,相见翻不乐。微禄期奉亲,亲至禄已夺。"知其不久罢归。《雪中杂兴四首》之四云:"不被虚名缚,江湖得散行。"知其罢官后,浪迹江湖,萍踪无定⑥。又据蒲寿宬《心泉学诗稿》卷四《寄胡苇航料院》,则胡似不仅只官县令。又邓牧《伯牙琴》有

---

① 杨继振藏宋本《宾退录》,后有"临安府睦亲坊陈氏经籍铺印"一行,知为陈起所刊。载《宾退录》卷十末尾,乾隆壬申存恕堂仿宋刊本,第 20 页 b。

② 《四库全书总目》卷一百十八《宾退录》提要,第 1023 页。

③ 见胡仲弓《苇航漫游稿》卷二,《景印文渊阁四库全书》第 1186 册,第 689 页。

④ 胡仲弓《苇航漫游稿》卷一,《景印文渊阁四库全书》第 1186 册,第 666 页。

⑤ 胡仲弓《苇航漫游稿》卷二,《景印文渊阁四库全书》第 1186 册,第 680 页。

⑥ 见胡仲弓《苇航漫游稿》卷二,《景印文渊阁四库全书》第 1186 册,第 682 页。

《代祭胡苇航文》，称其"累辞不就，高尚其志，常调待次，眇焉委吏。侨居京师，犹逆旅之舍耳。夫子有子，夫子有女，岂清白遗之而已。"则胡仲弓入元还在，且拒绝新朝的征聘，甘于穷愁寒饿，为一志节磊落之士。其入元后，与仇远多有唱酬，仇远《山村遗集》有《答胡苇航》、《次胡苇航韵》等诗。有《苇航漫游稿》四卷。其诗见收于《江湖集》、《江湖续集》①。

　　胡仲弓与陈起唱酬颇多。绍定四年（1231）和淳祐十一年（1251），胡仲弓曾与陈起两次问讯刘克庄，已见之上文。陈起卒后，胡仲弓有《哭芸居》一首云："锦囊方络绎，忽报殒吟身。泉壤悲千古，江湖少一人。病怀诗眷属，医欠药君臣。脂岭西风急，兴思暗怆神。"又《为续芸赋》云："芸居老衣钵，付与宁馨儿。旧种无多叶，生香不断枝。折芳归艺圃，剩馥入诗脾。粉省他年事，清名当自期。"②则表示了对这位故友之子的关怀和期待。

赵蕃

　　四库辑本《江湖后集》卷二十四有陈起《答赵章泉》一诗。云："新诗将远意，千里附文鳞。清响蝉嘘露，高闲鹤卧云。但知耕野水，不暇问朝绅。剩欲陪颜笑，凄凉吴楚分。"

　　赵蕃，字昌父，号章泉，生于绍兴十三年（1143）。其先郑州人，徙信州玉山，以祖旸致仕恩补官。初为太和主簿，受知于杨万里，调辰州司理参军，与郡守争狱罢。理宗即位，以太社令与刘宰同召，不拜。终直秘阁。始受学刘清之，年五十，犹问学于朱熹。嘉定二年（1209）卒，谥文节。有《乾道稿》二卷、《淳熙稿》二十卷、

---

①《永乐大典》卷九百三、卷一万一千、卷一万三千七十五，见《永乐大典》第9册第8568页、第5册第4587页、第6册第5632页。

②胡仲弓《苇航漫游稿》卷二，《景印文渊阁四库全书》第1186册，第677页。

《章泉稿》五卷。《宋史》有传。

赵蕃学问文章，名著一时。朱熹《答徐斯远书》之三云："昌父志操文词皆非流辈所及，……欲其刊落枝叶，就日用，间深察义理之本，然庶几有所据依，以造实地，不但为骚人墨客而已。"①陈文蔚《祭赵章泉》云："诵其诗者，口之而不置；玩其文者，手之而不舍。少日之诗，工于摹写；晚年天成，斧凿不假。"②方回对其诗歌颇为推崇，认为尤、杨、范、陆之后，南宋诗坛，以赵蕃为最③。

王琮

四库辑本《江湖后集》卷二十四有陈起《挽宣教郎新差通判庆元府王琮》一诗。

据俞文豹《吹剑录》外集、《景定建康志》卷二十五《官守志》、《临江府志》卷五《官师志》，王琮，号雅林，括苍人。嘉熙间为江南安抚司参议。官处州，知清江县。有政声，贾似道尝荐之。有《雅林小稿》一卷。其诗见收于《江湖续集》④。

按宋高宗时亦有名王琮者，二人经常被搞混，辨见附录一。

毛居正、喻仲可

《永乐大典》卷二千二百六十四陈起《芸居遗稿》下，录有《同毛谊父、喻可中夜泛西湖》一诗。云："又复移舟践旧盟，喜随师友挹湖光。……"

据陆心源《宋元学案补遗》卷二，毛居正字谊父，一字义甫，柯

---

① 《朱子大全》卷五十四，《四部备要》第 57 册，北京：中华书局，1989 年，第 947 页。

② 《克斋集》卷十一，《景印文渊阁四库全书》第 1171 册，第 89 页。

③ 见方回选评、李庆甲集评《瀛奎律髓汇评》卷二十，第 843 页。

④ 《永乐大典》卷九千七百六十五，见《永乐大典》第 5 册，第 4213 页。

山人。毛居正以小学名家,嘉定十六年(1223)曾奉诏至临安刊正经籍,著《六经正误》。名儒魏了翁曾序此书,载于《鹤山大全集》卷五十三。略谓:"嘉定十六年春,会朝廷命胄监刊正经籍,司成谓无以易,义甫驰书致之,尽取六经、三传诸本,参以子史字书,选粹文集,研究异同,凡字义音切毫厘必校,儒官弥叹,莫有异词。"①评价甚高。

喻仲可,字可中,严陵人。为詹阜民门人,陆九渊再传弟子。陈淳《与李公晦书》云:"浙间年来象山之学甚旺,……前辈有赵复斋、詹郎中者,为此学已种下种子。赵、詹虽已为古人,而中辈行有喻、顾二人者,又继之护卫其教,下而少年新进,遂多为熏染。"又《与黄寅仲书》云:"可中资质极是纯粹,惜乎学问差向一偏去,已缠肌入骨之深,无可转回者,初间到旅邸相访,亦开怀说其学问来历。……是时与他详细剖析,从原头梳理下来,忽尔日暮,各且散去。后再相见,更不扣竟前说,又多是匆匆不暇。大抵先入者为主,确然固执。自以为是了,外言更如何入得?其祭詹文道:孟子后千五百年得其传者,惟象山,象山之传,惟默信。其意向偏暗如此。末结说默信未尝死,又全用佛、庄死而不亡底意,更何暇责。"②

蒋廷玉

《诗渊》第518页有蒋太璞《赠陈宗之》一诗,云:"经营一室面清波,不是儒衣不见过。南渡好诗都刻尽,中朝名士与交多。分

---

①魏了翁《鹤山先生大全集》卷五十三,《四部丛刊》集部第1243册,第17页a。
②《北溪大全集》卷二十三、卷三十一,分别见《景印文渊阁四库全书》第1168册,第683、744页。按陈淳为朱熹门人,朱、陆之学,势同水火,故陈淳评喻之言,不免门户之见。

甘书史窝中老,兴在江湖醉后歌。门外今年桐又长,不知堪寄我船么?"对陈起的生活形态和刊书内容作了形象的描述。

考《弘治温州府志》卷十三《人物·科第》及《光绪永嘉县志》卷十一《选举志》,蒋廷玉,字太璞,永嘉人。嘉熙二年(1238)进士。尝官扬州司户。赵汝回《送蒋大(太)璞赴扬州司户》云:"维扬幕府最风流,何掾梅开蒋掾游。新籍楚民今几户?旧年隋帝此停舟。慈亲就养惟愁雪,元帅崇诗不畏秋。壕阔城高岂忘战,平山堂北是神州。"①对蒋氏赴扬州任司户的动机及生活内容都作了描述。

叶茵

叶茵有《赠陈芸居》一诗。云:"气貌老成闻见熟,江湖指作定南针。得书爱与世人读,选句长教野客吟。富贵天街纷耳目,清闲地位当山林。料君阅遍兴亡事,对坐萧然一片心。"②对陈起推许其至。

叶茵,字景文,笠泽人。其《既次韵,或非之,作解嘲》一诗有云:"衰龄逾五十,敢必登者希。"③诗作于淳祐九年(1249),是其约生于庆元六年(1200)。其《参选有感》一诗有云:"元是江湖萧散客,谁将幽梦落南柯。十年不调幸然好,一着才差悟处多。"④知尝宦途失意。又《苏州府志》卷四十八《第宅园林》载:"水竹墅,在同里,宋叶茵所居,有顺适堂、曲水流觞、峭壁寒潭、安乐窝、野堂、竹风水月、广寒世界、盟鸥槛、得春桥、赏心桥、寻源桥,茵自题

---

① 陈起辑《江湖后集》卷七,《景印文渊阁四库全书》第 1357 册,第 806 页。
② 叶茵《顺适堂吟稿》丙集,第 6 页 b。
③ 叶茵《顺适堂吟稿》丙集,第 2 页 a。
④ 叶茵《顺适堂吟稿》乙集,第 13 页 a。

诗十首。"①有《顺适堂吟稿》甲、乙、丙、丁四集。其诗见收于《江湖集》、《江湖续集》②。

叶绍翁

　　叶绍翁《靖逸小集》有《赠陈宗之》诗二首。其二云："十载京尘染布衣,西湖烟雨与心违。随车尚有书千卷,拟向君家卖却归。"③据此,知陈家书铺亦兼收购旧书。然叶云售书与陈之事,则或是戏言,不必坐实。

　　叶绍翁,字嗣宗,一字靖逸,建安人。《四朝闻见录》卷五《浦城乡校芝草之瑞》条自述:"庆元间(1195—1200),予为儿时,父兄常携入乡校。"④如果庆元六年(1200)叶绍翁八岁的话,则其人当生于绍熙五年(1194)。又其《咏先牌》一诗云:"相随万里途,汝岂被名驱。挂壁疑何用,辞家不可无。店翁先洒扫,津吏认称呼。举子无钱刻,惟将□纸糊。"⑤知其尝以寒士应举。又《四朝闻见录》卷一《庆元六君子》条云:"庚辰(嘉定十三年),京城灾,论事者众,周(端朝)语子曰:'子可以披腹呈琅玕矣。'予戏对之曰:'先生在,绍翁何敢言!'"⑥知其尝为官,可上书言事。有《靖逸小集》一卷、《四朝闻见录》五卷。其诗见收于《中兴江湖集》⑦。

――――――――――

①《姑苏苏州府志》卷四十八,见《中国地方志集成·江苏府县志辑》第8册,南京:江苏古籍出版社,1991年,第411页。

②《永乐大典》卷九百三、卷一万三千三百四十,见《永乐大典》第9册第8566、9125页。

③叶绍翁《靖逸小集》,第6页b。

④叶绍翁《四朝闻见录》戊集,第198页。

⑤叶绍翁《靖逸小集》,第9页a。

⑥叶绍翁《四朝闻见录》甲集,第8页。

⑦《永乐大典》卷八千八百四十四,见《永乐大典》第4册,第4064页。

危稹

危稹《巽斋小集》有《赠书肆陈解元》诗二首。其一云:"巽斋幸自少人知,饭饱官闲睡转宜。刚被旁人去饶舌,刺桐花下客求诗。"①所谓"客求诗",或即陈起求其诗付刊事。

危稹,字逢吉,号巽斋,抚州临川人。淳熙十四年(1187)进士。调南康军教授,改诸王宫教授,迁秘书郎,著作佐郎,擢著作郎兼屯田郎官。柴中行去国,赋诗送之,忤时相,出知潮州,寻论罢。久之,知漳州,提举崇禧观。与乡里耆艾七人为真率会。卒年七十四。今存《巽斋小集》一卷。《宋史》有传。其诗见收于《江湖集》②。

杜耒

《前贤小集拾遗》卷三有杜耒《赠陈宗之》一诗。云:"往年曾见赵天乐,数说君家书满床。成卷好诗人借看,盈壶名酒母先尝。对河却见桐阴合,隔壁应闻芸叶香。老不爱文空手出,从今烦为蓄仙方。"③

杜耒,字子野,号小山,旴江人。《鹤林玉露》之《制置用武臣》条云:"嘉定间(1208—1224),山东忠义李全,跋扈日甚。朝廷择人帅山阳,见大夫无可使,遂用许国。……国至山阳,偃然自大,受全庭参,全军忿怒,囚而杀之。幕客杜子野,诗人也,亦死焉。"④按《续资治通鉴》卷一百六十三,李全杀许国,事在宝庆元年(1225)二月。又卷一百六十四,宝庆三年(1227)六月,"(李福)与杨妙真谋,召(姚)翀饮。翀至而妙真不出,就坐宾次,左右散

①危稹《巽斋小集》,第4页b。
②《永乐大典》卷九百三,见《永乐大典》第9册,第8569页。
③陈起《前贤小集拾遗》卷三,第619页。
④罗大经《鹤林玉露》甲编卷四,见第66页。

去,福以翀命召诸幕客杜耒等,以妙真命召翀二妾。诸幕客知有变,不得已而往。耒至八字桥,福兵腰斩之"①。是则认为杜耒为姚翀幕客,死于宝庆三年。当以后说为是。

杜耒与四灵相交甚密。翁卷《酬杜子野》云:"千葩开欲休,独客思悠悠。江水能相隔,春风不共游。数篇诗未答,一幅信重收。多少怀君意,莺声高树头。"②赵师秀《会宿再送子野》云:"又承出郭到贫家,一度分携鬓欲华。……赢病不能亲送别,梦魂先立渡头沙。"③

徐鹿卿《跋杜子野〈小山诗〉》云:"夫五谷以主之,多品以佐之,则又在吾心,自为持衡。少陵,五谷也;晚唐,多品也;学诗,调味者也;评诗,知味者也。孟子有言:至于味,天下期于易牙。试与子野商之。"④对杜之专尚晚唐持异议。

张弋

张弋《秋江烟草》有《夏日从陈宗之借书偶成》一诗。云:"自从春去后,少省出柴扉。树暗鸦巢隐,檐空燕迹稀。忆山怜有梦,当暑咏无衣。案上书堆满,多应借得归。"⑤

张弋,一作亦(奕),字彦发,一字韩伯,河阳人。张端义《贵耳集》云:张弋"颀然面长,面带燕赵色,口中亦作北语。……许定夫馆于麾下,欲命拜官,不受。周宗圣有《张韩伯欲为羽士,赵紫芝作疏》之诗。后死于建业,定夫葬蒋山下,题曰:'大宋诗人张奕墓。'"⑥有

---

①《续资治通鉴》卷一百六十四,第5册第4462页。
②《永嘉四灵诗集》,第176页。
③《永嘉四灵诗集》,第264页。
④徐鹿卿《清正存稿》卷五,《景印文渊阁四库全书》第1178册,第917页。
⑤张弋《秋江烟草》,第1页b。
⑥张端义《贵耳集》卷上,《景印文渊阁四库全书》第865册,第427页。

《秋江烟草》一卷。其诗见收于《江湖集》①。

张弋诗宗贾岛、姚合。嘉定十一年(1218)，丁焴为其诗作跋云："张君彦发，湖海豪士，不喜为举子学，专意于诗，每以贾岛、姚合为法。所著仅成帙。清深闲雅，宛有唐人风致。至其得意警绝之句，杂之两人集内，殆未易辨。彦发思甚苦，未尝苟下一字，每有所作，必熔炼数日乃定，揆其用力，盖倍于江西之学。"②

与赵师秀善，集中多与其唱酬。如《寄赵紫芝》云："有云为我伴，终日诵君诗。"又《豫章别紫芝》云："一生江海恨，惟子最知余。"③赵师秀《赠张亦》云："一别无书信，相逢各老苍。……因言滚溪宴，同忆旧时狂。"④

张至龙

张至龙《雪林删余自序》云："予自髫龄癖吟，所积稿四十年，凡删改者数四。比承芸居先生又为摘为小编，特不过十中之一耳。……畎老乃宛于问诗者，予遂再浼芸居先生就摘稿中拈出律绝各数首，名曰《删余》，以授畎老。"⑤张至龙两次请陈起删诗，见出对陈的信任。

张至龙，字季灵，建安人。有《雪林删余》一卷。其诗见收于《江湖前集》⑥。

其人以苦吟自诩。《雪林删余自序》云：其诗"一联之雕，一句之琢，一字之炼，一意之熔，政犹强弓牵满，度不中不发，发必中

---

① 《永乐大典》卷九百三，见《永乐大典》第9册，第8569页。

② 载张弋《秋江烟草》，第9页b。

③ 张弋《秋江烟草》，第1页a、5页a。

④ 《永嘉四灵诗集》，第249页。

⑤ 张至龙《雪林删余》，第1页a—b。

⑥ 见《永乐大典》卷三千五，见《永乐大典》第2册，第1722页。

的"。其《宿易冲妙道院》自述苦吟之态云:"吟边冻指僵如铁,袖里枯笻画雪书。"①

吴文英

吴文英有〔丹凤吟〕(《赋陈宗之芸居楼》)一词。云:"丽景长安人海,避影繁华,结庐深寂。灯窗雪户,光映夜寒东壁。心雕鬓改,镂冰刻水,缥简离离,风签索索。怕遣花虫蠹粉,自采秋芸熏架,香泛纤碧。 更上新梯窈窕,暮山淡着城外色。旧雨江湖远,问桐阴门巷,燕曾相识。吟壶天小,不觉翠蓬云隔。桂斧月宫三万手,计元和通籍。软红满路,谁聘幽素客。"②

吴文英,字君特,号梦窗,又号觉翁,四明人。约生于庆元六年(1200)。绍定五年(1232),入吴为仓台幕僚。之后,漫游江湖,从吴潜、史宅之、尹焕诸人游。景定元年(1260),客赵与芮邸。约卒于是年。有《梦窗词》一卷。上引词,据夏承焘考证,约作于淳祐十一年(1251),时吴文英初交陈起③。

吴文英为晚宋著名词人。其词字句工丽,音律和谐,喜用典故,意旨晦涩。故张炎评云:"吴梦窗词如七宝楼台,眩人眼目,碎拆下来,不成片段。"④然近代作手如朱孝臧、陈洵及今之评论家叶嘉莹等多不然张说。

周文璞

《前贤小集拾遗》有周文璞《赠陈宗之》一诗,云:"伊吾声里过

---

① 张至龙《雪林删余》,第 3 页 b。

② 唐圭璋编《全宋词》,第 2885 页。

③ 见夏承焘《吴梦窗系年》,载《唐宋词人年谱》,第 477 页。

④ 张炎《词源》卷下"清空"条,见唐圭璋编《词话丛编》,北京:中华书局,1986年,第 259 页。

年年,收拾旁行亦可怜。频嗅芸香心欲醉,为寻脉望眼应穿。哦诗苦似悲秋客,收价清于卖卜钱。吴下异书浑未就,每逢佳处辄留连。"①

周文璞,字晋仙,号方泉,又号野斋、山楹,阳谷人。刘克庄《后村先生大全集》卷三有《哭周晋仙》一诗。《大全集》多系编年,此诗同卷前数首《平床岭》注云:"以下十二首辛巳游山作。"②辛巳即嘉定十四年(1221),因知周卒于是年。有《方泉先生诗集》三卷。

赵汝绩

四库辑本《江湖后集》有赵汝绩《柬陈宗之》一诗。云:"略约东风客袖寒,卖花声里立阑干。有钱不肯沽春酒,旋买唐诗对雨看。"③

赵汝绩,字庶可,号山台,本籍浚仪,居于会稽。四库馆臣辑其诗一卷,收入《江湖后集》。其《忆昔一首》有云:"忆昔三十气拂云,钺神蘲鬼泣袆文。欲提河洛数千里,重收图版归明君。"④知其具有爱国思想。赵汝绩与戴复古交善,戴《石屏诗集》卷二、卷三有赠诗数首,对其诗才颇为推挹。

郑斯立

《前贤小集拾遗》有郑斯立《赠陈宗之》一诗。云:"昔人耽隐约,屠酤身亦安。矧伊丛古书,枕藉于其间。读书博诗趣,鬻书奉亲欢。君能有此乐,冷淡世所难。我本抱孤尚,为贫试弹

---

① 陈起《前贤小集拾遗》卷四,第 625 页。
② 刘克庄《后村先生大全集》卷三,《四部丛刊》集部第 1289 册,第 8 页 a。
③《江湖后集》卷七,《景印文渊阁四库全书》第 1357 册,第 801 页。
④《江湖后集》卷七,《景印文渊阁四库全书》第 1357 册,第 799 页。

冠。……阅书于市廛，得君羁思宽。诵其所为诗，刻苦雕肺肝。陶韦淡不俗，郊岛深以艰。君勇欲兼之，日夜吟辛酸。……桐阴覆月色，静夜独往还。人皆掉臂过，我自刮眼看。百年适志耳，岂必身是官？不见林和靖，清名载孤山。"①

　　据《福建通志》卷二十四《职官志》、卷三十五《选举志》，郑斯立，字立之，怀安人。嘉定元年（1208）进士，嘉定间（1208—1224），任漳浦县尉。

俞桂

　　俞桂有《寄陈芸居》诗一首。云："生长京华地，衣冠东晋人。书中尘不到，笔下句通神。江海知名日，池塘几梦春。精神长似旧，芸稿愈清新。"②

　　俞桂，字希郄，仁和人。《咸淳临安志》卷六十一《国朝进士表》言其中端平二年（1235）进士，而《杭州府志》卷六十七《选举志》则言其中绍定五年（1232）进士，未知孰是。其《寓京二首》之一云："一官濩落笑如初，只合空山去读书。"又《述己》云："落落功名鬓早斑，重游京国又何颜。"③知其尝为微官，历久不调。有《渔溪诗稿》二卷、《渔溪乙稿》一卷。其诗见收于《江湖集》④。

敖陶孙

　　叶绍翁《四朝闻见录》丙集《悼赵忠定诗》条云："初，（敖陶孙）识南岳刘克庄，得其诗卷曰：'所欠典实尔。'《南岳集》中诗率用事，盖取其说。后得南岳，刻诗于士人陈宗之。喜而语宗之曰：

---

①《前贤小集拾遗》卷二，第 613 页。
②俞桂《渔溪诗稿》卷二，第 4 页 a。
③《南宋六十家小集》本《渔溪诗稿》卷二，第 7 页 a，又《渔溪乙稿》，第 6 页 a。
④《永乐大典》卷九百三，见《永乐大典》第 9 册，第 8567 页。

'且喜潜夫(原注:克庄字),已成正觉。'"①

敖陶孙,字器之,号臞翁,福州福清人。生于绍兴二十四年(1154)。少贫,以学自奋。淳熙七年(1180),乡荐第一。客吴中,吴士从者云集。庆元五年(1199)中进士。历官海门县簿,漳州教授,广东转运司主管文字,金书平海军节度判官厅公事,主管华州西岳。卒于宝庆三年(1227)。今存《臞翁诗集》二卷。其诗见收于《中兴江湖集》、《江湖后集》②。

敖陶孙声名著于一时。韩侂胄用事,朱熹罢经筵,敖陶孙首以诗送之。赵汝愚谪死,敖陶孙哀之以文,复题诗三元楼,有云:"一死固知公所欠,孤忠幸有史长存。九原若遇韩忠献,休说渠家末世孙。"被执,几殆。宝庆初年,史弥远构陷《江湖集》,敖陶孙亦遭到牵连,然"婴奇祸,而名愈高,为诗人重矣"③。

其诗有江西风。又有《诗评》一篇,自魏晋迄以宋朝,历评历代诗,皆以譬喻出之,颇具特色。

---

① 叶绍翁《四朝闻见录》丙集,见第 96 页。

② 《永乐大典》卷二千五百三十七、卷三千四,见《永乐大典》第 2 册第 1191 页和第 1706 页。

③ 敖陶孙事迹见刘克庄《后村先生大全集》卷一百四十八《臞庵敖先生墓志铭》(《四部丛刊》集部第 1324 册,第 9 页 a)、牟巘《陵阳集》卷十四《潘善甫诗序》(《景印文渊阁四库全书》第 1188 册,第 121 页)、叶绍翁《四朝闻见录》丙集《悼赵忠定诗》条(第 96 页)。按,叶著谓敖陶孙题诗三元楼时,"方书于楼之木壁,酒一再行,壁已不复存。陶孙知诗必已为韩所廉,则捕者必至急(按疑为倒文)。……亟亡命,归走闽,捕者入闽,逮之入都。以书祈哀于韩,谓诗非己作,韩笑而命有司复其贯。"见该书第 96 页。而岳珂《桯史》卷十五《庆元公议》条载此事,则云"平原闻之,亦不之罪也"。见第 174 页。二说未知孰是,姑录以备考。

徐从善

四库辑本《江湖后集》有徐从善《呈芸居》一诗。云："生来稽古心,文士独知音。世事随年懒,诗愁入鬓深。梦抛三尺组,书敌几籯金。何以谋清隐,湖山风月林。"①

徐从善,字仲善,古括人。生平不详。其《即事》一诗云:"七十衰翁雪满头,未谈边事涕先流。更言近日无和籴,纵是凶年亦免愁。"②知其高寿,且关心国事。

黄顺之

《前贤小集拾遗》卷二有黄顺之《赠陈宗之》一诗。云："羡君家阙下,不踏九衢尘。万卷书中坐,一生闲里身。贪诗疑有债,阅世欲无人。昨日相思处,桐花烂漫春。"③

黄顺之,字佑甫,邵武人。据嘉靖《邵武府志》卷八《选举志》,中开禧元年(1205)进士。叶绍翁《靖逸小集》有《寄湖上黄教》(自注:佑甫)一诗,云:"门幽缘寺近,官冷未成家。……"④知尝为教官。

黄简

《前贤小集拾遗》有黄简《秋怀寄陈宗之》一诗。云："秋声四壁动,寒事日骎骎。红剥林间子,青除架底荫。积闲殊有味,安拙本无心。独愧陈征士,赊书不问金。"⑤

黄简,一名居简,字元易,号东浦,建安人。工诗。嘉熙中

---

①《江湖后集》卷十五,《景印文渊阁四库全书》第 1357 册,第 918 页。
②《江湖后集》卷十五,《景印文渊阁四库全书》第 1357 册,第 919 页。
③陈起《前贤小集拾遗》卷二,第 614 页。
④叶绍翁《靖逸小集》,第 7 页 a。
⑤陈起《前贤小集拾遗》卷四,第 630 页。

(1237—1240)卒,通判翁逢龙葬之虎丘①。其诗见收于《江湖集》②。

释斯植

释斯植《采芝集》有《挽芸居秘校》一诗。云:"世上名犹在,闲情岂足悲。自怜吟日少,唯恨识君迟。兰阁人亡后,寒林月上时。十年青史梦,只有老天知。"③

释斯植,字建中,号芳庭,住南岳寺。有《采芝集》一卷、《续稿》一卷。其诗见收于《江湖集》、《江湖续集》④。

附记:本书写成后,曾刊于《文献》1989年第四期,其后,胡益民、周月亮君在《文献》1991年第一期上发表《〈江湖集〉编者陈起交游续考》,对拙作有所补充。今酌情将有关部分收入,并对胡、周二君表示感谢。

---

① 载文肇祉《虎丘志》,转引自查为仁、厉鹗《绝妙好词笺》卷三,第236页。
② 见《永乐大典》卷九百三。
③ 释斯植《采芝集》,第10页b。
④ 《永乐大典》卷九百三、卷一万一千、卷一万三千四百五十,见《永乐大典》
　第5册第4586页、第6册第5759页。

主要征引文献

古籍、专著

《周易》,《十三经注疏》,钟谦钧重刊武英殿本。

《礼记》,《十三经注疏》,钟谦钧重刊武英殿本。

《诗经》,《十三经注疏》,钟谦钧重刊武英殿本。

《论语》,《十三经注疏》,钟谦钧重刊武英殿本。

《孟子》,《十三经注疏》,钟谦钧重刊武英殿本。

《史记》,司马迁撰,中华书局 1959 年排印本。

《后汉书》,范晔撰,中华书局 1965 年排印本。

《晋书》,房玄龄等撰,中华书局 1974 年排印本。

《南史》,李延寿撰,中华书局 1975 年排印本。

《旧唐书》,刘昫等撰,中华书局 1975 年排印本。

《新唐书》,欧阳修等撰,中华书局 1975 年排印本。

《宋史》,脱脱等撰,中华书局 1977 年排印本。

《宋史翼》,陆心源辑,清光绪丙午年归安陆氏刊本。

《宋史纪事本末》,陈邦瞻撰,中华书局 1977 年排印本。

《宋会要辑稿》,徐松辑,国立北平图书馆 1936 年本。

《宋季忠义录》,万斯同撰,上海书店《丛书集成续编》本。

《宋代经济史》,漆侠撰,上海人民出版社 1987 年排印本。

《续资治通鉴》,毕沅编撰,古籍出版社 1957 年排印本。

《中国通史简编》,范文澜撰,商务印书馆 2010 年排印本。

《廿二史札记》,赵翼撰,《四部备要》本。

《建炎以来朝野杂记》,李心传撰,《丛书集成初编》本。

《建炎以来系年要录》,李心传撰,中华书局 1956 年排印本。

《三朝北盟会编》,徐梦莘撰,上海古籍出版社 1987 年排印本。

《两朝纲目备要》,《景印文渊阁四库全书》本。

《宋季三朝政要》,《丛书集成初编》本。

《宝祐四年登科录》,《景印文渊阁四库全书》本。

《宋元学案》,黄宗羲撰,全祖望补修,中华书局 1986 年排印本。

《宋元学案补遗》,王梓材等辑,《四明丛书》本。

《文献通考》,马端临撰,中华书局 1986 年排印本。

《吴都文粹》,郑虎臣辑,《景印文渊阁四库全书》本。

《高士传》,皇甫谧撰,《丛书集成初编》本。

《闽中理学渊源考》,李清馥撰,《景印文渊阁四库全书》本。

《白石道人年谱》,陈思撰,《辽海丛书》本。

《唐宋词人年谱》,夏承焘撰,古典文学出版社 1955 年排印本。

《南宋馆阁续录》,《景印文渊阁四库全书》本。

《辛稼轩年谱》,邓广铭撰,上海古籍出版社 1957 年排印本。

《范成大年谱》,孔凡礼撰,齐鲁书社 1985 年排印本。

《入蜀记》,陆游撰,《丛书集成初编》本。

《南宋古迹考》,朱彭撰,浙江人民出版社 1983 年排印本。

《新安文献志》,程敏政编,《景印文渊阁四库全书》本。

《赤城志》,陈耆卿撰,《景印文渊阁四库全书》本。

《宝庆会稽续志》,张淏撰,《景印文渊阁四库全书》本。

《景定建康志》,周应合撰,《景印文渊阁四库全书》本。

《咸淳临安志》,潜说友撰,《景印文渊阁四库全书》本。

《延祐四明志》,袁桷修,《景印文渊阁四库全书》本。

《永乐乐清县志》,上海古籍书店 1964 年版《天一阁藏明代方志选刊》本。

《成化宁波郡志》,杨寔修,台湾成文出版社影印成化四年刊本。

《弘治温州府志》,王瓒修,上海古籍书店《天一阁藏明代方志选刊》本。

《正德建昌府志》,夏良胜修,上海古籍书店 1964 年版《天一阁藏明代方志选刊》本。

《嘉靖建阳县志》,冯继科修,上海古籍书店 1962 年版《天一阁藏明代方志选刊》本。

《嘉靖邵武府志》,陈让修,上海古籍书店 1964 年版《天一阁藏明代方志选刊》本。

《嘉靖建宁府志》,夏玉麟等修,上海古籍书店 1964 年版《天一阁藏明代方志选刊》本。

《嘉靖淳安县志》,姚鸣鸾修,上海古籍书店 1965 年版《天一阁藏明代方志选刊》本。

《天启海盐县图经》,樊维城等修,台湾成文出版社影印天启四年刊本。

《万历黄岩县志》,袁应琪修,上海古籍书店 1963 年版《天一阁藏明代方志选刊》本。

《金华府志》,王懋德等修,台湾成文出版社影印万历六年刊本。

《康熙临海县志》,洪若皋等修,台湾成文出版社影印康熙二十二年刊本。

《雍正江西通志》,高齐倬等修,清刊本。

《嘉庆太平县志》,庆霖等修,台湾成文出版社影印光绪二十二年重刊本。

《江西通志》，曾国藩等修，《续修四库全书》本。

《光绪永嘉县志》，张宝琳修，清刊本。

《乐清县志》，李登云等修，1912年补刻本。

《崇祯宁海县志》，宋奎光撰，崇祯刊本。

《昆山郡志》，杨谦撰，宣统刊本。

《杭州府志》，郑沄修，《续修四库全书》本。

《南昌府志》，陈兰森等修，清刊本。

《浙江通志》，施维翰修，清刊本。

《西江志》，白璜修，清刊本。

《福建通志》，郝玉麟修，《景印文渊阁四库全书》本。

《临江府志》，管大勋修，上海古籍书店1962年影印本。

《直斋书录解题》，陈振孙撰，《丛书集成初编》本。

《四库全书总目》，永瑢等撰，中华书局1965年影印本。

《武林藏书录》，丁丙撰，上海书店《丛书集成续编》本。

《郡斋读书志》，晁公武撰，《四部丛刊三编》本。

《善本书室藏书志》，丁丙编，清光绪辛丑年钱塘丁氏刊本。

《庄子集释》，郭庆藩撰，中华书局1961年排印本。

《殷芸小说》，殷芸编撰，上海古籍出版社1984年排印本。

《幽闲鼓吹》，张固撰，《学海类编》本。

《唐摭言》，王定保撰，古典文学出版社1957年排印本。

《太平广记》，李昉等编，中华书局1961年排印本。

《翰苑新书》，刘子实编，《景印文渊阁四库全书》本。

《燕翼诒谋录》，王栐撰，《丛书集成初编》本。

《野客丛书》，王楙撰，《丛书集成初编》本。

《梦溪笔谈校证》，沈括撰，胡道静校证，上海古籍出版社 1987 年
　　排印本。

《宾退录》，赵与时撰，乾隆壬申存恕堂仿宋刊本。

《画史》，米芾撰，《丛书集成初编》本。

《容斋随笔》又《续笔》又《三笔》，洪迈撰，《四部丛刊续编》本。

《云麓漫钞》，赵彦卫撰，《丛书集成初编》本。

《独醒杂志》，曾敏行撰，《丛书集成初编》本。

《梁溪漫志》，费衮撰，上海古籍出版社 1985 年排印本。

《扪虱新话》，陈善撰，《丛书集成初编》本。

《老学庵笔记》，陆游撰，《丛书集成初编》本。

《朱子语类》，黎德靖编，中华书局 1986 年排印本。

《吹剑录全编》，俞文豹撰，张宗祥校订，古典文学出版社 1958 年
　　排印本。

《涧泉日记》，韩淲撰，《景印文渊阁四库全书》本。

《桯史》，岳珂撰，中华书局 1981 年排印本。

《鹤林玉露》，罗大经撰，中华书局 1983 年排印本。

《荆溪林下偶谈》，吴子良撰，《景印文渊阁四库全书》本。

《贵耳集》，张端义撰，《景印文渊阁四库全书》本。

《游宦纪闻》，张世南撰，中华书局 1981 年排印本。

《旧闻证误》，李心传撰，中华书局 1981 年排印本。

《鼠璞》，戴埴撰，《丛书集成初编》本。

《四朝闻见录》，叶绍翁撰，中华书局 1989 年排印本。

《随隐漫录》，陈世崇撰，《丛书集成新编》本。

《黄氏日抄》，黄震编，大化书局 1984 年影印本。

《齐东野语》，周密撰，中华书局 1983 年排印本。

《武林旧事》，周密撰，西湖书社 1981 年排印本。

《癸辛杂识》，周密撰，中华书局1988年排印本。

《浩然斋雅谈》，周密撰，《景印文渊阁四库全书》本。

《爱日斋丛钞》，叶寘撰，《丛书集成初编》本。

《梦粱录》，吴自牧撰，《丛书集成初编》本。

《都城纪胜》，耐得翁撰，中国商业出版社1982年排印本。

《东南纪闻》，《景印文渊阁四库全书》本。

《隐居通议》，刘埙撰，《丛书集成初编》本。

《山房随笔》，蒋子正撰，中华书局1981年版《历代诗话》本。

《珊瑚木难》，朱存理撰，上海书店《丛书集成续编》本。

《日知录集释》，顾炎武撰，黄汝成集释，上海古籍出版社2006年排印本。

《香祖笔记》，王士禛撰，上海古籍出版社1982年排印本。

《陔余丛考》，赵翼撰，商务印书馆1957年排印本。

《越缦堂读书记》，李慈铭撰，由云龙辑，商务印书馆1959年排印本。

《六臣注文选》，萧统编，中华书局1987年影印本。

《永乐大典》，中华书局1986年影印本。

《诗渊》，书目文献出版社1984年影印本。

《先秦汉魏晋南北朝诗》，逯钦立辑校，中华书局1983年排印本。

《江西诗征》，曾燠辑，清嘉庆九年赏雨茅屋刊本。

《古诗今选》，程千帆师等撰，上海古籍出版社1983年排印本。

《绝妙好词笺》，周密撰，查为仁、厉鹗笺，中华书局1957年影印本。

《中兴以来绝妙词选》，黄昇编，《丛书集成初编》本。

《全唐诗》，中华书局1960年排印本。

《全唐文》，董诰等编，中华书局1983年影印本。

《唐文拾遗》，陆心源辑，中华书局1983年影印本《全唐文》附录。

《极玄集》，姚合选，上海古籍出版社1978年版《唐人选唐诗》本。

《唐诗绝句》，韩淲等选，谢枋得笺注，卢前补注，会文堂新记书局1935年排印本。

《唐诗品汇》，高棅编选，上海古籍出版社1988年影印本。

《中晚唐诗人主客图》，李怀民辑撰，清嘉庆壬申年临川李氏刊本。

《读雪山房唐诗》，管世铭辑，清光绪十二年江阴金氏粟香室丛书本。

《宋诗钞》，吴之振等选，中华书局1986年排印本。

《宋百家诗存》，曹庭栋选，《景印文渊阁四库全书》本。

《宋十五家诗选》，陈訏选，《续修四库全书》本。

《宋诗精华录》，陈衍评选，江西人民出版社1984年排印本。

《宋诗选注》，钱钟书撰，人民文学出版社1985年排印本。

《南宋杂事诗》，沈嘉辙等撰，清武林芹香斋刊本。

《江湖小集》，陈起编，《景印文渊阁四库全书》本。

《南宋六十家小集》，陈起编，明汲古阁景钞本。

《前贤小集拾遗》，陈起撰，《丛书集成三编》本。

《诗家鼎脔》，《景印文渊阁四库全书》本。

《中兴群公吟稿戊集》，陈起辑，读画斋刊《南宋群贤小集》本。

《后村千家诗》，题刘克庄编，上海书店《丛书集成续编》本。

《南宋文范》，庄仲方编，光绪十四年江苏书局刊本。

《全宋词》，唐圭璋编，中华书局1965年排印本。

《中州集》，元好问编，中华书局1962年排印本。

《濂洛风雅》，金履祥辑，《丛书集成初编》本。

《陶渊明集》，陶潜撰，逯钦立校注，中华书局1979年排印本。

《李太白全集》,李白撰,王琦注,中华书局 1977 年排印本。

《杜诗详注》,杜甫撰,仇兆鳌注,中华书局 1979 年排印本。

《杜诗镜铨》,杜甫撰,杨伦注,上海古籍出版社 1962 年排印本。

《白居易集》,白居易撰,中华书局 1979 年排印本。

《李长吉歌诗汇解》,李贺撰,王琦汇解,上海人民出版社 1977 年版《李贺诗歌集注》本。

《刘禹锡集》,刘禹锡撰,上海人民出版社 1975 年排印本。

《樊川诗集注》,杜牧撰,冯集梧集注,上海古籍出版社 1978 年排印本。

《丁卯集》,许浑撰,《四部丛刊》本。

《李商隐诗集疏注》,李商隐撰,叶葱奇疏注,人民文学出版社 1985 年排印本。

《甲乙集》,罗隐撰,《四部丛刊》本。

《唐风集》,杜荀鹤撰,《景印文渊阁四库全书》本。

《逍遥集》,潘阆撰,《景印文渊阁四库全书》本。

《宛陵先生集》,梅尧臣撰,《四部丛刊》本。

《司马温公文集》,司马光撰,《四部备要》本。

《临川先生文集》,王安石撰,《四部丛刊》本。

《王令集》,王令撰,上海古籍出版社 1980 年排印本。

《苏轼诗集》,苏轼撰,王文诰辑注,中华书局 1982 年排印本。

《豫章黄先生文集》,黄庭坚撰,《四部丛刊》本。

《山谷外集诗注》,黄庭坚撰,《四部备要》本。

《山谷诗集注》,黄庭坚撰,《四部备要》本。

《山谷诗外集补》,黄庭坚撰,《丛书集成新编》本。

《山谷老人刀笔》,黄庭坚撰,北京图书馆印中华再造善本。

《山谷题跋》,黄庭坚撰,上海远东出版社 1999 年排印本。

《止堂集》,彭龟年撰,景印文渊阁《四库全书》本。

《日涉园集》,李彭撰,新文丰出版公司《丛书集成续编》本。

《曲阜集》,曾肇撰,《景印文渊阁四库全书》本。

《宝晋英光集》,米芾撰,《丛书集成新编》本。

《后山居士文集》,陈师道撰,上海古籍出版社1984年影印本。

《后山诗注》,陈师道撰,任渊注,《四部丛刊》本。

《景迂生集》,晁说之撰,《景印文渊阁四库全书》本。

《河南程氏遗书》,程颢等撰,《国学基本丛书》本。

《溪堂集》,谢逸撰,《宋集珍本丛刊》本。

《伊川击壤集》,邵雍撰,《四部丛刊》本。

《北山集》,程俱撰,《景印文渊阁四库全书》本。

《洪龟父集》,洪朋撰,《景印文渊阁四库全书》本。

《谢幼盘文集》,谢薖撰,《续古逸丛书》本。

《茶山集》,曾几撰,《丛书集成初编》本。

《东莱先生诗集》,吕本中撰,《四部丛刊续编》本。

《陈与义集》,陈与义撰,中华书局1982年排印本。

《于湖居士文集》,张孝祥撰,上海古籍出版社1980年排印本。

《缙云文集》,冯时行撰,《景印文渊阁四库全书》本。

《朱淑真集》,朱淑真撰,张璋等校注,上海古籍出版社1986年排
　　印本。

《剑南诗稿校注》,陆游撰,钱仲联校注,上海古籍出版社1985年
　　排印本。

《渭南文集》,陆游撰,《四部丛刊》本。

《范石湖集》,范成大撰,上海古籍出版社1981年排印本。

《周益国文忠公集》,周必大撰,清道光二十八年庐陵欧阳棨刊咸
　　丰元年续刊本。

《诚斋诗集》，杨万里撰，《四部备要》本。

《诚斋集》，杨万里撰，《四部丛刊》本。

《柳塘外集》，释道璨撰，《景印文渊阁四库全书》本。

《朱子大全》，朱熹撰，《四部备要》本。

《江湖长翁集》，陈造撰，《景印文渊阁四库全书》本。

《自鸣集》，章甫撰，《景印文渊阁四库全书》本。

《忠肃集》，刘挚撰，《景印文渊阁四库全书》本。

《袁氏世范》，夏采撰，《景印文渊阁四库全书》本。

《叶适集》，叶适撰，中华书局1961年排印本。

《克斋集》，陈文蔚撰，《景印文渊阁四库全书》本。

《楳埜集》，徐元杰撰，《宋集珍本丛刊》本。

《淳熙稿》，赵蕃撰，《丛书集成初编》本。

《巽斋小集》，危稹撰，汲古阁景钞《南宋六十家小集》本。

《巽斋文集》，欧阳守道撰，《景印文渊阁四库全书》本。

《龙洲集》，刘过撰，上海古籍出版社1978年排印本。

《臞翁诗集》，敖陶孙撰，汲古阁景钞《南宋六十家小集》本。

《姜白石诗集笺注》，姜夔撰，孙玄长笺注，山西人民出版社1986年排印本。

《白石诗词集》，姜夔撰，夏承焘校辑，人民文学出版社1959年排印本。

《白石道人词笺平》，陈柱编，商务印书馆1934年排印本。

《涧泉集》，韩淲撰，《景印文渊阁四库全书》本。

《二薇亭诗集》，徐玑撰，浙江古籍出版社1985年版《永嘉四灵诗集》本。

《苇碧轩诗集》，翁卷撰，浙江古籍出版社1985年版《永嘉四灵诗集》本。

《耻堂存稿》，高斯得撰，《丛书集成初编》本。

《敝帚稿略》，包恢撰，《景印文渊阁四库全书》本。

《疏寮小集》，高似孙撰，汲古阁景钞《南宋六十家小集》本。

《滹南遗老集》，王若虚撰，《四部丛刊》本。

《芳兰轩诗集》，徐照撰，浙江古籍出版社 1985 年版《永嘉四灵诗
　　集》本。

《墙东类稿》，陆文圭撰，《景印文渊阁四库全书》本。

《漫塘集》，刘宰撰，《景印文渊阁四库全书》本。

《石屏诗集》，戴复古撰，《景印文渊阁四库全书》本。

《石屏诗集》，戴复古撰，《四部丛刊续编》本。

《石屏续集》，戴复古撰，汲古阁景钞《南宋六十家小集》本。

《菊涧小集》，高翥撰，汲古阁景钞《南宋六十家小集》本。

《清正存稿》，徐鹿卿撰，《景印文渊阁四库全书》本。

《清苑斋诗集》，赵师秀撰，浙江古籍出版社 1985 年版《永嘉四灵
　　诗集》本。

《野谷诗稿》，赵汝鐩撰，汲古阁景钞《南宋六十家小集》本。

《蒙斋集》，袁甫撰，《景印文渊阁四库全书》本。

《蠹斋铅刀编》，周孚撰，《景印文渊阁四库全书》本。

《安晚堂诗集》，郑清之撰，汲古阁景钞《南宋六十家小集》本。

《潜山集》，释文珦撰，《景印文渊阁四库全书》本。

《瓜庐诗》，薛师石撰，汲古阁景钞《南宋六十家小集》本。

《真文忠公文集》，真德秀撰，《四部丛刊》本。

《鹤山先生大全集》，魏了翁撰，《四部丛刊》本。

《文溪集》，李昴英撰，《景印文渊阁四库全书》本。

《金陵百咏》，曾极撰，新文丰出版公司《丛书集成续编》本。

《雪窗小集》又《补遗》，张良臣撰，汲古阁景钞《南宋六十家小

集》本。

《露香拾稿》，黄大受撰，汲古阁景钞《南宋六十家小集》本。

《清献集》，杜范撰，《景印文渊阁四库全书》本。

《后村先生大全集》，刘克庄撰，《四部丛刊》本。

《后村集》，刘克庄撰，《景印文渊阁四库全书》本。

《北溪大全集》，陈淳撰，《景印文渊阁四库全书》本。

《葛无怀小集》，葛天民撰，汲古阁景钞《南宋六十家小集》本。

《汶阳端平诗隽》，周弼撰，汲古阁景钞《南宋六十家小集》本。

《靖逸小集》，叶绍翁撰，汲古阁景钞《南宋六十家小集》本。

《浣川集》，戴栩撰，《景印文渊阁四库全书》本。

《泠然斋集》，苏泂撰，《景印文渊阁四库全书》本。

《履斋遗稿》，吴潜撰，《景印文渊阁四库全书》本。

《秋江烟草》又《补遗》，张弋撰，汲古阁景钞《南宋六十家小集》本。

《小山集》，刘翰撰，汲古阁景钞《南宋六十家小集》本。

《方泉先生诗集》，周文璞撰，汲古阁景钞《南宋六十家小集》本。

《山居存稿》，陈必复撰，汲古阁景钞《南宋六十家小集》本。

《云卧诗集》，吴汝弌撰，汲古阁景钞《南宋六十家小集》本。

《云泉诗》，薛嵎撰，汲古阁景钞《南宋六十家小集》本。

《云泉诗集》，释永颐撰，汲古阁景钞《南宋六十家小集》本。

《斗野稿支卷》，张蕴撰，汲古阁景钞《南宋六十家小集》本。

《心游摘稿》，刘翼撰，汲古阁景钞《南宋六十家小集》本。

《东斋小集》，陈鉴之撰，汲古阁景钞《南宋六十家小集》本。

《北窗诗稿》，余观复撰，汲古阁景钞《南宋六十家小集》本。

《竹庄小稿》，胡仲参撰，汲古阁景钞《南宋六十家小集》本。

《竹所吟稿》，徐集孙撰，汲古阁景钞《南宋六十家小集》本。

《吾竹小稿》，毛珝撰，汲古阁景钞《南宋六十家小集》本。

《芸居乙稿》,陈起撰,汲古阁景钞《南宋六十家小集》本。

《芸居遗诗》,陈起撰,汲古阁景钞《南宋六十家小集》本。

《皇荂曲》,邓林撰,汲古阁景钞《南宋六十家小集》本。

《芸隐倦游稿》,施枢撰,汲古阁景钞《南宋六十家小集》本。

《芸隐横舟稿》,施枢撰,汲古阁景钞《南宋六十家小集》本。

《苇航漫游稿》,胡仲弓撰,《景印文渊阁四库全书》本。

《抱拙小稿》,赵希橎撰,汲古阁景钞《南宋六十家小集》本。

《招山小集》,刘仙伦撰,汲古阁景钞《南宋六十家小集》本。

《采芝集》又《续稿》,释斯植撰,汲古阁景钞《南宋六十家小集》本。

《学吟》,朱南杰撰,汲古阁景钞《南宋六十家小集》本。

《学诗初稿》,王同祖撰,汲古阁景钞《南宋六十家小集》本。

《鸥渚微吟》,赵崇鉘撰,汲古阁景钞《南宋六十家小集》本。

《顺适堂吟稿》,叶茵撰,汲古阁景钞《南宋六十家小集》本。

《皇荂曲》,邓林撰,汲古阁景钞《南宋六十家小集》本。

《适安藏拙余稿》,武衍撰,汲古阁景钞《南宋六十家小集》本。

《桧庭吟稿》,葛起耕撰,汲古阁景钞《南宋六十家小集》本。

《桔潭诗稿》,何应龙撰,汲古阁景钞《南宋六十家小集》本。

《菊潭诗集》又《补遗》,吴惟信撰,汲古阁景钞《南宋六十家小集》本。

《梅屋诗稿》又《融春小缀》又《梅屋杂著》,许棐撰,汲古阁景钞《南宋六十家小集》本。

《梅屋三稿》又《梅屋四稿》,许棐撰,汲古阁景钞《南宋六十家小集》本。

《梅屋吟》,邹登龙撰,汲古阁景钞《南宋六十家小集》本。

《沧浪严先生吟卷》,严羽撰,明正德十二年刊本。

《雪岩吟草》,宋伯仁撰,汲古阁景钞《南宋六十家小集》本。

《雪坡小稿》，罗与之撰，汲古阁景钞《南宋六十家小集》本。

《雪蓬稿》，姚镛撰，汲古阁景钞《南宋六十家小集》本。

《庸斋小集》，沈说撰，汲古阁景钞《南宋六十家小集》本。

《渔溪诗稿》又《乙稿》，俞桂撰，汲古阁景钞《南宋六十家小集》本。

《雅林小稿》，王琮撰，汲古阁景钞《南宋六十家小集》本。

《蒙泉诗稿》，李涛撰，汲古阁景钞《南宋六十家小集》本。

《静佳龙寻稿》又《乙稿》，朱继芳撰，汲古阁景钞《南宋六十家小集》本。

《端隐吟稿》，林尚仁撰，汲古阁景钞《南宋六十家小集》本。

《癖斋小集》，杜旃撰，汲古阁景钞《南宋六十家小集》本。

《东山诗选》，葛绍体撰，《景印文渊阁四库全书》本。

《秋崖先生小稿》，方岳撰，《宋集珍本丛刊》本。

《秋崖集》，方岳撰，《景印文渊阁四库全书》本。

《竹溪鬳斋十一稿续集》，林希逸撰，《景印文渊阁四库全书》本。

《雪林删余》，张至龙撰，汲古阁景钞《南宋六十家小集》本。

《东涧集》，许应龙撰，《景印文渊阁四库全书》本。

《北涧集》，释居简撰，《景印文渊阁四库全书》本。

《看云小集》，黄文雷撰，汲古阁景钞《南宋六十家小集》本。

《雪矶丛稿》，乐雷发撰，岳麓书社 1986 年排印本。

《秋堂集》，柴望撰，《景印文渊阁四库全书》本。

《古梅遗稿》，吴龙翰撰，《景印文渊阁四库全书》本。

《平庵悔稿》，项安世撰，《续修四库全书》本。

《陵川集》，郝经撰，《景印文渊阁四库全书》本。

《叠山集》，谢枋得撰，《四部丛刊续编》本。

《桐江集》，方回撰，《丛书集成三编》本。

《桐江续集》，方回撰，《景印文渊阁四库全书》本。

《须溪集》,刘辰翁撰,《景印文渊阁四库全书》本。

《西麓诗稿》,陈允平撰,汲古阁景钞《南宋六十家小集》本。

《彝斋文编》,赵孟坚撰,《景印文渊阁四库全书》本。

《陵阳集》,牟巘撰,《景印文渊阁四库全书》本。

《剡源集》,戴表元撰,《丛书集成初编》本。

《庐山集》,董嗣杲撰,《景印文渊阁四库全书》本。

《青山集》,赵文撰,《景印文渊阁四库全书》本。

《山村遗集》,仇远撰,《武林往哲遗著》本。

《伯牙琴》,邓牧撰,中华书局 1959 年排印本。

《程雪楼文集》,程钜夫撰,明洪武二十八年与耕书堂本。

《仁山文集》,金履祥撰,《景印文渊阁四库全书》本。

《勿轩集》,熊禾撰,《景印文渊阁四库全书》本。

《月洞吟》,王滋撰,《景印文渊阁四库全书》本。

《涧谷遗集》,罗椅撰,新文丰出版公司《丛书集成续编》本。

《清容居士集》,袁桷撰,《丛书集成初编》本。

《礼部集》,吴师道撰,《景印文渊阁四库全书》本。

《曝书亭集》,朱彝尊撰,《四部丛刊》本。

《忠雅堂诗集》,蒋士铨撰,嘉庆戊午扬州重刻本。

《典论》,曹丕撰,《丛书集成初编》本。

《古典文学研究资料汇编·杜甫卷》,华文轩编,中华书局 1964 年
　　排印本。

《中山诗话》,刘攽撰,中华书局 1981 年版《历代诗话》本。

《后山诗话》,陈师道撰,中华书局 1981 年版《历代诗话》本。

《蔡宽夫诗话》,蔡启撰,《宋诗话辑佚》本。

《童蒙诗训》,吕本中撰,《宋诗话辑佚》本。

《风月堂诗话》,朱弁撰,中华书局 1988 年排印本。

《冷斋夜话》,惠洪撰,中华书局1988年排印本。

《环溪诗话》,吴沆撰,中华书局1988年排印本。

《苕溪渔隐丛话》,胡仔纂集,人民文学出版社1962年排印本。

《诗话总龟》,阮阅编,人民文学出版社1987年排印本。

《藏一话腴》,陈郁撰,《景印文渊阁四库全书》本。

《碧溪诗话》,黄彻撰,人民文学出版社1986年排印本。

《藏海诗话》,吴可撰,中华书局1983年版《历代诗话续编》本。

《韵语阳秋》,葛立方撰,上海古籍出版社1984年影印本。

《二老堂诗话》,周必大撰,中华书局1981年版《历代诗话》本。

《岁寒堂诗话》,张戒撰,中华书局1983年版《历代诗话续编》本。

《竹坡诗话》,周紫芝撰,中华书局1981年版《历代诗话》本。

《沧浪诗话校释》,严羽撰,郭绍虞校释,人民文学出版社1961年
　　排印本。

《后村诗话》,刘克庄撰,中华书局1983年排印本。

《对床夜语》,范晞文撰,中华书局1983年版《历代诗话续编》本。

《诗人玉屑》,魏庆之编,上海古籍出版社1978年排印本。

《瀛奎律髓汇评》,方回选评,李庆甲集评,上海古籍出版社1986
　　年排印本。

《词源》,张炎撰,《词话丛编》本。

《梅涧诗话》,韦居安撰,中华书局1983年版《历代诗话续编》本。

《升庵诗话》,杨慎撰,中华书局1983年版《历代诗话续编》本。

《四溟诗话》,谢榛撰,中华书局1983年版《历代诗话续编》本。

《归田诗话》,瞿佑撰,中华书局1983年版《历代诗话续编》本。

《诗镜总论》,陆时雍撰,中华书局1983年版《历代诗话续编》本。

《逸老堂诗话》,俞弁撰,中华书局1983年版《历代诗话续编》本。

《唐音癸签》,胡震亨撰,上海古籍出版社1981年排印本。

《然灯记闻》，王士禛撰，中华书局1963年版《清诗话》本。

《带经堂诗话》，王士禛撰，张宗柟纂集，人民文学出版社1963年
　　排印本。

《初白庵诗评》，查慎行撰，张载华辑，张氏涉园观乐堂本。

《说诗晬语》，沈德潜撰，中华书局1963年版《清诗话》本。

《唐诗别裁》，沈德潜撰，上海古籍出版社1979年排印本。

《寒厅诗话》，顾嗣立撰，中华书局1963年版《清诗话》本。

《宋诗纪事》，厉鹗辑撰，上海古籍出版社1983年排印本。

《宋诗纪事小传补正》，陆心源撰，光绪刊本《宋诗纪事补遗》附。

《载酒园诗话》，贺裳撰，上海古籍出版社1983年版《清诗话续
　　编》本。

《围炉诗话》，吴乔撰，上海古籍出版社1983年版《清诗话续
　　编》本。

《西圃诗说》，田同之撰，上海古籍出版社1983年版《清诗话续
　　编》本。

《絸斋诗谈》，张谦宜撰，上海古籍出版社1983年版《清诗话续
　　编》本。

《龙性堂诗话》，叶矫然撰，上海古籍出版社1983年版《清诗话续
　　编》本。

《剑溪说诗》，乔亿撰，上海古籍出版社1983年版《清诗话续
　　编》本。

《瓯北诗话》，赵翼撰，人民文学出版社1963年排印本。

《石洲诗话》，翁方纲撰，上海古籍出版社1983年版《清诗话续
　　编》本。

《雨村诗话》，李调元撰，上海古籍出版社1983年版《清诗话续
　　编》本。

《葚原诗说》，冒春荣撰，上海古籍出版社 1983 年版《清诗话续
　编》本。

《石园诗话》，余成教撰，上海古籍出版社 1983 年版《清诗话续
　编》本。

《老生常谈》，延君寿撰，上海古籍出版社 1983 年版《清诗话续
　编》本。

《竹林答问》，陈仅撰，上海古籍出版社 1983 年版《清诗话续
　编》本。

《养一斋诗话》，潘德舆撰，上海古籍出版社 1983 年版《清诗话续
　编》本。

《筱园诗话》，朱庭珍撰，上海古籍出版社 1983 年版《清诗话续
　编》本。

《文则》，陈骙撰，《丛书集成初编》本。

《汲古阁书跋》，毛晋撰，古典文学出版社 1958 年排印本。

《中国文学史》，中国科学院文学研究所编，人民文学出版社 1962
　年排印本。

《中国文学史》，游国恩等编，人民文学出版社 1964 年排印本。

《中国文学史稿》，吉林大学中文系中国文学史教材编写小组编，
　吉林人民出版社 1959 年排印本。

《两宋文学史》，程千帆师等撰，上海古籍出版社 1991 年排印本。

《士与中国文化》，余英时撰，上海人民出版社 1987 年排印本。

《艺术哲学》，丹纳撰，傅雷译，人民文学出版社 1963 年排印本。

《中国古代美学史研究》，《复旦学报》（社会科学版）编辑部编，复
　旦大学出版社 1983 年排印本。

《梦的解析》，弗洛伊德撰，赖其万等译，作家出版社 1986 年排
　印本。

《修辞学发凡》，陈望道撰，上海教育出版社 1976 年排印本。

《史讳举例》，陈垣撰，中华书局 1962 年排印本。

《四库提要辨证》，余嘉锡撰，中华书局 1980 年排印本。

《中古文学史论集》，王瑶撰，上海古籍出版社 1982 年排印本。

《中国文学论集》，朱东润撰，中华书局 1983 年排印本。

《中国文学论丛》，钱穆撰，生活·读书·新知三联书店 2002 年排
　　印本。

《中国诗学》，刘若愚撰，台湾幼狮文化事业公司 1979 年排印本。

《中国古典文学的比较研究》，叶维廉编，黎明文化事业公司 1977
　　年排印本。

《中国隐士与中国文化》，蒋星煜撰，上海三联书店 1988 年影
　　印本。

《古诗考索》，程千帆师撰，上海古籍出版社 1984 年排印本。

《江西诗派研究》，莫砺锋撰，齐鲁书社 1986 年排印本。

《大历诗风》，蒋寅撰，上海古籍出版社 1992 年排印本。

《谈艺录》，钱钟书撰，中华书局 1984 年排印本。

《宋诗研究》，胡云翼撰，《国学小丛书》本。

《宋诗派别论》，梁昆撰，商务印书馆 1938 年排印本。

《宋诗话考》，郭绍虞撰，中华书局 1979 年排印本。

《诗词散论》，缪钺撰，上海古籍出版社 1982 年排印本。

《美的历程》，李泽厚撰，中国社会科学出版社 1984 年排印本。

《被开拓的诗世界》，程千帆师等撰，上海古籍出版社 1990 年排
　　印本。

《唐代科举与文学》，傅璇琮撰，陕西人民出版社 1987 年排印本。

《唐代进士行卷与文学》，程千帆师撰，上海古籍出版社 1980 年排
　　印本。

《唐诗杂论》,闻一多撰,古籍出版社 1956 年排印本。

《中国现代诗论》,杨匡汉、刘福春编,花城出版社 1985 年版排印本。

《中国历代著名文学家评传》(续编二),齐鲁书社 1989 年版排印本。

《宋代文官俸给制度》,衣川强撰,郑梁生译,台湾商务印书馆 1977 年排印本。

《马克思恩格斯选集》,中共中央马克思恩格斯列宁斯大林著作编译局编译,人民出版社 1995 年排印本。

论文

《白石道人行实考》,夏承焘撰,《燕京学报》1938 年总第 24 期。

《宋末的通货膨胀及其对物价的影响》,全汉昇,国立中央研究院《历史语言研究所集刊》1948 年第十本。

《南宋的雕版印刷》,宿白撰,《文物》1962 年第 1 期。

《中国诗歌中的时间、空间和自我》,刘若愚撰,莫砺锋译,《古代文学理论研究》1981 年第 4 辑。

《南宋〈江湖前、后、续集〉的编纂和流传》,胡念贻撰,《文史》1982 年第 16 辑。

《赵师秀小考》,葛兆光撰,《文学遗产》1982 年第 1 期。

《唐诗的意象》,陈植锷撰,《文学评论丛刊》1982 年第 13 辑。

《赵师秀生年小考》,丁夏撰,《文学遗产》1983 年第 4 期。

《从四灵诗说到南宋晚唐诗风》,葛兆光撰,《文学遗产》1984 年第 4 期。

《宋代官员数的统计》,李弘祺撰,《食货月刊》1984 年第 5、6 期。

《宋朝宣抚使等的属官体制》,王曾瑜撰,《文史》1984 年第 22 辑。

《"清"——魏晋人物品藻中的一个重要审美范畴》,黄克剑撰,《福建论坛》1985 年第 5 期。

《略论宋代理学诗派》,谢桃坊撰,《文学遗产》1986 年第 3 期。

《江湖诗派泛论》,胡明撰,《文学遗产》1987 年第 4 期。

《四灵诗述评》,马兴荣撰,《文学遗产》1987 年第 2 期。

《宋代都城社会风尚初探》,徐吉军撰,《浙江学刊》1987 年第 6 期。

《论宋代科举取士之多与冗官问题》,张希清撰,《北京大学学报》1987 年第 5 期。

《对南宋江湖诗人应当重新评价》,费君清撰,《文学评论》1987 年第 3 期。

《论唐代六言近体诗的形成及其影响》,刘继才撰,《文学遗产》1988 年第 2 期。

《〈永乐大典〉中发现的江湖集资料论析》,费君清撰,《杭州大学学报》1988 年第 1 期。

《〈永乐大典〉中南宋诗人姓名考异九则》,费君清撰,《文献》1988 年第 4 辑。

后　记

本书是我的博士论文。

自1982年2月起，我一直从程千帆师问学，先后攻读硕士和博士学位。其间，有一段时间参加了部分工作，也是在千帆师的直接领导之下。关于千帆师在治学方面对我的引导，我在由国家教委所编的《中国100所高等院校中青年教授概览》的个人材料中曾写道："1982年成为硕士研究生后，开始走上治学之途。其间，受到导师程千帆教授的影响最大。程千帆教授的治学，资料考证与艺术分析并重，背景探索与作品本身并重。研究问题时，往往从某些具体对象入手，然后从中抽象出一些规律来，尤其注重对作品本身的体验。这些，在其所撰述的文章中，在其平时对学生的耳提面命中，都使他的学生深受教益。"这些文字，并不能完全概括千帆师的学术成就，但却是使我受益最大的。另外，千帆师对学生既教治学，又教做人的教学方法，也使我难以忘怀。尤其重要的是，千帆师总是能把治学和做人结合起来，让学生体会到，一个人的行为品格如何，是决定其在事业上是否有成就或成就大小的重要方面。因此，在这本凝聚着千帆师的期待、得到千帆师精心指导的博士论文出版之际，我仍要在此不惮重复地表示对千帆师衷心的谢意与敬意。

这篇博士论文，从选题到撰写、修改，也得到了周勋初师的悉心指导。勋初师除了自己繁忙的教学科研工作外,还承担着教委古委会、南京大学、校古籍所、校中文系等许多方面的工作,但他对论文的指导仍然非常细致。勋初师的严谨认真,向为人所称道,而在指导论文的过程中,给我的感受尤深。在此,我也要表示对勋初师的由衷的感谢。

傅璇琮先生一贯奖掖后学,在学界享有令誉。两年前,我的有关宋元之际文学研究的硕士论文《感情的多元选择》,就是在傅先生所主编的《大文学史观丛书》中得以出版的。对于这篇博士论文,傅先生也给予了很大的关心。不仅从观点到材料提出了不少宝贵的意见,不仅亲自过问出版事宜,而且还欣然赐序,慰勉有加。作为后学,我深有所感,并将永远铭之于心。

重读论文,觉得不足之处颇多,这当然主要是由于我的学力浅薄所造成的。但同时,我也为未能充分地利用答辩良机,从容听取专家们的意见,以争取对论文作全面、深入的修改而感到深深的遗憾。那是一段令人心悸的日子,一切事情都大大地出乎意料。先是准备破例采取书面答辩的形式,后来又仓促决定照常进行,而有的答辩委员终于未能成行,使得我失掉了一次当面请教的机会。

尽管如此,我仍要满怀敬意地提到对这篇论文给予关心的章培恒、卞孝萱、孙望、郁贤皓、吴新雷、傅璇琮、黄永年、顾易生、朱金城、陈伯海诸先生。这些学界专家们或作为答辩委员,或作为论文评阅人,都对论文提出了一些很好的意见,有些已为修改时所采用。在此,我要向诸位先生表示感谢。

最后,我想就几个问题加以说明。第一,虽然对于这篇论文的撰写,我已尽了很大的努力,但仍然感到有一些缺憾,也就是说,有些问题还没有得到圆满的解决。比如,在论文里,我提出了江湖诗派是个几乎笼罩了南宋中后期诗坛的诗人群体的观点。但即使是从 1209 年算起，这一群体也差不多存在了七十年。在这个过程中，江湖诗派的创作除了呈现出一定的整体风貌之外，其内部应该还有不少细微的变化。另外，对当时诗坛上的复杂性也还应该作出更充分的说明。我期待着论文出版后，能够得到专家们的指教，以便我可以对包括这些问题在内的其他许多问题进行进一步的探索。第二，这本以通论为主的博士论文完成后，我对江湖诗派的研究并没有结束。按照当时列为国家社科项目时的设想，这一研究应该是一个系列，还包括编制一部江湖诗人创作系年，校点一部比较完善的江湖诗歌总集，完成一部江湖诗人的资料汇编。所有这些，我都将创造条件着手进行。第三，我在选定这一课题，并开始进行文献调查时，就已了解到台湾有位郑亚薇女士写了一篇题为《南宋江湖诗派之研究》的论文。但几年间，虽经多方努力，却仍然未能找到。学术研究本应是建立在对已有成果的了解的基础上的，但学术信息和学术环境的阻隔，有时却使得这一点无法做到。对此，我一直感到遗憾。所以，即使是从治学的角度来看，海峡两岸的进一步沟通和交流也是非常必要的。

　　　　　1993 年 6 月记于北京西路二号新村寓所

再版后记

本书原出版于 1995 年,迄今差不多已有二十五年了。虽然在市面上早已售缺,但仍不断有热心的读者相询,相关领域的研究者也还不断提到其中的观点。二十五年来,学术的发展有了许多变化,而拙著仍能得到关注,这让我甚感欣慰。

一个人在生活中总有关键的几步,带有指标性的意义。我至今虽然大大小小也出版了十几本书,但这部《江湖诗派研究》在我的学术生涯中是举足轻重的。不少人认识我,是通过这本书,而我自己生活中的一些重大变化,也和这本书有关。由此,我也不禁回想起当年学术出版的状况。据说,在那个年代,一个刚刚涉足学术界的年轻人能够在堪称金字招牌的中华书局出书,是非常少见的,更何况,出版的速度还非常快。这都让我充满感念。

犹记拙著出版后不久,就得到不少学界前辈的鼓励,还有张仲谋、陈洪、张瑞君诸兄撰写书评,奖饰商讨,益我甚多。有一个来自海峡对岸的回响最为奇妙。事缘我在后记中写道,虽然曾经了解到台湾有一位郑亚薇女士写了一篇题为《南宋江湖诗派之研究》的论文,但由于形势限制,无法看到,因此感慨海峡两岸在文化上的沟通和交流非常必要。1995 年上半年,突然有一天,接到来自台湾清华大学中文系的一个邮件,里面赫然就是郑女士的这篇论文。原来是朱晓海教授看到我的这本书,了解到相关情形,于是立即将论文复印寄来。我就是那时知道了晓海兄的名字，但直到1998年，他来南京大学参加国际辞赋学学术研讨会，我们才见面。晓海兄热爱学术，这在他，原是再自然不过的事，而我们即以此结缘，交情延续至今，也是一段打上当年历史痕迹的有趣回忆。

我对江湖诗派的研究，本来有一个综合性计划，即除了撰写一部专论外，还包括编制一部江湖诗人的创作系年，校点一部江湖诗歌总集，完成一部江湖诗人研究的资料汇编，希望从文献到理论，对江湖诗派作比较全面的思考。但是，计划永远跟不上变化。博士毕业以后，在高校执教，固然有一些工作，需要配合学校完成，而学术的发展，也有一些新的课题需要关注。更重要的是，先师程千帆先生希望我能把《全清词》的编纂工作接着做完。因此，长期以来，我一直在主持《全清词》的编纂，组织团队调查书目、搜集资料、整理文献、撰写小传、标点校勘、辑佚辨正等，工作非常繁琐，没有精力再系统去实现那些目标，也就和这一领域渐行渐远。

但是，2011年，一个偶然的机会，让我又"重出江湖"。这一年岁末，日本早稻田大学的内山精也教授拟在大阪大学举办一次关于江湖诗派的学术研讨会，专门来信，提到我的这本书在江湖诗派研究中的意义，因此盛情邀我与会。这让我想起2005年的秋天，我们曾一起在台湾成功大学参加有关宋代文学的研讨会，闲暇时聊天，他谈到日本的宋代文学研究状况，并提出在日本召开一次江湖诗派国际学术研讨会的构想。当时我虽然非常期待，但综合各种因素，感到此事不易操作，恐怕只是一个良好的愿望。想不到六年之后，这个愿景竟然成为事实，实在令人兴奋。于是，我欣然接受邀请，又重新涉足这个领域。而很巧的是，第二年，奈良女子大学的野村鮎子教授承担了一个关于宋代文学的研究计划，作为计划的一部分，她邀请我赴日作一场专题演讲，因而顺理成章地，这个领域仍然成为我思考的内容。后来为配合相关学术会议，我还对姜夔和陈起等人作了一些新的思考。江湖诗派的研究是内山教授在日本申请的一个宏大计划，结项后，形成《南宋江湖の诗人たち—中国近世文学の夜明け》一书，2015 年由勉诚出版社出版。承他美意，希望我对江湖诗派专门写一篇通论性文字，放在全书之首。这样，由于上述的机缘，我的研究在无意之中又和以前接续起来了。

不过，虽然我对江湖诗派重新有所关注，这本书基本上还是保持了原来的样子。这不仅是因为我的一些基本看法并没有改变，更主要的是，如果按照现在的治学条件进行修改，那将是一个大工程，时间和精力恐怕都不允许。犹记当年我为了了解这些大多地位不高的诗人的生平，曾经连续多日坐在图书馆里，遍翻南宋中后期的别集、总集、笔记、方志等，但即使希望努力做到穷尽式的普查，缺漏仍不可避免。2010 年，傅璇琮先生组织编写《宋才子传笺注》，以我对江湖诗人较为熟悉的缘故，特地从中挑选了若干诗人，嘱我为其作传。傅先生曾对我多有提携，当然不能推辞。而在操作中也确实发现，按照现在所拥有的研究手段，特别是非常方便的检索系统来做这件事，不难在文献上作一些补充。不过考虑再三，我觉得还是尊重历史为好，毕竟这部著作是二十世纪八十年代的产物，如果为其价值进行定位，也必须还原到当时的语境中。当然，在极个别的地方，涉及基本事实的认定，我也有所修改或调整，并随文做了说明。

同样，作为二十世纪八十年代的产物，这部著作在形式上，也带有一些当时的痕迹，例如注释时往往比较简略。恰好，在考虑再版的过程中，有出版英译本之议，这就不能不对注释的方式作一些调整。但这个工程也很浩大，适逢西北大学的陈艳博士来随我访学，我就请她帮助重新核对了所有引文，并加以整合，做了一些必要的处理。不过,当年所用的书籍,有些一时不易找到,只能根据现有条件,灵活对待。这样,某些书籍的版本就和原来的不一样了,但相关文字的意思却基本上并没有不同。

永嘉四灵和江湖诗人之间有着非常密切的关系。多年来,我对四灵的作品曾反复涵咏,也对孕育他们诗心的永嘉山水很有兴趣。非常高兴的是,在校对文稿的过程中,接到温州大学人文学院的邀请,于 2019 年 6 月,在那里作了一场题为"永嘉四灵与南宋诗坛"的演讲,演讲后,在我的学生陈瑞赞等的陪同下,作雁荡山二日游,不仅到了一些在四灵诗中出现过的地方,而且访问了翁卷所居之上埭头,参观了翁卷纪念馆。两天的时间,对雁荡山的灵秀有了亲身感受,也对四灵的诗歌创作有了更深的理解。四灵以一个地方性的文学群体,能够得到全国性的诗坛呼应,与他们独特的创作追求分不开,而一方水土养一方人,永嘉山水对他们的陶冶,或者也是一个非常重要的因素。

本书是我的同名博士论文修改而成。三十年前,也是在 6 月,我通过了博士论文答辩,并获得博士学位。现在将本书整理重版,似乎又回到那些难忘的日子。在中国社会发展史上,1980 年代是非常特殊的一段时期,其间的蓬勃生机、众声喧哗,三十多年之后,仍然令人印象深刻。

本书的重版,承蒙徐俊总经理的关切。徐俊兄是拙著初版时的责编,当年的各种帮助,至今历历在目。这次重版,中华书局学术出版中心俞国林主任和责任编辑葛洪春先生也多有费心。谨此一并致谢。

张宏生

2019 年 6 月 30 日于南京板桥新城